SORTILEGIO

SORTILEGIO

MARÍA ZARAGOZA

minotauro

Primera edición: junio de 2017

Avda. Diagonal, 662-664, 7.ª planta. 08034 Barcelona

www.edicionesminotauro.com
www.planetadelibros.com

Las letras capitulares utilizadas en este libro proceden
de *The Discovery of Witchcraft*, de Reginald Scot
(Londres, imprenta de William Brome, 1584)
y las *Disquisitiones magicarum*, de Martín Delrío
(Lyon, imprenta de Horacio Cardon, 1608)

ISBN: 978-84-450-0460-9
Depósito legal: B. 12.102-2017
Preimpresión: Pleka
Impreso en España por Romanyà Valls, S. A.

A Miguel Ángel, que siempre soportó esta historia
como una columna en mi vida

A Patricia y a Vanessa, que vieron prenderse
este fuego y no hicieron sino avivarlo

A las mujeres de mi familia,
hechiceras todas

But, you see, the Land of Oz has never been civilized, for we are cut off from all the rest of the world. Therefore we still have witches and wizards amongst us.

Frank Baum

The spanish inquisition is always unexpected.

Monty Python

El Perseguidor estaba sentado en una silla de madera de cedro. Afilaba un hacha con parsimonia. Le había dicho a su hijo que la leña de encina venía en trozos demasiado grandes, y que había que partirla en pedazos más pequeños para la chimenea. Aunque la realidad era otra, bien lo sabía él. Una realidad que tarde o temprano terminaría por contarle. Pero de momento no. De momento era mejor que siguiese en la ignorancia.

Le había dicho al Sacerdote que la encontraría. Una vez estuvo a punto de hacerlo, pero después la perdió en la niebla. No volvería a ocurrir.

No sabía cómo lo hizo. Esas hijas de Satanás eran rápidas y se valían de extraños trucos; cualquiera sabía lo que sucedió en verdad. De pequeño hasta le contaron que podían robarle la masculinidad a un hombre y criarla en graneros, como pollos para hacer caldo. Eso le enseñó su padre y a su padre se lo enseñó el suyo. Historias que cualquiera podía leer en los libros antiguos. Algo de verdad tendrían.

La tenía delante, a un paso de distancia, una mañana en la que se desplegaba a su alrededor una niebla densa que favorecía su cometido. La mano del Perseguidor llegó a rozar la de ella, pero de repente debió de perderla porque la chica que tenía delante no era la que estaba buscando. Ésta era otra, vulgar y corriente, con un corte de pelo de muchacho y cara de desorientación. Una chica que no olía a nada. Y la que él estaba buscando olía. La había perseguido por el olor en las calles blancas de niebla sin haberla perdido ni por un segundo: su perfume era inconfundible aunque desconociera cómo era su rostro. Pero de alguna manera había logrado desaparecer, escabullirse, y él había tenido que disculparse con aquella muchacha que lo miraba de frente, y que se había percatado del estuche que llevaba consigo.

Después salió corriendo y cruzó la calle sin mirar. Se oyeron los frenazos y pitidos de los coches, el estruendo de los cristales. Provocó un accidente huyendo de aquella chica que lo miraba así, con inocencia, sin saber qué era él. Al mirarla sintió vergüenza del encargo que tenía entre manos y que debía ejecutar más pronto que tarde: secuestrar a una muchacha como aquélla, más o menos de su edad, y torturarla.

—Atrápala cuando todavía no haya desarrollado todo su poder —le ordenó el Sacerdote—. Y asegúrate de que dice la verdad cuando confiese qué estábamos buscando hace quince años.

Él había hecho muchas preguntas, pero el Sacerdote no quería decirle nada, o ni siquiera sabía por qué él y su hermano estaban entrenando a todos aquellos descendientes desde hacía tres lustros. El hombre santo se había limitado a señalar que no se dejase engañar por la apariencia hermosa y deseable de la chica, de cualquier chica con la que se encontrara.

—¿Y si no es bonita, señor? ¿Influye en el resultado que lo sea?

—Siempre son guapas y parecen inocentes. Después de saber qué es lo que estábamos buscando antes del accidente y cómo encontrarlo, mátala.

El Perseguidor asintió y no opuso resistencia cuando el Sacerdote mencionó el accidente, pero le resultaba ridículo tener que encontrar a alguien que le dijese qué buscar. Alguien que le dijese por qué se estrelló el coche. Tenía que secuestrar a una joven y hacerla confesar algo importante para el Sacerdote, que ni el propio Sacerdote sabía qué era. Aquello tenía que ver con viejas leyendas y magia negra, con cosas en las que nadie creía desde hacía siglos. Nadie excepto el Sacerdote, el Perseguidor y los que eran como ellos. Por eso no decía nada y obedecía.

Porque al fin y al cabo eso era él, ¿no? Un cazador de brujas. Lo había sido desde que nació. La cicatriz de su rostro lo certificaba.

PRIMERA PARTE

EQUINOCCIO DE OTOÑO

1

La ciudad de los lobos

Un lobo enorme la miró fijamente y dejó escapar un aullido. O al menos eso le pareció a Circe. Adormilada, lo había vislumbrado al otro lado de la ventanilla, levantándose sobre sus cuartos traseros en el andén de la estación donde el tren acababa de detenerse. Se quitó los auriculares de un manotazo con premura y abrió mucho los ojos, sólo para comprobar que el lobo permanecía tan silencioso como inmóvil. Un lobo de mármol y varios metros de altura le daba la bienvenida a la ciudad.

Desde tiempos inmemoriales el escudo de la ciudad de Ochoa lucía un lobo rampante, y Circe se había tropezado con esos lobos en los folletos de la universidad donde cursaría sus estudios, en los impresos del Ayuntamiento que le permitirían obtener la tarjeta de la Seguridad Social y en todos los interminables documentos de inscripción que había tenido que rellenar en las últimas semanas. Imaginaba que en aquella ciudad habría manadas de lobos por todas partes, grabados en los escudos y las banderas de los edificios oficiales, en las tapas del alcantarillado y en las farolas del alumbrado público, o en los vagones del metro y del tranvía. También representaba una cabeza de lobo el logotipo de la compañía más importante de la ciudad, una multinacional dedicada a la extracción y procesamiento del wolframio, y unas estilizadas y geométricas cabezas de lobo coronaban las cornisas del rascacielos que albergaba sus oficinas centrales. Hasta el equipo de fútbol de la ciudad tenía como mascota un afable lobo de gomaespuma que celebraba los goles con la hinchada local y que se fotografiaba rodeado de niños en el descanso de cada partido.

Nadie hubiera podido asegurar cómo llegaron a Ochoa los primeros lobos. Puede que en los estandartes de las legiones romanas que conquistaron la ciudad más de dos mil años antes. O en las proas de las naves vikingas que en otra época remontaban el estuario del río y asolaban los alrededores. O en los escudos de los señores feudales que repoblaron la región tras incontables guerras que duraron siglos. Circe exhaló un bufido: otra vez le venían a la cabeza visiones de sangre, muerte y violencia. En cualquier caso, no dejaba de resultar paradójico que una ciudad como aquélla, que hasta el descubrimiento de las minas de wolframio había debido su prosperidad a los rebaños de ovejas merinas que por allí cruzaban el río, tuviera como símbolo un lobo.

Un gruñido casi animal la sacó de sus pensamientos. Pero el sonido no provenía de ninguna bestia, sino de un muchacho de su misma edad que, consciente del susto que le había provocado el lobo de piedra, se complacía en gastarle una broma. Circe se sobresaltó tanto que casi se puso en pie de un brinco.

—¿Te importa? Es mi sitio.

Era un chico moreno y con los ojos claros que sonreía abiertamente, acaso festejando en silencio el sobresalto que le acababa de proporcionar. Circe lo miró y se puso colorada: dentro de aquella boca parecía haber muchos más dientes blancos y perfectos que en cualquier otra boca humana.

—Perdona, perdona… Lo siento —contestó ella mientras retiraba los libros y el bolso que invadían el asiento vecino.

—No te preocupes. ¡Bonito pelo!

No pudo evitar llevarse la mano a la cabeza. Avergonzada de su cabello, se puso de nuevo los auriculares y clavó los ojos en la ventana, dispuesta a no volver a mirar a aquel chico impertinente. En silencio maldijo el día en que había intentado teñirse el pelo con la ayuda de su amiga Rosa. Quedaban pocos días para que Circe abandonara el pueblo y se marchara a la universidad, y le preocupaba que sus nuevos compañeros, nada más verla, la tomaran inmediatamente por una paleta. «Necesitas un cambio de imagen para tu nueva vida», le había dicho su amiga. Pero, por más que lo intentaron, no hubo manera de que su melena adquiriera el tono rosáceo que ambas pretendían. El resultado había sido tan terrible que luego tuvo que cortarse el pelo, y entre el cabello castaño y de punta asomaban mechones blancos, rubios y rosas, como el pelaje de una gata carey. Hasta ese momento, Circe no le había dado ninguna importancia, como no solía dársela a nada que tuviera que ver con su aspecto físico, pero se sintió ridícula cuando un chico tan guapo le hizo un comentario como aquél. Se esforzó en no mirarlo, pero con el rabillo del ojo lo vio sonreír y sacar un libro de su bolsa de viaje.

El tren iba deteniéndose en todas las estaciones de cercanías y parecía no llegar nunca. Circe temió que los escasos veinte minutos restantes se le hicieran más interminables que el largo trayecto recorrido. Quiso imitar a su compañero de asiento e intentó leer un libro, pero el nerviosismo que le causaba observar su reflejo en la ventanilla no le permitía concentrarse. Al final volvió a buscar su canción favorita y respiró hondo, tratando de apaciguar esa presión en el pecho que no sabía si era debida a la emoción del viaje o al desasosiego que le había provocado el joven. Qué podía importarle otro muchacho fastidioso e insolente —se dijo—, ahora que iba camino de una vida nueva o, sencillamente, camino de la libertad, que para el caso eran lo mismo.

Desde que tenía memoria, todos los días de su joven existencia en Valdaya se habían parecido mucho los unos a los otros. Los límites del pueblo eran una frontera, casi una muralla, pero Circe sentía que se había pasado la vida encerrada en un corral. La abuela, que se hizo cargo de ella cuando se quedó huérfana, solía decirle: «Piensas grande, y por eso no te gustan los lugares pequeños». Pero Circe percibía que había algo más: una fascinación fantasmal, una atracción irresistible y casi hipnótica por la ciudad donde había nacido y que ya no recordaba. La abuela siempre había magnificado los peligros de las aglomeraciones urbanas, nunca se perdía los sensacionalistas programas de televisión que recreaban crímenes del pasado y escrutaba con avidez las páginas de sucesos de los periódicos que compraban cada domingo, a pesar de tener que caminar más de media hora para adquirirlos y de paso hacerse con unos bollos calientes en la panadería del pueblo. La abuela comentaba las noticias de sucesos negando con la cabeza y asegurando que esas cosas sólo pasaban en las grandes ciudades; en el pueblo, donde vivían ellas, los problemas se reducían a una discusión con algún vecino.

Sin embargo, Circe se sentía fascinada por aquella ciudad donde su existencia había comenzado. E imaginaba que si no hubiera sucedido nada de lo que pasó, habría tenido una vida muy distinta, llena de emociones nuevas cada día, deslumbrantes espectáculos, fiestas nocturnas y películas de estreno en el cine. Esas películas que llegaban al pueblo casi un año después y que a veces ni llegaban. El cine de Valdaya había aguantado varios años con una docena de espectadores por sesión, y lo cerraron cuando en una localidad vecina inauguraron un multicines. Circe sabía que la abuela no la llevaría en la camioneta, y ella sólo tenía una bicicleta cochambrosa y un poco oxidada que había heredado de su madre y que hubiera convertido el viaje al pueblo vecino en una misión suicida. Por suerte, la asociación de amas de casa organizaba un cine de verano en el patio de una bodega y, cuando el calor empezaba a apretar, las señoras iban cada noche con sus propias sillas a ver los clásicos de Humphrey Bogart, Paul Newman y Cary Grant mientras cotilleaban y comían churros caseros. Y aunque los jóvenes del pueblo no frecuentaban aquellas veladas, a Circe le gustaban, como le gustaban todos aquellos personajes tan guapos y tan bien vestidos que caminaban por la pantalla como quien camina por el cielo.

Así había fantaseado ella que sería la ciudad, casi sin poder evitarlo, con los retazos de las antiguas películas norteamericanas en blanco y negro que sugerían un aura de romanticismo en las calles atiborradas de vehículos, el incesante trasiego de gente por las aceras y el contrapicado de los rascacielos. Imaginaba que las personas de todas las ciudades serían tan hermosas y elegantes como ellos. También la fotografía de la boda de sus padres, que la abuela le había regalado en un marco de plata cuando era una niña, sugería esa imagen sofisticada y romántica: sus padres le recordaban de forma inevitable a Kim Novak y a James Stewart.

Pero la abuela torcía el gesto cuando hablaba de la ciudad. Y a pesar de que solía ser una mujer animosa y jovial, componía una mueca de tristeza que no terminaba nunca de definirse, mientras murmuraba: «¡Mi pobre hija!». Después volvía a comentar algo sobre los peligros que acechaban en las grandes ciudades, y casi sin darle importancia seguía con sus quehaceres, como si no hubiera recordado algo doloroso. Como quien se lamenta por un desconocido que ha muerto en una guerra lejana y aparece en el periódico. Como si lo que pasó no hubiera determinado para siempre la vida de Circe.

Cuando tenía tres años, un desconocido mató a sus padres para robarles. A ella no la hallaron hasta el día siguiente. Debió de pasar toda la noche sin moverse de allí, salpicada por la sangre de ellos, tan inmóvil como la encontró la policía. Las autoridades le concedieron la custodia a su abuela, que se la llevó al pueblo para criarla. Fue la última vez que la abuela cruzó los límites de la comarca, la última vez que visitó la ciudad: sólo salió del pueblo para hacerse cargo de su nieta huérfana y de su hija muerta, y llevárselas con ella de vuelta a Valdaya. Al asesino no lo encontraron nunca. Ni siquiera se supo qué quería robarles.

Por eso casi todos los vecinos desconfiaban de ella, la niña que había permanecido una noche entera sentada en un charco de sangre. Los comportamientos extraños siempre resultan amenazantes, y Circe entendía que la gente tratara de protegerse de lo desconocido. ¿Quién podría culparlos? Ella misma tenía que admitir que no era algo muy habitual. Si alguien le hubiera contado esa historia sobre cualquier otro niño, también ella hubiese sentido miedo. Así que algunos inventaban patrañas sobre el episodio, muchos murmuraban en voz baja y casi todos trataban de alejar a sus hijos de aquella niña rara que no se asustaba de la muerte.

Todo eso hizo que no tuviera muchos amigos en el colegio y fuera muy popular en el instituto. Circe pasó de ser una niña retraída a convertirse en una adolescente misteriosa, y algunos compañeros de clase revoloteaban a su alrededor como mariposas ignorantes de que se quemarán las alas si se acercan demasiado a una vela. En cierta época de la vida a todo el mundo le gusta desafiar las convenciones, pero para entonces ella ya era consciente de que no querían ser de verdad sus amigos: sólo los atraía porque estaba prohibida, porque era la chica misteriosa vestida de negro que se sentaba en la última fila y que, a pesar de todo, iba la primera de la clase. Porque era la muchacha que sus madres no querían que tuvieran por amiga o por novia. Así que tampoco confió demasiado en los compañeros del instituto. Quizá no deseaba tener amigos. Quizá una parte de ella estaba convencida de que, si los tenía, acabaría haciéndoles daño. Quizá se sintiera culpable de haber estado presente mientras asesinaron a sus padres sin hacer nada.

—¿Qué podrías haber hecho tú? Tenías tres años, maldita sea. Ni fuiste capaz de esconderte.

Eso decía la abuela, que no había sido capaz de esconderse. Y a Circe le parecía lo más sorprendente de todo: al parecer, ni había intentado huir. A veces se preguntaba si había llorado. Los niños lloran cuando algo los asusta, pero intuía que ella no lo hizo. Simplemente se quedó allí, sentada en silencio, esperando a que alguien la encontrase. Como si estuviera segura de que alguien la encontraría.

Sólo le confiaba estos pensamientos a Rosa, su única amiga de la infancia, la única niña que había desafiado el miedo para acercarse a ella cuando todavía no era fascinante. Rosa había abandonado el instituto al terminar la enseñanza obligatoria para trabajar en la tienda de sus padres, y con ese gesto generoso se quedaría atrapada en el pueblo para siempre, pensaba Circe. Pero a ella no parecía importarle.

—Se llama sentimiento de culpa; lo dicen todo el rato en las revistas. Tiene razón tu abuela: ¿Qué podrías haber hecho? Eras muy pequeña.

—Apenas los recuerdo. Sé cómo son por la foto de su boda que la abuela me dio hace tiempo. Y en ocasiones los confundo con Kim Novak y James Stewart. Pero no conservo ninguna imagen de ellos en la cabeza. A veces pienso que su muerte fue culpa mía.

—No digas tonterías.

—Bueno, en realidad es algo más fuerte que eso. Miro fijamente esa fotografía y sé que murieron por mi culpa.

Le había costado mucho contárselo a Rosa, pero su amiga la miró como si hubiese dicho que veía un coro de elefantes rosas bailando delante de sus narices.

—No sé cómo una niña de tres años puede ser la causa de la muerte de dos adultos. Además, dijeron que había sido un atraco casual, ¿no? Que lo mismo podrían haber sido tus padres que cualquier otra persona. Y a mí no me parece tan raro que te quedaras allí sentada. No te ofendas, pero hay perros que visitan las tumbas de sus amos o los siguen esperando después de muertos. Un niño no es muy diferente de un perro en su concepción de la vida y de la muerte. Te quedaste allí porque eran tus padres y no sabías qué les pasaba, y punto.

Le hubiese encantado darle la razón a Rosa, como parecía dictarle la lógica. Pero algo en su interior le decía que se equivocaba, o que no había sido del todo así. Pudiera ser que la gente del pueblo tuviese razón al temerla. O que de tanto oírlo hubiera terminado por creérselo.

—Si pretendes que la gente te tenga miedo porque te vistes como un cuervo —decía la abuela—, allá tú. No sé por qué tienes que teñir de negro toda la ropa, que se te queda la palidez de una acelga. Parece que te castigas o que alguien se te ha muerto.

Alguien, sí, sus padres, dos personas a las que apenas recordaba, en una ciudad congelada en la fantasía como la escena de una película en blanco y negro. Durante mucho tiempo

Circe pensó que nunca regresaría a Ochoa y se quedaría atrapada en el pueblo, como su amiga Rosa, dedicada al huerto, las viñas y la bodega, y que finalmente se casaría con un gañán al que daría hijos que a su vez heredarían el huerto, las viñas y la bodega, y vuelta a empezar. A pesar de ello, se esforzaba en conseguir buenas calificaciones y ser una estudiante ejemplar, aunque tampoco alternativas en las que ocupar su tiempo. Hasta que un buen día le confesó sus pensamientos a la abuela.

—No sé por qué crees que no podrás ir a la universidad. Esta familia siempre ha tenido dinero y tus padres te dejaron una buena herencia. Y aunque no fuera así, estoy segura de que hubieras conseguido una beca con esas magníficas notas que me traes. —Y moviendo la cabeza, como si ya no hablara con ella, añadía—: Parece mentira que tengas tan poco espíritu.

Así, cuando quiso darse cuenta, Circe se hallaba viajando en un tren que se dirigía hacia la ciudad donde todo comenzó. La misma ciudad donde ella había nacido y en la que murieron sus padres, como si de golpe pudiese recuperar la vida que podría haber tenido allí. Y conforme se alejaba de la abuela y del pueblo, aquellos sentimientos de culpabilidad o de miedo a hacer daño a los demás también se iban alejando.

Al llegar a la Estación Central de Ochoa, el chico de los ojos claros la ayudó a bajar la maleta, y ella lo tuvo tan cerca que pudo sentir cómo olía. Cedro, era olor a cedro lo que le llegaba de él, envolvente, casi obsesivo, avasallador. Un intenso olor a cedro lo llenaba todo de tal forma que apenas podía moverse. Casi ni pudo darle las gracias cuando él, de nuevo, le sonrió y le dijo.

—Ya nos veremos por ahí.

Circe pensó entonces que aquel muchacho también debía de venir de algún pueblo. Como si fuera posible —se dijo— que volvieran a verse por casualidad en un lugar tan populoso como aquella ciudad, un sitio tan grande en el que todo podía comenzar de nuevo.

2

La Residencia de la Salud

CIRCE PERMANECIÓ UNOS instantes ante la escalinata de la Residencia de la Salud, como si no se atreviera a traspasar el umbral de la puerta, aunque en realidad sólo trataba de recuperar el resuello. El edificio se levantaba sobre un cerro, a unos centenares de metros del recinto universitario, pero había tenido que recorrer ese trayecto a pie y con el equipaje a cuestas porque los tranvías que salían de la estación de ferrocarril no llegaban hasta allí: ningún tranvía hubiera podido cruzar el estrecho puente de hierro forjado que salvaba uno de los tajos del río y separaba la residencia de las facultades.

No sabía qué le impresionaba más, si que estuviera a punto de entrar en el que sería su hogar durante los próximos años o la portentosa factura del edificio. Su estilo modernista de principios de siglo evocaba las primeras obras de Gaudí. La piedra de las fachadas y el enrejado de las verjas imitaban formas vegetales que hundían sus raíces en la tierra e iban contorsionándose a medida que se elevaba la construcción, hasta rematar los tejados con formas que habían dejado de ser vegetales para convertirse en animales: fabulosas gárgolas que parecían escudriñar los cuatro puntos cardinales, amenazadoras unas y burlonas otras, pero siempre inquietantes.

En algún folleto de la universidad había leído que, antes de convertirse en residencia de estudiantes, el Colegio de la Salud había sido un hospital, y de ahí el nombre con el que se le conocía. A principios del siglo xx, las autoridades de Ochoa y los accionistas de la compañía minera decidieron invertir parte de los beneficios del wolframio en una institución dedicada a mejorar la salud pública. Le pidieron a un prestigioso arquitecto de Barcelona que construyera un complejo de edificios que albergaría un hospital equipado con los más modernos avances científicos de la época. A poco más de doscientos metros, separado de la ciudad por un puente que salvaba una de las hoces del río y sobre las ruinas de un castillo medieval, se levantó otro pabellón destinado en exclusiva a enfermos incurables y contagiosos. Casi nadie que cruzaba el puente para ser ingresado en aquel edificio solía regresar al otro lado. En un ejercicio de ironía, se le llamó Hospital de la Salud.

Aquel lugar había sufrido el ataque de la aviación alemana durante la guerra civil. Nadie sabía por qué los bombarderos de la Legión Cóndor se ensañaron tanto con aquel pabellón, sobre el que arrojaron varias toneladas de bombas incendiarias. El caso fue que, al concluir la batalla del Wolframio, el interior del Hospital de la Salud estaba por completo destruido. Con el paso del tiempo, construyeron un nuevo hospital y una nueva facultad de medicina en un barrio a las afueras de la ciudad, con instalaciones más amplias y mejor adaptadas a las modernas técnicas sanitarias. La Universidad de Ochoa decidió restaurar las antiguas dependencias hospitalarias y ubicar en ellas diversas facultades y departamentos, pero el Hospital de la Salud siguió en ruinas durante cuarenta años, sólo habitado por bandadas de cuervos que solían anidar en sus proximidades, hasta que a finales del siglo xx fue reconstruido como residencia de estudiantes.

Así pues, el edificio se hallaba apenas a un paseo de diez o quince minutos de las aulas donde se impartirían las clases, y donde también podría tomar un tranvía que la llevara hasta el centro de la ciudad. A Circe le gustó nada más verlo, a pesar de la dudosa gracia con que fue rehabilitado a finales del pasado siglo y que había deslucido algo de su esplendor originario. Acaso le hubiera gustado cualquier lugar donde quedarse en aquella ciudad a la que tanto había deseado volver. Observaba alternativamente el enlosado de mármol y las bóvedas y nervaduras del techo, que adquirían extrañas formas geométricas y que, a pesar de estar construidas de recia piedra, acababan por sugerir una superficie orgánica, como un bosque centenario o un animal antediluviano.

Tan absorta caminaba contemplando la arquitectura del vestíbulo que estuvo a punto de tropezarse con el mostrador de recepción. Allí preguntó por el despacho de la directora, y una recepcionista le indicó el primer pasillo a la izquierda. En la antesala del despacho, el secretario de la señora Nubla miraba distraído la pantalla de un ordenador.

—¿La señora Matilda Nubla? —preguntó.

—La directora tiene una visita. Si no le importa esperar unos minutos...

El secretario le indicó uno de los sillones, pero Circe dejó el equipaje en un rincón de la espaciosa sala y se detuvo a contemplar algunas de las fotografías y grabados que decoraban las paredes. Parecían representar diferentes momentos de la historia del colegio. Había una foto en color que, no obstante, debía de haber sido tomada antes de que ella naciera porque los fotografiados lucían la inequívoca moda de los años ochenta. Circe supuso que reflejaba la inauguración del colegio después de la reconstrucción. Ufanos políticos y orgullosos miembros del consejo de administración de la Compañía del Wolframio celebraban la reapertura del edificio, que había permanecido deshabitado y en ruinas durante casi cuatro décadas. Entre ellos destacaba la figura de una señora de edad madura, y Circe creyó reconocer a la señora Nubla, cuyo rostro había visto en alguno de los folletos de la universidad. Pero aquella foto —pensó a continuación— tenía más de treinta años, y en ella la señora Nubla aparentaba unos sesenta, por lo tanto debía de tener en la actualidad unos noventa... No, no, eso era imposible. Aquella mujer sería, en todo caso, su madre, con la que compartía un aire muy familiar.

Luego desvió su atención a una fotografía cercana, en blanco y negro: un grupo de soldados de la Luftwaffe, la aviación de guerra alemana, algunos con uniforme y otros con el torso desnudo, parecían celebrar una victoria. Al fondo se distinguía el edificio del Colegio de la Salud, con la techumbre derrumbada y los vanos de las ventanas ennegrecidos por densas columnas de humo que todavía parecían ascender al cielo. Leyó la inscripción que había debajo: «Kampfgruppe K/88. Oberst Wolfram Frhr. von Richthofen», y dedujo que el tal Richthofen debía de ser el oficial que aparecía en primer plano junto con media docena de pilotos. A sus espaldas se observaba la hélice de un avión que aún daba las últimas paletadas de su reciente vuelo y el inconfundible morro acristalado de un Heinkel He 111, el bombardero que aterrorizó los cielos de Europa hasta la batalla de Inglaterra. Debía de ser una imagen inmediatamente posterior al bombardeo que destruyó la residencia, porque olía a fuego y destrucción, y otra vez la asaltaron visiones de sangre, muerte y violencia. Circe empezó a sentirse incómoda y buscó otra imagen más amable en la que posar la vista.

Eligió lo que parecía una tomada a principios de siglo, a juzgar por sus tonos grises y sepia. Cinco personas a bordo de un automóvil Hispano-Suiza posaban con cierto aire *belle époque* junto al Hospital de la Salud. Algunos lucían terno, guantes y sombrero y otros llevaban batas blancas; junto al vehículo, un grupo de mujeres también vestidas de blanco, con capas y cofias e inequívoco porte de enfermeras, sonreía a la cámara. Con toda probabilidad se trataba de la inauguración a principios del siglo XX del Hospital de la Salud: casi podía oír las conversaciones y cuchicheos en los instantes posteriores al fogonazo del magnesio, cuando ya la formación del grupo comenzaba a deshacerse y se levantó una ventolera tan fuerte que arremolinó las capas de las enfermeras.

De repente le llamó la atención un viejo grabado casi escondido detrás de una columna: una xilografía que representaba una tétrica fortaleza con altos muros almenados y cuatro rotundos torreones. Circe se preguntó qué tendría que ver aquel castillo con el Colegio de la Salud, y hubo de hacer un gran esfuerzo de imaginación para advertir, detrás de las almenas, el característico tajo del río y el caserío más antiguo de Ochoa, desparramado bajo las agujas góticas de la catedral. Debía de tratarse de la misma ciudad, aunque muchos siglos antes, en el siglo XV o XVI, de eso no podía estar muy segura; aquel grabado representaba el castillo que se había levantado en el mismo lugar donde en la actualidad estaba el colegio mayor, aunque aún no existía el puente de hierro forjado, ni tampoco se advertía el cercano Jardín de Tayasal, el gran pulmón verde de Ochoa, un parque de casi cien hectáreas que albergaba una densa arboleda originaria del Nuevo Mundo. A fuerza de indagar detalles se tropezó con un extraño emblema: no era el característico blasón de Ochoa, con su lobo rampante, sino otro escudo donde una espada parecía talar las ramas de un árbol. De nuevo la asaltó aquella inopinada percepción de sangre, muerte y violencia, en esta ocasión con tanta fuerza que Circe se apartó del grabado dando un par de pasos hacia atrás. No se percató de que se abría una puerta a su espalda y acabó tropezando con un visitante que salía del despacho. Aquel hombre llevaba un libro en la mano que salió despedido por el encontronazo y golpeó aparatosamente contra el suelo. Circe se inclinó para recogerlo.

—Disculpe.

El hombre era alto, huesudo y de porte aristocrático; tal vez joven, aunque resultaba difícil precisarlo. Lucía unas pequeñas gafas redondas y una chaqueta azul cruzada. Sonrió a Circe mientras tomaba el libro que ella había recogido del suelo: un ejemplar antiguo y pesado, con un título en latín del que Circe sólo llegó a vislumbrar el *-um* de la terminación de la última palabra. Al entregarle el volumen, sus dedos se rozaron, y Circe advirtió que las manos del hombre estaban frías, como las de un cadáver.

—Muy amable, señorita.

Circe sonrió por educación, pero sólo por educación. La temperatura corporal de aquel individuo y su voz cavernosa, como el eco de alguien que se estuviera alejando, le habían puesto los pelos de punta. Experimentó una sensación extraña y desconocida, parecida al miedo. Permaneció petrificada, observando cómo desaparecía por el vestíbulo, hasta que otra voz la sacó de su estupefacción:

—Pasa, querida, no te quedes ahí. Discúlpame. —La señora Nubla le sonrió desde la puerta—. Estos primeros días de curso son un sinvivir. ¿Tú eres…?

—Circe Darcal.

—Ah, sí, nuestra interna rezagada… Bienvenida, Circe. Creo que he puesto tu documentación por algún sitio…

La señora Nubla se acercó a la mesa de un despacho invadido de papeles y carpetas mientras Circe trataba de disculparse: quiso explicarle su retraso porque se había quedado en el pueblo vendimiando con la abuela. Todos los años la ayudaba a recolectar las uvas, porque tenían pocas viñas y la abuela, empeñada en hacer las cosas como siempre se habían hecho, era reacia a contratar nuevos vendimiadores.

—No te preocupes, querida. Estos primeros días siempre sucede. Y todavía no han comenzado las clases de muchas asignaturas —repasó el expediente—. Ah, Circe Darcal. Facultad de Historia… —Y cerró rápidamente la carpeta, como si le importara poco lo que en ella había o como si ya se lo supiera de memoria—. Bueno, Circe, siendo nieta de quien eres, tampoco necesitarás muchas explicaciones, ¿verdad?

La señora Nubla se quedó en silencio, como si esperara su aquiescencia. Circe forzó una sonrisa y asintió con la cabeza a falta de nada mejor que decir.

—Compartirás habitación con… —volvió a abrir el expediente— Rebeka Arizmendi, una estudiante de biología. Habitación 55, en la quinta planta. Puedes utilizar los ascensores del final del pasillo. —Y forzando una sonrisa, añadió—: Bienvenida a la Residencia de la Salud.

Mientras recorría el pasillo camino de los ascensores, Circe seguía rumiando aquella frase de la señora Nubla: «Siendo nieta de quien eres, tampoco necesitarás muchas explicaciones». La directora del colegio le había hablado como si alguna vez hubiera conocido a su abuela. Pero la señora Nubla era una mujer de mundo, eso se observaba a primera vista, la directiva de una de las instituciones educativas más afamadas de Europa, y su abuela una mujer de campo que vivía pendiente de su huerto y de sus viñas, que nunca salía del pueblo y que consideraba la ciudad de Ochoa como el sitio donde anidaban todos los males.

¿O no? La verdad es que nunca se había planteado otra cosa. Su abuela siempre había sido su abuela, la mujer que la crio después de la muerte de sus padres. Pero pensándolo bien, era muy diferente a otras mujeres de su edad. Conservaba una magnífica biblioteca, devoraba periódicos y leía las noticias con la avidez de quien las necesita para su sustento. A menudo recibía visitas de gente que venía desde muy lejos, incluso desde el extranjero. Circe siempre había pensado que se trataba de reuniones de negocios relacionadas con el vino. Las vides de su abuela, aunque ocupaban pocas hectáreas, producían un vino que había ido ganando fama con el paso de los años. Y cuanto más se obstinaba ella en no aumentar la producción y preservar los procedimientos artesanales, más fama ganaba. Pero vender vino a unos restaurantes esnobs era una cosa, y relacionarse con una mujer de mundo como la señora Nubla era otra. Y por primera vez en su vida, Circe llegó a preguntarse si de verdad conocía a su abuela Encina.

3

La flor del sol

DURANTE EL BREVE trayecto en ascensor, Circe había ensayado mentalmente cómo dirigirse a su compañera de cuarto, a quien suponía una sofisticada chica de ciudad. Pero de nada le sirvieron tantas prevenciones, porque al llegar descubrió que la habitación estaba vacía. Era una estancia grande —más grande de lo que hubiera imaginado antes de entrar—, adecuada para un par de personas, con sendas camas, dos escritorios, estanterías a ambos lados y un banco de madera bajo un mirador acristalado con un cierre metálico que imitaba las ramificaciones y nudos del tronco de un árbol.

El espacio de la derecha era obvio que se hallaba ocupado. Libros de animales y plantas en español e inglés se agolpaban en los estantes, un edredón de color verde cubría la cama y en un rincón del escritorio, donde se apilaban un ordenador portátil y varias carpetas, también descubrió una serie de extraños objetos que le llamaron la atención: una caracola dentro de un vaso con agua, una vela encendida en un guardabrisa, un frasco con arena y una pluma de ave. Sintió un fuerte deseo de tocarlos y acercó su mano a ellos, como si ese simple gesto le bastara para adquirir algún conocimiento sobre la que iba a ser su compañera de cuarto.

Algo la distrajo: la certeza de otra presencia en aquella misma estancia. Observó con el rabillo del ojo el inesperado movimiento de una cortina y, aunque volvió rápidamente la cabeza, no vio a nadie. Miró hacia todos los rincones de la habitación sin ningún resultado, pero la percepción de una presencia muy cercana no se extinguía. Circe aún tardó algunos segundos en advertir un gato que zigzagueaba entre sus piernas y acababa frotando el lomo contra una pernera de su pantalón.

—¡Así que tú eras quien me vigilaba detrás de la cortina! —exclamó Circe tomando al gato entre sus manos.

El animal maulló y comenzó a lamerle los dedos. En ese instante, se abrió la puerta de la habitación que golpeó contra el equipaje de Circe amontonado junto a la entrada. Las maletas cayeron al suelo con gran estruendo, el gato saltó de sus brazos con un maullido y corrió a esconderse debajo de una cama, y Circe —que aún no se había recuperado de la sorpresa anterior— dejó escapar un grito.

Junto a la puerta y el equipaje desparramado por la habitación había una muchacha más o menos de su edad, de cabello rojo y ensortijado, que la miraba con los ojos muy abiertos. Era una chica flaca, de esas que parecen tener la cabeza desproporcionada con el cuerpo por efecto de una melena abundante, rizada y rebelde. Su cara era cuadrada, de mandíbulas y pómulos prominentes, con la nariz estrecha y un tanto puntiaguda, la boca y los ojos pequeños, de un inquietante color ambarino e inteligente.

A juzgar por el teléfono móvil que llevaba en la mano enfundada en un guante tan verde como su vestido o la colcha de su cama, la zapatiesta la había sorprendido en plena conversación. Retomando el diálogo interrumpido, dijo:

—Lasai ez da ezer gertatzen. Muxu bat, amatxu. Agur.

«Un beso, mamá. Adiós.» Fue lo único que Circe llegó a entender, por lo que dedujo que estaba hablando en vascuence. La recién llegada guardó el teléfono en un bolsillo y le dijo:

—Hola, soy Rebeka. No creía que mi aspecto por las mañanas fuera para asustarse tanto —y lanzándose sobre la cama agregó—: Tú debes de ser la famosa compañera de cuarto que me prometieron el primer día y que no llegaba nunca.

—Lo siento, lo siento. Me he levantado muy temprano y ha sido un día de muchos sobresaltos, ya te puedes imaginar… —improvisó Circe—. Ce. Me llamo Ce.

—¿Y esa Ce es diminutivo de algo?

—Sí, de Circe.

—Bonito nombre.

—A mí no me gusta, ni mi abuela me llama así. Es nombre de bruja…

—Pues esa bruja tenía un nombre muy bonito. Veo que ya os habéis conocido…

El gato había salido de su escondite y volvía a refregarse contra la pernera de Circe.

—¡Ah, sí! ¿Es tuyo? ¿Tiene nombre?

—Se llama *Katu* —respondió Rebeka.

—¿Y significa algo ese nombre?

—Pues sí. *Katu* significa «gato». No digas nada, ya sé que no es un nombre muy original…

—¡No puedes llamarlo así! Un gato no se puede llamar Gato.

Rebeka frunció la boca en un gesto pensativo y dio la impresión de que su nariz se movía de un lado a otro muy deprisa, como el hocico de un conejo.

—¿Por qué no? También llamo «madre» a mi madre y no pasa nada.

Ajeno a la discusión sobre su propio nombre, *Katu* observaba con curiosidad cómo la recién llegada trataba de deshacer el equipaje, se metió varias veces en la maleta y encontró divertido jugar con el cierre de la bolsa de aseo hasta que Circe se la quitó. Rebeka se ofreció a ayudar y, ante la negativa de Circe, que temía no encontrar sus cosas cuando las necesitara, se recostó en la cama.

Mientras su compañera distribuía el contenido de las maletas en el armario y las estanterías, Rebeka le contó que había nacido en un pueblo de los Pirineos, aunque vivía en Pamplona desde que era una niña con su madre y sus hermanas pequeñas. Estudiaba biología y era vegana, antitaurina, activista de Greenpeace y de PETA.

—Me encantaría conseguir que mi gato dejase de cazar moscas.

Le dijo algo en vascuence al gato que, como era de esperar, no respondió. *Katu* permaneció observando el vacío, como si no diera crédito a lo que estaba oyendo.

—Espero que por lo menos lo alimentes con carne y pescado.

—Lo sé, un gato tiene que comer de todo, aunque por mí lo acostumbraría al tofu.

El gato abrió los ojos, la miró displicente y dejó escapar un maullido de desacuerdo

—A lo mejor soy una paleta, pero creo que comer carne está en la naturaleza humana.

—Me parecería muy bien si siguiéramos cazando con lanzas y piedras, pero no lo hacemos. Criamos animales y los hacinamos, consumimos más de lo que podemos producir. Dentro de poco criaremos seres humanos para alimentarnos.

Circe iba a replicar con ironía que, por supuesto, la comida del gato se generaba por ciencia infusa dentro de la lata, pero se calló. Cuando terminó de colocar sus maletas vacías debajo de la cama, Rebeka se estaba desperezando.

—Tanto hablar de comida me ha dado hambre. ¿Sabes dónde está el comedor? ¿Quieres que te lo enseñe? —Circe asintió, también le apetecía comer algo.

Mientras Rebeka buscaba la llave para cerrar la puerta, Circe observó lo que parecía una flor seca sobre el dintel y que le había pasado desapercibida cuando llegó.

—¿Qué es eso? —le preguntó a su compañera de habitación.

—*Eguzkilore* —contestó ella—, la flor del sol. —Y como Circe hizo un gesto de no entender nada, le explicó—: En realidad es una flor de cardo. Los campesinos de mi tierra las colocan en las puertas de sus casas para que los proteja.

Mientras bajaban por la escalera, Rebeka le habló de una época remota en que Amalur —la Madre Tierra— todavía era joven y el mundo estaba a medio hacer. Ni siquiera existía el tiempo, porque no existían el Sol ni la Luna ni la sucesión de los días y sus noches. Los primeros hombres y mujeres habitaban en una permanente oscuridad y carecían por ello de sombras. Aunque ésa era la menor de sus preocupaciones, porque vivían constantemente acechados por los malos espíritus y los seres infernales que emergían de las tinieblas eternas: los genios de la enfermedad, la tempestad y el rayo, los rojos toros de fuego y los caballos voladores, las serpientes gigantes y los dragones de siete cabezas, o las lamias con pies de pato y los gigantes de un solo ojo.

Los seres humanos estaban desesperados y le rogaron a la Madre Tierra que los protegiera de los peligros que acechaban en las tinieblas eternas. Y Amalur les respondió: «Hijos míos, he oído vuestras súplicas y no os dejaré desamparados. A partir de hoy, os hará compañía mi hija primogénita, que iluminará la noche y espantará con su presencia las amenazas de la oscuridad. Ella será vuestra hermana, a quien llamaréis Ilazki».

Así fue como Amalur creó la Luna. Sorprendidos por su luminosa presencia, los seres humanos no se atrevían a salir de las cuevas. Pero nada tenían que temer de su propia hermana, y pronto se acostumbraron a vivir durante las horas lunares y a dormir cuando la Luna regresaba al regazo de su madre, porque entonces los genios y monstruos regresaban amparados en la oscuridad.

Al poco tiempo, los seres humanos volvieron a pedirle ayuda a Amalur. «Madre Tierra —le dijeron—, todos nos sentimos muy agradecidos con la compañía de nuestra hermana Ilazki, pero los genios y monstruos continúan persiguiéndonos en su ausencia.»

Amalur, muy atenta a lo que sucedía en sus dominios, les respondió: «Hijos míos, he oído vuestras súplicas y no os dejaré desamparados. Os enviaré a mi hijo pequeño para que os haga compañía durante el día y espante con su presencia las amenazas de la oscuridad. Él será vuestro hermano, a quien llamaréis Ekhi».

Así fue como Amalur creó el Sol, que resplandecería en el cielo cuando la Luna regresaba al regazo de su madre. De esta forma, el Sol presidió los días y la Luna las noches. Su hermano Ekhi era tan grande, caliente y luminoso que los hombres y mujeres de la Tierra tuvieron que acostumbrarse a él poco a poco. Pero su sorpresa y su agradecimiento fueron enormes cuando comprobaron que, gracias a su calor y su luz, crecían plantas y árboles, y de las plantas brotaban flores y de los árboles frutas. Y, sobre todo, cuando descubrieron que los genios, los demonios y los malos espíritus eran incapaces de soportar la gran claridad del día, porque como seres de las tinieblas que eran, el sol los descomponía. Ninguno de ellos se atrevía a pisar la tierra mientras el Sol estaba en el cielo, y tampoco las tenían todas consigo cuando la Luna iluminaba la noche. Pero una vez al mes, Ilazki se demoraba algunos días en el regazo de su madre, y las bestias infernales aguardaban ese momento para salir furiosas de sus guaridas.

Los seres humanos estaban indecisos entre encerrarse en sus cavernas durante esas pocas noches al mes o volver a molestar a Amalur. Finalmente decidieron implorar por tercera vez a la Madre Tierra. Le dijeron que se sentían muy agradecidos con Ilazki y Ekhi, pero necesitaban algo más que los protegiera durante la luna nueva. Y Amalur les contestó: «Hijos míos, he oído vuestras súplicas y no os dejaré desamparados por tercera y última vez. Os regalaré una flor tan perfecta y tan hermosa que, al verla, los seres de la noche huirán espantados creyendo que se trata del propio Sol».

—Y así nació la *eguzkilore* —concluyó Rebeka—, la flor de sol, que aún hoy defiende los hogares de los espíritus maléficos y los genios de la enfermedad, las tempestades o los rayos. También se dice que aleja las envidias y la maldad de todos los enemigos… y hasta espanta a las brujas.

—¿Y de verdad sirve para espantar a las brujas? —le preguntó Circe.

—Sí, pero sólo a las malas —le respondió Rebeka con una sonrisa—. Sólo a las malas.

4

Quod superius, sicut inferius

FUE UNA HABILIDAD que Circe descubrió cuando todavía era muy pequeña y al principio apenas le concedió importancia, con toda probabilidad porque pensó que eso era algo que le sucedía a todo el mundo. Años más tarde, cuando llegó a comentarla con algún adulto, tampoco la tomaron en serio, quizá porque consideraron que una destreza semejante era sencillamente imposible y que sólo se trataba de una idea disparatada, la imaginación de una niña fantasiosa sin ningún arraigo con la realidad que se podía despachar con una frase bien sencilla: «No digas tonterías».

El caso era que, cuando Circe se concentraba en alguna imagen —que lo mismo podía ser un cuadro al óleo, una fotografía, un grabado o el cartel de una película—, percibía que sus figuras adquirían movimiento, por decirlo de alguna manera. Al menos así había tratado de explicarlo, aunque no fuese algo tan simple. No se trataba de que las imágenes estáticas se convirtieran en la secuencia de una película; era que se sumergía en la imagen y podía moverse por ella, en el espacio y en el tiempo, saltando de causa en efecto y viceversa.

Pero Circe también aprendió desde muy pequeña que todo conocimiento provoca dolor; permanecer mucho rato observando una imagen, explorando su pasado o su futuro, o moviéndose más allá de sus límites, no resultaba inocuo. Cualquiera de aquellas contemplaciones acababa provocándole unas terribles jaquecas, más dolorosas y persistentes cuanto más tiempo había pasado sumergida en una imagen.

Era aquella sorprendente habilidad —o poder, o intuición, o lo que fuese— la que le había llevado a estudiar historia: siempre le había bastado con mirar durante unos instantes una representación gráfica para saber quiénes eran las figuras que aparecían en ella, en qué circunstancias había sido tomada e incluso caminar mentalmente por ella para conocer detalles concretos.

Sin embargo, al llegar a la universidad descubrió que no todo iba a ser un apacible recorrido por las imágenes del pasado, sino que también tendría que esforzarse en otras muchas materias para obtener buenas calificaciones. Además, llevaba casi diez días de retraso y le preocupaba no ser capaz de ponerse al día. Así que, por primera vez en su vida, se sentó en primera fila; chica aplicada en su primer día de clase: latín con el profesor Julio Gayo en un aula de la Facultad de Filología. Sobre la mesa había dispuesto con cuidado un diccionario, folios, bolígrafos y un lápiz al que había sacado punta el día anterior. Pronto se arrepentiría de su entrega: el curso de latín había comenzado una semana antes y los estudiantes tenían que traducir un breve texto medieval en el que nadie conseguía encontrar el sujeto ni el predicado.

Quod superius, sicut inferius, se podía leer en la pizarra.

—¿Alguien se atreve a traducirlo? —preguntó el profesor.

Cabezas que miraban al suelo y cuchicheos en las primeras filas hasta que una voz desde el fondo de la clase dijo:

—«Lo que está arriba también está abajo…»

—¿Algo más, señor Herrero?

Y de repente todo comenzó a olerle a cedro. El olor era tan fuerte, tan absorbente, que la voz del señor Gayo se esfumó, su figura vestida con un traje príncipe de Gales empezó a emborronarse y Circe se vio incapaz de copiar una sola frase más.

Casi antes de darse la vuelta ya lo sabía. El chico del tren, desde el fondo del aula, respondió:

—O viceversa. «Lo que está abajo también está arriba...»

El aula empezó a moverse a su alrededor y tuvo que hacer un sobreesfuerzo para enfocar al profesor Gayo, que asentía con la cabeza y recitaba:

—*Quod est inferius est sicut quod est superius, et quod est superius est sicut quod est inferius...*

A continuación ensayó esa sonrisa sardónica que los profesores universitarios adoptan cuando explican algo que les parece a todas luces evidente y comentó que la frase escrita en la pizarra era el emblema de la ciudad de Ochoa.

—Un emblema que muchos han asociado al descubrimiento de las minas de wolframita que tanta riqueza han proporcionado a nuestra comarca. Sin embargo, el origen de esa frase se remonta a la Edad Media, una época en la que todavía no se había descubierto el wolframio.

Fue la clase más larga de toda la existencia lectiva de Circe. Los dedos rectos y largos de Julio Gayo, tocándose la pajarita de color amarillo que lucía al cuello cada diez palabras exactas, a modo de tic, fueron su tabla de salvación para no perder el conocimiento. El perfume resultaba tan intenso que no consiguió entender buena parte de la lección. El mareo y el olor a cedro la mantuvieron sentada y en silencio, rogando para que el señor Gayo no le preguntase nada, incapaz de comprender que nadie más se sintiera tan molesto como ella por aquel penetrante perfume a madera.

—Hola —la asaltó el muchacho del tren a la salida—, te dije que nos volveríamos a ver.

Circe se había propuesto esquivarlo al terminar la clase, pero el asiento que él había ocupado se hallaba más cerca de la puerta y allí la esperó, dejándola sin escapatoria.

—No me digas que tú también estudias historia.

—Eso es lo que llamo yo una presentación en toda regla —replicó él divertido.

—Disculpa, es que no he tenido lo que se dice un buen día.

—Me llamo Arturo. ¿Puedo llamarte por algún nombre, chica del pelo bonito?

—Ce, Ce está bien.

—Ce, la chica del pelo bonito y el nombre misterioso.

—Voy a empezar a pensar que te gusta en serio mi pelo.

—Claro que me gusta. Y no, no estudio historia, aunque supongo que tú sí.

Arturo le explicó que él estudiaba filología clásica, así que sólo coincidirían en clases de latín, y Circe se alegró en silencio de esa circunstancia: hubiera sido un infierno compartir con él más asignaturas, segura como estaba de que hubiese tenido que evitarlo si quería aprobar alguna de ellas. La Facultad de Historia y la de Filología se situaban en edificios vecinos, y se comunicaban por un pequeño puente acristalado que cruzaba por encima de la carretera, lo bastante cerca para asistir a latín, pero lo suficientemente lejos para que Arturo y su excesivo olor a cedro le permitieran estudiar. La fragancia de Arturo le resultaba tan insoportable que no sólo conseguía desconcentrarla en clase, sino que apenas le permitía decir algo coherente.

Así que optó por permanecer callada, aunque a su compañero no pareció importarle. Presa de una repentina locuacidad, Arturo le contó que vivía en un pueblo de los alrededores de la ciudad con su padre y un tío, bueno, en realidad su tío vivía enfrente, y que por eso se habían encontrado en el tren. Su madre los había abandonado cuando era muy pequeño y no se acordaba de ella. Todo un resumen biográfico mientras cruzaban el pasillo en el descanso entre clase y clase. Circe no dijo nada. Bastante tenía con alcanzar el puente y llegar a su facultad sana y salva, tanto la mareaba aquel perfume.

—No te preocupes por el latín, no es difícil. Aunque el profesor Gayo parezca un ogro, luego es un pedazo de pan. Y como dijo Virgilio, *labor improbus omnia vincit*: «El trabajo obstinado lo vence todo». Yo me quedo aquí —concluyó él de improviso—. Mi siguiente clase es justo al lado de la pasarela.

A punto estuvo Circe de emitir un suspiro de alivio cuando oyó su despedida.

—Ya nos veremos, ¿no? —Tuvo que hacer un esfuerzo para mantenerse derecha y dibujar una sonrisa.

—Claro, cuatro horas a la semana, chica del pelo bonito —respondió él.

Y cuando Circe se alejó por la pasarela, esas últimas palabras repiquetearon en su mente como una condena.

5

El regalo hecho con retraso

A PESAR DE TODOS sus esfuerzos, Circe no acababa de acostumbrarse a la habitación de la residencia. Era una sensación contradictoria que ella no dudó en atribuir al hecho de que aún echaba de menos el hogar familiar, donde había vivido casi toda su vida. Aquella nueva estancia, amplia y luminosa, que la cobijaba con amabilidad, le producía al tiempo un cierto desasosiego. La particular arquitectura del edificio o la extraña disposición de los espacios le provocaban la desconcertante impresión de que el cuarto era más amplio por dentro de lo que parecía por fuera, algo que Circe sabía por completo imposible. No obstante, sospechaba que las puertas de las habitaciones estaban demasiado juntas como para que tras ellas se desplegasen estancias tan espaciosas. Había contado los pasos que separaban unas de otras tanto en el interior como en el exterior del pasillo, pero tan rústico procedimiento de medición no le había proporcionado ninguna evidencia concluyente.

Sin embargo, pronto advirtió que, si aquel recinto le provocaba inquietud, la presencia de Rebeka solía calmarla. A veces ni siquiera era necesario que su compañera se encontrara cerca. Los objetos de Rebeka también la confortaban: la caracola dentro del vaso con agua, la vela permanentemente encendida, el tarro con arena o la pluma de ave. Desconcertantes y atrayentes, ordenados en su rincón de la estantería, la llamaban en silencio. *Katu* no se acercaba a ellos, pero Circe sí. El deseo que había sentido de tocarlos desde el primer día había sido muy intenso, y a menudo se había descubierto a sí misma aguardando a que Rebeka se marchara para palparlas a placer. Si no lo había hecho era por la vergüenza que le producían tales pensamientos, pero también por el temor a que su compañera descubriera de alguna manera sus más íntimos propósitos.

Entre esos objetos había una fotografía familiar de Rebeka en un marco plateado y verde. En ella se veía a dos mujeres pelirrojas y dos niñas, también pecosas y pelirrojas. La mayor debía de ser su madre, y las dos niñas las hermanas de su compañera, que la miraba desde el papel con sus ojos rasgados de color miel. En una ocasión, Circe se dio cuenta de repente de que había cogido la fotografía y se obligó a devolverla al estante atrapada por la mirada de Rebeka y su madre, tan triste, tan de luto. Sí, Circe había visto un cementerio y aquellos ojos ambarinos anegados de lágrimas.

Todo en aquella parte de la habitación que pertenecía a su compañera la hipnotizaba sin remisión, como un campo magnético que atrajera los dedos de Circe para comprobar su textura y temperatura, como si nunca hubiera visto un lápiz, un libro, una pantalla de ordenador, unos pendientes con esmeraldas artificiales olvidados en la mesita. Durante aquella primera semana, con frecuencia apretaba los ojos y se obligaba a sentarse en su propia cama, que al lado de la otra parecía desprotegida y desnuda, retándola a tener tanta personalidad como la de su compañera. Desde que salió de Valdaya le había preocupado parecer una paleta, con su ropa heredada y teñida de negro a mano, o hacer el ridículo con la colcha que habían cosido la abuela y ella aquel verano, pero lo cierto es que Rebeka se había quedado fascinada con la colcha confeccionada con retales. Y si Rebeka admiraba aquellas cosas en vez de ridiculizarlas, ¿qué tenía de extraña la fascinación que ella podía sentir por los objetos de su mesa o su estantería? ¿Qué raro magnetismo tenía todo aquello? ¿No era igual de desproporcionado que el olor a cedro de Arturo?

Aquella tarde en que Rebeka se estaba demorando más de lo habitual, Circe consideró que una conversación por ordenador con su amiga Rosa acortaría la espera y por un rato la apartaría de tantos pensamientos extravagantes. Además, no habían vuelto a hablar desde que Circe se marchó a Ochoa y la echaba de menos. Pronto quedó claro que su amiga no estaba interesada en los aspectos académicos de su nueva vida universitaria, por lo que la charla derivó a cuestiones más frívolas y divertidas.

—¿Y cómo se llama?

—Arturo.

—Tiene un bonito nombre, de rey medieval o de caballero de la tabla redonda. —Su amiga pestañeó soñadora—. ¿Y te gusta mucho?

—Yo no he dicho que me guste, Rosa. He dicho que estaba allí, otra vez, en mi clase, como predijo.

—¿Como predijo?

—Cuando lo conocí en el tren dijo que ya nos veríamos, y yo no me lo tomé muy en serio, porque la ciudad es muy grande.

—Será una casualidad, mujer.

—Sí, será eso.

A pesar de darle la razón a su amiga, Circe no las tenía todas consigo. Siempre había querido estudiar historia y le parecía que la misión de los historiadores era la de encontrar correlaciones entre los hechos. En el pueblo era bastante probable encontrarse con gente conocida a diario. Pero ¿en una ciudad como Ochoa? ¿Qué probabilidad existía de coincidir en una asignatura con el muchacho que se había sentado a su lado en el tren? Rosa agitó su pelo color caramelo y puso sus grandes ojos en blanco.

—Esas cosas pasan todo el rato, chica.

—Sí, Rosa, supongo que sí.

—Sobre todo cuando un chico te gusta, se te aparece hasta en los espejos.

—Yo no he dicho que me guste —repuso Circe con un mohín.

—Pues te has puesto colorada al contármelo.

Desde su llegada le había parecido que aquel Hospital de la Salud estaba aguardándola de alguna manera, y no en el sentido en el que se espera a la residente que llega con el curso ya comenzado. A veces tenía la sensación de que se hallaba ante las piezas sueltas de un gran rompecabezas que por sí mismas resultaban aburridas, triviales e insignificantes: el acérrimo olor que exhalaba Arturo, la coincidencia de ambos en la misma clase, las extrañas palabras de Matilda Nubla sobre la abuela, las manos frías del hombre con el que chocó en su despacho y su aspecto de joven envejecido… Cada uno de esos momentos componían en la imaginación de Circe un intrincado puzle cuyo aspecto completo no llegaba a intuir.

—¿Y es guapo? —Rosa seguía a lo suyo.

—Bueno, depende de con quién lo compares.

—O sea que sí, es guapo. Ce, es la primera vez que te veo así con un chico. No te reconozco.

Rosa se echó a reír y Circe se sintió avergonzada.

—No sé qué me pasa cuando lo tengo cerca. No puedo sentir otra cosa que su olor, no puedo ver otra cosa que no sea su sonrisa. O esos ojos azules que tiene. Hasta te diría que se parece a Paul Newman, pero con el pelo más oscuro.

—¡Y todavía dices que no es guapo!

—No he dicho que no lo sea. He dicho que depende de con quién lo compares. Y de todas formas no me gusta cómo me siento cuando lo tengo cerca. Es como si me pusiera enferma de repente.

—Va a ser el amor.

—Mira que eres tonta.

—¿Y no le dijiste tu nombre completo?

—Pues no, Rosa, bastante esfuerzo me costó decirle Ce.

—Estás enamorada, no cabe duda.

—¿De quién estás enamorada?

La voz de Rebeka la sobresaltó.

—De nadie, son cosas de mi amiga Rosa. Disculpa, enseguida me pongo los auriculares.

—¿Quién es ésa?—preguntó Rosa desde la pantalla haciéndose una coleta.

—Es Rebeka, mi compañera de cuarto.

—Oye, Ce, nena, no te molestes en buscar los auriculares, me tengo que ir a la tienda. Otro día hablamos un rato.

Circe se despidió de Rosa y apagó el ordenador.

—Así que acabas de llegar y ya te has enamorado —sonrió Rebeka quitándose la gabardina—. Perdona por haber interrumpido tu conversación.

—No importa, también es tu habitación. Y no estoy enamorada. Es sólo que me he tropezado en varios sitios con ese chico y me resulta inquietante.

—A veces las personas que nos están destinadas vienen a nosotros sin más. Como los animales. La mascota que de verdad te corresponda vendrá a ti aunque no la busques. Como mi gato vino a mí. —*Katu* ronroneaba en su regazo—. ¿Sabes que el Colegio de la Salud es uno de los pocos que permiten a sus residentes convivir con animales? Y es que según unos sesudos estudios de algunas universidades americanas, la presencia de las mascotas aumenta el rendimiento de los estudiantes y disminuye la ansiedad. Por cierto, qué tonta, no te pregunté si eras alérgica a los gatos.

—No. Que yo sepa, no.

—Mejor así. Los gatos son los protectores del espíritu, ¿lo sabías? Se aseguran de que no les ocurra nada malo a nuestras almas. También son los guardianes de las puertas que conducen al mundo de los muertos. Y algunas creencias ven en ellos a nuestros propios antepasados, que nos protegen en forma de felino.

—¿Crees en esas cosas?

—¿Nunca has oído que es mejor creer que comprobar?

Rebeka le guiñó un ojo y Circe se reafirmó en el sentimiento de que aquella chica le gustaba, aunque al mismo tiempo era algo irritante lo difícil que le resultaba estarse quieta. Mientras hablaban, Rebeka parecía incapaz de mantener quietas sus manos, a veces simplemente haciendo movimientos rutinarios e intrascendentes: estiraba la colcha con los dedos o encendía la vela de la mesa, y otras componiendo extraños gestos alrededor de la arena, la concha y la pluma, unos gestos que a Circe le resultaban tan hipnóticos y atrayentes como aquellos objetos que tanto deseaba tocar.

—Y dime, ¿cómo es?

—¿Quién?

—El chico que, según tu amiga, te tiene enamorada.

Rebeka no había dejado de hacer aquellos giros en el aire con las manos, y a pesar de que los realizaba con la naturalidad de un movimiento repetido a diario, a Circe le costaba concentrarse en la conversación.

—Pues es alto, tiene el pelo negro y los ojos de un azul muy profundo. Sonríe mucho y estudia filología clásica, aunque dice que se le da mal el latín. También recita pasajes de *La Eneida* de Virgilio, así que no sé.

—Virgilio, ¿eh?

—No sabes quién es, ¿verdad?

Rebeka hizo de nuevo ese movimiento de boca que la hacía parecer un conejo antes de negar con la cabeza.

—Imagino que un romano, ¿no?

—Sí, un poeta romano. El primero que bajó a los infiernos.

Rebeka esbozó una sonrisa al oír eso.

—Vale —susurró.

—Como te decía, es muy simpático y se llama Arturo. Pero cuando lo tengo cerca siento cierto malestar. Rosa dice que es amor, pero yo lo llamaría mareo.

—¿Te mareas cuando lo tienes cerca? —Rebeka pareció alarmada y dejó de mover las manos.

—No sólo me mareo, me cuesta concentrarme y percibo un fuerte olor a cedro, como si no hubiera otra cosa en el mundo que el olor a cedro.

—Madre mía.

—¿Qué?

Rebeka se había quedado pálida ante la mesa de su escritorio. Sus brazos estaban en una posición extraña, agarrándose al respaldo de la silla como para evitar caerse.

—¿Me dijiste que tu cumpleaños era el veintidós de septiembre?

—Sí, fue el día veintidós, pero no llegué a celebrarlo. ¿Cómo sabes que es ese día?

—¿Seguro que no me lo habías dicho?

—Juraría que no, pero la verdad es que no lo recuerdo.

Rebeka había recuperado el color, pero parecía nerviosa mientras rebuscaba en los cajones del escritorio como una loca. *Katu* la observaba con arrogancia desde el banco adosado a la ventana hasta que su dueña, por fin, exhibió un paquetito envuelto en papel de seda verde.

—Feliz cumpleaños, compañera.

—¡Pero si ni me conocías cuando fue mi cumpleaños! De eso hace casi un mes y lo único que hice especial fue comer un bizcocho de limón con mi abuela.

—Suponía que apenas lo habías celebrado y decidí comprarte un regalo. ¿Cómo puedes pasar por alto que has alcanzado la mayoría de edad? Venga, ábrelo.

Circe no acababa de comprender la pertinencia de aquel regalo, pero aun así abrió el paquete. Puede que Rebeka sólo intentase congraciarse con su nueva compañera y que aquel detalle estuviese destinado a ella en origen, pero ¿qué importaba?

Dentro del envoltorio, colgando de una cadena larguísima, había un guardapelo con forma de estrella de mar.

—¡Rebeka! ¡Es precioso!

—Y muy antiguo. Siento que esté roto y no lo puedas abrir para meter lo que quieras, pero me gustó tanto…

Circe se lo puso alrededor del cuello.

—No sé qué decir, la verdad. No hace falta que se abra, es bonito así, tal cual. No me lo voy a quitar nunca.

—No sabes cómo me alegra oírte decir eso.

—Te compensaré en tu cumpleaños.

—Fue en marzo, pero si quieres compensarme el año que viene por no haberme conocido antes de ser mayor de edad, lo aceptaré.

Ambas rieron.

—¿Por qué te parece tan importante la mayoría de edad?

—No sé. ¿Tú no te has sentido diferente desde que cumpliste los dieciocho?

—En realidad toda mi vida ha cambiado. Y no dejan de suceder cosas sorprendentes. Pero aquí cualquier acontecimiento se convierte en extraordinario si lo comparo con mi vida anterior en el pueblo. A ti, en cambio, seguro que te parecen de lo más normales.

—El día que dejamos de encontrar extraordinarias las cosas podemos darnos por muertos, así que tranquila, acabas de llegar y todavía no has visto nada.

6

Pasos en la niebla

A CIRCE LE COSTABA alejarse del recinto universitario durante los primeros días que pasó en la Residencia de la Salud. En el pueblo solía ir a todas partes caminando y en la ciudad tenía la intención de hacer lo mismo. No le gustaba subirse a unos autobuses atestados de estudiantes que la hubieran conducido al centro de la ciudad; además, tampoco acababa de entender el funcionamiento de los tranvías y por nada del mundo se hubiera adentrado en la boca del metro, que le parecía una antesala del infierno. En realidad, le resultaban más entretenidos y gratificantes aquellos paseos por la universidad en los que observaba a los estudiantes y profesores en sus quehaceres cotidianos.

Mientras vivía con su abuela se había acostumbrado a levantarse antes de que amaneciera, y cuando llegaba la hora de marcharse al instituto ya habían hecho tantas tareas que volvía a tener hambre y desayunaba por segunda vez, así que adoptó la costumbre de cruzar el puente cada mañana y pasear por el campus antes de entrar en clase. En ocasiones también se permitía dar otro paseo por la tarde, que siempre le resultaba demasiado corto, porque las últimas luces del día la invitaban a regresar a la residencia y no desatender sus obligaciones académicas.

En aquellas caminatas fue descubriendo un mundo desconocido que surgía a su paso como por arte de magia. Los pabellones de estilo modernista que albergaban las diferentes facultades eran semejantes entre sí, pero a la vez muy diferentes en los detalles que los caracterizaban, y esa alternancia entre lo familiar y lo desconocido que la sorprendía al volver cualquier esquina le resultaba inquietante. A veces tenía la sensación de que ya conocía esos edificios y esas calles, hasta que se daba cuenta de que nunca había pasado por allí; otras veces volvía a recorrer lugares que ya había visitado sin ser capaz de reconocerlos. Algunas zonas se parecían tanto a otras que Circe se hubiera atrevido a jurar que no era ella la que visitaba distintas partes del campus, sino que los edificios se movían de un lado a otro antes de que hubiera llegado.

No le concedió a este hecho demasiada importancia, y atribuyó esa sensación a su permanente sorpresa por las novedades. En el pueblo todo se parecía. O al menos eso era lo que ella pensaba. Un sitio donde vestir siempre de negro se convertía en una alteración de lo cotidiano era un lugar homogéneo y sin diversidad. Ahora podía caminar por avenidas atestadas de transeúntes a los que nunca había visto, se complacía en las bandadas de cuervos que de repente levantaban el vuelo desde los árboles de los paseos y se cruzaba con gentes tan dispares que el mero hecho de observarlas ya se convertía en una diversión.

Antes de trasladarse a la ciudad, Circe sólo había visto tribus urbanas por la televisión. En estos primeros días se entretenía deduciendo de quiénes eran seguidores o admiraban unos u otros por el modo en el que iban vestidos. Aquellos de allí, con la cadena al cuello y los pelos de punta, era evidente que a Sid Vicius. Ese taciturno del abrigo gris que fumaba con desprecio, a Albert Camus. Las chicas de maquillajes exagerados, a Siouxie. La del sombrero, que leía bajo un árbol, a Virginia Woolf. Y así disfrutaba todos los días de su paseo. En realidad poco importaba si de veras acertaba con los personajes que asignaba a cada uno, era una forma de divertirse como cualquier otra. Una forma de conectar con el lugar que tanto había anhelado y del que empezaba a formar parte.

La arquitectura de la ciudad la fascinaba. Los rascacielos funcionales y fríos en la línea del horizonte combinaban a la perfección con los edificios modernistas de fachadas de inspiración vegetal y mitológica, para dar como resultado un escenario sombrío y mágico, en especial cuando salía muy temprano y el frío y la niebla cubrían las apacibles calles del campus y amortiguaban los graznidos de los cuervos. Entonces, la arquitectura del lugar se alzaba por encima de los árboles del paseo como dragones de cristal y bestias arbóreas. Y era fácil pensar que se estaba en uno de esos lugares mágicos de los cuentos donde todo lo que ocurre es por algo, todo tiene una función dentro de un desorden y es posible creer en lo extraordinario.

A Circe le gustaba escuchar música de camino al puente envuelta en su trenca de lana, mientras imaginaba que paseaba entre lugares habitados por monstruos y elfos, rodeada de peligros y, sin embargo, con la capacidad de desafiar cualquier contratiempo debido a su valentía y a sus habilidades. A veces todavía soñaba que podía nadar por el aire; cogía carrerilla y entonces cruzaba a nado el vacío. Y aquellas mañanas podía pensar que si uno de los dragones de cristal de los rascacielos despertase, si uno de los hipogrifos que decoraban las fachadas modernistas volviese a la vida, escaparía nadando por el aire, volando. Qué bien se sentía entonces y cómo le gustaba caminar.

En el pueblo vivían alejadas de todo, casi en la mitad del campo, y tenía que caminar un largo trecho para llegar al colegio o al instituto, a veces acortando entre los emparrados de las viñas que le dejaban los zapatones de cordones llenos de barro. Ya entonces le gustaba andar, pero las vides en las que ver crecer los racimos de uvas que luego serían cortados para hacer vino no podían parecerse a las fantasías que lograba crear en las avenidas, o a los personajes que imaginaba que admiraba la gente que encontraba en sus paseos.

La afición de resolver a quién querría parecerse cada persona con la que se cruzaba era más fácil cuanto más joven era el objetivo, porque su forma de vestir era también por lo general más ostentosa, así que le resultaba más divertido indagar en los transeúntes de más edad, profesores y personal de la universidad, en los que siempre encontraba extrañas admiraciones.

Sin embargo, una mañana con mucha niebla apenas pudo divertirse pensando en eso. Era muy temprano, pero no más que otras veces, por lo que aquella niebla densa no parecía justificada. Le costaba trabajo distinguir sus propios pies o los edificios de los alrededores, y la gente con la que se cruzaba pronto se convertía en presencias invisibles. Intuía algún bulto, alguna sombra, pero no era capaz de discernir rasgos característicos o vestimentas concretas. Se consoló con esa otra fantasía que a veces la asaltaba: los monstruos de los edificios cercanos desperezándose para atacarla mientras ella, tranquila, valiente y desafiante, seguía su camino segura de ser capaz de vencer cualquier adversidad con sus poderes extraordinarios. Trataba de recordar los edificios que la rodeaban porque no había manera de distinguirlos, o de saber con exactitud dónde estaba. Orientación y juego. Primero el edificio alto con aire amenazador del que salía un enorme dragón de cristal, a continuación la casa de motivos marinos donde se escondían todo tipo de bestias acuáticas dispuestas a ahogar a los incautos, después el edificio con columnas ramificadas como árboles oscuros, más tarde…

Pero cada vez le resultaba más complicado concentrarse y resolvió volver sobre sus pasos antes de que llegara a perderse. Y fue entonces cuando tuvo la sensación de no estar sola. Frenó en seco. Algo parecido a un instinto primitivo le decía que la estaban siguiendo, que cuando ella se paró, alguien detuvo sus pasos a su espalda. Unos pasos que repetían todos los que Circe daba, como si fuesen su propio eco en la niebla.

Intentó convencerse de que sólo se trataba de una sugestión: tantas veces imaginaba sucesos extraños en ese paseo que era fácil que un día oscuro, con una niebla espesa, le pareciera que las amenazas con las que le gustaba jugar se hicieran reales. Pero lo cierto era que, por cada dos pasos que daba, le parecía oír otros dos en respuesta.

El corazón se le aceleró y quiso correr, pero en mitad de la niebla hubiese sido muy arriesgado. Una parte de ella le decía que se lo estaba imaginando todo, pero por otro lado sentía un vuelco en el estómago que no dejaba de repetirle que sí, que alguien la estaba siguiendo.

Se sentía tan mal que por unos segundos creyó hallarse en medio de una pesadilla, uno de esos sueños en los que el suelo parecía hundirse a su paso y no le permitía avanzar. ¿Y por qué no iba a ser así si a veces no conseguía distinguir los sueños en los que volaba de las fantasías que inventaba en sus caminatas? Pero no era posible, de veras le costaba moverse, como si su cuerpo se hubiese paralizado por el pánico. Allí estaba, petrificada, con su falda tableada teñida de negro y su jersey demasiado grande también negro, con sus zapatones de cordones y sus medias sobre las que se habían arrugado los calcetines. Al borde de su zapato el mundo pesaba más que en cualquier otra parte y Circe se mantenía clavada sin ser apenas capaz de respirar. El colgante de estrella de mar detuvo su oscilación y el sonido desapareció del mundo: ningún cuervo graznaba en la arboleda. Sintió que las piernas dejaban de responderle y entonces, justo antes de desfallecer, algo chocó con ella.

Lo vio un segundo, sólo uno. Era un hombre moreno, con las sienes salpicadas de canas plateadas, alto, con una enorme cicatriz bajo un ojo, la nariz recta, la boca hermosa, con unos dientes blancos y bien formados que asomaron fugazmente en una sonrisa de disculpa.

—Perdone, no la había visto —se excusó.

Circe hizo un gesto con la mano para hacerle saber que el encontronazo no tenía importancia y tuvo que disimular la sorpresa que le produjo recuperar de nuevo la movilidad. Aún tuvo tiempo de fijarse en la extraña maleta oblonga con la que el hombre la había golpeado. Le recordaba el estuche de un instrumento musical o una funda portaarmas. Aquel hombre le recordaba a alguien, pero apenas lo había visto como para llegar a saber a quién. Trató de reconstruir su rostro, visualizó la notoria cicatriz y fantaseó con que aquel estuche escondiese una metralleta que le dio el personaje acto seguido: «Admira a Al Pacino en *Scarface*», se dijo.

Y, cuando la silueta del desconocido ya se había sumergido en la niebla, se sintió ridícula por haber entrado en pánico de aquella forma tan absurda y se echó a reír. Sacó los auriculares y se los puso. «Gente que te sigue, pasos en la niebla... Deberías ver menos películas», se dijo. Y no volvió a pensar en ello.

Al menos ese día.

7

Martín de Urzúa, el último conquistador

Cuando Circe comentó con Rebeka el incidente en la niebla, su compañera no le concedió demasiada importancia, y hasta lo tomó a broma. Sin embargo, llegó a la conclusión de que había que ampliar sus horizontes en la ciudad de Ochoa. Le explicó con paciencia cómo funcionaba el transporte público, sobre un plano de la ciudad señaló los lugares más interesantes y las visitas imprescindibles, y se ofreció a acompañarla cuando no tuviera nada mejor que hacer. Le explicó que conocía bien la ciudad, pero no tanto como una amiga suya, y le propuso ir al día siguiente con ella a visitar el parque de Tayasal, que no estaba demasiado lejos de la universidad.

La amiga de Rebeka se llamaba Casandra y tenía los ojos más azules que Circe jamás hubiera visto, de un azul casi transparente, como el agua de algunas playas del Pacífico que salían a menudo en los reportajes de televisión. Estudiaba biología y antropología de manera simultánea y tenía el aspecto de un hada o una elfina de las de las tradiciones nórdicas.

—Te va a alucinar. Lo sabe todo de las historias de aquí. Le he dicho que eres nueva y que te gusta pasear, y lo primero que me ha preguntado es si ya habías visto el Tayasal.

—¿El parque? Pues no, la verdad, supongo que será como cualquier otro parque.

—No, querida, no —la corrigió Rebeka arrugando la nariz—. Creo que tú nunca has visitado un bosque de magnolios. Y no se parece a nada que hayas visto antes.

De todas formas, de poco servía protestar. Para cuando Rebeka le hubo descrito dónde iban, ya habían cruzado el puente y estaban de camino al parque de magnolios que tanto cacareaban todos los folletos que era único en Europa. Casandra estaba junto a una enorme verja de forja con cabezas de lobos de amenazadores dientes y siluetas de caballos como decoración. Estaba de pie con un abrigo blanco y una larga bufanda blanca y negra a juego con los leotardos leyendo un libro de antropología. En uno de sus dedos brillaba un anillo con un pentáculo.

—¡Hola! Estaba deseando conocerte, Rebeka me ha hablado muchísimo de ti.

—Miente. Yo nunca le hablo a nadie de nadie —sonrió Rebeka mientras le daba dos besos a su amiga.

Lo cierto es que Circe no tenía ni idea de que Rebeka tuviera una amiga tan próxima. Jamás hasta aquella semana la había nombrado y sólo lo hizo justo después de contarle su experiencia durante su paseo por la ciudad con la niebla de la mañana.

—¿Cómo está *Katu*? ¿Me echa de menos? —preguntó Casandra.

—Bueno, debe de pensar que lo has abandonado por un gato más joven.

—¿Os conocíais antes de ir a la facultad? —preguntó Circe vista la obvia intimidad entre ambas.

Las dos se miraron como si no supieran qué decir, y tardaron un poco más de lo necesario en dar una respuesta. Casandra aseguró que sus familias eran antiguas conocidas, pero no dio más pistas de cómo o a cuándo se remontaba esa amistad.

La verdad es que Circe no se arrepintió de haber seguido a Rebeka hasta el parque: nada más dar dos pasos ya estaba convencida de que aquél sería su lugar favorito de toda Ochoa. Cientos y cientos de magnolios centenarios, con sus raíces rampantes buscando acomodo en la tierra, se extendían hasta donde alcanzaba la vista, susurrando con el movimiento de sus hojas bajo el aire otoñal. Los troncos, de dimensiones sobrecogedoras, tenían el aspecto mágico y nudoso de los árboles que fueron adorados por civilizaciones antiguas y no era difícil, de hecho, imaginar que los paseantes que cruzaban de un lado a otro, que los niños en bici y los ancianos con pequeños perros eran en realidad dioses disfrazados, animales mitológicos, viejos hechiceros.

—Qué maravilla. Nunca hubiera imaginado esto aquí —tuvo que admitir.

—Impresionante, ¿verdad? Vamos a dar un paseo, en el centro hay un lago —sugirió la pelirroja.

—Éste es el sitio que más me gusta de toda Ochoa. Rebeka, que me conoce, lo sabe bien: me paso aquí las horas muertas. —Casandra sonreía mientras rozaba con los dedos algunas de las raíces.

—¿Y esto qué hace aquí? Quiero decir, no pega con el clima y es obvio que autóctonos no son.

—Son bastante duros, no creas, pero tienes razón, los trajeron de América. —La amiga de Rebeka parecía ansiosa de contar algo—. ¿Quieres saber cómo?

—Sí, claro, por eso preguntaba.

—Mi compañera de cuarto estudia historia, claro que quiere escuchar viejas leyendas —sentenció Rebeka.

Los ojos azules de Casandra destellaron y respondió:

—Es una de las historias más extraordinarias que jamás me han contado sobre Ochoa. Y creo que una de las razones por las que siempre me ha fascinado esta ciudad.

»En 1525, poco después de haber concluido la conquista de México, Hernán Cortés encomendó a Cristóbal de Olid, uno de sus más aguerridos capitanes, una importante misión: le confió el mando de toda su flota, cinco navíos y un bergantín, y le encargó que buscara en Centroamérica un paso marítimo entre el Atlántico y el Pacífico del que había oído hablar a los nativos. Pero Cristóbal de Olid no tardó en desobedecer las órdenes de Cortés y decidió establecer su propia colonia en Honduras.

»En cuanto tuvo noticia de la traición, el conquistador montó en cólera, y de todos es sabido cómo se las gastaba Hernán Cortes cuando se enfurecía. Organizó una expedición de castigo contra su capitán, y a falta de una flota con la que perseguirlo, se adentró con sus tropas en la impenetrable selva del Petén. Muchas jornadas tardaron en atravesarla, abriendo a golpes de hacha un estrecho camino entre la espesura que se cerraba a sus espaldas tan pronto habían pasado las últimas unidades militares.

»De repente, cuando más densa e inextricable parecía la floresta, se tropezaron con un inmenso claro en la selva. Ante sus ojos se extendía el lago Tayasal, y en el centro del lago, en una isla cubierta de flores de diferentes colores y tamaños, descubrieron la ciudad maya de Itzá. Aquella población, gobernada por el viejo rey serpiente Ajkanek, hijo de Ajkanek y nieto de Ajkanek, nunca había oído hablar de los conquistadores españoles, pero recibieron a los recién llegados con curiosidad. Los sacerdotes católicos que acompañaban a la expedición de Cortés celebraron la Santa Misa a la entrada de la ciudad, e instaron al monarca de los itzaes a que se convirtiera a la nueva religión. Y el viejo rey serpiente Ajkanek, que sabía por las historias de sus antepasados, y de los antepasados de sus antepasados, que los dioses eran violentos y a menudo exigían tributos de sangre, no tuvo demasiado inconveniente en hacerle un hueco en sus templos a ese nuevo dios sanguinolento que los recién llegados representaban colgado de un madero. A su partida, Hernán Cortés también dejó en Tayasal un caballo cojo de los cuatro que habían ayudado en la conquista de México, y que a los itzaes debió de parecerles una bestia mitológica. Poco después, el conquistador se despidió del viejo rey serpiente Ajkanek y reemprendió la persecución de Cristóbal de Olid.

»Protegidos por la selva del Petén y por el lago que rodeaba la isla de la Flores, los itzaes no volvieron a saber de los españoles durante casi cien años. Pero en 1618 unos sacerdotes franciscanos que evangelizaban la región se encontraron con la ciudad maya de Itzá. En un principio, sin duda los sorprendió el entusiasmo que su llegada despertó en los itzaes, que aguardaban su visita desde hacía varias generaciones. Los misioneros fueron conducidos en presencia del joven rey serpiente Ajkanek, hijo de Ajkanek y nieto de Ajkanek —el mismo al que había conocido Hernán Cortés casi un siglo antes—, que los colmó de atenciones en forma de comida, bebida y bellas mujeres. Pero si esto último los espantó, no menos espanto les provocaría lo que vieron a continuación. El joven rey serpiente Ajkanek los condujo al sanctasanctórum del principal templo de Itzá para que pudieran ver cómo el viejo rey serpiente Ajkanek había cumplido con su palabra y durante toda su vida, y durante las vidas de su hijo y del hijo de su hijo, había cuidado del caballo de fuego. Los itzaes, que nunca antes habían visto un caballo, lo habían tratado como a una deidad, alimentándolo con aves de corral y flores. Pero el animal murió al poco tiempo, por lo que decidieron disecarlo y rendirle culto a su momia junto a la cruz del sangrante dios barbudo. Eso sí, en todos estos años no les habían faltado —ni al caballo de fuego ni al dios barbudo— ofrendas de flores ni aves de corral.

»No es difícil imaginar la violenta reacción de los misioneros ante semejante espectáculo bárbaro y sacrílego, ni la respuesta de los itzaes ante una reacción que ellos consideraron igualmente bárbara y sacrílega. Uno de los misioneros fue sacrificado como castigo a la ofensa que había infligido a Hernán Cortés, al caballo de fuego, al dios barbudo que sangra y a todos los itzaes, pero su compañero logró escapar.

»Así comenzaron los problemas. Al poco tiempo se presentó en la isla de las Flores una pequeña tropa que fue rechazada con facilidad, y durante el medio siglo siguiente los itzaes consiguieron repeler todos los intentos de conquista por parte de las fuerzas españolas que, cada vez más numerosas y mejor pertrechadas, enviaba periódicamente el virrey de Nueva España. Nadie podía explicarse cómo un puñado de salvajes podían vencer a los tercios imperiales que habían desfilados victoriosas por media Europa, y pronto se empezaron a contar leyendas. Se decía, por ejemplo, que los itzaes podían convertirse en árboles y así volverse invisibles para los atacantes, y que también podían hablar con las alimañas y plantas de la selva, que les comunicaban la situación de sus enemigos. Otras evidencias eran menos legendarias: que en la densa floresta no había manera de que los tercios maniobraran ni compusieran su infalible orden de batalla, que los itzaes conocían cada recoveco de aquella selva milenaria, y que a menudo la humedad volvía inservible la pólvora e insoportables las corazas y los pertrechos.

»Finalmente, Martín de Urzúa, quien por aquel entonces ignoraba que con la conquista del Petén se convertiría en el último conquistador español en América, decidió cambiar de táctica. Construyó barcazas artilladas con las que tomar la isla desde el lago. El fuego de cañones, morteros y falconetes hizo temblar los cimientos de la ciudad, echaron abajo casi todos los edificios de Itzá y causaron una gran mortandad entre sus aterrorizados habitantes. Los guerreros itzaes supervivientes se lanzaron a las aguas del lago y, ganando a nado la orilla, trataron de refugiarse en la selva. Allí, las tropas de tierra de Martín de Urzúa se aprestaron a darles el golpe definitivo.

»La noche que precedió a la batalla acontecieron numerosos prodigios: los españoles fueron atacados por toda suerte de animales selváticos, las estrellas parecieron cambiar de ubicación en el cielo y fue visto un caballo de fuego surcando el horizonte. A la mañana siguiente reinaba un silencio inusual en la selva y, lo que resultaba aún más sorprendente, los guerreros itzaes habían desaparecido. Hay quienes afirman que se adentraron en la selva y huyeron hacia otras poblaciones, o quienes aseguran que los guerreros se sacrificaron en masa precipitándose en el cráter de un volcán cercano. Pero también hay quien dice que Martín de Urzúa se dirigió con una pequeña tropa al claro de la floresta donde los exploradores nativos le habían asegurado que estaban reunidos los guerreros itzaes. No encontraron a ninguno de ellos, pero sí hallaron un gran número de semillas de magnolio desparramadas por todo el claro: semillas rojas como la sangre. Y se dice que el conquistador ordenó a sus tropas recoger una por una todas aquellas semillas y que las depositó cuidadosamente en un morral de cuero.

»Muchos años después, de regreso a España por ciertas denuncias de las que hubo de dar cuenta en la Real Audiencia, Martín de Urzúa llegó a una llanura en las cercanías de Ochoa llevando consigo aquel morral de frutos rojos que había recogido en la selva cuando desaparecieron los itzaes. Nadie sabe por qué eligió aquel lugar. Algunos dicen que allí se conjuraban los mapas estelares para componer un espacio sideral único. Otros aseguran que aquel paraje le recordaba la selva del Petén. También hay quien afirma que Martín de Urzúa estaba ya cansado de cargar con aquellas semillas durante tantos años y tantas leguas, así que decidió desembarazarse de ellas allí mismo y las dispersó por la llanura.

»No hay testimonios fidedignos de que aquella misma noche brotaran los primeros vástagos de aquellos exóticos árboles del otro lado del mundo, pero lo cierto es que en pocos años la zona se convirtió en una densa arboleda de magnolios que, con el tiempo, se convertiría en un parque público, el Jardín de Tayasal. Dicen que de noche los guerreros itzaes vuelven a la vida y se narran unos a otros viejas leyendas de dioses y batallas. Y cuando se cierran las puertas del parque se oyen golpear maderas y piedras con un sonido muy parecido al que solían hacer los guerreros itzaes antes de la batalla entrechocando sus espadas de madera y filo de pedernal.

—¿Y todo eso es verdad? —preguntó Circe fascinada.

Rebeka se encogió de hombros.

—Me gustaría creérmelo. Pero pienso que si lo hiciera mi futuro como bióloga sería incierto…

—Pues yo me lo creo —afirmó Casandra—. En este lugar puede ocurrir cualquier cosa.

8

Una chica misteriosa y un incidente

Se decía de Pietra Galvani que era la profesora universitaria más joven del campus y que había llegado a Ochoa en mitad de una tormenta, como si eso anunciase la fulminante muerte del catedrático que propició que la profesora adjunta se convirtiese en titular. En cualquier caso, parecía que en su país natal había sido una prestigiosa arqueóloga, responsable de numerosas excavaciones en la Toscana y una de las más brillantes especialistas en la civilización etrusca: ese enigmático pueblo que levantaba ciudades en Italia cuando Roma todavía era una aldea insignificante y cuyas efigies fúnebres de terracota seguían sonriendo desde hacía más de dos mil años. También se rumoreaba que había llegado de improviso, apenas con un ordenador y una mochila por todo equipaje, vestida de manera informal y con la ropa llena de polvo y barro. Ella misma confirmaría a los alumnos que su última excavación había sido una tumba etrusca en el valle de Chiana, entre verdes colinas milenarias y vacas blancas también milenarias, donde acababa de desenterrar un magnífico sarcófago de terracota.

Circe no podía evitar pensar que había llegado a Ochoa directamente desde la excavación, desaliñada y con ropa vieja por todo atuendo, si es que lo que decían sobre ella era cierto.

Y podía serlo, ya que la señorita Galvani vestía a menudo con prendas que la hacían parecer mayor, aunque no lograsen disimular del todo una elegancia natural y reposada de diosa de mármol. Pietra Galvani iba siempre con ropa pasada de moda, o quizá tan moderna que lo parecía. Puede que su atuendo lo constituyesen piezas italianas de última generación y toda su leyenda negra fuera una patochada. En cualquier caso, eran las clases favoritas de Circe. En ellas, Pietra Galvani les hablaba de excavaciones maravillosas en su tierra natal: alguien estaba arreglando un jardín o haciendo obras en el salón de su casa y de repente se encontraba con los restos de un dios que lo miraba desde el suelo. Incluso pudo conocer algunos detalles más privados de la vida de la señorita Galvani a través de las fotografías de excavaciones arqueológicas que ella solía proyectar en clase. Desde el otro lado de la pantalla pudo oler el sudor, la alegría y después la violencia y el miedo. Y pudo percibir la cobardía de aquel hombre, casi invisible en segundo plano de algunas imágenes, que no pudo soportar que su mujer fuese mejor que él en su trabajo. En ese instante, Circe la oía suspirar con melancolía, como si echase de menos todo a lo que no podría regresar jamás: el sol italiano, el campari rojo en una terraza después de haber descubierto un yacimiento junto a ese hombre al que amó y del que huyó hasta Ochoa hacía ya muchos años, dejando atrás su país, su propia juventud y su belleza.

Algunas de las clases de Pietra Galvani tenían lugar inmediatamente después de las lecciones de latín del profesor Julio Gayo, y Circe tenía que apresurarse por los pasillos de la facultad si no quería llegar tarde, porque el laboratorio de arqueología se hallaba en el ala opuesta del edificio. De una forma u otra, siempre estaba azorada en las clases de latín. Tanto cuando llegaba al aula, por la ansiedad que le producía el previsible encuentro con Arturo, quien siempre encontraba un motivo de conversación con ella en el momento más inoportuno, como a la salida, por el escaso tiempo del que disponía para desandar el camino y ocupar su sitio en el laboratorio de arqueología.

A pesar todo, aquella muchacha misteriosa no le pasó desapercibida la primera vez que la vio en el pasillo de la facultad. Vestía de azul y se fijó en ella porque iba ataviada como algunas chicas japonesas: *sweet Lolita,* se llamaba ese estilo que Circe recordaba haber visto en reportajes sobre Japón. La chica llevaba una falda azul con estampados de caballitos de tiovivo, una blusa blanca llena de lazos y una flor en la diadema a juego con la falda; calzaba unos zapatos merceditas negros y azules de charol y unos calcetines blancos de hilo. Si no hubiese llevado unas ropas tan llamativas, más propias de una niña que de una joven universitaria, aunque fuese una joven delgada y bajita, ni siquiera se habría fijado en ella en aquel pasillo atestado de estudiantes. Cuando se la quedó mirando, ella dobló una esquina y Circe no alcanzó a distinguir su rostro.

Al salir de clase de latín la vio por segunda vez: aunque parecía haberse cambiado de ropa, sin duda era ella. Ahora llevaba el pelo recogido en una trenza rematada por dos borlas rosas, y el mismo cuerpecito metido dentro de un vestido infantil, un *baby doll* estampado con pasteles de fresa y unas enaguas de algodón blanco que asomaban por encima de sus rodillas. Estaba sentada en un banco del corredor, leyendo un libro y bebiendo un refresco, pero en esta ocasión pudo verle la cara con toda claridad: tenía los ojos rasgados como una japonesa, pero la piel oscura, la mandíbula marcada y la boca grande de algunos latinoamericanos. «Probablemente una estudiante de intercambio», se dijo. Y de inmediato se preguntó cómo se habría cambiado de ropa tan deprisa y por qué, si sólo hacía una hora que la había visto en ese pasillo. En cuanto pasó por su lado, a ella se le cayó la bebida encima y Circe asumió el incidente como una respuesta: era torpe. Probablemente se habría manchado también la falda azul.

Cuando la volvió a ver minutos más tarde, detrás de una taquilla junto al laboratorio de arqueología, y de nuevo con la falda azul que creía manchada, se alarmó bastante por diversas razones. La primera era que no se hubiese manchado la falda, porque era evidente que la llevaba puesta de nuevo. La segunda, que parecía estar espiándola con bastante descaro desde su posición no muy disimulada tras las taquillas. La tercera, la rapidez con la que había recorrido el edificio de la facultad para volver a encontrarse con ella. Por primera vez sintió miedo. Se alegró de tener que entrar en el laboratorio de la señorita Galvani y de que aquella inquietante muchacha se quedase fuera, mirándola inquisitiva desde la hilera de taquillas; tenía esa clase de mirada de alguien que quiere preguntar algo y no se atreve. «O de alguien que quiere apuñalarte», se dijo Circe.

Al sentarse, el tacto de la mesa la hizo sentir mejor. El roce rugoso, real y conocido de la madera le inspiró una seguridad que nunca había sentido. Todas sus inseguridades y aprensiones podrían ser el resultado de estar en un sitio nuevo, o del vértigo que le provocaba la gran ciudad, o de pensar de vez en cuando en todas las historias que contaban en esos programas de sucesos que tanto le gustaban a la abuela. Cosas terribles que ocurrían siempre en las ciudades y nunca en los pueblos, nunca en la seguridad pequeña y reducida de la comunidad de su abuela. «La seguridad castrante», se dijo acariciando la madera. Su calidez volvía a animarla. No debía pensar en sus padres. No debía permitírselo.

Pero entonces ocurrió algo sorprendente: entre las vetas de la madera de la mesa había algo escrito. Y no era el resultado de que un gamberro se hubiese dedicado a rayarla con un punzón o un bolígrafo, sino que las letras habían surgido de la misma madera hasta representar una palabra; no, eran dos, dos palabras entre las vetas y los nudos de lo que había sido un árbol. Circe abrió mucho los ojos y se esforzó por descifrarlo. No hizo falta demasiado tiempo: de repente, el fondo palideció, los trazos de las vetas se realzaron y allí apareció el mensaje, claro, en dos palabras cortas y contundentes:

CORRE CIRCE

A punto estuvo de gritar. Se puso de pie ruidosamente. La profesora Galvani, que entraba, la miró con reprobación. Iba a explicarse, pero prefirió mirar de nuevo la mesa. Las dos palabras no se habían borrado, seguían allí, como una orden.

No tendrían que repetirlo más.

La señora Galvani, con su mono de color ciruela, su forma de caminar tan rítmica y sus gafas demasiado grandes, le dio la espalda para dirigirse a su mesa, y Circe huyó por el pasillo, alejándose de la clase. No huía porque la mesa se lo hubiera ordenado: huía de la propia mesa, o de una alucinación en forma de mesa. De golpe, todos los acontecimientos extraños de los días anteriores se le agarraron al cuerpo. Aquello era una pesadilla. Alcanzó la pasarela acristalada que separaba los edificios de historia y filología más deprisa de lo que había esperado. El pabellón modernista de colores oscuros se presentaba frente a ella como un bosque en el que refugiarse. ¿De qué? ¿Habría merecido la pena explicarle a la señorita Galvani por qué se iba así de su clase? Reflexionó sobre el hecho de que acababa de dejar el aula de su asignatura favorita atrás y sintió deseos de regresar, de dejar de tener miedo, de no huir como sabía que la propia profesora había hecho. Pero no aminoró el paso.

El puente de cristal parecía alargarse por delante de ella. El techo abovedado, con decoraciones florales, daba la sensación de alejarse, como si Circe estuviera en realidad encogiendo. Puede que concentrarse en aquello no fuera una buena idea, el pánico sólo aumentaba la sensación de encoger, de ser cada vez más y más pequeña y de no poder huir. Circe miró a su alrededor en cuanto llegó al otro lado. Había unos chicos sentados en el suelo jugando con una baraja, un par de muchachas esperando delante de una fotocopiadora a que un pelirrojo con gafas terminase de sacar copias de todos los apuntes de la primera semana, tres estudiantes mayores hablando de lo difícil que era una traducción y una joven de pelo corto que se mostraba perdida. Todos parecían estar cada vez más lejos, como si corriese hacia atrás en vez de hacia delante. ¿Lo sentía ella o era lo que había sentido la señora Galvani al huir a Ochoa? Circe oía sus voces, las de los otros estudiantes, amortiguándose en una escena en la que algo no encajaba: debería oír ruidos de papeles, cartas, fotocopiadoras, puertas de metal de las taquillas y, sin embargo, esas voces eran lo único que rompía un silencio idéntico al que percibiría con la cabeza envuelta en una almohada. Una vez más, se sintió perseguida. Al principio pensó que era culpa de lo que sabía de la señorita Galvani, como si introducirse en sus fotografías en cada clase hubiese dado ese resultado, pero enseguida se dio cuenta de que no era un exceso de empatía. No cabía duda, era su propia intuición, no la inmediata simpatía que había desarrollado por su profesora de arqueología. La señora Galvani se sintió perseguida en su huida, pero esta vez era Circe la que estaba a punto de ser cazada.

Por instinto miró a su espalda y la vio de nuevo. Esta vez no se había cambiado, seguía llevando la falda azul y estaba de pie a la entrada de la pasarela de cristal, con los brazos caídos a los lados del cuerpo. Circe sintió tanto miedo que comenzó a marearse. Por más que corría no lograba avanzar. Se miró los pies y, atónita, contempló cómo se hundían en un suelo que aparecía blando, maleable, movedizo. Nadie más parecía darse cuenta salvo la chica de la falda azul que estaba cada vez más cerca, más cerca, como si avanzase sin hacer ningún tipo de movimiento.

Circe apretó los ojos e hizo un último esfuerzo. Notó cómo los músculos se le tensaban y al fin logró liberarse; aunque de forma brusca, porque chocó aparatosamente contra algo.

Entonces volvió también a normalizarse el sonido. Había ruidos de pasos, el crujido de las faldas de las chicas de la fotocopiadora, el zumbido mecánico de la máquina, los papeles pasando de mano en mano, el roce de las cartas mientras eran mezcladas, todo ese bullicio natural que unos segundos antes había desaparecido. Una mano suave y caliente cogía la suya y la ayudaba a levantarse.

—¿Qué le ha pasado? —preguntó alguien.

—No lo sé. Se ha lanzado contra las taquillas —respondió otro.

—¿Estás bien? ¿Te has hecho daño?

Circe miró a su alrededor. El chico pelirrojo con gafas le

sujetaba la mano y tres o cuatro personas más la miraban como si acabase de hacer una locura.

—¿Qué ha pasado? —preguntó confusa.

—Ni idea. Has cruzado el pasillo corriendo y te has estampado contra las taquillas —dijo el chico sonriendo al verla en buen estado.

—¿En serio?

Circe no podía creerlo, pero la versión que contaban todos los presentes coincidía, aunque fuese una percepción por completo distinta de la que ella había tenido. Acabó de incorporarse con esfuerzo y miró las taquillas. El panel contra el que había chocado se hallaba un poco abollado.

Aseguró que estaba bien y que quería irse a casa. Pensó en su abuela. «A casa, como si fuera tan fácil. Mejor a la residencia.»

Y entonces la vio, por última vez aquel día. Llevaba de nuevo el vestido rosa manchado de refresco y la miraba fijamente. Sus labios se abrían y cerraban como si susurrase algo. Circe decidió alejarse lo más rápido posible, sin correr. Las rodillas le temblaban. «Todo esto no puede estar ocurriendo, tiene que ser un mal sueño, o algo que he comido», se iba diciendo por el camino. La chica de rosa le permitía alejarse, pero parecía seguir recitando.

Cuando notó que se acercaba a la esquina, sintió un cierto alivio. Tomar distancia de la mirada de aquella chica la devolvería a una realidad más segura. Sin embargo, al acabarse el pasillo se terminaba también la hilera de taquillas, y Circe no pudo evitar mirarlas.

El lado opuesto contra el que ella había chocado también mostraba una abolladura, del mismo tamaño y forma que la que había hecho ella en el otro extremo de la hilera, pero con los rebordes quemados, como si hubiesen apoyado allí algo candente. Se paró en seco para tocarlo, y cuando lo hizo sintió de nuevo un fuerte mareo en la cabeza y el pecho y tuvo que apartar la mano. Al separarse, la náusea cesó también.

Buscó a la chica del vestido rosa con la mirada, pero se había perdido entre los estudiantes hasta desaparecer.

9

Los cuentos de la abuela

El hombre de la chaqueta cruzada mantenía la mirada gacha y, a su lado, una mujer alta y fuerte que vestía un traje sastre negro, quizá la señora Nubla, gesticulaba ostentosamente. Parecía que estuviera muy enfadada. Frente a ellos, se hallaba otra mujer con el pelo rubio, casi blanco, recogido en una trenza y con un vestido oscuro con mangas de encaje y muchas capas, algunas plateadas, sobre un cuerpo delgado y estilizado como una vela o una jara. No era muy alta sin embargo, casi diminuta al lado de la directora. En su mano un bastón negro con una empuñadura de plata que representaba dos carneros enfrentados, y en el dedo un anillo con una estrella de cinco puntas. No había sonido. Los movimientos eran lentos, casi acuáticos, y el entorno resultaba azul, brumoso.

De repente, la mujer rubia dejó de pertenecer a esa escena, fue como si saliera de ella mientras sus acompañantes seguían hablando con el vacío. Simplemente se volvió y miró de frente. Sus ojos eran como niebla, mates, nubosos. No había la menor diferencia entre el iris y el globo ocular. Carecía de pupilas.

—¿Tú? —dijo.

Al preguntar esto, la niebla de sus ojos lo envolvió todo, se convirtió en su cuerpo, en sus manos, en la habitación en la que estaban, en el cuarto de la residencia y la cama donde Circe despertó sin saber dónde se hallaba.

Rebeka encendió la luz y se colocó unas gafas pasadas de moda que su compañera de cuarto nunca había visto.

—¿Estás bien?— Le preguntó.

—Sí, sólo ha sido un mal sueño.

—¿Qué has soñado?

—Buf —gruñó Circe mientras devolvía el despertador a la mesilla de noche—. Son las tres de la mañana. Da igual, luego te lo cuento.

—¿Volverás a dormirte ahora? Porque a mí me has dado un susto tan grande que no creo que pudiera hacerlo. Además, me interesa la interpretación de los sueños.

—No sé por qué no me extraña.

—Venga, no te hagas la remolona.

Había pasado una semana desde el episodio de la mesa y las taquillas. Desde la tarde en la que se lo contó, Rebeka se mostró muy interesada en todo lo que Circe hacía o decía: demasiado interesada en el comportamiento de alguien que había llegado a la residencia con mucha fiebre y delirando sobre una mesa que le hablaba.

—Salía una mujer rubia, delgada, joven pero mayor que nosotras. Y tenía unos ojos extraños.

Circe le contó a Rebeka todo el sueño. Ésta, con aquellas gafas descomunales, tenía el aspecto de un animal al que han deslumbrado los faros de un coche.

—Vaya, qué interesante —replicó.

—¿Interesante? ¿Qué crees que significa? —Circe encontraba del todo lógico que entre las aficiones de su compañera se encontrase la interpretación de los sueños.

—Pues no lo sé, pero la descripción de la señora grande coincide con la de Matilda Nubla, sí. Y el hombre que te dio miedo al salir de su despacho, sospecho que es el bibliotecario, Lope.

—¿Lope? Puede ser. De todas formas son lo más normal del sueño, porque al menos a ellos los conozco en persona.

—La señora Nubla es inconfundible.

Ambas se echaron a reír. Sí, era cierto que resultaba difícil de confundir, era altísima y tendiendo a gruesa. Cien o ciento y pico de kilos de señora vestida como un pincel.

—¿Y la otra mujer quién crees que pueda ser, Rebeka?

—No tengo ni idea. Es probable que hayas reunido y superpuesto varias imágenes en tu cabeza. Los sueños no siempre son lógicos ni coherentes.

—¿Crees que a toda la gente que viene de un lugar pequeño le pasan estas cosas cuando llega a una ciudad grande? ¿O sólo me pasan a mí? Quiero decir, no sé si todo me resulta extraño porque soy nueva aquí o si de verdad está sucediendo algo raro.

Rebeka tardó unos segundos en contestar. Intentaba colocarse las gafas con un movimiento de nariz, aunque al final las empujó con los dedos.

—No sé. Supongo que cada uno vive lo que vive a su manera. Yo soy de una capital de provincia que no es muy grande, y al llegar aquí me pareció que todo se alargaba, ¿me entiendes? Todo menos el tiempo. Las calles eran más largas, los coches más anchos, las distancias más grandes, pero el tiempo parecía haber encogido. Apenas bastaba para hacer muchas menos cosas que las que llevaba a cabo en mi vida anterior, que era más tranquila. Al principio, cuando veía a toda aquella gente corriendo, me preguntaba adónde irían con tanta prisa. Y luego, al poco, me di cuenta de que yo misma me había contagiado. Las distancias eran cada vez más largas y las horas más cortas. Y sentí que me estaban robando el tiempo, pero sólo era una percepción, ¿sabes?

—Para ti es fácil decirlo, no te has lanzado contra las taquillas de la facultad como un tren de mercancías delante de todo el mundo.

—El día que decidí que, pasara lo que pasara, iría a mi ritmo, fue como si hubiera recuperado mi tiempo.

—Puedes justificar que el tiempo es relativo, pero no lo que me pasó a mí —insistió Circe.

—Creo que tuviste un ataque de ansiedad —respondió la pelirroja con tono cariñoso.

—A lo mejor me estoy volviendo loca.

Recordó que, cuando era más pequeña, a menudo veía a la abuela hablando sola. Mientras arreglaba el huerto, cocinaba, o tendía la ropa. No recordó qué decía, pero sí la seguridad con la que movía los labios y gesticulaba con el cuerpo, como si otra persona dialogara con ella. Cuando le preguntó, la abuela le respondió simplemente que algún día comprendería lo que era el Quinto Mundo, y sonrió con aquella boca llena de dientes pequeños y blancos.

El Quinto Mundo, eso había dicho. Recordaba a la perfección aquella mañana: olía a pan recién hecho y a miel. Las sillas de la cocina estaban manchadas de harina y también la cara de la abuela. Entraba el sol por la ventana desde la que se veía el huerto y doraba el frasco de mermelada de ciruela casera que había sobre la mesa.

—¿Y qué es el Quinto Mundo? —le había preguntado Circe.

—Algo que por desgracia deberás comprender cuando crezcas, querida Ce. —La abuela siempre la llamaba Ce—. Eres muy pequeña todavía.

—¿Tú vas a ese sitio?

—Bueno, no es exactamente un sitio. Digamos que soy capaz de oírlo dependiendo del día y del tiempo que haga.

Los ojos verdes de la abuela chispearon como chispean los ojos de la gente mayor cuando tiene un secreto que un niño no debe conocer.

Después hicieron masa para buñuelos y cortaron flores silvestres para el jarrón del comedor. No volvieron a hablar del Quinto Mundo y la abuela, a partir de ese día, se cuidó mucho de que Circe no volviera a verla hablando sola.

Fuera había empezado a diluviar. Los rayos iluminaban de vez en cuando el cuarto, dibujando retazos verdes y azulados en las paredes. La decoración vegetal de las ventanas parecía parte de un bosque que estuviera oculto precisamente por la visión del árbol. *Katu* escuchaba la conversación desde la sombra que una de esas ramas dibujaba en la colcha verde de Rebeka. Circe se preguntó si su abuela estaría loca y si aquel Quinto Mundo había sido su manera de llamar a una enfermedad genética que ella podría haber heredado. Habría sido muy típico de ella. Solía transformar en cuentos todo lo que tocaba, con una imaginación fértil y rica que había hecho las delicias de su infancia. Aquellas historias de fantasmas, brujas buenas, animales mágicos y amuletos de la suerte habían llenado los vacíos de aquellos años sin padres y sin apenas amigos. La habían acompañado y hasta la habían hecho un poco más feliz. Con los cuentos de la abuela Encina dejaba de echar de menos lo que pudiera faltarle.

10

Jacinta Blackwell

CIRCE CONOCIÓ A Jacinta Blackwell en historia medieval y de inmediato le llamó la atención. Nunca había visto a nadie como ella. Desde luego no se trataba de una belleza de portada de revista, y sin embargo había algo en su rostro que hacía que no pudiera dejar de mirarla. Quizá fueran sus labios afilados y bien dibujados o los ojos brillantes de color atardecer rodeados de pestañas espesas y negras. O puede que la piel pálida y lisa como la superficie de una perla, o la media ceja blanca sobre el ojo izquierdo, o tal vez el cabello negro como la pez salpicado de mechas blancas de distintos tamaños. Acaso simplemente era su ropa cara o que fuese tan tapada que sólo le asomasen el rostro y los dedos de las manos terminados en unas uñas pintadas de color perla negra.

Al verla por primera vez, con ese aire vampírico con el que se movía por el pasillo, la abultada imaginación de Circe la dibujó retraída y tímida, capaz de evaporarse con sólo recibir un rayo de sol sobre la piel. De hecho, el sol parecía molestarla, porque había cruzado la pasarela de cristal que separaba las facultades de filología e historia con la capucha puesta y sólo se la apartó de la cara cuando estuvo segura de no encontrarse con ninguna ventana salpicada por la luz. Sin embargo, no había en ella ni rastro de la timidez esperada.

Cuando apareció por la puerta, se armó un revuelo de besos, abrazos y gente preguntándole qué tal estaba. Ella respondió a todos los requerimientos con la tranquilidad de una superestrella que posase sobre la alfombra roja. Al parecer había asistido las dos primeras semanas a clase y después se vio aquejada por alguna indisposición extraña que la mantuvo encerrada en casa hasta ese mismo día.

—Nada que no se cure con reposo, no os preocupéis. Ya sabéis que en mi familia las enfermedades son una cosa delicada y que hay que curarlas bien. Por lo demás estoy perfectamente.

Hablaba con una especie de dejadez elegante, como quien trata de ser amable con un montón de gente a la que considera inferior. Circe la miraba sin saber si le gustaba o no. Era muy atractiva, sí, pero hablaba con sus compañeros de clase como si fueran siervos o cretinos.

La percepción que tenía de ella empeoró durante la clase. Jacinta intentó destacar todo el tiempo, interrumpiendo a menudo sin que le preguntasen o le dieran la palabra. En un momento dado, la señorita Juana Expósito, la profesora, le pidió que le permitiera dar la clase sin interrumpirla.

—Debe disculparme, señorita, es que mi padre contrató a un alumno de doctorado mientras estuve en cama y ya he estudiado todo esto —respondió ella con una perfecta y deslumbrante sonrisa.

La profesora Juana Expósito no levantaba más de un metro veinte del suelo, pero sin embargo lucía un carácter que la hacía parecer más alta. Era la única profesora que Circe había visto en vaqueros por el campus, combinados siempre con blusas de colores fuertes o con llamativos estampados de mariposas, escarabajos o libélulas. Tenía una enorme boca sin labios y un abundante pelo negro que contrastaban con su diminuto tronco y sus cortas piernas. Los brazos y las manos eran los únicos que parecían corresponderse con el tamaño de su cabeza, y ella hacía que resaltaran aún más pintándose las uñas de rojo.

—Bueno, ¿alguien que no sea la señorita Blackwell puede responderme por qué distinguimos el inicio del gótico en este relieve? —preguntó.

En la pantalla, dos pequeños monstruos o diablillos de dientes afilados aparentaban mantener una animada charla entre los arcos del pórtico de una iglesia. Los cuerpos se veían de frente, rechonchos y deformes, pero las cabezas habían quedado de perfil, todavía poco expresivas pero ya con una intención dinámica. Sobre ellos, varios personajes, muchos de ellos mutilados por el tiempo, repetían ese ensayo de gestualidad.

—Por el movimiento de las figuras, señorita Expósito. —Circe respondió sin pedir la palabra—. Se miran las unas a las otras y no están hieráticas como en el románico. Establecen un diálogo.

Sin que Circe pudiera adivinar por qué, la llamativa chica Blackwell le dedicó una mirada de odio que casi hizo tambalearse las sillas. A buen seguro que aguardó impaciente que terminara la clase para dirigirse a ella, porque la miró de soslayo varias veces a lo largo de la misma.

—Eh, tú, la del gótico. —Jacinta la llamó cuando se terminó la clase y la profesora salió por la puerta.

Circe comprobó que a Jacinta Blackwell le habían surgido a ambos lados dos acólitas de pelo largo y aspecto de comer algodón en el almuerzo.

—Sí, dime —respondió Circe.

—¿De dónde has salido tú?

—De Valdaya.

—Eso suena a pueblo de cabras.

—Bueno, es lo que es.

Una sonrisa malévola se dibujó en la cara de Jacinta.

—¿Cuándo has llegado?

—Hace como un mes, creo que no hemos coincidido.

—Estaré encantada de ser tu amiga.

Jacinta le tendió una mano larga y blanca cubierta hasta los dedos por un mitón de angora negro. Circe se la cogió sonriendo, pero no pudo evitar fijarse en el anillo con una cabeza de lobo que llevaba en el índice, ni en las sutiles manchas algo más blancas que el resto de su piel que surcaban sus dedos como ríos. Cuando la chica se dio cuenta de que Circe la analizaba, retiró la mano con brusquedad.

Iba a salir por la puerta confundida por aquel gesto de displicencia cuando oyó a la extraña muchacha comentarle a las dos acólitas:

—Curiosa chica, ¿verdad?

—Más que curiosa, rara —respondió una de las acompañantes—. Un día se lanzó contra las taquillas de filología, fíjate.

Jacinta pidió detalles mientras se echaba a reír y se ponía la capucha. Circe, reconociendo en las acólitas a las chicas que hacían cola en la fotocopiadora el día del incidente, se sintió ridícula por completo y salió al pasillo.

Puede que el episodio con Jacinta Blackwell le hubiera estropeado el día de no ser porque al salir, junto a la escalera, divisó de nuevo a la *sweet Lolita* con un vestido rosa éste, estampado, un sombrerito y un bolso con forma de poni. Pero cuando vio que Circe caminaba en su dirección, se dirigió escalones abajo con ese aire aniñado y saltarín que era imposible de igualar en velocidad o al menos en eficacia. Circe agarró el pasamano y alcanzó el rellano inferior como una exhalación, y aun así, al llegar al piso de piedra en el que estaban los laboratorios, la vio desaparecer por una esquina alejada, la que daba al patio central.

—Espera, espera —gimió casi sin aliento.

Lo que hubiera dado por volar o nadar en el aire, como en sus sueños o sus imaginaciones matutinas. Al llegar al patio, un pequeño jardín interior con bancos de piedra, árboles bajos, setos y esculturas siniestras, vio que los estudiantes se intercambiaban apuntes y números de teléfono, pero no quedaba ni rastro de la chica del sombrero y el vestido rosa.

11

Días soleados

HABÍA LUCIDO EL sol toda la mañana y Rebeka le propuso a Circe que dieran un paseo por el campus. Los jardines que rodeaban las facultades se habían llenado de jóvenes que charlaban, jugaban a las cartas o tan sólo disfrutaban del buen tiempo: aquella luminosa mañana parecía el último coletazo de un verano que se negaba a irse del todo y cualquier actividad al aire libre resultaba más apetecible que encerrarse en un aula o en la biblioteca.

—¡Es un día magnífico! —le había dicho Rebeka—. ¡Vamos a los jardines! Cuando hace tanto calor en esta época del año, el frío del invierno siempre llega con más fuerza. ¡Puede que sea nuestra última oportunidad!

Las dos amigas buscaron asiento en los muchos bancos que permanecían vacíos, aunque el suelo y los parterres estaban atestados de universitarios. Así disfrutaban más de los últimos días de sol en una ciudad que durante buena parte del otoño y todo el invierno resultaba bastante sombría. En cuanto algunos rayos caldeaban el ambiente, los estudiantes se arrojaban al suelo como lagartos sedientos de calor.

No muy lejos de allí, sentada en otro banco solitario, descubrieron a Casandra, que leía un libro de poemas. Tan absorta se hallaba en la lectura de aquellos versos que no se percató de la llegada de sus compañeras. Mientras Circe murmuraba un tímido saludo, Rebeka aprovechó la sorpresa para arrebatarle el libro de entre las manos.

—Hum... «El círculo sagrado» —leyó en voz alta el título de un grupo de sonetos del interior—. ¿De qué va? ¿De una bruja?

—Mucha gente cree que lo que no te hace santa o madre, te convierte en bruja —repuso Casandra—. Ya sabes: o eres lo que ellos quieren que seas, o eres mala.

—¿Ellos? ¿Quiénes son ellos? ¿Los hombres? —intervino Circe.

Rebeka, que acababa de devolverle el libro a su amiga, se dio la vuelta sonriendo.

—Ellos, los que deciden qué es bonito y bueno, y qué es feo y malo. Ya sabes, ellos.

No, Circe no sabía. Si eran los hombres los que habían decidido la siniestra polaridad entre santa y bruja, sin permitir la existencia de un término medio, ¿qué podía saber ella? Nunca conoció a su abuelo y de su padre no se acordaba: su única referencia familiar era la abuela. En el colegio sólo había tenido maestras y los profesores que le dieron clase en el instituto más bien le inspiraban miedo. Sus compañeros de clase siempre le habían parecido estúpidos y el único muchacho que alguna vez le pareció cercano y amigable era Arturo, aunque de sentirse tan confundida a su lado tampoco le gustase.

—La mayor parte de los hombres son imbéciles. Eso es así y deberías saberlo. No creo que ni se libre el tal Arturo que tanto halaga tu pelo. Ten cuidado con ése, no es lo que parece.

Circe se echó a reír ante la ocurrencia de Rebeka.

—Nunca he salido con ningún chico. Y no tengo padre ni hermanos, así que no sé. Tengo poca experiencia con los hombres. ¿Y tú?

—¿Yo qué? —preguntó la pelirroja con el tono de voz de quien se siente acusada de una falta grave.

—Que si tienes experiencia.

—Claro que sí. ¿Qué más se puede hacer para no morirse de aburrimiento en una ciudad pequeña si no es tener novios?

—Yo vengo de un pueblo pequeño.

—Pero no es lo mismo. —La nariz de Rebeka se movía muy deprisa—. Quienes viven en una ciudad grande tienen cines, teatros, largos trayectos en trasportes públicos en los que leer libros y gente muy diversa con la que conversar y de la que aprender. Y los de los pueblos pequeños, si no estáis ordeñando una vaca, estáis haciendo un queso. No tenéis tiempo de aburriros.

—Nosotras no tenemos vacas. Pero sí un huerto y varias hectáreas de viñas —reflexionó Circe.

—Pues eso, el campo tiene sus sacrificios. Sin embargo, una ciudad mediana o un pueblo grande es un completo aburrimiento si no te dedicas a tener novios. A experimentar qué es tener un novio. Aunque los últimos meses antes de venir estuve sola.

—¿Te dejó? ¿Lo dejaste?

—No la hagas hablar de eso —aconsejó, tarde, Casandra.

—Mi novio de entonces tuvo un accidente y... bueno, me echaron la culpa. —Rebeka sacó un cigarrillo del bolso y lo encendió.

—¿Qué le pasó?

—Apareció un día por una carretera, desnudo y caminando como un zombi. Los coches lo esquivaron hasta que un repartidor que conducía una furgoneta decidió detenerse y lo llevó a un hospital. Le faltaba la lengua.

—¡Qué horror!

—Te lo advertí —dijo la rubia.

—Nunca volvió a ser él.

Rebeka expulsó el humo mirando al cielo. Le brillaban los ojos y se le había enrojecido la nariz, pero tenía el aspecto pétreo de quien ya ha llorado lo suficiente.

—¿Cómo pudieron culparte de algo tan horrible? —Circe no daba crédito.

—No lo sé. Yo ni siquiera estaba con él cuando desapareció, horas antes de reaparecer en la carretera. Pero la familia empezó a decir que yo había hecho magia negra.

—¿Magia negra? ¿A quién se le ocurre eso?

—A la gente. Vengo de un lugar en el que hay mucha tradición en las creencias mágicas. Todo el mundo es muy moderno y muy racional, pero en el fondo aún bullen creencias milenarias. Es algo que está metido en el corazón de las personas y que no se puede arrancar fácilmente. Creen lo que quieren creer. Y cuando todas las explicaciones fallan, las inventan. Más vale creer que comprobar, ¿no?

—Supongo. —Circe no estaba demasiado segura.

—Creo que por eso siempre conecté tan bien con Casandra. —Rebeka abrazó a su amiga, que le devolvió el abrazo con una sonrisa—. Ella y yo venimos de sitios donde las creencias fantásticas están muy arraigadas.

—Nuestras familias se conocen desde hace muchos años y de alguna forma casi estábamos obligadas a ser amigas —añadió Casandra—, pero siempre nos unieron mucho esas murmuraciones.

—Además, yo nunca habría hecho una magia tan oscura —Rebeka dijo esto último y pareció arrepentirse de inmediato de sus palabras.

—En mi pueblo no hay ninguna bruja, nunca se ha dicho eso de nadie. —De repente a Circe le parecía que Valdaya era un remanso de paz y normalidad.

Casandra la miró con verdadera sorpresa.

—¿En serio?

—Bueno, dicen otras cosas.

Al hilo de aquella conversación, Circe pensaba en su pueblo y en la gente que se alejaba de ella por haber sido encontrada en un charco de sangre junto a los cadáveres de sus padres. Sabía cómo se sentía Rebeka, y sin embargo, no le dijo nada. Temía que su reciente amiga también pudiera alejarse de ella por eso.

—Creo que se drogó y que se drogó mal —continuó la pelirroja mientras apagaba el cigarrillo—. Esas cosas pasan.

Hay miles de historias de gente que se mutila o comete actos horribles por culpa de unas setas o unos ácidos.

—Nunca he probado nada de eso —confesó Circe.

—Ni falta que te hace. Aunque siempre hay alguien que te dice que no sabes lo que te pierdes si no pruebas esto o aquello, ya sabes.

Circe no sabía, pero tampoco quería quedar al margen de la conversación.

—Sí, imagino que sí.

—Pero ¿qué pasa cuando empiezas a pensar que tienes el cuerpo lleno de bichos o que tu madre es un duende verde con los dientes afilados que te está engordando para merendarte? —Rebeka empezó a hacer gestos amenazantes en el aire—. Pues pasa que deja de ser divertido y te fastidia la vida. A ti y al que le pille por medio. Tu familia nunca se recupera, le echan la culpa a tu novia, o a sus amigos, y no vuelves a servir para nada.

Circe pensó que a ella nunca le habían ofrecido drogas y que por eso no las había probado. Casandra, por su parte, empezó a divagar sobre el papel de las drogas en determinadas culturas, como inspiración religiosa o para fortalecer los lazos sociales.

—¿Sabes lo que te digo? —Rebeka apuntó con el dedo a la punta de la nariz de Casandra—. Ese que te está diciendo que eres un aburrido por rechazar las drogas no va a cambiarte los pañales si te quedas tonto con lo que te ofrece. Tenemos un solo cerebro y deberíamos cuidarlo. Créeme, he diseccionado alguno en las prácticas y te aseguro que es un órgano muy frágil.

Circe se echó a reír, pero Rebeka hablaba muy en serio.

—Si te soy sincera, nunca he tenido muchos amigos, y además creo que en mi pueblo el alcohol es la droga más extendida porque hay vino por todas partes. Pero tal y como lo dices, me recuerdas las historias que me contaba mi abuela sobre los peligros que acechan en las ciudades.

Casandra miró el reloj y se puso en pie de un salto:

—Como futura antropóloga, continuaría con esta conversación durante horas, pero estoy a punto de perderme la siguiente clase. ¡Me marcho ahora mismo!

Las prácticas de Rebeka también comenzaban en un rato y se ofreció a acompañarla. Cuando ya se hubieron marchado, Circe descubrió que Casandra se había dejado olvidado en el banco el libro que estaba leyendo. Lo tomó entre sus manos y volvió a abrirse por la página que tanto había sorprendido a Rebeka: «El círculo sagrado».

Circe empezó a leerlo y pronto se vio atrapada por él. Había en aquellos poemas algo atrayente e hipnótico, revelador e iniciático. Presentía que a su alrededor mucha gente compartía un secreto que ella todavía no era capaz de descifrar. Los versos de aquel libro le revelaban que el mundo era hermoso, enorme, lleno de matices y peligros. Un mundo más grande del que ella había logrado ver hasta entonces, del que se había perdido mucho y no sólo por haber pasado la mayor parte de su vida en un pueblo pequeño. Y que todos lo conocían menos ella.

—¿No tienes clase, chica del nombre misterioso? —dijo una voz conocida y un poco sarcástica.

—Tengo un hueco en el horario. Me has dado un susto horrible.

Circe se sintió molesta por no haber detectado a Arturo, tan absorta estaba. Ni siquiera había percibido el olor a cedro que solía precederlo.

—Lo siento. Sólo quería invitarte a una fiesta. Es el viernes. Puedes venir con quien quieras.

—¿Con quién quiera? —A punto estuvo de decir que no tenía nadie con quién ir, pero lo pensó mejor—. Claro, se lo puedo decir a mi compañera de cuarto.

—¿Es guapa?

—¿No has dicho que puedo ir con quien quiera?

Arturo se echó a reír y se llevó la mano al pelo con nerviosismo.

—Pensé que a lo mejor irías con algún chico.

—Digamos que no suelo interesar a esa parte de la humanidad.

—¿Por qué? ¿Te pasa algo malo?

—¿Qué? No, claro que no, ¿por qué me lo preguntas? —Circe sintió cómo se le encendían las mejillas.

—No sé, a mí me pareces guapa, inteligente, divertida... No sé por qué no ibas a gustarle a los chicos. Imaginaba que lo mismo tenías una personalidad secreta de asesina en serie o algo así.

—Muy gracioso. ¿De verdad te parezco guapa?

Arturo la miró de arriba abajo como quien valora un caballo antes de comprarlo. Circe hasta pensó que le examinaría los dientes.

—Bueno, tienes los ojos grandes y castaños, la nariz pequeña y graciosa, la boca redonda, sí, yo diría que respondes a los cánones de lo que hoy en día se puede considerar una chica guapa.

—Eres tonto.

Los dos se rieron. Durante unos instantes siguieron mirándose, sentados en el banco, con toda la gente a su alrededor charlando y jugando a las cartas, pero solos en el universo. Se produjo un silencio tan denso y tan fuerte que podía palparse, como si sus miradas se tragasen el sonido.

—Bueno —dijo él de golpe—, tengo que marcharme.

Se puso en pie de inmediato, como si hubiera recordado algo muy importante.

—No te vayas.

Circe lo dijo sin pretenderlo. Las palabras escaparon de su boca como si otra persona las estuviera pronunciando en su lugar. Sin embargo, el cuerpo de Arturo se apoyó contra el banco en respuesta, casi en un acto reflejo. Se quedó quieto, con cara de desconcierto, e incluso miró detrás del respaldo, donde unos chicos jugaban una animada partida de póquer. Luego se volvió hacia Circe con una mirada confusa y hasta asustada, como si ella hubiera provocado que una mano invisible lo empujase o tirara de él contra el asiento.

—¿Querías decirme algo más? —preguntó con un hilo de voz.

—No, no, era una tontería. Puedes marcharte... —Circe también estaba sorprendida, así que improvisó—: Sólo que... no me has dicho dónde es la fiesta.

Arturo se puso de pie con cuidado, como si comprobase sus propias fuerzas. Dio un paso hacia atrás y sonrió azorado. Después sacó una tarjeta del bolsillo y se la entregó.

—¡Qué bobo! Si hasta tengo invitaciones. Toma, es la dirección de mi novia.

—¿Tu novia? —Circe se preguntó después si Arturo habría percibido el sonido de cristales rotos en su voz.

—Ella es la anfitriona. Así te la presento. Te caerá bien.

Mientras Arturo se alejaba, Circe se reafirmó en la idea de que había un mundo más allá que ella desconocía, en el que no bastaba que un chico te encontrase guapa ni interesante, no bastaba que con él el tiempo se congelara o devorase el sonido. Un mundo en el que ese chico tenía una novia que te invitaba a su fiesta. Y a él le parecía normal, y a ella tenía que parecérselo, que fuese acompañada por alguien, otro chico, con quien puede que el sonido no desapareciera.

12

Un cuervo llama a la ventana

REBEKA SOSTENÍA EN la mano la invitación que Arturo le había entregado, y Circe no entendía por qué Casandra se reía entre dientes y su compañera parecía tan enfadada.

—¿En serio? ¿Me estás diciendo en serio que ésta es la dirección?

—Sí, ¿qué tiene de raro? No he estado nunca por esa zona de la ciudad. ¿Es un barrio peligroso?

Casandra ya no pudo contener más las carcajadas.

—No, claro que no. O depende de cómo se mire. —Rebeka la fulminó con la mirada cuando dijo esto y su amiga se encogió de hombros—. ¿Qué? Perdona, es que me hace gracia. Es la mejor zona de la ciudad. De hecho, allí sólo hay una casa.

—Una mansión, diría yo, se ve desde el puente, a la derecha, sobre el peñón, sostenida por las esculturas de cinco mujeres que parecen colgadas. «Las ahorcadas», las llaman por aquí medio en broma —soltó Rebeka del tirón.

—Sí, la he visto —admitió Circe.

Claro que la había visto, era imposible no fijarse en ella. Y Circe se la encontraba en cada uno de sus paseos matutinos, hubiese niebla o no. Los tejados altos y el enhiesto torreón sobresalían por encima de los árboles y de las nubes con el aspecto desafiante que sólo las casas modernistas podían tener y sus trece chimeneas destacaban como soldados o vigías. Las cinco cariátides que parecían sostener el caserón al borde del barranco eran mera decoración tallada en la misma roca y representaban a cinco mujeres de aspecto tranquilo e inquietante, no necesariamente felices, sino como si hubiesen encontrado la paz en la muerte. Quizá por eso las llamaban las ahorcadas, o porque parecían estar suspendidas en el aire gracias a la pericia del arquitecto, aunque a Circe siempre le había parecido que estaban sumergidas, ninfas marinas con el cabello flotando a su alrededor y rostros impenetrables de piedra. En los días más tristes asemejaban mujeres ahogadas, ofelias con los pulmones llenos de agua y sin sorpresa en los ojos, como aquel cuadro de Millais que tanto le gustaba. En resumen, no había que ser muy listo para darse cuenta de que la misteriosa novia de Arturo era rica. Aquellas cinco titánicas mujeres no hubieran sostenido la casa de cualquiera.

—Lo que me temía: la novia de tu chico es una Blackwell.

Las palabras de Rebeka, que agitaba rítmicamente la invitación entre sus dedos, golpearon a Circe como una bofetada.

—¿Una Blackwell? ¿Jacinta Blackwell vive allí?

—Ella y los raritos de sus hermanos, sus padres y una tía materna que está como una cabra: la perfecta familia de millonarios guapos y desquiciados. —Rebeka puso los ojos en blanco como si estuviera cansada de tener que explicarlo todo—. ¿Conoces a Jacinta?

—Sí, vamos juntas a algunas clases.

—Entonces ya te habrás percatado de cuál es su problema.

—¿La vanidad?

Circe lo dijo sin ninguna maldad, pero las dos amigas se echaron a reír como si hubiera sido un ataque de perversidad lo que la hubiese conducido a semejante conclusión.

—Ningún Blackwell es trigo limpio y eso viene de antiguo, ya te contaré —dijo Rebeka—. O ya te darás cuenta tú sola. Pero a lo que me refería era a su enfermedad. ¿No te has dado cuenta?

—¿De que le da miedo el sol?

—Es piebaldismo congénito. Todos los Blackwell lo tienen: una especie de albinismo, pero la melanina que da el color a la piel y al cabello sólo les falta por zonas. Eso explica los mechones blancos, que siempre vaya cubierta de arriba abajo o que nunca le dé el sol. Es una mutación rarísima, y los Blackwell la tienen todos porque llevan siglos casándose entre ellos. O, por lo menos, ésa es mi teoría. Los padres de Jacinta lo tienen, los dos, y eso no es común. Al menos Jacinta no tiene ninguna mancha en la cara, pero sí esos ojos rojizos de ratón de laboratorio.

Circe se había fijado en los ojos de Jacinta, y los hubiera descrito como un atardecer sombrío o un par de cerezas. Pero también recordaban a los de los ratones de laboratorio. Aquellos desgraciados animales aprendían a recorrer estúpidos laberintos en la Facultad de Psicología, luego eran diseccionados en la Facultad de Biología y los que sobrevivían acababan como alimento de rapaces o serpientes en el zoológico. «¿Te lo imaginas? Qué vida más horrible e injusta», le había dicho Rebeka, que no disimulaba su deseo de hacerse con la clave de la puerta del animalario para liberar a aquellas pobres criaturas.

Pensar que Jacinta tenía la mirada de uno de esos ratones hizo que Circe sintiese una repentina piedad por ella. Sin saber muy bien por qué, recriminó la actitud de las dos chicas:

—Pobre familia, y pobre muchacha. No deberíamos reírnos de su enfermedad.

Rebeka y Casandra se miraron la una a la otra con sorpresa, después sus caras compusieron una mueca extraña, como si hubiera algo que no se atrevían a decir. Casandra fue la única que respondió:

—No es sólo eso. Los Blackwell llevan mala sangre en las venas desde siempre. Si ese chico está con una de ellas, sufrirá, no te quepa duda. Lo único que saben hacer bien es acumular riqueza.

Después de esas palabras, que Rebeka parecía confirmar afirmando con la cabeza, se hizo un silencio casi reverencial. A Circe le parecía que Jacinta no era más que una chica rica y presumida, tal vez un poco orgullosa e insoportable, pero no se atrevió a quebrar ese silencio. *Katu* fue el único que lo desafió, saltando encima de la cama de Rebeka y catapultándose hasta la estantería con el lomo erizado. Sus ojos, muy abiertos, miraban hacia la ventana.

Circe pensaba que los gatos advertían cosas que los humanos eran incapaces de ver, porque a menudo se quedaban mirando el vacío con pertinaz insistencia. Sin embargo, esta vez ella misma vio lo que *Katu* miraba, y esa sombra, o lo que fuese, la hizo incorporarse y preguntar a las otras dos chicas si ellas también la veían. Al otro lado de la ventana, a través de los cristales verdes y entre las habituales sombras de los árboles, había algo rápido y de forma indefinida que se movía como un rayo de una rama a otra.

Rebeka se acercó a la ventana y asomó la cabeza con incredulidad.

—Aquí no hay nada, sólo hojas que se mueven con el viento...

No había terminado de pronunciar la frase cuando algo pasó por encima de su cabeza y la hizo gritar del susto. El objeto, oscuro, iba tan rápido que nadie se percató de que era un ave hasta que cayó sobre la falda de Circe, que había vuelto a sentarse en su cama, y soltó un graznido.

—¡Es un cuervo! —exclamó Casandra.

—Lo que faltaba —dijo Rebeka cerrando la ventana.

Katu, desde la estantería donde permanecía encaramado, miraba al desconocido con una mezcla de curiosidad y desconfianza. Al fin y al cabo, aquel ser era casi tan negro y grande como él. Circe estaba tan sorprendida que no se atrevía a moverse. El cuervo se le había acomodado en la falda y la observaba con fijeza.

—Deberíamos echarlo, ¿no? —sugirió con timidez.

—De eso nada. Le daremos comida y agua, y luego ya veremos —contestó Rebeka.

Aquella misma tarde apareció con una percha para aves, un comedero y un bebedero. Por su parte, el cuervo paseaba con sus andares de caballero antiguo detrás de Circe allá donde ella iba, y sólo cuando se aseguró de que todos se metían en la cama, se acomodó en su percha recién adquirida, a cuyos pies *Katu* encontró su nuevo sitio favorito.

13

Cinco lobos

EL JUEVES PREVIO a la fiesta en la casa de los Blackwell no fue un buen día para Circe. Durante toda la mañana le había costado concentrarse y salió de clase con la sensación de una jornada perdida. Cuando llegó a la residencia, abatida y disgustada, pensó que le vendría bien charlar por el ordenador con su amiga Rosa. Pero aquella ocurrencia tampoco sirvió para tranquilizarla, porque pronto empezaron a discutir. Circe le había asegurado que, nada más instalarse, regresaría al pueblo algún fin de semana, y su amiga le reprochaba que no hubiera cumplido su promesa. Y tenía razón:

—Cuando te decidas a venir, lo mismo ya ni te reconozco, chica. Ni siquiera me llamas. No me visitas, no chateamos y cada vez que intento ponerme en contacto contigo resulta que te has ido de paseo con tus nuevas amigas. En el pueblo se van a creer que te haces la importante.

Rosa estaba celosa, eso estaba claro. Y nada de lo que Circe pudiera decir o hacer iba a cambiar sus sentimientos, como demostraba que aquella tarde todo le pareciera mal: la fiesta en la mansión de los Blackwell, la adopción del cuervo, que Arturo tuviera una novia secreta y rica —«el muy imbécil»— y hasta que hubiera dejado de oler a cedro. Los libros que estaba leyendo Circe eran un aburrimiento y sus amigas de ciudad, porque así las llamó, unas estiradas pretenciosas. Evidentemente no era momento de hablarle de la chica de aspecto japonés que la perseguía, ni de contarle que una mesa del laboratorio de arqueología la había instado a huir. Tampoco le dijo nada de las diapositivas de la señorita Galvani que contaban más de lo que ella deseaba que se supiera. Viendo el cariz que tomaba la conversación, Circe decidió preguntarle a Rosa qué le había pasado para estar tan irritable.

Rosa se sopló el flequillo tres o cuatro veces con nerviosismo antes de contarle que había tirado una estantería en la tienda y que casi había atrapado bajo ella a una anciana.

—¿Cómo hiciste eso?

A Circe le costaba imaginarse a su amiga, que no llegaba al metro cincuenta, moviendo alguna de las pesadas estanterías de la antigua tienda familiar.

—No lo sé. Estaba muy enfadada. Me había puesto de acuerdo con mis padres para ir a visitarte la semana que viene, y acababan de decirme que no podría moverme del pueblo hasta Navidad. Al abrir la tienda seguía pensando en eso, y llegó la señora Encarna, que ya sabes que es una buena mujer, aunque pesada como ella sola y por completo insoportable. No recuerdo qué me estaba diciendo cuando, de repente, se cayó la estantería. Supongo que le pegué un empujón o algo así sin darme cuenta, llevada por la rabia que sentía.

El incidente no había tenido mayores consecuencias, pero los nervios de Rosa estaban a flor de piel. Nada le parecía bien, y ahora pensaba que con razón.

—Además, has hecho amigas nuevas en la universidad y acabarás olvidándote de mí. Tú aquí ya no vuelves. En realidad no sé por qué me sorprende o me molesta, tú siempre te quisiste ir a Ochoa y no volver. Supongo que haces bien.

La voz de Rosa se transformó en un hilo apenas audible a manera de disculpa. Circe le sonrió a su amiga y le prometió compensarla en las próximas Navidades. La cara de Rosa, al otro lado de la pantalla del ordenador, le hizo sospechar que su amiga le ocultaba cosas, pero no creyó oportuno insistirle: si algo la preocupaba y no se lo contaba era porque podía esperar a que se vieran en persona. O porque era lo bastante grave como para no poder compartirlo en aquella conversación por internet, pensó luego.

Circe aún estaba analizando los últimos gestos de Rosa cuando Casandra y Rebeka irrumpieron en la habitación. Habían alquilado unas bicicletas para acercarse al centro de la ciudad y a Circe le pareció una excelente idea: cualquier actividad que le permitiera salir de la residencia y disfrutar del aire libre se lo hubiera parecido. Empezaba a hacer frío por las noches, pero todavía se agradecía el aire en la cara de los paseos en bicicleta. Además, sus amigas estaban emocionadas porque se estaba nublando y podría haber tormenta. Casandra se había puesto un impermeable de cuadros blancos y negros.

—¿En serio no te gustan las tormentas? ¿A quién no le gustan? —preguntó sorprendida—. Ningún espectáculo puede compararse con los rayos que caen sobre el mar.

—Tampoco me gusta el mar —confesó Circe.

—Mi compañera es de secano, todo lo que tenga agua la inquieta más que a mi gato —se burló Rebeka.

En el pasillo de la residencia se cruzaron con Lope, el bibliotecario. Resultaban inconfundibles las chaquetas cruzadas que utilizaba y sus andares de anciano. Circe se estremeció de arriba abajo cuando recordó su piel fría y su tacto muerto, pero sobre todo cuando se fijó en su rostro y comprobó que no aparentaba ni treinta años. El bibliotecario sonrió al ver a Casandra, que se sonrojó todo lo que su piel era capaz.

—H-hola —dijo tartamudeando—, ¿vais a dar un paseo? A lo mejor hay tormenta.

—Me encantan las tormentas —respondió Casandra.

Lope amplió su sonrisa, hasta el punto de que sus caninos asomaron afilados y brillantes. Circe pensó que si no hubiera tenido ese aspecto de tísico decimonónico habría sido guapo.

—A mí también. Ojalá veáis caer rayos sobre el mar.

Circe miró a Rebeka, que puso los ojos en blanco para hacerle saber que así eran las cosas cada vez que aquellos dos se encontraban. Luego se sucedieron unas cuantas frases intrascendentes, como si ambos trataran de entablar un diálogo imposible, y se despidieron sin estar seguros de besarse o de darse la mano. Ninguno de los dos resolvió esa duda y finalmente quedaron para el miércoles siguiente «donde siempre».

—Lo ayudo con una investigación —dijo atropelladamente Casandra antes de que Circe se atreviese a preguntar nada.

—Nuestra querida Casandra a veces olvida que todos nuestros amores son desgraciados —añadió Rebeka en un tono afectado y teatral que arrancó a su amiga una sonrisa amarga.

El paseo en bicicleta fue maravilloso. Había amplios carriles para ciclistas en la parte más moderna de la ciudad y pequeños parques se sucedían cada cuatro o cinco manzanas. Al llegar al casco antiguo se bajaron de las bicis y las llevaron con las manos. Aquí las calles eran estrechas y en algunos casos porticadas, con un pavimento de adoquines que no invitaba a recorrerlo en bici. No las sorprendió ninguna tormenta mientras paseaban, pero sí un espectacular cielo de atardecer perlado y gris veteado de naranjas y rosas.

Dejaron atrás las calles comerciales y cruzaron la plaza donde se levantaba el Ayuntamiento de la ciudad y otros edificios públicos, a juzgar por la abundancia de banderas y escudos oficiales. A pesar de que empezaba a hacer frío, decidieron tomar algo en las terrazas de una plaza adyacente, junto a unos cines donde proyectaban películas en versión original y frente a un museo de arte moderno que financiaba la Fundación Hermanos Delhúyar. Juan José y Fausto Delhúyar fueron los primeros químicos del mundo que aislaron el wolframio, y en su honor la familia Blackwell había hecho levantar una estatua abstracta en el centro de la plaza. Casandra comentó que los Blackwell no habían podido resistirse a erigir una estatua para alguien llamado Fausto. A Rebeka le pareció muy divertida la ocurrencia, pero Circe no estuvo muy segura de si Casandra se refería a la posibilidad de que los Blackwell hubieran firmado un pacto con el diablo.

—¿Todavía quieres ir a esa fiesta?

Rebeka había cambiado tan súbitamente de tema que Circe se quedó desorientada. Se percató de que su amiga no dejaba de mirar hacia un costado de la plaza: entre los edificios sobresalía el peñón donde se levantaba la casa de los Blackwell.

—No lo sé, la verdad.

—Oh, venga, lo que tienes que hacer es ponerte fabulosa para que todos se pregunten por qué no se han fijado antes en ti. Sobre todo tu amigo Arturo. Nos divertiremos. Es sano divertirse de vez en cuando. Y nos llevaremos a Casandra con nosotras. Siempre queda bien, es alta, rubia, empollona y fue campeona de atletismo en el instituto. No te puedes negar.

Casandra sonrió, pero Circe seguía dudosa.

—Si quiere venir, que lo haga. Pero yo no sé qué ponerme.

—Ya inventaremos algo. Deja que haga mi magia.

—Luego la gente cree que de verdad haces magia…

Rebeka sonrió y alzó las cejas en señal de fingida resignación. Circe se echó a reír. Al otro lado de los jardines, unos ojos rasgados bajo un sombrero decorado con tul malva las observaban en silencio.

Era casi de noche cuando aparecieron y justo entonces, en el monte donde la casa se alzaba sostenida por las cinco ahorcadas, se desató una tormenta lejana, anunciada tan sólo por los relámpagos que pugnaban por aparecer entre las nubes negras: cinco muchachos con cinco animales a cuyo paso se hacía una especie de silencio reverencial. Circe distinguió a Jacinta, que encabezaba el cortejo con la correa de cuero rojo firmemente aferrada en la mano enguantada, pero el animal que llevaba atado atrajo por completo su atención.

Estaba segura de que ninguno de los cinco cánidos que caminaban con andares despectivos delante de sus dueños eran perros, porque despertaban en Circe el instinto de conservación, como si, antes de que lograse procesarlo, su intuición ya la avisara de que eran lobos.

—Ahí vienen los cinco lobos con sus mascotas —dijo Rebeka en tono jocoso.

—¿Tienen lobos como mascotas? —alcanzó a decir Circe muy sorprendida.

—Ésos son los lobos de los hijos. Sus padres también tienen lobos. Y algo me dice que todos los Blackwell sobre la faz de la tierra tienen lobos. Aunque no sé de qué te sorprendes, tú has adoptado un cuervo —Rebeka hizo su característico movimiento de nariz—. O el cuervo te ha adoptado a ti.

Rebeka y Casandra le explicaron quiénes eran los otros cuatro «lobos», como ellas los llamaban. Tras Jacinta, el más llamativo de todos era un muchacho con el rostro de piel oscura y las manos blancas. Se cubría la mitad de la cara con una máscara tan blanca como sus manos, semejante a la que solía lucir el fantasma de la ópera en todas sus representaciones. Era guapo, elegante, de pestañas largas y ojos melancólicos y oscuros, al menos el ojo que se veía lo era. En el lado de la cabeza que sobresalía por encima de la máscara, su cabello era rizado y níveo; el del otro lado era oscuro. Llevaba una chaqueta tres cuartos de cuero gris con capucha, bajo la que asomaban las perneras de un vaquero negro decorado con tachuelas. Las chicas lo identificaron como Narciso, el mellizo de Jacinta.

—Es poco hablador y casi no se deja ver. Se rumorea que la familia lo tiene encerrado en el torreón de la casa como si fuera un monstruo, por la deformidad de su rostro, que intenta ocultar con esas máscaras tan discretas. —La ironía en la voz de Rebeka casi consiguió que Circe confesara que el corazón se le había acelerado al ver a aquel chico, pero guardó silencio.

Las dos chicas que caminaban detrás de Narciso habrían sido idénticas de no ser por las manchas de su piel, colocadas de forma muy distinta. Eran muy guapas y también las únicas que sonreían. Iban parloteando entre ellas y emitiendo unas risitas entre nerviosas y coquetas que sonaban encantadoras. Todos en aquella familia tenían algo hipnotizador. Lucían hermosos vestidos de terciopelo cubiertos con impermeables transparentes, una de color gris y la otra de color vino, y botas altas de cordones que alternaban esos colores.

Rebeka le dijo que una se llamaba Caléndula y la otra Margarita, y que cualquiera de las dos era una buena opción como novia de Arturo, o al menos para que Arturo desease que fuera su novia, ya que casi todos los habitantes de Ochoa las pretendían. Siempre iban juntas, aunque era fácil distinguirlas: por el cuello de Caléndula subía una mancha blanca como un brote primaveral que le alcanzaba la mejilla casi como si fuera a florecer y le rodeaba la nuca encaneciendo parte de su cabello negro; la mancha que, con la misma forma vegetal, tenía Margarita bajaba desde la parte alta de su cabello, completamente blanco, encanecía la punta de una ceja y terminaba en la mejilla opuesta a la de Caléndula. Cuando Margarita movía la cabeza, vanidosa, los cabellos negros de su nuca bailaban sobre el vestido color vino.

—Aunque lo parezcan, no son gemelas. De hecho, se llevan once meses —apuntó Casandra, que parecía saberlo todo sobre ellas—. Y eso hace más inquietante su aspecto y su comportamiento.

El último de la fila era el más alto de los cinco y también parecía el mayor. Su aspecto era imponente, e incluso su lobo parecía amedrentado a su lado. Llevaba una casaca militar grisácea y el pelo le caía por la espalda, liso y oscuro, con dos brillantes líneas de cabellos blancos a los lados, justo sobre las cejas, que también mostraban dos mechones verticales del mismo color. Sus labios estaban tan bien perfilados y los pómulos eran tan desafiantes y marcados que su expresión resultaba cruel. Tenía los ojos del color atardecer oscuro de los de Jacinta. Las manos del gigante abarcaban la cabeza del lobo al acariciarlo. En cada uno de los dedos llevaba anillos con rostros o cabezas de animales que a Circe le parecieron piezas de ajedrez. Era Bromelio Blackwell, el primogénito de la familia, una especie de bestia mitológica que, a pesar de su corpulencia, inspiraba sensación de energía y levedad, como si sus más que probables cien kilos no pesasen en absoluto.

—¿Es legal tener lobos como animales de compañía? —preguntó Circe sin dejar de mirar el curioso desfile.

—Si no lo fuera, ellos encontrarían la forma de legalizarlo. Los Blackwell han tenido lobos desde que se sabe de ellos. Y no son animales domésticos, no te engañes. Sólo se dejan poner correa por los Blackwell y sólo los obedecen a ellos. —Rebeka sonrió—. Por eso a los herederos del imperio familiar los llaman los lobeznos. Al final, todos, hombres y bestias, forman una manada.

La atención de Circe se centró en el pelo plateado de los animales y en el amor con el que miraban a sus dueños, como si no fuesen amos sino compañeros, parte de su familia, y por lo tanto no vio a la pequeña muchacha con zapatos de color rosa y bolso con forma de estrella que, al salir del museo y verlas, se escondió tras la estatua abstracta de los hermanos Delhúyar.

14

Viernes

AQUELLA MAÑANA DE viernes a Circe le costaba concentrarse en la clase de Julio Gayo. Y esta vez no era debido a esa inquietud que tantas veces la había invadido desde que llegó a Ochoa, ni a causa de Arturo, que ese día no había asistido a clase. Ni siquiera por la encendida perorata con la que el profesor de latín había decidido culminar su lección magistral, un discurso digno de ser pronunciado en medio de los foros imperiales:

—En alguna ocasión habréis oído decir que el latín es una lengua muerta, pero esa afirmación es una completa falacia. El elamita y el etrusco son lenguas muertas, pero no el latín. A fin de cuentas, lo que vosotros habláis no es más que latín, de la misma forma que también es latín lo que hablan los franceses, los italianos o los portugueses. Un latín barbarizado y descompuesto, bien es verdad, pero latín al fin y al cabo.

Circe observó que el profesor Julio Gayo tenía el perfil numismático de los emperadores romanos y que la única evidencia en su rostro de que se trataba de un hombre actual eran sus pequeñas gafas con montura de alambre, por lo demás bastante decimonónicas. En realidad, todo en Julio Gayo recordaba a una estatua del emperador romano Octavio Augusto, aunque ataviada con un terno gris, una pajarita amarilla y la cadena de un reloj de bolsillo que sólo miraría unos segundos antes de que acabase la clase, con una exactitud tal que no parecía informarse de la hora, sino comprobar que seguía funcionando.

Muchas cosas en Ochoa daban la sensación de haber sido cambiadas de época o el resultado de mezclar diferentes períodos históricos. Algunos profesores tenían un aspecto anacrónico, y más que personas se diría que formaban parte de la decoración; y eso por no hablar de la directora de la residencia, cuya edad era imposible de deducir, o del bibliotecario anciano y joven a la vez. Pero esa sensación no sólo se limitaba a sus habitantes, sino que también incluía las edificaciones, que habían sido construidas en diferentes períodos de esplendor económico y evidenciaban la obsesión con la modernidad de la Compañía del Wolframio —a fin de cuentas, los omnipresentes Blackwell—, que había llevado a encargar casi todos los edificios públicos de Ochoa a los arquitectos de moda en cada momento. El resultado era, cuando menos, llamativo, y al pie de los fríos rascacielos de cristal emergían construcciones de diferentes épocas, con sus vidrieras de colores y sus gárgolas con forma de lobo, entre los que Circe se sentía suspendida en mitad del espacio y del tiempo.

Esa misma sensación había tenido la noche anterior, cuando sus amigas le propusieron acercarse con las bicicletas a la casa de los Blackwell, sin duda la construcción más ostentosa y anacrónica de la ciudad. Había sido idea de Rebeka que viera la casa por fuera, para que le perdiera el respeto antes de la fiesta.

—Como te la encuentres mañana de repente, seguro que te das media vuelta antes de entrar —le había dicho.

A Circe la molestaba que Rebeka la considerara un tanto apocada o tímida. Simplemente estaba poco acostumbrada a tratar con tanta gente, nada más, y eso podría cambiar con el tiempo. En apenas unas semanas había hecho dos amigas, ella y Casandra, y eran más de las que tenía en el pueblo. Estaba segura de poder soportar una fiesta universitaria en casa de los Blackwell.

Pero, mientras ignoraba las explicaciones del profesor de latín, Circe le agradecía a Rebeka aquella intempestiva visita, porque la mansión Blackwell también resultaba impresionante desde lejos, cuando se acababa de ascender la colina y comenzaba el paseo de robles donde anidaban las rapaces. La verja, con seis o siete metros de altura, era más elevada que la del parque de Tayasal, y los barrotes estaban formados por rosales salvajes de hierro forjado con flores negras abiertas y desafiantes y rematados por la cabeza de un lobo dorado que enseñaba los dientes. A medida que se habían acercado, aquella tormenta que tan lejana parecía se empeñó en acompañarlas, iluminando con sus relámpagos las formas sinuosas de la casa Blackwell, que parecía obra del mismo arquitecto que había construido la residencia. En el silencio de la temprana noche aparentaba estar hecha de piedra negra.

—Espera —dijo Casandra, bajándose de la bicicleta—. No la estás observando bien, tienes que ponerte aquí para apreciar la perspectiva.

Circe se dejó mover por su amiga y no tardó en darse cuenta de lo que ésta pretendía: con la iluminación del fondo, los torreones aparecían como orejas puntiagudas, la piedra tallada adquiría la textura de pelo hirsuto, y el juego de sombras y perspectivas hacía que, desde un punto exacto, bajo una de las rosas de forja a la que le faltaba un pétalo, la mansión asemejase la cabeza de un lobo aullando al cielo.

—¡Es increíble! —exclamó Circe.

Y no supo si completar la frase diciendo que le resultaba hermoso o escalofriante, brillante o enfermizo, porque le parecía todo eso, así que no dijo nada más. Al final tenía que darle la razón a Rebeka: si hubiera visto aquel edificio antes de la fiesta, habría escapado de allí a la carrera. Era como si Arturo la hubiese invitado a meterse literalmente en la boca del lobo.

Un prolongado trueno anunció la llegada de la lluvia. En la mansión Blackwell los lobos empezaron a aullar mientras las tres muchachas se colocaban las capuchas y subían a las bicicletas. Circe les dijo que debían alejarse cuanto antes de allí, porque estaban rodeadas de robles, y si había un sitio propicio para que cayese un rayo, era precisamente un robledal. Casandra y Rebeka se burlaron de sus temores, pero pedalearon con fuerza y la siguieron colina abajo. Antes de girar en la primera curva, Circe volvió la mirada para echar un último vistazo y vio un rayo dibujarse en el cielo y caer en el mar más allá del estuario que se desdibujaba tras la mansión, que en el contraluz volvió a asemejarse a la cabeza de un lobo. Un aullido completó la panorámica antes de que Circe entrecerrara los ojos y tomara la curva.

En el aula el profesor Julio Gayo bajaba las persianas y encendía la luz.

—No sé qué les pasa a los estudiantes con las tormentas: aparecen los primeros relámpagos y no pueden dejar de mirarlas. La clase está aquí, no ahí fuera —murmuraba.

Circe se miró los zapatos y pensó que si no dejaba de llover, también acabarían empapados. Rebeka le había prestado un par que le sobraba porque los únicos que tenía se habían mojado tanto que por la mañana aún no estaban secos. Los de Rebeka coincidían con su número, pero le iban un poco estrechos, y eran de color verde oscuro, que destacaba con sus pantalones negros y su jersey del mismo tono.

—No voy a permitir que vayas a la fiesta a juego con tu cuervo —dijo Rebeka mientras elegía los zapatos que le iba a prestar para ir a la facultad—, ya se me ocurrirá algo.

Sin embargo, cuando Circe llegó a su cuarto tras las clases, su compañera había cambiado de opinión.

—Creo que es una buena idea que vayas a juego con tu cuervo —sonrió misteriosa.

El vestido era de plumas negras, recto y a la altura de la rodilla; sencillo, sí, pero cubierto de plumas de arriba abajo, como las del pájaro adoptado que, desde su percha, lo miraba con curiosidad. Rebeka también había conseguido una chaqueta negra con hilos plateados que hacían juego con la estrella de mar que llevaba al cuello, unas medias y unos merceditas negros de tacón bajo de cuyo botón con forma de estrella de mar salían tres plumas de cuervo. Era inexplicable que hubiera encontrado todo eso para Circe en una mañana entre clase y clase, y desde luego nada de todo aquello le pertenecía, porque ella siempre vestía de verde.

—No me mires así —dijo como si le leyese los pensamientos—, he tenido ayuda. Todo esto desaparecerá mañana a esta misma hora, ya sabes. Visto y no visto.

Circe debió de componer una mueca extraña porque Rebeka movió la nariz y sonrió.

—Se alquila por un día y se devuelve, sin manchas, por supuesto, así funciona mi magia —aclaró—. Recuerda que vives en Ochoa, la gran ciudad. Aquí puedes encontrar de todo y puede ocurrir cualquier cosa.

Los nervios por la inminente fiesta hicieron que la jornada transcurriera, hasta primera hora de la tarde, con una terrible lentitud. Rebeka se había puesto un vestido verde oscuro con el cuerpo de terciopelo y la falda de tul, y unas botas que a Circe le hicieron pensar en los alegres compañeros de Robin Hood. Luego estuvo un buen rato abrazando y consolando a *Katu* porque esa noche llegarían tarde, a pesar de que el felino no parecía preocupado en absoluto. El cuervo de Circe observaba la escena con toda la displicencia que podían expresar sus ojos de pájaro. Después de vestirse, su dueña le dio algunas chucherías, que el ave se zampó con agradecido deleite. Circe se percató en ese momento de que cada vez comprendía mejor los deseos del ave y que entre ellos estaba surgiendo un vínculo que les permitía entenderse de una forma hasta entonces desconocida. De hecho, tuvo la sensación de que el animal estaba encantado de que su ama se hubiera disfrazado de cuervo, como tantas veces le había recriminado su abuela. Y Circe, que no solía arreglarse y desde luego nunca había vestido algo tan extravagante, se sentía muy a gusto dentro del vestido de plumas, como si hubiese sido hecho especialmente para ella.

Casandra había insistido mucho para que Lope también fuera con ellas a la fiesta. Aunque la compañía del bibliotecario no era una idea que a Circe le agradara, prefirió no discutir con sus amigas. Tan sólo argumentó que a Arturo y a su novia puede que los incomodara la presencia de alguien a quien, en principio, no habían invitado, pero Rebeka enseguida le quitó importancia: «Las puertas de la casa Blackwell siempre están abiertas para todos lo que quieren asistir a sus fiestas; otra cosa es que después consigan salir», añadió enigmáticamente.

Aunque Circe frecuentaba casi a diario la biblioteca de la facultad, nunca había bajado a la de la residencia, incapaz de superar la aversión que le provocaba aquel muchacho con aspecto de anciano. Y el recinto de la biblioteca tampoco la entusiasmaba. Era una estancia más pequeña, repartida en varios niveles que se comunicaban mediante escuetos tramos de escalera, tan abarrotada de libros y estanterías que sugería más la idea de un laberinto que de un espacio para estudiar. No era fácil moverse por sus pasillos con la soltura que lo hacía Rebeka, y Circe tenía la certeza de que, de haber ido sola, se hubiese perdido en cualquiera de sus esquinas o recovecos. En un esfuerzo por no desperdiciar ningún espacio, la biblioteca guardaba cierta semejanza con esos grabados de Escher de una geometría imposible que hubiera espantado al mismísimo Euclides. Sólo las cinco puertas que se vislumbraban por detrás de los estantes atestados, prometían una salida a aquel despropósito. Circe no sabía adónde conducirían las otras cuatro, pues las pocas veces que había puesto un pie en el interior de ese lugar lo había hecho entrando y saliendo por la misma.

Las mesas de lectura se disponían en los escasos huecos que dejaban los libros; algunas eran de un tamaño casi ridículo y no había dos iguales. A esas horas sólo una de las mesas estaba ocupada, y sobre ella se apoyaba Casandra, concentrada en escuchar a un muchacho alto y guapo que pasaba con elegancia las páginas de un tomo encuadernado en piel, sin duda en busca de algo con lo que impresionarla. Vestía una amplia falda blanca de gasa y un ajustado corpiño negro con escote de pico. Además, se había recogido el pelo de una manera que recordaba a Grace Kelly en *La ventana indiscreta*. Casandra y el muchacho sonrieron al verlas llegar, y fue entonces, al adivinar unos caninos afilados y ligeramente torcidos que asomaban en la boca del chico, cuando Circe se dio cuenta de que el muchacho que estaba junto a Casandra era Lope, el bibliotecario. Tuvo ganas de preguntarle qué le había ocurrido, porque todos aquellos falsos años y sus consecuencias se habían borrado de su rostro, y ahora no aparentaba más de veinticinco años, sin palidez, sin cenizas en el cabello ni tampoco ese ligero temblor de manos que lo caracterizaba: sólo era un chico sonriente y flaco, muy alto y vestido para la fiesta. El bibliotecario debió de darse cuenta de que Circe no apartaba su mirada de él, porque se excusó al tenderles la mano.

—Parece que mi enfermedad ha remitido a tiempo para la fiesta de los Blackwell.

—Sí, ha sido un verdadero milagro —dijo Casandra ruborizándose.

—¿Milagro? —Rebeka arrugó la nariz con desconfianza.

—Ya sabes, Química —Casandra pronunció la última palabra como si se tratara de un nombre propio y no el de una disciplina científica.

Rebeka borró la expresión desconfiada de sus ojos de color ámbar y se colocó el pelo en un gesto nervioso. Circe no se fijó en esos detalles porque acababa de estrechar la mano del bibliotecario y estaba caliente, como si la sangre corriese de nuevo por ella, sano y vivo, como un joven normal y atractivo.

15

Fiesta en la boca del lobo

EL CIELO AMENAZABA tormenta y hacía un húmedo frío otoñal. Media docena de autobuses permanecían con los motores en marcha frente a las puertas de la Facultad de Historia. Se decía que los Blackwell siempre los alquilaban para sus fiestas, pero Circe pensó que eso no era así, sino que en realidad eran de su propiedad, como casi todo en Ochoa: al menos eso le sugería el hermoso lobo plateado que decoraba la carrocería de los vehículos.

Mientras ascendían por la colina y cruzaban el paseo de los robles, Circe pegó la nariz a la ventanilla y le pareció divisar ojos encendidos que los observaban desde el bosque.

—Esos ojos en la oscuridad son la personificación de nuestros miedos ancestrales —repuso Rebeka cuando se lo comentó—. El miedo a la oscuridad es un recurso de nuestro instinto de conservación.

—Pero he visto algo entre los robles, estoy segura.

Justo antes de llegar a la mansión, dos pares de esos ojos se movieron junto al autobús: dos pares de ojos que la miraron con una firmeza terrible, como si salieran del mismísimo infierno. A la luz de un relámpago, la silueta de un único cuerpo se recortó contra el tronco de un árbol, negra y bestial, evidenciando que aquella imagen era real y no una mera fantasmagoría creada por su propia imaginación. Circe valoró la posibilidad de que dos lobos de los Blackwell, escapados de su cubil o liberados por sus amos, merodearan por los alrededores, tan próximos entre sí que el dibujo de su sombra pareciera un solo animal con dos cabezas. Pero aquello, fuera lo que fuese, la miraba a ella entre toda la gente que la rodeaba, con una mirada inequívocamente inteligente.

La verja se abrió con un chirrido y Circe quiso borrar la terrorífica imagen de aquella sombra que la observaba con otra que tampoco le resultaba muy agradable: la boca de lobo abierta de la mansión de los Blackwell. Aunque el efecto óptico apenas duraba un segundo y al instante se perdía, y entonces podían distinguirse a la perfección los torreones, el largo ventanal corrido y la puerta de madera maciza, saber que aquella casa estaba concebida como un lobo que aullase a la luna la seguía inquietando. Recordó la excursión en bicicleta y las palabras de Rebeka, y de no hallarse a bordo de aquel autobús, en compañía de otros cuarenta jóvenes, se habría dado la vuelta hacia la residencia para reconfortarse en la compañía de *Katu* y el cuervo sin nombre.

Una vez dentro de la mansión, la música lo llenaba todo. Recorrieron amplias estancias de altísimos techos decorados con pinturas al fresco y se tropezaron con escupefuegos, tragasables y hasta una trapecista vestida como un ave balanceándose sobre las cabezas de los invitados. Circe se avergonzó un tanto al descubrir que la artista llevaba cosidas en el vestido unas plumas muy parecidas a las que ella misma llevaba en el suyo. En uno de los salones, una banda de rock interpretaba temas instrumentales.

Caléndula y Margarita Blackwell estaban al lado de una enorme chimenea de piedra oscura, coqueteando con media docena de pretendientes por los que, era obvio, no sentían el menor interés. Sostenían copas con el pie en forma de cabeza de lobo plateado y gesticulaban más de lo que hubiera sido necesario mientras se hacían indicaciones la una a la otra que ocultaban mensajes sobre a cuál de ellos humillar más o a cuál poner más celoso.

Todos los estudiantes que Circe había visto alguna vez en las clases o los pasillos estaban allí, saltando al ritmo que imponía la banda de rock, compuesta por cuatro muchachos maquillados como esqueletos que tocaban brillantes versiones de Scorpions, Kiss o Metallica. Todos los invitados lucían sus mejores galas y parecían disfrutar del acontecimiento. Una legión de camareros, ataviados de librea a la vieja usanza, llenaba las copas y los vasos con un vino perfumado de colores brillantes. Rebeka le instó a que lo probase.

—Lo llaman el vino de estrella. ¿No te parece original? —señaló tendiéndole una copa cuyo contenido mostraba tonalidades plateadas—. Nadie sabe qué es lo que brilla dentro, dicen que se trata de una receta secreta... ¡Pero está buenísimo! Ten cuidado, que se sube enseguida a la cabeza.

Circe se lo llevó con aprensión a los labios. En su familia hacían vino desde hacía generaciones, y su abuela siempre le decía que no era de fiar nada que tuviera un color que no existiera como comestible en la naturaleza. Sin embargo, ese vino de estrella era delicioso, ácido a la vez que vibrante, como si en realidad tuviera dentro una estrella, una enana blanca.

En cuanto lo probó, todo se le hizo más fácil. Se sintió integrada en el baile y le pareció que la invadía el ritmo de la música. Empezó a mezclarse con los estudiantes que danzaban a punto de volcar sus copas, con la trapecista, que se paseaba por el salón, o con el hombre pintado de jaguar que escupía fuego subido a una mesa. Los Blackwell sí que sabían dar fiestas, pensaba. Y descubrió lo maravilloso que resultaba dejarse llevar por la música entre tanta gente y bailar hasta que los zapatos con plumas no respondiesen, mientras brindaba con Rebeka que también se movía rítmicamente a su lado, con una sonrisa en los labios que parecía pintada en su cara como una máscara.

—¿Bailarías conmigo?

Oyó la voz y después vio al chico pelirrojo que aquel día

estaba haciendo fotocopias junto a las acólitas de Jacinta: el muchacho cogió de la mano a Rebeka y la apretó contra su cuerpo para bailar con ella. Su amiga hizo una mueca de renuencia, pero después le pareció divertido y se dejó llevar. Sonaba una balada rock de otra época, una de esas que debían de escuchar sus padres cuando concibieron la idea de tenerla. Circe la conocía por los discos de su madre que aún estaban en casa de la abuela. A su alrededor todo el mundo bailaba por parejas. Casandra apoyaba la cabeza en el pecho del rejuvenecido Lope, Rebeka se divertía con el chico pelirrojo de la fotocopiadora y la trapecista había dejado de hacer piruetas y se mecía pegada al tragasables. Todos parecían haber encontrado su lugar. Todos excepto ella.

A Circe nunca le habían interesado demasiado los chicos, pero en momentos como aquél sentía una cierta envidia, la leve picadura de la soledad. Y a pesar de que seguía bailando, se sintió inmóvil, tan inmóvil como aquella niña que, otra noche también en Ochoa, no se había movido del charco de sangre.

Iba a sentarse en una de las enormes sillas tapizadas del salón cuando vio a Arturo. Si Circe hubiera sido capaz de describir lo que sintió, habría dicho que se le paró el corazón, o alguna otra cursilería por el estilo. Bajaba por la escalera y la miraba sonriente. Sus ojos tan azules y tan helados eran como ver por primera vez el mar. El mundo detuvo su rotación, la música dejó paso al silencio, y ya no había nadie más en la sala: sólo él, que bajaba aquella escalera, y ella que lo esperaba al otro lado con un bonito vestido de plumas

Fueron tan sólo unos segundos, de esos que lo valen todo, una vida entera. Tras Arturo caminaba Jacinta, con un precioso vestido largo que parecía parte de su piel. El tejido, gris perlado, la cubría por completo menos el rostro, el cabello y las delgadas puntas de los dedos. Ya no era una muchacha presumida, era un animal mitológico. Arturo la tomó de la mano y Circe supo que tenía que salir de esa habitación antes de que cayese en la tentación de presentársela: «Ésta es Jacinta, mi novia, mi preciosa novia Jacinta, mi perfecta y millonaria novia

Jacinta». Jacinta aún no debía de haberla visto, pero ambos se dirigían hacia ella. La música regresó a la escena y todo el mundo bailaba enamorado, o al menos con intención de enamorarse, y Circe chocaba con ellos tratando de huir hacia la arcada que comunicaba con otras salas mientras perdía en la carrera algunas plumas de su vestido.

Salió a un estrecho recibidor con una puerta lateral que daba a la calle y penetró en una habitación aledaña, silenciosa y fría si se comparaba con el salón en que tenía lugar la fiesta. En una de las paredes de la estancia había una chimenea apagada: dos lobos de piedra vigilaban el hogar y sobre el tiro colgaba el retrato de un hombre y una mujer abrazados. Él parecía regio y hermoso, con el pelo muy negro veteado de líneas blancas; ella, con el rostro y el cabello semejantes a un tejido sumergido en lejía, mostraba unos ojos rojizos, casi de rata de laboratorio. Circe había llegado hasta esa habitación preguntándose cómo se excusaría después frente a Arturo, cómo le explicaría lo que había sentido y la razón de su huida sin llegar a reconocer que Jacinta le parecía demasiado perfecta y que por eso no había podido resistir el encuentro.

Sin embargo, al observar el retrato, supo que aquella pareja, quienes quiera que fuesen, sufrían y se sentían presos, esclavos, que ella se había casado con él por amor y se sentía condenada porque había heredado un castigo que a él le habían impuesto desde hacía generaciones, una maldición familiar. También supo que cuando se hicieron la fotografía que más tarde inspiraría esa pintura, habían discutido. La mujer le había dicho que no sabía que sería tan difícil, que no esperaba que lo fuera. «Dentro de dieciocho años todo habrá terminado, querida —había respondido él—, sólo te pido un poco más de paciencia.»

El sonido de una respiración sacó a Circe de la ensoñación que le producía el cuadro. Recordó los dos pares de ojos rojos y la sombra proyectada en el roble y se quedó paralizada, muy quieta, buscando en la oscuridad la bestia que producía el sonido. Comenzó a buscar de espaldas el pomo de la puerta, tratando de abrirla para huir de nuevo en dirección contraria, hacia la fiesta y los seres hermosos que la habitaban. Aquella respiración no pertenecía a un hombre y pronto se acompañó de un gruñido, semejante al de un animal que enseñara los dientes. Toda la luz que entraba por el ventanal se proyectaba en el cuadro y en los rostros bellos y tristes de la pareja. El resto de la estancia, salvo la chimenea donde colgaba el retrato, permanecía en una amenazadora penumbra.

—¿Tú también odias las fiestas? —Una voz amigable surgió de las sombras y añadió en un tono diferente—: *Bestia,* es una amiga, ¿no lo ves? Tampoco le gustan las fiestas.

El muchacho salió del rincón junto a las cortinas y se puso a la luz para que Circe pudiera verlo. Un lobo gris de enorme tamaño hizo lo propio y se sentó a su lado como un perrito. Narciso Blackwell llevaba unos pantalones de cuero y una camisa blanca, como si se hubiera empezado a arreglar para la fiesta pero se hubiese arrepentido de repente, quedándose descalzo y sin acabar de vestirse. La mitad de su cara estaba cubierta por una máscara negra, y Circe lo vio sonreír bajo la luz de una hermosa luna llena.

—Lo siento. No sabía que hubiera alguien aquí.

Narciso sacó un mechero de plata del bolsillo y comenzó a encender el candelabro situado sobre un piano que Circe ni siquiera había visto.

—No importa —dijo—. Has descubierto mi escondite. ¿Mi hermana lo pasa bien en su fiesta? Supongo que sí, es lo suyo: la gente y las fiestas. Yo lo he intentado, pero no consigo ser como ella. ¿Te han impresionado mis padres? —dijo señalando el cuadro mientras seguía encendiendo otros candelabros de la habitación—. No están en casa, si te lo preguntas; han ido con mi tía a eso que suelen llamar viajes de negocios.

La estancia ya estaba lo bastante iluminada y el muchacho se acercó a ella acompañado por el lobo. Le tendió la mano.

—Supongo que sabes quién soy. Todo el mundo sabe quién soy, por desgracia, pero al menos seamos educados y presentémonos como se debe. Narciso Blackwell.

—Circe.

—Bien, así me gusta, sin apellidos ni decorados. A veces los apellidos pesan como losas. Pero en tu caso, supongo que tendrás bastante con ese nombre tan original.

—¿El de bruja?

—No el de cualquier bruja. Según Homero, Circe era la que convertía a los hombres en bestias. —El ojo tras la máscara relampagueó con un brillo color carmín—. *Bestia*, como mi lobo.

El animal los miró con curiosidad al oír su nombre y se echó al pie de la chimenea apagada, entre sus congéneres de piedra. Narciso, en un gesto en desuso, la tomó de la mano y la llevó hacia los butacones situados a un lado de la chimenea, junto a las cortinas. Había estado allí sentado desde el principio sin que ella lo advirtiera. Se acomodaron. Circe se dejaba llevar con una mezcla de curiosidad y respeto. Todos los Blackwell le producían inquietud, pero Narciso le provocaba el deseo casi irrefrenable de arrancarle la máscara que llevaba en la cara.

Él le explicó que nunca le habían gustado las fiestas, ni ésta, donde se suponía que celebraban su cumpleaños y el de Jacinta. Tampoco le agradaban mucho las multitudes; prefería a las personas de una en una. Sonrió y se detuvo al decirlo, momento que Circe aprovechó para felicitarlo.

—Dieciocho —dijo él como para sí mismo—, qué edad más fatídica. Mi hermana se va a morir cuando lo sepa.

—¿Cuando sepa qué?

—Nada, secretos de familia. Pensaba que la gente se olvidaría de que existo porque soy silencioso y apenas salgo. Pero sólo he conseguido que hablen más de mí. Cuando eres invisible, la gente habla y dice cosas que no deberían ser dichas. Tú, con ese nombre que tienes, deberías saberlo, y sin embargo no lo sabes porque dudo mucho que te consideren invisible.

Circe se sonrojó porque interpretó aquello como una especie de piropo. En realidad le resultaba inverosímil que alguien pudiera considerar invisible a Narciso. La parte de su rostro que dejaba a la vista la máscara era más hermosa que cualquier rostro que ella hubiera visto: moreno, melancólico, el ojo grande y castaño, la nariz perfecta, los labios trazados a lápiz.

—No creo que puedas ser invisible, ninguno de vosotros podría serlo —dijo al final.

—Cuando todos los de alrededor hacen mucho ruido, la voz más débil no se oye.

Los dos se quedaron en silencio y la música de la banda, que interpretaba un nuevo tema, se coló bajo la puerta. Otra balada rock. Narciso y Circe se descubrieron sonriendo a la vez.

—Me gusta esa canción —dijo Circe.

—Bailemos, pues —respondió él.

Narciso parecía imbuido de una súbita energía que antes no había demostrado. La tomó por la mano y le rodeó la cintura con un brazo. Circe no sabía bailar en pareja y durante toda la fiesta había temido que llegase esa ocasión, pero en brazos del mellizo de Jacinta descubrió que tenía sentido del ritmo y que no era tan difícil. Las manos blancas de él acariciaban las plumas del vestido al ritmo envolvente de las notas.

—¿Cómo se llama el grupo?

—Los Catrinas. ¿Son buenos, verdad?

—Sí —tuvo que confesar Circe, que se sentía en mitad de una ensoñación, somnolienta y a la vez muy despierta, como hipnotizada —. Parece magia.

Narciso dejó escapar una sonrisa y apoyó su mejilla contra la de la chica. Circe levantó la mano, confusa, y acarició la máscara negra y fría con las puntas de los dedos. Él se la retiró con delicadeza.

—¿Qué hay debajo? —dijo ella—. ¿Una quemadura o algo así?

La misma ensoñación que le producía la música, como si hubiese bebido demasiado vino de estrella, le hizo preguntar sin pudor.

—O algo así —respondió él.

Todavía la tenía sujeta por la muñeca, y le apartó la mano despacio para apoyársela en la nuca, como si fuesen a bailar un vals. Se acercó tanto a ella que, por un instante, sus labios casi se rozaron, y por el calor del vino, la música mágica o la luz de las velas, Circe se hubiera dejado besar si un ruido no la hubiera sacado del trance para hacerle mirar por la ventana. Al otro lado, un cuervo golpeaba el cristal con insistencia. Y de alguna manera, Circe supo que era su cuervo.

Cuando se deshizo del abrazo de Narciso para abrir la ventana, la habitación se volvió fría y desangelada. La música había cambiado a otros ritmos más agresivos y la ensoñación se rompió por completo cuando Circe recogió al cuervo del alféizar y lo colocó sobre su hombro. *Bestia* miró al pájaro y le enseñó los dientes. El ave respondió con un gesto displicente.

—Debería marcharme. Mis amigas me echarán de menos y yo no debería estar aquí. Quiero decir, el novio de tu hermana me invitó y…

—Ah —dijo Narciso—, ése. Arturo Herrero, ¿no?

—Sí. Lo siento. Lo siento mucho.

Dio varios pasos camino de la puerta mientras se disculpaba no sabía muy bien por qué, si por haber estado a punto de besarlo o por plantarlo de aquella manera. Lo cierto era que encontrarse con su cuervo no sólo la había devuelto a la realidad: era como si el animal la hubiera avisado de la proximidad de un peligro.

—Cuidado con ése —le dijo él antes de que abandonara la estancia—, no es lo que parece.

Narciso no supo si la chica que se había colado de aquella manera en su vida había escuchado su consejo, pero al menos conservaba un par de plumas de su vestido en la mano. Se dirigió al butacón y sacó de entre los cojines un viejo libro de tapas grisáceas. Guardó las dos plumas dentro y acarició a *Bestia* tras las orejas.

—En cualquier caso, qué más da. Aquí nadie somos lo que parecemos —apuntilló con desidia.

En mitad del silencio de la sala, el fuego se prendió de repente en el hogar.

16

El lienzo rasgado

De los numerosos cuadros que decoraban la casa de los Blackwell, Circe pensaría muchas veces en aquel lienzo rasgado, días, semanas e incluso meses después de haberlo visto. También llegaría a la conclusión, más tarde, cuando todo le fue revelado, de que los pequeños detalles que formaban las piezas del rompecabezas final habían estado a su alcance todo el tiempo, pero no quiso verlas, pues lo imposible sigue siendo imposible hasta que se convierte en improbable. Improbable quiere decir que hay un espacio, un hueco, una luz que ilumina las sombras de lo que no puede ocurrir bajo ningún concepto. Y que esa luz puede abrirse paso hasta convertir ese algo en probable, después en factible y por último en verdad.

Al pasar por el recibidor que había entre la habitación en la que había dejado a Narciso y el gran salón donde se celebraba la fiesta, Circe se detuvo. Se sentía molesta consigo misma, inquieta y a la vez aliviada después del extraño incidente con el joven Blackwell. Dudó si regresar a la fiesta o volver sobre sus pasos. Nerviosa, se sentó en la primera silla que encontró, junto a un bargueño toledano. El mueble permanecía abierto, y en su interior había útiles de escritorio de plata dorada que parecían esperar a que un escribiente se sentase a utilizarlos. Los cajones estaban decorados con extrañas escenas de caza en las que eran los animales los que cazaban a los hombres y no al contrario. Repasó con la punta de los dedos los pequeños fragmentos de nácar, oro y marfil reunidos con la técnica de la taracea. En la parte alta del mueble destacaba otra escena protagonizada por una mujer con una vara en la mano y los brazos alzados al cielo, rodeada de lobos negros tallados en ébano.

Sobre el bargueño vio aquel cuadro en el que de otra manera no se habría fijado, pues no resultaba llamativo ni de un tamaño demasiado grande, pero el zarpazo que lo cruzaba de parte a parte delataba su presencia como el sonido de algo al romperse. Era un lienzo de pequeño formato firmado por un pintor húngaro hiperrealista que reproducía la misma última escena del bargueño con pequeñas variantes. Circe unió con los dedos la maltrecha tela para poder observarla bien. La mujer aparecía con su vara en la mano, rodeada de lobos negros y de revolucionarios en el distrito Kispest de Budapest. No se advertía ninguna fecha, pero Circe supo de inmediato que sus primeros trazos se hicieron en 1956 y que lo dibujó un niño mirando desde su ventana. La madre de aquel niño descubrió el boceto, lo escondió durante años y se lo llevó consigo a Francia, donde se exilió toda la familia. Mucho tiempo después, cuando el niño se hubo convertido en un pintor conocido, durante la inauguración de una retrospectiva en París, aquella mujer del cuadro apareció de improviso en la exposición y le pidió al artista que acabase aquel dibujo que había hecho en su infancia. Ella le ofreció mucho dinero a cambio, y él nunca supo si de verdad era ella o un fantasma, o una descendiente con su mismo rostro, pero sus rasgos no habían envejecido un ápice y en su cabello negro y rizado sólo aparecía el mechón encanecido que ya tenía entonces, durante la revolución húngara de 1956, cuando apoyó con su ejército de lobos a los rebeldes.

Una vez más, Circe se había metido en un cuadro para conocer una historia de violencia y destrucción. La dama de los lobos se había marchado cuando el Politburó aplastó la revuelta. El exilio o la muerte esperó a muchos, y Circe podía sentir su miedo al tocar el zarpazo que había destrozado el bonito cuadro de los Blackwell. Era una de las desventajas de tener lobos como mascotas, suponía.

El cuervo lanzó un graznido y eso hizo que Circe mirase en la dirección opuesta. El animal había volado hasta la cabeza de una Atenea que había junto a la puerta, como en el poema de Poe, y graznaba tratando de captar su atención. A su lado, con todo el maquillaje corrido y la falda blanca llena de barro, estaba Casandra. Temblaba. Sus ojos transparentes estaban clavados en el cuadro desgarrado que Circe todavía mantenía unido con los dedos.

—¿Estás bien? —Circe se apresuró a quitarse la chaqueta y a echársela por encima de los hombros a su amiga—. ¿Qué te ha pasado? ¿Has salido?

Detrás de Casandra, la puerta lateral estaba abierta y se veía caer la lluvia, lo que explicaba el temblor, el pelo mojado, el maquillaje corrido y el barro en el vestido. Circe insistió:

—¿Dónde está Lope?

—Ha tenido que irse —dijo ella con un hilo de voz.

Sus labios comenzaban a azulear. Daba la sensación de haber corrido bajo la lluvia mucho tiempo. No miraba a Circe ni al cuervo sobre el casco de la diosa. Apenas parpadeaba.

—Pues vaya un maleducado, dejarte aquí así. Nosotras no lo haremos. Vamos a buscar a Rebeka y te llevaremos a la residencia. El primer autobús de vuelta sale en… —sacó el teléfono y consultó el reloj— quince minutos. Tiempo de sobra.

Circe cogió la mano de Casandra y la acompañó para que descansara en una silla Luis XIV en la que probablemente nadie se había sentado en siglos.

Había visto aquello muchas veces en el pueblo: peleas de novios que solían terminar con él yéndose indignado y ella persiguiéndolo o quedándose llorando en un rincón, con todo el día echado a perder. Siempre se había preguntado por qué era él el que se marchaba y ella la que se quedaba. Le parecía que ese comportamiento también se repetía en las películas y los libros: él realizaba la acción y ella se quedaba en una pasividad triste o contemplativa. Siempre Penélope esperando a Ulises. Por primera vez le gustó su nombre: Circe. Al menos aquella hechicera se molestaba en convertir a los hombres en bestias. Por lo que a ella respectaba, había hecho bien en desconfiar de Lope al principio.

En la sala contigua, la fiesta seguía con idéntico frenesí, o todavía más loca. Los Catrinas tocaban *Every time I look at you*. Una mujer tatuada hacía contorsiones sobre la mesa y bebía vino de estrella verde de una copa que sostenía con el pie. Arturo bailaba con Jacinta y a Rebeka no se la veía por ninguna parte. Pero sí la oyó reír, así que siguió el sonido de su voz hasta un sofá blanco en el que permanecía tumbada, dejándose besar el cuello por el pelirrojo de la fotocopiadora, hundidos ambos en un mar de copas de plástico vacías. Dudó si sacarla de semejante situación en la que parecía divertirse más de lo que la había visto hacerlo nunca, pero algo le dijo que al día siguiente maldeciría su estampa al recordar aquello, así que tiró de su mano, le quitó al pelirrojo de encima y le dijo que tenían que irse. Rebeka, con confeti y restos de serpentinas en el pelo, las medias rotas y una copa de vino de estrella de color dorado en la mano, le iba haciendo gestos al pelirrojo para que la llamase por teléfono.

—Te llamaré, te llamaré —decía él, agitando la mano—. Pero si no me has dado tu número, ¿o sí?

Fue Circe la que subió a sus dos amigas al autobús, intentando protegerlas de la lluvia con la chaqueta negra y plateada que Rebeka había alquilado para ella. Casandra no entraba en calor y la pelirroja reía feliz y bebía de la copa que todavía llevaba en la mano. El conductor del autobús sonrió al verlas subir. Eran las únicas en el primer viaje hacia la residencia. Antes de que arrancara, Circe vio durante unos segundos un paraguas azul claro con estampado de corazones y estrellas que se dirigía a la mansión ocultando un cuerpo pequeño que —imaginó— vestiría con miriñaque, puntillas y pololos.

—La próxima vez que me veas haciendo algo semejante, mátame. —Ésa fue la respuesta de Rebeka al día siguiente ante el recuerdo del chico pelirrojo y el sofá—. Ni sé cómo se llama. ¡Y pelirrojo!

—Bueno, tú también eres pelirroja —respondió Circe divertida.

—Pues eso, pelirrojo con pelirroja. Parece un chiste.

—Te fuiste diciéndole que te llamara.

—Gracias al vino de estrella... Espero que se me olvidase darle el número.

Rebeka estaba tumbada en la cama con su pijama de tréboles, sus gafas descomunales y el ronroneo de *Katu*. Circe estaba metida en la suya comiendo galletas que compartía con su cuervo. Con algo de vergüenza le confesó su huida y la atracción hacia Narciso Blackwell, que por alguna extraña razón se le antojaba malsana.

—¿Alguna vez has visto esas películas donde las chicas se quedan atontadas con los vampiros y no pueden resistirse a su mordedura? Pues algo así, como si estuviera hipnotizada. Creo que los Blackwell emiten una especie de encanto sobrenatural al que es inútil oponer resistencia.

Rebeka puso la cara del conejo que siempre llegaba tarde en el País de las Maravillas y cambió de conversación de una forma tan violenta que a Circe casi la ofendió.

—Cuéntame qué viste en el cuadro.

—¿En el lienzo roto?

—Sí, dijiste que fue como si te metieras dentro del cuadro, antes de que la pobre Casandra apareciese hecha una sopa.

Circe le contó lo del levantamiento húngaro y lo de los lobos, pero no pudo evitar hablarle también de lo que había sentido, deducido o percibido en el retrato del matrimonio Blackwell.

—No sé, es algo que me pasa desde pequeña. A veces creo que sólo estoy imaginando cosas que nunca existieron de verdad, pero en ocasiones descubro ciertos detalles que resultan ciertos, como si se me despertara una intuición sobrenatural. Pero no se trata sólo de una intuición o un presentimiento, porque miro una fotografía o un cuadro y, de alguna manera, me veo allí dentro. —Circe miró a su compañera de cuarto, que la observaba expectante con el gato entre las manos—. Vas a pensar que estoy loca. A veces yo misma lo pienso. Mi abuela a menudo habla sola y no todo lo que dice tiene mucho sentido. Igual yo también estoy como una cabra y mi familia sufre alguna enfermedad hereditaria que la llevó a vivir en medio del campo, en una aldea apartada. Puede que tenga visiones, alucinaciones sin sentido. También tengo la sensación de que hay una chica disfrazada que me persigue.

—¿Una chica disfrazada?

—Disfrazada o que simplemente se viste así. Creo que las llaman *sweet Lolita*, como las japonesas de los dibujos animados: lazos, colores pastel, puntillas y todo tipo de aderezos.

Rebeka se incorporó un poco.

—¿Me estás diciendo que crees que una chica vestida así te persigue? —preguntó.

—No sé si me persigue o es que me la encuentro con demasiada frecuencia, y entonces creo que me persigue, lo que me convertiría en una paranoica. Y si no existe, y sólo la veo yo, querrá decir que soy una esquizofrénica o algo peor.

Rebeka se echó a reír para restar tensión al ambiente. Trató de explicarle que no era para tanto y que los cambios de vida siempre repercutían en el estado de ánimo. Durante un rato guardó silencio y, cuando abrió la boca, de nuevo fue para cambiar de tema.

—¿Qué crees que le habrá pasado a Lope?

—No lo sé, pero Casandra estaba destrozada. Ese chico nunca me gustó.

—Bueno, nunca juzgues al lobo por su piel de cordero —concluyó Rebeka, y ambas quedaron sumidas en un silencio largo y pensativo.

17

El misterioso retrato de Leonard Blackwell

Sobre cómo habían llegado los primeros Blackwell a la ciudad de Ochoa existían versiones diferentes y contradictorias. En cualquier caso, parece claro que procedían de Inglaterra y que recalaron en la ciudad a comienzos del siglo XIX. La versión más heroica hacía del primer Blackwell un aguerrido militar de Su Graciosa Majestad británica, un miembro del cuerpo expedicionario inglés que, a las órdenes del duque de Wellington, combatió contra las tropas napoleónicas durante lo que los españoles llamaron pomposamente la guerra de la Independencia, y que para los británicos simplemente fue la guerra Peninsular. Leonard Blackwell, el patriarca de la estirpe, habría sido un individuo violento y malencarado, el bastardo de una ilustre familia que no tuvo más remedio que labrarse fama y fortuna a través de una brillante carrera militar por los cinco continentes, desde la Rebelión de las Trece Colonias hasta las campañas en Rajastán, y cuya osadía sin límites lo aupó al estado mayor del duque de Wellington. El rey loco Jorge III le habría concedido el título de lord e inscrito su nombre como caballero de la Orden de la Jarretera, pero dichos nombramientos —en plena regencia del príncipe de Gales, cuando el rey ya había sido confinado en el castillo de Windsor donde decía conversar con los ángeles y con los árboles— nunca llegarían a tener valor legal.

Otras versiones, en cambio, aseguraban que los orígenes de Leonard Blackwell eran más humildes y oscuros, y su carrera militar en la Royal Navy bastante más discreta. Por supuesto, nunca había sido caballero de la Orden de la Jarretera, y ese lord que anteponía a su apellido no era ningún título nobiliario, sino una abreviatura de Leonard, con la que solía firmar letras de cambio de una autenticidad tan dudosa como su propia biografía. Tras licenciarse en la marina con el grado de contramaestre, Leonard Blackwell aprovecharía su experiencia naval para incorporarse a la próspera industria de la trata de esclavos desde África hasta América. Tanto sería así que, tras la aprobación de la Slave Trade Act de 1807, habría decidido trasladarse con su familia a España, donde la trata aún era legal, como única forma de preservar su floreciente negocio familiar.

Este último y vergonzoso episodio —sea o no cierto— pudiera tener que ver con su participación en la revolución de Haití, cuando los brujos del Ejército Caníbal acabaron con la expedición de treinta mil hombres que Napoleón había enviado desde Francia al mando del general Leclerc, el marido de su hermana Paulina Bonaparte. En otra versión de su propia historia, Leonard Blackwell habría llegado con la flota británica de sir Thomas Maitland y permanecido en la isla caribeña en los años siguientes con no se sabe qué oscuros propósitos, se sospechaba que realizando labores de inteligencia sobre el terreno.

En cualquier caso, sólo existía un testimonio gráfico del personaje, aunque muy pocos habían tenido la oportunidad de contemplarlo: un gran óleo casi de tamaño natural, de dos metros de altura y uno de anchura, para el que con toda probabilidad posó Leonard Blackwell en persona, colgado en un discreto despacho del ala norte de la mansión Blackwell en Ochoa. Decían, quienes lo habían visto, que representaba a un hombre alto y bien parecido a pesar de su evidente rudeza, un tipo rubicundo y con un singular mechón canoso en la cabellera cubierto con un sombrero tudor y ataviado, a la manera de los viajeros románticos, con una capa española que ocultaba el resto de su vestuario, aunque en el cuello y en las bocamangas se insinuaba un brillo de entorchados y charreteras que muy bien podrían evidenciar un uniforme militar. No obstante, algunos recalcitrantes afirmaban que la capa española no sería tal, sino el azul de la Orden de la Jarretera, oscurecido por el humo de las velas y el polvo de los siglos.

Aquel retrato tan sobrado en empeño como falto de pericia también exhibía otro elemento curioso: un grueso volumen encuadernado en piel que muchos identificaban con una Biblia. Era inevitable relacionar esa Biblia con la ocupación de su hijo, Leonard Robin Blackwell, un colportor o vendedor de biblias protestantes que habría recorrido los caminos de España en compañía de George Borrow, al socaire de la libertad religiosa consagrada por las Cortes de Cádiz tras la abolición de la Inquisición: un metodista que trataba de llevar la Buena Nueva a los impíos e idólatras papistas del sur de Europa. Cómo el hijo de un fiero militar del Imperio británico, o incluso de un tratante de esclavos, se convirtió en un vendedor ambulante de la Sociedad Bíblica no era el menor ni el más intrigante misterio de los Blackwell.

Sea como fuere, a mediados del siglo XIX los Blackwell emparentaron con una rica familia terrateniente de Ochoa, propietarios de cientos de fanegas de terreno incultivable al pie de las montañas que circundaban la ciudad, un árido peñascal del que sólo las cabras eran capaces de sacar algún provecho. Pero en 1870 se supo que aquellas tierras insalubres eran ricas en un extraño mineral que se había descubierto no muchos años antes: un elemento químico que pronto ocuparía el número 74 de la tabla periódica y que llevaba por nombre wolframio o tungsteno. En aquella época el wolframio no servía para casi nada, pero los Blackwell ya supieron sacar partido de la curiosidad científica que representaba. Las primeras vetas de wolframita fueron explotadas para obtener muestras del mineral, que eran empaquetadas con cuidado en recipientes de vidrio y enviadas a universidades y laboratorios de medio mundo.

A principios del siglo XX el wolframio se convirtió en un material imprescindible para la industria: «el metal de la luz y las tinieblas», lo llamaban, porque lo mismo servía para fabricar los filamentos de las bombillas incandescentes inventadas por Edison que para amartillar las espoletas de los obuses que destrozarían el corazón de Europa durante la Gran Guerra. Precisamente fue en el transcurso de la Primera Guerra Mundial cuando los Blackwell se hicieron inmensamente ricos gracias a las exportaciones del mineral, que eran embarcadas en los puertos de Bilbao o Santander. La Compañía del Wolframio Blackwell proporcionó a sus propietarios una gran fortuna y su anagrama WBW se difundió por media Europa.

Todo esto era lo que Circe había conseguido averiguar de los Blackwell aquel fin de semana en la biblioteca de la facultad, donde había toda una sección dedicada a la historia local: un montón de contradicciones, rumores, hechos históricos no probados y demás testimonios inútiles. Había un árbol genealógico sin fechas que terminaba en los padres de los cinco lobos, pero que aparentaba ser más antiguo de lo que realmente era, ya que se consignaba el matrimonio entre Lowell Blackwell y Azalea Gules, y de eso no haría más de veinticinco o treinta años a juzgar por la edad de sus hijos. Sin embargo, aquel documento tenía el aspecto quebradizo de los legajos de los años treinta que habían logrado salvarse de los bombardeos y los incendios, y que la biblioteca guardaba celosamente en una vitrina cerrada con llave.

A lo largo de su investigación, Circe no había encontrado ninguna reproducción del retrato de Leonard Blackwell. Especuló con que el lienzo pudiera hallarse en otro sitio, en cualquier museo, pero su búsqueda fue por completo infructuosa. Ni siquiera en internet encontró más que una fotografía del edificio de WBW en Ochoa, una especie de versión pequeña y provinciana del edifico Chrysler con lobos en vez de águilas sobresaliendo de las cornisas. Como bien había dicho Narciso, todo el mundo sabía quiénes eran los Blackwell, pero ellos parecían poco dados a retratarse. Eso la hizo pensar de nuevo en vampiros. A los vampiros les molestaba la luz, no se reflejaban en los espejos ni salían en las fotografías, tenían los ojos rojos y un atractivo irresistible ante el que su víctimas tendían el cuello. Las criaturas de la oscuridad —¿como los lobos?— les rendían pleitesía, y eso explicaría que Narciso no saliera de la mansión habitualmente.

Pero ¿qué estaba diciendo? ¿Es que se había vuelto loca de verdad? Vampiros. Esas criaturas no existían en el mundo real, sólo en las películas y los libros. Y la prueba irrefutable era que en la cultura popular habían pasado de ser monstruos sedientos de sangre a poco menos que mascotas que brillaban con la luz del día. Los Blackwell no eran muy normales, pero desde luego no eran vampiros. Puede que fuera su belleza singular lo que los hiciera tan fascinantes, y eso tendría que aceptarlo como era. En el fondo buscaba una razón por la que Arturo se hubiera fijado en Jacinta que ella pudiera rebatir. Y también, ¿por qué no?, una explicación a su propio comportamiento con Narciso.

—¿Interesada en el viejo Leonard Blackwell?

La voz a su lado la sobresaltó. Arturo había posado la vista sobre el ordenador, que delataba su búsqueda del cuadro de Leonard Blackwell, y su imagen reflejada en la pantalla parecía la de un gato dentro de una pecera.

—¿Qué haces aquí? —Su voz sonó demasiado agresiva, al tiempo que rencorosa, y despertó una sonrisa burlona en la cara del chico.

—Necesito un manual de indoeuropeo y mi profesor, el señor Buendía, me ha dicho que aquí había alguno. Los estudiantes de Letras no podemos sacar libros de la biblioteca de Historia, pero sí leerlos aquí. —Mientras hablaba, levantó el libro para que Circe lo viera bien—. Apenas te vi en la fiesta de Jacinta y estás buscando información de un cuadro de uno de sus antepasados. ¿Me he perdido algo?

—Algo —respondió ella, de nuevo empleando un tono seco y cortante.

—¿Quieres saber si Jacinta es digna de mí?

Circe lo miró a los ojos y se mordió la lengua para no decir una impertinencia. En realidad no sabía por qué estaba tan enfadada. Arturo no la había engañado, le había dicho que la fiesta era en casa de su novia, por lo que era una Blackwell, y sólo había tres candidatas. Debería alegrarse de que no fuera ninguna de las falsas gemelas, aunque cualquier Blackwell era una mala opción. Con esa gente no se podía competir, a no ser que pudiera demostrar que eran vampiros o cualquier otra clase de monstruo. Pero los vampiros no existían.

Una maldición se dibujó en su mente. Estaba celosa como nunca creía que llegaría a estarlo. ¿Y qué podía responderle a Arturo? No la verdad, desde luego, ni la referente a los celos, ni la que atañía a su fascinación por Narciso, y mucho menos por qué deseaba contemplar el cuadro de Leonard Blackwell. Si consiguiera verlo, podría saber más cosas de ellos, los secretos familiares que los convertían en objeto de deseos y envidias. Con mirar el tiempo suficiente aquella imagen podría saberlo todo. Aunque no sabía muy bien con qué fin.

Ya había tratado de sonsacar a Casandra y a Rebeka a propósito de la familia Blackwell, pero si alguna de las dos sabía algo que hubiera podido interesarle, no se lo quisieron contar. Ni siquiera Casandra, a la que le encantaba narrar historias de Ochoa. «No sigas por ese camino, Circe. El dios Odín dio un ojo a cambio de sabiduría —bromeó—, y él también tenía cuervos.»

Desde la fiesta, Casandra no estaba demasiado habladora y pasaba mucho tiempo mirando por la ventana en el cuarto que Rebeka y Circe compartían, suspirándole a la lluvia de vez en cuando. Por su parte, Circe, antes de ir a la facultad, había pasado por la biblioteca de la Salud a toda prisa a devolver un libro y Lope no había hecho acto de presencia en toda la mañana; los escasos estudiantes que necesitaban algún tomo lo buscaban por sus propios medios en los pesados catálogos que había encadenados a la mesa del bibliotecario.

—Me han pedido un trabajo de investigación sobre la historia de Ochoa —le mintió a Arturo—, y estoy fascinada con los Blackwell. Me sorprende la poca información que existe sobre ellos pese a ser la familia más señalada de la ciudad.

La mentira salió sola, casi ni vio necesario empujarla. Circe tuvo la sensación de haber puesto cara de sorpresa al decirlo. Arturo ni se inmutó.

—Bien, ¿y qué quieres saber? —preguntó.

—¿Qué sabes de ellos?

—No mucho, supongo que lo que sabe todo el mundo. No soy lo que se dice santo de la devoción de los padres de Jacinta, y de hecho pude ir a la fiesta porque ellos están de viaje. Si de los padres dependiera, sus hijos sólo se relacionarían entre ellos.

Circe recordó la teoría de Rebeka de que los Blackwell sólo se casaban con otros Blackwell.

—Por ahí se habla de endogamia.

—Estupideces. La madre y la tía de Jacinta son Gules, una familia que no tiene nada que ver con los Blackwell. Según Jacinta, proceden de una familia católica húngara que se instaló en España en el siglo XVI huyendo de la persecución protestante. Al llegar aquí adoptaron el apellido Gules, el color del escudo de armas de su familia. Los Blackwell parece bastante claro que provienen de Inglaterra. A los ingleses se les ha dado bastante bien explotar nuestras minas desde hace siglos.

Circe se descubrió sonriendo a Arturo como una boba y recompuso su gesto de inmediato.

—¿Represión protestante en Hungría en el XVI? No he leído nunca nada de eso.

Arturo se encogió de hombros.

—No sé, es lo que me ha contado Jacinta. Supongo que a la gente le parece raro que todos en su casa sean medio albinos. No es algo muy común, pero imagino que las personas parecidas se atraen. Los padres de Jacinta eran guapos, ricos y los dos tenían un albinismo parcial poco frecuente. Sólo era cuestión de que se conocieran.

—¿Y por qué apenas hay retratos de ellos? Me está costando muchísimo encontrar material gráfico para mi trabajo.

—Supongo que todo el mundo tiene sus manías. Por ejemplo, tú vas siempre vestida de negro. Pues de la misma manera, ellos no se hacen fotos. Salvo Jacinta. En contra de los deseos de sus padres lo cuelga todo en internet.

Circe enrojeció ante la alusión al color con el que se vestía, pero Arturo lo compensó con una de esas amplias sonrisas en las que parecía que hubiera muchos más dientes de los habituales en una boca humana. Tomó nota mental de buscar a la menor de los Blackwell en las redes y se refirió a su propia ropa con un murmullo.

—Con el negro paso desapercibida.

—Pues en la fiesta te vi corriendo como una loca hacia la puerta. Pensaba que me habías visto. Quería presentarte a Jacinta.

—La conozco. Coincidimos en historia medieval.

—Vaya, no me ha dicho nada.

—¿Le has hablado de mí? —Las mejillas de Circe se encendieron todavía más.

—Claro, eres mi compañera favorita de latín.

—Pues si no te ha hablado de mí es que no seré su compañera favorita de historia medieval.

Arturo se echó a reír con tanta fuerza que tuvo que taparse la boca para no hacer ruido en la biblioteca.

—Bueno, ella es peculiar. No creo que le caigas mal, pero le gusta ser la primera en todo, y sabemos que eres una chica lista.

Circe desvió la conversación esquivando ese nuevo halago. El que Arturo la tratase tan bien la enfurecía, aunque no tenía demasiado claro por qué.

—¿Tú has visto el cuadro de Leonard Blackwell?

—No, qué va. Ya te he dicho que no voy mucho por la mansión. No me quieren allí. Pero si tienes interés puedo decirle a Jacinta…

—¡No! —Circe se arrepintió de inmediato de su exclamación; no quería que Arturo se alarmase—. Quiero decir que no creo que a Jacinta le haga gracia que su familia sea objeto de una investigación, aunque se trate de un simple trabajo universitario. Ya sabes, como ni se hacen fotografías…

Arturo la miró en silencio, como si sospechase de sus verdaderas intenciones, pero enseguida relajó el gesto y le dio la razón. Cuando dijo que ya tenía lo que había venido a buscar y que debía irse, le dio dos besos tan cerca de los labios que Circe a punto estuvo de olvidar cómo se respiraba.

Lo miró alejarse hacia la puerta pensando en lo guapo que estaba cualquiera que se marchaba, cualquiera que era inaccesible, cualquiera que huía, y hasta soltó un pequeño suspiro que habría avergonzado a su cuervo. Pero el ensueño se rompió por la entrada de Lope en escena, con un brazo en cabestrillo y de nuevo ese aspecto de senectud tan poco apropiado en un joven. Circe lo saludó con la cabeza cuando lo vio acercarse a la mesa de los bibliotecarios, con los que pareció discutir el contenido de una lista. Ellos le entregaron varios documentos y Lope se marchó con su chaqueta de lana cruzada y cojeando un poco del pie correspondiente al brazo vendado. Sin saber muy bien por qué, y no habiéndolo perdonado todavía por la tristeza de Casandra, Circe se puso en pie, recopiló sus apuntes y lo persiguió por el pasillo a una distancia prudencial que poco a poco se fue alargando, ya que el bibliotecario era sorprendentemente rápido a pesar de su cojera.

18

La joven con niebla en los ojos

CUANDO SALIÓ DE la Facultad de Historia camino de la residencia, Circe ya había perdido la pista de Lope. Al llegar al puente no había ni rastro del bibliotecario, como si se hubiese evaporado, y aunque apresuró el paso, no volvió a verlo. Especuló con la posibilidad de que Lope hubiera tomado algún pasillo secundario y aún permaneciera en el edificio de la facultad. Se habría dado por vencida de no ser porque distinguió a Casandra oculta tras una de las columnas, espiando lo que sucedía al otro lado de lo que, desde la posición de Circe, parecía un ventanal. Llegó hasta ella bajando un par de escalones. A Casandra no le sorprendió su presencia, pero le indicó que no hiciera ruido con un dedo en los labios y señaló el objeto de su atención.

Casandra estaba vigilando un estrecho pasillo que conducía a las inmediaciones del despacho de Matilda Nubla. La directora, Lope y otra mujer permanecían allí de pie. Circe sintió un escalofrío al reconocer la escena, y en especial el bastón con los dos carneros enfrentados de la joven que, de espaldas a la columna, vestía de negro y plata. Unos segundos más y llegarían al momento exacto que ella había soñado.

—Me da igual que lo tengan todo en regla —decía la mujer rubia con una serenidad que helaba el ambiente—. Encontraré la manera de alejar a mi hermana de ese monstruo, aunque para ello tenga que poner patas arriba toda la institución.

Y ese momento llegó cuando la señora Nubla —no cabía duda de que era ella, esta vez con su traje sastre negro pese a que solía vestir con colores vivos— empezó a gesticular airadamente con la carpeta que Lope acababa de entregarle.

—No tiene derecho a meter sus narices en la Salud, querida, ni usted ni la Luna Azul. Tenemos los papeles en regla y Lope permanecerá bajo mi supervisión en la biblioteca, que es su lugar. Usted debería volver al suyo.

La joven del bastón con los dos carneros volvió el rostro hacia la columna tras la que se ocultaban Casandra y Circe, que se pegaron mucho la una a la otra para ocultarse. Sin embargo, a esta última le dio tiempo a verle los ojos que, como en el sueño, carecían de pupila y asemejaban un retazo de niebla.

—No te preocupes, es ciega —susurró Circe.

—Créeme —respondió Casandra—, sabe que estamos aquí.

—¿Tiene una ligera idea de lo que se avecina, Nubla? —continuó la ciega, como si nunca hubiera abandonado su conversación—. En un mes se revertirán las restricciones impuestas a los Blackwell. Noto que algo terrible se acerca. No necesitamos a un monstruo rondando las habitaciones de las chicas.

—¿Por quién nos toma? Lope nunca sube del primer piso. —La señora Nubla hizo una pausa y continuó en un tono más bajo—. No podría.

—El incidente de la fiesta en casa de los Blackwell no puede repetirse o tomaré medidas, y le advierto que serán severas. Casandra ha intentado ocultarme lo que ocurrió, pero no ha sido capaz.

Circe miró a Casandra, que componía una mueca por completo desolada.

—No se repetirá. Aquello fue un caso especial, único, y lo controlé yo misma. Usted no tiene toda la información…

—Sí la tengo. Sepa, señora directora, que nada se me escapa —interrumpió la joven del cabello casi blanco a Matilda Nubla.

La directora enrojeció de ira y respiró tan fuerte que el flequillo del bibliotecario ondeó unos segundos.

—De eso estoy segura —replicó, pese a todo, con suavidad.

Un halcón cruzó volando por encima de las cabezas de Circe y Casandra. Si no hubiese clavado en ellas su mirada de rapaz, ni lo habrían visto, tan sigiloso era.

—¿Eso es un halcón? —Circe señaló al animal que volaba hacia la directora sin llegar a creer lo que veían sus ojos.

—Sí, y eso quiere decir que nos vamos. —Casandra tiró de ella escaleras arriba y Circe la siguió como un perrito.

Cuando llegaron al descansillo, su amiga la instó a que se sentara en la escalera y se escondiese tras uno de los numerosos balaustres de la decoración vegetal. La chica con niebla en los ojos, el bibliotecario renqueante y la directora con el halcón en la cabeza a manera de extraño sombrero salieron al vestíbulo, como era probable que Casandra hubiese intuido.

—Volveré para Navidad. Nunca me pierdo las fiestas de solsticio de la residencia. —La joven ciega le tendió la mano a la señora Nubla.

—No me cabe la menor duda. Debe de ser la única fecha en la que un Luna Azul comparte techo con los Blackwell —respondió la rotunda directora mientras se la estrechaba.

Cuando Lope y Matilda Nubla se quedaron solos en el vestíbulo, la directora apoyó la mano en el hombro del bibliotecario, en señal de ánimo por lo que había sucedido y que todos menos Circe parecían entender.

—¿Quién es esa tipa? ¿La conoces? —le preguntó a Casandra una vez en la habitación.

—Claro que sí —respondió ella cogiendo a *Katu* en brazos—, es mi hermana Sibila.

—¡Vaya! Pues soñé con ella, ¿te lo ha contado Rebeka? Un sueño rarísimo.

—Sí, algo le comenté. —Rebeka estaba distraída rebuscando en un cajón.

—¿Y qué es la Luna Azul? ¿Y qué demonios pasó en esa fiesta que yo no sepa?

Circe estaba desorientada. Había acontecimientos que escapaban a su control y cada día le parecían más extraños.

—Una larga historia que no puedo contarte ahora —dijo Casandra mordiéndose el labio—, pero por favor, no te quedes con la idea de que Lope es un monstruo. Mi hermana es muy severa, pero él no me hizo nada. Sólo… sólo salió corriendo.

Casandra parecía tan triste diciendo eso que Circe no se atrevió a insistir, pero le pareció sospechoso que señalara que él no le había hecho nada, como si hubiera podido hacerle daño y fuera algo extraordinario que no lo hiciera. Decidió que vigilaría a su amiga y averiguaría las cosas a su manera. No deseaba verla huyendo de un hombre, como había hecho la señorita Galvani.

Por su parte, Rebeka encontró en el cajón una copia de *Un hombre lobo americano en Londres*, que debía de ser lo que andaba buscando y que acabó por arrancarle una risa a Casandra. Al fin y al cabo, qué mejor consuelo que ver una película con amigas y palomitas, aunque fuera en la diminuta pantalla de un ordenador portátil.

19

El sueño y la serpiente

CIRCE EMPEZÓ A tener aquellos sueños tan intensos a mediados de noviembre. Al principio eran una amalgama confusa y enmarañada. Había gente con máscaras haciendo movimientos extraños, y en el cielo lucía una enorme luna azul que después se transformaba en una luna roja, cubierta de sangre. Era como si todo el mundo estuviera fuera y dentro a la vez.

Los detalles de ese sueño se fueron definiendo en las noches sucesivas. Por consejo de Rebeka, empezó a apuntar cada mañana, en cuanto despertaba, todo lo que recordaba del sueño anterior. Unas veces los recuerdos eran similares, en otras había detalles distintos, pero al final llegó a la conclusión de que era el mismo con sutiles variaciones; aunque la aparición de la serpiente siempre se repetía.

Circe había decidido darle importancia a lo que soñaba desde que comprobó que su sueño sobre Lope, la señora Nubla y la misteriosa hermana ciega de Casandra había tenido su reflejo en la vida real. Resultaba paradójico, pero aquella certeza, que podría haberla desequilibrado todavía más, la tranquilizó: no, no se estaba volviendo loca, lo que ocurría era que en Ochoa pasaban cosas muy extrañas. Y lo que más la había afianzado en aquella creencia fue la aparición del halcón por los pasillos de la residencia.

A los residentes se les permitía tener mascotas en las habitaciones, pero la aparición de su cuervo había sido fortuita y ella había decidido mantenerla en secreto. Cuando hablaban de mascotas, ella siempre pensó que se trataba de animales domésticos, como un hámster, un perrito o un gato. Desde luego, no un cuervo y de ninguna manera un halcón. La forma en la que el animal las había mirado e incluso la tranquilidad con la que se mantenía sobre la cabeza de la directora, antinatural en un halcón, le parecían perturbadoras.

En Valdaya había un cetrero y a Circe siempre le habían fascinado sus pequeñas fieras, por lo que sabía muy bien que aquella ave no era un halcón normal: no llevaba pihuelas ni cascabeles y se mantenía en el moño de la señora Nubla por su propio pie, sin caperuza ni lonja. Debía de ser un halcón salvaje, o tan doméstico que se comportara como un periquito. Y de ese segundo tipo Circe jamás había visto ninguno; las rapaces siempre conservaban una altanería silvestre, un halo que parecía insinuar que si se sometían era por voluntad propia y que el día menos pensado abandonarían al cetrero por el cielo.

En aquel primer sueño convertido en realidad, al halcón no le había dado tiempo a hacer acto de presencia, pero Sibila se había vuelto de la misma forma en que lo había hecho en el pasillo de la Salud, aunque con una pequeña diferencia: en el sueño se había dirigido directamente a ella, como si ambas estuviesen soñando lo mismo y de repente Sibila se hubiera dado cuenta. O como si Circe se hubiese colado en el sueño de la joven con niebla en los ojos y ella, al percatarse, se hubiera ofendido.

En el nuevo sueño, que tantas veces se repetiría, había cierta sensación de fiesta y disfraces y mucha gente que bebía vino de estrella de vivos colores. Con un poco de esfuerzo, podía distinguir tras sus máscaras a algunos conocidos, como la directora Nubla, con un aparatoso disfraz de cisne, el profesor Gayo o la señorita Galvani, vestida de Caperucita Roja. Todos parecían divertirse y Los Catrinas tocaban canciones de amor. Las risas eran estridentes y a Circe le dolía la cabeza; las risas provenían de dentro de su mente, y los invitados a aquella mascarada sólo fingían como actores mal doblados; sus labios no se correspondían con el sonido.

Y entonces veía a la serpiente. Reptaba entre las piernas de la gente, pero nadie parecía darse cuenta. Era un ofidio enorme, de color verde muy brillante, como algunas de las copas de vino de estrella que los asistentes sostenían con despreocupación. Circe, o la Circe del sueño, pensaba al verla que era un hombre disfrazado de serpiente, porque ese color no existía en la realidad en un animal tan grande, y decidía seguirla por los pasillos. Estaban en un salón de la Residencia de la Salud, y más allá de los ventanales, entre los árboles, un perro negro con dos cabezas la miraba, pero la Circe soñada no se percataba de ello. A la Circe soñadora le hubiera gustado dar una voz de alerta, pero sólo podía ser espectadora de cómo la otra Circe corría tras la serpiente, que se desplazaba deprisa, muy deprisa, como si buscase un objetivo.

De repente la perdía. La hierba que cubría el suelo del salón estaba marcada por una enorme huella zigzagueante y debía seguir ese rastro antes de que los pies de los bailarines enmascarados lo borrasen. Intentaba esquivarlos, pero ellos daban vueltas y vueltas danzando, pisaban la huella y la movían de sitio. Chocaba con unos y con otros, el vino de estrella le mojaba el pelo, de nuevo las risas dentro de su cabeza y esos labios que se movían de manera incongruente y que hacían que Circe se preguntase qué dirían realmente, si estarían tristes o contentos, si la música los habría hechizado.

Luego se hacía el silencio y los invitados se apartaban. La señorita Galvani había perdido la capa roja y estaba atrapada dentro del cuerpo musculoso de la serpiente verde brillante. El reptil, deslizándose para apretar más sus anillos alrededor de la presa, alzaba la cabeza para engullirla. Entonces Circe gritaba y, antes de despertarse, se percataba de que el mundo se había detenido. Los ojos de la serpiente eran azules y muy humanos.

Rebeka leyó los apuntes sobre el sueño arrugando mucho las mejillas y la nariz. Volvió atrás varias veces y le preguntó a Circe si ella había pensado en alguna explicación.

—No, creía que a lo mejor se te ocurriría a ti —le contestó.

—No soy una experta en interpretación de sueños, créeme, pero si hay algo que sé es que a la primera persona a la que se le tiene que preguntar qué opina es a la misma soñadora. En este caso, tú.

—No sé. A lo mejor es una metáfora de lo que me fascinan y horrorizan a la vez los Blackwell.

Circe se dejó caer en la cama y se puso ambas manos en la cara, lo que impidió que viera la mueca que compuso su compañera de cuarto.

—¿Te fascinan?

—¿A ti no? Yo nunca había conocido a nadie como ellos.

Rebeka levantó mucho las cejas y puso los ojos en blanco.

—Que son únicos es algo que no negaré.

—Aunque, por otro lado, que la serpiente tuviese los ojos azules me hace pensar en Arturo. Él tiene los ojos más azules que he visto. Bueno, también están los de Casandra, pero el suyo es un azul apagado, el de Arturo parece que estuviera vivo, encendido, como el color de los ojos de la serpiente.

—Vaya, y eso que no tenías ni idea.

—Pero no me sentía como me siento cuando estoy junto a Arturo. La sensación ni se parecía: estaba asustada, sabía que algo malo iba a ocurrir relacionado con la serpiente. Y además, ¿por qué iba a comerse Arturo a la señorita Galvani?

—¿Y si lo interesante es que esté vestida de Caperucita Roja? —apuntó Rebeka.

—O no quiere decir nada en absoluto y yo estoy aquí dándole vueltas como una loca.

—Si quieres creer eso, mejor para ti. —Rebeka se sentó en su cama y *Katu* se le acomodó sobre las piernas—, pero yo siempre creo que todo tiene un significado. Que nada pasa por nada.

—Eso es pensamiento mágico supersticioso.

—El pensamiento mágico siempre proviene de algún sitio, Circe. Normalmente de un sitio oscuro que tiene que ver con la intuición y la supervivencia.

20

Magos de conejo y chistera

La señorita Expósito les anunció que los apuntes sobre Isabel de Castilla estaban en reprografía y también subidos en la página de la asignatura, que no se los pidieran a alumnos de años anteriores porque se habían modificado un par de temas y, aunque los cambios no eran demasiado notorios, podían precipitar a un alumno mediocre del aprobado al suspenso en un abrir y cerrar de ojos. Lo dijo chasqueando los dedos, y a Circe le dio la impresión de que sus ojos brillaban como los de un dibujo animado. La profesora estaba apoyada en la mesa, en la que no hubiera podido sentarse dada su escasa estatura. Tampoco usaba la silla de profesor porque le colgaban los pies, y solía impartir todas las lecciones paseando de un lado a otro del aula. En una ocasión había oído a Jacinta Blackwell reírse de ella y llamarla «la enana peripatética», comentario que a Circe no le había hecho ninguna gracia, pero lo cierto es que cada vez que trataba de enfadarse con Jacinta por su egolatría o sus modos, recordaba a Narciso y le resultaba mucho más difícil ofenderse por sus salidas de tono.

Era verdad que la señorita Expósito tenía rostro de duende: mirada afilada, nariz delgada y larga, boca de gran tamaño, sonriente hasta cuando no parecía contenta, que hacían que los estudiantes le dibujasen caricaturas mientras ella se esforzaba en hablar de luchas por el trono, señores feudales y bastardos asesinados. Su voz, sin embargo, resultaba más profunda de la que hubiera correspondido a un cuerpecito tan delicado y pequeño como el suyo, y a pesar de sus dificultades para caminar en línea recta, siempre llevaba unos tacones altos y cuadrados que no disimulaban su escasa altura ni sus brazos desproporcionadamente largos. A Circe le parecía una profesora magnífica y le hubiese gustado no coincidir con Jacinta en esa clase para poder disfrutarla más. Se pasaba la mitad de la clase de historia medieval cabreada y la otra pensando dónde estaría Narciso, qué estaría haciendo y si lo que ocultaban sus máscaras sería tan terrible como para no salir apenas de casa.

La profesora miró el reloj de pulsera y les dijo que no olvidasen los apuntes, señalando a un chico bastante torpe que se sentaba en el lado derecho de la clase como objetivo de su amenaza. Mientras Circe recogía sus cosas para dirigirse al laboratorio de arqueología, Jacinta y sus dos acólitas se le acercaron. Las dos chicas, que Circe había podido averiguar que se llamaban Maya y Maite, aunque todos las llamaban May y Mai, se habían esforzado tanto en parecerse a Jacinta que una de ellas se había decolorado varias mechas del pelo y la otra llevaba mitones y ropas con capucha.

—Hola, Circe.

—Hola, Jacinta.

Circe intentó que la cara de asco de su interlocutora y el tono despectivo con el que hablaba no la afectasen, pero sin querer le respondió de la misma forma, haciendo que la Blackwell compusiera el gesto de quien huele a chamusquina.

—Me cuesta trabajo entender por qué alguien como mi mellizo podría interesarse en tener algún tipo de relación contigo, pero parece que así es.

A Circe le pasaron desapercibidas las risas de May y Mai, e incluso la hiriente manera de hablar de Jacinta, porque pensó en Narciso y ya no pudo pensar en nada más.

—¿Narciso quiere quedar conmigo?

Jacinta puso cara de escándalo y le dejó una carta sellada con lacre en la mesa.

—No sé qué quiere, pero me ha pedido que te dé esta carta. Sólo soy la mensajera.

Circe apenas pudo ver cómo Jacinta se daba la vuelta y murmuraba algo sobre lo maleducada que era esa chica que ni siquiera le daba las gracias. Tardó unos segundos en abrir el sobre, absorta en el lacre plateado con la cabeza de un lobo que lo cerraba.

Querida Circe:

Ante todo me disculpo por las formas de mi hermana. Sé que no le ha hecho gracia que le dé una carta para ti, pero no te lo tomes como algo personal, es muy celosa conmigo. Supongo que todos los gemelos lo son, pero imagino que no habrá sido especialmente agradable al entregarte esta carta.

Lo siento, pero no tenía otra forma de ponerme en contacto contigo. No tengo tu teléfono, ni tu correo electrónico, y no uso redes sociales, aunque eso quede como de otra época. También mi carta es de otra época, y supongo que te estarás riendo al leer esto, pero el lacre familiar tenía la función de que Jacinta no cayese en la tentación de curiosear estas líneas. Si lo hubiera hecho, no me habría dejado en paz a causa de lo que te voy a proponer.

No sé si te gustan los magos, pero a mí me fascinan. Esta noche hay un espectáculo de magia que regresa a Ochoa después de una larga gira, el de Venezia Corvo, una ilusionista cuya familia italiana, los Corvo, trabaja para mi padre. Quizá por eso ninguno de los Blackwell considera que lo que Venezia Corvo hace sea extraordinario y nunca me han querido acompañar a sus espectáculos, que siempre he presenciado solo y a escondidas. Por una vez me gustaría ir con alguien a quien el ilusionismo le interese tanto como a mí. Me pareció intuirlo cuando bailamos. Te dejo también la entrada para que nos encontremos dentro y no te veas obligada a entrar conmigo, sé que es algo que a muchos inquieta por mi máscara.

Si te apetece, es a las nueve de la noche en el Pequeño Teatro del Arte. La dirección está en la entrada. Terminará antes de que la Salud cierre sus puertas. Me encantaría compartir contigo esta experiencia.

Con grandes esperanzas,

NARCISO BLACKWELL

Circe estuvo ausente la mayor parte de la clase de la señorita Galvani, y ni las diapositivas en las que el hombre de ojos azules del que había huido aparecía sosteniendo alguna pieza pudieron devolverla al ritmo universitario habitual. Claro que aceptaría aquella invitación.

—No se te ocurrirá aceptar

El comedor de la Salud estaba lleno de gente y de ruido, pero la indignación de Rebeka sobresalía por encima de todos ellos. Casandra sorbía zumo de uva con una pajita mientras observaba la escena como si fuese un partido de tenis.

—¿Y por qué no? Me encantan los magos. Ni siquiera había oído hablar de Venezia Corvo. Siento mucha curiosidad.

—¡Pero te ha invitado Narciso, el mellizo de Jacinta!

—Mediante una carta cerrada con lacre —apostilló Circe a la protesta de Rebeka con una expresión en los ojos a la que sólo faltó que le saliesen corazones rosa—. No sé por qué le tenéis todos tanta antipatía a los Blackwell.

—No es antipatía, es… prevención —dijo Rebeka, y a Casandra le dio tanta risa que a punto estuvo de salirle el zumo por la nariz.

—A ver, Circe —consiguió decir después de una sucesión de hipidos y toses—, lo que nos preocupa es que quieras utilizar a Narciso para vengarte de Arturo.

—A mí Narciso no me preocupa. —Rebeka se llevó un trozo de pan de centeno a la boca.

—No, claro, nos preocupas tú. Los Blackwell no son personas a las que uno pueda usar en su beneficio sin consecuencias.

Casandra levantó las cejas al decir eso, como si la estuviese advirtiendo de algún terrible peligro. Es cierto que Arturo le gustaba, pero no había nada que hacer, salía con Jacinta. Por otro lado, era evidente que Narciso también hacía que sintiera muchas cosas, aunque a sus amigas no les gustase la idea. ¿Y qué tenía de negativo? ¿Narciso le había hecho algo malo? ¿No salía Casandra con Lope, al que su hermana había calificado de monstruo?

—Voy a ir, y no quiero hablar más del asunto.

Casandra y Rebeka se miraron con una resignación apesadumbrada que más parecía funeraria que referida a una amiga que tiene una cita con un chico misterioso, romántico, guapo y rico.

En realidad, a pesar de la carta y del lacre, a pesar de la oposición de Jacinta, Casandra y Rebeka, que hacía aquella cita más excitante, lo que había conquistado a Circe era la elección de un espectáculo de ilusionismo.

Siempre le habían gustado los magos, desde pequeña, y despreciaba a esa gente que se pasaba todo el espectáculo tratando de desmontar sus trucos, como si quisieran demostrar que eran más listos que ellos. A Circe no le gustaban las personas que no deseaban maravillarse.

Por lo general, era una característica de los adultos pensar que un espectáculo de magia sólo estaba destinado a los niños. Jamás se le hubiera ocurrido que un chico la llevaría a uno en su primera cita, si es que aquello era una cita. Ese detalle demostraba que Narciso tenía capacidad para la ilusión. Y también capacidad de riesgo: algunas chicas del pueblo se habrían reído en su cara si les hubiera hecho la misma invitación. O, en caso de aceptar, habría sido por su nombre y su dinero, reservando la crítica y la humillación al momento de reunirse con sus amigas a las que también les gustaban las cosas serias y no la magia.

Algo había en el mundo que funcionaba muy mal si se consideraba la magia un espectáculo restringido a niños y chalados. El ilusionismo, como todas las cosas que la gente suele despreciar en público al envejecer, puede que por añoranza, le parecía a Circe una cosa muy seria.

El padre de su amiga Rosa había sido mago hasta que se casó y heredó la tienda del pueblo. Cuando iba a casa de su amiga les encantaba revolver en los baúles, donde descubrían las varitas y las chisteras, las jaulas trucadas y los juegos de naipes. Lo hacían a escondidas de su madre, porque era una señora muy seria a la que ni el ilusionismo ni Circe le gustaban. De vez en cuando, el padre de Rosa volvía a casa temprano, como si supiera que estaban allí, y les sacaba unas monedas de la oreja o hacía aparecer un hermoso conejo blanco del lugar más inesperado, antes de echarlas de casa con una sonrisa y un trozo de chocolate mientras su mujer cerraba la tienda.

En general, a Circe los hombres le causaban cierta desconfianza, porque en su familia no quedaba ninguno vivo. Eran una especie distinta, potencialmente engañosa, a la que no lograba comprender. Sin embargo, el señor Olagüe, el padre de Rosa, le producía una simpatía redonda y sin fisuras. Desde su aspecto descuidado y un poco torpón, hasta su cuerpo pequeño y su pelo asilvestrado, rubio y permanentemente despeinado como un trigal en mitad de una ventolera. Le gustaba vestir de colores que los hombres del pueblo no se ponían, y era capaz de vender cualquier cosa a cualquiera con una sonrisa y el golpecito característico que siempre se daba en sus gafas permanentemente sucias. Llevaba chalecos de pana con forros floreados, y a su mujer le daba mucha vergüenza cuando se reía con aquellas carcajadas que parecían un huracán, pero después se sonrojaba y lo miraba de una manera que manifestaba que era esa excentricidad suya lo que la había enamorado en un principio, aunque le gustase buscar el truco a los ilusionistas para sentirse un poco lista y a lo mejor importante. Y un poco el señor Olagüe se enamoró por eso de ella, porque los misterios del amor no eran algo de lo que Circe supiera demasiado.

Lo único que sabía era que Narciso Blackwell había bailado con ella en su fiesta de cumpleaños y que desde entonces no había sido capaz de pensar en otra cosa. Incluso investigó a su familia para averiguar el motivo de la fascinación que se apoderó de ella en aquel baile. Vampirismo: había pensado en vampiros. Resultaba casi divertido. De vuelta en su cuarto vio a *Katu* y al cuervo sin nombre dormir juntos, tan cercanos que era imposible saber dónde empezaba uno y dónde acababa el otro. Al cerrar la puerta pensando en el ridículo vampirismo de los Blackwell, ambos levantaron la cabeza y a Circe le pareció oír:

—O no tan ridículo.

Pero el sonido provenía de dentro de su cabeza, como en el sueño de la serpiente, igual que en una película mal doblada.

21

Venezia Corvo

El Pequeño Teatro del Arte estaba en una plaza céntrica a la que se llegaba por estrechas callejuelas empedradas que no habían conocido el modernismo característico de las vías más comerciales. En aquella zona los inmuebles no tenían más de tres plantas y los restaurantes eran pequeños y con puertas de madera maciza. A esas horas, un olor a cebollas y carne invadía el aire y abría el apetito, aunque Circe se hubiera comido un sándwich antes de salir. El único edificio moderno era un mercado acristalado que ocupaba un lado de la plaza y que ya había recogido sus puestos. Enfrente del mercado estaba el teatro.

Ochoa tenía cinco salas de teatro, aunque El Pequeño Teatro del Arte podría ser la más antigua y pequeña de todas ellas. Se había concebido como una sala íntima en la que el espectador pudiera estar tan cerca del actor como fuera posible. Sirvió de cabaret durante los años treinta y después de la guerra se usó, una vez cerrado al público, como burdel clandestino donde las mujeres de buena fe y mala vida se calentaban en estufas de picón en lo que había sido el escenario, hasta que una de ellas se intoxicó por la mala ventilación del local y estuvo a punto de morir, descubriendo el pastel y causando su clausura definitiva e inmediata.

En los años ochenta, con la nueva ola cultural, se había reabierto como sala de usos múltiples con bar, exposiciones y teatro experimental o conciertos. El Ayuntamiento había tratado de devolverle su aspecto primigenio de estilo neoclásico sin mucho éxito, aunque las pinturas murales que imitaban las de las casas pompeyanas resultaban bastante espectaculares. Circe las observó con detenimiento, y así fue como conoció la historia del local y se contagió de las toses de la mujer intoxicada en los años cuarenta, de manera que llegó hasta la chica que cortaba las entradas con los ojos llenos de lágrimas por el humo atrapado en ese recuerdo.

La sala parecía bastante más grande de lo que el edificio aparentaba por fuera, de iluminación y forma como una naranja sanguina partida por la mitad. No había butacas, sino mesas con cuatro sillas orientadas hacia el escenario, donde la gente apoyaba sus copas, sus conos con palomitas con mantequilla o sus dedos de uñas lacadas que repiqueteaban con impaciencia en los círculos de mármol. Narciso estaba de espaldas a la puerta, a la izquierda del escenario, medio oculto por una columna. Debía de ser su mesa habitual: resultaba tan discreta que ni ella lo habría visto de no estarlo buscando. Estaba casi escondido por completo tras la columna decorada con dibujos de arlequines y colombinas, recuerdo de un decorador que confundió la intención primigenia del teatro con un homenaje a la Comedia del Arte.

En cuanto se acercó lo suficiente a él, volvió a sentir esa extraña atracción y no pudo evitar apoyarle la mano en el hombro. Narciso se volvió y, por un instante, Circe casi creyó que había ido al espectáculo sin máscara. Pero la ilusión, producida con toda seguridad por la incómoda luz roja de la sala, se rompió cuando una tímida sonrisa asomó sólo a la mitad de sus labios.

—Has venido.

Parecía a la vez sorprendido y seguro de que no había otra opción posible. Su mano cogió la de Circe y le ofreció la silla junto a la suya con esa media sonrisa embaucadora que tenía dibujada en la cara. Circe se arrepintió de inmediato de todas aquellas veces que su abuela había sugerido que podrían ir de compras a buscar vestidos más alegres y ella había desechado la idea poniendo por excusa que teñiría de negro cualquier prenda que llegase a sus manos. Como resultado de su desinterés, en su armario había más ropa heredada de su madre y teñida por ella misma que vestidos nuevos. Luego se consoló pensando que cualquier conjunto adquirido para la ocasión hubiera evidenciado, al lado de Narciso Blackwell, que era un vestido barato. Además, llevaba sus zapatones de cordones porque había alquilado una bici para acercarse al teatro y eran los más cómodos para pedalear.

—No podía negarme —dijo con un hilo de voz antes de sentarse.

—Bonito vestido —dijo él, siempre cortés.

Circe miró el vestido de punto con tules en el borde decorado una estrella de lentejuelas negras y se le escapó una sonrisa.

—Gracias.

—Me alegra que hayas querido venir —dijo él mientras la observaba sentarse—, me fascinan los magos. Esa gente que siempre está buscando la forma de averiguar el truco me pone de los nervios. Yo no querría saberlo por nada del mundo. Me hago la ilusión de que la magia existe.

Circe no respondió, pero sintió que cualquier cosa podía pasar esa noche. Que quería que cualquier cosa pasase esa noche. Narciso era de la clase de personas que no pretendía desmontar el truco del ilusionista.

Justo antes de que las luces se apagasen por completo para dar comienzo al espectáculo, por la puerta del lado opuesto al que ellos ocupaban, entró la hermana de Casandra con su bastón de empuñadura de plata y se sentó en primera fila. Circe se estremeció al verla. No podía olvidar la primera impresión de aquel sueño en el que ella, a la que todavía no conocía, la señalaba con ese tú acusador antes de que la niebla lo cubriese todo. Con esa forma de caminar tan segura que tenía, como si en realidad viera el suelo que pisaba, hizo que Circe acabase preguntándole a Narciso si la conocía.

—De vista. Va a las fiestas de Navidad que mis padres dan desde hace años en la Residencia de la Salud —respondió él—. ¿Por qué lo preguntas?

—Porque me da escalofríos.

—A alguna gente le pasa eso con los ciegos, no sé por qué. Supongo que opinan que a cambio de no verles la cara les ven el alma o algo así.

Narciso sonrió divertido por su propia ocurrencia y dirigió la mirada al escenario mientras se desvanecía poco a poco la iluminación. Circe miró por última vez a la mujer de pelo largo y blanco que se sentaba tan cerca de escena como le era posible y, con largos y delicados dedos, tumbaba la pieza de madera que rezaba «reservado» sobre su mesa, dejando claro a toda la concurrencia que su legítima dueña había llegado al asiento que le correspondía. Después, la oscuridad se lo tragó todo menos a la mujer que apareció sobre las tablas.

Dicen que los magos llevan siempre a una ayudante guapa cuya función es desviar la atención del público para que no se vea el truco. Los mejores ilusionistas que Circe había llegado a ver carecían de tal ayudante. Venezia Corvo no hubiera necesitado desviar la atención del truco: nadie hubiese podido apartar los ojos de su rostro al menos hasta que la vista, saturada de belleza, aceptase su derrota.

En lo primero en lo que pensó Circe fue en Simonetta Vespucci, la infausta e inalcanzable musa de Botticelli. Venezia Corvo poseía la misma belleza serena y atemporal con la que el pintor la representó en los cuadros donde la homenajeó una vez fallecida. Pero Venezia Corvo tenía el cabello cobrizo oscuro y brillante, y los ojos castaños e hipnóticos. Salió a escena con un vestido camisero blanco con estrellas doradas bordadas, y su pelo, lleno de trenzas, colas y pequeños moños con hebras doradas y cuentas enredadas, oscilaba a su alrededor como si no respondiese a la gravedad. De hecho, mientras agradecía estar esa noche de regreso en Ochoa y se disponía a presentar el espectáculo, su melena se tornó ingrávida por completo y revoloteó a su alrededor como si flotara o tuviese vida propia. La gente rompió a aplaudir con entusiasmo, a lo que Venezia respondió haciendo aparecer un florete de la nada, que hizo girar alrededor de su cabeza demostrando así que no había cables ni hilos que sostuvieran el truco.

A partir de ese momento, la ilusionista hizo aparecer no un conejo blanco, sino uno en cada mesa de la sala sin moverse del escenario, levitó un par de metros sobre el suelo y giró en círculos mientras fingía que se mareaba y hacía reír a los asistentes, y transformó una baraja de póquer en una paloma que sostenía en el pico un trébol negro, el as de tréboles que una señora había elegido al azar. Dentro de las carteras de todos los asistentes aparecieron fotografías de familiares que antes de entrar no estaban allí. Circe sacó la imagen de la boda de sus padres con aprensión y la vio borrarse poco a poco hasta que el papel también se deshizo y se transformó en purpurina dorada. Por último, Venezia pintó un dibujo apenas esbozado en el que una señora de la mesa de delante de Circe se identificó. Sin más, la ilusionista metió la mano en el cuadro y sacó de dentro a la señora, que se evaporó de la silla ante el pasmo de su anciano marido.

—Esto ha sido la ilusión, lo que todos soñamos, y si puede soñarse, puede ser real.

Eso dijo Venezia antes de desaparecer del escenario de la forma más espectacular que Circe había visto jamás: sin telas, sin cajas ni biombos, dejando simplemente vacío su vestido camisero. La gente parpadeaba incrédula buscando el truco y preguntándose cómo había podido ser, cuándo se les había ocurrido cerrar los ojos para perderse algo tan importante del espectáculo. Sin embargo, tuvieron que volverse al oír el sonido de unos cascos de caballo. Y allí estaba ella, vestida esta vez con un mono cubierto de flecos dorados, montando un corcel blanco con un enorme cuerno también dorado en la frente y agitando la mano mientras salía por la puerta lateral, lo bastante deprisa —pensó Circe— como para que nadie descubriese el ardid que unía el cuerno al caballo.

—De no ser porque sé que los unicornios no existen —dijo cuando los acalorados aplausos se sofocaron—, habría pensado que esta mujer tiene uno.

—¿Te ha gustado?

—¿Bromeas? Es el espectáculo de magia más impresionante que he visto en mi vida. No me gusta buscar los trucos, pero es que en este caso es casi un reto. ¡Un reto para llegar a la conclusión de que es imposible encontrarlos!

Narciso sonreía satisfecho.

—Quería compartir contigo algo así. No tengo muchos amigos, y creo que ninguno que considere que el ilusionismo es algo más que una estupidez. —Narciso miró por encima del hombro de Circe y señaló—: Tu amiga se marcha.

Había olvidado por completo a Sibila y casi le sorprendió encontrarla poniéndose de pie y recogiendo su bastón y un pequeño bolso plateado que se colgó del hombro.

—No es mi amiga. Creo que ni me gusta.

—Me sorprende que alguien no te guste, la verdad —repuso Narciso con una sonrisa—. Pareces una persona a la que la gente por lo general le agrada.

—Digamos que yo tampoco tengo muchos amigos.

Narciso volvió a sonreírle y ella hizo lo propio.

Al salir a la calle, un enorme coche negro los esperaba. El chófer, un hombre de unos cuarenta años del tamaño de un oso, abrió la puerta para que entrasen. Narciso se retrajo como si en vez de un coche estuviese ante un instrumento de tortura.

—Los señores Blackwell me han enviado a buscarlo, señor. Han regresado pronto de su viaje y han deducido que estaría usted aquí.

—Vaya, uno no puede tener secretos en esta familia.

El tono de Narciso parecía entre resignado y confuso, pero Circe no era capaz de fijarse en los detalles. La atracción que sentía por el chico la dirigía de nuevo a sus labios, a la cara oculta tras la máscara. Alargó la mano y rozó el material frío e inexpresivo con la punta de los dedos. Deseaba quitarle el antifaz y besarlo, hubiese lo que hubiese debajo, como si era un monstruo deforme. No le importaba. Habría bailado con él toda la eternidad.

Narciso, sin embargo, le cogió la mano y la apartó con toda la brusquedad de la que era capaz un ser tan delicado. Circe parpadeó como si hubiera actuado sonámbula.

—Entonces, ¿te vas? —murmuró todavía aturdida.

—¿Quieres que te acerque a la Salud? —El tono de Narciso se había vuelto hosco, como el de un animal asustado.

—No. He alquilado una bicicleta.

Sin querer, Circe contestó con el mismo tono, y el chico le dirigió una mirada entre comprensiva y triste. Sus manos todavía estaban unidas por los dedos. Fue ella la que se desprendió de él como si quemase.

—Siento que la noche haya terminado así. —Narciso casi susurraba.

—No, no lo sientas. La manada te reclama.

—Ya. Un lobo siempre responde a la llamada de los suyos, ¿no?

—Eso dicen.

Circe no sabía muy bien por qué se sentía herida, pero había experimentado algo parecido en la fiesta, después de bailar con él, cuando la habitación se volvió fría y desangelada. Unos segundos antes se había sentido muy enamorada y, sin previo aviso, todo ese amor había desaparecido, no sólo el que pudiera sentir por Narciso sino, durante un larguísimo segundo, todo el amor del mundo. De repente, su corazón se transformó en un territorio hostil. Entonces huyó de la habitación. Ahora sólo podía sostenerle la mirada con desafío hasta que se marchase con el chófer del tamaño de un oso. En una parte remota de su mente se daba cuenta de que no estaba siendo justa, de que esos sentimientos resquebrajados que la obligaban a comportarse con frialdad no correspondían a nada racional. Además, le hacían daño a Narciso, un chico que sólo había sido amable con ella, que la había llevado a un espectáculo maravilloso, que había halagado su vestido. Sin embargo, no podía evitarlo, como la gente que tiene miedo a las arañas no puede evitar que el cuerpo entero se le encoja al ver a una moviéndose sobre sus ocho patas.

—Volveré a escribirte —dijo él.

En aquella afirmación residía la seguridad de que Narciso había comprendido lo que ocurría mejor que ella. Circe lo apreció así y, aunque seguía sintiendo en el cuerpo ese retorcimiento y su rostro reflejaba todavía cierta agresividad, experimentó alivio, sentimiento que se acrecentó a medida que el coche negro se alejaba de ella y la dejaba en la plaza del mercado, al lado de las callejas con olor a carne y a cebollas. No se movió de la postura en la que había quedado, sola y arrepentida de su comportamiento, cuando aquel hombre y el coche de rico que lo llevaba la devolvieron a la realidad. Fue la mano de Narciso apartando la suya lo que había roto el ensueño. Pero, ¿qué había sido más real? ¿La atracción que sentía por él o el desprecio que sintió de pronto? No fue capaz de controlar ninguna de las dos cosas. Y nadie, hasta el pequeño de los Blackwell, le había causado sentimientos tan intensos y enfrentados como inexplicables.

Decidió buscar la bicicleta cuando consiguió coger el aire suficiente para moverse. Las emociones, unidas al frío casi invernal, la habían inmovilizado. Fue al bajarse de ella para caminar un rato por la acera hasta el siguiente tramo de carril bici, cuando observó en una de las callejas aledañas a Venezia Corvo, que salía por la puerta trasera del teatro. Allí, de pie, la esperaba Sibila apoyada en una de las paredes de piedra de las casas. Cuando la vio, la ilusionista dibujó una sonrisa que hubiese curado enfermedades infecciosas y la estrechó entre sus brazos. La delgadez de Sibila desapareció entre los pliegues del abrigo de Venezia para reaparecer, apartarle el pelo de la cara y darle un beso de amante, de reencuentro, de tantas cosas… que Circe, helada de frío, se reconcilió un poco con la ciega y un poco con el mundo.

22

La tienda de disfraces de la señora Ratón

Circe salió del laboratorio de arqueología camino de historia antigua un poco mareada. La señorita Galvani había entrado en clase muy nerviosa, y al llegar a una diapositiva en la que su marido estaba de espaldas, quiso pasarla con tanta celeridad que atascó el proyector y la imagen quedó fijada en la pantalla para su desasosiego y el de Circe, quien intuyó de inmediato que algo malo ocurría. Y esa intuición era tan intensa que el suelo daba la sensación de moverse bajo sus pies como un barco en alta mar. Por eso no vio a Casandra y chocó con ella al salir por la puerta.

—¿Estás bien? —le preguntó su amiga—. No, no lo estás. Tienes muy mal color.

Circe nunca había subido a un barco, pero lo que sentía se debía de parecer bastante a lo que le pasaba a la gente que se mareaba cuando lo hacían. Lo había visto miles de veces en las películas. Casandra la acompañó al baño y vomitó todo el desayuno. Después notó cierto alivio, pero decidió que no se hallaba en condiciones de acudir a la siguiente clase.

—He debido de comer algo que me ha sentado mal. Pero creo que estoy mejor. ¿Qué haces aquí?

Circe mentía y disimulaba. Solía hacerlo cuando las imágenes la transportaban a lugares y sensaciones tan intensas que se hacía evidente para quienes la rodeaban. Casandra era su amiga y podría llegar a entenderlo si se lo contaba, pero no tenía con ella tanta confianza como con Rebeka. Además, el extraño asunto del bibliotecario y de su hermana ciega a la que espiaba le hacía pensar que Casandra tenía más dobleces y puntos oscuros de los que pudiera imaginar. Así que comportarse con cierta prevención ante ella no le pareció inadecuado por completo.

—¡Han llegado las invitaciones para la fiesta del solsticio de invierno en la residencia! —dijo Casandra con una sonrisa.

—¿La fiesta del solsticio de invierno?

—Sí, una celebración que hacen todos los años antes de Navidad, coincidiendo con el solsticio de invierno. Ya sabes, cambio de estación y todo eso.

Casandra parecía tener prisa por cambiar de tema.

—Las Navidades son en realidad una versión de las fiestas paganas del solsticio de invierno que el cristianismo adaptó a su propio calendario. —Circe se echó a reír tras la explicación, pero a Casandra se le borró la sonrisa de la cara.

—Rebeka y yo queríamos saber si nos acompañarías a elegir un disfraz, porque los mejores se acaban muy pronto. Aunque no sé si te sentirás con fuerzas. Habíamos pensado en aprovechar las horas libres de la mañana, porque ella tiene unas prácticas esta tarde y yo tengo una cita.

—¿Con Lope?

—Sí, con Lope.

El tono de Casandra fue tan seco y cortante, y tan poco acorde con su habitual forma de hablar cantarina, que Circe se sonrojó un poco y decidió no seguir por ahí.

—¿Y Rebeka?

—Escondida.

Al decir esa palabra, el color pareció volver al tono de Casandra junto con una cierta picardía.

—¿Escondida?

—En una clase. —Era evidente que Casandra hacía un esfuerzo por no echarse a reír.

—¿En una clase? —Y al darse cuenta de que no hacía más que repetir lo que su amiga le decía, añadió—: Vale, y ahora cuéntamelo de una vez, que me está entrando complejo de loro.

Casandra soltó una risa vibrante, ya sin ninguna prevención, y Circe se contagió enseguida, repuesta de su mareo.

Le contó que Rebeka y ella habían quedado en la fuente del patio de historia para ir a buscarla, pero que al llegar allí, un chico pelirrojo apareció y la saludó. Rebeka, por lo visto, se había puesto primero pálida y después colorada, para al final articular unos cuantos monosílabos y excusarse diciendo que tenía una clase. Por último salió corriendo y se metió en la primera aula que encontró con la puerta abierta.

—Creo que está recibiendo una clase magistral sobre la Primera Guerra Mundial. —Casandra se echó a reír—. ¿Vamos a rescatarla?

A Circe le costaba trabajo creer que Rebeka tuviera ese comportamiento por la presencia de un chico. Siempre la había imaginado más resuelta, un poco *femme fatale* de película de cine negro: una Barbara Stanwyck o una Rita Hayworth con una pulserita en el tobillo o fumando con arrogancia. La sola idea de que a su compañera de cuarto la pudiese incomodar un muchacho de esa forma le parecía divertida e imposible de creer a un tiempo.

—No, no, no, ¿quién me mandaría a mí? De verdad, qué horror.

Eso decía Rebeka al salir de una clase sobre tácticas militares y guerra de trincheras que le había revuelto más, si cabe, su brillante y rizado pelo rojo. Fue la vergüenza lo que la hizo tomar esa decisión desesperada: el pelirrojo era el chico de la casa de los Blackwell al que no le había dado su teléfono ni forma alguna de localizarla, hasta que se tropezaron casualmente en los pasillos de la facultad. Además, si llegó a saber su nombre, lo había borrado de su memoria, lo que, para empezar, no hacía cómoda la situación.

—Y para seguir, no tengo la menor intención de tener nada

con un chico, que ya bastantes disgustos me han dado —sentenció la pelirroja con un mohín de roedor.

—¿De verdad crees que eso depende de una elección personal? —repuso Circe.

—¿Por qué se supone que las chicas tenemos que estar siempre pendientes del amor, el amor y el amor? Quiero que me dejen en paz. Hay cosas en la vida que causan menos decepciones. —Un rayo de ilusión cruzó su mirada furiosa—. ¡Por ejemplo, las fiestas! ¡Vamos a la tienda de la señora Ratón antes de que reserven todos los disfraces!

Circe miró a Casandra, que se encogió de hombros, como si le diera a entender que Rebeka llevaba unos días así de nerviosa, aunque ninguna de las dos acabara de comprenderla. En cualquier caso, a todas les pareció una buena idea reservar un traje para la fiesta.

La tienda de alquiler de disfraces de la señora Ratón no tenía en realidad ese nombre, sino otro más sugerente y rimbombante: *La ratita presumida*, y ocupaba el bajo de un edificio modernista de cuatro plantas. El escaparate, de madera pintada, exhibía dos maniquíes vestidos de Romeo y Julieta que parecían tener dibujada la tragedia en sus caras de plástico. En el cartel, donde no se especificaba a qué se dedicaba el comercio, una ratita con un lazo en el rabo barría la puerta de su casa, idéntica a la puerta de la tienda.

Nada más ver a la dueña del establecimiento, Circe supo con toda seguridad por qué la llamaban señora Ratón: resultaba tan semejante a la ratita del anuncio que a nadie le sorprendería que asomara un rabo por debajo de su larga falda azul. Una señora pequeña y de aspecto redondeado, de cabello cano e incisivos prominentes, las recibió con una sonrisa. Sus manos estrechas, sonrosadas y de largos dedos terminados en uñas puntiagudas recordaban a las de los hámsteres, y entre ellas sostenía la corona que presumiblemente acompañaba a un disfraz de rey.

—Supongo que venís a reservar un traje para la fiesta de la residencia —dijo con una voz diminuta y una actitud sonriente.

—Así es —confirmó Circe, sorprendida por el predicamento que aquella fiesta de solsticio, de Navidad, o de lo que fuera, tenía en toda la ciudad.

—Pues sois las primeras en venir. Veamos, veamos… En algún sitio había anotado el tema de la fiesta de este año… pero no recuerdo dónde he puesto la nota. ¿Efe de fiesta? ¿Ese de solsticio?

La señora Ratón movió sus curiosos deditos por el tarjetero con una velocidad a la que resultaba imposible que pudiera leer algo. Sin embargo, en poco tiempo, la mujer tenía entre los dedos lo que buscaba.

—¡Erre de residencia! —exclamó satisfecha.

Cuando acercó la nota a la luz para leerla mejor, se dibujó la marca de agua del papel, con el perfil de un lobo.

—¡Cuentos populares! No sé cómo he podido olvidar un tema tan divertido. ¡Qué torpe! No os preocupéis. Concededme un segundo. —La señora Ratón desapareció tras una cortina negra.

Circe echó un vistazo y le pareció que la tienda era cutre y anticuada, además de muy pequeña. Sin embargo, el escaparate era encantador, y los trajes allí expuestos, espectaculares, pero no los que colgaban de los tristes percheros del interior, donde se aburrían disfraces de felpa con olor a alcanfor. No quería decepcionar a sus amigas, pero ya se veía vestida con un traje de Blancanieves de tela áspera, deslucida y semitransparente, como los que se ponían los niños del pueblo en carnavales, y esa perspectiva no le hacía demasiada gracia. La única decoración del lugar consistía en una caja registradora de grandes dimensiones y un marquito de plata en el que se veía en una fotografía a la señora Ratón junto a un hombre alto y flaco que tenía sus mismos incisivos, ambos con máscaras de plumas, en lo que parecía el patio de una casa.

De repente se oyó un chasquido detrás de la cortina, al que siguieron varios más, y un intenso olor a fósforo quemado llenó el pequeño local. A Circe no le dio tiempo a preguntar. La señora Ratón enseguida salió de detrás de la cortina y tiró de ella, dejando al descubierto el resto del establecimiento. Casandra y Rebeka se miraron con una sonrisa.

—¿Por qué vosotras siempre sabéis estas cosas y yo no? —protestó Circe con los ojos muy abiertos.

—Porque nuestras familias también estudiaron aquí y nos han aconsejado sobre los mejores establecimientos —dijo Rebeka, dándole un empujoncito para que entrase sin miedo.

La sala escondida tras la cortina era de forma semicircular y debía de ocupar toda la planta baja del edificio modernista en el que la tienda se ubicaba. Muy pronto, sin embargo, descubrió que los infinitos roperos llenos de cancanes y telas bordadas no eran más que un efecto óptico favorecido por las paredes de espejo: las barras de las que colgaban los vestidos no debían de superar las tres o cuatro docenas. En cualquier caso, el laberinto de prendas, espejos, pelucas y torres de sombreros era tan desconcertante como tentador. Todos los vestidos y máscaras eran de una excelente calidad, las telas eran recias y pesadas, y los bordados, delicados y hermosos.

Circe tomó entre sus manos un antifaz de color negro, de un material duro pero elástico que no consiguió identificar. Se lo colocó en la cara por curiosidad, ya que carecía de cintas que lo sujetasen a la cabeza, y sin embargo descubrió que encajaba en sus rasgos como si lo hubieran fabricado a propósito para ella: la máscara, como las que Narciso llevaba siempre, no se movía. Circe no tenía ninguna idea clara sobre cómo disfrazarse en la fiesta de la residencia, pero sabía que iba a lucir ese antifaz.

Tardaron una hora en encontrar todo lo que querían llevarse, y para entonces otros clientes habían entrado y rebuscaban entre las estanterías con collares y las cajas de zapatos forrados con telas de lujo. Casandra había elegido un vestido blanco con detalles de ajedrez bordados en negro para representar a la reina blanca de *Alicia a través del espejo*. Su peluca empolvada llevaba una pequeña corona de la que sobresalían un peón, un alfil y una torre diminutos. Rebeka se había hecho con un vestido verde cubierto de enredaderas de las que salían rosas rojas silvestres, un bolso en forma de huso y un antifaz que creaba de forma muy convincente la ilusión de que Rebeka, *La bella durmiente*, mantenía los ojos cerrados.

A pesar de que sus amigas le dijeron que no se correspondía con la temática de la fiesta, Circe había decidido disfrazarse de *El gato negro* de Edgar Allan Poe. Eligió un vestido largo de ese color terminado en tules rasgados, unos guantes rematados por uñas curvas y una diadema con orejas felinas, además del antifaz que había visto al principio. Hicieron la reserva en el mostrador, donde la señora Ratón permanecía ajena a la cola que se había formado para elegir traje y apuntaba los encargos a mano, con una pluma de tinta plateada y una caligrafía que no conocía la prisa. Entregó a cada una su tarjeta numerada y les dijo que sus paquetes llegarían a la Residencia de la Salud el día de la fiesta, a mediodía, y que podrían recogerlos en conserjería, como era habitual en esos casos. Estaban a punto de abandonar la tienda cuando una voz masculina sobresaltó a las tres amigas.

—¡Ce! ¡Ce!

Sólo había una persona en toda Ochoa que la llamase así. A Circe se le escapó una sonrisa antes de reconocer a Arturo que, acompañado del pelirrojo que tan nerviosa ponía a Rebeka, se acercaba por la calle agitando una de las tarjetas de la señora Ratón sobre su cabeza.

—Vaya hombre —dijo Rebeka palideciendo.

—No es más que un pelirrojo. No te va a comer —le respondió Casandra riéndose.

Los dos muchachos comentaron que habían elegido traje muy pronto y que habían tenido mucha suerte. El chico pelirrojo se había decidido por un traje clásico de príncipe, mientras que Arturo había escogido otro de *El gato con botas*. A Circe le sorprendió que hubiesen estado todos buscando disfraz en la misma habitación sin llegar a verse, aunque hubo un momento en que la sala semicircular estaba tan llena de gente que resultaba imposible dar un paso.

Esteban —así descubrieron que se llamaba el pelirrojo— hacía grandes esfuerzos por entablar una conversación con Rebeka, que mantenía una actitud tensa y un tanto hostil, como si el chico padeciera alguna enfermedad contagiosa. La situación parecía divertir mucho a Casandra, que trataba de contener la sonrisa en el paseo de vuelta hasta el recinto de la universidad. Circe, por el contrario, redescubría las razones por las que Arturo le había gustado desde el principio, más allá de su novia Jacinta. Iban caminando delante los dos, charlando sobre uno de sus temas de conversación favoritos: el cine clásico de Hollywood.

—Sé que es todo mentira —decía él—, que los actores posaban horas y horas para las fotos y que ni una sola de las escenas es realista: los trajes no se manchan, las mujeres jamás se despeinan... Y componen una bonita ilusión: esas películas son como la postal de un sitio que no existe pero donde todos querríamos vivir. Creo que por eso me gustan.

—Por eso y porque todos son guapos sin serlo —respondió Circe—. En esas películas, hasta el más vulgar parecía elegante y la más bizca, misteriosa.

Arturo se echó a reír.

—¿Te gustaría un mundo en el que todos fueran guapos?

—No, me gusta ese mundo porque vemos guapos hasta a los que de forma objetiva no lo son. Entramos en el juego y ya está. Atendemos a lo que los diferencia, a lo que los hace especiales. No nos fijamos en que Bogart tenía cara de estreñido o en que era bajito. En la realidad la gente suele detenerse en los defectos de los demás, pero en aquellas películas sólo se potenciaban las virtudes. Ojalá todos fuésemos capaces de ver sólo lo más sobresaliente de las personas. Eso creo que haría el mundo un poco mejor.

—Pero hablas sólo del físico. Muchas veces esos personajes eran terribles.

—¿Y qué es el cine sino imagen? Trasladado a la realidad, tendríamos que llevarlo a todas las virtudes, no exclusivamente las físicas. Pero creo que como sueño imposible resulta bonito.

Arturo sonreía abiertamente. Circe nunca había hablado de eso con nadie porque estaba convencida de que cualquiera que la escuchase pensaría que era tonta, y que soñar con esas utopías resultaba muy infantil. Cómo le hubiera gustado un mundo en el que todos observaran lo mejor de las personas que tenían alrededor y no los defectos. Las películas antiguas que tantas veces había visto en el cine de verano la hacían soñar unos minutos con eso, aunque se tratara, como bien decía Arturo, de una mentira a la que se le veía el cartón por todas las esquinas. Era fácil hablar con él; lo difícil era no quedarse embobada mirándolo sonreír.

Cuando llegaron a la Salud, Circe se dio cuenta de que sus compañeras ya se habían marchado, pero no dijo nada. Arturo tampoco dijo nada sobre la desaparición de su amigo Esteban. En los jardines que rodeaban el campus, el débil sol otoñal no conseguía calentar el frío ambiente. Arturo le quitó a Circe una hoja seca que le había caído en el pelo. Ella sonrió ante el contacto.

—¿Sabes?, eres una chica muy especial. Creo que eres la chica más especial que he conocido —le dijo él.

Circe a punto estuvo de nombrarle a su novia; habría bastado con eso para romper el encanto de la frase, pero no lo hizo. En cambio, murmuró en un tono que hasta a ella le pareció ridículo.

—¿Sí?

—Me gusta mucho que seamos amigos. Mucho.

La última frase fue un cubo de agua fría. Y la sonrisa de Arturo y el beso que le dio en la mejilla al despedirse ya no le supieron a gran cosa. Y cuando él le preguntó si había visto a su amigo Esteban, ella a punto estuvo de soltar una lágrima de frustración, o de ira, o puede que de estupidez.

23

Morgana

A Circe le apetecía acercarse con la bicicleta hasta el parque de Tayasal. Esperó a que Rebeka se marchase a sus prácticas para no tener que darle demasiadas explicaciones, acarició a su cuervo y a *Katu*, cogió su trenca y se marchó. En el pasillo de la Residencia de la Salud, la señora Nubla, con uno de sus llamativos trajes color berenjena, le daba indicaciones a la conserje sobre la llegada de los trajes para la fiesta mientras se dirigían hacia el despacho. Según le decía, los vestidos de las internas llegarían a mediodía y se podrían recoger después de la comida, según era costumbre.

—Bajo ningún concepto pises la escalera, Glinda querida. Las internas recogerán sus paquetes como todos los años.

Circe recordó unas palabras muy parecidas de la señora Nubla, cuando ella y Casandra la espiaban desde la escalera: le había dicho a Sibila que Lope no podía subir a las habitaciones. Se preguntó si los conserjes tampoco tenían permiso. Glinda era una mujer encorvada de edad indefinida, que Circe calculaba entre los doscientos y los trescientos años cuando hacía bromas con Rebeka acerca de ella. Mostraba una leve deformidad en una pierna, más corta que la otra, y llevaba una alza en el zapato; su cabello era escaso en algunas zonas de la cabeza, donde brillaban calvas salpicadas por manchas de edad, y lo que parecía una afección de cataratas empezaba a nublar sus ojos. A Circe la había impresionado mucho la primera vez que la vio, haciendo tintinear las llaves que llevaba colgadas del cinturón con sus movimientos inusualmente rápidos para alguien que parecía salido de una cripta, y se preguntó qué hacía una anciana como aquélla trabajando a esas edades. Sin embargo, en su rostro había algo tan semejante a la propia Matilda Nubla que Circe llegó a la conclusión de que aquella mujer debía de guardar algún parentesco con ella. Quizá la Residencia de la Salud —pensó— era algún negocio familiar hereditario, regentado siempre por las Nubla, y de ahí el interés de Sibila en que todos los papeles estuvieran en regla; pudiera ser inspectora de la Seguridad Social, del Ministerio de Trabajo o algo así.

En cualquier caso, se olvidó de Glinda apenas dio las primeras pedaladas. Circe se sentía feliz montando en bicicleta, y en el pueblo a menudo se imaginaba que podría volar con ella. Al poco de aprender lo había soñado muchas veces: volaba hasta un punto en el horizonte donde su madre y su padre la esperaban. En realidad nunca fueron sus padres los que en ese sueño se presentaban con los brazos abiertos, sino Kim Novak con su gato siamés y sus guantes rojos y James Stewart con una cara entre enamorada y confundida. A menudo se entristecía por no poder recordarlos tal y como eran, sino sólo a los personajes de película que, en su mente infantil, había asociado con ellos. Ni el consuelo de aquella fotografía que la abuela le había regalado era suficiente. Cuando se introducía en ella, los encontraba tan parecidos a los actores que no era capaz de diferenciarlos del todo y de forma definitiva. Su único consuelo era que, en ocasiones muy contadas y con mucha concentración, había sido capaz de percibir el perfume de la piel de su madre, que olía a jazmines blancos.

Pero Circe era capaz de olvidar cualquier aflicción cuando se subía a una bicicleta: que sus padres no eran actores del antiguo Hollywood, que sus amigas parecían ocultarle cosas, que no sabía qué sentía por Narciso, que sí sabía qué sentía por Arturo pero no era correspondida... Necesitaba aquel paseo para no perderse en tantas cavilaciones.

A Circe le sorprendió que dentro del parque de Tayasal pareciera haber un microclima, no por completo cálido, pero sí con una temperatura más agradable que la que existía fuera de él. Puede que los magnolios, con sus fuertes ramas y recias hojas, frenaran el frío húmedo que comenzaba a correr por las calles de Ochoa. Tuvo que quitarse la bufanda y la trenca cuando devolvió la bicicleta alquilada en uno de los puntos de anclaje que había a la entrada del parque. Entre los magnolios, el viento se había detenido por completo, y con el jersey de lana que llevaba era más que suficiente.

Decidió que no iba a seguir las sendas marcadas, sino que caminaría entre los árboles, ya que en ningún sitio se indicaba que estuviese prohibido. Le habría gustado que fuera cierta la leyenda que le había contado Casandra y oír el ruido de guerreros que agitaban sus armas de madera y pedernal, pero no percibió nada cuando se apoyó en uno de los troncos y cerró los ojos. Nada nuevo, al menos. Al palpar los nudos y raíces del magnolio, el árbol le devolvió una especie de cosquilleo simpático, algo cercano a la empatía que podía haber entre un humano y una planta, o al menos eso pensaba Circe. Cuando sus dedos acariciaban una corteza, una hoja, podía percibir que un ser vivo palpitaba bajo ellos, no era como tocar una roca o un mueble, y esa percepción le arrancaba una sonrisa. La abuela solía decir que al hombre le faltaban ganas para comprender la naturaleza de una forma profunda, cuando la naturaleza siempre estaba dispuesta a ser entendida. Ésa podría ser la razón de que hiciera tan buen vino y de que las abejas no le picaran cuando recogía la miel del panal del viejo olivo, porque sabía entender a la naturaleza. A Circe le hubiese gustado poder hacerlo como lo hacía la abuela, pero parecía un conocimiento restringido a la gente que siempre había vivido en el campo, que tenía una comunicación directa con la naturaleza y no se dejaba llevar por las distracciones de la apresurada vida moderna. Circe había vivido casi toda su vida en Valdaya, pero su mente llevaba años en Ochoa.

A veces, como en esa ocasión, llegaba a pensar que si se concentraba podría llegar a comprender al árbol, pero luego se sentía ridícula siquiera porque se le hubiera pasado por la cabeza. Nunca sería como su abuela por más que se esforzase. Su abuela pertenecía a un mundo distinto. Sin embargo, la sensación al acariciar el magnolio estaba ahí, eléctrica y persistente.

Un ruido la sobresaltó. Tan concentrada estaba tocando la corteza, que el crujido a su espalda resonó como un trueno. Un enorme perro de color negro la miraba sentado junto a otra de las raíces que los rodeaban. Era parecido a un gran danés, o al menos de un tamaño tan imponente como cualquiera de esa raza, pero en sus ojos había un destello poco habitual en un cánido. Su actitud era expectante, y se diría que mostraba interés por lo que hacía Circe abrazada al árbol. Sí, lo que se reflejaba en los ojos del perro era un destello de inteligencia.

Un sudor frío recorrió la espalda de Circe segundos antes de que un revoloteo insidioso se precipitara sobre el animal. A pesar de la diferencia de tamaño con el cuervo que lo atacaba, el perro se alejó sumiso para perderse en la oscuridad. Y el ave, satisfecha por la hazaña, saltó al hombro de Circe y le apoyó el pico en la mejilla. A pesar de lo extravagante de la situación, a ella sólo le vino una palabra a la cabeza:

—*Morgana*. Te llamaré *Morgana*.

El cuervo había escapado de la Residencia de la Salud y la había seguido hasta el parque, aunque Circe no recordaba haber abierto las ventanas. Además, había considerado pertinente defenderla de un perro que, por otro lado, no había hecho más que mirarla a pesar de su tamaño aterrador.

El ave lanzó un graznido de satisfacción ante el nombre que Circe le acababa de dar. Ella le sonrió y le acarició la cabeza.

—Eres una perfecta guardiana, ¿eh? Mejor que ese perro. ¿De quién crees que será? ¿Se puede soltar un perro de ese tamaño en este parque sin collar ni bozal? —El cuervo parecía comprenderla, pero no tenía ningunas ganas de contestar—.

Porque ese perro no era callejero, ¿has visto lo cuidado que estaba? Brillaba casi tanto como tu plumaje.

Morgana se sacudió en señal de aprobación.

Cuando el perro negro ya se había marchado, Circe se dio cuenta de algo más sorprendente que la aparente mansedumbre del animal: su propia tranquilidad mientras lo observaba. De pequeña, a Circe le daban miedo los perros grandes. La abuela solía decirle que no sabía de dónde había sacado esa estúpida aprensión, que en su casa nadie le tenía miedo a los perros y que los miedos se aprendían, que no aparecían de la nada. Sin embargo, Circe se echaba a temblar en cuanto un perro de gran tamaño, sobre todo si era oscuro, aparecía cerca de ella moviendo insidiosamente el rabo, aunque su dueño lo llevara atado. Había tenido que aprender, no el terror que le producían, sino la forma de combatirlo. Con el tiempo había logrado acercarse a ellos y pasarles la mano por la cabeza con cierta precaución y el corazón encogido. No obstante, agradeció la intervención del cuervo como si todavía tuviese siete años.

Bien es cierto que su abuela había utilizado aquel temor irracional para mantenerla alejada de aquellos lugares que ella consideraba peligrosos, en concreto de la bodega. La abuela Encina solía desaparecer por una trampilla que daba al patio trasero y de la que Circe, hasta entonces, sólo había visto una vieja y polvorienta escalera de piedra. Allí era donde sus vinos envejecían, y siempre le había dicho que, cuando fuese mayor, le enseñaría a continuar con la tradición familiar. Pero entonces todavía era muy pequeña y la abuela temía que se perdiera en aquel laberinto de túneles de piedra que, excavados a diferentes niveles del subsuelo, mantenían las barricas y las botellas a la temperatura adecuada de forma natural. Los niños pueden ser muy insistentes, y Circe quería bajar a la bodega a toda costa, así que la abuela ideó una mentira para mantenerla a salvo: «No quieres bajar, porque ahí abajo hay un enorme mastín que la vigila, y yo sé que no te gustan los perros grandes».

Por supuesto, Circe dejó de incordiar a su abuela hasta que con nueve o diez años a su amiga Rosa se le antojó bajar. «Va, por favor —le decía—. Podemos jugar al escondite.» «¡Pero hay un perro enorme!», le contestaba Circe, a quien espantaba la idea de tropezarse con el animal. «Circe —le replicaba Rosa—, ¿cómo va a tener tu abuela a un pobre perro encerrado en la bodega tantos años? Te lo ha dicho para que no bajes.» A la niña le costaba imaginar que su abuela la engañara con su miedo más atroz: «¿Tú crees?» «¡Seguro! Mi padre me ha dicho que hay algunas bodegas en el pueblo que son cuevas naturales. Seguro que la de tu abuela es una de ellas. ¡Vamos a verla!»

Circe resopló con fastidio y descorrió el cerrojo de la trampilla. Rosa pasó de un salto al interior. Esperaban encontrarse con un subterráneo oscuro, pero el túnel de piedra estaba iluminado con unos tonos naranjas y verdes que se reflejaban en sus rostros: «Mira, parecemos marcianos», decía Rosa divertida. Su risa retumbó por las paredes en las que se abrían unas arcadas, y aunque a su amiga le parecía todo muy divertido, Circe sólo recordaba, muerta de miedo, los túneles que hacían las lombrices bajo tierra, según les habían contado en el colegio.

El perro no apareció. En cambio, los barriles de madera se amontonaban en los recovecos de los túneles y olía a mosto como si las paredes lo rezumasen. Además, toda la bodega estaba iluminada por esa luz verdosa y anaranjada que no se sabía de dónde provenía, pero que se extendía sinuosa y acuática. El túnel parecía no tener fin. Se enroscaba y giraba, se retorcía y estiraba, pero no acababa nunca: un solo e interminable pasillo lleno siempre de la misma luz, el mismo olor y los mismos barriles. Rosa olvidó su intención de jugar al escondite hasta que una de las arcadas apareció cerrada por una enorme verja decorada con ranas de hierro negro: aquella cancela les interrumpía el paso e impedía que avanzasen en las entrañas de la tierra.

Rosa pegó la cara a la verja y señaló que justo allí, al otro lado, el túnel se dividía en dos arcos con sus respectivos túneles, aunque no podía asegurar que sólo fueran dos; dos eran los que se veían desde la verja, donde se extinguía la curiosa luz que las había acompañado hasta entonces y las sombras lo inundaban todo. Circe dio un salto cuando una voz profunda y melodiosa resonó a sus espaldas: «Claro, querida, por eso está la verja, para que no os perdáis en la oscuridad».

La abuela estaba de pie, apoyada con displicencia sobre uno de los barriles, con las piernas cruzadas y la chaqueta de lana mal cerrada, como si llevase allí mucho tiempo y no la hubieran visto entrar.

A Circe le hubiese gustado decir que había sido idea de Rosa, pero asumió que de todas formas estaría un par de meses castigada sin postre, así que guardó silencio. Por su parte, Rosa se culpó a sí misma durante el camino de regreso al exterior, pero la abuela no dijo nada ni llamó a sus padres para informarlos de la imprudencia. Más tarde, en la cocina, mientras pelaban unas patatas en silencio, Circe se atrevió a preguntar por el castigo que le impondría.

«No, esta vez ha sido tanto tu culpa como la mía —dijo la abuela para sorpresa de su nieta—. No debí usar tu miedo para alejarte de la bodega, pero me daba pánico que te perdieses. A partir de la verja que has visto, los túneles se dividen y se retuercen de tal manera que ni yo misma, que llevo toda la vida viviendo aquí, he sido capaz de explorarlos. No obstante, sospeché que tarde o temprano sentirías curiosidad y te adentrarías en la bodega, así que mandé cerrarla con esa cancela.»

Circe no quiso hablar, por si su abuela se arrepentía y al final decidía castigarla. Pero le dio muchas vueltas al asunto, sin dejar de pensar en que aquella reja no tenía cerrojo ni pestillo en ningún sitio. La abuela, previendo un desastre, habría preferido cegar aquella parte del subterráneo.

24

La pareja furtiva, el caballo del lago y el bolso con forma de estrella

CIRCE CONTINUÓ RECORRIENDO el parque, a pesar de que desde hacía un rato no se cruzaba con ningún paseante. De vez en cuando una ardilla pasaba corriendo de un árbol a otro, y le pareció ver la cola de un zorro, pero no podía estar segura. No le preocupaba la idea de haberse perdido, porque confiaba en poder localizar sin mucho esfuerzo alguno de los caminos principales, y cualquiera de ellos la acabaría conduciendo a la salida. Probablemente se encontraba en la amplia zona del mapa que había consultado donde sólo había árboles y no se observaba ningún sendero, pero si continuaba en línea recta, tarde o temprano daría con la valla que cercaba el parque y podría seguirla hasta una puerta. Le parecía mentira que en alguna parte, no muy lejos de allí, hubiera coches, semáforos y asfalto. Aquel recinto era como el bosque donde el cazador no le arrancó el corazón a Blancanieves.

La presencia de *Morgana* le hacía sentirse segura, y cuando oyó voces se llevó la mano al hombro, buscando palpar una de las ásperas patas del animal. Llevaba mucho tiempo oyendo tan sólo cómo crujían las hojas bajo su propio peso, y el inesperado sonido de una garganta humana le aceleró el corazón. El timbre y la cadencia de las voces le resultaban conocidos.

—Vale, probemos otra vez algo más sencillo.

—Estoy cansado, Casandra, no puedo más. Esto es inútil.

Circe se agazapó detrás de una rama caída para descubrir a Casandra abrazando al bibliotecario Lope en un claro del parque, apartado de cualquier camino. Un sitio oscuro por el que era probable que nadie pasara nunca. Ella parecía muy preocupada, aunque trataba de disimularlo.

—No digas eso. He estado leyendo mucho y hay pruebas de que se puede controlar. Se ha hecho antes, sólo tenemos que averiguar cómo.

—Si lo consiguieses y pudieras contarlo, serías digna del Nobel, por lo menos. —Lope le apartó un mechón de cabello de la cara a Casandra con aire melancólico—. Pero no podrías contarlo. Ése es el problema: si alguien lo logró antes, no pudo contarlo.

—La gente que cree que algo es imposible no debería ponérselo difícil a los que lo estamos intentando.

En los ojos de su amiga ardía algo semejante a la frustración. Lope se alejó de ella avergonzado.

—Tienes razón —concedió sin mirarla—, pero deberíamos seguir la pista de la casa de los Blackwell.

—¿El cuadro? —Casandra palideció como si recordase algo terrible—. ¿De verdad quieres pensar ahora en el cuadro?

Lope se puso de pie con una agilidad casi animal y emitió un sonido iracundo que hizo retroceder a Casandra.

—¡Sabes que no fue el cuadro! —Lope retrocedió a su vez y se situó al otro lado de una raíz, interponiéndola entre él y ella—. Llevo toda la vida intentando recordar algo de aquella noche, bien lo sabes, y lo único que no habían logrado borrar ni el tiempo ni el trauma fue la imagen de esa… —Una piedra del tamaño de una canica sobrevoló la cabeza de Circe y golpeó la raíz sobre la que Lope se apoyaba, muy cerca de su mano—. ¿Quién anda ahí?

Circe se tumbó en el suelo, tras el tronco del árbol que la protegía, para que el bibliotecario no la viese. Se había enderezado y la mirada le ardía; de repente, parecía más alto y vital que de costumbre. Se preguntó si tenía sentido esconderse. Podía argumentar que pasaba por allí y los había oído, algo que no dejaba de ser cierto, pero su intuición le decía que a Lope no le hubiera hecho ninguna gracia que los hubiese estado espiando. Un presentimiento intenso, parecido al instinto de supervivencia, la hizo acurrucarse con el cuerpo pegado a la raíz del árbol. Incluso *Morgana*, bastante dada a juguetear a su alrededor, permanecía atenta e inmóvil. ¿Quién habría tirado esa piedrecita? Con mucha cautela se volvió hacia la dirección desde la que parecía posible que la hubiesen arrojado, pero no vio a nadie. Quienquiera que fuese, parecía querer avisar al bibliotecario de su presencia. ¿Para que no completase aquella frase?

—Lope, déjalo. Es mejor que nos vayamos. Seguiremos la semana que viene. ¿Tienes tus hierbas?

Circe oyó cómo Casandra decía eso, y después el bibliotecario debió de asentir, porque lo siguiente que oyó fueron pasos en la dirección contraria que se alejaban cada vez más. Muy pronto se hizo un silencio apenas roto por los jugueteos de *Morgana*, que decidió que era buen momento para revolcarse sobre las hojas secas y lanzar ramitas al aire.

Esperó un poco más para incorporarse. Parecía que lo que quiera que hubiese pasado en la fiesta de los Blackwell no había terminado con una discusión entre Casandra y el bibliotecario, como ella había sospechado, sino que tenía que ver con el cuadro roto del recibidor: algo que había indignado a Lope y asustado a su amiga. Además, el bibliotecario a menudo tenía aspecto enfermizo, y desde la fiesta llevaba el brazo en cabestrillo y mostraba una evidente cojera, tal vez secuelas de una enfermedad terrible que no se podía controlar, como él mismo decía. Pero ¿por qué, si lograba controlarla, no podrían contarlo? Debería preguntarle a Casandra, pero la forma en la que Lope había hablado aquella noche le recordó demasiado a cómo ella misma se refería al día de la muerte de sus padres. Y Circe tampoco hubiera querido que nadie le preguntara por el charco de sangre y la niña que no huyó. La gente tenía derecho a preservar sus propios secretos.

Circe caminaba sin rumbo y muy pronto se dio cuenta de que se había perdido por completo. No había puesto atención en orientarse y ahora estaba rodeada de árboles, sin caminos ni senderos a la vista. No había gente por los alrededores y se acercaba a la hora de cierre del parque. La posibilidad de que cerrasen las puertas y ella se quedara allí dentro no le pareció demasiado atractiva, así que debía emprender el camino de regreso lo antes posible. «Cuando una no sabe adónde va, cualquier dirección es la correcta», se dijo a sí misma en la confianza de que tarde o temprano hallaría alguno de los límites del parque o alguna senda que condujera a la salida.

A pesar de ese optimismo inicial, la ruta elegida se fue volviendo intransitable: los árboles se cerraban los unos contra los otros, formando una maraña inextricable, y la luz natural cada vez era más escasa. Pronto no se vería nada, porque allí no había ni una sola farola. A punto estaba de darse la vuelta cuando oyó rumor de agua y un chapoteo. Se asomó entre los troncos de los árboles y al otro lado del ramaje apareció un lago.

En el mapa que había consultado a la entrada del parque no se registraba nada semejante. Tampoco parecía un lago muy grande, pero en algún sitio deberían avisar de que había uno además del central. Puede que nadie se aventurara hasta esa zona del parque de Tayasal, donde no existían caminos ni veredas, o los cuidadores del parque preferían que los visitantes no merodeasen por allí, perturbando la paz de los animales que bebían agua o retozaban en sus proximidades. Había zorros, erizos, ardillas y, sorprendentemente, un caballo de pelo rojizo que salía del agua con la naturalidad de quien concluye su baño diario. Circe estaba a punto de preguntarse si sería el caballo del guarda, cuando el animal la miró y se encaminó hacia ella con la cabeza gacha, en actitud sumisa, lo que provocó que, unos pasos por detrás, una voz femenina soltase un suspiro en forma de exclamación.

Circe ya había alargado la mano para tocar al caballo cuando la sorprendió aquella exhalación y miró a su espalda: allí detrás, con una falda rosa llena de ositos sonrientes, estaba la chica vestida de *sweet Lolita* tapándose la boca con dos manos diminutas enfundadas en guantes blancos. De nuevo, su primer impulso fue perseguirla. Circe se desentendió del hermoso animal que había salido del lago cuando la muchacha echó a correr entre los árboles.

A pesar de llevar zapatitos con lazos, la chica era muy rápida, bastante más que Circe, que tenía la sensación de estar persiguiendo un ser sobrenatural, un hada o un fuego fatuo. Sin embargo, en esta ocasión tardó un rato en perderla de vista, porque sus llamativas ropas resaltaban entre los troncos y no le permitían desvanecerse con tanta facilidad como en ocasiones anteriores. A pesar de lo cual, antes de que Circe se cansara de correr, se había volatilizado.

Circe se detuvo en seco y trató de recuperar el aliento apoyándose sobre las rodillas. *Morgana* planeó sobre su cabeza y tomó tierra más adelante, fuera de su vista; acto seguido, comenzó a graznar como si la llamase. Cuando se acercó, lo vio saltar sobre un bolsito dorado con forma de estrella.

—¿Te gustan las cosas brillantes? —rio mientras lo recogía del suelo.

El cuervo dio una vuelta sobre sí mismo y entonces fue cuando Circe se percató de que estaban ante una de las ramificaciones del camino principal, donde ya había farolas y un chico sentado en un banco que jugaba con una consola de videojuegos antigua. La muchacha misteriosa había perdido el bolso, pero también le había mostrado, por accidente o no, el camino de regreso.

25

La luna más grande del año

REBEKA TENÍA EN la mano el bolso con forma de estrella y lo analizaba con aires detectivescos.

—Así que éste es el bolso de la muchacha que te persigue vestida de *sweet Lolita*.

—Lo dices como si pensaras que me lo había inventado. —Circe, sentada en la silla de su mesa de estudio, jugueteaba nerviosa con el gato.

Rebeka se sentó en la cama y echó la cabeza hacia atrás con actitud pensativa.

—No es muy común eso de que te persigan chicas con trajes de fantasía, ni siquiera en Ochoa.

—Pues ahí tienes la prueba irrefutable. Me parece que ya no estamos en Kansas, Totó.

—¿Y eso? ¿Viste más cosas raras en el parque? ¿Hombres de hojalata y leones parlantes?

La nariz de Rebeka se arrugó en actitud inquisitiva y Circe estuvo tentada de contarle lo de Casandra y Lope, pero de alguna manera le pareció traicionar la parte de su secreto que había conocido, e incluso traicionarse a sí misma por tener que confesar que había estado espiando.

—No —mintió, pero se puso roja—, sólo un lago que no aparece en los mapas, un perro enorme y un caballo. La muchacha se asustó cuando vio salir un caballo del lago, aunque no sé por qué. Parecía un animal muy manso, acostumbrado a la gente. Se le escapó un grito y por eso la sorprendí.

—¿Un caballo?

—Un caballo que chapoteaba en el lago. Alguien debería hablar con el Ayuntamiento para que señalizaran el lago. Podría ser peligroso para los niños pequeños...

—¿Cómo era el caballo?

Circe puso los ojos en blanco.

—De pelo rojizo.

—¿Un alazán?

—No entiendo de pelos de caballo.

—Espera.

Rebeka dejó el bolso encima de la mesa y sacó un libro de la estantería para mostrarle un dibujo bastante realista de un caballo de cabello flameante.

—Sí, era como ése. Muy bonito. No sé si sería del guarda.

Rebeka se quedó unos segundos absorta en el dibujo.

—El guarda no tiene caballos.

—¿Y por qué te interesa tanto?

Rebeka miró a Circe por encima de sus gafas.

—Porque es muy bonito. Muy bonito. Me encantan los caballos.

—Claro, cómo no.

—¡No te burles! —Rebeka cerró el libro riéndose y lo devolvió al estante—. Concentrémonos en lo importante. ¿Has abierto el bolso?

—Sí. Pensé que a lo mejor encontraba algún documento de identificación, pero no ha habido suerte. Está lleno de cosas raras.

Rebeka volcó su contenido en la cama. Una bolsita de terciopelo rojo, tres monedas perforadas por el centro, unos huesecitos y unas piedras con extraños símbolos que Rebeka manipuló entre intrigada y divertida.

—Runas y tabas. Con esto jugaba yo de pequeña.

—¿Con las runas también? —preguntó Circe extrañada—.

Yo con las tabas sí, pero las mías eran de plástico, no huesos de cordero. Creo que no se juega con huesos de cordero desde que mi abuela era pequeña. Y eso que soy de un pueblo perdido en mitad de la nada, créeme.

El juego de las tabas consistía en arrojar a modo de dados los huesos del tarso de los corderos y hacer apuestas sobre cuántos quedarían con la parte más estrecha hacia arriba. Se seguía jugando en el pueblo, claro, pero Rosa y ella tenían tabas de plástico y de resina, ya nadie usaba las de hueso de cordero. Una vez, el padre de Rosa comentó que, al igual que los dados, las tabas podían usarse para adivinar el futuro, pero que en el mundo moderno ya nadie creía en esas cosas y se había convertido en un juego de niños.

—¿Qué hay en la bolsita de terciopelo? —preguntó Rebeka mientras la abría.

—Pues hierbajos, no sé.

—Hierbajos que huelen muy bien —dijo Rebeka llevándosela a la nariz—. Parece un ambientador natural.

—¿Y por qué una chica joven iba a llevar una bolsa con hierbas aromáticas en el bolso? La única persona del mundo que todavía hace bolsas de lavanda caseras para los armarios es mi abuela.

Rebeka se encogió de hombros con cara divertida.

—Y yo qué sé, Circe. Lo normal es que llevara el documento de identidad o el carné de conducir, un móvil, un billete de veinte euros y un pintalabios, no estos objetos tan raros.

Circe también se echó a reír. A veces le preguntaba a Rebeka como si ella tuviera que saberlo todo. Y aunque era cierto que sabía muchas cosas sobre la Residencia de la Salud porque su familia ya había estudiado allí, también era evidente que no tenía todas las respuestas.

—La estrella de la muchacha que te persigue no nos ha contado mucho sobre ella —dijo Rebeka, devolviendo los bártulos al bolso y asomándose al ventanal—. Pero en el cielo brilla una luna increíble. Mírala, es la luna más grande del año. Los lobos de los Blackwell van a estar entretenidos.

No había terminado de hablar cuando un aullido se alzó en

la noche y las sobresaltó. Sin decir nada, las dos asomaron medio cuerpo por la ventana. Desde su habitación de la residencia, junto al árbol que solía golpear los cristales, el barranco se abría justo a sus pies y la ciudad se veía como una mezcla de sombras y luces, agujas dirigidas al cielo y siluetas como alas de dragón. Al fondo, en el monte, se levantaba la mansión Blackwell oculta por los robles. Aunque una tenue luminosidad la delataba, se hallaba lo bastante lejos como para que sus lobos no se oyeran en la residencia. Al menos no con tanta intensidad. Circe observó que Rebeka componía una mueca de fastidio y no pudo evitar preguntarle.

—¿Qué pasa?

—Nada. Seguro que los han sacado a pasear por aquí cerca. No me gusta que se dediquen a asustar a mi gato.

Katu estaba metido debajo de la cama y sus ojos verdes brillaban en la oscuridad. Sin embargo, en el rostro de Rebeka se había dibujado la misma expresión que surgía cuando hablaba de su madre, del novio trastornado que había dejado en su ciudad o su comportamiento con Esteban en la fiesta de los Blackwell. La mueca mostraba demasiada preocupación como para atribuirla a la inquietud de un gato. Si Rebeka también trataba de ocultarle algo, lo hacía bastante mal. Circe tuvo que recordarse su reciente decisión sobre el derecho de la gente a tener sus propios secretos, pero la apenó que Rebeka no confiase lo suficiente en ella como para contárselo.

—Voy a bajar a las máquinas de abajo a por un refresco. ¿Quieres algo? Pienso quedarme estudiando historia antigua hasta tarde —le preguntó mientras su compañera seguía asomada al ventanal.

—No. Hoy me acostaré pronto para no volverme una lunática —sonrió Rebeka.

El pasillo de la Salud estaba muy oscuro y Circe decidió no encender luces para no molestar, así que caminaba alumbrada por la luz de su teléfono móvil. Sus pasos, amortiguados por las suelas de goma de los zapatos, no lograban disimular los latidos de su corazón, que parecían habérsele instalado entre las cejas, como cada vez que caminaba a oscuras por un lugar silencioso. Había una amenaza primitiva en aquella penumbra que subvertía la realidad de noche.

En el primer recodo, ante la escalera principal, dejó de necesitar la linterna y eso la tranquilizó: la luz de la luna llena que entraba por los ventanales y las claraboyas iluminaba de un azul pálido los escalones de mármol blanco y las columnas. Llegó a las máquinas de refrescos y sándwiches que había junto a la puerta de la cantina. El sonido que la lata de naranjada hizo al caer resonó por las paredes con un eco metálico y amenazante.

Camino de la escalera, observó que el polvo bailaba mecido por los haces de luz lunar que atravesaban los cristales y pensó que, a veces, la Residencia de la Salud parecía el interior de un cuento de hadas. Un nuevo aullido la sacó de sus pensamientos al alcanzar la barandilla. Había sonado tan cerca que le pareció que el suelo vibraba a sus pies. Asustada, Circe tuvo tiempo de percatarse de otra presencia en el pasillo.

En el instante que tardó en volverse le dio tiempo a valorar si sería más inteligente huir o defenderse del posible ataque de un lobo. Sin embargo, no era más que una figura humana la que la observaba con curiosidad desde las sombras.

—No te preocupes. El lobo no te hará nada. No puede —dijo una voz cantarina.

Y dio un paso adelante para que la luz de una de las claraboyas la iluminase. Era una chica de unos trece años, ataviada con un vestido de lana oscura y un cuello de bebé bordado y blanco. Su cabello, la forma de sus ojos y la mueca de sus labios recordaban a los de Matilda Nubla, aunque más menuda y con una de las piernas más corta que la otra, que además calzaba un zapato con plataforma en el pie izquierdo. Circe se acordó de inmediato de la conserje, y eso confirmó su sospecha de que la residencia estaba gestionada por la familia de la directora. Se apartó del pasamano para observarla de cerca, pero la chica retrocedió el mismo paso que avanzó ella.

—¿Qué quieres decir con que no puede?

—Está a salvo en casa.

La chica sonrió y después de decir eso se dio la vuelta para desaparecer en las sombras, dejando a Circe con la palabra en la boca.

Cuando regresó a la habitación, Rebeka ya se había puesto el protector dental y estaba metida en la cama.

Su compañera no tenía ni idea de quién podía ser aquella chica, pero Circe se dio cuenta de que, cuando mencionó lo que le había dicho del lobo, se mordió el labio para no expresar en voz alta el deseo de que no le siguiera preguntando; con toda seguridad, para no verse obligada a mentir.

26

Preparativos de fiesta

CONFORME SE ACERCABA la fiesta de Navidad de la residencia, que todos llamaban la fiesta del solsticio, las pesadillas de Circe se hicieron más regulares e intensas. La noche antes apenas pegó ojo. Cada vez que se dormía regresaba la serpiente de ojos azules, reptando hasta la señorita Galvani con la intención de devorarla. Aquel día tuvo clase con ella, y aunque no había descansado, estaba tan despierta que hasta le molestaba el vuelo cansino de una mosca perdida que probablemente sobrevivía en la facultad desde el verano gracias a la calefacción. A Circe le hubiese gustado decirle a la señorita Galvani que le alegraba saber que seguía viva: la había visto morir tantas veces que era un verdadero alivio reencontrarse con ella en el aula.

—Se supone que ver morir en sueños a alguien hace que le alargues la vida. —Rebeka le había recordado aquella mañana una superstición que Circe ya conocía.

Las palabras de su amiga no sirvieron para consolarla. De ser cierta, la señorita Galvani viviría unos veinte años más, y su longevidad seguiría aumentado si las pesadillas recurrentes no paraban. Pero para Circe moría cada noche y resucitaba cuando volvía a verla en el pasillo, con sus monos habituales y sus pañuelos de colores al cuello. Eran unos sueños demasiado vívidos.

—Nos veremos esta noche en el salón principal de la Salud para celebrar el solsticio de invierno —anunció la profesora cuando sonó el timbre—. ¡Qué nombre más adecuado! Siendo la fecha que es, no tiene sentido llamarla fiesta de Navidad.

—¿Usted también va? —Circe no pudo evitar la pregunta.

—Por supuesto, querida. Toda la ciudad estará allí —le sonrió la encantadora mujer—. Hace más de una semana que reservé un traje de Caperucita Roja.

Caperucita Roja. El traje que llevaba la señorita Galvani en sus sueños. Un disfraz de Caperucita Roja. No podía ser.

Camino a su clase con la señorita Expósito, Circe mandó un mensaje al teléfono de Rebeka, con la esperanza de que su amiga la tranquilizase, pero su respuesta no fue nada consoladora:

No te preocupes, la vigilaremos en la fiesta.

Circe estuvo a punto de contestarle que eso no era lo que esperaba. Hubiera preferido algo como «son imaginaciones tuyas» o «sólo es una coincidencia», no un reconocimiento implícito de que su sueño tenía posibilidades de realizarse, aunque fueran muy remotas. Al final no le dijo nada porque entendió que aquel miedo era de su exclusiva responsabilidad.

¿Y si siguiera soñando? ¿Podía estar viviendo un bucle de su propio sueño? Así comenzaba siempre: primero la señorita Galvani hablaba de su disfraz, y después se sucedían la fiesta y la aparición de la serpiente, sin solución de continuidad.

No le dio tiempo de perderse en ese oscuro pensamiento porque Jacinta Blackwell la detuvo en el pasillo con la agresiva actitud de un jugador de rugby.

—Hola, querida. —El tono irónico de su voz era más que evidente.

—Hola, Jacinta.

—¿Qué te ha pasado? ¿No has dormido bien? Tienes un aspecto horrible.

Mai y May se echaron a reír como dos cachorros de hiena.

—No, Jacinta. No he dormido nada bien.

—Será por la excitación de ir a una fiesta de Navidad de los Blackwell, ¿verdad? No creo que ninguna chica de pueblo haya visto una fiesta semejante.

—No, probablemente no. —Circe hubiera admitido cualquier cosa con tal de que la dejasen en paz y que la mañana acabara cuanto antes.

—Mi hermano me ha dado una nota para ti.

Jacinta sacó de su bandolera de cuero un sobre con el lacre del lobo que devolvió a Circe a la realidad.

—Gracias. —No pudo evitar un tono de sorpresa en su voz.

—Mira, entre tú y yo, no me resultas simpática. —Jacinta usó la entonación íntima que utilizaría con una amiga, con toda probabilidad porque sabía que resultaba más hiriente—. Eres una sabelotodo intrigante que gusta a todos los profesores y me muero del asco cuando te sonríen. Además, llevas un corte de pelo ridículo y te vistes como una sin techo, pero por alguna razón que no alcanzo a comprender le gustas a mi hermano. Y eso es muy raro, porque a él no le gusta casi nadie, así que estoy dispuesta a traerte sus cartitas y a llevarle alguna nota tuya si decidieras responder.

El amable ofrecimiento de Jacinta parecía casi una amenaza.

—Muchas gracias. No sé qué decir.

—No digas nada. Seguro que sería una cursilada insoportable. —Su expresión de haber olido a incendio le regresó a la cara—. Pero una cosa te digo, bonita: mi hermano es un ser delicado y una bella persona, mucho mejor de lo que tú o yo seremos nunca. Si le haces daño, me encargaré en persona de que tu vida en Ochoa sea un infierno. ¿Has entendido?

—Entendido.

Los ojos de Jacinta brillaron como dos rubíes.

—¿Y bien? ¿No vas a abrirla?

—¿Contigo delante?

Jacinta emitió una risita entre decepcionada y comprensiva y arrastró a las dos acólitas hasta el interior de la clase. Circe entró detrás de ellas y buscó asiento. La profesora Expósito anunció que todavía no habían arreglado el proyector roto del aula y que le había pedido de nuevo a la señorita Galvani que le prestase el laboratorio de arqueología para dar la clase. Era la tercera vez ya y se oyeron algunas protestas de alumnos que venían de allí. Sin embargo a Circe no le disgustó desandar lo andado, pues aprovechó para abrir la carta de Narciso.

Querida Circe:

No me gusta ser uno de esos que dicen que escribirán o llamarán y luego no lo hacen, pero espero que comprendas que me ha resultado muy difícil después de la noche de la ilusionista. Sé lo que sentiste, noté tu deseo y tu inmediato rechazo. No es culpa tuya, y supongo que tampoco mía. En ocasiones no se elige lo que uno es. Siento no poder darte más detalles. Guardo un secreto que no puede ser desvelado, ni siquiera a ti. Sólo quería manifestarte que, si no te he escrito, ha sido por vergüenza, y no por falta de interés, y que hoy apenas he podido dormir pensando que te veré en la fiesta. Desearía que tuvieses presente mi deseo de volver a verte, mi impaciencia, que esta vez ha conseguido vencer a mi pudor. Sólo espero que siga siendo tan fuerte que no me permita esconderme de nuevo.

Hasta esta noche,

Narciso

A Circe se le encendió el corazón con aquella carta. No podía evitar que, a pesar de haber sentido ese vacío en su interior antes de verlo desaparecer en su limusina, la reconfortase pensar en él, y hasta temblara de anticipación. Una nota de disculpa como aquélla podía hacer que de nuevo la sangre le volviese al cuerpo y pensara que podía vencer cualquier obstáculo que se encontrara en aquella fiesta, si es que el sueño significaba de verdad algo.

Planeó resolver los enigmas que tanto la intrigaban. Toda la familia Blackwell estaría en la fiesta: de alguna manera, la celebración era un homenaje a los Blackwell como patronos de la residencia. Acaso podría convencer a Narciso de que aprovecharan el revuelo de los invitados para ir a su casa y contemplar con tranquilidad el famoso cuadro de Leonard Blackwell que nadie había vuelto a ver. Aparentaría que se interesaba por el notorio patrimonio artístico de la familia y, si tenía la oportunidad, le arrancaría esa máscara de la cara para saber qué había debajo. De alguna manera necesitaba saber que podría amarlo, aunque debajo del antifaz palpitara la piel de un monstruo. Ella, que siempre era tan racional, experimentaba aquellos sentimientos de la forma más irracional posible.

La señorita Expósito comenzó la clase cuando Circe todavía sostenía la nota de Narciso Blackwell entre las manos y ya la había leído varias veces. Tocaba regresar al mundo real y dejó el papel sobre la mesa mientras abría la carpeta de los apuntes. En cuanto el papel tocó la madera, en su superficie se empezaron a dibujar salpicaduras de lágrimas y, como si el mensaje pudiera traspasar la materia sólida, sobre la pulcra letra de Narciso apareció el mensaje de «CORRE CIRCE», con unos caracteres rápidos y descuidados, los mismos que habían aparecido grabados en el pupitre aquel día que ya parecía lejano. Circe parpadeó y fue como si nada hubiese ocurrido. El sobre con el lacre roto y la tarjeta de disculpa estaban intactos; ni lágrimas ni letras ajenas.

—Parece que estamos un poco distraídos por el solsticio —dijo de repente la profesora tirándole a Circe un trozo de borrador, y las risas de Mai y May la corearon—. Entiendo que la fiesta del solsticio os revolucione, pasa todos los años, pero haced el favor de no perderos, que el gótico superior será parte del examen.

Circe enrojeció hasta las orejas, pero no dijo nada. La señorita Expósito estaba en lo cierto: no tenía ni idea de qué había dicho la profesora hasta ese instante, ni cuánto tiempo había pasado dentro de la alucinación. ¿Se habría dormido? Nunca se había dormido en clase, pero aquel día estaba muy cansada. Se dio cuenta de que al regresar al laboratorio se había sentado en la misma mesa en la que el mensaje se dibujó la primera vez. Desde ese día había tratado de evitarla con todo el ahínco del que se vio capaz, pero en esta ocasión, con la carta, el agotamiento y el traslado, no estuvo lo bastante atenta.

Mai y May se reían sin dejar de mirarla, pero Jacinta le dirigió un gesto que Circe se vio incapaz de interpretar porque nunca se lo había visto. ¿De veras comprendía lo que le acababa de pasar? ¿Era un gesto de comprensión?

Arturo estuvo en particular simpático en la clase de latín y Circe se sentía incapaz de soportarlo. Le sorprendía que una persona que le gustaba tanto pudiera resultar tan insidiosa sólo por no corresponderla. Cada vez que le hacía un comentario sobre lo guapa que estaba esa mañana y lo bien que se lo iban a pasar en la fiesta, Circe tenía que esforzarse para no responderle con crueldad.

—¿Estás bien? —le preguntó Arturo a la salida—. Has estado muy callada.

—No he dormido demasiado.

—Pues échate una buena siesta, porque hoy nos acostaremos tarde. Esteban me ha chivado que iremos los dos vestidos de gato.

—Sí, es verdad —admitió ella, sorprendida por aquella casualidad—. Tú vas de *El gato con botas* y yo de *El gato negro*.

—No creo que a nadie más se le haya ocurrido escoger un cuento de Poe. —Arturo se echó a reír y Circe torció el gesto—. Hacemos un buen equipo, ¿no crees?

Circe se ablandó con aquella frase. Y comprendió que, en realidad, Arturo no tenía la culpa de nada.

—Sí, el mejor equipo.

—Pues los gatos deberían bailar juntos por lo menos una canción. —Arturo le guiñó un ojo—. Esta noche me reservarás un baile.

—Eso no admite discusión.

Circe lo soltó como un autómata. Sin embargo, sólo de pensar en bailar con Arturo se puso tan nerviosa que olvidó el mensaje de la mesa, la serpiente e incluso la nota de Narciso. Él siempre la despedía con un beso en la mejilla, pero esta vez fue como si no supiera cómo o dónde dárselo. Dubitativo, casi chocó con ella de frente, y al apartarse enganchó la cadena que Circe llevaba al cuello con la espiral de su cuaderno de latín y la partió.

Cuando la estrella de mar se precipitó al suelo, fue como si todo el perfume a cedro de Arturo, que durante meses había estado contenido, regresara de repente. Circe sintió que se mareaba, que perdía el contacto con el suelo, que la realidad se torcía. Empezó a oír voces en su cabeza mezcladas con el perfume, voces que no parecían provenir de ningún sitio, y que se formaban en su interior. Las palabras tenían colores, los colores se asociaban a sonidos, y los sonidos a sabores. Se le llenó la boca de lodo y vomitó en el suelo. Veía a Arturo borroso: sabía que le estaba hablando pero no entendía qué le decía. Sus brazos evitaron que se precipitase contra el asfalto cuando, sin previo aviso, perdió el conocimiento. Antes de que el sonido desapareciera, oyó a un cuervo graznar a lo lejos.

Cuando despertó, fue incapaz de calcular el tiempo que llevaba inconsciente. Lo primero que vio fueron los afilados rasgos de Rebeka y la dulzura de Casandra. Una mujer negra de unos cuarenta años las acompañaba.

—Parece que ya vuelve —dijo la mujer.

Estaba en la enfermería de la residencia, y la mujer, según le dijeron sus amigas, era la señorita Laveau, la enfermera.

—¿Qué ha pasado? —preguntó Circe un poco desorientada.

—Agotamiento, mala alimentación, estrés. No es la primera vez que lo veo —respondió la señorita Laveau—. Hoy deberías comer bien y dormir una siesta antes de ir a la famosa fiestecita.

—Pero todo pasó cuando Arturo me rompió el…

—Circe se llevó la mano al pecho y se dio cuenta de que la cadena estaba intacta de nuevo—. ¡No puede ser! Me arrancó la estrella del pecho y entonces me empecé a marear.

Casandra y Rebeka se miraron con un gesto de cómplice indulgencia.

—Te caíste en brazos de Arturo en mitad del campus. Pasábamos por allí y te trajimos a la enfermería. No ha pasado nada más —le aseguró su compañera de cuarto—. Aparte de que vomitaste todo el almuerzo al lado de unos chicos que jugaban a las cartas en el césped —dijo entre risas.

—Fantástico, seré la niña de *El exorcista*.

—Podría haber sido peor —puntualizó Casandra—. Si Arturo no llega a sujetarte, podrías haberte roto la nariz contra el suelo.

—¿Dónde está Arturo?

Rebeka y Casandra volvieron a mirarse como si no supieran qué contestarle.

—Ni idea. Lo mandamos a casa cuando vimos que nosotras nos podíamos hacer cargo —respondió Rebeka—. Dijo que no olvidases que le debes un baile.

—Ya, debo muchos bailes a mucha gente si logro salir de la cama a tiempo —suspiró Circe con fastidio.

—Bueno, míralo por el lado bueno —apuntó Casandra, que tenía el día optimista—, sólo te han recetado comer y dormir. Además, estarás preciosa con tu vestido.

Del otro lado de la ventana, *Morgana* observaba la escena desde la rama de un árbol en silencio. Sólo el cuervo sabía la verdad.

27

Solsticio de invierno

CIRCE COMIÓ CON ganas a mediodía, como si llevase sin hacerlo una semana, y cuanto más comía, mejor se encontraba. La señorita Laveau tenía razón y lo único que necesitaba era comer y dormir. Después de zamparse una ensalada, pollo asado, puré de patatas y dos trozos de tarta de cerezas, se quedó dormida sobre la colcha que había hecho con su abuela y que tanto le gustaba a Rebeka. Cuando llegó la hora de recoger los vestidos, Casandra y su compañera de cuarto la despertaron alborozadas y bajaron juntas la escalinata principal. Numerosas chicas de la residencia ya estaban esperando.

Los vestidos habían llegado a las doce, como era costumbre, en un coche tan largo que parecía de una funeraria y que iba atiborrado de cajas. Estaba decorado con alegres apliques de madera en los que aparecía el dibujo de una ratita que barría su casa.

A las cinco, la conserje repartía las cajas leyendo las etiquetas plateadas que colgaban de ellas y hacía gala de una tranquilidad que provocaba que muchas estudiantes se impacientaran. Sin embargo, cuando llegó a Circe y su traje de gato negro, se lo entregó con un gesto enigmático que pretendía ser una sonrisa. En sus ojos velados apareció algo que ninguna de las tres amigas supo descifrar.

—Creo que le gustas —se burló Rebeka.

—Qué bruta eres —exclamó Casandra negando con la cabeza.

—Chica, en plan abuela, ¿qué habías pensado? —siguió riéndose la pelirroja.

Decidieron vestirse en la habitación de Circe y Rebeka. Mientras lo hacían, a Circe se le ocurrió que nunca habían conocido a la compañera de cuarto de Casandra.

—Bueno, yo estoy en el ala de las habitaciones triples —dijo ella cuando se lo comentaron—, y mis compañeras se llevan mejor entre ellas que conmigo.

—¿Y qué hacen? ¿Por qué no salimos juntas un día?

—Estudian mucho. Siempre están muy ocupadas.

Circe conocía a la perfección ese tono que Casandra utilizaba cuando quería dar un tema por zanjado. Un poco decepcionada, se colocó su máscara negra.

La Residencia de la Salud estaba iluminada por cientos de lucecitas blancas que colgaban de los árboles, las torretas, los ventanales y que llovían en una cascada intermitente sobre la entrada. Resultaba inevitable fijarse en los lujosos coches que estaban ordenados en la entrada de la residencia y en los empleados con uniformes blancos que aparcaban, saludaban y ofrecían copas de vino de estrella cuando los invitados llegaban a la fiesta. En la carpa de los jardines no hacía frío, caldeada por unas enormes estufas cerámicas que parecían sacadas de un palacio austríaco, y los salones estaban decorados en un blanco tan puro como las manchas de la piel de los Blackwell.

—¿Va a venir Lope? —le preguntó Circe a Casandra.

—No, tiene un asunto… familiar. —Pareció dudar un segundo—. Familiar e ineludible. Pero sí vendrá mi hermana, como todos los años. Se ha hecho con un precioso traje de la Reina de las Nieves.

Circe no pudo evitar pensar que ambos hechos —que Sibila fuera a la fiesta y que Lope se ausentase— estaban relacionados de alguna forma.

Los invitados, una selecta representación de la ciudad de

Ochoa, estaban muy elegantes. Los trajes eran lujosos y las máscaras muy elaboradas. Había penachos con plumas y pololos con cintas, pelucas empolvadas y miriñaques, zapatos forrados de seda y casacas de terciopelo plateado.

—¿Crees que todos los trajes han salido de la señora Ratón? —le preguntó Circe a Rebeka.

—¿Qué estás pensando? ¿Que la tienda no era tan grande?

—Y que no nos cruzamos con tanta gente al hacer los encargos. En esa sala, por muy grande que fuera, no había trajes para todos.

—Creo que muchos de ellos, por lo bien acabados que están, son de la tienda de la señora Ratón, pero también hay gente que los manda hacer a medida y quienes los compran o los alquilan en otros sitios. Supongo que depende de si conoces el mejor sitio de alquiler o no y de cuánto dinero dispongas.

A Circe le pareció que Rebeka hablaba con palabras huecas, como si quisiera esquivar la verdadera respuesta, pero no le hizo mucho caso. Puede que fuera su forma de criticar a los ricos de la ciudad, cosa que de vez en cuando hacía. De hecho, tenía la sospecha de que todo el rencor que su compañera de cuarto les guardaba a los Blackwell provenía de su fortuna familiar.

Los Catrinas se habían disfrazado de animales, que a Circe le costó identificar con *Los músicos de Bremen*, y tocaban música barroca a la que habían añadido ritmos modernos y letras alusivas a mundos mágicos, como indicaba la etiqueta de la fiesta. Mecida por la música, le dio un vuelco el corazón cuando, en lo alto de la escalera, distinguió a Narciso con una máscara que simulaba el pico de un ave y una capa hecha de plumas negras. Sus amigas pusieron cara de circunstancias cuando la vieron correr hacia él.

—Tú también te has vestido de un cuento de Poe —le dijo ella a modo de saludo.

—¿De cuervo? —Narciso rio azorado y se rascó la nuca—. Bueno, me gustaría decirte que sí, pero no quiero engañarte: voy de uno de los niños embrujados de *Los siete cuervos*.

—Si tú no se lo dices a nadie, yo tampoco —le sonrió ella con complicidad.

Circe le dio la mano y Narciso se la apretó confuso, dejándose llevar escaleras abajo, donde la gente empezaba a bailar y beber y, al cabo de un rato, a perderse bajo la lluvia de purpurina y nieve artificial que disparaban unos cañones instalados en el techo. Circe nunca se había sentido tan segura de nada hasta ese momento: en realidad deseaba a Narciso desde aquella primera fiesta y aquel primer baile. Había pensado hacerlo desde que leyó la tarjeta que le entregó Jacinta, quería quedarse a solas con él y quitarle esa máscara de la cara. Se aferró a Narciso y le apoyó la mejilla en el hombro. Él, todavía sorprendido, la estrechó contra su cuerpo.

—¿Crees que podríamos colarnos en tu casa para que me enseñes el retrato de Leonard Blackwell? —le susurró ella al oído.

—¿Mi antepasado? Si eso es lo que quieres... Está en el último piso, en un despacho donde no suele entrar nadie. No sé dónde estará mi chófer.

—¿Te molestaría quedarte a solas conmigo en ese cuarto?

Circe notó de nuevo el ardor que sentía cada vez que Narciso estaba cerca. Se apretó contra él y le acarició la nuca de manera insinuante. No se reconocía en los gestos que ejecutaba sin embargo, apenas podía contenerlos. La respiración de Narciso se agitó cuando notó el aliento de ella en la oreja y en la franja de cuello que asomaba por encima de la capa de plumas. Los labios de Circe se apoyaron en ese trozo exiguo de carne y la piel del chico reaccionó al contacto.

—Circe...

Lo oyó susurrar perdida en la música del grupo, en los copos bailarines que les llenaban el pelo y la ropa, pero no podía controlarse. Si hubiera ordenado a sus manos que se detuvieran antes de acariciar el cabello de Narciso, no lo hubiesen hecho. Su boca no hubiera respondido a la orden de parar cuando él parecía haberse envarado contra su cuerpo caliente: se sentía drogada, hipnotizada, embrujada.

—Podría hacer cualquier cosa que me pidieras si sólo me dejaras ver tu cara. —Esas palabras salieron de su boca, pero fue como si las hubiese dicho otra.

Aquello activó algún tipo de resorte. Narciso se deshizo de su abrazo y dio varios pasos hacia atrás, con los ojos brillantes al otro lado de la máscara de cuervo.

—Esto… esto es un error, un error. Lo siento, Circe, perdóname. No puedo… Por favor, te ruego que me perdones.

Se dio la vuelta y se perdió entre el gentío que se carcajeaba moviéndose al ritmo de la música. Circe se quedó clavada en el sitio, con las manos todavía en el aire, como si trataran de retener algo del calor que habían perdido. Un pensamiento fugaz la recorrió: sabía cómo se sentiría el príncipe de *La Cenicienta* al quedarse con el zapato de cristal en la mano.

Conforme la capa negra de Narciso se alejaba entre la multitud, también la temperatura de Circe fue bajando hasta que se encontró a sí misma cianótica, en mitad de una tiritona y con unas ganas incontrolables de llorar. De nuevo esa sensación de soledad, de frío y de rechazo sustituyó al deseo. Era incomprensible, pero ahí estaba, sola en el mundo, triste, sin Narciso, pero odiándolo con la misma rapidez con que se alejaba por dejar ese hueco enorme, ese agujero negro, ese…

—Tómate esto, te ayudará.

Circe se volvió y vio a una mujer de rostro pálido, cabellos blancos y ojos entre dorados y rojizos que le tendía una copa con vino de estrella de color plata. Su albinismo la delataba: era la madre de Narciso, Azalea Gules. No llevaba máscara, ni parecía ir disfrazada. Sólo vestía un traje azul con algunos toques de pedrería y sostenía la copa en unas manos de piel casi transparente. Cuando Circe la cogió, se fijó en que la palidez sobrenatural de la mujer terminaba en las muñecas, y que sus brazos tenían el tono de un cuerpo pálido como cualquier otro, como el suyo propio. Circe bebió y no pudo ocultar su sorpresa.

—Ya me encuentro mejor.

—Sí, querida. El vino de estrella plateado combate la tristeza casi como ninguna otra cosa. —La voz de Azalea resultaba cantarina—. No te enfades con Narciso. Él no tiene la culpa de nada.

Circe estuvo a punto de contestarle que no comprendía los sentimientos que se le despertaban cuando estaba cerca de él, y mucho menos lo que sentía cuando se alejaba, pero no creyó adecuado comentárselo a la madre del causante de tanta desorientación. La señora Gules sonrió y se alejó de ella después de ponerle la mano en el hombro. Como todos en su casa, tenía algo hipnótico, salvaje, hermoso; aunque, en su caso, recubierto de una serenidad casi angelical, muy alejada de ese aire atormentado que envolvía a Narciso o del trato despectivo que caracterizaba a su melliza.

Casandra y Sibila, disfrazadas de sendas reinas, se acercaron a ella en cuanto Azalea Gules desapareció de su vista. Ambas tenían un aspecto semejante, aunque la pequeña era más alta que la de mayor edad. De hecho, Sibila era escueta y delgada, y Casandra parecía reproducir los rasgos de su hermana a una escala superior. Ambas se movían de la misma manera precisa, como si estuviesen realizando una operación quirúrgica, pero en el caso de Sibila resultaba más inquietante por la mirada neblinosa que delataba su ceguera. El cabello de ambas era claro, liso y muy largo, pero el de Sibila no era rubio sino de un blanco grisáceo, tan brillante como el platino.

—Creo que no te he presentado a mi amiga Circe —le dijo Casandra a su hermana dibujando una amplia sonrisa.

—Pero he oído hablar mucho de ti. —Sibila le tendió una mano que resultaba de una frialdad metálica.

—Espero que nada malo —repuso Circe, que estrechó la mano que se le ofrecía y se vio obligada a disimular un escalofrío.

—Yo también lo espero.

La respuesta fue casi tan enigmática como la misma Sibila. Circe observó que los rasgos de Casandra se repetían uno por uno en el rostro de su hermana, salvo por la alegría y la dulzura que los revestía. En el caso de Sibila, cada gesto era duro, como si combatiese un enorme dolor para poder hablar o moverse.

Su traje de Reina de las Nieves era una armadura plateada salpicada de copos de nieve negra, uno de ellos colgaba de su cuello por una cadenita. Nadie en la fiesta llevaba un disfraz tan acorde con su físico. La tienda de alquiler de disfraces de la señora Ratón era tan maravillosa que alguien incapaz de ver podía encontrar un traje que se adaptara por completo a su personalidad.

Tras unos minutos de charla intrascendente en los que a Circe le pareció que Sibila no dejaba de analizarla, ambas hermanas se marcharon a buscar una copa. Ella debería haber hecho lo mismo, pero se negaba a seguirlas. Prefirió rastrear con la mirada a Rebeka y la descubrió con Esteban, Jacinta y Arturo, en un rincón junto a las pesadas cortinas del salón principal. No consiguió imaginar de qué podrían estar hablando. Arturo, con su traje de gato con botas, irradiaba la hermosura de un leopardo salvaje. Jacinta llevaba un vestido de princesa y una peluca con una trenza que se le enroscaba en el vestido a lo *Rapónchigo*.

—Pero esto sólo puede significar que estamos destinados el uno al otro —decía el pelirrojo cuando se acercó—, tú eres la Bella Durmiente y yo el príncipe que te despertará con un beso de amor verdadero.

Rebeka puso cara de haber tragado vinagre, lo que hizo que Jacinta emitiese un sonido que a Circe le costó identificar como una risa sincera. En la pista de baile, los señores Blackwell danzaban abrazados, girando de tal forma que, por turnos, pudieran vigilar los movimientos de su hija con cara de preocupación. La templada Azalea parecía nerviosa a su vez, y respondió con un estremecimiento a la risa de su hija. Circe se dio cuenta, pero sabía que Jacinta permanecía ajena a todo, divirtiéndose a costa de Rebeka que, aunque siempre la había detestado y además fingía aborrecer la compañía del pelirrojo, no se movía del sitio y daba pequeños sorbos a su vino de estrella con cierta coquetería.

Cuando Jacinta apoyó la cabeza en el hombro de Arturo, su padre a punto estuvo de abandonar la pista para separarlos, cosa que impidió una calmada mano albina que lo aferró con fuerza, la de su mujer. El patriarca de los Blackwell era un hombre de grandes dimensiones, casi tan gigantesco como su hijo Bromelio, con el pelo negro peinado de modo que los mechones blancos que lo salpicaban quedasen bien definidos, como en un estampado de raya diplomática. Su rostro era severo y habría hecho las delicias de cualquier escultor por sus líneas perfiladas y angulosas. Desde luego, no parecía la clase de hombre que se tomase a broma querer o detestar a los novios de sus hijas. Arturo le había dicho que en casa de los Blackwell no lo querían, y a Circe se le despertó una simpatía antinatural por la pareja cuando observó la reacción del padre.

—He dicho que no pienso bailar contigo —decía Rebeka—. Me gusta bailar suelta, sin ataduras, ya me entiendes.

—Pero tú no lo entiendes. Siento que estamos unidos por el destino. —Esteban parecía a punto de suplicar—. No te lo puedo explicar, pero lo sé.

—No tengo ni idea de cuánto habrás bebido —saltó Arturo—, pero desde luego más de lo que esperaría en un amigo. Como sigas tan pesado renegaré de ti, te lo advierto.

—No lo harías si supieras lo que yo sé —respondió Esteban sin dejar de mirar a Rebeka.

—Por favor, deja de ponerte en evidencia. Yo bailaré contigo. —La mano enguantada de Jacinta se aferró a la de Esteban y trató de conducirlo al centro de la sala.

La chica Blackwell logró su objetivo y pasó al lado de Circe como si no la hubiera visto mientras se dirigían a la pista. Sus padres se relajaron y siguieron bailando, sin vigilarla ya.

—Venga, confiesa, ¿qué te pasa con mi amigo?

Arturo parecía divertirse con la situación y respondió a la presencia de Circe rodeándole los hombros con un brazo y atrayéndola hacia sí sin mirarla siquiera, lo que aceleró el pulso de la muchacha e hizo que Rebeka abriese mucho los ojos y moviera la nariz de un lado a otro.

—Con tu amigo nada, con los hombres en general. Sois unos pesados.

—¿Tú qué opinas, Ce?—le preguntó Arturo sin soltarla.

—No sé, conmigo nunca se ha puesto pesado un chico.

Y era cierto. Ni siquiera los muchachos del pueblo que la miraban con buenos ojos se habían acercado demasiado, porque en el fondo la temían. Su relación con Narciso era rara sin paliativos. Y su relación con Arturo... No quería ni pensarlo.

—¡Venga! Eso no me lo creo. Seguro que tienes cientos de pretendientes tan pesados como Esteban. Rebeka ha debido de impresionarlo mucho, nunca lo había visto así. Por lo general, es bastante tímido.

Arturo culminó sus palabras apretando más a Circe contra su cuerpo, a lo que ella respondió desembarazándose de su brazo con rapidez.

—Lo siento, nos vemos luego —dijo a manera de disculpa.

Acto seguido se dio la vuelta y trató de alejarse de allí lo más deprisa que pudo. No volvió la vista atrás.

—Pero ¿qué he hecho?

—Desde luego, Arturo, sois todos imbéciles. No entendéis nada —le espetó Rebeka.

Cuando llegó al vestíbulo principal, donde arrancaba la escalera que subía a las habitaciones, Circe apenas podía respirar. Se quitó la máscara y trató de abrir la puerta que había frente a ella, que conducía a la antesala del despacho de Matilda Nubla. Quería apartarse por un rato de la vista de todos, pero no lo consiguió: la puerta estaba cerrada. Sin embargo, le sorprendió un soberbio arañazo que había junto al quicio de la puerta; había sido hecho con tanta fuerza que abría unas profundas hendiduras en la pared. Circe acarició los surcos del muro. Ojalá no sólo las imágenes le hablaran, ojalá también pudiese averiguar algo por el tacto.

—¿Qué haces?

Tan concentrada estaba en tratar de arrancar información de los arañazos que la voz de la señorita Galvani la asustó. Pero más la asustó su disfraz: era idéntico al de Caperucita Roja que vestía en su sueño recurrente. Las mismas mangas de farol de color malva rematadas en botones como caramelos, el mismo cuerpo semejante a un peto en colores violáceos, las mismas trenzas con idénticos lazos de terciopelo morado, idénticos zapatos decorados con cristales y la misma y preciosa capa de satén rojo con un reborde de flores.

—Nada… nada, señorita. Tenía la sensación de que aquí antes había un cuadro que ya no está —improvisó.

La señorita Galvani sacó sus gafas de la cesta en la que, se suponía, llevaba la comida de la abuelita y se acercó al hueco que Circe acariciaba.

—Pues parece que ese cuadro tapaba una herida muy fea.

—Querrá decir unas muescas —la corrigió Circe pensando que la profesora italiana había confundido las palabras.

—No, querida, una herida. Todos tenemos heridas, también los edificios. Y algunos más que otros. A veces los arqueólogos nos dedicamos a buscar esas heridas, porque nos dan las claves de algunos misterios. Gracias a las cicatrices sabemos de los daños acaecidos a las civilizaciones.

Circe le sonrió a su profesora, que le devolvió la sonrisa.

—Me gusta cómo cuenta las cosas.

—Una siempre cuenta las cosas como las ha vivido.

Circe se dio cuenta de que una expresión triste se apropiaba de los ojos de la señorita Galvani, la misma tristeza que tantas veces había intuido en ellos desde que la conoció. No pudo evitar preguntárselo.

—¿Por qué está siempre tan triste, señorita Galvani?

—No estoy triste, querida. Pero a veces lo que una ha pasado en la vida se queda marcado en la piel y no hay forma de que desaparezca. —Sonrió, pero ni sonriendo se desvanecían las marcas en su mirada—. Por eso no comprendo a la gente que recurre a la cirugía para hacer desaparecer el dolor y la edad de la superficie del rostro. Soy más partidaria del *kintsugi*.

—¿Qué es eso?

—El *kintsugi*, la carpintería de oro. Es un arte japonés que se basa en la creencia de que las grietas y roturas en los objetos de cerámica forman parte de la historia de ese objeto y lo embellecen. Los artesanos las resaltan con polvo de oro o de platino en lugar de esconderlas.

Circe pensó que a la señorita Galvani le favorecían las marcas de su rostro y que le daban un aire a Silvana Mangano en una vieja película italiana titulada *Le Streghe*. La había visto en el cine de verano hacía algunos años y de las pocas cosas que recordaba con claridad era que Silvana Mangano hacía diferentes papeles, pero en el que se parecía a su profesora estaba casada con Clint Eastwood, un tipo alto y flaco de brillantes ojos azules.

Tuvo un pálpito. Los ojos de la serpiente del sueño eran de ese color: azules y brillantes, como los de Clint Eastwood.

Por encima del hombro de la señorita Galvani, un hombre alto y disfrazado con un traje de escamas verdes las observaba. Llevaba una máscara inexpresiva y blanca. Desde esa distancia, Circe no lograba verle los ojos, pero sabía que no podían ser de otro modo: azules y brillantes.

—Niña, niña, ¿estás bien?

Circe reaccionó ante la mano de la profesora Galvani que se agitaba ante sus ojos y que parecía dispuesta a rematar la faena con un bofetón si su alumna no respondía.

—Me pareció ver una serpiente… Un hombre disfrazado de serpiente… no sé de qué cuento…

A pesar de que Circe balbuceaba incongruencias, la señorita Galvani la cogió del brazo y la reencaminó al salón donde se celebraba la fiesta mientras trataba de encontrar algún sentido en sus palabras. La máscara negra que tanto le gustaba quedó abandonada al pie de la escalera.

—Me parece que has bebido mucho vino de estrella, querida. Déjame pensar. Creo que había un cuento de los hermanos Grimm sobre una serpiente que resucitaba a su compañera con unas hojas mágicas o algo así. También había un sufrido muchacho que se casaba con una princesa perversa y esas peripecias tan divertidas que suelen suceder en los cuentos antiguos. Siéntate aquí, creo que te iré a buscar un poco de agua.

Estaban de nuevo en el salón principal y la profesora la acomodó en uno de los escasos butacones blancos desocupados de la fiesta. En el centro, la gente bailaba una canción muy animada que Los Catrinas tocaban enfundados en sus disfraces de animales. A su alrededor había ogros y princesas disfrazadas de burro, conejos blancos y una ocurrente muchacha que no podía dormir por culpa de un guisante, bestias con cara de cerdo y leones parlantes, leñadores y reinas envidiosas, hadas y niños que no querían crecer, e incluso algún enano hacendoso y tres osos que acompañaban a una niña de bucles rubios. A excepción de Circe, todos ellos parecían divertirse mucho. El hombre del traje verde la había devuelto a su pesadilla y, entre el barullo de la celebración, era incapaz de localizarlo para comprobar si de verdad representaba algún peligro.

La música se detuvo y junto a Los Catrinas aparecieron Matilda Nubla y los padres de Narciso y Jacinta. La directora de la residencia pedía la atención de los presentes golpeando una copa con una cucharilla. Tras darles la bienvenida y recordar que ni la residencia ni aquella fiesta serían posibles sin la munificencia de los Blackwell, les cedió la palabra para que pronunciaran el discurso del brindis

—Nos gustaría mucho daros las gracias por celebrar un año más la fiesta de Navidad y del solsticio con nosotros, queridos amigos y vecinos. —La voz de Lowell Blackwell era un trueno en mitad de la noche—. Este año será para nosotros un año muy especial. —Sibila, que estaba al lado de Circe, arrugó la cara en una expresión de descontento cuando oyó estas palabras—. Tenemos los mejores amigos que nos ayudan a celebrarlo, por eso queremos dar las gracias al bodeguero que nos ha regalado todo el vino de estrella que estáis tomando esta noche. Un viejo amigo de la familia que, desde sus bodegas de Campo de Criptana…

Circe ya no llegó a oír el nombre del bodeguero, ni ninguna otra palabra. Para ella fue como si el tiempo se detuviera. El hombre de la máscara blanca y el traje verde estaba allí, a su derecha, mirando a la señorita Galvani que, ajena al estupor de Circe, sostenía una botella de agua y escuchaba al anfitrión.

Debieron de ser apenas unos segundos. Primero vislumbró los ojos azules con los que había soñado e imaginó el rostro del marido de la señorita Galvani tras la máscara. Después recordó todo el miedo de la profesora y aquellas violentas sensaciones que le transmitían las diapositivas: los golpes, los hospitales, el cambio de nombre, la huida. Relacionó la sensación de mareo el día que habían encargado los trajes con que aquel hombre hubiese llegado a Ochoa en barco: se sintió como en un barco al ver las diapositivas de arqueología aquel día; no había otra explicación. Y por último se fijó en el bulto de su bolsillo, donde el hombre palpaba buscando algo. Distinguió con tanta claridad el brillo de la hoja de un cuchillo de monte que se sorprendió de que nadie más lo hubiera visto.

El hombre, esquivando con lentitud a los invitados, se acercaba a su presa con el sigilo de una serpiente. La medía como mediría una pitón a su víctima para saber si podrá tragarla entera. Los invitados, embelesados por la voz de Azalea Gules, que había tomado la palabra tras su marido, ni siquiera lo miraban cuando su hombro cubierto de escamas verdes los rozaba. Circe sintió ganas de gritar, pero no le salió la voz. En su lugar, un calor impetuoso le empezó a subir por las piernas, le recorrió el tronco, el cuello, y se le quedó fijado sobre la nariz, entre las dos cejas, como un detonador.

Después vino la explosión. Sintió un impulso eléctrico que se dirigía a su garganta y otra corriente recorrió su brazo derecho, que se extendió de forma involuntaria mientras su mano abierta y su voz se ponían de acuerdo para no obedecerla.

—*Verto te in colubrum.* —Reconoció su propia voz a duras penas.

Parecía el restallido de un látigo cortando el aire. Cientos de ojos se volvieron hacia ella, y en fracciones de segundo tuvieron la ocasión de ver cómo Circe estallaba en un rayo de luz que se dirigía al hombre de verde, su rostro de pánico y una máscara blanca quebrándose contra el suelo. Una enorme serpiente pitón se precipitó sobre las baldosas de mármol. Y después sobrevino una onda expansiva. A su alrededor los invitados fueron quedando suspendidos en el aire como si colgaran de cuerdas invisibles. Circe sintió humedad en la cara y se llevó la mano a la nariz. Los dedos regresaron ante sus ojos cubiertos de sangre. Antes de desmayarse, por mero instinto, se agarró a su colgante de estrella. Luego se hizo una luz brillante que lo invadía todo y oyó como el suelo acogía su cabeza con un golpe seco, hueco, definitivo.

28

Regreso a Valdaya

EL SONIDO REGRESÓ antes que la imagen. Las voces antes que los rostros, que para Circe fueron borrones confusos los primeros minutos.

—¿Cómo te encuentras?

—Veo doble —respondió a la voz desconocida que le preguntaba.

Frente a ella, la chica que la perseguía por todas partes, aquella mezcla de indígena americana y japonesa disfrazada, la observaba desde dos pares de ojos en dos rostros separados. Circe tardó un rato en darse cuenta de que en verdad eran dos: una de ellas iba vestida con un traje de princesa azul y sostenía un sapo en la mano y la otra llevaba un vestido de Alice Liddell y estaba acompañada de una liebre con sombrero. Por supuesto, creyó que estaba alucinando. ¿No había visto a la gente volar a su alrededor y a un hombre convirtiéndose en serpiente?

—No ves doble. —Esta vez sí reconoció a Casandra en la voz desconocida—. Son dos. Te presento a Muriel y a Magali.

—¿Tú también las ves?

—Todos los días. Son mis compañeras de cuarto.

Era la segunda vez que se desmayaba aquel día, pero en esta ocasión debía de haber sido más fuerte, porque ya no quedaba gente en la fiesta. Estaba en un sillón y a su alrededor sólo estaban sus amigas, las gemelas siniestras que la habían perseguido, Sibila y la enfermera Laveau, que llevaba un precioso vestido de El Hada Azul. Circe apenas tenía fuerzas para preguntar ni para quejarse por la presencia de aquellas dos chicas raras que ella siempre había pensado que eran una única persona.

—Quizá no debimos dejar que viniera a la fiesta en ese estado.

Rebeka se había quitado el antifaz y algunas piezas de su incómodo vestido demodo que se parecía más a Poison Ivy que a la Bella Durmiente y resultaba evidente su preocupación.

—No, no, estoy bien. Podemos volver a la residencia.

—Creo que deberíamos adelantar su regreso a casa. —La enfermera Laveau tomó la palabra de nuevo con una autoridad que a Circe le dio miedo—. Encina Valente sabrá qué hacer.

—¿Mi abuela? —Circe trató de incorporarse, pero un dolor de cabeza como clavos ardiendo le atravesó el cráneo e hizo que cambiase de idea.

Todos hablaban de ella como si no estuviese allí. Las dos gemelas le dieron a Laveau una bolsita transparente llena de hierbas y prometieron «arreglar lo demás», utilizando un tono misterioso que no puso a la convaleciente de mejor humor. Después desaparecieron de su vista.

—¿Todavía le vais a hacer caso a la abuela? Mirad lo que ha pasado, por el amor de la diosa. —Sibila completó el discurso golpeando el suelo con el bastón.

—Encina hizo lo que creyó mejor, dadas las circunstancias. —Rebeka defendía a la abuela de Circe, ¿acaso la conocía?

—No siempre lo que parece mejor es lo más conveniente. Hay cosas inevitables. Al menos sólo le ha sangrado la nariz y ha tenido varios desmayos, pero podría haber sido peor.

—Sibila, tranquila. —La que hablaba era Venezia Corvo, que había aparecido con varias botellas de agua que repartió entre las presentes—. Sabemos que podría haber sido peor. Supongo que Encina sólo pretendía ganar algo de tiempo. Y eso lo ha logrado.

—¿Cómo están los invitados? —preguntó Sibila tras dar un trago largo a la botella, y Rebeka le hizo un gesto que señalaba su negligencia y que la ciega, por supuesto, no vio.

Se hizo el silencio y Laveau sólo se animó a contestar al cabo de unos segundos.

—Igual —anunció.

A Circe le hubiera gustado poder mantener la atención. Era obvio que no hablaban con más claridad porque le estaban ocultando algo, pero no pudo evitar cerrar los ojos. Estaba muy cansada, como si llevase días enteros sin dormir, sin comer, sin energía. Por el aspecto del salón no parecía que hubiese pasado por allí la fiesta del solsticio. Lo último que oyó fue:

—La señora Nubla, Glinda y la señorita Expósito están de camino para ayudar a las gemelas. Habremos solucionado este desaguisado antes de lo que creemos. —Casandra era la optimista.

—Me preocupa más cuándo y cómo solucionaremos lo verdaderamente importante —replicó su hermana.

Después, las sombras se deshicieron a su alrededor y Circe no se dio cuenta de que Jacinta escuchaba escondida tras el arco de la puerta.

Tuvo sueños agitados en los que Jacinta estaba al lado de Arturo en la fiesta, riendo y escuchando a sus padres como todos los demás. Luego se produjo aquel terrible estallido y Arturo quedó suspendido en el aire, junto a la mayor parte de los invitados. Pero ella no. Ella permaneció con los pies en el suelo, muy asustada. La copa de vino escapó de su mano y también se volvió ingrávida, como la señorita Galvani, o ese chico pelirrojo amigo de Arturo, o sus amigas Mai y May. Muchos de los invitados flotaban y otros buscaban con desorientación el origen del desastre. Frente a Jacinta, con los ojos y la nariz empapados en sangre, Circe se desplomaba.

Después soñó con la niña que se le había aparecido a la luz de la luna. Era de noche y se acercaba a una bestia informe cubierta de pelo negro que se retorcía contra las cadenas que lo amarraban a una pared de piedra.

También vio a la señora Nubla con una jaula para animales en la que se retorcía una enorme serpiente de ojos azules. Alguien le preguntaba si tenía solución y ella se encogía de hombros.

—Ha sido muy fuerte y espontáneo. Por el momento no es reversible —decía como si hablase de un ataque epiléptico o de un acceso de hipo.

Despertó bañada en sudor en su cama de la residencia. Rebeka roncaba a su lado con un libro encima; no le había dado tiempo de quitarse las gafas y ponerse el protector dental. *Katu* se había enroscado sobre su maraña de pelo rojizo. El contacto con la realidad fue tan diferente al sueño, tan distinto a la fiesta, que Circe llegó a pensar que todavía no se había celebrado el solsticio y que ni siquiera habían llegado los vestidos.

Sin embargo, *Morgana* hizo un sonido que llamó su atención y la vio posada sobre la máscara negra de su traje de gato. Algo había ocurrido de verdad. Y alguien recuperó la máscara que creía haber perdido.

Casandra llegó al poco tiempo con dulces y café para la enferma.

—Tienes un billete de tren para regresar al pueblo esta tarde. Hemos decidido que será lo mejor. No te encuentras en condiciones, dices y haces cosas raras, así que un descanso de Ochoa te vendrá de perlas.

Rebeka hablaba con la boca llena, como si el día anterior nada hubiese ocurrido. Pero era evidente que una parte había sido real: al menos esa parte en la que perdía el conocimiento y sangraba por la nariz.

—¿Creéis que estoy enferma? —Circe sufrió un súbito ataque de hipocondría; nunca había estado enferma hasta llegar a la ciudad.

—No lo sabemos. Pueden ser el estrés, los cambios, quién sabe… —dijo Casandra, que tenía más habilidad que Rebeka para zanjar conversaciones.

—He tenido unos sueños rarísimos con gente volando y

hombres convirtiéndose en serpiente. Y he visto a la chica que me persigue, la que perdió el bolsito en el parque de Tayasal, pero no era una, sino dos… gemelas. Y además eran tus compañeras de cuarto.

Casandra se llevó la taza a los labios y carraspeó.

—Bueno, es evidente que necesitas descansar. Y el martes comienzan las vacaciones de Navidad, así que es lo mejor.

El resto de la mañana transcurrió apacible y silenciosa. Sus compañeras no le permitieron que se levantase de la cama y Rebeka preparó su maleta mientras ella le rascaba la barriga al cuervo.

—Cuando vuelvas todo irá mejor, ya lo verás —le aseguró su compañera con un aspecto entre preocupado y culpable.

—La cara que estás poniendo no ayuda a que me tranquilice.

—Ya lo sé —admitió, y acto seguido le dio un abrazo.

La estación estaba vacía. Nadie parecía querer abandonar la ciudad en los días previos a las celebraciones familiares. En realidad no le importaba marcharse, se sentía como si hubiera sido arrollada por uno de esos trenes de mercancías que pasaban de largo por las vías aledañas. Rebeka había prometido cuidar a *Morgana* hasta su regreso y la llevaba subida al hombro cuando se despidieron en el andén. Había empezado a nevar y el suelo estaba un poco helado. Un señor con bigote blanco echaba sal con una pala para descongelar los accesos y los granos crujían bajo los zapatos. Las tres amigas se abrazaron amortiguadas por gorros, abrigos, bufandas y guantes.

—Te vamos a echar de menos —dijo Rebeka con los ojos llenos de lágrimas.

—En enero será un año nuevo, no te preocupes —la consoló Casandra.

—Bueno, este año no ha estado mal. A ver si es cierto que no tengo ninguna enfermedad mortal y puedo volver feliz —deseó Circe, que empezaba a sospechar que gran parte de lo ocurrido podía tener un origen tumoral.

—No será nada, ya lo verás. —Casandra siempre tan optimista.

En el andén se quedaron agitando la mano como en las películas y Circe incluso echó de menos que el tren expulsara un buen chorro de vapor para completar la escena. La tecnología moderna cada vez le resultaba menos cinematográfica y emotiva.

Cuando *Morgana* la vio alejarse, alzó el vuelo en dirección al tren, alejándose de Rebeka, a la que Circe alcanzó a ver mientras corría por el andén tras ella. Pronto las esculturas de lobos y los perfiles de cristal y agujas altas dejaron paso a los árboles y al verdor que, poco a poco, se cubría de nieve. De vez en cuando se sucedían tras las ventanillas poblaciones de casas pequeñas que parecían de juguete. En una de ellas debía de vivir la familia de Arturo. Apenas había tenido ocasión de despedirse. ¿La echaría de menos también él?

El vuelo de un cuervo negro junto a su ventanilla la sobresaltó. *Morgana* había llegado a su altura y volaba bajo para que pudiera verla. Su vida empezaba a ser algo que no alcanzaba a comprender.

SEGUNDA PARTE

SOLSTICIO DE INVIERNO

1

No hay lugar como el hogar

Cuando Circe era pequeña le encantaban los cuentos. La abuela le contaba toda clase de historias sobre ciertos personajes que, de golpe y sin quererlo, se encontraban envueltos en una situación mágica de la que no era posible huir o que, de alguna manera, escapaba a su control. Así, los campesinos sufrían por culpa de su gula, las presumidas princesas eran castigadas por su vanidad y los monstruos, a veces, tenían buen corazón. Con el paso del tiempo le sorprendió que los demás niños conocieran versiones muy diferentes de los mismos cuentos. En el colegio casi llegó a las manos con una niña que la llamó estúpida por decir que *La sirenita* tenía un final muy triste. Acabó por creer que la abuela se los inventaba y que mejoraba las historias aderezándolas con las enseñanzas que creía que la pequeña Circe debía aprender.

Años más tarde, sin embargo, cuando empezó a leerlos por sí misma, encontró que una sola historia podía tener distintas versiones originadas en diferentes tradiciones orales y que cada libro guardaba, no una, sino todas ellas. La abuela se habría limitado a elegir la que creyó conveniente en cada ocasión. Y se quedaba, por lo general, con la menos edulcorada.

En aquel tren de regreso a Valdaya, se sentía como uno de los héroes que no siempre terminaban bien en esas historias: un leñador, o un granjero, o un cazador que, separado de su lugar de origen, experimentaba toda clase de aventuras frente a conjuros, resurrecciones o monstruos. Con toda seguridad estaba demasiado influida por la reciente fiesta, pero no dejaba de pensar que tres meses antes había partido en ese tren dispuesta a luchar contra dragones y que ahora volvía al pueblo como una fracasada.

Pero puede que no regresara de Ochoa con los bolsillos por completo vacíos, porque cuanto más conocido era el paisaje que veía a través de las ventanillas, más se acordaba de la Dorothy que regresaba de Oz en una película que solía ver todos los veranos y que, como ella, se sentía distinta y transformada. ¿De verdad había sido un sueño o algunos de sus vecinos eran en realidad el Hombre de Hojalata, el León Cobarde o el Espantapájaros? Quizá en ambos mundos existían versiones de la misma gente y por eso había tenido la posibilidad de viajar entre ellos. Y sólo al llevar a cabo el viaje podría percatarse de que el Hombre de Hojalata, el León Cobarde o el Espantapájaros vivían y trabajaban en la granja de su familia. Había sido necesario ir a Oz y regresar para darse cuenta.

Casi todos los años reponían el largometraje de Judy Garland en el cine de verano, pero a Circe le divertía que el doblaje fuese distinto en cada ocasión, como si la copia de la película hiciera un recorrido por todos los países que hablaban español antes de volver a Valdaya. Habitualmente no lo notaba hasta el final. La protagonista —que en la mayor parte de las versiones se llamaba Dorita—, unas veces decía: «En casa se está como en ninguna parte». Y otras, en cambio, afirmaba: «No hay lugar como el hogar». A Circe no le parecía que fueran dos frases equivalentes. Había lugares en los que se estaba mejor que en la casa de la abuela, la Residencia de la Salud, sin ir más lejos, pero era maravilloso y consolador saber que siempre podía volver a Valdaya, un hogar como no había ningún otro en el mundo.

Y si regresaba transformada a casa, ¿significaba que su hogar no sería como siempre? ¿Dejaría de verlo como lo veía hasta entonces? La asustó esa posibilidad y no la dejó dormir durante el trayecto. Si ella no era la misma que se fue, su abuela, su amiga Rosa, su casa o el valle tampoco volverían a ser como fueron en su infancia y adolescencia. Notarían el cambio y se lo harían saber.

O sólo la mimarían por estar enferma.

De pequeña sentía envidia al ver que Rosa se quedaba en la cama con un resfriado, o cuando le tuvieron que quitar las amígdalas por una infección y estuvo casi un mes sin ir al colegio. Sus padres, por lo general demasiado pendientes de la tienda, se deshacían en mimos y atenciones con ella y le daban todos los caprichos. A Circe le producía una sensación confusa entre celos y pena. Sabía que su amiga lo estaba pasando mal, pero también ansiaba la experiencia de permanecer en la cama todo el día viendo la televisión: ella nunca se había puesto enferma. No había pasado por todas esas infecciones que los niños cogían con tanta facilidad. Cuando hubo un brote de varicela, sus compañeros se contagiaron los unos a los otros, a toda la clase menos a ella. No había tenido piojos ni una sola vez, cuando la niña con la madre más estirada del pueblo en alguna ocasión tuvo la cabeza llena de liendres y llegó por la mañana oliendo a vinagre.

Pero ahora estaba enferma. Se desmayaba, tenía alucinaciones, le dolía la cabeza, oía voces, la asaltaban sueños extraños, se mareaba, vomitaba, estaba paranoica. No quiso buscar los síntomas en internet porque ya sonaban demasiado mal sin la ayuda de los locos que habitaban en la red. Iría a su doctora de toda la vida y la mandarían al hospital más cercano. Le harían miles de pruebas y su abuela, con aquella cara de preocupación que sólo le veía cuando hablaba de su difunta hija, diría que todo le parecía muy raro y que Circe era una chica muy sana, que nunca enfermaba, que siempre había comido y dormido bien y que la ciudad la había envenenado. Que ella siempre le había dicho que Ochoa no era buena.

Del otro lado de la ventana se empezaba a ver el bosque en cuyo interior se escondía la población de Valdaya, un lugar rodeado de árboles, rocas y musgo, donde Rosa decía que sólo vivían sapos y cabras. Un lugar que a Circe se le asemejaba a un escenario de cuento: una población de calles irregulares llenas de curvas y altibajos donde se levantaban casitas de piedra con contraventanas de madera y el escudo de la familia que construyó el lugar siglos atrás esculpido en granito sobre el dintel de la entrada. En su pueblo, los gatos, los perros y los niños corrían libres por las callejas porque apenas había tráfico ni nadie que los molestara, cada casa tenía su huerto y unas cuantas gallinas, y había un cementerio a las afueras invadido por aves y plantas silvestres. Más allá del cementerio, pasando viñedos y viñedos protegidos por filas de hayas y álamos blancos como soldados guardianes, estaba la casa de la abuela Encina, casi a las afueras de la población pero todavía en el bosque. Un bosque que, según decían las crónicas locales, había sobrevivido a la deforestación incontrolada que asoló la comarca cuando Felipe II decidió construir la Armada Invencible. La abuela, con su particular forma de ver las cosas, solía decir que aquella irrespetuosa forma de talar provocó que los espíritus de los árboles maldijeran a los barcos con los que el rey quiso conquistar Inglaterra y que fueron derrotados por las tempestades marinas.

—El resto aparece en los libros de historia y seguro que te lo han enseñado en el colegio —completaba con una sonrisa.

Cuando era niña, Circe imaginaba el enfado de aquellos árboles, y cómo dejaban que se abriera la madera en el vientre de los buques para que el agua del mar penetrara en ellos y los ingleses ganaran la batalla. Los hombres ahogados en el océano compensaban a la naturaleza por lo que le había sido arrebatado sin contemplaciones. Tenía pesadillas con aquellos árboles invisibles y muertos que se transformaban en espíritus vengativos. La abuela le decía que no había por qué temer a la naturaleza si se la comprendía. A Circe le hubiese gustado de veras entenderla como hacía ella, pero se lo impedía algo en su interior.

Se llevó la mano a la frente. Creía tener fiebre. ¿Había sido buena idea enviarla de forma tan precipitada al pueblo? Puede que hubiera debido visitar a un médico en Ochoa. Se preguntó de quién habría sido la brillante idea de enviar a una enferma a un viaje tan largo, si de la enfermera o de la directora.

Cuando el convoy cruzó el río que delimitaba la comarca de Valdaya, Circe empezó a sentirse mejor. El tren no llegaba a entrar en el pueblo, sino que lo bordeaba hasta un antiguo apeadero de maderas desvencijadas y vigas de hierro desde el que ya se distinguían los primeros árboles del bosque que rodeaba la población. La sola proximidad del hayedo hizo que la presión en el pecho, el dolor de cabeza y la angustia remitieran. ¿Tendría razón Rebeka y sólo sería un ataque de ansiedad?

En el andén, Rosa la esperaba envuelta en un abrigo y una larga bufanda mientras agitaba la mano con alegría. La acompañaba su padre, el simpático señor Olagüe.

—¡No me ha dejado que condujera el coche para venir a buscarte! No se fía de mí, y eso que ya sé llevarlo —le explicó mientras le arrebataba la maleta y el bolso—, pero dentro de unos días, en cuanto cumpla los dieciocho, tendré el carné de conducir y tendrá que dejar de ser un padre sobreprotector y aburrido. —El señor Olagüe miraba a su hija como si aquella parrafada no fuera con él—. Quita, deja que lleve el equipaje. ¡Qué mala cara traes! Tu abuela está enterada de que llegabas hoy, pero ha preferido que te recogiéramos nosotros mientras ella acondicionaba la casa y te hacía un caldo de los suyos, de esos que resucitan a los muertos. Chica, déjame que te lo diga: la ciudad te ha sentado como una patada en las narices.

Rosa no paraba de parlotear, pero Circe no pudo evitar fijarse en el rostro de preocupación del señor Olagüe. Desde hacía unos días casi todo el mundo la miraba así, y a veces tenía la sensación de que le ocultaban las razones de ese gesto taciturno. Rosa era la única que parecía ajena a la angustia o a su «cara de lechuga», según ella misma decía, y se limitaba a llevarle los bártulos al maletero del coche de su padre con una sonrisa en los labios. Circe comprendió que era Rosa lo que hacía que se empezara a sentir mejor. Ella era la representación del hogar. Había engordado un poco, se había cambiado su habitual corte de pelo por uno a capas y estaba a punto de obtener el carné de conducir, pero era la misma Rosa que la hacía sentir a salvo en cualquier situación: la diminuta, alegre y despreocupada Rosa.

Camino de la casa de la abuela, Rosa le comentó que salía con el hijo del carnicero, un chico muy callado que trabajaba en la única carnicería de Valdaya, y que a su padre no le hacía gracia aquella relación.

—Como no le ha hecho gracia ninguno de tus novios anteriores, por otro lado —comentó Circe, que por unos instantes olvidó por qué había tenido que regresar a Valdaya.

—Si a mí me parece estupendo —intervino el señor Olagüe—. Que haga lo que quiera, pero que no me lo cuente.

—Pero papá, sabes que no te podría engañar.

—No he dicho que me engañes, he dicho que no me lo cuentes. Siempre nos estás trayendo novios a casa y mira, cada vez que les cogemos cariño reñís y ya no los vemos más. Y este carnicero nos hace muy buenos filetes, nena, no nos hagas cambiar nuestras rutinas. Acabaremos comprando la carne en el pueblo de al lado.

Circe se echó a reír y el señor Olagüe, algo más tranquilo, le guiñó un ojo por el retrovisor. Víctor Olagüe siempre llamaba «nena» a Rosa, y a ella le resultaba incómodo, por lo que él trataba de evitar una palabra que, por costumbre y por cariño, siempre terminaba brotando. A Circe, en cambio, le parecía tierno. Ese tipo de gestos le hacían pensar que había familias felices ahí fuera, sin traumas y sin desgracias, sólo hechas de amor y normalidad. Como se suponía que debían ser todas y no lo eran.

Pegó la nariz al cristal buscando a *Morgana*. Estaba segura de que, en cualquier momento, la cuervo volvería a encontrarla.

2

La sopa mágica de la abuela Encina

A Circe le parecía que la gente usaba con demasiada alegría la palabra «magia», en especial para referirse a la habilidad culinaria de algún familiar. Solían atribuirle todo tipo de efectos a un caldo o a unos pasteles elaborados gracias a la pericia de un padre o una hermana. Sin embargo, las manos de la abuela Encina sí parecían hechas para la magia de las cosas sencillas, como esa sopa que Circe tomaba de un cuenco, sin cuchara, en silencio, dejando que el vapor le calentara la cara y le sacase los colores. Cuando la terminó, tuvo la sensación de que todo lo acontecido en Ochoa era una pesadilla soñada por otro.

Rosa se había marchado, no sin antes obligarla a prometer que en cuanto se sintiera mejor la acompañaría una mañana en su tedioso trabajo en la tienda familiar y se pondrían al día. Y le parecía el mejor de los planes posibles: un regreso a la normalidad, a la abuela, a Rosa. Se sentía un poco culpable por no haberlas visto en todo ese tiempo.

—¿Te encuentras mejor? —La voz de Encina era suave pero firme.

Circe miró a la abuela. Para la edad que debía de tener, aún era una mujer alta y erguida, de espaldas anchas y manos fuertes, que conservaba todavía la misma cintura que probablemente tenía el día que se casó. Circe no lo sabía con seguridad porque en la casa apenas había fotografías y ninguna de ellas era de la propia Encina. Le costaba imaginar la apariencia que pudo tener su abuelo, que había muerto antes de que su madre naciera, y a quien su abuela ya ni siquiera nombraba. Lo único que sabía de él era que no tenía el imponente aspecto físico de la abuela y que tampoco era demasiado alto, porque a menudo Encina le comentaba a Circe que había salido canija, como su difunto esposo. Ella se lo imaginaba delgado, con barba blanca y nariz aguileña. A pesar de que no llegó a ser nunca un anciano, había ido envejeciendo en la fantasía de su nieta un poco cada año: lo imaginaba muy viejo, sacando a bailar a la abuela de aspecto juvenil, con su falda lápiz y sus zapatos de tacón bajo y punta aguzada. Esos zapatos eran los que ella siempre usaba desde que Circe tenía memoria, menos cuando se dedicaba a las tareas del campo, y le daban un aspecto todavía más grande a sus pies de hombre. Encina llevaba el pelo recogido en un pequeño moño castaño claro en la nuca y miraba por el ventanuco de la cocina con una expresión ausente, como si buscase en la luna en cuarto menguante que se dibujaba en el cielo la respuesta a alguna pregunta que no había formulado en voz alta.

—Mucho mejor, abuela. Tus sopas son mágicas.

—Claro, mágicas —respondió Encina.

Y enroscó su dedo índice con nerviosismo en el borde del delantal. Su abuela no solía expresar ninguna emoción más de lo debido, y aquel gesto, del que Circe se percató, era algo nuevo en ella.

—¿Estás bien, abuela?

—Sí. Mañana tenemos muchas cosas que hacer, sólo es eso —respondió Encina—. Pero debes comer y dormir antes, que es lo que te hace falta.

—La enfermera Laveau dijo lo mismo.

—¿Laveau es la enfermera en la Residencia de la Salud? —La abuela dibujó una media sonrisa que se quedó en el aire—. Hazle caso. Suele tener razón con esas cosas.

—¿La conoces?

—Oh, claro que la conozco, la conoce todo el mundo, supongo. —La abuela mostró un gesto soñador y triste—. Vuestra querida enfermera es célebre por ser la primera mujer de color que muchos vieron en la zona. Nació a orillas del río Muni y su padre era un comerciante francés que tenía negocios por todo el golfo de Guinea. Él la sacó del país cuando regresó a Francia en cuanto la Guinea Española pasó a llamarse Guinea Ecuatorial. Unos dicen que la madre se lo pidió de rodillas. Otros que él mismo se la arrancó de los brazos para alejarla de todo aquello. —Aquí la abuela hizo una pausa y suspiró—. El caso es que, después, Luisa Laveau trató muchas veces de encontrar a su madre y no pudo lograrlo, apenas tenía datos sobre ella: tan sólo que pertenecía a la etnia *fang* y que se dedicaba a curar a sus vecinos.

Circe torció el gesto. Asumía que en realidad su abuela no tenía toda la información, y sin embargo esperaba lo peor.

—¿Cómo acabó en Ochoa? —le preguntó, no obstante.

—Luisa era una estudiante brillante, la mejor sin lugar a dudas. Cuando le dijo a su padre que quería estudiar en España, con la esperanza de encontrar aquí alguna información sobre su madre, el señor Laveau la matriculó en la Universidad de Ochoa. Luisa Laveau estudió medicina, no enfermería: quien te dijese que era enfermera, estaba mal informado. Y se hizo muy popular, lo quisiera o no. No sólo por sus innatas cualidades como médico, sino también porque no era muy habitual encontrarse con una doctora de color en la España de la época.

—¿Y cómo la conociste?

—Estudió con tu madre. Eran las dos únicas mujeres matriculadas en ese curso en medicina. —Encina completó la frase sentándose frente a su nieta en una de las sillas de madera maciza de la cocina.

Circe sintió que se le encogía de nuevo el estómago y que el bienestar que le había proporcionado la sopa de la abuela se disipaba con aquellas palabras. La abuela nunca le hablaba de su madre, salvo para suspirar con melancolía, y jamás le contó que fuese médico.

—¿Mamá era médico? —murmuró.

—Oh, sí, la mejor cirujana cardíaca de todo Ochoa. —Encina sonrió—. Decía que le encantaba su trabajo porque consistía en arreglar corazones rotos. Allí conoció a su marido, tu padre: él sí era enfermero. Un magnífico enfermero, a decir verdad. Juntos hacían un gran equipo. Supongo que eso es lo que debe ser un matrimonio, ¿no? Luisa Laveau fue quien los presentó, y también la madrina de su boda. Tu padre era el único enfermero de un hospital lleno de enfermeras. Las cosas están cambiando, pero entonces eso era muy raro y creo que la mayor parte de los médicos pensaba que tu padre era homosexual. Aunque es evidente que tu madre llegó a una conclusión distinta.

Circe pensó que había perdido la mejor oportunidad que jamás había tenido para conocer algo más sobre sus padres: la enfermera —o médico— Laveau los conocía, era su amiga. Habría querido preguntarle tantas cosas que jamás le contaría su abuela por pudor o por ignorancia… Y ahora ella estaba en Valdaya y la mujer que tenía las respuestas se había quedado en Ochoa.

—¿Y qué le pasó? —Circe estaba segura de que algo malo le había ocurrido.

—Laveau no soportó lo que ocurrió con tus padres —Encina, como era habitual, silenció con elegancia la palabra «muerte»—… y se marchó lejos. Creímos que había vuelto a Francia, o que se había ido al golfo de Guinea. Y resulta que ha regresado a la Residencia de la Salud. No sabes cuánto me alegro. Es una gran… persona.

Circe tuvo la sensación de que su abuela se calló otra palabra en esa última frase y la sustituyó por «persona». ¿Quién era en realidad Laveau para ella?

—Tengo la sensación de que he dicho algo inconveniente.

A su abuela no le gustaba hablar de cualquier cosa que tuviera relación con la muerte de sus padres, pero esa noche parecía muy locuaz. Su nieta tenía la esperanza de soltarle un poco más la lengua.

Encina regresó de sus pensamientos y sujetó a Circe con ambas manos.

—Hay un montón de trabajo por hacer y tengo muchas cosas que contarte, pero no es el momento. Como bien dijo Luisa, debes dormir. Conviene que descanses y estés fuerte. A tu pequeña amiga Rosa podrás verla más adelante. Es importante que mañana sepas algo muy importante para tu futuro.

—Pensé que iríamos al médico.

—Querida niña Ce, tú no estás enferma.

Fueron las últimas palabras de la abuela al respecto y no aceptó ni una sola pregunta más.

Circe pensó que no podría dormir con tanta expectativa creada alrededor de Laveau y de su amistad con sus padres, sobre todo por la seguridad con la que la abuela había dicho que no estaba enferma y que tenían muchas cosas que resolver a la mañana siguiente. Sin embargo, en cuanto entró en su cuarto y el olor a jabón de las sábanas alcanzó su nariz, se sintió muy cansada. Tanto, que le costó ponerse el pijama de felpa que la abuela le había dejado en la silla. Cuando su mejilla rozó el embozo de la sábana, Circe se sumió en un sueño tan inmediato y profundo que no se percató de la sombra que se dibujaba en la pared: un cuervo que, apoyado en el alféizar de la ventana, agitaba las alas para llamar su atención.

3

La libertad de los oprimidos

Cuando Circe despertó al día siguiente, el sol ya estaba muy alto en el cielo y sus rayos calentaban la cama. Había olvidado cerrar las contraventanas, y sin embargo la luz no le había molestado en absoluto hasta entonces. Miró el reloj que tenía sobre la mesilla de noche, un antiguo despertador de lata con un ratón de dibujos animados que señalaba las horas con los brazos: era casi la hora a la que su abuela solía comer. Encina jamás le había dejado dormir tanto: era una mujer que abría los ojos con el amanecer y obligaba a todos los habitantes de su casa a que hicieran lo propio. No obstante, al bajar de la cama y meter los pies en unos viejos calcetines de lana, Circe se sintió recuperada por completo. Parecía que sólo necesitaba una sopa y dormir doce horas para una sanación total. A lo mejor la abuela estaba en lo cierto y nunca había estado enferma.

Dio una vuelta por la casa y se preparó un vaso de leche con cacao en la cocina. Sabía que Encina estaría en el campo o en el huerto, donde más tiempo pasaba por las mañanas, y que no volvería hasta que fuera la hora de comer lo que hubiese puesto en el fuego antes de salir, así que regresó a su cuarto con el vaso humeante. El teléfono se había quedado sin batería, así que lo enchufó para cargarlo y encendió el portátil, que le lanzó una alarma de correo electrónico apenas conectarlo. Era un mensaje de Rebeka que se titulaba: «La libertad de los oprimidos». No contenía texto, pero sí un archivo adjunto: un vídeo que Circe reprodujo de inmediato.

Al principio no se distinguía nada en la oscuridad, sólo una niebla indiscernible, y después un pasillo que Circe enseguida reconoció como el sótano de biología, donde se hallaban los laboratorios. El corazón le brincó en el pecho: Rebeka tenía el código de entrada al animalario. Ya no había clases, ¿cómo habían entrado en la facultad? La risita de Casandra colmó el sonido ambiente, seguida de Rebeka que chistaba y con voz sigilosa le advertía para que no las sorprendieran el personal de seguridad o el de la limpieza. La mano pecosa de Rebeka llenó la pantalla para ponerse un guante negro, casi de delincuente profesional, y acto seguido pulsó el código en un teclado metálico. Se encendió una luz verde.

—¡Lo has conseguido! —La voz de Casandra, que seguía fuera de plano, no podía disimular la euforia.

—Tú las jaulas de la izquierda y yo las de la derecha —repuso Rebeka por toda respuesta.

El repentino picado de la cámara y los sonidos metálicos que se oyeron a continuación desembocaron en un plano triunfal de ratones y ratas blancas huyendo por el suelo de un lado a otro. Luego, quienquiera que sostenía el teléfono con el que el deficiente vídeo había sido grabado, salió corriendo y la pantalla se convirtió en una amalgama confusa de piernas, gritos ininteligibles de un agente de seguridad o un empleado de la limpieza, risas, derrapes de suelas de goma en el pasillo y, por fin, una puerta que alguna mano empujaba al tiempo que las liberadoras y un puñado de animales prófugos salían a la luz del sol invernal de Ochoa.

El perfil breve y arrebolado de Casandra llenó una esquina de la pantalla. Sonreía. A su espalda se alzaban algunos edificios de la parte más moderna del campus. Luego se volvió y su cara de luna eclipsó la luz natural, aunque su risa, que Circe nunca había oído con tanta claridad, pareció iluminarlo todo.

—Te dije que estaría aquí —dijo la voz de Rebeka.

La mano enguantada de la pelirroja entregó algo a Casandra, que dio un paso atrás emocionada.

—¡*Runa!*

Lo que Casandra sostenía quedaba fuera del alcance del objetivo. Rebeka le dio la vuelta a la cámara y Circe vio las dos caras de sus amigas rojas de frío. Los rizos anaranjados de su compañera de cuarto asomaban como una maraña debajo de un gorro de peluche verde compartiendo plano con los ojos azules de Casandra bajo una boina de lana. En la mano de esta última apareció un diminuto ratón blanco de ojos color granate.

—¡Circe! ¡Te echamos de menos! ¡Cúrate y vuelve pronto —chilló Rebeka.

—*Runa* y yo —el dedo de Casandra señalaba al ratón que sostenía en la otra mano— te deseamos felices fiestas.

—Sí, eso, y que tu abuela te haga muchos regalos.

—¡Muchos regalos útiles!

—Casandra, no seas coñazo. Los mejores son los regalos inútiles.

—Pero esta vez necesita regalos ú-ti-les —casi deletreó la rubia, como si Rebeka hubiera olvidado algo muy importante que en el vídeo no debía figurar.

—Ah, sí, claro. —La pelirroja se dio un manotazo en la frente que hizo bailar sus gafas—. Pero que te hagan regalos inútiles también.

—¡Eh, vosotras! ¿Qué hacéis ahí?

Irrumpía en escena un guardia de seguridad que provocó que *Runa* desapareciese en el bolsillo del abrigo blanco de Casandra.

—Nada. Grabamos un vídeo para una compañera que se puso enferma y tuvo que irse antes de tiempo, para desearle felices fiestas y feliz recuperación y esas cosas —repuso Rebeka con la mayor naturalidad.

El hombre, visiblemente sofocado, sudando a pesar del frío y con los ojos enrojecidos, miró con desconfianza a la cámara del móvil.

—¿Y tenéis que grabarlo aquí?

—Queríamos hacer unos planos del campus, porque nos ha dicho que lo echa de menos. —La facilidad con la que mentía Rebeka era sorprendente—. Estábamos junto a la puerta principal de biología, pero hemos oído gritos y nos han estropeado la grabación. ¿Ha pasado algo?

El hombre se rascó la nuca y se secó la frente con un pañuelo, lo que provocó una carcajada de Circe.

—Unos vándalos. No tiene importancia. ¿Habéis visto a alguien corriendo por aquí? —dijo por fin el guardia, sucumbiendo al encanto de la pelirroja.

—Mira, Circe —dijo Rebeka mirando a la cámara—. Este caballero tan amable es —y leyó la placa de la camisa del guardia—... I. González. Y como ves, las cosas raras que pasan en el campus no se detienen porque te hayas puesto malísima. —Rebeka guiñó un ojo y Circe observó cómo Casandra se esforzaba para no reírse—. Salúdela, no sea tímido.

El guardia de seguridad alzó la mano azorado y Casandra y Rebeka despidieron el vídeo lanzando besos y diciendo que hiciera el favor de mandar un mensaje de vez en cuando, que querían saber cómo evolucionaba.

Circe decidió que respondería más tarde y se puso a cotillear las redes sociales. Jacinta Blackwell llevaba sin postear nada desde la fiesta, y en la última foto aparecía reflejada en el espejo de su armario con el disfraz de Rapónchigo. Arturo había dicho aquella misma mañana que tenía una resaca horrible y había colgado un vídeo de un oso panda que parecía borracho. Mai y May eran las únicas que habían subido fotos de la fiesta y Circe las fue ojeando con desgana mientras se bebía su cacao. Parecían dos gemelas siniestras que hubieran tratado de copiar el vestido de Jacinta sin éxito. May y Mai con Bromelio Blackwell, que las rodeaba con sus gigantescos brazos y una impactante cara de neutralidad. May vista por la cámara de Mai, mientras por detrás de ella pasaba una mujer muy parecida a la del cuadro rasgado de la residencia de los Blackwell. En otra se veía al chico pelirrojo besando la mano de Rebeka en la parte de atrás de la preciosa mesa llena de pasteles y copas de vino de estrella que May había tratado de inmortalizar. Circe rio por lo bajo. Había fotos de las acólitas con Jacinta y con Arturo, por supuesto, pero a Circe le resultó curioso descubrir que Arturo miraba hacia algo que no quedaba al alcance de la cámara, y no al objetivo. En la siguiente, tomada desde la otra esquina, o quizá por la mano de Mai en vez de la de May, se advertía con claridad el objeto de la mirada de Arturo: era ella.

A Circe le sorprendió descubrirse como figurante de la fotografía casi más que Arturo observándola. Llevaba el vestido de tules negros y aquellas orejas de gato, y permanecía al fondo de la escena, con la atención perdida en algo que no llegaba a mostrar la imagen. Parecía bastante aturdida. Pasó con ansiedad a la siguiente fotografía, pero no volvió a verse en ninguna otra hasta la última: era una instantánea del matrimonio Blackwell proponiendo un brindis. Circe no tuvo tiempo de preguntarse por qué no era capaz de entrar en estas imágenes como sí lo era en otras, ni siquiera se preguntó si a los Blackwell, tan poco dados a los retratos, les haría gracia aparecer en las redes sociales de los estudiantes. Se vio a la izquierda del encuadre, en un rincón, con la mano extendida hacia algo que no aparecía. De su nariz brotaba un hilo de sangre color escarlata.

Descubrir aquella imagen la impresionó tanto que estuvo unos segundos sin parpadear frente a la pantalla, tratando de deducir si en realidad estaba viendo lo que creía ver. Sí, había sangrado antes de desmayarse, pero ¿qué señalaba? ¿Al hombre serpiente? No podía ser; aquel episodio había sido un producto de su imaginación, una alucinación provocada por la fiebre. A lo mejor se había quedado allí clavada, con la mano extendida hacia el vacío antes de derrumbarse. Si eso era cierto, al menos le quedaba el consuelo de que nadie la hubiera visto, ya que todos estaban pendientes del discurso de los Blackwell. Aunque el numerito posterior debió de ser de aúpa para que la enviaran de vuelta a casa con tantas prisas. Se llevó las manos a la cara sin poder evitarlo. La vergüenza hizo que le ardieran las orejas.

La sobresaltó el ruido de la puerta principal y cerró el portátil de inmediato, como si la abuela no debiera saber lo que ella estaba viendo.

—Querida, ¿estás viva? —La voz un tanto marcial de Encina llenó el pasillo.

—Sí, abuela, me he hecho un cacao.

La abuela apareció tras el quicio de la puerta con su ropa de trabajo y sonrió.

—Me voy a dar una ducha. Luego comeremos y hablaremos del asesinato de tus padres —dijo con toda naturalidad.

A Circe no se le borró la expresión de sorpresa de la cara en las horas siguientes.

4

La muerte de James Stewart y Kim Novak

CIRCE MIRÓ UNA vez más la fotografía. La mujer, con el pelo corto al estilo de los años noventa, por alguna razón tenía el mismo aspecto que si la hubieran inmortalizado a finales de los cincuenta. Puede que ayudara el cabello hueco capeado y alisado desde el rizo. Guardaba cierta semejanza con la abuela Encina, pero más rubia y con los rasgos suavizados. Tenía un cuerpo macizo, espalda ancha, cintura minúscula, piel homogénea y clara. Eso último también lo compartía con la abuela, que no había logrado más que un ligero dorado a pesar de trabajar en sus vides bajo un sol abrasador. Los pómulos eran altos y fuertes, y tenía los labios finos, pintados de un rojo muy brillante a juego con unos guantes de piel. Circe recordaba aquellos guantes y siempre había pensado que se los inventaba. Resultaba que su madre había tenido unos guantes rojos: ese descubrimiento la dejaba perpleja. Llevaba un pantalón negro de cintura alta que dejaba al aire los tobillos y una capa inglesa con estampado animal. Parecía una estrella de Hollywood.

Su padre, Urso Darcal, era alto y flaco, un poco desgarbado, con un aspecto más juvenil que el de James Stewart que ella siempre le había asignado. La camisa arrugada asomaba entre la chaqueta abierta, y los calcetines, que se veían por encima de los zapatos, estaban desparejados. Sostenía un cigarrillo entre los dedos y miraba a su esposa con un arrobo propio del cine. Llevaba doblada sobre el brazo una gabardina, a la que Circe supo que le faltaban botones. El único ojo que se le veía, pues estaba de perfil, era de un verde brillante salpicado de motas castañas.

Tras la larga pierna del padre asomaba una manita regordeta y media cara curiosa que Circe reconoció de inmediato como suyas. El pelo castaño le llegaba a los ojos en un flequillo cortado por una mano no muy hábil y se podían adivinar fragmentos del peto vaquero con una C roja bordada en la pechera y las merceditas de charol que sabía que llevaba puestas.

Circe no tenía retratos de pequeña, o eso había creído hasta entonces, así que jamás había tenido la ocasión de enfrentarse con imágenes de su propio pasado. Pero aquel día, sentada al lado de la abuela, descubrió que había una lata de galletas inglesas llena de fotografías hasta los topes. Sentía deseos de alargar la mano con codicia y sacarlas todas, ponerlas en la mesa y reconstruir lo que se había perdido, aquellos fragmentos de su propia existencia que no conseguía recordar. Sin embargo, no podía apartar los ojos de la instantánea que tenía en las manos: una polaroid un tanto anticuada que le daba dolor de cabeza.

A su mente vinieron fragmentos de un vidrio roto lleno de sangre, y un coche rojo con la tapicería blanca que al poco se volvió tan roja como la carrocería. Su madre alargaba la mano cubierta por el guante, con la intención de acariciarla, pensaba ella. Le dolió tanto la cabeza que tuvo que soltar la imagen. La frente le ardía.

—Ésta es la última fotografía que os hice antes de que sucediera —dijo la abuela—. Las puse todas fuera de tu alcance en cuanto me di cuenta de que eras capaz de introducirte dentro de ellas.

—Pero no veo nada concreto, sólo fragmentos, como si el momento se hubiera estropeado —repuso Circe frotándose con los dedos el puente de la nariz.

—Supongo que un trauma resulta tan eficaz como cualquier otro rito —afirmó la abuela con una sonrisa—. Tu propia mente no quiere que lo veas porque es demasiado doloroso, así que no te lo enseña. De alguna forma interviene en tu capacidad natural para adentrarte más allá de las fotografías o de los cuadros. Impide que accedas a ese recuerdo concreto.

—¿La hiciste tú? ¿Estabas en Ochoa?

—Oh, sí, querida niña, entonces yo vivía en Ochoa gran parte del año. Estaba a punto de ser ascendida a un puesto muy importante y lo íbamos a celebrar con el equinoccio. Pero de repente sucedió aquella desgracia y tuve que traerte al único lugar que sabía seguro. Nos vinimos a vivir a Valdaya para esconderte y protegerte.

—¿Ascendida? ¿Eso significa que tenías algo así como... un empleo?

Circe no salía de su asombro. Siempre había considerado que la abuela era una mujer de campo y que nunca se había alejado del pueblo, sus vinos artesanales, sus abejas y sus remedios para el resfriado hechos con hierbas. Jamás se le ocurrió que pudiera ser otra cosa.

—Por aquellos días iban a nombrarme miembro del comité mundial más importante para los que son como nosotros.

—¿Como nosotros? —Circe abrió mucho los ojos.

—Sí, pero vayamos por partes. Es importante que comprendas que tus padres murieron tratando de protegerte. Lo hicieron porque te querían, porque eras su hija, claro, pero también porque resultas fundamental en esta lucha para el equilibrio de nuestro mundo. Y todo lo que hemos hecho ha sido para protegerte a ti y a ese equilibrio.

La abuela no esperó a que Circe se recuperase del impacto que suponía lo que le estaba diciendo: como ella misma siempre sospechó, sus padres habían muerto por su culpa, intentando protegerla. ¿Protegerla de qué? ¿Qué podía significar una niña tan pequeña para el equilibrio del mundo? ¿Qué clase de lucha necesitaba de niños entre sus filas?

—No entiendo...

—Nos habíamos estado haciendo fotos y la mesa del salón

estaba repleta de polaroids. Decidisteis ver una película titulada *Me enamoré de una bruja*, que os encantaba a los tres, aunque el título en inglés resulta más sugerente y preciso: *Bell, book and candle*, que hace referencia a un ritual de excomunión que la iglesia reservaba a los herejes excepcionales, como por ejemplo las brujas.

—Siempre he asociado a mis padres con esa película.

—Sí, querida, lo sé —asintió la abuela—. Es comprensible que sea así, porque la actriz y mi hija siempre se dieron un aire que tu madre, a veces, se empeñaba en acentuar. Tu memoria frágil de niña lo mezcló todo con lo que en realidad pasó. Cuando llamaron por teléfono estabais en mi casa de Ochoa, como cada sábado, viendo una película y comiendo aquellos postres caseros que tanto os gustaban. Nubla nos avisó de que la Suprema se había hecho con la profecía y que andaban tras la pista de una niña llamada como tú, que había nacido en unas coordenadas exactas del equinoccio de otoño.

—¿Nubla? ¿Te refieres a Matilda Nubla? ¿O a esa otra, la anciana Glinda?

—¿Has conocido a Glinda?

—Es algo así como la portera de la residencia.

La abuela se echó a reír.

—Bueno, es más de lo que parece a primera vista. Me refería a Matilda, claro. —Encina dudó sobre cómo continuar con su relato—. Las dos éramos muy amigas, entonces. Y yo siempre había pensado que aquel alto cargo del Conventículo de las Cinco Lunas lo ocuparía ella, pero me eligieron a mí. Y cuando renuncié a esa dignidad para traerte a Valdaya, tampoco ella pudo optar al puesto, supongo que por lo que pasó con su hija. Pero ésa es otra historia.

—Abuela, ¿te das cuenta de lo que estás diciendo? Hablas de profecías y de organizaciones extravagantes, como la Suprema o el Conventículo de no sé qué.

—De las Cinco Lunas.

—El Conventículo de las Cinco Lunas. Nunca he oído nada semejante. Y te recuerdo que soy estudiante de historia.

—Tienes razón. Es tanto lo que no sabes, hija… —Encina puso los ojos en blanco—. Creo que habrá que hacer las cosas de otra manera.

La abuela se había puesto un vestido azul marino y una rebeca de lana beige que había tejido ella misma, y la miraba con una ansiedad en los ojos que Circe no sabía cómo interpretar porque la abuela jamás sentía ansiedad, o al menos nunca la demostraba.

—En ese caso —dijo Circe con un suspiro—, será mejor que no te interrumpa y haga todas las preguntas al final. Aunque como sigamos a este ritmo voy a tener que tomar notas de todo lo que no entiendo. Y te advierto que serían demasiadas notas.

—Tienes razón. He pensado durante años en cómo iba a afrontar esto cuando llegara, pero nada de lo que ensayé me sirve ahora. —La abuela se recostó en la silla y miró al techo—. Cuando pienso en aquellos días terribles tengo algunas lagunas en mi memoria, como le sucede a todo el mundo que tuvo alguna relación con el suceso, pero recuerdo como si fuera ayer a mi hija Nona despidiéndose en la puerta contigo en brazos. Movías tu inocente manita para decirme adiós, ajena a todo. Tu padre tenía un cigarrillo encendido en el cenicero, pero estaba tan nervioso que no se dio cuenta y encendió otro. En el salón del piso quedó el olor de su tabaco consumiéndose y la bandeja de dulces que no lograsteis terminar. Cómo lloraba Kim Novak en la pantalla en aquel momento, Ce. Parece que no haya pasado el tiempo y allí siguiera ella, todavía llorando. Dijeron que pedirían ayuda a sus amigos y que te traerían aquí. Afirmaron que lograrían esconderte en Valdaya hasta que pudieras defenderte por ti misma. Se subieron en el coche rojo de tu madre, uno con tapicería blanca que jamás volví a ver después de aquel día.

»A la mañana siguiente, la policía de Ochoa te encontró en medio de un charco de sangre junto a los cadáveres de tus padres. Por doloroso que fuera, no me resultó inesperado. Acudí a su llamada para reconocer los cuerpos y hacerme cargo de ti. Un asesinato casual, dijeron, del que no se encontraron móviles ni pruebas. Un ladrón o un drogadicto, aseveraron. Ese día me llamó Herófila Carballal por teléfono desde Galicia, consternada porque su hija mayor repetía una y otra vez tu nombre en trance: nada más que tu nombre, como si fuera parte de una letanía de la que se hubiese perdido el resto de la frase.

»Herófila no sabía nada de la muerte de tus padres, y en realidad me llamaba muy preocupada por su hija. Dos semanas antes, mientras estaba en el colegio, había perdido el conocimiento, y cuando por fin se recuperó, era incapaz de ver y todo el pelo se le había vuelto blanco. Tu nombre era la única pista de lo que podía haberle sucedido, y por eso recurrió a mí.

»Entonces lo comprendí todo. Aquella niña era la que había pronunciado las palabras terribles referidas a ti, mi propia nieta. Tan terribles que tuvieron el efecto inmediato e irreparable de dejarla ciega y que el cabello se le encaneciera. Tan terribles que provocaron la muerte de tus padres. ¿Qué podía decir una inocente niña de siete años que acarreara tan tremendas consecuencias? Sin duda se trataba de una profecía, un augurio capaz de trastornar el curso de los acontecimientos.

—Abuela, sé que he prometido no interrumpirte —Circe estaba inquieta—, pero empiezas a preocuparme. No tanto por lo que me cuentas, sino porque pareces creerlo a pies juntillas.

La abuela la miró con condescendencia y prosiguió con su relato en un tono más incisivo, propio de quien siente que le agotan la paciencia.

—Antes de morir, mi hija Nona reunió las escasas fuerzas que le quedaban y consiguió formular un hechizo que borró la profecía de la memoria de todos aquellos que alguna vez la habían oído. Los cazadores que habían salido en busca de nuestra familia no conseguían recordar cómo habían llegado hasta aquel lugar, ni por qué habían matado a aquella pareja, ni mucho menos qué debían hacer a continuación. Sólo vieron a una niña chapoteando con sus piececillos en la sangre de sus padres. Confundidos además por su propia desmemoria, no se les ocurrió otra cosa que huir cuanto antes de allí y perderse entre las sombras de la noche.

»Pero hubo algo que tu madre no pudo hacer: borrar tu nombre de la profecía. El nombre es lo más importante que tenemos, porque contiene todo lo que somos; el nombre es nuestra fuerza y nuestra vulnerabilidad. Nona no podía eliminar tu nombre de la profecía sin que tú misma te desvanecieras con él o desaparecieras de la memoria de las gentes.

»Por eso aquella niña siguió repitiendo con insistencia tu nombre en los días que siguieron al suceso. Su madre también olvidó la profecía que la había dejado ciega, pero reconoció tu nombre y me llamó. La hija de Herófila es ahora una conocida agorera y vidente, y tú la conoces como Sibila Carballal, la hermana de tu compañera Casandra. En realidad se llaman Loureiro Carballal, pero nunca usan el apellido del padre.

Circe hubiera querido tener algo que objetar, pero la aparición de Sibila y Casandra en el relato de su abuela la dejó sin palabras. Por arte de magia, y nunca mejor dicho, los últimos acontecimientos encajaban perfectamente con los puntos más oscuros de su vida, por mucho que ella hubiera preferido una explicación más lógica y racional. El raro aspecto de Sibila, su ceguera y ese pelo plateado como de anciana en un cuerpo tan joven también encajaban con la historia. Siempre se había sentido diferente, como si estuviera maldita, y ya entendía por qué. La culpabilidad por la muerte de sus padres jamás la había abandonado, aunque era consciente de que no pudo hacer nada debido a su corta edad. Pero si habían muerto tratando de protegerla, la verdad coincidía con sus dolorosos sentimientos. Dirigió una mirada furtiva a la polaroid en la que sus padres parecían felices y enamorados.

—¿Me estás diciendo que mis padres murieron por lo que dijo una estúpida niña en el patio de un colegio? —Circe hubiera querido enfadarse, pero su propia tristeza no se lo permitía.

—No, querida, tus padres murieron para evitar que su amada niña fuera usada para reiniciar una antigua guerra, casi tan antigua como el hombre. Murieron para evitar que perdieras la inocencia, para salvar todo lo que amaban. Antes me dijiste que la recordabas señalándote con aquel guante rojo, ¿te acuerdas? Con su último aliento te salvó la vida y por eso hoy estás aquí conmigo. Borró una profecía cuyo contenido todos hemos olvidado, pero sobre todo borró la profecía que te exponía a ti, su hija, a un terrible peligro. Y en todo estos años he tratado de saber a qué nos enfrentábamos.

Casi rendida y sin mirarla, Circe le preguntó:

—Entonces, ¿nosotras somos brujas o algo así?

Encina sonrió, le acarició la nuca y contestó:

—Da igual lo que digan de nosotras. Lo importante es que tú sepas quiénes somos en realidad.

5

Una clase de historia

ENCINA LE CONTÓ una historia que se remontaba a muchos siglos antes: miles y miles de años atrás, cuando los héroes y los hijos de los dioses —o de aquellos a los que los hombres consideraban sus dioses— se paseaban por la Tierra y convivían con los seres humanos. Muy poco se conoce de aquella época remota, en la que nadie se preocupaba por escribir libros de historia, conscientes como eran todos de su inutilidad, porque sabían que los acontecimientos siempre acababan por repetirse: a la primavera la sucedía el verano, a continuación llegaba el otoño, luego el invierno y, después, vuelta a empezar; las simientes germinaban y florecían, daban sus frutos, se marchitaban y dormían bajo la tierra hasta que volvían a brotar; y las estrellas se desplazaban lentamente en el firmamento para retornar siempre a la misma posición.

Había pocos seres humanos en aquella época en que el tiempo acababa de comenzar, y la gente vivía en pequeñas poblaciones agrícolas pendientes de la caza y la recolección. En ese mundo casi adolescente, donde los árboles y las montañas aún eran jóvenes, el día y las grandes planicies iluminadas por la luz del sol eran el territorio natural de los hombres. Los hombres cazaban el bisonte, el jabalí y el venado con sus torpes armas de madera, piedra y hueso, pero no siempre sus esfuerzos eran recompensados, por lo que a menudo precisaban de la ayuda de la magia; una magia que les revelara los cubiles de los animales, que les permitiera encontrar rebaños y que aguzara sus ojos y fortaleciera sus brazos para ser certeros en el ataque y protegerse de la bestia herida que se revolviera contra ellos.

Sin embargo, la noche, la oscuridad y lo que se ocultaba bajo la tierra pertenecía a las mujeres. Al amparo de la luna y del fuego, ellas sabían cómo hacer germinar las simientes que crecían en el interior de la tierra y los retoños que se gestaban dentro de sus vientres. También habían aprendido a distinguir los frutos comestibles de los indigestos, y las plantas medicinales de las venenosas. De la misma manera, conocían los secretos de los alumbramientos, los remedios contra las enfermedades y los misteriosos vericuetos que conducían a la muerte. Por eso, y por otros motivos que no vienen al caso, nadie dudaba en considerarlas las propietarias de la magia.

El primer herrero también fue hijo de una bruja y marido de una bruja, aunque algunos hombres no tardaron en convertirlo en un dios con diferentes nombres: Kothar, Ptah, Hefesto, Vulcano o Völundr. De ellas aprendió el manejo del fuego y cómo controlar el calor que modifica la apariencia y la composición de todo lo que existe, ya sean personas, animales o cosas. Y él fue el primero en fabricar joyas preciosas, objetos de cobre y artilugios de hierro, pero también utilizó el bronce y el acero para forjar lanzas y espadas. Las armas de los hombres se hicieron más mortíferas, y llegó un día en el que ya no necesitaron la ayuda de la magia para que la caza fuera abundante y exitosa. También el poder sobre la vida y la muerte cambió de manos, porque los héroes y aquellos que muchos habían tomado por hijos de los dioses se revelaron vulnerables a los nuevos instrumentos de muerte.

Al mismo tiempo, las pequeñas comunidades de seres humanos crecieron y se hicieron más numerosas, porque abundaban la caza y la pesca, y aumentaban las cosechas con los nuevos útiles de labranza que forjaban los herreros. Los chamanes se convirtieron en sacerdotes y quisieron convertirse en los únicos depositarios de los poderes mágicos. A medida que se hacían más poderosos, no veían con buenos ojos que las mujeres siguieran gobernando los nacimientos y la muerte, o fueran las únicas propietarias de una magia que ellas sabían arrancar a las sombras y a las tinieblas. Por eso en las primeras ciudades los hombres desafiaron a la oscuridad e iluminaron sus calles con antorchas de aceite y sebo, en un vano intento de que esa luz recién creada triunfara sobre la noche. Además, construyeron grandes templos al sol, nuevos santuarios que ya no se situaban en lugares profundos e inaccesibles, al amparo de las fuerzas de la naturaleza, sino en grandes explanadas y en los promontorios que dominaban las ciudades. La antigua magia de las mujeres se refugió en las profundidades de los bosques y en las oquedades de la tierra, en las mismas cavernas donde otras mujeres, miles de años antes, habían dibujado en negro, rojo y blanco los cinco dedos de sus manos, que también eran las cinco puntas del pentáculo, los cinco tipos de magia o los cinco elementos que contienen todo cuanto existe.

Vino a continuación una época confusa en la que, en ocasiones, la magia fue prohibida o castigada con severidad. Se promulgaron nuevas leyes que los hombres inscribían en piedra o en bronce, porque ya nadie concedía valor a las viejas leyes que se habían transmitido de boca en boca y de generación en generación. Pero a menudo los reyes y gobernantes se servían de la magia y de las hechiceras cuando sus propósitos se les antojaban muy difíciles o sencillamente inalcanzables. Saúl, rey de Israel, decidió consultar con la bruja de Endor para hablar con el profeta Samuel, que había muerto años antes. Los griegos convocaron en numerosas ocasiones a la Pitonisa de Delfos para resolver acuciantes cuestiones políticas, de la misma forma que los romanos interrogaban a la Sibila de Cumas. Alejandro Magno también fue hijo de una bruja, Olimpia de Epiro, que tenía serpientes como animales domésticos y cohabitó con la imagen de un dios egipcio para engendrar a su hijo. En vísperas de la batalla de Farsalia, que enfrentó a las tropas de Julio

César y a los seguidores de Pompeyo, el hijo de este último recabó los servicios de la bruja Ericto para que le revelara el desenlace del enfrentamiento a través de un muerto retornado del inframundo.

En los siglos siguientes, y durante más de mil años, unos y otros buscaron aliados y enemigos que muchas veces intercambiaban sus papeles. La antigua magia fue tan venerada en algunas ocasiones como proscrita otras; hubo reyes que coquetearon con ella y monarcas que la persiguieron con todas sus fuerzas. Las acusaciones de brujería sirvieron para condenar a los cátaros y a los caballeros templarios, entre otros. Pero también hubo reyes que pactaron con las brujas. No muchos años después de que el último gran maestre templario ardiera en la hoguera, Eduardo III de Inglaterra organizó un baile en el palacio de Eltham. Y mientras el rey danzaba con Juana de Kent —que tras su boda con el Príncipe Negro se convertiría en la primera princesa de Gales—, a su pareja de baile se le soltó la hebilla de plata en forma de luna creciente que llevaba en la liga. El rey se hincó de rodillas ante la dama, recogió la jarretera y se la ajustó a su propia pierna, proclamando en voz alta, para que todos pudieran oírlo: *Honi soit qui mal y pense* (Villano sea el que mal piense). El incidente había interrumpido el baile y escandalizado a la corte, porque todos sabían que las reinas brujas, las que gobiernan un conventículo de trece hechiceras, llevaban una jarretera como símbolo de su dignidad. Aún hoy los reyes de Inglaterra presiden la Nobilísima Orden de la Jarretera, la orden de caballería de mayor rango, antigüedad e importancia de todo el Reino Unido, y entre otras insignias lucen 169 jarreteras, trece veces trece, como si el monarca proclamara su gobierno sobre todos los conventículos del país.

Claro que su pertenencia a la Orden de la Jarretera no evitó que en 1521 Edward Stafford, duque de Buckingham, fuera juzgado por brujo, declarado culpable y ejecutado en la Torre de Londres. Y es que no era fácil entonces saber quién era amigo o enemigo, o ambas cosas a la vez. Pero pronto quedaron definidos dos bandos opuestos e irreconciliables: por un lado, la Suprema, donde se agruparon todos aquellos que se oponían a las artes mágicas, ya fueran miembros de la Inquisición —a la cabeza y mando de todos los demás—, cazadores de brujas o furibundos protestantes que pretendían imponer la verdad de su fe; por su parte, las brujas y practicantes de la magia se unieron en el Conventículo de las Cinco Lunas, que también hizo uso de todos sus conocimientos para combatir contra sus enemigos.

La verdadera guerra comenzó el 5 de diciembre de 1484, cuando el papa Inocencio VIII promulgó la bula *Summis desiderantes affectibus*, en la que animaba a luchar contra la brujería. A partir de entonces, y durante dos siglos y medio, se desató un combate sin cuartel en el que perecieron cientos de miles de personas. Se escribieron libros como el *Malleus maleficarum* o la *Demonologia*, auténticos manuales para los cazadores de brujas, que describían cómo identificarlas y cómo acabar con ellas. Hubo reyes, como Jacobo I de Escocia o Carlos V, que se pusieron al frente de un combate silencioso por el control de la dimensión mágica del mundo y que fue el origen de muchas calamidades que asolaron a la humanidad. Aquella guerra no fue simplemente una lucha entre reyes y brujas, sino entre el poder constituido y esos otros poderes que habían permanecido en la sombra, y donde hubo traidores de uno y otro lado que pasaron a engrosar las filas del enemigo.

A principios del siglo xviii, la reina Ana de Inglaterra decidió concederle a Isaac Newton el título de caballero y aprovechó para pedirle que mediara entre los dos bandos enfrentados para poner fin a la guerra. Sir Isaac Newton —como se lo conocería a partir de entonces— no sólo era el científico más brillante que había conocido la historia, sino un incansable estudioso de teología, alquimia y magia, un erudito que había dedicado más tiempo de su vida a esas disciplinas que a la física; su destacado papel para acabar con las luchas fratricidas en el mundo mágico fue la razón por la que cayeron en el olvido sus aportaciones a esas otras ramas del saber.

Durante más de veinte años, Newton se reunió en repetidos y secretos cónclaves con ambos bandos contendientes para llegar a un acuerdo de paz, y con este fin emprendió más viajes y sostuvo más reuniones de los que su edad y depauperada salud aconsejaban. Ya estaba a punto de conseguir sus propósitos cuando tuvo noticias de que Janet Horne había sido ejecutada en Escocia. La que se convertiría en la última víctima de la caza de brujas en el Reino Unido también fue, de alguna manera, la causante de la muerte de sir Isaac Newton, quien consideró su ejecución como una derrota personal y falleció esa misma noche mientras dormía. El tratado que puso fin a las hostilidades hubo de ser auspiciado a partir de entonces por un exiliado francés llamado François-Marie Arouet, a quien muchos conocían por Voltaire, que había colaborado con Newton en aquellas conversaciones y fue uno de los asistentes a su entierro.

El tratado de paz recogió severas estipulaciones que ambas partes debían cumplir. La Suprema aceptó respetar la vida de sus enemigos a partir de entonces, renunciando a cualquier clase de violencia contra ellas, en especial la tortura, la horca, la hoguera y cualquier otro procedimiento que inventaran en el futuro. Asimismo, renunciaron a intentar atraer para su propia causa a cualquier seguidor del Conventículo de las Cinco Lunas u otra persona que pudiera entregarles un conocimiento que no les pertenecía. Al Conventículo de las Cinco Lunas se le permitió continuar con sus prácticas y ritos, siempre que se realizaran en el más estricto de los secretos y no afectaran al común de los mortales; y si hubieran de recurrir a las artes mágicas, ya fuera en caso de defensa propia o de acuciante necesidad, contrajeron la obligación de idear cualquier clase de excusa o subterfugio que disimulara la verdadera naturaleza de éstas. También establecieron una suerte de policía o vigilancia interna a sus propios adeptos denominada la Luna Azul, que tendría como objetivo reprimir de la forma más inmediata y efectiva cualquier desviación de las estipulaciones anteriormente aceptadas. A partir de ese momento, unos y otros actuarían como si la magia y la brujería nunca hubieran existido y tan sólo fueran una superstición del pasado, superada con éxito por el mundo moderno.

Aquel tratado secreto de paz tuvo su confirmación pública cuando el Parlamento británico aprobó la *Witchcraft Act* de 1735, por la que quedaban abolidas las leyes anteriores contra la brujería y se estipulaba un año de prisión como máximo para aquel que pretendiera tener poderes mágicos. Las ejecuciones y cazas de brujas fueron cesando en toda Europa en los años siguientes, y así se inició un largo período de paz que hasta ahora nunca se había roto. Sólo durante la Segunda Guerra Mundial y sus prolegómenos a punto estuvieron de volverse a valer de las artes mágicas en la contienda: los magos alemanes se conjuraron infructuosamente para hacer desaparecer la nieve de Rusia, y Winston Churchill reclutó al brujo Aleister Crowley y al ejército mágico Dion Fortune para defender Inglaterra. Pero nada más acabada la guerra, aquellas maniobras motivadas por el miedo y la desesperación se ocultaron de acuerdo con las estipulaciones de doscientos años antes. Y así debe seguir, por el bien de todos.

6

Los Blackwell y las Nubla

ERA UNO DE los primeros crepúsculos del invierno y las luces doradas, anaranjadas y rojas dibujaban formas caprichosas en las paredes de la cocina. La abuela aprovechó el silencio para acercarle a Circe la caja de galletas con las fotografías.

—Éstas son todas las que tengo. Algunas las cogí de las paredes de la casa cuando te traje conmigo. En el piso de Ochoa se quedaron la mayor parte de ellas, colgadas en sus marcos —dijo Encina con cierta melancolía en la voz—. Las fotografías son importantes para nosotras las brujas, así que Matilda se encargó después de recogerlas, no sé si para esconderlas o destruirlas. Puede que estén en los sótanos de la Residencia de la Salud, donde se guarda todo lo que no debe ser encontrado.

Circe empezaba a digerir lo que su abuela le estaba contando, y aceptaba con cierta extrañeza que fuese un buen momento para mirar imágenes y recuerdos personales. Acaba de enterarse de que ella misma era una bruja. Se lo repitió en silencio: «Soy una bruja», y no le sonó tan mal como había imaginado. Encina acababa de revelarle la existencia de una dimensión mágica del mundo. Y que desde el origen de los tiempos se había librado una batalla por el dominio de esa dimensión mágica en la que cada uno de los bandos había usado los más sucios métodos a su alcance. Pero lo más sorprendente de todo era que ella, Circe Darcal, una muchacha tan inocente como ignorante de su propio destino, era una pieza importante de esa guerra desconocida. La pieza que había que esconder para que nadie ganase, o lo que era más importante, para que nadie perdiese, porque la única forma de ganar aquella guerra era no disputándola.

Introdujo la mano en la caja y tomó un grupo de fotografías que fue pasando distraída, instantánea tras instantánea, sin detenerse en ninguna. En algunas aparecía la abuela con la señora Nubla, en otras también se veía a sus padres. Había una fotografía de Nona Valente con Luisa Laveau, ambas con batas blancas en lo que parecía el pasillo de un hospital. Al verlas sonreír sintió la tentación de introducirse en ese pasillo y recorrerlo con ellas, saber si estaban en la zona de urgencias o en la planta de cardiología. Sin embargo, le dio la vuelta. No quería saber más. Tenía demasiada información por asumir en un solo día.

La sorprendió verse en una foto con los señores Olagüe y una pequeña Rosita abrigada con un plumífero en el huerto de la abuela. La madre de su amiga parecía feliz, más feliz de lo que nunca la había visto, si Circe no recordaba mal.

—Violeta era amiga de tu madre, del colegio. Se criaron juntas aquí, en Valdaya —aclaró la abuela al observar la curiosidad que la imagen había despertado en su nieta—. Esta fotografía la hizo ella.

—¿Mi madre?

—Sí.

—¿Sabía la madre de Rosa que mi madre era una bruja?

—Claro que sí, querida. En este pueblo todos somos brujos.

Circe se dio cuenta de que no había cerrado la boca porque empezó a secársele. No se lo podía creer. ¿Rosa también?

—¿Quieres decir que también Rosa me ha estado engañando todos estos años?

—No, qué va. Rosa no sabe nada. —La abuela hizo su gesto habitual para quitarle importancia a algo—. Hace ya muchos años, en un pleno municipal, se llegó al acuerdo de que ningún niño de Valdaya supiera qué éramos ni qué llegarían a ser ellos mismos para protegerlos de la Suprema. Los niños no saben que tienen poderes hasta cumplir los dieciocho.

—A Rosa le queda poco. —Circe recordó la anécdota de la estantería desplazada que su amiga le había contado y se mordió el labio con culpabilidad.

—Lo sé, Ce, lo sé. Y por alguna razón que no llego a comprender, Violeta está aterrorizada: no quiere que su hija lo sepa. Supongo que el hecho de que tú ya conozcas tus propios secretos la confortará y le hará más fácil aceptar lo inevitable. Aunque quizá no; con esa mujer nunca se sabe.

Circe siempre se había sentido rechazada en el pueblo, y se preguntó si los habitantes de Valdaya habrían alejado a sus hijos de ella por prevención. Convertirse en una especie de arma mágica, o lo que quiera que ella fuese, podía representar un peligro tanto para los que la protegían como para los que la deseaban, y tendría sentido que una madre defendiera a sus hijos de algo semejante. Y por una vez estuvo de acuerdo con la madre de Rosa, porque tampoco ella quería que su amiga estuviera expuesta a ese peligro.

Entonces cayó en la cuenta de que, si era cierto lo que la abuela le había contado, su madre borró la profecía en el momento de morir, por lo que nadie sería capaz de recordar su contenido, ni el papel que Circe desempeñaba en ella. Su abuela le confirmó que así era. Es más, cuando recogió a la niña y se la llevó consigo a Valdaya en la vieja camioneta —que entonces no era tan vieja—, decidió tomar algunas precauciones más, a pesar de la eficacia que había demostrado el hechizo de su hija.

La familia de los Valente pertenecía a una saga de brujas poderosas, y los poderes solían manifestarse en ellos desde muy jóvenes, a diferencia de otros niños, que no solían presentar síntomas hasta que alcanzaban la pubertad o la mayoría de edad. A los tres años Circe era capaz de introducirse en las imágenes, hacer levitar pequeños objetos y hablar el lenguaje de las aves. Sabía por el olor si llovería o no, y también de qué material habían sido fabricados los enseres que la gente tenía en sus casas. En una ocasión había visto unos fuegos artificiales, y le gustaron tanto que los reprodujo en el interior de la casa de sus padres en Ochoa. Aquellas manifestaciones tan sólo podían ir a más, así que la abuela decidió atar sus poderes en cuanto llegaron al pueblo.

—Para atar los poderes de una bruja se emplea la magia de nombre —le explicó Encina.

—¿Magia de nombre?

—Es una magia muy antigua. Sólo existe lo que se puede nombrar: lo que no tiene nombre, tampoco existe. El nombre de una bruja preserva su magia, pero también la hace vulnerable. La magia de nombre permite borrarlo, con lo que también desaparecen sus poderes. Sólo queda un pequeño rastro de lo que ha sido, porque en caso contrario el hechizo sería irreversible. Habitualmente se conserva una letra o una inicial.

»Así que te di una fotografía de la boda de tus padres para que te entretuvieras y amarré tus poderes con la magia de nombre. De esa forma no sólo conseguí controlar esas exhibiciones mágicas a las que eras tan aficionada de pequeña, sino que oculté tu nombre a la Suprema, o a lo que quedaba de ella. Sin nombre no existes para ellos, y si no existes, no pueden encontrarte.

»Sin embargo, mientras estaba entregada a los complicados hechizos que permiten realizar esa magia, no advertí un pequeño detalle: tu facultad de sumergirte en las imágenes. Tan absorta estabas en la fotografía de tus padres, que esa habilidad permaneció inmune a mis conjuros. Y por eso, desde que eras pequeña, has tenido el don de averiguar lo que las imágenes no enseñan al común de los mortales. Por lo demás, tu nombre será inocuo mientras los poderes sigan atados.

Encina sirvió el té con parsimonia y Circe sintió, por primera vez desde que la historia había comenzado, que estaba expuesta a un peligro real, terrorífico, y que muchos se habían sacrificado por salvarla.

—¿Y qué decía esa profecía que fuera tan terrible, abuela?

—No lo sé.

—¿Cómo que no lo sabes? Me has dicho que a pesar del conjuro de mi madre descubriste que existía una profecía.

—Llegué a esa conclusión por las circunstancias que rodearon todos aquellos acontecimientos, pero no porque tuviera conocimiento de la profecía. —La abuela suspiró—. Cuando tu madre la borró, perdí su recuerdo como todos los demás. El testimonio de Herófila Carballal permitía suponer la existencia de algo que amenazaba la paz, pero ni siquiera los intérpretes de profecías u «optimistas» fueron capaces de revelar su contenido. Yo tampoco. Me limité a borrar tu nombre para hacerte desaparecer y a traerte a Valdaya, donde nadie podría encontrarte.

—No sé qué te hace pensar eso de Valdaya. Es verdad que es un pueblo perdido en mitad de la nada, pero…

—Tú misma lo has dicho: un pueblo perdido en mitad de la nada, porque sólo si eres una bruja serás capaz de encontrar Valdaya, querida. Y eso es así desde finales del siglo XVI, cuando Felipe II se propuso invadir Inglaterra y gran parte de la región fue desforestada para obtener la madera con que se construyó la Armada Invencible.

»Cuando los leñadores llegaron al bosque de Valdaya empezaron a suceder hechos inexplicables: sus hachas y herramientas se embotaban o desaparecían; y si intentaban afilarlas o traían nuevo utillaje, el resultado era idéntico. Las partidas que se internaban en la maleza volvían contando historias de árboles parlantes y animales con rostros humanos que provocaban el terror entre ellos, y algunos leñadores nunca regresaban. También se volatilizaron en el bosque varios pelotones del Santo Oficio que las autoridades enviaron para poner fin a tanto desorden. Al final, dejaron en paz la comarca de Valdaya y se dedicaron a talar las arboledas vecinas.

»Desde entonces, el bosque de Valdaya es un lugar que ni los excursionistas frecuentan: quien atraviesa sus lindes acaba perdiéndose, y sólo tras mucho deambular consigue llegar a un claro, donde descubre que ha vuelto al punto de partida. Algunos nunca consiguen volver.

»Para el resto del mundo, el tren se detiene en un apeadero junto al bosque, pero el pueblo no aparece en ningún mapa. Suponen que hay pastores o granjas por la zona que son los que usan el apeadero. O no se preguntan nada. —Encina se encogió de hombros.

—Y si Valdaya es tan segura, ¿por qué me dejaste ir a Ochoa?

—¿Hubiera conseguido impedírtelo? Nadie es capaz de cultivar un roble en una maceta.

La abuela sonrió, porque sabía que no hubiera podido retener a Circe en los confines de la comarca. En esos asuntos era igual de decidida que su madre, y sentía la misma necesidad que ella de conocer el resto del mundo.

Encina le aseguró que el único lugar tan seguro como Valdaya era la Residencia de la Salud. Protegida por todo tipo de encantamientos, se había convertido en un refugio de brujas desde que se inauguró como tal. La transformación del lugar había sido idea de Matilda Nubla a finales del siglo xx, cuando sospechó que la larga paz que había reinado entre la Suprema y el Conventículo de las Cinco Lunas podía estar amenazada. La Salud había sido considerado un lugar maldito casi por todas las partes de ese conflicto, y por eso mismo también resultaba sagrado para unos y otros.

Donde se erigía la Residencia de la Salud había existido, en época prehistórica, un círculo de piedras donde los druidas, los sacerdotes celtas, celebraban sacrificios y observaban el correcto devenir de las estaciones. Por su estratégica posición en un monte sobre el caserío de Ochoa, durante la Edad Media los caballeros templarios levantaron una fortaleza desde la que dominaban la comarca. En el siglo xv, cuando ya no hubo guerras, caballeros templarios ni fronteras que proteger, la fortaleza fue convertida en sede de la Inquisición. Muchas brujas, judíos y herejes fueron torturados y asesinados allí, y su sangre penetró la tierra hasta volverla yerma y maldita. Se decía que sus últimos pobladores habían enloquecido por las voces de los aparecidos y otros horrores que se desataban entre sus muros.

Una noche de luna, la más brillante del año, el populacho de Ochoa decidió prenderle fuego y verter sal sobre sus restos calcinados, para que nadie tuviera la tentación de instalarse en aquel solar.

A principios del siglo XX, los Blackwell compraron los terrenos colindantes para construir un hospital, y en lo que había sido el castillo proyectaron un pabellón para enfermos infecciosos e incurables. El edificio fue encargado a un arquitecto de Barcelona que había sido el discípulo favorito de Gaudí, Oriol Fosc. Muchos saben que Gaudí trataba de encontrar en sus obras las claves que el Gran Arquitecto había utilizado en la construcción del mundo, pero pocos saben que Oriol Fosc quiso utilizar esas claves en su propio beneficio, lo que provocó que su maestro lo maldijera y renegase de él. El propósito de los Blackwell era convertir su hospital en un centro de tratamiento de enfermedades incurables que les proporcionara reconocimiento universal. Esperaban que las afecciones sin solución hallasen cura entre sus muros; no por generosidad —aclaró Encina—, sino para convertirse en los únicos propietarios de esos tratamientos. El Hospital de la Salud fue construido con claves mágicas que hacen su interior más amplio que el exterior, o que protegen algunas zonas de visitantes no deseados. Sin embargo, Oriol Fosc no consiguió limpiar la tierra maldita que se había empapado de sangre siglos antes. La rabia de las almas torturadas enloquecía a los enfermos y empeoraba sus complicadas enfermedades. La sal había atrapado su sangre en la tierra e impedido que prosiguiera su ciclo natural para convertirse en árboles o flores cuyas semillas se diseminaran en el viento.

Algunas brujas empezaron a trabajar entonces en las dependencias de lo que hoy es la Residencia de la Salud, respondiendo a la invitación que les hiciera la familia Blackwell. Sabían que sólo ellas podían calmar los dolores de aquellos desdichados pacientes. Su buen hacer y notables conocimientos lograron apaciguar la sangre de las almas atormentadas y muchos enfermos comenzaron a mejorar. El Hospital de la Salud empezó a hacer honor a su nombre a principios de los años treinta, cuando se convirtió en un centro de ritos de brujería destinados a combatir enfermedades.

En aquellos años, comenzó en España una guerra civil que fue el preludio de la Segunda Guerra Mundial, pero Ochoa parecía vivir al margen del conflicto. Brujas de toda la península se congregaron en la ciudad, y cuantas más había, menos parecía alcanzarla la miseria y el enfrentamiento fratricida. Al parecer, los Blackwell habían llegado a un acuerdo con los alemanes, aliados de los militares sublevados, para proporcionarles a buen precio el wolframio de las minas de Ochoa que necesitaban para sus armas. A cambio de esta transacción, los alemanes se habrían comprometido a mantener las operaciones militares alejadas de la ciudad. Eso fue lo que contaron los Blackwell y lo que todo el mundo quiso creer.

Pero el acuerdo incluía una cláusula secreta que muy pocos conocían. Los jerarcas nazis estaban tan interesados en el wolframio de Ochoa como en el conocimiento mágico acumulado en la Residencia de la Salud, y el propio Heinrich Himmler recorrería aquellos parajes pocos años más tarde, mientras buscaba el Arca de la Alianza en Toledo y el Santo Grial en un monasterio benedictino cerca de Barcelona. Winter Blackwell había prometido ayudar a los nazis con magia de sangre, y de hecho degolló a dieciséis víctimas, bebió sus fluidos y lanzó hechizos rojos que les dieron la victoria a los alemanes en todas las batallas en las que intervinieron durante la guerra de España.

Cuando la Luna Azul tuvo conocimiento de aquellos acuerdos secretos, condenó a Winter Blackwell, el padre de Lowell Blackwell, a toda su familia y a sus descendientes, a cinco años de inhabilitación mágica por cada una de las víctimas que encontraron en su casa de la colina. La intervención de la Luna Azul evitó que los nazis tuvieran acceso a gran parte del conocimiento reunido en la Residencia de la Salud, pero trajo la guerra a Ochoa. Wolfram von Richthofen, sobrino del famoso Barón Rojo y jefe del estado mayor de la Legión Cóndor durante la guerra civil española, consideró que se había roto el acuerdo de protección y se sintió con las manos libres para buscar nuevos aliados. No tardó en encontrarlos en los militares católicos que decían no creer en las brujas, pero al mismo tiempo temían que éstas pudieran impedir su triunfo gracias a los pactos que hicieran con el demonio. Wolfram von Richthofen zanjó el asunto diciendo que no era necesario creer en el diablo para temerlo, y estrechó las manos de sus interlocutores.

Así comenzó la batalla del Wolframio, que culminó con el bombardeo del hospital por parte de la Legión Cóndor. Las brujas que atendían el hospital trataron de defender a los enfermos con magia, pero los nazis atacaron por sorpresa ayudados por sus propios brujos, y el Hospital de la Salud fue destruido con varias toneladas de bombas incendiarias, como si Von Richthofen hubiera querido remover todos sus cimientos y la tierra maldita sobre la que éstos se sostenían.

Winter Blackwell había sido encarcelado en la prisión que la Luna Azul reservaba para estos casos, en medio del océano Atlántico. Sin embargo, no se halló culpable de complicidad a ninguno de sus cinco hijos, por lo que se los dejó libres. Poco después, Lowell Blackwell se casaría con Azalea Gules. El encarcelamiento del patriarca puso su legado a disposición de los hijos, y la explotación de las minas de Ochoa quedó en manos de Lowell y su recién estrenada esposa, que siguieron comerciando con los alemanes hasta que terminó la Segunda Guerra Mundial.

—Sé lo que estás pensando, que no es posible que los Blackwell se casasen en los años cuarenta, pero así es. El ritmo vital de los brujos no coincide con el del resto de los humanos y podemos llegar a vivir muchos años si nada violento nos sucede. —La abuela se levantó a encender la luz mientras hablaba—. Nacemos y crecemos con normalidad, pero a partir de los cinco veces cinco, veinticinco años, envejecemos más despacio.

—¿Cuántos años tienes, abuela?

—No quieras saberlo, hija. Baste decir que, más que vieja, soy antigua.

Los ochenta años de condena mágica de los Blackwell se

cumplían ese mismo año, en las proximidades del solsticio de invierno. Azalea Gules había perdido sus derechos mágicos al casarse con Lowell, así como sus hijos, que tampoco podrían realizar magia hasta cumplir la pena impuesta por la Luna Azul.

Después del bombardeo de la Residencia de la Salud, todos sospecharon que el terreno sería maldito para siempre, con tanta muerte como reunía entre sus muros. El paraje quedó desolado y sin uso durante mucho tiempo, hasta que Matilda Nubla convenció a Lowell Blackwell y al Ayuntamiento de Ochoa de la conveniencia de levantar allí una residencia de estudiantes. Al dueño de las minas le habló de expiar el nombre de su familia y de hacer algo generoso por la ciudad. Lowell Blackwell pagó la nueva reforma y Matilda Nubla calmó la sangre derramada con ritos de perdón y, sobre todo, convirtiendo el sótano en la Cripta Bruna: un espacio para plantas nocturnas que no necesitan la luz, que proliferan en las sombras y que esconden y calman bestias mágicas, como las mariposas azules del sueño. Los espíritus atrapados de las brujas y los imps cuidarían de aquel jardín oscuro. Su inteligente maniobra no sólo devolvió la vida al edificio, sino que lo convirtió el lugar más seguro para las brujas después de Valdaya.

—Si tenía que mandarte a algún sitio a estudiar, no podía ser a otro. Dentro de la Residencia de la Salud nada malo puede ocurrirte. Nadie víctima de una maldición transformante o con malas intenciones puede subir la escalera —le aseguró la abuela—, no mientras el pequeño jardín de sombras de Nubla crezca debajo.

—Mis compañeras de la residencia, ¿qué saben de todo esto?

—Todo lo que tienen que saber. Por eso están allí.

La magia estaba ligada a las emociones y también a los sentidos. Al cumplir Circe los dieciocho años, toda la magia contenida durante buena parte de su vida regresaba de forma tan intensa que difícilmente podría soportarla. No era fácil saber si aquel estallido se debía a la mayoría de edad o la excitación de una vida nueva, pero se hizo evidente que algo sucedía cuando Circe se mareó por primera vez junto a Arturo por la presencia de algún mueble de cedro en su casa que ella percibía como un intenso rastro en su ropa. Por eso Rebeka le regaló aquella estrella de mar que la propia Encina le había enviado. El colgante era una reliquia familiar, pero contenía en su interior una mezcla de hierbas secas que atenuaba las percepciones. Aunque su amiga fingió que el cierre estaba roto, era la abuela quien lo había forzado para que su nieta no pudiera acceder al interior del guardapelo.

—Siempre han estado a tu lado, pendientes en todo momento de ti… e informándome de las novedades cuando consideraban que era necesario.

Cuando Circe llegó a la pubertad, Encina le había arrancado un cabello de la cabeza mientras dormía. Luego le ató un péndulo de cuarzo blanco y buscó a las integrantes de su conventículo: cuatro brujas que la pudieran acompañar en el camino y cuya ayuda la fortaleciese. Era habitual que la formación del conventículo se dejara al azar, ya que el destino armonizaba a las brujas entre sí, pero Encina prefirió no tentar en esta ocasión a la suerte y avisar a las familias. Encontró siete brujas compatibles, todas mujeres, de las que la abuela eligió las cuatro que le parecieron más adecuadas y puso al tanto a sus parientes.

—Rebeka, Casandra… ¿y quién más? —preguntó Circe intentando unir todas las piezas.

—Las gemelas peruanas, Magali y Muriel Kikumura. Tienen ascendencia japonesa y hacen gala de ello, ¿no crees? —Encina se echó a reír pensando en el atuendo de las hermanas.

Circe estuvo a punto de enfadarse. Rebeka y Casandra habían intentado hacerle creer que aquella chica, que luego resultaron ser dos y además gemelas, era un producto de su imaginación. Llegó a pensar que se estaba volviendo loca. Sin embargo, la abuela intuyó aquel inminente acceso de ira y le hizo ver a su nieta las molestias que se habían tomado por ella. Los padres de las hermanas y sus hijas habían accedido a trasladarse a las inmediaciones de Ochoa desde Trujillo, Perú, y tanto Magali como Muriel se habían comprometido a vigilarla y protegerla sin que ella se percatase. De ellas había sido la idea de que afloraran letras en la mesa cuando un cazador de brujas se había aproximado demasiado a Circe.

Aquel cazador había estado tan cerca que ella misma llegó a percibirlo. Según la gemela que la vigilaba, aquel hombre había apoyado un instrumento mágico que los cazadores usaban —una especie de bastón con una runa tallada en la punta que llamaban palosanto— en la hilera de taquillas, lo que provocó que Circe se precipitase contra ellas. Por suerte para todos, todavía resultaba imperceptible a la mirada de los miembros de la Suprema y sus cazadores, por lo que sólo llegó a ver a una chica desmayada a la que otros alumnos trataban de reanimar.

—¿Los cazadores usan la magia? —Circe estaba bastante desorientada.

—Y algunos la poseen por derecho de nacimiento, Ce. Los cazadores y las brujas suelen atraerse de forma natural, por lo que muchos cazadores de brujas son hijos de uniones consentidas… —la abuela hizo una pausa teatral— o no, entre brujas y cazadores.

—¡Pero eso es espantoso!

—En la guerra todo lo es.

La abuela decidió que ya le había contado demasiado por un día, y que debían respetar los horarios habituales y cenar como era debido. A la mañana siguiente continuarían. Circe no quiso protestar y observó cómo su abuela cocinaba mientras ella seguía toqueteando las fotografías de la lata. Cualquier otro día se habría levantado con presteza a cocinar ella misma o a echarle una mano a la abuela, pero no podía. La información le pesaba en la conciencia y la curiosidad por ver qué más podría mostrarle Encina no le permitía levantase de la silla.

Había muchas fotografías en las que se veía a una pequeña Circe. En una estaba en brazos de Luisa Laveau. Había en las imágenes otros jóvenes de la edad de sus padres, gente que le resultaba desconocida, puede que otros brujos y brujas o compañeros de la facultad. En una de ellas aparecía un hombre con una cámara al cuello, mucho mayor que los demás, de dientes saltones y brazos largos y desgarbados, que sujetaba a su madre por la cintura con aire tímido. Otra fotografía lo mostraba junto a Juana Expósito y un abigarrado grupo en el que no reconocía a nadie más. En su reverso vio escrito: «Claustro de profesores de la Universidad Autónoma de Ochoa». La profesora tenía una apariencia bastante semejante a la actual, pero aquella instantánea parecía haber sido tomada en los años ochenta. Circe miró otra vez el grupo y le pareció distinguir en uno de sus extremos a alguien muy semejante a Rebeka, quizá su madre en una versión más joven que la de la fotografía que su compañera tenía en el cuarto. Como supo que la abuela no le respondería, decidió no preguntar.

Entre las fotografías había también algunas postales de lugares que Circe no reconocía, e incluso una que mostraba el dibujo de una mujer con tres rostros y una corona con rayos saliendo de su cabeza: una diosa mitológica o algo así. Cuando Circe la tomó entre los dedos, la frente empezó a arderle de nuevo. Vio una mujer degollando un cachorro de perro negro en un cruce de caminos. Vio a la mujer del dibujo, con un solo rostro esta vez, presidiendo un desfile de muertos por un bosque. De alguna forma sintió que la mujer sabía que ella había logrado meterse en la imagen. Circe veía a la mujer, pero ésta también la veía a ella y sonreía. La cabeza le dolió con tanta intensidad que soltó la postal con un pequeño grito que alertó a Encina.

—¿Te ha pasado algo? —la oyó preguntar.

—Todas estas imágenes son muy intensas —respondió Circe frotándose la frente.

—Ya, lo imagino —asintió la abuela cogiendo un pimiento para lavarlo.

Pero no pudo impedir que una mueca de preocupación aflorase a su rostro.

7

La bodega secreta

FUE DESPUÉS DE su aventura infantil con Rosa, en la que habían comprobado que no había ningún perro en el sótano, que Circe descendió en muchas otras ocasiones a la bodega para ayudar a su abuela en la elaboración de sus vinos, en el embotellado y los envíos que Encina organizaba allí mismo. Pero esta vez el descenso por la escalera de piedra que conducía a la bodega le resultó muy distinto.

La abuela había evitado a todas luces volver a hablar del incidente, y ella se había limitado a mirar la cancela que cerraba el paso a la parte desconocida del subterráneo con curiosidad, desconfianza y una pizca de vergüenza. Sin embargo, aquella mañana todo tenía un cierto aire triunfal: el viento frío de diciembre que helaba las ramas desnudas de los álamos blancos de la vereda frente a la casa, el canto risueño de las pajaritas de las nieves y el burlón de los mirlos, el crujido de la madera al abrir Encina el pesado pestillo de la trampilla, los escalones antiguos y desgastados por el uso como la dentadura de un anciano sonriente. Por fin la abuela estaba desenredando todos sus secretos como un largo e interminable ovillo, y todos conducían al otro lado de la cancela, donde no había ningún perro, pero sí la promesa de un peligro confuso en el que ella era la protagonista.

De niña había pegado muchas veces la cara a los barrotes para distinguir algo en la oscuridad del recodo de piedra que había al otro lado de la verja, sin atisbar más que sombras y penumbra. En algún momento tuvo la sensación de que una espesa niebla se condensaba a la derecha del túnel, pero siempre había creído que era el resultado de su imaginación y la escasa visibilidad. Sin embargo, ahora no podía estar tan segura; después de las revelaciones de Encina, cualquier cosa era posible.

Cuando la abuela sacó del bolsillo del vestido la llave de la cancela, a Circe se le encogió el corazón. Muchas veces había buscado la forma de traspasar aquel límite, pero jamás había encontrado ni cerrojo ni cerradura. Sin embargo, esta última tomó forma ante sus ojos para dejar entrar la llave cuando su abuela la acercó a los barrotes.

—No te alejes de mí y, si te pierdes, recuerda que debes seguir siempre el camino de la izquierda.

Ésas fueron las indicaciones de Encina mientras la pesada verja se abría con un quejido. Del otro lado, la cueva habilitada como bodega se convertía en una oscura caverna que se dividía en dos y parecía respirar. El aire que provenía de ambas aberturas era caliente.

—¿Qué hay en el camino de la derecha?

—Ni yo lo sé —le respondió la abuela encogiéndose de hombros.

Encina no llevaba consigo una linterna ni nada con lo que iluminar el camino; sin embargo, entró en el lado izquierdo de la cueva como si la oscuridad no entrañase ningún peligro. Circe la siguió con cierta desconfianza. En la penumbra su abuela hizo un complicado movimiento con las manos, como si intentara proyectar en la pared un animal de sombras chinescas. Antes de que la nieta llegara a preguntar algo, la luz se hizo en el túnel. Las paredes estaban húmedas y calientes y parecían estrecharse conforme avanzaban. Aquello le hizo pensar en un útero: la vieja Circe se quedaba en la casa, en la bodega, y la nueva bruja Circe nacía al otro lado del angosto túnel que se volvía a dividir en dos una y otra vez….

La iluminación, como la anaranjada y verde de la bodega, no parecía provenir de ningún sitio. Era más bien que la luz había sustituido a las tinieblas con naturalidad. Ni siquiera ella o la abuela proyectaban sombra al tomar siempre el camino de la izquierda.

De repente Circe tuvo la angustiosa sensación de que no avanzaban. Llevaban mucho tiempo en la cueva, pero ¿cuánto? Casi tuvo la seguridad de que habían estado caminando por aquel maternal embudo desde siempre, que nada de su vida anterior había sido real y la posterior no existiría: sólo el túnel era verdad. Sintió ganas de detenerse, de rendirse, de darse la vuelta y huir, pero supo que, si lo hacía, sus pies se hundirían en el barro por los siglos de los siglos, que se congelaría en esa parte de la gruta por toda la eternidad. Miró las paredes, que se emborronaban ante sus ojos. En ellas había dibujos esquemáticos que no comprendía. Sólo distinguió un ojo con una lágrima rodando, una lágrima que le pareció intensa y real. Se identificó tanto con ella que también experimentó ganas de llorar.

—Oh, qué torpe. ¡Lo olvidé! —La voz de Encina llegó a sus oídos como si proviniese de otro universo lejano y con eco.

La abuela se había vuelto al darse cuenta de que Circe no estaba detrás. Su contacto era tan leve como si fuese un sueño, una imaginación, un fantasma. ¿Había existido alguna vez la abuela?

Circe sintió unas manos que la aferraban y luego rodeaban su cuerpo, y oyó la voz de aquella mujer a la que no veía, pero que sin embargo percibía cerca, mientras pronunciaba una especie de ensalmo. De inmediato, Circe se sintió mejor, más animada, su percepción temporal se ordenó y supo que sólo habían caminado un minuto, puede que dos. Su abuela se dibujó delante de sus ojos con cara de preocupación.

—¿Qué me ha pasado? —balbuceó confundida.

—Lo siento, niña —se lamentó Encina—, un simple sortilegio de desencanto que impregna las paredes. Si no estás protegida contra él, el desánimo, la depresión y la tristeza te invaden, y van diluyendo tu mundo hasta hacerlo desaparecer. Y tú desapareces con él. No sabes cómo siento haber olvidado que lo puse ahí.

Circe sintió frío a pesar del calor húmedo del túnel. Había estado cerca de desaparecer por completo. Si su abuela había estado a punto de hacerle eso, ¿qué no podría hacerle el resto del mundo mágico? Por primera vez en toda su vida deseó ser normal y hasta aburrida, y aquel nuevo universo que empezaba a comprender le resultó ajeno y peligroso.

Por suerte, el túnel no tardó en desembocar en una oquedad natural cuyas paredes exhibían dibujos prehistóricos de manos. Circe experimentó un estremecimiento: aquello probablemente tenía valor histórico y debería haber sido estudiado y catalogado. Los antropólogos podrían sacar muchas cosas en claro de la historia del mundo con lo que había pintado en aquellas paredes…

—Sé lo que estás pensando, porque como aspirante a historiadora no puedes pensar otra cosa — dijo la abuela como si le hubiese leído la mente—. Pero con los siglos hemos aprendido que permanecer en las sombras nos ha beneficiado más que revelar nuestra existencia. La historia de estas paredes, como ya sabes, podría contar demasiado. Por otro lado, lo más probable es que no relatasen la historia verdadera, porque a lo largo del tiempo se han empeñado en ocultar o despreciar a las brujas. Así que entonces, ¿para qué serviría?

—¿Por qué siempre dices «las brujas», si también hay brujos, como Lowell Blackwell? —Circe no pronunció el nombre de Narciso, pero su recuerdo le erizó el vello del cuerpo.

—Porque nuestra sociedad es matriarcal y siempre hablamos de ella en femenino. Hay muy pocas familias que tengan un brujo como cabeza destacada, y la Blackwell es una de ellas. La mayor parte de las brujas usa el nombre de su familia materna y no el paterno, por eso tu madre siempre se llamó Valente, como yo. A efectos legales es complicado, pero el mundo mágico tiene sus propias leyes, más antiguas que las leyes de los hombres. A ti te reconocerán como una descendiente de las Valente aunque uses el apellido de tu padre, Darcal. Por otro lado, las escasas familias patriarcales que existen entre nosotras tienen tendencia a usar la magia en beneficio propio y a medrar en el mismo sentido en el que medran los que carecen de magia: poder y dinero. No está prohibido, pero a las demás no nos gusta. Además, si una mujer nace con sangre de bruja, siempre tendrá acceso a la magia por derecho de nacimiento. Sin embargo, existen hombres que nacen sin magia en familias de brujas. A pesar de eso, son importantes para nosotras: los llamamos los «optimistas».

No era la primera vez que Circe oía ese apelativo, pero no tuvo tiempo de preguntar porque Encina se volvió de espaldas, dando por terminada la lección. Al fondo de la sala había una pila de enormes barricas de roble y se dirigió hacia ellas. La abuela cruzó las manos sobre el pecho, entrelazó los dedos, giró las muñecas hacia afuera dos veces y una de las barricas, la que estaba en el extremo izquierdo, se abrió con un sonido hueco, dejando otro pasadizo a la vista. Circe la siguió cuando se introdujo en la abertura. Esta vez no hubo que atravesar ningún pasillo ni ninguna otra sala: ante ellas se abría una biblioteca excavada en la roca, llena de volúmenes y más volúmenes hasta donde alcanzaba la vista. A Circe le asomó una sonrisa a la boca. En la mesa con dos sillas que estaba en el centro de la sala, rodeada de instrumentos de astronomía, esferas del mundo y del firmamento y otros útiles que no consiguió identificar, las esperaba *Morgana*. Cuando vio aparecer a su dueña, voló hasta su hombro y le restregó el pico por el cuello con cariño.

—¿Y ahora qué? —preguntó Circe sin ser capaz de apartar los ojos de los libros—. ¿Me llevarás a comprar una varita mágica o algo así?

—Qué estupideces dices, niña, no sé de dónde sacas esas ideas —respondió la abuela con un deje ofendido—. Las varitas, los cayados y los bastones sólo sirven para las brujas que no pueden controlar su energía por ellas mismas y tienen que canalizarla a través de objetos. Tú no necesitas muletas. Eres joven, pero tienes talento natural.

Circe enrojeció y acarició a *Morgana* mientras pensaba que

sería mejor dejar a un lado las ideas preconcebidas y la imaginería que había aprendido en las novelas fantásticas. La realidad no tenía nada que ver con ellas. Era probable que el mundo fuese más complicado, por muy mágico que resultara.

—¿Quién es ésa? —preguntó tratando de cambiar el tema.

En una de las estanterías había una copia exacta de la postal de la mujer con los tres rostros que tanto daño le había hecho al encontrarla en la caja de lata de la abuela.

—Es la primera bruja, o eso dicen. —Encina se encogió de hombros—. Es una especie de mito, pero existe en todas las culturas, como si hubiera logrado burlar a la muerte y a los pasillos que separan los once mundos y regresase siempre. Unos la conocen como Astarté, otros como Hécate. Los cristianos trataron de ocultar el nombre de la primera mujer de Adán, Lilith, que fue creada del mismo material que el hombre y por eso no quiso someterse a él: prefirió vivir su propia vida y ser ella misma. Algunos dicen que de ella descienden todos los demonios. En nuestra cultura, es la madre de todas las brujas y la guía de los muertos en el Quinto Mundo.

8

El grimorio

La abuela se subió a una escalera corrediza para llegar a uno de los estantes que quedaban lejos de sus manos. Bajó con un viejo libro encuadernado en piel teñida de rojo que lucía un pentáculo en la cubierta. Se cerraba con dos cintas de cuero enlazadas en un complicado nudo. Cuando se lo tendió a Circe y ésta le puso la mano encima, la lazada de deshizo y un pequeño cuervo negro apareció grabado en una esquina. *Morgana* graznó con aprobación.

—¿Y eso? —preguntó sorprendida.

—Te pertenece por nacimiento, Ce, por eso se abre para ti. Se ha marcado con el signo del cuervo, tu familiar. —Encina señaló al pájaro con un dedo largo y cuadrado—. Es tu grimorio.

—¿Eso qué es? ¿Una especie de libro de hechizos?

—Sí, en él aparecerán los hechizos, sortilegios y encantamientos, conjuros y embrujos que crees o realices.

Circe lo abrió esperando una especie de cuaderno en blanco, pero no era así. Vio dibujos extraños, descripciones de movimientos manuales, algo parecido a recetas y fórmulas en idiomas que ella hubiera jurado que ya no se hablaban, aunque con toda seguridad Julio Gayo no hubiese estado del todo de acuerdo. «Completamente incorrecto —imaginaba que habría exclamado el profesor nada más leerlo—. Aquí veo un ablativo donde debería aparecer un dativo.»

—Pero está empezado —manifestó.

—¿Pensabas que tendrías que escribirlo tú?

La abuela puso los ojos en blanco ante la expresión de desconcierto de su nieta.

—Pues sí, creo que pensaba en un cuaderno de ejercicios para rellenar…

—¡El grimorio se rellena solo! Lo que estás viendo es lo que ya has realizado, queriendo o sin querer. Y también lo que has heredado. Al morir tus padres su magia se transmitió a tu libro. Por el momento soy la depositaria de la sabiduría familiar. Tu madre no llegó a heredar todo lo que nuestra familia sabe desde hace generaciones. —Se mordió la lengua—. Pero el día que yo falte, todo lo que aprendí y todo lo que me legaron aparecerá en tu libro. Mi magia y la de todos tus antepasados, querida, una herencia que tendrás que preservar con mucho cuidado. Si pensabas que el libro es una especie de regalo, estás muy equivocada: es una responsabilidad.

Circe no terminaba de comprenderlo, pero sus dedos buscaron la página en la que estaban escritas las últimas palabras. Allí aparecían, acusatorias: *verto te in colubrum.* Bajo ellas, lo que parecía el dibujo de una serpiente de un intenso color verde dentro de aquella jaula que Matilda Nubla había usado para llevársela. Hasta ese instante, aún tenía la esperanza de haberlo soñado.

—Está claro que convertí a ese hombre en una serpiente —musitó.

—Podría haber sido peor —repuso la abuela—. También podrías haber convertido en algo a un inocente. Éste sólo tomó su verdadera forma. Estoy enterada de lo que venía a hacerle a tu profesora. Proteger a otras mujeres obedece a un instinto muy arraigado en nosotras. No hiciste nada que no hubiese hecho otra bruja de haberlo sabido. Aunque otra habría sido un poco más discreta.

—¡La fiesta!

Un vértigo sacudió a Circe de arriba abajo. Había hecho aquella demostración de brujería en lo que era la fiesta más concurrida de la ciudad de Ochoa. ¿Qué pensarían de ella? ¿Y si lo había realizado delante de algún miembro de la Suprema?

Se dejó caer en la silla de cuero antiguo que estaba junto a la mesa y los instrumentos astronómicos. Su mirada se perdió en lo que parecía una representación mecánica del sistema solar que se movía a un ritmo tan lento que apenas resultaba perceptible. Pero Circe sabía que se movía, y eso la inquietó de una forma que no sabía explicar. Una vez más, Encina se comportó como si supiera lo que su nieta estaba pensando.

—Querida, lo de la fiesta está solucionado. Y sí, puedes ver moverse los pequeños planetas de ese dispositivo porque eres una bruja, y como tal, conoces cómo funciona el universo de una forma elemental. Debería empezar a contarte las cosas por partes, aunque tengo entendido que Juana Expósito lo hará mucho mejor que yo a partir de enero.

—¿Juana Expósito? ¿Mi profesora de medieval?

—Sí, tienes razón, es profesora de historia, además de bruja. A mí lo de enseñar a los demás nunca se me dio bien.

Encina metió la mano en un bolsillo y profirió unas palabras malsonantes al darse cuenta de que no estaba ahí lo que fuera que buscase.

—¿Qué buscas, abuela?

—Las primeras nociones sobre brujería os las dará Juana a partir de enero. Lleva siglos entrenando a brujas jóvenes, así que lo hará bien, pero quería explicarte lo que es un familiar y enseñarte el mío, aunque me parece que no va a ser posible. —Encina cambió el tono afectuoso por otro confidencial y amenazador—. *¡Candela!* Ya sé que eres tímida, pero mi nieta va a seguir pensando que estoy un poco loca como no te vea. —Rebuscó un poco más por los bolsillos y en un par de tarros de las estanterías, pero pronto desistió—. Está claro que no desea servir de ejemplo, así que te contaré lo de los familiares sin ella.

La abuela le explicó que la magia era una especie de instinto desarrollado al máximo, una exacerbación de los sentidos, una percepción privilegiada. Que las brujas habían estado desarrollándola a lo largo de los siglos y perfeccionándola, pero sin perder nunca de vista las tradiciones. A diferencia de otras actividades humanas, en la magia lo más efectivo solía ser también lo más antiguo. Por ejemplo, la lengua en la que se pronunciaran los hechizos o se escribiesen los encantamientos determinaba el resultado, que era más potente cuanto más antigua fuera la lengua utilizada.

En la antigüedad se hablaba de la madre, de la naturaleza, de la diosa. Las brujas más modernas usaban la palabra «universo»: una bruja rinde pleitesía al universo y su equilibrio, lo percibe tal y como es, comprende su mecanismo y su funcionamiento, y por eso es capaz de plegarlo a sus deseos, es decir, de modificarlo. Por supuesto, no todas las brujas podían hacer las mismas cosas: las había con un talento natural para los sortilegios más difíciles y otras que sólo conseguirían, en el mejor de los casos, hacer aparecer una carta de póquer en la oreja de un niño o leer la buenaventura en unos posos de café. Sin embargo, con esfuerzo y dedicación hasta la más torpe de las brujas lograba ponerse a la altura de las circunstancias y conseguir transformaciones completas o potentes filtros de amor.

—Es evidente que no es tu caso. En esta casa siempre hemos sido brujas de una fuerza brutal. Y como a menudo sucede con el talento, en ocasiones eso es una bendición y en otras una maldición —añadió la abuela.

Desde tiempos inmemoriales, la bruja, con talento o sin él, solía apoyarse en un familiar. Se los llamaba así, entre otras cosas, porque el animal bajo cuya forma se presentase determinaba la familia a la que pertenecía la bruja, es decir, el talento que más podía desarrollar. Los familiares eran espíritus, en algunas culturas los llamaban demonios o demonios del hogar, y los indios americanos los denominaron tótem, pero también estaban próximos a los duendes de las leyendas, que permanecían unidos a la bruja por nacimiento y que tomaban la forma de un animal cuando la bruja llegaba a su maduración. Ésta solía encontrar ese animal de forma fortuita y sentir un lazo inmediato con él; a partir de entonces no podría deshacerse de ninguna manera de su compañía. El familiar protegía y guiaba a la bruja, que con un poco de práctica llegaría a poder oír lo que el familiar tuviese que decir. A cada familiar sólo lo podía oír su propia bruja.

Algunas culturas habían mantenido las referencias animales de los clanes, como los indios norteamericanos, cuyas familias pertenecían a clanes como el del oso o el del cuervo, aunque habían perdido el significado mágico del familiar y ningún animal los acompañaba permanentemente, ni quedaban por lo general vinculados a ellos. Sólo los chamanes, las parteras y otros hechiceros, que seguían relacionados con el mundo mágico, a menudo conservaban a su familiar. Había leyendas que se referían a grandes brujos de la antigüedad por su animal, de tal forma que, con los siglos, los brujos de las historias habían perdido su forma humana para fundirse con su familiar en el imaginario de la tribu. En otros casos, la creencia popular hablaba de hombres y mujeres que se transformaban en animales. Y aunque siempre hubo sucesos de esa índole, a menudo respondían a una forma de identificación del familiar con la bruja.

La genealogía no era determinante para que una bruja fuera perro o gato, serpiente o búho. Sin embargo, tener una cobra en la familia aumentaba las posibilidades de ser cobra. Por esa razón los Blackwell se casaban sólo con lobos: para criar lobos. Circe pensó que esa era una forma de endogamia distinta a la que le había comentado Rebeka. Por eso Arturo no terminaba de ser aceptado por los padres de Jacinta. No era un lobo. Ni siquiera era brujo.

—Por ejemplo, yo soy rana, aunque *Candela* no quiera mostrarse —dijo Encina—, y tu madre heredó ese rasgo. Tu padre era gato, y tú, cuervo.

Circe recordaba el precioso gato siamés de ojos azules que vivía con sus padres y que durante años creyó haber sacado de *Me enamoré de una bruja* y no de la realidad. En cualquier caso habría pensado que era la mascota de su madre, ya que en la película pertenecía a Kim Novak; pero no, era de Urso Darcal, su padre. Sacudió la cabeza confusa: era la primera vez que se permitía pensar en el nombre de su padre, no en James Stewart. Lo de la magia del nombre debería funcionar así, porque se sintió extraña, como si hubiese completado algo sin querer.

La abuela hablaba de que había rasgos que diferenciaban a todas las brujas de un solo clan: todas las ranas eran capaces de transmitir la salud; las sapos tenían cualidades físicas y podían desafiar la gravedad; las carneros eran profetas, y las ratones tenían ciertos poderes calmantes sobre las víctimas de una maldición, los seres mágicos y los transformados. Las liebres eran buenas con las pociones, y las halcones detectaban las bestias mágicas. Las zorros transformaban. Las lobos eran especialistas en las glándulas corporales, las hormonas y las moléculas que formaban la sangre, pudiendo hacer con ellas cosas inimaginables; por lo general tenían problemas genéticos de piel como albinismo, piebaldismo o vitíligo. Las perros, gatos y cuervos eran clanes límite. Circe preguntó qué era eso.

—Que ni viven del todo aquí ni del todo en otro lado —respondió crípticamente la abuela, aunque cuando vio la cara que ponía su nieta, decidió precisar la respuesta—. Las perros son nigromantes. Pueden hablar con los muertos y traerlos de vuelta. La muerte es su territorio natural y pueden animar cadáveres y someterlos a su voluntad, o bien traer de regreso al difunto tal y como se fue. Claro que, en realidad, jamás regresan tal y como se fueron, siempre tienen la sensación de haber perdido algo, y en muchas ocasiones es así: la memoria, la capacidad de amar, la vista. Otras veces sólo vuelven llenos de una melancolía inexplicable. Dicen que la poderosa bruja por la que me has preguntado —la abuela señaló a la imagen de la mujer de las tres caras— engañó varias veces a la muerte para regresar a la vida, y en cierta ocasión también trajo de vuelta a un amante al que habían descuartizado en catorce trozos. Cosió las piezas y le devolvió el espíritu y la juventud. Otros dicen que concibió un hijo del cadáver y que después dejó que volviese a morir porque había perdido la capacidad de amar.

—Eso suena al mito de Isis y Osiris, los dioses egipcios —se sorprendió Circe.

Encina dibujó una sonrisa enigmática y continuó hablando como si su nieta no hubiera dicho nada. Señaló que los gatos eran los amos de las llaves de las puertas del universo.

—Existen once mundos —continuó la abuela—, todos ellos ocupando el mismo espacio. El ser humano no está capacitado para verlos y, desde luego, las brujas en principio tampoco. Unos son versiones del nuestro con detalles un tanto diferentes. Otros son mundos sombríos donde reinan la oscuridad y seres monstruosos. Algunos están poblados por seres de luz y gobernados por la paz. Los oscuros y los luminosos se mantienen en equilibrio gracias a los mundos medios: el nuestro, los que son como el nuestro y el mundo de los muertos. En el mundo de los muertos, o Quinto Mundo, que es como lo llamamos nosotras, acaban todos los seres que fallecen en los mundos, y desde allí nos observan. En ocasiones nos ayudan y en otras se vengan de los vivos sólo por estarlo. Estar muerto es como la magia, no es bueno ni malo, sólo depende del corazón del protagonista. Las brujas cuya sangre se cubrió con sal en la Residencia de la Salud no podían ir al Quinto Mundo y por eso estaban tan enfadadas.

—¿Cuando decías que te comunicabas con el Quinto Mundo, en realidad te estabas comunicando con mis padres? —Circe no cabía en sí de la emoción.

—Bueno, eso era lo siguiente que te iba a contar: las brujas, con un poco de esfuerzo y entrenamiento, podemos escuchar el Quinto Mundo sin necesidad de ser nigromantes. A menudo, cuando eras pequeña, hablaba con tu madre sobre ti. Pero poco a poco, cuando fuiste creciendo, me dejó sola. Creo que ya no me vigila a mí, sino que sigue tus pasos.

—Entonces ¿puedo verla? —Circe estaba deseando preguntar cómo.

—No corras tanto. —La abuela la calmó poniéndole una mano en el hombro.

En ocasiones existían filtraciones de cualquiera de los once mundos, huecos, grietas y puertas entreabiertas, y las gatos eran las encargadas de cerrarlas si se hacía necesario. También eran las únicas capaces de abrirlas y de hacer que se manifestaran seres de otros mundos a través de animales u objetos de aquel que ellas habitasen. El bosque de los magnolios de Ochoa era una de aquellas oquedades, y a Encina le había preocupado que Rebeka le dijese que un caballo rojo se había manifestado para Circe surgiendo del lago, porque en el parque de Tayasal se podría colar cualquier cosa. Por eso la leyenda decía que los hombres de los árboles guardaban el parque y hacían sonar sus armas cuando presentían alguna amenaza.

—Una de las gemelas lo vio y yo también —dijo Circe.

—Supongo que tú lo viste porque eres una cuervo, y los cuervos son seres en tránsito. Lo de Magali me preocupa más, aunque no sé cómo interpretarlo.

—¿Qué quieres decir con «seres en tránsito»? No ha sonado nada bien.

—Los cuervos son viajeros de mundos. No sólo pueden escuchar al Quinto Mundo o enviar su espíritu a manifestarse en un objeto que de repente percibe un gato. Pueden traspasar la barrera entre un mundo y otro sin necesidad de puerta y traer con ellos lo que sea. Los cuervos son escasos, Ce, muy escasos, pero poderosos. Muchas brujas y brujos famosos fueron cuervos. A gran parte de ellos el corazón se les ennegreció por la ambición o por no ser capaces de reconocer las diferencias entre un mundo y otro. Si hay algo que no me hubiese gustado que fueras es cuervo, pero ya no hay remedio.

»Los cuervos han sido dioses y demonios, capaces de traer la muerte y la destrucción y de ganar batallas mágicas. Es el único animal que tiene un título dentro de su clan: el viajero que es capaz de traspasar ileso las puertas de los once mundos se convierte en reina o rey cuervo.

Circe, a pesar del terror que le inspiraba lo que su abuela decía, no pudo evitar fijarse en que Encina había cambiado el femenino generalista que usaba para todo lo referido a las brujas por un «rey» y «reina» diferenciados.

—¿Reina o rey? Pensé que hablábamos en femenino porque esto era una sociedad matriarcal —dijo mirando de reojo al hermoso cuervo negro que recorría la mesa de un lado a otro.

—Sí, ha habido tantos reyes cuervo como reinas cuervo, y eso es algo notable. También hay tantos de uno como de otro sexo que se han perdido por el camino. ¿Has oído hablar de Merlín el encantador? ¿Conoces la leyenda de una bruja que hizo dormir cien años a una princesa adolescente? Cuervos, reyes y reinas cuervos todos. Existen algunos más próximos y que tú conoces…

Circe pensó en lo que le había contado su abuela sobre la Orden de la Jarretera y los reyes británicos y recordó la leyenda que decía que se acabaría la monarquía en Reino Unido el día que los cuervos abandonasen la Torre de Londres. Estuvo a punto de reírse y preguntárselo, pero se dio cuenta de que Encina tenía un gesto pesaroso y que las manos le temblaban un poco.

—Abuela, ¿estás bien?

—Tu abuelo… —empezó a decir Encina, pero guardó silencio como si dudase de cómo afrontar aquella cuestión.

—¿Mi abuelo qué?

—Tu abuelo quiso ser como esos peones que se convierten en reina al cruzar el tablero de ajedrez —dijo por fin, y su voz recuperó toda la fuerza—. Quiso ser ese cuervo que debía coronarse. Y se perdió para siempre en el camino.

El abuelo del que nunca hablaba, ese hombre que Circe representaba en su cabeza como un anciano de larguísimas barbas blancas y cuerpo diminuto, al que Encina había borrado de los álbumes de fotos, también era un cuervo, como ella.

—¿No volvió? —Circe empezó a asustarse.

—No. Y no quiero hablar más de eso. Se acabó. Sólo quiero que sepas que la magia tiene un precio. Siempre lo tiene. —El temblor de sus manos había desaparecido y la melancolía se había transformado en una firmeza sorda—. No es un juego inocente que no tenga consecuencias. La magia consciente y controlada tiene precios pequeños, como que las mariposas duren tan poco o que los árboles de hoja caduca se queden desnudos en invierno. O que el paso del tiempo afecte a los hombres o incluso nos afecte a nosotras, aunque de manera diferente y más lenta. La magia controlada hace que el mundo sea como es desde hace milenios y preserva su equilibrio. Sin embargo, la magia descontrolada, la que no eres capaz de sujetar, tiene precios elevados: muerte, envejecimiento, enfermedad, pérdida de la suerte, de la alegría, del alma. Tu amiga Sibila perdió la vista y el pelo se le encaneció a los siete años por la profecía que llegó a ella sin avisar. Desde entonces sujeta su magia con un bastón que nunca puede estar a más de once pasos de ella.

Circe no tuvo tiempo de apuntar que Sibila no era su amiga. La abuela siguió diciendo que la magia estaba ligada a los sentidos y a las emociones. Para poder dominar la magia había que estar tranquila y conservar el equilibrio. En caso contrario, la magia la dominaba a una. La ambición, la envidia, los celos, el rencor, el miedo, todas esas pasiones podían hacer que una bruja se descontrolase y necesitara un bastón, cayado o vara para redirigir su magia.

—Son cosas que conducen al lado oscuro —dijo Circe divertida.

—No sé de qué hablas, pero en cierta forma sí. —Encina no era tan aficionada al cine como su nieta—. Hasta la más iluminada de las brujas puede acabar siendo una anciana con verrugas y pelos saliendo de ellas, como las de los cuentos tradicionales, si su magia se descontrola. Por supuesto hay métodos para recuperar la juventud, pero ninguno es bueno y, por lo general, todo lo que se recupera en el cuerpo, el alma lo pierde. La juventud es cada vez más efímera y la bruja, poco a poco, se destruye.

9

Llámalo derrota

La tienda de los Olagüe era un establecimiento de principios del siglo XX que conservaba el mismo mostrador de madera y cristal, los mismos estantes de ebanistería y las mismas interminables hileras de cajones y archivadores que tenía el día de su inauguración. En ella se podía comprar cualquier producto que no fueran alimentos, desde las telas que se acumulaban en grandes rollos tras el mostrador, hasta sartenes o trampas para ratones. Cuando era pequeña, Circe compraba también allí el material escolar. El suelo de baldosas hidráulicas tenía un bonito dibujo floral que se había ido desgastando con el tiempo y los pasos de los clientes, pero que nunca había perdido su color. El señor Olagüe conservaba hasta los ficheros de facturas de su bisabuela, la fundadora del negocio, y un pequeño retrato de ella junto a la entrada que señalaba la fecha de apertura. En aquella tienda siempre olía a productos para la madera y a limpiacristales, y si Rosa estaba trabajando, al perfume afrutado que ella usaba.

—¿Te quieres estar quieta? Me estás poniendo negra.

Ante la orden de Rosa, Circe dejó de hacer girar sobre el mostrador de madera el enorme clavo de hierro que había encontrado junto a la entrada. Según algunas tradiciones, el hierro era dañino para las brujas, pero no era ése el caso. Tampoco recordaba que la abuela le hubiese prohibido usar sal en las comidas. Por lo demás, Circe había tenido una vida más o menos normal y más o menos feliz hasta que se marchó a Ochoa.

—Disculpa, pero lo he encontrado en el suelo. Si alguien se lo llega a clavar por accidente, seguro que os denuncia —le replicó a su amiga enseñándole la aguzada pieza de hierro.

—Mi padre lo usa para atascar la puerta en verano y que no se cierre, no sé cómo ha terminado ahí. Suele estar en... —Rosa se quedó con el dedo en alto, señalando a una de las estanterías en silencio.

Circe interpretó de inmediato ese silencio y la palidez que sobrevino al saludable rostro de su amiga: el clavo debía de estar en la estantería que se volcó sin explicación aquel día que estaba tan enfadada. Se sintió un poco culpable por la escasa atención que le había prestado. Rosa había llenado su vida durante la infancia. A pesar de los reparos de Violeta, su madre, siempre iban juntas, como si fuesen hermanas gemelas aunque no se pareciesen. Circe era de una estatura bastante común, pero parecía una jirafa al lado de su amiga redondita, pequeña y vivaz como un gazapo. Rosa era honesta, vital, sencilla. Nada la detenía ni era capaz de deprimirla. Jamás Circe había visto antes en sus ojos esa mirada desconcertada. Para Rosa todo resultaba muy sencillo: lo blanco era blanco y lo negro, negro; todo lo que no podía responder a ninguna de las dos descripciones anteriores era gris y no valía la pena tenerlo en cuenta. Pero el incidente de la estantería, aunque hubiese tenido una explicación del todo plausible, no respondía a ninguna de las dos opciones básicas ni tampoco se podía obviar con facilidad: el mueble se había movido y ella ni siquiera lo había tocado. Estaba muy enfadada, mucho, cuando la estantería se había desplazado, pero lo cierto era que no se había acercado a ella.

—Se habrá caído por cualquier motivo. El viento, por ejemplo —dijo Circe al ver que el color no le volvía a las mejillas.

—¿Sabes qué creo? Que la moví yo con la mente —repuso Rosa sin parpadear—. La estantería, digo. Ese clavo gigante no ha llegado solo hasta la puerta. Fue a parar allí cuando yo moví la estantería con la mente.

Circe se quedó helada. ¿Estaba hablando en serio? No era una persona que acostumbrara a bromear con esos asuntos, pero nunca se sabía.

—Pero ¿qué dices? —replicó tratando de restarle importancia.

—A ver —Rosa se armó de una paciencia infinita, como si se lo tuviera que explicar a una niña—, céntrate: un día que hablamos y que no me hiciste ni caso, te estaba contando que estaba muy cabreada y que se movió la estantería. Ese clavo —Rosa levantó el clavo como una maestra levanta el objeto cuyo nombre quiere que los niños repitan— se encontraba en la estantería que yo moví. Te juro que no la toqué. Si quieres, inténtalo tú; no es un mueble que se desplace con el viento. Es una estantería maciza y lleva ahí toda la vida. Ni se ha movido antes ni se va a mover nunca.

—¿Un temblor de tierra? —improvisó Circe.

—Ni tú misma te lo crees. Eso ha sido el poder de mi mente, como en esa película en la que bañan a la protagonista en sangre y ella empieza a matar gente. Te lo aseguro, eso lo hice yo con mi cabreo y sin ayuda. Espero que no vaya a más y me vuelva una psicópata. ¿Te imaginas?

El rostro de Rosa revelaba una fuerte emoción, como si esperase que Circe aprobara sus planes para asesinar a todo el instituto en el baile de fin de curso. Encina tenía razón: las emociones afectaban a los poderes. Ella misma había convertido a un hombre en serpiente y Rosa había movido una estantería. Pero no podía confesárselo a su amiga, porque la abuela le había hecho prometer que respetaría los deseos de Violeta de no decirle nada. La madre de Rosa se había empeñado en que su hija no supiera de sus poderes y creía que sería capaz de conseguirlo, porque en su casa apenas habían sido poco más que ilusionistas y magos de segunda. En la casa del padre de Rosa tampoco había antecedentes de grandes brujas, aunque el señor Olagüe no parecía demasiado de acuerdo con los deseos de su mujer, a juzgar por su afición a la prestidigitación y los juegos de cartas. Sin embargo, por una vez, y con gran dolor de su corazón, Circe sintió que estaba de acuerdo en proteger a Rosa. Nada le hubiera apetecido más que compartir todas sus inquietudes con su mejor amiga de la infancia, pero sentía que eso era exponerla ante un evidente peligro. Rosa tendría una vida más apacible sin saber por qué a veces encendía la luz sin tocar el interruptor u otras menudencias por el estilo.

«En la familia de los Olagüe y en la de Violeta del Valle casi todos son conejos —había señalado la abuela—, brujas sencillas sin grandes pretensiones. Buenos en los huertos y con la magia basada en materializar monedas detrás de las orejas y cosas así. No será difícil que Rosa ni se entere de que puede hacer hechizos.»

Circe hubiera dado cualquier cosa porque Rosa le dijese que se le había aparecido un conejo blanco que no la dejaba en paz.

—Todo eso son cosas de las películas —respondió a su amiga.

—Sí, de las películas —replicó Rosa sin que la decepción hiciera temblar su voz—, pero yo estoy segura de que tengo alguna clase de poderes. Mira mi padre, siempre ha hecho magia. ¿Qué pasaría si algo de lo que hace fuera cierto y me lo hubiese transmitido en los genes? A lo mejor puedo hacer aparecer conejos de chisteras y mover objetos en el aire.

—Hablando de conejos…

—Un conejo no, pero sí que he hecho aparecer una tórtola.

Circe palideció.

—¿Una tórtola?

—Sí. Como ya no vienes por Valdaya, no te puedo contar estas cosas. —Rosa cruzó los brazos sobre el mostrador.

Acto seguido le contó que había estado revolviendo los trastos de los baúles de su padre, de vez en cuando y sin que su madre sospechase nada. También le dijo que había un montón de objetos extraños que no había podido reconocer y sobre los que tampoco había conseguido explicación en internet. Sin embargo, localizó una chistera de mago en el fondo de una caja. Rosa había pasado toda la tarde haciendo abracadabras para que saliera alguna cosa del sombrero, un poco en broma y un poco en serio. Algo en su interior le decía que podría materializar algo si se concentraba lo suficiente, y entonces...

—¿Sacaste una tórtola de la chistera? —Circe tenía el corazón en un puño.

—¡No, burra! Se estrelló contra la ventana y la tengo en el cuarto, convaleciente —contestó Rosa riendo a carcajadas—. Luego me llamas a mí fantasiosa, hay que ver. Más tarde te la enseño y planeamos qué vamos a hacer por mi cumpleaños.

—Sí, algo habrá que hacer. —A Circe le parecía que su corazón no recuperaba el ritmo del todo.

—Además, he comprado vino caliente para celebrar que ya lo puedo beber sin infringir la ley. Vino dulce calentito con galletas, y después ya veremos. Salimos solas las dos, sólo chicas, que el carnicero ya me tiene a mano todos los días.

Rosa saludó con los dedos al chico que, con un delantal manchado de sangre, pegaba la nariz a la puerta en el local de enfrente. Él respondió juntando los labios en una especie de beso. Circe lo conocía porque les gustaba a todas las jovencitas cuando estaban en el instituto, y después también, aunque ella jamás le había prestado mucha atención.

Era un muchacho alto y rubicundo, con los ojos negros y profundos. Lucía un enorme lunar color chocolate en la mejilla que no hacía más que darle un toque misterioso a esa forma de caminar rítmica que tenía. Años atrás había adoptado un chucho sarnoso que se encontró en el bosque y que se sentaba como un fiel guardián en la puerta, a unos pasos de donde comenzaba la nieve. Era muy extraño que alguien abandonase un perro en la zona, recordaba haberlo comentado con Rosa, aunque ahora todo tenía un significado distinto.

Un perro quería decir que el carnicero era un nigromante. Ése en concreto había aparecido por la zona alrededor del decimoctavo cumpleaños del chico, tres años atrás. Lo recordaba porque su regordeta madre lo había dejado todo a mitad de precio en la carnicería aquella mañana con la excusa de la fecha señalada, cosa que no había ocurrido nunca antes ni volvería a pasar después.

Circe tuvo la seguridad de que, por más que se esforzase, no podrían ocultarle para siempre la verdad a su amiga. Si no era porque la tórtola significaba que tenía más poder que sus padres, sería porque al nigromante de la acera de enfrente se le escapase algo. Y Rosa se sentiría tan traicionada y tan engañada como ella misma se había sentido.

—Si tuviera un secreto, uno que pudiera hacerte mucho daño, ¿querrías que te lo contara? —le preguntó Circe con los ojos bajos.

—Ah, sí, claro. —Rosa no había apartado la mirada del cristal de la puerta y seguía dibujando corazones con las manos al nigromante—. Cuéntamelo todo sobre ese tal Arturo y ese millonario enmascarado que te tienen loca. Rómpeme el corazón.

Circe miró a Rosa con sorpresa, a punto de negar que el secreto fuera ése, pero los dos ojos honestos y limpios de su amiga la derrotaron.

—Me gustan los dos, pero ambos están llenos de desventajas —dijo al fin, rendida.

10

Límites

Era la mañana del día de Nochebuena, aunque Circe acababa de descubrir que lo que habían estado festejando en Valdaya todos esos años era el solsticio de invierno. No se habría sorprendido si las señoras del pueblo hubieran decidido bailar desnudas alrededor de los árboles que habían decorado con luces y brillantes bolas de colores. En realidad, tenía sentido que se tratara de una fiesta pagana: todo el mundo comiendo engalanado, esa decoración histriónica de las calles y las casas, las montañas de regalos junto a las chimeneas y las estufas de leña de encina. «Debería de haber sospechado algo», se decía con cierta ironía.

Daba igual qué se celebrara mientras se celebrase algo. Por lo visto, el cristianismo había adoptado para sus fiestas las mismas fechas que las religiones antiguas veneraban, quizá porque eso resultaba más aceptable para sus nuevos conversos, o quizá porque esos mismos conversos se empeñaban en seguir celebrándolas. Que los días empezasen de nuevo a ser más largos o que hubiese nacido un niño en un portal era indistinto. El sol renacía, el salvador llegaba. Tal vez por eso los cultos solares se habían adaptado con tanta facilidad a las nuevas creencias y las habían hecho suyas, como defensa contra el mundo mágico femenino. Era difícil saberlo con seguridad. A pesar del empeño de las brujas en conservar todas las tradiciones y transmitir sus conocimientos de generación en generación, muchos detalles se habían perdido en el camino. Las nuevas creencias solían empezar quemando bibliotecas. No era de extrañar que Encina escondiese la suya bajo tierra.

La abuela se había empeñado en que no hiciera demasiados esfuerzos mientras estuviese en el pueblo, así que no permitía que la siguiera al campo o al huerto. Como mucho la dejaba a cargo del relleno que llevaría la carne y otros detalles culinarios mientras ella hacía el trabajo pesado. Le dijo que estaba de vacaciones, o que todavía se hallaba convaleciente, o que aún tenía demasiado que digerir como para ponerse a sacar patatas de debajo de la tierra.

Circe no quiso escuchar nada más y le dio enseguida la razón, sobre todo para que no dijese alguna otra cosa que la hiciera sentir como una inválida. Así que se había llevado el ordenador a la cocina y miraba lo que hacían sus amigos por las redes sociales o buscaba en internet la receta de un bizcocho de chocolate y cereza para la cena. La abuela había invitado a Rosa, a sus padres y a otros amigos, entre ellos a la directora Nubla. Desde luego, ella no tenía tanta mano como Encina en la cocina, pero los postres siempre se le habían dado bien. La abuela decía que sus tartaletas de crema con fresas ponían de buen humor a cualquiera. Sospechaba que algo podría tener que ver la magia con todo eso, pero no quería pensarlo demasiado.

Rebeka aparecía en varias fotos con sus hermanas y en alguna con su madre, que tenía esa expresión tan triste de la foto de la residencia. *Katu* correteaba detrás de algún bicho, nada relevante. Casandra había colgado una imagen en la que Venezia y ella perseguían a Sibila con un centollo vivo. Jacinta seguía sin publicar nada desde la fiesta, y eso era muy raro. La hija menor de los Blackwell solía aparecer varias veces al día en las redes sociales mostrando su ropa cara, sus cosméticos o sus comidas de postín; sin embargo, allí seguía su foto de antes del evento con su disfraz de Rapónchigo. Era la única de su casa que usaba las redes para eso, lo que encajaba con la tradición familiar de no hacerse fotografías o mostrar sus retratos. Parecía que habían logrado convencerla de que dejase de exponerse de esa forma. Sus casi dos millones de seguidores estarían muy decepcionados.

Mai y May, cada una por separado, tenían vidas muy diferentes. Mai pertenecía a una familia numerosa y las fotos de su reunión familiar eran populosas, caóticas y algo más alegres de lo que Circe hubiera esperado. Niños en movimiento, señores haciendo el tonto con gorritos brillantes, una abuela con un langostino en la mano y varias mujeres con cara de avergonzadas por haberse pasado con el vino. La familia de May, por el contrario, era minimalista y en blanco y negro. Su casa estaba decorada con exquisitez, sus padres vestían con exquisitez y el único hermano de May, mayor que ella, tenía pinta de haberse educado con tanta exquisitez que rozaba el desprecio. Todos aparecían pulcros y ordenados en la foto familiar, tan pulcros y ordenados como los jarrones gemelos que completaban la estampa a ambos lados. A Circe le pareció que ambas creían envidiar a Jacinta cuando sólo se envidiaban la una a la otra.

Arturo había puesto una única fotografía: una instantánea en blanco y negro en la que salía muy de cerca, hecha con un teléfono móvil. En ella aferraba con fiereza y todo su encanto a un hombre que pretendía no salir en el plano. Arturo reía mostrando todos aquellos dientes perfectos junto a medio perfil de un porcentaje ínfimo de hombre, un cuarto de rostro en movimiento del que Circe pudo distinguir apenas un ojo de color claro y una larga cicatriz. Ella había visto antes esa cicatriz, pero no pudo recordar dónde.

En la parte de atrás de la imagen, otro hombre de aspecto siniestro observaba la escena con una copa de vino en la mano y media sonrisa teatral en los labios. Circe parpadeó al mirarlo y se preguntó por qué habría pensado que resultaba siniestro. Era alto y moreno, bien vestido, de ojos claros, con pecas en la nariz recta de aspecto grecorromano; tendría unos cincuenta años, llevaba unas gafas cuadradas de montura oscura y se parecía bastante a Arturo. Sin embargo, su expresión era cruel, como si sus cejas y las comisuras de sus labios se hubiesen puesto de acuerdo para converger hacia dentro. El pie de foto rezaba: «La familia al completo se prepara para esta noche».

Circe pensó que habría más gente en la casa que no se apreciaba en la imagen; otras personas que organizasen, decorasen o asaran besugos. Sin embargo, por alguna razón, aquella fotografía la desolaba.

Por segunda vez en pocos días se había percatado de que no conseguía entrar en las instantáneas de las redes sociales, como lo hacía en las fotos impresas, las diapositivas o los cuadros. Se trataba de una cuestión que tenía que consultar con la abuela. Se puso una enorme chaqueta de lana y salió por la puerta de la cocina que daba al huerto. Encina sostenía un pavo muerto en la mano y caminaba en su dirección. Era de esas abuelas que jamás había tenido problemas para retorcerle el cuello a un ave, cosa que Circe no se veía capaz de hacer por mucha hambre que estuviese pasando.

—Abuela, ¿tienes idea de por qué en las fotografías del ordenador no puedo entrar como en las otras?

—Anda, pasa, que te vas a quedar helada.

Circe reculó hasta la cocina y se calentó junto al puchero donde bullía el caldo. La abuela la siguió con el ave muerta y cerró la puerta con el pie. Atrajo una banqueta, sacó una bolsa de un cajón y empezó a desplumar el pavo. Hasta que su nieta no se sentó de nuevo junto al ordenador, tratando de no ver cómo el animal que se comerían esa noche se iba quedando calvo, no empezó a hablar.

—Los ordenadores son un filtro demasiado complicado para nuestro poder. Tus capacidades especiales tendrían que recoger e interpretar todos esos unos y esos ceros, esos signos que sólo adquieren sentido al unirse y representar imágenes en la pantalla o responder a determinados códigos. Es demasiado esfuerzo y no vale la pena. Si quieres saber algo de una imagen representada en un ordenador, obsérvala impresa en un papel. La pantalla es una mentira, una composición, algo que tan pronto te muestra una cosa como otra, no es de fiar. Confunde tu don.

Circe decidió hacerse una carpeta con las fotografías que quería imprimir. Sentía especial curiosidad por la madre de Rebeka desde que había creído intuirla entre el profesorado de la Universidad de Ochoa. Y por la familia de Arturo; por Arturo en general, mal que le pesase.

11

Celebración

LA PRIMERA EN acudir a casa de la abuela fue Matilda Nubla, que, para sorpresa de Circe, llegó acompañada de la anciana Glinda. Habían traído dulces de almendra con forma de inquietantes animales mitológicos y fruta escarchada. Al poco tiempo llegó Rosa con sus padres en el destartalado coche que no le dejaban conducir. De hecho, iba protestando por ese asunto.

—Si ni tiene dirección asistida —decía—. ¿Qué es lo peor que puede pasar? Si me lo cargo, compramos otro, que ya va siendo hora. Sería un buen regalo de Navidad.

Rosa ayudó a Circe a recibir a los invitados. Algunos eran de Valdaya, pero Rosa sólo los conocía de haberlos visto en la tienda. Circe reconoció al bodeguero que hacía el vino de estrella que bebían los Blackwell.

—Fue un alumno privilegiado —le dijo la abuela en un despiste de su amiga.

Encina le guiñó un ojo y su nieta se dio cuenta de que nunca la había visto tan contenta.

La pequeña casa se fue llenando de gente y la sala principal, alrededor de la chimenea de piedra cuyo fuego crepitaba con alegría, muy pronto estuvo atestada de curiosos personajes, unos vestidos de manera estrafalaria y otros notoriamente refinados.

Algunos llevaban ropa actual, pero con los colores combinados de forma sorprendente. Unos cuantos iban ataviados como personajes de cuadros renacentistas, muchos se cubrían con capas y había un par de jóvenes con elegantes faldas largas y negras.

—Los amigos de tu abuela son muy originales. —Rosa señaló a los dos hombres con falda, que se parecían bastante entre ellos y debían de ser hermanos—. Esos dos son dos bombones; ¿llevarán algo debajo de la falda?

—Siempre pensando en lo mismo.

—Venga, Circe, no seas aguafiestas, ¿es que hay algo más que hacer aquí en Valdaya? Para una vez que tenemos visita.

Aunque parecía que la abuela celebrase por primera vez el solsticio de esa forma, a Circe le resultaba familiar, como si hubiese vivido algo parecido hacía muchos años. La abuela daría esas fiestas hasta que su hija murió. O hasta que tuvo que esconder a su nieta. En cualquiera de los dos casos, parecía positivo que se hubiese decidido a hacerlo de nuevo.

—No sabes cómo me alegro de que vuelvas a organizar una de tus famosas celebraciones —le decía la directora de la Residencia de la Salud a su abuela en un rincón—, no puedes imaginar cómo las hemos echado de menos.

—Oh, querida, después de lo que sucedió en aquella fiesta del solsticio... no sabía si querríais volver —respondió Encina—. Seguí celebrando el equinoccio de primavera hasta la muerte de Nona, pero no pude recuperar la ilusión por el solsticio de invierno desde el incidente.

—Glinda está encantada, no te preocupes. También a ella le hacía ilusión regresar. —Matilda carraspeó como si tratase de no expresar más emoción que la necesaria, y cambió de asunto de forma inesperada—. Por cierto, no comprendo por qué os empeñáis en cocinar vosotras mismas todos estos manjares cuando los podríais obtener con menos esfuerzo.

La abuela le puso una mano en el hombro a la directora.

—Querida, deberías saborear más los pequeños placeres de la vida, como preparar un banquete para los amigos, a mano y despacio, combinando los olores y los sabores. Existe el placer de los caminos y los tránsitos, de la preparación. Deberías probarlo alguna vez.

—¿De qué están hablando? —preguntó Rosa.

—De las ventajas de cocinar tú mismo, en lugar de encargar la comida a un restaurante —disimuló Circe como pudo.

Rosa levantó una ceja pero no dijo nada. Sobre todo porque no había un solo lugar en todo Valdaya donde sirvieran comida a domicilio.

La cena fue maravillosa. Había pavo, pichones y besugo, pastel de verduras, ensaladas, roscas de pan casero, queso de las cabras de uno de los invitados, tortas, el bizcocho de chocolate con cerezas de Circe, vino de la abuela y un par de botellas de vino de estrella con el que brindaron al final de la celebración. Con el brindis, los dulces típicos de las fechas que había traído Matilda Nubla llenaron la mesa. Todo el mundo parecía feliz, y Rosa y Circe se contagiaron del humor general, aunque no conociesen a la mayor parte de los invitados. La primera se había situado entre los hermanos que vestían con falda y la segunda, frente a ella, buscó con la mirada a la anciana Glinda, que hacía un rato que había desaparecido. Con la excusa de traer más frutas escarchadas, salió a la cocina a buscarla, aunque tampoco la encontró allí. Una luz al otro lado de la ventana llamó su atención. Su chaqueta de lana estaba colgada junto a la puerta que daba al huerto, así que se la puso y salió a ver.

La anciana Glinda alimentaba a los familiares que los invitados de la abuela habían dejado en la puerta. Un ratón blanco y negro se sentaba al lado del obediente halcón de la directora, que ni siquiera lo miraba como a un bocado apetecible. Había gatos, carneros, un zorro, el cuervo de Circe y algún otro animal que permanecía en las sombras, donde la silueta de la vieja se movía con el gracejo de alguien más joven. Circe se acercó despacio, la nieve amortiguaba el sonido de sus pasos y pudo aproximarse sin que Glinda se percatara de su presencia. Tanto fue así, que pronto advirtió que la anciana, bajo la sombra del emparrado donde estaba situada, tenía que alargar el brazo para dar de comer a los animales, y que cada vez que este brazo era acariciado por los rayos lunares, aparecía juvenil, terso, blanco como el de una adolescente.

—No te sorprendas tanto. Pensaba que tu abuela te habría puesto al día de las circunstancias al saber que yo también venía —dijo Glinda saliendo a la luz ante Circe.

La piel como papel se tensó, el cabello se volvió castaño y abundante, los labios se hincharon, la humedad de los ojos brilló de lozanía: delante de sus ojos, la anciana se transformó en la adolescente que Circe había visto la noche de la luna más brillante.

—¡Es increíble! —exclamó.

—Bueno, supongo que como todo aquello de lo que te vas enterando —rió la joven.

—Pero ¿cuál de las dos es la verdadera?

—¿Quieres decir cuál es mi edad?

—Sí.

—En realidad, ninguna de las dos.

Glinda, la adolescente de no más de trece años Glinda, le contó que era la hija de Matilda Nubla y que había nacido el año en que el hombre llegó a la luna. Matilda y Encina eran muy amigas, íntimas, por lo que madre e hija asistían a las fiestas del solsticio de la abuela en Valdaya con puntualidad rigurosa. Eran famosas las cenas de Encina, cocinadas con sus propias manos. Cenas en las que se servía el vino delicioso y sanador de los viñedos de la abuela. Por aquel entonces Encina vivía gran parte del año en Ochoa y el resto del tiempo en Valdaya. El huerto en el que después ocuparía tantas horas no existía y la producción de vino era escasa y tan sólo para las fiestas y los amigos. Matilda Nubla ya tenía planes para rehabilitar la Residencia de la Salud, pero tuvieron que retrasarse debido al incidente.

Aquella Navidad, poco después de que Glinda cumpliera los trece años, asistió a la cena el Conventículo de las Cinco Lunas al completo, el máximo poder del mundo de la brujería, integrado por una bruja de cada continente. Para entonces, la bruja europea era tan antigua que parecía «una figura de papiroflexia», según las propias palabras de Glinda. Se sentaba en aquella silla de madera como si la hubiesen doblado en esa postura, con el rostro más ajado que uno pueda imaginarse. Costaba creer que siguiera viva, pero de vez en cuando un hilo de voz surgía de la caverna de sus labios para pedir un dulce o más vino. Todo el mundo creía que la heredera de aquella anciana surgiría de esa cena, y que la bruja la nombraría antes de que llegase el Año Nuevo. Glinda se había sentado junto a ella por consejo de su madre, para que aprendiera todo lo que pudiera antes de que aquella mujer desapareciese para siempre. Fue un error que Matilda todavía no había logrado perdonarse.

Con el brindis final, la venerable anciana se sintió desfallecer. Nadie sabía entonces que había visto su propia muerte en aquella cena leyendo una bola de cristal negro, y que ya estaba preparada para ceder su puesto a la mejor aspirante. Sin embargo, cuando el corazón le dio el aviso de que era el instante adecuado, sintió tal pánico que agarró a la joven Glinda por los hombros y la maldijo.

Cayeron ambas al suelo detrás de la mesa; aquella boca como una caverna abierta absorbía la vitalidad de la adolescente. Glinda recordaba la oquedad insondable por la que se derramaban sus hermosos trece años, y el rostro cambiante de aquella anciana que recuperaba unos dientes perfectos, una piel tersa y firme, unos ojos horrorizados que regresaban de las cataratas a la luz. Mientras, su propio cuerpo se deshacía.

Matilda y Encina lograron arrancar a Glinda de aquel abrazo mortal con un conjuro, justo a tiempo para que aquella transustanciación no la matase. La bruja europea del Conventículo de las Cinco Lunas se enderezó como una bestia, hermosa como un animal. Glinda nunca olvidaría la palidez de su rostro, los ojos verdes como menta fresca, el cabello negro desenredándose en largos bucles y aquella risa como un aldabonazo que cerraba el universo a su alrededor. Nadie pudo evitar que desapareciera. Desde entonces Glinda era una anciana y la bruja europea, cuyo nombre había sido vetado en su familia hasta que fuera encontrada, una joven hermosa y prófuga. Sin embargo, al no completarse del todo el embrujo, a la luz de la luna Glinda seguía teniendo trece años, y con toda probabilidad aquella mujer nunca se expondría a ella ante el peligro de morir de senectud.

—La Luna Azul la busca desde entonces, pero no han conseguido encontrarla.

—Es una especie de policía mágica, ¿no? —preguntó Circe.

—Más o menos. —Glinda acarició al ratón blanco y negro antes de responder—. Atrapan brujos y brujas negros y rojos, los que hacen magia que causa daño a los demás o magia de sangre, que está proscrita. Si es posible y pertinente, los rehabilitan. En general la Luna Azul no está bien vista, porque a ninguna bruja nos gusta que nos digan cómo hemos de vivir. Nuestro mundo no está o no debería estar reglado; se basa en la libertad. Bastante insoportable resulta que el comité de sabias, el Conventículo de las Cinco Lunas, tome decisiones en ciertos casos especiales, pero a la mayor parte de las brujas nos cuesta aceptar que seamos perseguidas por otra de nosotras. Durante las guerras contra la Suprema ése fue siempre nuestro punto débil: no estábamos tan organizadas como ellos. Las Cinco Lunas y la Luna Azul trataron de remediarlo y se convirtieron en parte fundamental del tratado de paz, pero ninguna de las dos se recuperó nunca de mi ataque en la cena de Valdaya. Las sabias de Asia y África aprovecharon la circunstancia para manifestar su descontento con las de América, Europa y Oceanía. Mostraron como prueba de cargo el comportamiento que la bruja de Europa había tenido conmigo, por lo que el puesto quedó vacante hasta que se lo ofrecieron a tu abuela, pensando que ella impondría la paz, pero luego…

—Mataron a mis padres y ella tuvo que esconderme, así que lo rechazó —completó Circe.

—Exacto. Mi madre hubiera sido otra opción, pero lo que ocurrió conmigo la descartaba, porque tenía relación directa con los hechos. Ocupó el puesto una gitana francesa, muy amiga de mi madre y de tu abuela, o al menos entonces lo era. En cuanto a la Luna Azul, no consiguieron encontrar a la bruja que me maldijo, para así obligarla a que me devolviera la juventud, así que ni mi madre les tiene simpatía.

Glinda le explicó que la única forma de deshacer una maldición era por la voluntad de la bruja que la llevó a cabo o por la muerte de ésta. Le resultaba difícil creer que la bruja que la maldijo fuera capaz de volverse atrás pues, si lo hacía, el tiempo se reanudaría en el mismo punto en que la maldición había tenido efecto: Glinda empezaría a cumplir años desde los trece y ella fallecería.

—Así que, en cierto modo, es como si tuvieras trece años para siempre —dijo Circe.

—Las maldiciones transformantes, es decir, las que te convierten en algo que no eras antes, como en mi caso ser vieja, tienen el terrorífico efecto secundario de parar el tiempo para el maldito. Hasta que la maldición no se deshace no puedes ni tan siquiera tener el consuelo de envejecer y morir como todo el mundo.

—Y tampoco puedes subir las escaleras de la residencia. —Circe unió las piezas.

—Ninguno de los que estamos malditos por transformación y vivimos allí podemos hacerlo. Tu amiga pelirroja no tiene problemas con eso porque su maldición es generacional, no transformadora.

Circe quiso preguntar por la maldición de Rebeka, de la que tenía noticia por primera vez. Y también le intrigó que hubiera otras víctimas de maldiciones por transformación en la Residencia de la Salud, pero no tuvo tiempo de preguntar. La puerta de la cocina se abrió con estruendo y los dos brujos con falda hicieron su aparición en compañía de Rosa, riendo escandalosamente y con copas de vino de estrella en las manos, a lo que Glinda respondió ocultándose en las sombras y retornando a su aspecto de anciana.

—Pero, ¿qué hacéis ahí? Os vais a pelar de frío. Dentro ya hemos servido los licores y los frutos secos. No os podéis perder a mi padre haciéndoles trucos de cartas a los invitados

—gritó Rosa desde el límite del huerto—. Mi madre, como esto siga así, se divorcia. —Rosa y los dos chicos se rieron, pero las carcajadas de ellos dos eran silenciosas—. Éstos no han abierto la boca, es posible que ni me entiendan. Como no sé cómo se llaman, les he puesto Hernández y Fernández, y no se han quejado. ¡Vamos adentro!

—Voy. Sólo tardo un segundo —respondió Circe.

Cuando los tres pasaron a la cocina, Glinda la cogió por la muñeca y le susurró:

—Son mudos, por eso no responden. Es un signo de bruja.

—¿Signo de bruja?

—Bueno, la naturaleza compensa unos atributos con otros, y la Suprema siempre buscaba signos de bruja para poder acusar a sus víctimas y asesinarlas: ser mudo, albino, las verrugas, los lunares con formas especiales, terceros pezones... En general, cualquier cosa que rompa la simetría puede considerarse un signo de bruja. Como mi pierna más corta. O esos cinco lunares que tienes en el cuello: si los unes, forman un pentáculo.

Circe se llevó la mano a los lunares que Glinda señalaba, a los que jamás había prestado atención alguna, y los sintió por primera vez presentes, ardiendo como una señal luminosa, un cartel que la acusaba delante de todo el mundo de ser lo que, al fin y al cabo, era.

12

Sé que me mientes

LOS ÚLTIMOS INVITADOS se marcharon con los primeros rayos del sol. Hernández y Fernández le dieron sendos besos a Rosa que hicieron que sus mejillas, ya de por sí coloradas, se encendiesen como farolillos. Ella se había empeñado en quedarse a ayudar a recoger cuando sus padres se fueron, y Violeta se lo permitió a regañadientes. Glinda se retiró, de nuevo anciana, con su madre. Matilda Nubla abrazó a Encina y a su nieta con tanta fuerza que parecía querer asfixiarlas entre sus generosas carnes. Por alguna razón, a Circe le sentó bien aquel abrazo, como si todo empezara a ordenarse. La directora había cobrado una nueva dimensión, y con ella un equilibrio y una particular belleza que nunca le habría imaginado.

—Bueno, y tú con Hernández y Fernández, ¿qué?

—¿Qué? —respondió con desgana Rosa a la pregunta de Circe.

—Pues eso, que qué. Si se enterase el hijo del carnicero del tonteo que te traías, no sé qué iba a pensar…

—No seas muermo, mujer, que de la cena la única que se lo podría decir eres tú, y no te veo contándole mis secretillos al hijo del carnicero.

Rosa le guiñó un ojo junto al escurreplatos mientras secaba un vaso que Circe acababa de aclarar.

—No, claro que no se lo contaría.

—La señorita Darcal es única guardando secretillos —dijo Rosa en un tono que hizo que Circe se alertara—. Siempre se te ha dado demasiado bien. Eso de guardar secretos va contigo y tu forma de ser: callada, un poco melancólica, como las protagonistas de películas para adolescentes aburridas y sosas pero que luego tienen una gran vida interior.

—¿De qué estás hablando, Rosa? Creo que se te ha subido el vino a la cabeza.

—Hablo de que eres una moralista, y de que siempre se te ha dado bien serlo. Pero chica, qué quieres que te diga, que no te puedas comprar un vestido no quiere decir que no puedas mirar el escaparate.

Rosa se echó a reír al ver la cara que se le había quedado a su amiga, y no insistió en aquel asunto. Hablaron de los estudios de Circe, de sus profesores, de los cotilleos de la gente del pueblo: quién salía con quién, quién se había peleado con quién y quiénes se habían intercambiado el novio. Al rato, Encina entró a decirles que dejasen lo que quedaba para después, que no pensaba levantarse temprano. Era una obviedad. El cielo estaba iluminado por completo y en un día cualquiera la abuela llevaría un buen rato en pie y no estaría a punto de meterse en la cama.

Se fueron a la habitación y Rosa le dijo que no tenía ganas de acostarse todavía, que si no le importaba enseñarle fotos de Ochoa y de la gente con la que se relacionaba allí. Lo cierto era que Circe no tenía demasiado que enseñar, pero podían mirar en internet, en las redes sociales de sus conocidos.

A Rosa le pareció muy atractiva Rebeka, con aquel pelo salvaje y su cuerpo de garza, sus gafas de montura verde y todas sus pecas. Casandra le pareció demasiado convencional, una guapa de portada de revista o de anuncio de perfume.

—Sabes que me gusta la gente con más personalidad en la cara, ya me entiendes —dijo Rosa—. Prefiero las personas que no parecen guapas a todo el mundo.

Circe se dijo que Nuño, el carnicero, sí que era un guapo

que gustaba a todo el mundo, aunque supuso que Rosa otorgaría especial personalidad al enorme lunar que lucía bajo el ojo derecho. Sintió curiosidad por qué pensaría Rosa de los Blackwell, pero sólo pudo encontrar la fotografía de Bromelio con May y Mai y alguna otra en la que no se distinguía muy bien a sus padres. El bien surtido perfil de Jacinta sólo tenía fotografías de ella, no de sus hermanos, y por primera vez desde que Circe llegara a Valdaya había escrito algo: «Todo lo que dabas por hecho puede cambiar de la noche a la mañana».

Si Circe hubiera tenido que resumir en una frase lo que sentía ella misma, no habría elegido una muy distinta a la de Jacinta. ¿Qué le podría haber pasado a ella para llegar a esa conclusión? Daba la sensación de que los Blackwell viviesen en un entorno controlado: todo estaba programado al milímetro y al segundo, hasta con quién podía o no salir uno de ellos. ¿Habría sido eso? ¿Al recuperar los Blackwell su poder le habrían prohibido ver a Arturo? Circe no supo si ese pálpito que se le disparaba en el pecho era de pena o de esperanza.

Rosa opinaba que todos los Blackwell que Circe consiguió enseñarle eran muy raros, aunque guapos, pero en el mismo sentido en el que se puede decir que es hermosa una estatua o un animal salvaje: como si no fuesen del todo humanos.

—Da la sensación de que estuvieran hechos de otra pasta, ¿sabes? Como los ángeles o los vampiros.

—¿Sabes que yo también pensé en vampiros cuando los vi? Pero te puedo asegurar que no son vampiros, ya lo he comprobado —confesó Circe.

—¿Y lo comprobaste en serio? —Rosa casi se echó a reír—. Los vampiros no existen.

—Supongo que no.

—Sé que me engañas, pero no creo que sea en cosas de vampiros.

Circe miró a su amiga como si la viera por primera vez.

—¿Que te engaño? ¿En qué podría engañarte yo? —preguntó.

—Pues no tengo ninguna teoría brillante, eso es verdad,

pero creo que sabes algo que mi madre no quiere que yo sepa y que te han prohibido entre todos que me digas. Tienes esa cara inconfundible…

—¿Qué cara?

—La que me han puesto todos mis novios cuando no se han limitado a mirar el escaparate, sino que han entrado en la tienda a toquetear todos los vestidos —repuso Rosa volviendo sus ojos a la pantalla.

Circe sintió cómo el rubor le llegaba a las orejas. Estaba claro que Rosa se iba a enterar tarde o temprano de que ahí pasaba algo raro. No sabía ni cómo se había atrevido a subestimarla.

—El problema es que no sé si te lo debo decir yo —empezó—. Mi intención nunca ha sido engañarte. La verdad es que me encantaría hablar contigo de esto, eres mi mejor amiga y yo me enfadaría muchísimo si tú me hubieses engañado en algo así, pero…

—No te preocupes —respondió su amiga con toda tranquilidad—, no quiero que me lo cuentes.

Circe se quedó paralizada. Estaba preparada para cualquier cosa menos para eso. Incluso estaba pensando en hacer una demostración para que Rosa supiese que lo que le decía era cierto, porque imaginaba que no aceptaría con facilidad que le contase que allí todas eran brujas.

—¿No? —Los ojos redondos de Circe no podían estar más abiertos.

—No, claro que no. No te voy a poner a ti en un brete con mi madre —respondió Rosa apuntando con el índice a la nariz de su amiga—. Pero te aseguro que lo averiguaré y entonces te pediré que me lo confirmes o me lo niegues. Y me tienes que prometer que no me engañarás.

En unos segundos, a Circe se le pasaron por la cabeza todas las posibilidades que se le ocurrieron de que Rosa terminase averiguándolo todo. Eran demasiadas, muchas más de las que jamás habría considerado Violeta. Además, había que tener en cuenta a su padre, que no estaba de acuerdo en ocultárselo, y a aquel carnicero nigromante cuyo trabajo, se le ocurrió a Circe en ese momento, no le debería de resultar demasiado divertido si era capaz de animar cadáveres o de hablar con ellos.

—Estoy segura de que lo averiguarás y de que me odiarás por no haberte dicho nada —dijo.

—No me lo estás prometiendo —señaló Rosa.

—Está bien, te lo prometo —claudicó Circe.

—Y yo te lo agradezco. Por la cara que pusiste en la tienda, sé que tiene que ver con mi capacidad para mover estanterías con la mente. Seguro que también con todos esos invitados raros de tu abuela. ¡Hasta mi madre ha terminado divirtiéndose con los trucos de mi padre, y yo siempre había pensado que los odiaba! Y esa vieja coja tan rara con la que estabas en el porche de atrás tampoco es que me parezca muy normal. —Después de mencionar a Glinda se quedó pensativa una fracción de segundo—. Si le encuentro sentido, te diré algo.

—Vale, dime lo que quieras cuando estés segura.

Siguieron pasando imágenes en el ordenador como si esa conversación no hubiese tenido lugar. Sin embargo, Circe no dejó de pensar en ella. Había elegido proteger a Rosa, pero ¿no era eso una especie de traición?

13

Año que comienza

CIRCE Y ENCINA pasaron solas el fin de año en la cocina de la coqueta casa de Valdaya. En realidad, desde que hubieron pasado por allí todos los invitados de la cena de la semana anterior, había dejado de parecer tan pequeña. Circe no estaba segura de si a causa de algún tipo de magia o si porque todavía se preguntaba cómo había podido caber tanta gente. Rosa había prometido sacarla de paseo, aunque fuese en contra de su voluntad, y pasaría a recogerla más tarde, después de los pertinentes brindis familiares y todos los ritos del año entrante que cumplía con disciplina casi militar.

—¿Volveré a Ochoa? —le preguntó Circe a su abuela; casi esperaba que le dijera que no.

—Creo que es lo mejor. Allí tienes a Matilda, a Juana y a Luisa, no existe nadie en el mundo en quien pueda confiar más que en ellas. Matilda y Luisa son brujas poderosas y hábiles. Juana lleva entrenando brujas que han cumplido la mayoría de edad desde que me acuerdo, y lo hace muy bien. Deberías iniciar tu formación con ella.

—¿Hay una especie de formación de bruja?

La nieta no salía de su asombro.

—Digamos que se trata de un curso básico sobre cosas que se pueden hacer y cosas que no, autocontrol emocional, implicaciones… Todo lo que debe saber una joven bruja antes de tomar cualquier decisión mágica.

—Tú podrías explicarme todo eso.

—Ya sabes que no sé hablar de esas cosas —repuso Encina con fastidio—. Apenas estoy segura de que te haya aclarado algo en estos días. Nunca fui demasiado buena como maestra.

—Al menos creo que tengo una ligera idea.

La abuela había asado una pularda con castañas, orejones y pasas. Circe no había dejado más que un hueso que Encina había olvidado al deshuesarla y que entretenía a *Morgana*, que jugaba a lanzarlo hacia arriba y atraparlo en el aire.

—No se tiene nunca una idea completa —dijo la abuela mientras sacaba del frigorífico el pastel de melocotón que su nieta había elaborado como postre—. Ni una ligera idea, Ce, querida. El poder siempre tiene la capacidad de envenenarte, y eso es algo que se no pierde con los años ni con la experiencia del que lo posee.

Por primera vez en su vida, a Circe le produjo un escalofrío oír cómo la llamaba su abuela. Durante mucho tiempo la única persona que la había llamado así era Arturo, y él utilizaba ese nombre porque fue lo que ella le dijo que hiciera.

—Abuela, ¿por qué no me llamas nunca por mi nombre completo? —preguntó, segura de que había una explicación.

—Porque si lo hiciera, como yo fui quien lo borró, tu nombre regresaría al mundo con toda su fuerza —respondió Encina cortando el pastel—. Volvería a la profecía y todo tu poder se desataría, querida. Si eso ocurriera, tus padres habrían muerto en vano. Sé que poco a poco tus capacidades se van desarrollando y que pronto serás una bruja poderosa, haga lo que haga al respecto. Sólo espero que seas capaz de defenderte por ti misma cuando eso ocurra. De ese modo, si el último conjuro de tu madre se mantiene, puede que nunca tengas ningún problema.

—¿Sabes quién asesinó a mis padres?

A Encina la pregunta la pilló por sorpresa y, por primera vez en mucho tiempo, toda su expresión se descompuso en una verdadera emoción. En un instante pareció más vieja y ajada de lo que jamás había sido.

—Unos cazadores. Dos en concreto. Uno de ellos murió poco después. El precio de atacar a una bruja conlleva una maldición, por eso los cazadores no suelen vivir mucho. Lo que le haces a una bruja te afecta siempre de una forma u otra. Muchas son las historias que hablan de brujas que fueron apaleadas de noche y que aparecieron sanas al día siguiente, mientras que el responsable del apaleamiento se levantó con todos los huesos molidos.

—¿Y son ciertas?

—Son como todo —Encina se encogió de hombros y sus facciones adquirieron su expresión habitual—, una explicación a algo muy real: si le haces algo malo a una bruja, el mal regresa y se vuelve contra ti. Puede ser más pronto o más tarde, con más o menos intensidad, pero regresa. Uno de los cazadores murió, del otro supimos que resultó herido en el mismo accidente de tráfico, y es factible que siga esperando su castigo. El universo se regula, es magia antigua. Las brujas somos las guardianas de la magia, por eso sale tan caro hacernos daño.

—Y si tuvieron un accidente de tráfico, ¿cómo sabéis que fue provocado por la maldición de mis padres?

—Porque toda magia deja un rastro inconfundible que aprenderás a reconocer. Así suele ser como ellos nos rastrean. También porque el vehículo reventó en mitad de una carretera recta, como si hubiera chocado con el vacío, un vacío muy duro. —La abuela se echó a reír—. Era un coche rojo muy parecido al de tu madre.

—¿Metieron en la cárcel al otro cazador, al herido? —a Circe le parecía que aquello era lo menos que le podían haber hecho.

—Nosotras no solemos solucionar las cosas así. Se consultó con el Conventículo de las Cinco Lunas y se consideró que ya había tenido suficiente castigo con la pérdida de uno de sus hermanos y las secuelas que en su rostro quedaron del accidente, así que no se le impuso ningún otro. Además, tras el conjuro de tu madre, puede que no recordase su crimen, es posible que no supiera que era un cazador. Ni siquiera se le puso vigilancia.

Circe se quedó con la boca abierta, con el trozo de pastel a medio camino de su destino final.

—¿Y tú estuviste de acuerdo con eso? —preguntó.

—No —respondió la abuela, y a su negativa siguió un largo silencio—. Pero no se puede obviar un decreto de las Cinco Lunas. Formulan pocos y son irrevocables; eso mantiene la paz y forma parte del acuerdo con la Suprema. Supongo, además, que tenían razón. Mi sed de venganza no puede nublar mi juicio. Dos cazadores no salen a la caza de esa manera si no han sido enviados por alguien. Y debió de ser alguien poderoso a juzgar por el resultado. Mi hija Nona no era ninguna novata, habría protegido a su familia de dos simples cazadores por muy avezados que fueren. Y tu padre tampoco era torpe. Ese miembro de la Suprema que los envió, violando todos los tratados de paz habidos y por haber, es el verdadero culpable y quien de verdad debe ser castigado.

—¿Y quién podría ser? —Circe deseaba un nombre más que nada en el mundo.

—No lo sé. Nadie lo sabe. Averiguarlo habría resquebrajado la frágil paz de esas guerras que sólo han sembrado desgracias entre nosotras. Me prohibieron saberlo.

—¿Cómo que te lo prohibieron? ¿Pueden hacer eso?

Los ojos de la abuela brillaron con un destello que, para desorientación de su nieta, parecía travieso.

—Las Cinco Lunas pueden hacer lo que quieran, son la máxima autoridad. Jamás toman decisiones gratuitas y, por lo general, no permiten que sus deseos egoístas las aparten de los fines para los que fueron elegidas. No es su estilo prohibir, sino aconsejar. Sin embargo, en mi caso hicieron una excepción. —Encina miró con tanta intensidad a Circe, que su nieta se percató de que intentaba decirle algo más que lo que en realidad decía—. Decretaron que una bruja grande y justa como yo se perdería en los caminos del odio y la venganza si descubría quién había sido el monstruo que le había hecho eso a mi Nona y a su marido. Decretaron que no podían permitirlo y ataron mi capacidad para encontrarlo. Si algún día lo tengo delante, no seré capaz de verlo. No podré odiarlo. No podré vengarme. Un simple sortilegio desorientador, con un toque de encantamiento del nombre de mi hija, y si algún día ponen frente a mis ojos a alguien diciéndome que él mandó matar a tus padres, no seré capaz de creerlos. Su rostro se me desdibujará y lo percibiré inocente. Lástima que ese sortilegio no me arrebate también el dolor.

La abuela se desabotonó la blusa y le mostró a Circe su hombro. En una bonita tinta azul, alguien le había tatuado el nombre de Nona y un ojo cerrado. La nieta lo tocó con la punta de los dedos y sintió la energía que se desprendía del pequeño conjunto.

—Esto es… alucinante. —Circe no encontraba una palabra para definirlo.

—Y efectivo. Cada vez que he tratado de indagar, me he perdido en otros pensamientos o me ha dado por plantar alguna hortaliza nueva, ya has visto cómo tengo el huerto. —La abuela hizo una pausa y cogió la mano de su nieta para que le prestase atención—. Sin embargo, esto sólo es efectivo conmigo, al menos tengo ese consuelo. No es genético ni genealógico. No he podido transmitírtelo a ti.

Los ojos de la abuela volvieron a destellar con aquella chispa traviesa que antes tanto le había extrañado, pero que ahora Circe interpretaba como una invitación de Encina para que averiguase ella la verdad. Aquello era lo único que ese tatuaje mágico le permitía.

—¿Y dónde crees que estará? —preguntó, aunque no sabía si la abuela tendría una respuesta correcta dadas las circunstancias.

—Infiltrado entre brujas. Así funcionan. Los miembros de la Suprema que se alejan del tratado de paz firmado por Newton y Voltaire viven cerca de centros de poder en los que se reúnen muchas brujas, se mezclan con ellas, se disfrazan de la forma más inocente posible. Es probable que este que nos ocupa ni tan siquiera se haya movido de Ochoa en todo este tiempo. Aunque yo jamás lo sabré.

Un escalofrío recorrió la nuca de Circe. En silencio, pues no sabía si decirlo en voz alta podría tener algún efecto negativo causado por el tatuaje en su firme determinación, se prometió investigarlo al volver a la ciudad.

14

Once mundos

DURANTE AQUELLAS VACACIONES, Circe pasó mucho tiempo en la biblioteca secreta de la bodega. Indagaba cualquier curiosidad en los pesados tomos que llenaban las estanterías y luego comprobaba en internet cuánto de aquel conocimiento había trascendido al resto del mundo. Y a juzgar por los resultados, se había divulgado muy poco. Eso la tranquilizó en lo que se refería a su amiga Rosa: si buscaba apoyo en las redes sólo encontraría a unos cuantos locos diciendo tonterías y a fanáticos de la fantasía, muy simpáticos, pero llenos de las mismas ideas preconcebidas que la misma Circe había tenido hasta que se enteró de la realidad, y su abuela se reía de ella o se ofendía de incomprensión por sus referencias llenas de magos con varita y caballeros Jedi.

En las estanterías, sin embargo, había más respuestas de las esperadas y muchas preguntas nuevas. Y la primera de todas era cómo la abuela había sido capaz de ocultarle que era una mujer culta con una colección de libros tan impresionante como aquélla. Es cierto que recordaba a Encina leyendo, y que la casa siempre había tenido su modesta biblioteca, pero lo que se ocultaba bajo tierra en nada se parecía a las novelas de ficción y compilaciones poéticas o de cuentos que había en los estantes del salón.

En la biblioteca de la bodega había obras con títulos que

resultaban deslumbrantes, como *Arbatel*, *De magia veterum*, el *Livro de São Cipriano*, *Aradia o El evangelio de las brujas*, *La aurora dorada* de Israel Regardie o *The Book of Shadows*, que convivían en sus idiomas originales y en cuidadas ediciones en castellano. También halló los manuscritos de otros que Circe siempre había creído perdidos u olvidados, como el *Libro de Thot*, el *Libro de Yashar*, los *Hechos de Jozay*, la *Summa Magica* de Isaac Newton o el *Excalibur* de L. Ron Hubbard. E incluso textos de los que se decía que, sencillamente, nunca habían existido: *Las Reglas de Ruina*, *Las estancias de Dzyan*, *El rey de Amarillo*, el *Judaeo-Christian Pythagoras* de John Picus o el *Libro Rojo de la Frontera del Oeste*.

Aunque sólo fuese por morbo, no pudo resistirse a sacar el ejemplar del *Necronomicón* de la urna donde reposaba, pero tan pronto como lo rozó con los dedos se percató de que estaba en verdad encuadernado con piel humana, y la tentación de leerlo perdió la batalla contra las referencias que tenía de él en la cultura popular. Ninguna era buena, y la abuela le había advertido muchas veces sobre el poder de la palabra escrita. Por alguna razón era el único libro que permanecía encerrado en una urna de madera y cristal, muy semejante a las que algunas religiones usaban para guardar sus reliquias. Así que lo devolvió a su lugar sin abrirlo y cerró la vitrina con una pequeña llave dorada que colgaba de la cerradura.

A pesar de no haberlo abierto siquiera, durante varios días tuvo pesadillas extrañas y muy vívidas, llenas de criaturas infernales y aquella bruja primigenia que era al mismo tiempo Lilith, Isis y Hécate, y de la que la abuela conservaba varias representaciones gráficas. La bruja presidía un cortejo de sombras y almas en pena, vestía ropajes pesados y llevaba tres perros con sendas correas: uno con una cabeza, otro con dos y un tercero con tres. Los animales se parecían a aquel enorme perro negro que había visto en el bosque de los magnolios. La bruja la miraba de hito en hito, con una especie de serenidad magna, secular, infinita. Sus enormes ojos eran del color de la noche, los perros y las sombras.

La abuela le dijo que el *Necronomicón* era un texto tan maldito que el mero tacto con sus tapas lo despertaba, y que por eso había sufrido aquellas pesadillas. Que no se preocupara, que desaparecerían con los días. Sin embargo, la sensación de ser observada, que solía ir de la mano de un agudo dolor de cabeza, no desapareció con sus extraños sueños. Cuando estaba en la biblioteca miraba de reojo el libro encerrado en la urna y tenía la sensación de que era convocada por él. Hasta una vez se descubrió de pie, al lado del mismo, con la mano alargada en dirección a la estantería, a la altura de la imagen de Hécate que reposaba sobre la urna en un pequeño marco.

Sobre los Once Mundos encontró una extensa bibliografía firmada por antiguos cuervos de la familia. El abuelo había sido un cuervo que no regresó, y su primera esperanza fue encontrar alguna referencia suya en la sección de viajes. Tras indagar un buen rato, comprendió que la abuela no sólo había hecho desaparecer sus fotografías. Pero Circe también estaba aprendiendo que a veces no era necesario buscar algo, sino que las cosas importantes llegaban a ella como resultado de un aparente azar. Cuando estaba ojeando libros sobre pociones amorosas y filtros eróticos, descubrió que detrás de los volúmenes, en el fondo de la estantería, reposaba un daguerrotipo de la boda de la abuela. Debía de haber permanecido muchos años dentro de su estuche, y se hallaba bien conservado salvo por el rostro del abuelo, que se había convertido en un borrón difuso, como si estuviera desapareciendo poco a poco.

Se le ocurrió volver a insistir a su abuela sobre su verdadera edad, pues sabía que en España los daguerrotipos dejaron de usarse hacia 1860, pero entonces Encina descubriría que había encontrado la imagen y no quería arriesgarse a que se enfadara. Sobre todo porque querría deshacerse de ella y a Circe le gustaba observarla cuando bajaba a la bodega. Su abuelo se asemejaba a Claude Rains en pleno proceso de convertirse en invisible, y le parecía que debía de ser una consecuencia de haberse perdido para siempre entre los Once Mundos.

Quiso indagar en ese espacio fascinante e inasible a un tiempo. A pesar de la amplia bibliografía que encontró, poco podía sacar en claro más allá de unas cuantas referencias en ocasiones contradictorias. Parecía claro que los cuatro primeros mundos eran semejantes entre sí con pequeñas variaciones. Algún aventurero hacía referencia al extraño hecho de que en los otros tres se podían encontrar versiones de personas que había conocido en el primero, pero que por alguna razón se trataba de personas distintas. Por lo general, la diferencia obedecía a algún punto de inflexión en su existencia, acontecido en un momento clave: una enfermedad, una muerte en la familia, una mala o buena decisión que había separado su camino del elegido por la misma persona en el Primer Mundo.

En el Quinto Mundo, como ya le había dicho la abuela, habitaban los seres fallecidos en los restantes. La mayor parte de las declaraciones al respecto eran confusas y relacionadas con haberse encontrado con seres queridos que faltaban desde hacía tiempo, jamás objetivas y siempre cargadas de emoción; incluso las que provenían de brujas que era evidente que no tenían demasiado apego por la vida humana resultaban emocionales y poco útiles.

Los tres mundos siguientes los habían calificado como infernales, y los tres últimos eran mundos luminosos. Mantenían en común que no se podía dar por sentado nada en ellos, ni las leyes fundamentales de la física salvo la gravedad, que parecía constante en los once y a la que sólo se podía burlar a través de la magia. Una antepasada de Encina, una reina cuervo llamada Regina, aseguraba que en uno de los mundos luminosos habitaban algunos seres en suspensión cuya representación en nuestro mundo era otra. Seres que habían traspasado alguna grieta, dejando tras de sí una huella mágica. En el Décimo Mundo esperaban que llegase su día para regresar. Circe pensó de inmediato en los guerreros magnolio de Tayasal.

Este documento, encontrado en un caótico diario de viaje de Regina, estaba acompañado por otros escritos menos esperanzadores y agradables. En ellos, la antepasada cuervo iba poco a poco separándose del Primer Mundo y acercándose a una evidente locura. Las últimas páginas estaban llenas de garabatos y dibujos que describían muerte y oscuridad, pero sobre todo odio a cualquier cosa que tuviera la posibilidad de ser más hermosa que ella. Quería traspasar los Once Mundos y destruir toda belleza que la pudiera superar en algún sentido. Y cuanto más se obsesionaba, más fea se veía a sí misma en el espejo, como ya le había advertido Encina. Un espejo que hacia el final parecía hablarle y burlarse de su neurosis, mostrándole lo hermosa que era tal o cual joven. Sus emociones la iban dominando poco a poco hasta destruirla, pero en todo caso era muy tarde para salvar a las víctimas que había dejado en cada uno de los mundos recorridos. Regina, la reina cuervo, sembró veneno en cada chica bonita, en cada manzano de frutos rojos perfectos, en cada ave que fuese capaz de entonar un canto sin mácula.

15

Últimos momentos en Valdaya

ROSA SE HABÍA empeñado en acompañarla mientras hacía las maletas, decidida a pasar con su amiga todo el tiempo que fuera posible. Y aunque Circe trató de solventar sus problemas de intendencia antes de que llegara, no le fue posible. A primera hora de la mañana, Rosa estaba aparcando en la puerta de Encina la tartana que su padre llamaba coche y que hasta ese mismo día había evitado prestarle. Con ella también venían su tórtola con el ala rota, Nuño y su inseparable can.

El carnicero era uno de esos chicos guapos que nunca habían tenido ni idea de la revolución que causan en las adolescentes: un poco tímido, un poco ausente, con un rostro perfecto dotado de personalidad gracias a un lunar que, ahora Circe lo sabía, era un inequívoco signo de brujo. Rosa trataba a su novio como acostumbraba a hacer en su vida con casi todo, como si no tuviera la menor importancia, y el muchacho la miraba como si jamás hubiera visto algo tan bonito. Puede que fuera cierto eso que decían de que el desinterés provocaba amor incondicional, porque Rosa apenas había prestado atención al joven carnicero mientras ella estuvo en Valdaya, y no era una muchacha especialmente desapegada: Circe estaba segura de que, si se diera la circunstancia, podría pedirle a Rosa un riñón o un brazo y ella se los daría encantada.

Unos días antes habían celebrado su cumpleaños bailando en la discoteca del pueblo, una sala en un sótano sin ninguna medida de seguridad y por la que a veces correteaban los sapos que se colaban entre las maderas del almacén. Pero era la única de Valdaya y a Circe le resultaba entrañable, aunque no fuese demasiado dada a las fiestas. Como había prometido, Rosa dejó a Nuño en casa y pasaron la noche solas. El muchacho de vez en cuando le mandaba algún mensaje cariñoso, pero Rosa no respondió a ninguno porque, según dijo, no quería enturbiar aquel encuentro después de tantos meses.

Cuando ambas eran adolescentes, a Circe le había enorgullecido esa actitud desprendida de Rosa. Su amiga nunca sería una de esas chicas oprimidas por sus novios que tanto salían por televisión. Nunca permitiría que su pareja decidiera con quién debía o no hablar, cuánto debía o no pesar o cómo debía vestirse. A menudo, el ser inasequible a la manipulación era la principal causa de sus disgustos y rupturas, pero al menos era libre. Acompañada o no, era libre.

Sin embargo, sentía cierta pena por el carnicero, al que tan poco caso había hecho y tan poco nombraba Rosa. De hecho, Circe tenía que hacer un sobreesfuerzo para acordarse de su nombre, y no lo conseguía hasta que recordaba que tenía reminiscencias medievales.

—Nuño Arce. —El chico sonreía de oreja a oreja—. No te preocupes, normalmente nadie se acuerda.

Circe se había quedado con la boca abierta tratando de recordar cómo se llamaba para ofrecerle una de las tartaletas de melocotón que había hecho el día antes, y Nuño se percató de su azoramiento. Logró recordarlo antes de que él replicase, pero ya era tarde. Aunque enrojeció de vergüenza, Circe no desistió de su propósito de quedarse a solas con el carnicero para advertirle de que la familia de Rosa no quería que su hija se enterase de que era bruja. Pero no sabía cómo hacerlo.

Rosa había decidido que no quería tartaleta mientras doblaba con habilidad de artista toda la ropa negra de su amiga a una velocidad que Circe no podía seguir; no quería que nada la distrajera de su tarea. De vez en cuando la oía murmurar que debería ponerse vestidos más alegres. «Menos mal que, por fortuna, no se te ha ido todo el tinte del pelo, así te da un poco de color a la cara», añadió. Luego se preguntó retóricamente si en la ciudad todos sus compañeros vestirían con esos colores tétricos. Circe estaba segura de que a Rosa le habrían encantado las gemelas peruanas y sus extravagantes atuendos.

Mientras amontonaba en la cama los enseres que quería llevarse a Ochoa, tuvo que admitir que, de no ser por la pericia de Rosa, jamás hubiera conseguido meterlos en la maleta. Los libros que había cogido de la biblioteca de la abuela no representaba ningún peligro, puesto que pertenecían a la colección familiar —la abuela no le dejaba sacar los demás—, y sólo quien tuviera sangre Valente hubiera podido abrirlos. De todas formas, Rosa ni los miraba. Tuvo en sus manos el grimorio unos segundos y repasó el cuervo del grabado con los dedos, pero no dijo nada, ni siquiera trató de desenredar la lazada de cuero mágico que lo protegía.

Nuño se levantó y colocó sobre la cama, con cuidadosa disciplina de autómata, un juego de sábanas que había doblado para que Rosa lo colocara en la maleta,

—Circe, ¿me acompañas a la cocina? Un vaso de agua no nos vendría mal —sugirió.

Rosa se mostró entusiasmada por la idea: «Que esté bien fría», ordenó. Así que Circe lo siguió por el pasillo sin protestar.

—No dirás que no te lo he puesto fácil. Ya me puedes decir eso que tanto estás deseando —dijo Nuño abriendo el frigorífico.

—¿A qué te refieres? —Circe estaba asombrada.

—Venga, no te hagas la loca: lo de que sabes que soy un nigromante y que la familia de Rosa no quiere que se entere de que es una bruja.

—¿Cómo sabes todo eso?

—¡Porque soy un nigromante que trabaja en una carnicería!

—repuso él—. ¿Nunca has visto a la gente leer el futuro en las vísceras de un pollo?

—No.

—Es un clásico del cine.

El chico mostró una amplia sonrisa.

—Así que lees las tripas de los cadáveres de animales. —Circe intentaba siempre asumir cada información nueva con la mayor celeridad posible.

—Dicho así suena menos poético de lo que es en realidad —Nuño miró pensativo al techo—, pero no deja de ser cierto. Los muertos se expresan para mí a través de seres que una vez estuvieron vivos. Ellos me han contado lo que querías decirme.

—¿Y a ti qué te parece?

—Una estupidez inútil. Rosa terminará enterándose tarde o temprano.

—Ya, eso pienso yo —admitió Circe.

—Pero respetaré los deseos de su madre, si eso te preocupa.

Nuño echó agua en dos de los vasos y le tendió uno de ellos. Observó sus dedos estropeados y las uñas romas y moradas, pero al mismo tiempo advirtió que tenía un atractivo innegable en las manos.

—Me preocupa porque quiero protegerla.

—Como si Rosa fuera imbécil o necesitase nuestra protección —repuso Nuño con una ironía palpable en la voz.

Circe se sintió estúpida y culpable. El carnicero parecía insinuar que se estaba extralimitando en sus responsabilidades como amiga.

—Tú no lo entiendes —trató de excusarse—. No sabes lo que soy.

—No, nadie lo sabe, pero no creo que a Rosa le gustase saber que la excluyes de la posibilidad de elegir si quedarse a tu lado, aunque seas un especie de monstruo, que no lo sé porque hasta los muertos están confusos al respecto. —Nuño agitó las manos en el aire como si tratase de atrapar algo impreciso—. Rosa tiene derecho a quererte tal y como eres. Tiene derecho también a saber lo que ella es. Pero si ni su madre confía en su hija, no sé qué pintamos nosotros sosteniendo esta discusión. Estoy seguro de que un día Rosa estallará, desplegando todo su poder. Y deberemos elegir qué hacer entonces. Probablemente odiará a su madre para lo que le queda de vida y poco más. Al menos a ti te perdonará. —Circe buscó un trasfondo de celos en esas palabras, pero no lo encontró—. Siempre te lo perdona todo.

—¿Cómo sabes eso? ¿Te lo han dicho los pollos? —No pudo ocultar su irritación porque sabía que Nuño estaba en lo cierto.

—¿Que te lo perdona todo? No, no han sido los pollos. La propia Rosa me lo ha dicho.

La cabeza de Rosa asomó por la puerta de la cocina para preguntar qué pasaba con el agua interrumpiendo la conversación. Circe le tendió un vaso en silencio mientras miraba de reojo a Nuño. Pensó que si era el aspecto infantil de Rosa lo que la empujaba a protegerla —su escasa altura, sus ojos grandes, su rostro redondeado—, no debía de ser muy buena amiga. Rosa era válida y decidida. Todos se empeñaban en tratarla como si todavía corriese con un par de coletas por el patio del colegio de Valdaya. No eran niños, nunca más lo serían.

Y, al asumirlo, se le encogió un poco el corazón.

16

Un sueño y un viaje

Los ojos de Rosa encerraban un universo. Circe, que amaba la astronomía, siempre lo había pensado. El iris verde veteado de azul y rodeado de un aura amarilla evocaba las lejanas galaxias ondulantes que ilustraban los libros de cosmología. Las motas castañas que salpicaban de arriba abajo el mapa galáctico podrían ser planetas, agujeros negros, estrellas que emitían sus últimos destellos antes de apagarse.

El sueño empezaba con los ojos de Rosa. Los ojos de Rosa brillaban con sus galaxias encerradas, sus incandescentes masas gaseosas en continuo viaje. Después vino el mundo. En él se hallaban Circe, Ochoa, Valdaya, la abuela… todo lo que había conocido hasta entonces y también lo desconocido. El mundo era el ojo de una pluma de la cola de un pavo real. El animal, pálido como un amanecer, desplegaba el abanico de su cola para mostrar todo su poderío, pero el abanico sólo tenía once plumas. En cada una de ellas, un mundo vibraba en lugar de su ojo. El baile y los movimientos del pavo hacían que cada una de las plumas llevara un ritmo distinto. Ninguna de ellas era capaz de percibir la existencia de las otras, a pesar de que formaban parte del mismo abanico y, en ocasiones, se superponían entre sí. Sin embargo, Circe captó enseguida la cadencia, la vibración precisa, y supo que, si quería y lograba recordar ese ritmo, podría saltar de un mundo a otro sin peligro.

En uno de los mundos, la mujer que presidía el cortejo de muertos, envuelta en una hermosa capa, se cepillaba el pelo con un peine hecho de huesos humanos. Circe la llamó *Mater Tenebrarum* y ella sonrió. La mujer se dirigió a ella por su nombre: le dijo que sabía quién era y dónde encontrarla.

—Un poco de mi tiniebla se irá contigo y crecerá cada día. —La mujer acercó la mano para acariciarla, pero la retiró antes de llegar a tocarla—. La alimentarás con la noche y sus criaturas. Serás amiga de la luna porque es ésa tu condición, mujer, la lunática y sombría. Serás mi diosa y mi servidora. Te protegerás en los puntos intermedios como yo misma hago, y será tu refugio el cruce de caminos. Contemplarás la naturaleza y podrás someterla a tus deseos que serán los míos. Yo, la madre de la fecundidad y de las sombras, te nombro por tu nombre, Circe, y sé que así me pertenecerás y yo te perteneceré. Las dos seremos una misma cosa.

Aquella dama hablaba en una lengua extraña, arcaica, y sin embargo Circe entendió su discurso palabra por palabra, como si todo se transformase en su mente para recibir un importante mensaje. Después, sin previo aviso, fue arrancada de allí.

En su viaje de regreso, entre dos de las plumas del pavo real, vio a un hombre de largas barbas perdido en la intersección entre dos mundos. Era un hombre flaco, de aspecto antiguo, que se aferraba a una de las plumas con una inusitada fortaleza. Algo en su mirada le recordó a ella misma: los ojos grandes y castaños eran delicados a pesar de la edad, y estaban bordeados de pestañas curvas y espesas como las que reconocería en sus propios párpados. El hombre le tendió la mano, pero ella no pudo alcanzarla porque viajaba demasiado deprisa hacia atrás.

Después oyó su nombre, pero no era su nombre, era sólo Ce, como siempre la llamaba su abuela y la conocía Arturo. Y distinguió algo en esa voz, un toque de ansiedad, un deje de miedo, así que abrió los ojos.

Los contornos de su cuarto se dibujaron desde la sombra: el reloj con su ratón de dibujos animados, el póster de aquella película, el cabecero metálico de la cama al que le había colocado unas guirnaldas que se habían decolorado por la luz del sol, la estantería blanca llena de libros, el retrato de sus padres en su marco de plata y la caja con las demás fotos que la abuela le había regalado, que Rosa no había metido en la maleta ni ella tampoco. Junto a los objetos conocidos, apareció también algo desconocido: el rostro aterrorizado de Encina. Jamás había visto a su abuela tan pálida, con los ojos tan abiertos y los labios amoratados en un grito que no terminaba de salir. Quiso preguntarle si estaba bien, pero la abuela, tan poco dada al contacto físico, se sentó a su lado en la cama y la abrazó tan fuerte que Circe creyó que le crujirían las costillas.

—No estabas —murmuró en un amago de sollozo—. ¿Adónde te habías ido? ¿Adónde?

—Abuela, estaba aquí, durmiendo, no me he ido a ninguna parte.

Encina la miró como si hubiese visto un fantasma y se apartó unas lágrimas furtivas de las mejillas. Después se puso en pie y se dirigió a la cocina sin decir nada más, con tanta decisión que Circe tuvo que salir de la cama y calzarse para seguirla. Una vez allí, la abuela sujetó a su nieta por los hombros y la obligó a sentarse en una de las sillas, le preparó una infusión y le dijo con toda la serenidad de la que fue capaz:

—Cuando he ido a despertarte la cama estaba vacía. Quedaba sólo tu silueta, como cuando él se marchaba de noche. —Circe supo de inmediato que se refería a su abuelo—. Nunca creí que fuera a empezar tan pronto, pero parece que ya no tiene remedio. —Encina cogió aire de forma melodramática—. Esta noche, mientras soñabas, te has ido de la cama y has viajado a otro de los once mundos. ¿Dónde has estado?

Circe tardó un rato en reaccionar ante las palabras de su abuela. En cuanto fue capaz de articular palabra, le contó lo que ella creía que era un sueño con todo lujo de detalles.

—Sin duda el pavo y los ojos de Rosa son parte del sueño, una especie de metáfora, lo que ha hecho que puedas ir y volver al dormitorio, pero el salto entre los mundos no —dijo la abuela—. Lo de la bruja no sé cómo interpretarlo, pero parece que has ido al Quinto Mundo, el mundo de los muertos.

—¿Y por qué he visto a esa mujer y no a mi madre? —A Circe se le hizo un nudo en la garganta. Tenía la sensación de haber perdido una ocasión preciosa.

—Eso no lo sé, Ce —confesó Encina—. Tienes razón, lo lógico es que hubieses visto a Nona. Sin embargo, es como si Hécate, Lilith, Ishtar, Isis, Ereshkigal o como quiera que se llamase en origen, ejecutara un rito de iniciación para declararte su hija.

—Pero yo ya tengo una madre a la que no he visto. Era mi oportunidad de verla y no he podido…

—No le des importancia. —Encina interrumpió a Circe antes de que se echase a llorar—. Metafóricamente todas somos hijas de Lilith. Se supone que ella fue la primera bruja y durante siglos le rendimos culto. En muchas zonas se la llamó diosa. Decían que se comunicaba con las brujas en los cruces de caminos y se le sacrificaban perros para conseguir su favor. Lo extraño del asunto es que lleva un par de milenios en silencio. No hay rastros de comunicación entre la Primera y las brujas actuales. Quizá sólo es que sabe, allá donde se encuentre, que eres especial. Quizá sólo sea eso.

La abuela parecía preocupada, a pesar de esas palabras de consuelo que más parecían dirigidas a ella misma que a Circe. Por su parte, ella no había sentido ningún miedo en compañía de aquella mujer. Se había sentido en paz, con esa beatitud estúpida que dicen que les llega a los suicidas antes de perder la vida, como si al menos en algo hubiesen triunfado. Una paz que se había resquebrajado al saber que había perdido la oportunidad de volver a ver a Nona.

—¿Y el anciano? —preguntó.

Lo hizo para tratar de borrar la mueca de preocupación del semblante de Encina y la decepción de su propio espíritu. La abuela la miró de repente con unos ojos nuevos que su nieta no supo descifrar.

—Parte del sueño, sin duda —sentenció sin vacilar, aunque era obvio que mentía porque, como cada vez que lo hacía, se levantó con trabajo de la silla y apartó la mirada.

Cogió la tetera y sirvió más té. Después bajó la vieja y oxidada lata de galletas que nadie había movido del estante desde que Circe recordaba y la puso en la mesa. Sobre ella, deslucida por el tiempo, había un paisaje pintado a mano que representaba una casa desvencijada y un río veraniego donde niños regordetes pescaban ataviados con pantalones remangados y sombreros de paja. Al fondo se veía la desembocadura del río en el mar, donde navegaba un barco tan enorme que no respetaba la escala del dibujo y cuya ancla también era demasiado grande. A Circe le había parecido siempre una lata tan fea que apenas le había prestado atención; sólo de vez en cuando se preguntaba por qué su abuela conservaría un objeto así de antiestético. Pero ahora se lo ofrecía y la invitaba a abrirlo, lo que en un nuevo mundo lleno de revelaciones mágicas podía significar cualquier cosa.

La abrió con la excitación propia de una niña pequeña. Imaginaba un último regalo de Navidad, pero dentro sólo había oscuridad y olor a mantequilla rancia. Circe miró a su abuela como pidiendo una explicación y Encina se limitó a decirle que observase con detenimiento la tapa que sostenía en la mano. Ella obedeció, pero no comprendía el propósito de la abuela: la tapa tenía una pequeña ancla como la del barco del dibujo.

—Venga, que no tenemos todo el día. Tienes que coger un tren a Ochoa —la apremió la abuela—. Coloca un ancla junto a la otra.

Circe obedeció, y en cuanto el ancla de la tapa se acercó a la del dibujo, ambas se pegaron atraídas como si fueran polos opuestos de unos imanes. Al poner de nuevo la mano sobre el cierre, se percató de que oponía resistencia, invitando a ser girado como un mecanismo de cuerda. Lo hizo y, para su sorpresa, la cara interna de la tapa se abrió en dos, dejando a la vista un objeto que parecía tallado en hielo.

Circe lo tomó entre sus dedos: en realidad era un péndulo de cuarzo con un ancla tallada. Lo sostenía una delicada cadenita.

—Tu abuelo lo usaba para no viajar entre mundos en sueños, porque sabía que era peligroso —le dijo Encina—. El subconsciente es el que te mueve y decide, en contra de tu voluntad consciente, dónde ir y qué hacer. Un cuervo no debe viajar entre mundos estando dormido, pues ello aumenta las posibilidades de no distinguir lo real y perteneciente a este mundo de lo imaginario o perteneciente a otros. Póntelo al cuello para dormir. Te irá bien.

—¿Si me lo pongo al cuello durante el día tampoco viajaré?

—Tampoco. El péndulo te ancla a este mundo.

Circe se apresuró a colgárselo. Lo llevaría mientras trataba de controlar sus nuevos dones. No quería quedar atrapada como aquel anciano de su sueño que flotaba entre los mundos. Ese anciano que, cada vez con más claridad, le parecía su abuelo.

TERCERA PARTE

EQUINOCCIO DE PRIMAVERA

1

La Suprema

HABÍAN PASADO MUCHOS años desde que la Suprema tuviera noticia de la profecía pronunciada por una niña de una escuela de un pueblo de Galicia. Aquel día había llovido y todo el suelo del patio estaba mojado, lo que no impidió a los niños salir a jugar. Aquella cría era pequeña y flaca, pero ágil y decidida, la mejor en los juegos de equipo y la más rápida de su clase. Se le daban bien los deportes y subía a los árboles con magnífica agilidad. Con frecuencia se la veía en alguna de las ramas más altas, retando a algún compañero a seguirla. Si éste lo intentaba, era fácil que terminase magullado. Los miembros de la Suprema nunca habían reparado en ella, a pesar de que su madre se ganaba la vida adivinando el futuro de gente que venía de todas partes del país e incluso del extranjero. Herófila Carballal era una mujer joven, separada y con dos hijas, muy rubia, muy espiritual, puede que una embaucadora, pero en cualquier caso inofensiva: decir a una mujer que su hijo nacería sano o que su marido tendría un accidente con ese coche que acababa de comprarse no resultaba peligroso para los planes de la Suprema. Hasta ese día la Suprema nunca había hecho caso a las videntes, agoreras y pitonisas, pero a partir de entonces todo sería distinto, aunque ellos todavía no lo supieran.

El suelo del patio estaba húmedo, y por eso sus compañeros de juegos pensaron que la niña había patinado. Algunos se sorprendieron: Sibila era como un gato, tenía unos reflejos envidiables y jamás se habría quedado tumbada como se quedó en aquel momento, boca arriba y emitiendo un sonido extraño, parecido al boqueo de un pez fuera del agua.

Todos los presentes permanecieron en silencio. El cielo se encapotó de nuevo, a punto de empezar a llover otra vez. Una profesora se acercó corriendo cuando un relámpago llenó el ambiente de luz y Sibila, la niña alegre y ágil, flaca y un poco bruta, se levantó de una forma muy poco natural, rígida como una tabla. Y habló.

La fuerza de su voz, adulta, vibrante, femenina pero ruda, tiró al suelo a la profesora y a alguno de los niños, uno de los cuales tuvo que ser atendido en urgencias. Los ojos y la boca de Sibila emitían una luz blanca que recordaba al relámpago que segundos antes había iluminado la escena.

—*Singularitas Circe offeretur. Singularitas Circe offeretur. Singularitas Circe offeretur.*

Ésa era la frase repetida por una voz que hacía retumbar el suelo y los cristales de las ventanas. Así clamaba aquella niña con una entonación de adulta que aterrorizaba a las maestras y hacía que los niños mirasen con curiosidad a su compañera suspendida en el aire, con las puntas de los pies rozando la línea del suelo que en los juegos matutinos representaba la portería. Hablaba con el sonido de los siglos y en una lengua incomprensible. Cuanto más repetía aquella frase, más le brillaban los ojos y el cabello rubio que, poco a poco, se le fue poniendo blanco.

En algunas versiones posteriores, una de las maestras juraría que la alcanzó un rayo, y aquélla fue la explicación oficial. Lo cierto es que esa explosión de fuerzas mágicas no pasó desapercibida a los comisarios de la Suprema que vigilaban la zona, y por eso dos de sus procuradores llegaron casi al mismo tiempo que las ambulancias. También dos brujos de la Luna Azul, que se presentaron como meteorólogos y se dedicaron a dar una versión plausible a lo ocurrido basada en aquel rayo que probablemente nunca existió. Un procurador de la Suprema tuvo tiempo de escuchar la profecía de labios de los niños que repetían como loros las palabras, sin comprender lo que decían, pero muy bien aprendidas a fuerza de haberlas oído un sinfín de veces en la boca de su compañera: niños que pronunciaban el latín como si lo llevasen hablando desde el nacimiento.

Los dos brujos de la Luna Azul, un hombre y una mujer, abrieron sendos maletines y extrajeron unas pequeñas cajas de madera que destaparon con un discreto conjuro. Las mariposas azules del sueño surgieron del interior y fueron sellando los labios de todos y cada uno de los que estuvieron presentes en el evento. Al día siguiente, gracias a la magia que esparcía el polvo de sus alas, ninguno sería capaz de recordar qué parte fue un sueño y qué parte fue real. Prefirieron la explicación más obvia: el rayo. Las palabras de la profecía se borraron para siempre de sus mentes y sólo les quedó un insignificante recuerdo, como la resaca de una pesadilla. Dirían que aquella niña a la que alcanzó el rayo hablaba latín en sus sueños, o «un idioma extraño» para los que no supieran identificar la lengua de Virgilio.

El procurador de la Suprema huyó en cuanto vio las mariposas azules, y por eso pudo recordar la profecía palabra por palabra. Y palabra por palabra la transmitió al Consejo de la Suprema, cuyos sacerdotes, así se los llamaba, encontraron la palabra «Singularidad» en los Santos Libros. Tradujeron la profecía como «Circe revelará la Singularidad», y a partir de entonces dedicaron todo su tiempo y todos sus esfuerzos a descubrir quién era Circe y en qué consistiría la Singularidad.

Sin embargo, lo único que consiguieron encontrar en los antiguos textos era que la Singularidad regresaría después de siglos para inclinar la balanza en una guerra tan antigua que nadie recordaría las razones exactas por las que comenzó. Aquel que poseyera y controlase la Singularidad ganaría la última batalla.

Ésa fue la razón por la que empezaron a buscar a los descendientes de los cazadores de brujas, los tataranietos de aquellos que habían quedado desocupados tras el acuerdo de paz. La Suprema tenía razones para creer que no sería difícil despertar el instinto de caza en todos ellos, aunque sólo tres hermanos de las cercanías de Ochoa habían sido educados en las artes del rastreo, la caza y las prácticas mágicas, los tres hermanos Herrero: Gaspar, Mateo y Sebastián. El padre de los Herrero descendía de una excelsa saga de cazadores, alguno de los cuales sirvió al mismísimo Tomás de Torquemada en sus funciones, y jamás había perdido el ansia de sangre que le fue negada gracias a los acuerdos de paz y la creación del Conventículo de las Cinco Lunas. Desde que terminaron las guerras, la familia Herrero fue cayendo en desgracia sin remisión. Perdieron todas las tierras y bienes que habían acumulado y el título nobiliario que les había concedido la Suprema, en connivencia con la corona, por no tener dinero para conservarlo.

Lleno de odio por el desprecio de sus habilidades y la pérdida de unos privilegios que sólo había conocido de oídas, el padre había transmitido a sus tres hijos todo lo necesario para reconocer, torturar y hacer desaparecer a una bruja. Sus lecciones, perfectas en su crueldad, transmitían conocimientos como los requeridos para negar a una bruja el acceso al Quinto Mundo, de tal forma que no sólo su cuerpo desapareciese, sino que su espíritu se perdiera o quedase atrapado en este mundo: sal y fuego, como la sal y el fuego que retuvieron a las brujas muertas en la Salud antes de que la Residencia de la Salud ni existiese.

El resto de los descendientes de cazadores que la Suprema logró reunir fueron entrenados para su misión futura: la destrucción total de las brujas. Mientras tanto, encargaron a los Herrero que descubrieran quién era Circe y cómo podría ayudarlos a revelar la Singularidad. Se ocuparon de la tarea Gaspar y Sebastián, ya que Mateo tenía un hijo pequeño que aún precisaba de su atención. No tardaron en dar con los Darcal Valente y aquella pequeña niña especial que, a su corta edad, ya manifestaba claros signos de brujería y habilidades espeluznantes. La misma noche en que encontraron a Circe, alguien degolló a la esposa de Mateo. Cuando su marido la halló, todavía estaba caliente. El niño, su hijo de tres años, estaba junto a ella, dormido y manchado con su sangre.

Mateo Herrero se dejó convencer por sus hermanos de que aquel ataque había sido obra de las brujas, que trataban de evitar la inminente caza de la pequeña Circe. Por esa razón, cuando el Sacerdote que vivía en Ochoa les pidió que asesinasen a la familia Darcal Valente y le llevaran a la niña, se prestó voluntario de inmediato.

Él y su hermano Gaspar los encontraron cuando trataban de huir en aquel coche rojo. No les fue difícil atraparlos, pues tenían sus nombres y podían seguirles el rastro: Urso, Nona y la pequeña Circe. Pero algo sucedió, algo salió mal.

De repente, Gaspar y Mateo Herrero estaban de pie sobre un charco de sangre con dos cadáveres junto a sus botas. El coche rojo, con las puertas abiertas, dejaba ver que la tapicería había pasado de blanca a marrón. No había rastro de nadie más. No sabían qué hacían allí ni quiénes eran aquellos dos muertos y aquella niña empapada de rojo que se sentaba entre ellos sin llorar. La visión de la mujer, con aquella capa inglesa salpicada de coágulos, hizo que Mateo recordara a su mujer fallecida y tuviera que hacer un esfuerzo mayúsculo para no vomitar.

—Tenemos que deshacernos del coche —fue todo lo que pudo murmurar.

Se lo llevaron. Un chatarrero amigo de la Suprema se deshizo de las piezas del vehículo. Dejaron allí los dos cuerpos y a la niña, no sabían muy bien por qué. Estaban seguros de que, de intentarlo, no hubiesen sido capaces de moverlos: debía de ser cosa de brujería. Pocos días después se produjo el accidente: Gaspar murió en el acto y una cicatriz marcaría para siempre el rostro de Mateo. Sebastián dijo que aquella sangre buscaba venganza, pero Mateo sólo quería volver a casa con su hijo y olvidar más de lo que ya había olvidado.

Mateo convenció a su pequeño hijo de que su madre los había abandonado. Jamás dejó que el niño supiese de la tumba blanca bajo un cedro que ella había deseado, fuera de los cementerios y de esos lugares fríos donde todos los muertos se acababan encontrando. Una tumba que Mateo dejó que invadieran las plantas trepadoras durante años, como sabía que ella hubiera deseado, mientras alternaba sus trabajos como ebanista con el entrenamiento a otros descendientes de cazadores. Era el general de un pequeño ejército a la espera de la batalla, y entrenaba junto a su hermano a unas huestes dispuestas para la búsqueda que, algún día, tendría lugar. No sabían para qué ni por qué. La profecía se había borrado y por lo tanto todo lo referente a ella: tanto la Suprema como los cazadores fueron incapaces de recordar.

Pasaron quince años antes de que alguien recordase algo. Era invierno, justo antes de Navidad, y los procuradores detectaron que algo estaba pasando en Ochoa, en la zona de acción de los Herrero.

Mateo Herrero ya había paseado por la ciudad muchas veces, a espaldas de su hijo, desde que éste comenzara la universidad. Vivía aterrado por la posibilidad de que existiesen brujas que pudieran tener alguna influencia sobre él o dañarlo ahora que pasaba tanto tiempo lejos del domicilio familiar. Recorrió las facultades, posó su palosanto en las taquillas, pero no sucedió nada. Cuando le preguntó si salía con alguien, Arturo se envaró como si se sintiese incómodo y le dijo que sí, que tenía novia desde hacía unos pocos meses. Mateo quiso abofetearlo cuando lo oyó confesar que se trataba de Jacinta Blackwell, descendiente de una antigua familia de brujas, aunque se relajó al saber que llevaban ochenta años sin practicar la magia.

Sin embargo, el terror regresó cuando un procurador volvió a hablarle de la universidad como un lugar donde habían detectado actividad mágica. Un pico de energía tan significativo que abrió una brecha en la realidad y la profecía comenzó a dibujarse de nuevo; sólo como una insinuación, un resto, el rastro suficiente como para identificar con mucho esfuerzo dónde se había originado, pero nada más. Una profecía borrada, qué interesante. Sin embargo, lo que más tranquilizó a Mateo fue saber que ninguno de los Blackwell había provocado aquel brote mágico. El Sacerdote, que había sido invitado a la fiesta de disfraces donde tuvo lugar el evento —como todos los ciudadanos que significaban algo en la ciudad— no recordaba nada. Tampoco Arturo, que había estado allí. Sin embargo, el rastro de la magia de los Blackwell estaba registrado en los archivos de la Suprema. Era fácil de identificar, y en la fiesta de la universidad no hallaron nada semejante.

—Las malditas mariposas azules —mascullό Sebastián.

—No cabe duda —corroboró su hermano.

Aquel día fue a la tumba de su esposa a coger una rama del cedro bajo el que yacía para hacer el travesaño de una silla. Poco a poco, con los años, había ido sustituyendo todos los muebles de su hogar por otros fabricados con la madera de aquel árbol. De alguna forma era como tenerla de nuevo en casa. En silencio, acarició los helechos que habían tapado la sencilla lápida donde sólo aparecían su nombre y sus fechas. «Todos tenemos dos fechas, de la cuna a la tumba», se dijo con melancolía. Le preguntó qué debía hacer, y hasta le pareció que oía su voz pidiéndole que no siguiera al Sacerdote. Luego se regañó por su corazón cobarde y le lanzó un beso a su esposa árbol.

Seguiría al Sacerdote aunque eso no significara más que muerte y destrucción. Sólo necesitaba respuestas: ¿Por qué su mujer fue asesinada?, ¿por qué murió Gaspar?, ¿qué estaban buscando cuando perdieron la memoria?, ¿quiénes eran aquellos muertos? Ella, su preciosa esposa Veia, debía entenderlo.

Cuando el Sacerdote dijo que por fin tenían una pista, que por fin habían encontrado un cabo del que tirar para desenredar la madeja, no dudó en seguirlo. Sólo deseaba que su mujer le diera su aprobación desde el cielo, si es que estaba allí. ¿Y cómo no iba a estarlo si era toda bondad?

—Hubo una profecía lo bastante importante como para que la borrasen y tenemos una pista sobre la zona donde se hizo pública por vez primera. Debéis rastrearla para averiguar quién la pronunció —dijo el Sacerdote—. Y en cuanto la encontréis, usad todos los medios a vuestro alcance para que la pronuncie de nuevo. Es la única manera de volver a dibujarla.

—Sí, señor —asintieron Mateo y Sebastián Herrero como uno solo.

Así comenzó la caza de Sibila Loureiro Carballal.

2

Bajo la escalera

NO HABÍA NADIE en el cuarto de la Residencia de la Salud ni por los pasillos cuando Circe llegó de nuevo a Ochoa. Ni siquiera Glinda le dio la bienvenida en su espacio junto a la entrada, aunque de ella sí había señales, como una taza a medio beber al lado de un registro a medio rellenar. Había llegado muy temprano después de las vacaciones, la primera, un domingo por la mañana el día antes de que se reanudasen las clases. Casi podía dar gracias por que la puerta estuviera abierta, pero los domingos sólo había un tren de Valdaya a Ochoa, que llegaba a la ciudad justo antes de la hora de comer, así que no había tenido otra alternativa.

Abrió la maleta que con tanta dedicación había hecho Rosa y sintió una pequeña punzada de culpabilidad en su interior. Desde que llegó a la ciudad por vez primera, se había comportado como una de esas estúpidas heroínas sin sustancia de las novelas que tanto la irritaban. Por fin tenía una explicación, pero esa explicación la llevaba a mentir y ocultar la verdad a gente a la que amaba. Rosa no debía saber que era una bruja, así que nadie se lo diría como nadie se lo había dicho a ella misma. Su abuela no podía vengar la muerte de sus padres, así que tendría que ser Circe la que encontrase a los culpables, como ya se había propuesto. ¿No estaban los brujos cuervos en el límite de los mundos y, por lo tanto, del bien y del mal? Al menos, si encontraba la ansiada venganza no se perdería una buena bruja, como en el caso de Encina. Puede que ella ni fuese buena.

Eso la llevó a pensar que, si no lo era, si no tenía buen corazón, la flor del sol de Rebeka la habría detenido en la puerta. Y si sus intenciones fueran en verdad malvadas, no habría podido subir la escalera: no podían hacerlo ni los transformados ni los malintencionados. Al menos averiguaría quiénes y por qué mataron a sangre fría a Urso y a Nona, a quienes, de alguna manera, por primera vez sentía suyos; eran sus padres. Si después su corazón exigía compensación, ya vería qué hacer.

Encina le había empaquetado comida para una familia entera, pero ninguna bebida, así que decidió bajar a la máquina del pasillo central a por un refresco. Fue entonces cuando tropezó con la primera persona de toda la mañana: Lope.

—Buenos días —lo saludó Circe.

El bibliotecario, con su chaqueta cruzada y su aspecto de anciano joven, dio un respingo al oírla y se ajustó las gafas.

—Ah, eres tú. Qué pronto has vuelto de las vacaciones.

—Tan pronto como me fui.

—Sí, supongo… —El chico dibujó una sonrisa cansada—. Iba a comer. Creo que estamos solos. ¿Te apetece que comamos juntos?

—Me parece una gran idea.

A Circe no le apetecía comer sola, y en la habitación había dejado medio pollo con ciruelas y un bizcocho de limón a los que invitó a Lope camino de la escalera. Había subido el primer tramo cuando se dio cuenta de que el bibliotecario se había quedado abajo y sólo la seguía con la mirada. Lamentó su torpeza y le dijo que la esperase en el comedor, que su abuela había sido muy generosa con las viandas y que no tardaría nada. El chico enrojeció y asintió en silencio.

El comedor estaba casi por completo a oscuras, excepto un pequeño rincón bajo una ventana decorada con vidrieras en las que se veían rosas y lobos. La mesa disponía de una lámpara que Lope había encendido. Ceremoniosamente, removía una infusión que olía como el infierno. Circe le preguntó qué era y él le respondió que unas hierbas que le daba Magali para su enfermedad.

—Ya sé que te han puesto más o menos al día de todo —declaró.

—De todo no. No sé qué te pasó a ti.

Lope bebió con tranquilidad de su taza y, ante los ojos de Circe, fue perdiendo el aspecto demacrado y solemne para transformarse de nuevo en el joven que había acompañado a Casandra a aquella fiesta de cumpleaños de los Blackwell: atractivo, delicado, un tanto soñador.

—Estas hierbas son impresionantes, ¿verdad? Dejo de parecer mi abuelo en cuanto las tomo.

—¿También te hicieron lo que a Glinda? —preguntó Circe con inocencia.

—No. No me importa la vejez. Pero no soy un anciano de verdad, ni por la maldición. Mi aspecto está siempre demacrado porque peleo todo el tiempo contra mí mismo y mi transformación. Cuando tomo las hierbas me relajo y no necesito luchar. La bestia desaparece un tiempo y puedo ser yo de nuevo.

Mientras comían, Lope le contó que hacía mucho tiempo su padre había tenido una amante. Al principio nadie lo sabía, pero cuando su madre se enteró y amenazó con abandonarlo, él juró que se acabaría, que aquella mujer no significaba nada y que no podía romper su familia. La madre le dio otra oportunidad. A pesar de que acababan de legalizar el divorcio, su madre tenía ideas muy conservadoras sobre esas cuestiones.

Lope era el mayor de cinco hermanos, tenía veinte años entonces, y el menor de la familia sólo diez. Había estado estudiando en Ochoa filosofía y letras, aunque a su padre aquella disciplina le parecía cosa de mujeres y se burlaba una y otra vez de él. Era la Navidad de su tercer año y la cuestión de los estudios volvió a surgir en la cena. Esta vez Lope se enfadó mucho, muchísimo, tanto que vio los ojos de espanto en el rostro de su madre. De lo que sucedió después, no recordaba nada.

Matilda Nubla lo había encontrado vagando por el parque de Tayasal con la ropa hecha jirones, cubierto de sangre, la mirada perdida, y se lo había llevado a casa. Un día se levantó encadenado y en una enorme jaula como aquellas en las que se trasladaba a las bestias. Matilda lo observaba desde el exterior y lo dejó suplicar, llorar y lamentarse antes de decirle nada. Lope confesó con una sonrisa que al principio pensó que la directora de la Salud era una especie de chiflada o pervertida, hasta que vio el periódico *El Caso* a sus pies. Estaba abierto por la página que daba la noticia de la muerte de sus padres y sus cuatro hermanos la noche de Navidad. Decía que habían sido descuartizados de forma cruel y que alguien se había llevado sus corazones. Que se buscaba al hermano mayor, no como sospechoso, sino como otra posible víctima. La descripción minuciosa de las heridas, en especial las de los niños, enloqueció de dolor a Lope.

—Pero lo peor no fue eso —le explicó a Circe, mirándola con los ojos de alguien que ha contado la misma historia demasiadas veces—, lo más horrible fue que Matilda me dijo que había sido yo y que debía salvarme porque no había tenido la culpa. Al principio no quise creerla, pero después… vinieron a mi mente los gritos, la sangre… y poco a poco recordé.

Recordar cómo había asesinado a toda su familia transformó el dolor en ira. Los mató a sangre fría y arrancó sus corazones para devorarlos como una bestia. Después salió a la calle y empezó a correr. Corrió desde el monte Lobera hasta el parque de Tayasal, unos cincuenta kilómetros, sin que nadie lo viera, medio desnudo, descalzo, deshidratado y cubierto de sangre. Había algo que no cuadraba, piezas movidas que no permitían ver la escena completa, y sin embargo la ira era tan grande, tan terrible, que de su boca salió un aullido y delante de los ojos de Matilda, como ella ya esperaba, se fue transformando en bestia: los huesos se alargaron, surgieron colmillos y garras, el pelo negro emergió de su piel rompiéndola.

—¡Eres un hombre lobo! —exclamó Circe.

—No, qué va. Dudo que los hombres lobo existan —repuso el bibliotecario—. Soy un lobo hechizado, y sobre nosotros hay múltiples documentos que confirman nuestra existencia.

Lope mencionó de memoria algunas localidades, como Albadalejo, Robledo de Corpes, Villamanrique o Nombela, donde se dieron casos de lobos hechizados que acabaron con sus huesos en la cárcel gracias a la intervención de la Guardia Civil, o que habían sido avistados y de los que se escribieron toda suerte de crónicas, sobre todo en Castilla. Al parecer había leído mucho sobre el tema, disponía de tiempo para ello. Mientras fuera capaz de transformarse no dejaría de tener veinte años. Había incluso terminado tres carreras, entre ellas biblioteconomía.

Los lobos hechizados solían ser convertidos en tales por una bruja, una bruja por lo general despechada. Matilda le hizo muchas preguntas al respecto cuando se calmó. No, él nunca había despreciado a mujer alguna. No, ni había dado con ninguna mujer que se enamorase tan locamente de él como para hacer semejante cosa. No, no tenía ni idea de quién habría podido hacerlo. Fue así como surgió la idea de la amante de su padre, idea que se fue perfilando poco a poco con los años hasta convertirse en una realidad incuestionable: aquella mujer, fuera quien fuera, era una bruja que, rechazada por su hombre, no sólo quiso vengarse de él, sino de toda su familia. Hechizó a uno de sus hijos como bestia para que, en un acceso de ira, les diera muerte a todos. Había sido rápida, hábil, inteligente y, desde luego, había borrado muy bien sus huellas.

Toda magia dejaba una huella rastreable, afirmaba Matilda, pero de aquella magia sólo quedó una estela, como una ola perdida que, poco a poco, trajo a la memoria de Lope una vara de cerezo unida a una mano blanca de dedos afilados que acababan en uñas pintadas de color sangre: la única pista para encontrar a esa mujer.

—Yo he visto esa vara —dijo Circe.

—En casa de los Blackwell. Yo también. Pero no pudo ser ninguno de los Blackwell porque tenían vedado el acceso a la magia en el momento de mi maldición, así que no sé. Ahí acaban mis pistas.

Lope había estudiado mucho y Matilda lo cuidó como si de su propio hijo se tratase. Tenía experiencia con las maldiciones de transformación a causa del incidente de Glinda. Sabía que si encontraba a la bruja podría pedirle que le devolviera su forma humana para siempre; la voluntad de la bruja que la hizo es lo único que deshacía una maldición. O su muerte.

—¿La matarías si fuera necesario? —preguntó Circe.

—Prefiero pensar que hay alternativas.

Se sintió aliviada por la respuesta de Lope. Al fin y al cabo, ella misma había convertido a un hombre en serpiente sin querer y no le hubiera gustado que nadie intentase matarla por ello.

Lope le dijo que existía una edición del *Malleus Maleficarum* —el tristemente célebre *Martillo de las brujas*— que nunca se divulgó. Una versión íntegra en la que, al final, había un epílogo con diversos encantamientos para doblegar la voluntad de una bruja y obligarla a que se sometiese a los deseos del que tuviera en su poder la palabra escrita. Si lograba encontrar a la mujer que compuso la maldición, podría obligarla con ese libro a que deshiciera lo hecho.

—Aunque sea un texto detestable —dijo Lope—, por una vez tendría una buena finalidad.

—¿Tienes el libro?

—Lo tenía. —La tristeza devolvió cierta senectud a los ojos del bibliotecario—. Tu abuela lo envió con una donación de su biblioteca cuando supo que entrarías en la universidad. Envió muchos textos interesantes y únicos como ése. Cuando llegaste y chocamos por el pasillo era lo que llevaba en la mano. Pero me lo robaron.

—¿Te lo robaron?

—Sí, ya lo sé, no tiene ningún sentido. Un día había quedado con Casandra en la universidad. Nos citamos en la cafetería de filología porque ella había solicitado unos libros de la biblioteca de esa facultad, y cuando quise darme cuenta alguien me lo había quitado de la bandolera. No sé ni tan siquiera cómo no me percaté: era un tomo enorme y pesado en papel biblia, para nada un libro discreto. Creí que Matilda me arrancaría la cabeza al enterarse, pero no, dijo que le suponía un alivio. No le gustaba tener ese ejemplar entre sus muros.

Casandra insistía en que no pasaba nada, que no tenía por qué deshacerse de la bestia; podía domesticarla. Casandra era un ratón, como Glinda, buenas con los transformados. Ni en su forma monstruosa era capaz de hacerle daño. Cuando se convertía, la misma Glinda lo conducía bajo la escalera, al jardín oscuro, el lugar más seguro de la universidad, y él la seguía como un perrito. Con Casandra no había logrado tanta confianza porque ella se impresionaba demasiado cuando lo veía así. O porque la amaba, y el amor era un sentimiento demasiado fuerte que exacerbaba al lobo. Lope pronunció estas últimas palabras con una infinita tristeza.

Al ver la vara en casa de los Blackwell había tenido tal acceso de ira que no pudo evitar la transformación: fueron sus uñas las que rasgaron el cuadro. Con sus últimos restos de lucidez, logró huir por el monte. Casandra lo siguió un rato bajo la lluvia, gritándole que podía controlarse, que podía volver a ser Lope. En las profundidades más recónditas del bosque de Tayasal habían ensayado una vez por semana cómo controlar la transformación y, sobre todo, cómo seguir lúcido una vez transformado. Pero en la fiesta no sirvió de nada. Matilda Nubla tuvo que detenerlo con tanta violencia que fue cojo y con el brazo en cabestrillo varias semanas. Por suerte no hirió ni mató a nadie en el camino. Aunque no recordaba, había dedicado mucho tiempo a analizar periódico por periódico, buscando víctimas con las entrañas desgarradas y sin corazón. Por fortuna, no halló gran cosa. Sin embargo, Sibila había enloquecido de ira y amenazó con sacarlo de allí y encerrarlo de por vida.

—Si fuera por ella, me metería una bala o un puñal de plata en el corazón, pero nadie se lo permite —suspiró Lope—.

Aunque razones no le faltan. No es como Casandra cree, no voy a poder dominarlo nunca: la bestia siempre está conmigo.

La principal diferencia entre los hombres lobo de las leyendas y los lobos hechizados era cuándo se transformaban. En el caso de Lope, los sentimientos descontrolados aceleraban la metamorfosis, así como algunos fenómenos astronómicos, como que la luna estuviera demasiado cerca de la Tierra en su traslación. Por alguna causa que no había determinado, siempre se convertía en la noche de San Juan.

—Supongo que por el solsticio de verano —apuntó Circe.

—El caso es que no es una cosa que suceda cada veintiocho días y que pueda preverse. Si los hombres lobo existieran serían afortunados de tener esa ventaja.

Tampoco era un lobo completo. Por supuesto, él no se había visto, pero Glinda le había hecho una descripción bastante precisa que lo convertía en una especie de monstruo a medio camino entre un perro rabioso, un hombre mono y un lobo gigantesco. Algunos lobos hechizados sí se transformaban por completo en lobos, pero no todos; de hecho, la mayor parte eran hombres bestia. Los habían denominado lobos por el sonoro aullido con el que rompían el silencio de la noche cuando se convertían.

—Así que el jardín oscuro te calma —resumió Circe.

—A todos los monstruos. —Lope sonrió con una mueca triste.

—¿Y cómo es?

—¿Quieres ver la Cripta Bruna? —Al bibliotecario le brillaron los ojos.

El último recodo de la descomunal escalera de piedra ocultaba un hueco en la pared, una rendija donde cabía una mano y que a Circe le sugirió la *Bocca della Verità* en la que Gregory Peck fingía haber perdido una mano en *Vacaciones en Roma*, aunque no veía a Lope con el suficiente humor como para hacer el chiste. El bibliotecario introdujo la mano y tiró de algo que sonó a roca desplazándose. Un pasadizo quedó a la vista de Circe.

—¿No tiene luz? —preguntó un tanto incómoda.

—No te preocupes. Verás.

Los primeros cinco o seis pasos fueron cautelosos, el suelo se desplazaba hacia abajo, con una pequeña pendiente, y era imposible saber si uno iba con los ojos abiertos o cerrados. Enseguida una tenue luminosidad lo llenó todo, muy leve, pero lo suficientemente intensa como para que las siluetas, las sombras y Lope se dibujasen ante ella. Habían salido a un bosque. Aunque la palabra sonase un poco osada teniendo en cuenta que estaban bajo la escalera de la Salud, Circe no encontró otra: un pequeño bosque refulgente. Las plantas eran las que emitían aquella leve luminosidad, ellas y unas bolas brillantes que se desplazaban a toda velocidad de un lado a otro como luciérnagas.

—Cuidado con los imps —dijo Lope señalando una de ellas—. No son peligrosos, pero les gustan las bromas y tirar del pelo a los desconocidos.

—¿Qué son? ¿Una especie de hadas?

—Demonios. Ah, y no toques las mariposas o te robarán la memoria.

Unas enormes mariposas azules revoloteaban de una hoja a otra, esquivándolos en su vuelo como si supieran que no debían rozarlos. Un imp, sin embargo, empezó a tirar del péndulo de cuarzo con el ancla que Circe llevaba al cuello. Cuando ésta lo cogió, el ser le mordió un dedo y salió volando a una hoja cercana, desde donde se burló de Lope y de ella. Era lo más parecido a un hada de cuento que a Circe le venía a la cabeza, pero en su versión más deforme, cornuda y con dientes afilados. Lope le dijo que no se lo tuviera en cuenta, que no podían evitar ser un poco molestos, pero que cumplían muy bien su función en el jardín oscuro: proteger lo que no debía ser encontrado. Ni él podía salir de allí en su forma de bestia, pues los imps y las plantas mágicas le cerraban el paso y laceraban su carne con espinas y dientes.

—Créeme, si ese imp hubiese querido hacerte daño con el mordisco, te lo habría hecho.

Ante las palabras de Lope, Circe se miró el dedo en el que un leve arañazo empezaba a manifestarse.

El techo estaba cubierto de hojas refulgentes que se confundían con las de piedra labrada que dibujaba la decoración de la escalera. Allá arriba, en lo alto, entre las ramas de los vegetales, podía distinguir algunos objetos cuya función ignoraba. Los imps hacían bien su trabajo, en efecto.

Cuando vio el rincón donde Lope pasaba sus noches como bestia, lleno de heno, con un comedero que hedía a carne y un abrevadero de piedra, a Circe se le encogió el ánimo.

—No sabes cómo siento lo que te está sucediendo. No es justo. Además, debo pedirte perdón si no he sido muy simpática contigo. Pensaba que eras uno de esos novios crueles y que tratabas mal a Casandra. Pero veo que no es así.

—No la merezco, eso es cierto —confesó él—. He hecho todo lo posible por alejarla del peligro que represento. Si hiero a alguien sin matarlo se convertirá en lo mismo que yo: una bestia maldita. ¿Imaginas qué terrible sería para mí hacerle siquiera un arañazo? Sin embargo, ella cree que puedo ser mejor y no hay quién la aparte de esa idea. —Lope puso su mano sobre la que Circe le apoyaba en el hombro—. Cree que podría usar a la bestia para hacer algo bueno. Supongo que ella siempre espera lo mejor de la gente.

—¿Y tú qué piensas?

—Preferiría que me tuviera miedo, que su cuerpo le dijera: «Corre», en vez de: «Ámalo y ten paciencia». Ya era bibliotecario cuando su madre estudió aquí, ¿sabes? Ella me presentó a sus hijas porque fuimos amigos mucho tiempo. Herófila también esperaba siempre lo mejor de cada uno.

Y Sibila no, por supuesto, porque ella ya había sufrido en sus carnes lo que la magia podía hacer. La profecía no sólo la había dejado encanecida y ciega, sino también desconfiada. Ojalá Circe no sintiera que, en este caso, tenía parte de razón.

En el jardín oscuro, los imps decidieron ofrecer un espectáculo de luces antes de que se fueran, como vibrantes estrellas traviesas de largos y afilados dientes.

3

Clases de magia

EL PRIMER DÍA de clase fue aburrido y tedioso, y a Circe se le hizo muy largo. Apenas había visto a Rebeka por la residencia, y mucho menos a Casandra. No tenía clase de latín, así que tampoco vio a Arturo, y las gemelas parecían haber dejado de seguirla. Sin embargo, cuando a la hora de la comida Rebeka llegó como un huracán pelirrojo, la besó, le felicitó el nuevo año, le dio su regalo de solsticio —unos preciosos guantes verdes— y le dijo que aquella tarde empezaban las clases de magia, le pareció que todo había merecido la pena. La abuela le había hablado sobre esas clases durante las vacaciones.

—¿Con la señorita Expósito?

—Exacto. Veo que aprendes deprisa. —Le guiñó un ojo—. No sabes cómo me alegro de poder hablar abiertamente contigo. A Casandra y a mí se nos da fatal mentir. Y a las gemelas ni las conoces, ¡y son geniales! Era del todo injusto.

Mereció la pena conocer a las gemelas, en eso Rebeka tenía toda la razón. Llegaron con Casandra a los postres, vestidas como un sueño de *Mi Pequeño Poni*, una en colores azules y lilas, la otra en rosas y cremas. Una vez las tuvo delante a las dos le resultó muy fácil saber cuál era cada una: Magali era la de rosa y Muriel la de azul. Así había sido siempre, siempre habían sido dos y no una que se cambiase de ropa muy deprisa.

—Sin embargo, sí que una vez…

—Nos cambiamos de ropa…

—En concreto, yo me cambié de ropa porque me manché…

—Pero sí, nos turnábamos para espiarte…

—Vigilarte…

—¿Protegerte?

—Protegerte, sí, nos alternábamos y nos repartíamos las zonas de la universidad…

—Zonas distintas, sí, cada una tenía su campo de acción…

—Y sus hierbas de invisibilidad.

—Venga ya —las interrumpió Casandra—, eso no existe, ya estáis presumiendo.

Circe agradeció que Casandra interrumpiese a las gemelas, pues hablaban superponiéndose y acabándose las frases la una a la otra, lo que unido a la gran velocidad con la que hablaban y a que sus rostros eran idénticos, terminaba por provocarle mareos.

—¡Claro que existen! —exclamó Muriel

—Es una mezcla especial que sólo conozco yo…

—Y de la que a mí siempre me da un poco…

—Un poco, sí, parece mentira que no confíes todavía en mi pericia para mezclar hierbas —terminó Magali.

Parecía ofendida por las palabras de Casandra, pero muy pronto todas se dieron cuenta de que sólo lo había dicho para molestarla y que se defendiera o hiciese una demostración. Magali era una liebre. De forma intuitiva sabía para qué servía tal o cual planta, qué mezcla lograba una poción perfecta para tal o cual cosa y qué hierbas eran medicinales y cuáles venenosas. Las liebres eran buenas con las pociones, por eso todo el mundo la llamaba «Química», que era precisamente la carrera que estudiaba. A pesar de que insistía en que hacer pociones no era muy diferente a cocinar, Casandra le llevó la contraria de forma tajante.

—Hay que estudiar mucho para saber para qué sirve cada cosa y cómo mezclarlas —dijo—, conocerlo de forma intuitiva es sólo posible para las liebres. Y componer de forma creativa nuevas pociones que den los resultados deseados, sólo está al alcance de unas pocas liebres privilegiadas.

Las hierbas de invisibilidad habían sido un hallazgo poco común asociado a una novela que Magali había estado leyendo. En ella, el protagonista se volvía invisible al tocar una flor la noche de San Juan. La descripción de la flor era muy exacta, pero Magali había sabido de inmediato que el autor hablaba de una flor inexistente tal y como estaba descrita. Sin embargo, las características de esa flor respondían a algunas plantas reales, cuatro en concreto. Si a esas cuatro les unía la hierba de San Juan o corazoncillo, ya tenía cinco elementos.

—El número mágico de cualquier poción o mezcla de hierbas que se precie —sonrió orgullosa, y su hermana Muriel replicó su sonrisa.

Jugó con las cantidades y proporciones, hizo infusiones y pequeños botecitos que estallaban en una bocanada de humo maloliente y tardó varias semanas en llegar a la conclusión de que la mejor forma de hacerse invisible con la mezcla era trenzar entre sí las plantas y apretarlas en la mano hasta que las flores de corazoncillo se deshicieran. El efecto era inmediato e inodoro, aunque no duraba más que un minuto y cincuenta segundos, lo suficiente para una huida rápida. Sólo servía para lo que estuviera en contacto con el cuerpo que tuviera la trenza en el puño.

—Por eso cuando se le cayó el bolso en Tayasal no pudo recogerlo —apuntó Muriel.

—Una vez separado de mí ya no era invisible —completó Magali.

—Y si lo hubiese cogido, durante unos segundos todo el mundo habría visto un bolso flotando en el aire.

—Habría sido gracioso.

Ambas hermanas se echaron a reír y se taparon la boca con la mano enguantada a la vez.

De Magali había sido también la idea de usar las mariposas azules de la memoria con los invitados a la fiesta de la universidad, después de que Circe convirtiera al exmarido de la profesora Galvani en serpiente. La onda expansiva de su hechizo había suspendido en el aire a todos los invitados sin magia de nacimiento y Muriel, la experta en modificar las leyes de la física, había tenido que devolverlos al suelo antes de usarlas. Muriel estudiaba física y por ese nombre la conocían, de tal forma que las dos hermanas habían terminado por ser «Física y Química». Las habilidades naturales de Muriel —como las de todos los sapos— eran telequinéticas. Podía mover objetos sin tocarlos y, sobre todo, devolver la gravedad allá donde fuera cero y convertirla en gravedad cero allá donde tuviese otra magnitud. Por eso fue capaz de bajar de las alturas a los invitados a la fiesta del solsticio.

—La verdad es que siento haberos dado tantos quebraderos de cabeza —confesó Circe.

—Qué mona. —Rebeka acompañó su frase de un abrazo y de un beso que hizo reír a su compañera de cuarto.

—¡Qué va! —empezó Muriel.

—Nos encantas —siguió Magali.

—Eres un reto constante.

—Y además papá y mamá están encantados en Ochoa.

—Sí, es cierto. Hemos hecho bien en venir.

—Entiendo que nos hayan elegido para este conventículo.

Gracias a aquel torrente de frases pronunciado por las gemelas, Circe se dio cuenta de que era cierto: ellas cinco eran el conventículo que la abuela había decidido formar. De alguna forma, ésa era su familia mágica. Ese pensamiento le hizo sentirse tan bien que tomó las manos de Rebeka y Casandra, que eran las que tenía más cerca, y ellas a su vez las entrelazaron con las de las gemelas. Al hacerlo, pudieron sentir la energía fluir entre sus palmas como electricidad estática. Si alguien hubiera podido observarlas desde el aire, habría visto una estrella de cinco puntas perfecta.

—¿Sabéis dónde son las clases de la señorita Expósito? —preguntó Casandra.

Antes de que alguna de ellas pudiera responder, todas sintieron en la mano derecha una aguda quemazón que hizo que se soltaran. En todas las palmas apareció la misma inscripción: «A las cinco en punto de la tarde en el patio trasero de la Residencia de la Salud, bajo el tótem de los cinco halcones».

Circe habría pensado que aquella anotación había sido una respuesta mágica a la pregunta de Casandra, pero muchas de las que se encontraban en el comedor se miraban la mano con la misma expresión de sorpresa.

—Creo que todas ésas son brujas novatas, como nosotras —dijo Circe.

—¿Alguien tiene idea de qué es ese tótem? —preguntó Rebeka, bastante más práctica.

Aunque entonces todas se encogieron de hombros, fue más fácil encontrarlo de lo que ninguna había pensado. Al final de la biblioteca había una puerta que nunca se abría, una puerta doble con relieves de camelias sobre la que había un cartel que anunciaba el patio trasero con caracteres góticos. Casandra recordaba haberlo visto y enrojeció al decirlo. Circe se dio cuenta de que pensaba en Lope, en el tiempo que pasaba con él en la biblioteca, el suficiente como para fijarse en todos los detalles en los que nadie se fijaba.

Al atravesar la puerta aquella tarde, diez minutos antes de la hora, Circe tenía el corazón tan acelerado que le dio vergüenza pensar que el resto lo notaría. Pero lo cierto es que todas tenían la misma cara congestionada por la emoción del descubrimiento. La primera sorpresa no se hizo esperar: otros habían llegado antes.

En el patio, los cinco lobos Blackwell admiraban la enorme escultura con cinco cabezas de halcón que presidía un patio amplio y alargado. Bromelio jugueteaba con sus anillos, Margarita y Caléndula hacían bromas que sólo entendían ellas sobre la escultura, Jacinta y Narciso permanecían juntos en un rincón, en silencio, con la expresión vacía. Sin embargo, en cuanto Jacinta vio entrar a Circe, se lanzó hacia ella con el paso decidido de una reina destronada. Por el camino, unos metros antes de alcanzarla, sacó un puñal de plata de su cinturón, una hermosa y antigua pieza con cabeza de lobo. Ninguna tuvo tiempo de reaccionar cuando Jacinta empujó a Circe contra la pared diciendo:

—¡Tú! ¡No sé ni cómo tienes vergüenza de presentarte!

Jacinta estaba tan cerca de Circe que sus ojos encendidos parecían más de color cereza que nunca.

—Tú tienes la culpa de todo. Tú —dijo alzando el puñal.

—Jacinta, yo… no sé de qué me estás hablando.

—De esto. Te estoy hablando de esto.

El resto de los presentes, los otros cuatro Blackwell y las amigas de Circe, se habían acercado dispuestos a arrancarle el puñal de la mano, pero para sorpresa de todos, lo que hizo fue pinchar su propio dedo.

Al segundo, movida por una música invisible, la sangre empezó a brotar hacia arriba, bailando en el aire hasta conseguir la forma perfecta de una bailarina roja. La pequeña y sanguinolenta muñeca danzó unos segundos delante de todos y después, como arrastrada por una fuerza ingobernable, entró de nuevo en el pinchazo, que se cerró como si nunca hubiese existido.

—Es precioso, Jacinta —dijo Circe.

—¡Es una maldición! —respondió en un ataque de frustración que la llevó a envainar de nuevo el puñal—. Tú no entiendes nada. Es increíble, pero no entiendes nada.

Jacinta soltó un bufido y aceptó el brazo de Bromelio, que la apartó de las chicas. Narciso ayudó a Circe a separarse de la pared. En cuanto tomó su mano, volvió a sentir esa calidez y el deseo de tocarlo y arrancarle aquella máscara, pero con una intensidad más fuerte que en otras ocasiones.

—No se lo tengas en cuenta. Está disgustada por lo que nos ha pasado. Sabía que no lo llevaría bien —dijo él.

Narciso dibujó media sonrisa y dejó a Circe en compañía de sus amigas. Rebeka, Casandra y las gemelas se lanzaron a abrazarla y murmuraron que Jacinta estaba loca. Circe quiso defenderla, pero no podía soportar la ausencia de Narciso; le dolía que se alejase. Y la embargaba un dolor tan intolerable que casi se echó a llorar.

4

El aullido de los Blackwell

EN LA FIESTA del solsticio, cuando todos brindaban y reían, sucedió algo que cambiaría la vida de Jacinta Blackwell para siempre: Circe Darcal, aquella pretenciosa niñata con el pelo de punta, convirtió a un hombre en serpiente.

Hasta aquel momento sólo había sido una insignificante molestia, como la picadura de un insecto. Había llegado tarde y todos la miraban con la expectación de la novedad. De hecho, había algunos que le prestaban más atención de la debida, como si fuera especial o algo así. Entre ellos la profesora Juana Expósito, de la única asignatura que compartían, que siempre permitía que Circe se luciese en sus lecciones alardeando de lo que sabía, como siempre había hecho ella misma. Jacinta lo hacía en todas las clases menos en ésa. Parte de su orgullo y su popularidad se basaban en que lo sabía todo. Era la primera de su curso desde que tenía memoria. Además era guapa y resultaba tan atractiva a los chicos como a las chicas, que deseaban ser como ella. Sin embargo, Circe Darcal era inmune a todos esos encantos. Se sentaba allí, en su rincón, con su ropa triste y barata y su cara de chica aburrida con una poderosísima vida interior, y acababa conquistándolos a todos. Jacinta siempre había sospechado que la gente que parecía silenciosa y oscura porque tenía una gran vida interior, en realidad no tenían dentro más que cartón y apariencia: una decepción total. Eso sería Circe, ¿por qué sólo ella se daba cuenta?

Jacinta había pasado toda su vida esforzándose en ser la mejor en todo: la más guapa, la más lista, la más creativa, la más original, daba fiestas increíbles, hacía obras de caridad, regañaba con cariño a aquellos que no se portaban como debían y derrochaba excelentes consejos, según le confirmaban Mai y May. Era consciente de su superioridad hasta que llegó Circe, una pueblerina absurda, y rechazó con naturalidad pertenecer a su corte. No contenta con eso, llamaba la atención casi tanto como ella sin hacer esfuerzo alguno, sin merecerlo.

Incluso le había parecido que a Arturo, su novio, le gustaba aquella paleta. Hablaba mucho de ella y de sus clases de latín. Aunque nunca la llamaba por su nombre completo, sino sólo Ce, como si fuera la miembro de una hermandad universitaria de un *slasher* de los ochenta. Jacinta sabía que se refería a ella y se había cuidado mucho de nombrarla siquiera o de mencionar que coincidían en historia medieval. Cualquier cosa podía alimentar la fascinación de Arturo, y eso no era conveniente. ¿Qué habría sido de ella si en verdad Circe le gustase a Arturo? ¿En qué lugar la dejaría que él la abandonase por una chica que no tenía nada de extraordinario? ¿Por qué nadie se percataba de que Circe era vulgar?

El colmo fue descubrir que también Narciso había sucumbido al encanto inexistente de Circe. ¿Qué le veían? Llegó a discutir muy acaloradamente con él sobre el asunto. ¿Qué era? ¿Su cara de muermo? ¿Su ropa parcheada y fea? ¿Esos ojos como de lechuza que parecían mirar sin ver? Narciso se encogió de hombros y le dijo que Circe aceptaba lo maravilloso y lo excepcional en silencio. Que siempre le había gustado la gente silenciosa y un poco ausente. Jacinta, que era tan escandalosa como un cotillón de Año Nuevo, tuvo que callarse ante esas palabras que no podía rebatir. También ella sentía una debilidad inexplicable por Narciso, que no era precisamente el alma de ninguna fiesta.

Cuando tenían catorce años, tres chicas de uno de los institutos de Ochoa se suicidaron en grupo. Dejaron una nota diciendo que amaban a Narciso y que no podían soportar que él no las amase. Después de aquello, Narciso nunca fue el mismo. Dejó de ser simpático y empezó a darle miedo acercarse a la gente. Jacinta se sentía un poco culpable porque al principio ni siquiera lo apoyó. Sus padres decidieron que estudiase desde casa y apenas salía de la mansión para ver algún espectáculo a escondidas. Que Jacinta supiera, hasta que Circe llegó, su hermano no había mostrado interés por ninguna chica, así que tuvo que ceder y ayudarlo con las cartas, un poco porque lo quería, un poco por compensarlo por aquella primera reacción de rechazo que tuvo cuando lo sacaron del instituto. Al menos, el ver que Circe se mostraba tan ilusionada como él la reconcilió un poco con ella.

También pasó por alto que a Arturo pudiera gustarle. A veces ocurría algo así y no significaba nada: a alguien no sólo le gustaba una persona sino varias, pero ella estaba segura de que Arturo la quería. Analizado con frialdad, no tenía por qué ser peligroso ni horrible, pero su autoestima, tan trabajada, se resentía sólo de imaginarlo. Gracias al capricho de Narciso, su imaginación dejó de jugarle malas pasadas.

Con la proximidad de su cumpleaños, en noviembre, a veces percibía sensaciones extrañas. Una vez, jugando con su loba *Freya*, ésta la arañó en la cara. Hubiese jurado haber visto la sangre en la zarpa del animal, pero cuando se miró al espejo en su mejilla no había nada. En otra ocasión tuvo que marcharse de un bar donde tomaba algo con Mai y May porque percibía sus corazones bombeando sangre, el fluir del líquido rojo por sus cuerpos. Podía seguir su recorrido sin esfuerzo, y no sólo el que hacía dentro de sus dos amigas o de la camarera cuando se acercaba, sino el circuito sanguíneo de todos los que estaban en el bar, dos ancianos que se sentaban en un banco en la puerta y una señora con un perrito. Aquella noche pudo dormir gracias a que se tapó la cabeza con una almohada.

Una mañana, en clase de historia medieval, vio las palabras

«Corre Circe» formarse en la mesa donde se había sentado. Aquel día se había estropeado el proyector en su aula habitual y Juana Expósito los llevó al laboratorio de arqueología, desocupado a esa hora, para mostrarles el interior de la catedral de Colonia. Fue un segundo y nadie más lo vio, por lo que pensó que lo había imaginado; su obsesión con Circe era mayor de lo que pensaba. Sin embargo, si cerraba los ojos, todavía podía ver aquellas palabras, incluso repasar con la mente su grafía desmadejada y muy personal. Trató de olvidarlo, y probablemente lo hubiera conseguido de no ser por la fiesta del solsticio. Entonces todo se desmadró.

En contra de su costumbre, que era encargar a la modista su disfraz, ese año Jacinta le hizo caso a Narciso y le alquiló el traje a la señora Ratón. El vestido de Rapónchigo era espectacular y se hizo unas treinta fotos en el espejo de su cuarto. Colgó una en las redes sociales. Sabía que a su padre aquello no le gustaba. Siempre decía que eran el lugar donde los famosos y la gente rica se ponían en evidencia para que el resto de la humanidad se burlase. En su familia, además, no eran demasiado amigos de los retratos y sólo había unos cuantos cuadros por la casa que representaban a sus padres o a algunos antepasados. Como si fueran de otra época, de entre todos sus hermanos sólo Margarita tenía un perfil en redes sociales, bajo un nombre supuesto, donde publicaba fotos artísticas de aves e insectos, nada más. Sus padres estaban bastante orgullosos de las manías asociales de sus hijos y la que resultaba extraña en aquella familia era ella. Pero no le importaba: tenía seguidores de todo el mundo que adoraban sus vestidos, su loba o lo que comía. Después del solsticio, ya ni ese consuelo le quedó. Le revolvía el estómago encender el ordenador y ver la última fotografía que había publicado, la suya con el disfraz de Rapónchigo, y terminaba por apagarlo. Su padre y sus charlas habían ganado la partida y de qué manera.

Al principio todo iba bien. Esteban, el amigo de Arturo, tenía el día gracioso y no paraba de declararse a una pelirroja que había entrado a la fiesta con Circe. Narciso y Circe habían tenido un encontronazo que ella observó divertida desde un rincón; a ver si a su hermano se le pasaba la tontería y encontraba a una novia de su altura. Después sorprendió un par de veces a Arturo mirándola, y eso no le gustó. Se había prometido no caer en algo tan vulgar como los celos, y menos contra Circe Darcal, pero no podía evitarlo. Se pasó con el vino de estrella como consecuencia de lo que estaba ocurriendo. Hacia lo que debería haber sido la mitad de la velada, con el brindis de sus padres, entró en una fase de sociabilidad extrema y le fue diciendo a todo el mundo lo guapísimo que estaba y lo bien que le quedaba el disfraz. Después hubo la luz, el estallido, y lo vio todo. Ojalá no hubiera sido así.

De no haber estado presente, ¿habrían cambiado las cosas? Suponía que no, pero eso no hacía que tuviera menos ganas de pegarle a Circe Darcal; al fin y al cabo, ella había sido la detonante.

Sin duda se trataba de la palabra correcta, porque Circe había estallado en una ola de energía que lo había cubierto todo. A su paso, unos sí y otros no, iban suspendiéndose en el aire como globos llenos de helio. Arturo, Mai y May, muchos de los que Jacinta quería, gente que la admiraba, con quienes intercambiaba sonrisas y apuntes, volaron con las cabezas colgando, sostenidos por hilos invisibles. También algunos objetos y el líquido de las copas decidieron obviar la ley de la gravedad. Tuvo tiempo de pensar en las imágenes de los astronautas en el espacio, pero no había astronautas y todo el mundo parecía en coma.

Jacinta quiso gritar, pero no le salió la voz. Tuvo que comprobarlo, se pellizcó: sí, estaba consciente, no, no lo bastante borracha. Sus pies no se habían despegado del suelo pero parte de su vestido pugnaba por seguir a Arturo en su ascenso, como si lo atrajese una fuerza irresistible. Dio varios pasos hacia atrás, en una dirección y en otra, pero chocaba con cuerpos en suspensión por todas partes. Oyó su nombre. Era su padre. Toda su familia seguía con los pies en la tierra y la llamaban desde un rincón junto a la chimenea. Había otros que, como ella, no habían volado y que se movían perdidos entre las piernas, las telas, los cabellos y las copas que pendían por doquier. Cuando se encontró con el rostro del profesor de latín de Arturo, frente a sus ojos en el aire, el grito salió por fin de su cuerpo, por lo demás petrificado por completo. Unos brazos la rodearon y tiraron de ella hacia atrás. Se dejó guiar hasta lugar seguro y se abrazó a su padre. Narciso había bajado la escalera ante el revuelo y estaba allí también para coger su mano.

Después todo fue un jaleo de gente entrando y saliendo. Llegó la directora de la residencia y habló con sus padres. Unos tipos se identificaron como miembros de la Luna Azul, pero cuando preguntó qué era aquello, nadie le respondió. Una de ellas —la única que habló— era ciega e iba disfrazada, por lo que supuso que ya se encontraba en la fiesta cuando todo aquello empezó. Había gente amarrando a los voladores con cuerdecitas para sacarlos por una puerta. Y mientras tanto, alguien había cogido a Circe, la causante de todo aquello, y la había acomodado en un sofá. Hasta en las peores circunstancias conseguía ser la protagonista. Jacinta ardía de rabia.

Su padre se llevó a toda la familia a la antesala del despacho de Matilda Nubla, en la planta baja de la residencia, donde un nervioso secretario se ofreció a llevarles infusiones. Narciso, Caléndula, Margarita, Bromelio y sus padres se acomodaron en silencio. También estaba presente su tía Amaranta, la hermana de su madre. Era una mujer de estatura mediana con un cabello negro y rizado veteado por finas líneas de cabellos blancos que aparentaban ser un único mechón gracias al peinado. Tenía un gracioso hoyuelo en la barbilla, que le hubiera dado cierto aspecto inocente de no ser por la perfecta composición que sus cejas y sus ojos hacían de una mueca cruel. Jacinta se quedó de pie junto a la puerta. Sólo tenía ganas de huir.

El padre les contó entonces que eran brujos y que Circe Darcal también lo era. A esta última se le había ocultado —no sabían muy bien por qué— y su magia había reventado. No quería que a ellos, sus queridos hijos, les ocurriese nada semejante. Lowell Blackwell no omitió detalle: les explicó lo que su padre había hecho, la condena de la Luna Azul, la herencia y la prohibición de hacer magia.

—Una prohibición que termina ahora, ochenta años después —dijo su madre para concluir—. Nunca os dijimos nada para que no sintierais que estabais perdiendo algo. Si no sabíais que podíais hacer magia, entonces no lamentaríais no poder utilizarla.

Después sus padres discutieron con la tía Amaranta. Ella siempre insistió en que los chicos tenían derecho a saber, y a plantearse si querían saltarse la prohibición. Lo cierto es que, con el paso de los años, ésta había ido debilitándose, y desde que habían nacido Jacinta y Narciso apenas se mantenía por la voluntad del matrimonio de cumplir el castigo completo. Desde siempre, los mellizos habían mostrado habilidades y nadie de la Luna Azul había venido a reprenderlos. Amaranta, muy enfadada o con ganas de molestar, dijo que eso era lo que había matado a las compañeras de Narciso. Que no hubiera pasado de haber podido él, a esas alturas, controlar su poder. Narciso no dijo nada, pero Jacinta pudo ver en sus ojos cómo se le rompía el corazón. Azalea abofeteó a su hermana y le pidió que por una vez en su vida se comportase, que bastantes disgustos le había traído a la familia. Ambas hermanas se cruzaron acusaciones que Jacinta no comprendió. Hablaron de una revolución en Hungría, hacía mucho tiempo, que Amaranta había abanderado sin el permiso de nadie haciendo peligrar todos los tratados de paz. La Luna Azul la había sacado de allí y «limpiado sus destrozos». Azalea usó esas palabras exactas.

—¡Era la tierra de nuestros antepasados y debía defenderla! —chilló la tía muy nerviosa.

—Ni estamos seguros de si esa obsesión tuya por descender de Erzsébet Báthory responde a una realidad —declaró Azalea—, nunca hemos encontrado pruebas de ello.

A Jacinta ese nombre le sonaba a película de terror, a historias de brujas, vampiros y sangre, y se apoyó en la pared, aterrorizada.

—¡Destruyeron todas las pruebas! —La voz de Amaranta se agudizó por los nervios.

—O las inventaste tú. Es la mayor estupidez que se te ha ocurrido nunca, y se te han ocurrido muchas.

—¿Se acerca el momento en que me echas en cara que me encontraste deprimida y al borde del suicidio y por eso me trajiste a tu casa? ¿Es cuando me reprochas lo buena que has sido conmigo todos estos años desde que me abandonó el único hombre que he querido? —Soltó una risa enloquecida.

—En absoluto, hermana. Dejo a tu conciencia la labor de juzgar tu comportamiento.

Los ojos de Amaranta brillaron de odio, y levantó en el aire la vara de cerezo que había sacado del bolso, pero cambió de idea y salió dando un portazo. Azalea se acomodó de nuevo con el rostro inexpresivo, como si todo aquello no hubiera ocurrido o no la afectase. A Jacinta la horrorizó todavía más esa ausencia de reacción.

Tanto Bromelio como Margarita y Caléndula tenían muchas preguntas: ¿Qué podían hacer?, ¿hasta dónde llegaba su poder?, ¿qué límites tenían? Jacinta no pudo evitar fijarse en que Narciso permanecía en silencio. Así se dio cuenta de que él ya lo sabía y que no le había dicho nada. Y esa certeza le rompió a ella el corazón.

Tenían magia corporal, eso le quedó claro, aunque a todos no les habían correspondido las mismas habilidades. Las hormonas, la sangre, la composición celular, el ADN eran su campo natural de acción. Con el tiempo y un buen entrenamiento podrían hacer cosas increíbles. Pero debían tener cuidado con la magia de sangre. La magia roja estaba prohibida en casi todos los casos por el Conventículo de las Cinco Lunas, y había sido esa clase de magia la que había empañado el nombre de los Blackwell desde hacía años.

—La sangre es el fluido más poderoso que existe y creo que por ello nos niegan su uso —dijo Lowell—. Se puede arrasar un país entero con la sangre de cien vírgenes, no hace falta nada más que eso y saber utilizarla. Beber la sangre de un noble duplica tu fuerza. Se puede ver el futuro en la sangre menstrual de una virgen. Y así hasta el infinito. No hay nada más poderoso que la sangre, y por eso tú, Jacinta, debes tener especial cuidado.

Su padre se lo explicó, pero no hubiera hecho falta: ella lo sabía. En cuanto sus padres nombraron la palabra «sangre» todo su cuerpo se puso en guardia, sediento, alerta. Ella, por encima de todos sus hermanos, encontraba atractiva la sangre, la conocía y la reconocía. Sabía que era capaz de hacer cosas inimaginables con ella, la oía fluir en los cuerpos de los presentes e incluso en los de los que todavía, en un salón cercano, seguían solucionando el caos provocado por Circe Darcal. Ella, Jacinta Blackwell, la princesa de Ochoa, estaba maldita. Las capacidades de sus hermanos estaban relacionadas con otras partes del cuerpo, las suyas eran relativas al fluido carmesí que los calentaba por dentro.

Aquella Navidad dejó de ser Navidad, ya que sus padres se dedicaron a explicarles todos los ritos paganos origen de la fiesta. Aseveraron que lo más probable era que el tal Jesús hubiese nacido en realidad en otoño. Jacinta nunca había sido creyente porque en su familia nadie lo era, pero aquello le escoció como si le hubiesen dicho que su actriz favorita era una asesina en serie. El mundo conocido, poco a poco, se fue volviendo sombrío. Tanto que cuando su padre le dio su regalo con orgullo, éste no era otro que el puñal de plata con empuñadura de lobo de Winter Blackwell y su cincho.

—Sé que tú tienes mejor corazón que tu abuelo y que darás mejor uso a ese poder que has heredado de él —le dijo.

Pero Jacinta sólo podía pensar que aquel trasto había degollado a toda esa gente en la guerra. Cómo no iba a pensarlo si era lo que había condenado a toda su familia. Fue ese pensamiento lo que la llevó a hacerse el primer corte.

Fue en la mano, en la palma, y a pesar del escozor, le resultó calmante ver salir la sangre. Estaba en su habitación, sentada en la cama, y si Narciso no hubiera entrado y le hubiese servido de testigo, podría haber jurado que lo soñaba.

Estaba hipnotizada por el flujo que brotaba de la grieta de su mano cuando lo oyó gritar su nombre, a lo lejos, como si proviniese de un mundo distante o ella misma se estuviera evaporando en su cuarto.

—Pero ¿qué haces? ¿Estás loca?

Se había aproximado mientras se quitaba el cinturón a toda prisa para hacerle un torniquete. Verlo tan asustado la hizo reparar en la cama, en el edredón empapado en sangre, y se preguntó cuánto tiempo llevaría así y si se moriría por estúpida. Le hizo gracia la idea y se echó a reír.

Narciso se apartó de ella de un salto y se pegó a la pared, asustado. Jacinta se alarmó y dejó de reírse. La sangre que empapaba unos segundos antes el edredón regresaba a su cuerpo, poco a poco, fluyendo a contracorriente. En un minuto el edredón estaba tan limpio como antes de que ella se hubiese sentado, y en su mano casi podía sentir las plaquetas trabajar a toda velocidad reconstruyendo, convirtiéndose en costra, regenerando la piel, dejándose caer. En dos minutos no quedó rastro de lo ocurrido salvo por la palidez de Narciso.

—No vuelvas a asustarme así nunca más —la amenazó su hermano apuntándola con el dedo índice.

—¿Tú eres capaz de hacer algo así? —le preguntó ella.

—No —confesó, ya más tranquilo—. Mis poderes son otros. Nada que ver con la sangre. Ten cuidado, hermana, es un poder el tuyo que tiene mucho de malo.

—Lo sé.

Y lo sabía porque deseaba ver cómo fluía la de Narciso hasta la alfombra. Si no lo cortó fue por la seguridad de que no mentía: él no tenía ese poder. Si lo pinchaba podría matar a su querido hermano mellizo.

A pesar de que consiguió controlar gran parte de su poder a fuerza de ensayos —su gran euforia fue cuando consiguió formar la bailarina por primera vez—, Jacinta se temía. Tenía sed de sangre. No se había equivocado, lo suyo no era un don sino una maldición. Y la primera pieza en aquel monstruoso engranaje de terror la había puesto Circe Darcal en la fiesta del solsticio.

5

Cinco tipos de magia básica

EL PATIO TRASERO de la residencia pronto se llenó de gente temerosa de llegar tarde a una invitación tan intrigante, pero no fue hasta las cinco en punto, ni un minuto antes ni un minuto después, que la profesora Juana Expósito hizo acto de presencia.

—Estupendo. No me puedo creer que estés aquí —dijo Rebeka con desdén al descubrir a Esteban, cargado con un montón de libros, en el concurrido patio.

—Yo también me alegro de verte —respondió él sin perder la sonrisa.

—No deberías haber venido. No tienes poderes, te vi alzarte del suelo en la fiesta del solsticio.

—Mi muy querida y bella Rebeka, he venido porque soy un estudioso y un optimista, así que tengo ciertos privilegios.

Rebeka se dio un palmetazo en la frente con tanta fuerza que tuvo que hacerse daño.

—¿En serio? ¿Un optimista?

—Tu optimista. Bueno, el de tu conventículo, por eso te dije que no entendías que estábamos predestinados.

—Cuando pensé que el día no podía ir a peor… —rezongó la pelirroja.

Esteban sorprendió a Circe mirando a la puerta y le dijo

que Arturo no iba a venir, que él no era brujo ni optimista, y que lo más probable era ni siquiera supiese que todo eso existía.

—Lo encontrarás más tarde en el campus —le aseguró.

—¿Cómo sabes eso?

—Bueno, Circe Darcal, es mi trabajo —respondió Esteban dejando el montón de libros en un banco del patio.

—¿Qué hemos hecho para merecer esto? —se preguntó Rebeka haciendo reír a las gemelas.

—Si no me explicáis qué es un optimista, no sé si voy a entender el chiste —intervino Circe encogiéndose de hombros.

—Es una persona sin poderes mágicos proveniente de una familia de brujos. —Esteban parecía deseoso de explicarlo—. No tenemos magia y nada de lo que hagamos al respecto funcionaría. Hasta un humano normal y corriente sin sangre de bruja podría aprender unos cuantos hechizos sencillos e iniciarse; sin embargo, los optimistas no podemos. Somos inútiles en ese sentido. No podemos hacer que llueva o que se corte la leche, ni un sencillo conjuro de la risa para caer bien.

Rebeka levantó las cejas en gesto de resignación y esta vez a Circe sí se le escapó una sonrisa.

—Bueno, entonces no entiendo por qué os llaman optimistas. Es como una especie de condena, ¿no? —aventuró.

—*Au contraire, ma chérie.* —A esta expresión en francés le siguieron un par de miradas cómplices de Casandra y Rebeka que Circe no quiso interpretar—. Es una especie de responsabilidad, como todo don. Los optimistas no tenemos magia, pero atraemos la suerte. Cada ser humano tiene una cantidad de suerte que puede gastar a lo largo de toda su vida. Hay cosas que emplean más suerte, como librarse de una enfermedad incurable, otras que gastan una cantidad comedida, como ganar a la lotería, o que consumen poca, como tener buenas cartas en el póquer. Digamos que un optimista no gasta si no quiere, siempre tiene buenas cartas, se libra del cáncer y si juega a la lotería le toca. Se dice que hay optimistas que pueden ceder su suerte y hasta venderla, que los hay que pasan horas bajas y deben recargarse, pero no me lo creo del todo. Las brujas no pueden atraer la suerte, pero los optimistas sí pueden atraerla para las brujas. Mi madre lleva diciéndome que soy especial desde que nací.

—¿Y qué te va a decir tu madre si no, lelo? —lo interrumpió Rebeka.

—Lo que pasa es que tú no crees en esas cosas —replicó Esteban sin inmutarse.

—No, lo que pasa es que no quiero que nos des el coñazo.

—¿Y por qué nos lo iba a dar? A mí me parece simpático. —Circe sonrió y Esteban le devolvió la sonrisa y una explicación.

—Porque los optimistas estamos unidos por nacimiento al conventículo de una bruja en concreto, obligados a proteger a sus miembros con nuestra suerte. Y en cuanto vi a Rebeka, lo supe.

—¿Te das cuenta, Rebeka?: lo supo. —Esteban no captó el tono burlón de Casandra y siguió sonriendo.

—Cállate tú, anda —gruñó Rebeka moviendo nerviosa la nariz.

Cuando Juana Expósito cruzó las puertas decoradas con camelias, las campanas de la residencia anunciaron con cinco tonos la hora. Había tanta expectación en el patio que a Circe le pareció que la diminuta profesora había crecido. Se notaba que disfrutaba con aquella tarea porque sus ojos brillaban como dos gemas, y esperó unos preciosos y teatrales segundos antes de empezar a hablar. Circe miró de reojo a los Blackwell, que estaban al otro lado de la escultura de los cinco halcones. Todos los brujos y brujas que permanecían más cerca de Narciso, con la excepción de los miembros de su familia, lo observaban con una adoración que no resultaba natural. Se preguntó si también ella pondría aquella cara de estúpida cuando estaba con él. Jacinta, por su parte, de vez en cuando le dedicaba un gesto rabioso pero discreto que Circe no estaba muy segura de a qué podía responder.

Juana Expósito les dio la bienvenida a la primera clase de magia de la Universidad de Ochoa.

—¿Tú crees que contará para nota? —le preguntó Circe a Rebeka haciéndola reír.

—Quiero que sepáis que no es obligatorio, pero sí conveniente, que vengáis —continuó la profesora—. Es bastante probable que no vaya a contaros nada nuevo, nada que no os hayan contado ya en vuestras casas…

—Si es por eso, para mí debe ser obligatorio —dijo Circe—, porque llevo mucho retraso.

—La magia no se aprende en la escuela, no es una asignatura, son una serie de habilidades adquiridas a lo largo de siglos y siglos por un culto. —Los afilados dientes de Juana Expósito asomaron en una sonrisa—. Un culto al que no le gusta la organización sino la libertad, que no es amigo de las reglas sino de las sugerencias, así que sois libres de iros. Pero lo que aquí os proporcionamos es un espacio seguro para practicar, para controlar vuestros dones naturales y los que vayáis aprendiendo. —Hizo una pausa—. Sí, es verdad que hay algunas prácticas proscritas, habéis oído bien, los rumores son ciertos. La magia negra y la roja o de sangre están perseguidas por la Luna Azul y castigadas por el Conventículo de las Cinco Lunas. Algunos pensamos que la quiebra física y el oscurecimiento del alma son bastante castigo para quienes las practican, pero a lo largo de los siglos se ha llegado a la conclusión de que no siempre son suficiente revulsivo para los que dañan a otros con esas técnicas, por lo que se llegó al acuerdo de perseguirlas y castigarlas. Nuestra paz y supervivencia dependen de eso.

Circe pensó en los acuerdos de paz y no pudo evitar que se le escapase un suspiro. Juana Expósito, por su parte, siguió hablando de las diferencias entre magia blanca, negra y roja. La blanca estaba justificada, controlada y era bienintencionada. La negra era malintencionada y, por lo general, era una muestra del poco control que la bruja tenía sobre sus emociones. El miedo, el odio, el rencor, la envidia o la ambición eran desencadenantes clásicos de la magia negra. La magia roja era magia en la que se usaba sangre como medio para obtener cualquier fin. Cuando la profesora dijo esto, Circe se dio cuenta de que

Jacinta cerraba con fuerza los ojos y empezó a entender por qué su don le parecía una maldición.

—Sin embargo —este apunte, que la profesora Expósito hizo con el dedo señalando al cielo como muestra de su importancia, hizo que Jacinta levantase la vista—, la magia blanca siempre es buena y la negra siempre mala porque dependen de la intención de la bruja: si su intención es pura será blanca y si es impura, negra. Eso quiere decir que el mismo conjuro o hechizo puede ser blanco o negro dependiendo del contexto o de la bruja. Sin embargo, la magia de sangre o roja puede usarse tanto para el bien como para el mal y puede dañar o no a gente en el proceso, por lo que no es buena o mala en sí misma. El problema de la magia roja reside en su tremenda fuerza: resulta tan poderosa que, a menudo, los brujos que la practican caen en la tentación de las ambiciones y ennegrecen su corazón. Con frecuencia no les importa asesinar si así se mantienen jóvenes o ganan dinero. Resulta tan tentadora que los que la practican sienten sed de sangre y se vuelven peligrosos. Es entonces cuando se los persigue y castiga.

Después de aquella ilustrativa descripción, la profesora dijo que, más allá de si la magia era buena o mala, había cinco tipos básicos asociados a los cinco sentidos. Representaban la forma más arcaica de magia, el esqueleto sobre el que todo se sustentaba. En orden cronológico de aparición en la brujería, éstos serían: sortilegio, hechizo, encantamiento, conjuro y embrujo, los cuales, a pesar de la creencia popular, eran métodos muy distintos.

El «sortilegio» fue el primero en aparecer y estaba asociado a la representación gráfica, al dibujo, al símbolo. Las pinturas de manos en las cuevas —Circe recordó la bodega de su abuela— representando manos pequeñas, de mujer, fueron los primeros conjuros de los que se tenía conocimiento. La bruja que los realizó fue capaz de traspasar la roca con el cuerpo plasmando una serie de misteriosas siluetas de manos, unas con varios dedos levantados, otras imitando el dibujo que haría la mano al entrar dentro de la pared. Las pinturas de animales atraían el alimento y las que representaban accidentes de caza los evitaban. El dibujo creaba realidad. Los ojos pintados en los sarcófagos de los egipcios hacían que los muertos pudiesen no sólo escucharnos desde el Quinto Mundo, sino también vernos. Nunca había que subestimar el símbolo, la representación de la realidad. El poder del cinco, el número de muchas fórmulas mágicas, provenía del dibujo de una estrella de cinco puntas, un pentáculo, y todo lo que tuviera esa forma o semejante multiplicaba de inmediato su poder.

Cuando la profesora habló del pentáculo, la representación gráfica del cinco, Circe observó el guardapelo con forma de estrella de mar de cinco brazos y sonrió. También recordó los cinco lunares de su cuello, que Glinda le había hecho ver que tenían esa forma.

Toda magia que se llevase a cabo desde el dibujo simbólico era llamada «sortilegio» y se asociaba a la vista.

—Es curioso comprobar que la gente que carece de vista no sólo no puede realizar sortilegios —dijo la profesora—, sino que es inmune a ellos. Ningún dibujo simbólico puede afectar a un ciego.

Circe pensó que Sibila hubiera podido traspasar las defensas mágicas de la bodega de la abuela sin dificultad, porque eran sortilegios de desencanto pintados en las paredes. Aunque resultaba creíble que hubiese otras protecciones que la abuela no le había contado. Esa posibilidad hizo que se le helara la nuca.

Después del dibujo, las brujas aprendieron a utilizar la palabra. Comprendieron el poder del nombre y lo usaron en su beneficio. La palabra creaba la realidad: eso era un «hechizo». Una serie de palabras pronunciadas en un tono exacto podía hechizar personas u objetos, hacer que algo que antes no existía en el mundo real tuviera razón de ser. Había ciertos detalles que hacían que un hechizo funcionase mejor que otro, como la antigüedad de la lengua usada, cosa que Circe ya sabía, el ritmo o la rima. Un hechizo incluido en una canción podía ser terriblemente poderoso.

—Existen leyendas por todo el mundo de discos que vuelven loca a la gente, grabaciones que hipnotizan a quien las escucha o lo llevan a realizar actos que nunca creería, y más historias maravillosas o llenas de espantos —continuó Juana Expósito—, y son todas ciertas. En especial durante las edades oscuras, al inicio de las guerras, las brujas realizaban cánticos espirituales que ganaron algunas batallas al ser combinados con conjuros compuestos de danzas. Algunos de esos cantos antiguos se conservaron en la cultura popular y terminaron en canciones que se grabaron en discos de pizarra. Por alguna extraña razón, la pizarra y el vinilo conservan mejor la magia que otros formatos. —Aquí Circe pensó en cómo el ordenador frenaba sus capacidades—. Esos discos, a día de hoy todavía son objetos de culto y misterio. Algunos dicen que fueron grabados por cantantes que vendieron su alma al diablo a cambio de éxito, pero ya sabéis cómo nos han demonizado a lo largo de los siglos. —Muchos en el patio se echaron a reír—. La mayor parte de las grabaciones sólo son un desgraciado accidente, como las cuatro palabras que, insertadas en *Gloomy sunday* o *Szomorú Vasárnap*, como es en su lengua original, han hecho que muchos de corazón sensible se suicidasen a lo largo de los años. En este caso, el hechizo original está tan corrompido que sólo tiene efecto sobre un minúsculo porcentaje de la población. Por desgracia, hasta el propio compositor terminó por sucumbir a su influjo a fuerza de cantarla.

El hechizo estaba asociado al oído, como podría parecer evidente. Aquellos que carecían de oído eran incapaces de pronunciar un hechizo efectivo, y éste perdía su influjo cuando el receptor no podía oírlo. Si la bruja o brujo era mudo, tampoco era capaz de pronunciarlo, pero si no era sordo podía sucumbir a su magia.

Las brujas descubrieron el poder de la escritura, la representación simbólica de la palabra, en cuanto fueron capaces de hacer uso de ella. Cualquier magia puesta por escrito se denominaba «encantamiento», y también era más efectiva cuanto más antigua fuese la lengua en la que se representase. Los encantamientos, por lo general, se usaban para aumentar el efecto de las pociones y de las hierbas, la razón principal por la que el sentido del gusto se asociaba a este tipo de magia y sin el cual no se podía llevar a cabo. Los que carecían de este sentido eran inmunes a las pociones y hierbas cuyo poder se había potenciado con el encantamiento, o sólo se veían afectados por ellas en una medida mínima.

Aunque ése era su principal objetivo, el encantamiento no sólo se usaba como potenciador de otros métodos mágicos. Las palabras en los grimorios, por ejemplo, transmitían a la bruja dueña del libro sus conocimientos sin necesidad de estudiarlos. Existían libros mágicos en los que todo lo escrito se realizaba, textos cuya lectura permitía viajar al lugar donde lo narrado se desarrollaba y una infinidad de escrituras malignas guardianas de ejércitos de sombras o de maldiciones terribles, como el *Necronomicón* que Circe había tocado. Los libros, todos, tenían poder sobre la mente del lector, ya que eran capaces de crear una realidad en su imaginación. Los mágicos, o escritos por brujas con esa función, además podían trasladar esa realidad a la nuestra.

Al contrario de lo que se pudiera pensar, el fuego no destruía un encantamiento. Quemar un texto lo sellaba y hacía que revertir sus efectos fuera más difícil. Por eso se quemaban los deseos escritos en muchos ritos paganos y fiestas, así como en otros lo que ardía era lo viejo, lo antiguo, lo peor del año anterior; como una forma de blindar el aprendizaje que de ello se había desprendido y poder seguir el camino. Innumerables hechos quedaban grabados para siempre cada vez que una biblioteca ardía. Los que pretendieron destruir los conocimientos acumulados en libros quemándolos no hicieron más que provocar que sus predicciones y vaticinios se cumpliesen, aunque no fuera ésa la intención de quien los había escrito. La forma de romper un pacto o un contrato mágico firmado no era ni mucho menos destruirlo con fuego.

—Cualquier cosa escrita a mano es más poderosa que a máquina o en ordenador, aunque éstas también tienen su fuerza —aclaró la profesora—, sin embargo, no hay encantamiento más poderoso que el que lleva una firma: la palabra, el símbolo definitivo que define a una persona, en este caso a una bruja. La firma puede ser considerada magia de nombre.

También podían usarse encantamientos para encantar objetos o lugares. Escribiendo unas palabras en un muro o en un simple papel enterrado en un jardín o lanzado a los cimientos de un edificio podía transformar la finalidad de ese lugar en casi cualquier forma: hacerlo invisible, inhabitable, bendecirlo… Un encantamiento en la etiqueta de una alfombra podía lograr que ésta volase.

La cuarta forma era el «conjuro», estaba asociado al tacto y se refería a cualquier acción mágica que se realizase con el cuerpo. Las brujas consiguieron superar el dibujo, la palabra y la palabra escrita para utilizar tan sólo las manos, las piernas, los brazos, los labios, los gestos y danzas realizados con ellos. Dirigir la energía con gestos de las manos o alargando el brazo de una determinada manera componía un conjuro. Danzar en círculos con los brazos abiertos y la cabeza inclinada hacia atrás era un conjuro. Eran especialmente efectivos para atraer cualquier tipo de fenómenos, desde lluvia hasta enfermedades. También en muchos casos resultaban más eficaces que otros métodos para deshacer maleficios. La gente sin tacto era incapaz de hacer un conjuro, aunque también era cierto que resultaba extraño que una bruja no tuviera tacto en absolutamente ninguna parte de su piel, el órgano más grande del cuerpo, y que incluso los menos perceptivos sentían, como poco, los cambios de temperatura y la presión. Por esa razón cualquier bruja podía verse afectada por un conjuro, tuviese o no tacto en los dedos.

Los conjuros de danzas o los cánticos solían acompañar a los hechizos y reforzarlos. Los que se componían de una serie de movimientos de manos, dedos y brazos eran efectivos por sí mismos, y además los más fáciles de aprender, por lo que los brujos con poderes menores siempre los utilizaban en sus trucos de cartas o monedas cuando se ganaban la vida con el ilusionismo. Con poco esfuerzo y desgaste eran bastante eficientes y multiplicaban la fuerza de cualquier hechizo o embrujo.

Nadie había sido capaz hasta la fecha de saber por qué los «embrujos» se asociaban al olfato. Juana Expósito tenía una teoría, aunque aclaró en repetidas ocasiones que podía ser errónea y no corresponder con la realidad: los embrujos eran magia realizada con el pensamiento, sin mediación de signo, símbolo, palabra o movimiento alguno, y el olor era la forma más básica y directa de evocar un recuerdo, de excitar la mente y activar algunas de sus funciones. Quizá las mismas funciones necesarias para realizar magia mental. Sea como fuere, cuando una bruja carecía de olfato era incapaz de realizar un embrujo o de percibirlo y, por lo tanto, de sentirse afectada por él.

Toda magia dejaba un rastro, y los embrujos desprendían un vestigio olfativo. Algunos embrujos malignos dejaban olor a huevos podridos, a azufre, y por eso se los había asociado directamente en la cultura popular con el demonio y su simbología cristiana.

—Resulta curioso, sin embargo —la ironía en la voz de la profesora era palpable—, que ninguno se fijase en el perfume a lilas de algunos embrujos benignos. Y cuando reparaban en ello solían denominarlo «olor a santidad», apropiándose así del fenómeno.

La profesora dijo que las cinco formas de hacer magia podían ser positivas o negativas, tener un buen objetivo o uno malo, estar mezcladas o no con sangre. Cuando un sortilegio, hechizo, encantamiento, conjuro o embrujo se consagraban al mal, se los llamaba también maleficios o maldiciones.

—En general es muy difícil juzgar si algo es bueno o malo sin apoyarse en ciertos criterios morales en los que nosotras no creemos —apuntó la profesora—, pero llamamos malvado a lo que está destinado a dañar, se hace desde la irracionalidad, el temor, el odio o la envidia y no desde la comprensión y el equilibrio. No todo lo que en apariencia es malo se puede considerar malo por completo. Veamos por ejemplo la pequeña aventura de Circe Darcal con el hombre serpiente. —Circe dio un respingo al oír su nombre y Rebeka le puso una mano en el hombro—. Podría decirse que convertir a un hombre en serpiente mediante un hechizo de transformación complicado con un conjuro gestual es algo malo. Pero teniendo en cuenta que lo hizo para salvar la vida a su querida profesora Galvani, es algo justificado. No fue un acto de maldad, aunque sí irracional, descontrolado, y le dejó unas incómodas secuelas en forma de sangrado y desmayo.

—Tengo una pregunta. —Circe levantó la mano y hasta a ella misma la sorprendió la urgencia de su voz.

—¿Sí?

—¿Cómo pude…? Quiero decir, no tenía ni idea de todo esto y de repente me puse a jurar en latín y a convertir a hombres en reptiles. No lo encuentro muy normal.

Algunas risitas divertidas llenaron el patio, Jacinta y Narciso la miraron de hito en hito.

—Bueno, eso es algo que todos nos preguntamos cuando diste aquel espectáculo, así que investigamos un poco y resulta que un antepasado de tu padre, un zorro, era especialista en transformar a la gente en serpiente. Así que, cuando te viste en peligro, ese conocimiento latente despertó sin más. O al menos eso es lo que sospechamos.

—Pero mi abuela dijo que ella era la depositaria del conocimiento de su familia y que yo lo heredaría a su muerte —insistió Circe.

—Claro, niña, la de todos los Valente salvo Nona, cuyos conocimientos ya heredaste —le replicó la profesora Expósito—. Pero tu padre era, sin contarte a ti, el último Darcal, así que los conocimientos de su familia te llegaron a su muerte y permanecieron dormidos hasta el día en que ese hechizo en concreto se reveló. Las brujas no fuimos siempre mágicas, queridos. Nosotros, los aquí presentes, somos el resultado de siglos de conocimientos acumulados, transmitidos de madres a hijas, de boca a boca y en la sangre misma, a fuerza de gestos y palabras repetidos que se quedaron grabados en los genes por aprendizaje. Cualquier ser humano puede hacer magia a niveles básicos, pero nosotras lo llevamos en la sangre porque todas nuestras antepasadas nos lo transmitieron. Si un antepasado vuestro aprendió una magia concreta, en algún momento podríais descubrir que vosotros también sois capaces de realizarla.

Jacinta volvió a cerrar los ojos al oír esto. Su mano cubierta por unos mitones de encaje se cerró alrededor de la empuñadura con la cabeza de lobo del cuchillo de Winter Blackwell.

—Y ahora que ya sabéis todo esto —continuó Juana Expósito sacudiendo las manos como si se las limpiase de polvo—, veamos de lo que sois capaces. Quiero ver vuestros poderes en acción, lo que hayáis estado ensayando, para saber si podéis quedaros en el curso. A los que sean descartados les llegará una nueva oportunidad el año que viene. Si bien es cierto que a los dieciocho los poderes suelen manifestarse, algunos rezagados maduran más tarde y no podrían seguirnos, así que tendrán que marcharse. En cualquier caso, los optimistas podéis quedaros y estudiar todo lo necesario para proteger a vuestro conventículo, esté formado ya o no.

Rebeka puso los ojos en blanco y Circe lamentó haber dedicado las vacaciones a leer sobre magia y no a practicarla. Estaba segura de que su abuela habría sido una gran maestra. Otra ocasión desperdiciada, puede que la última de ese año si acababan expulsándola del patio.

6

Los números mágicos del conventículo

ANTES DE QUE comenzase el examen, la profesora necesitaba que un médico lo supervisase y «ayuda de contención». Eso dijo, y a Circe no le preocupó el porqué se necesitaba contención y ayuda médica, sino que se excitó ante la idea de que Luisa Laveau fuera ese doctor. En efecto, Juana Expósito la nombró y un segundo después la profesora apareció bajo los cinco halcones en medio de una humareda verde.

—¡Poción para aparecerse! —exclamó Magali excitada—. Necesito hacerme con esa receta. Si pudiera acercarme y saber si el humo verde huele o sabe a algo…

—Paciencia, hermana, si nos han mostrado este truco es porque querrán que lo aprendamos —le aseguró Muriel.

Magali juntó los pies con sus zapatitos de charol blanco con excitación y palmeó con las manos emocionada.

—Esto en Perú no se hace, Muriel. La gente se aparece con una mezcla de sortilegio y hechizo, no es tan divertido ni… artesanal.

Circe estuvo a punto de decir que ésa era la primera noticia que tenía de que la gente podía aparecerse y desaparecer de más de una manera. También, que cuando Glinda contó que la bruja que la había maldecido también lo había hecho, tuvo muchas ganas de preguntarle cómo, pero prefirió callarse y prestar atención a la doctora Laveau, a la que de repente veía más alta, más guapa y más simpática de lo que la recordaba. En eso puede que influyese su deseo de volver a verla. Llevaba una bata de médico de algún tipo de tela azul transparente sobre la ropa y un moño con el que trataba de sujetarse los rizos con escaso resultado.

—Estoy aquí por si alguien resultase herido —dijo la doctora sonriendo con su grande y hermosa boca—, pero no os preocupéis, en principio no tiene por qué pasar nada. La contención es muy eficaz.

—Hablando de la contención…

Juana Expósito miró al cielo buscando algo. Algunos estudiantes siguieron su ejemplo, pero la primera señal llegó mediante el sonido: el ruido de un aleteo lejano, cada vez más estruendoso, como el de una gigantesca rapaz. Todos pudieron oírlo e indagaron, esta vez con éxito, qué lo producía.

Las sombras ennegrecieron el patio y muchos tuvieron la tentación de huir. Alguno se tiró al suelo antes de distinguir unos cuerpos humanos que parecían dos enormes aves, los cuales dibujaron círculos en el aire antes de aterrizar para que todos los admirasen: dos hombres altos, rubios, descamisados y ataviados con faldas.

—Vaya, Hernández y Fernández —dijo Circe.

—¿Los conoces? —fue Casandra la que preguntó, cerrando de paso la boca abierta de Rebeka.

—Más o menos. Vinieron a cenar una noche a casa durante las fiestas y causaron más o menos la misma impresión —rio Circe—, aunque sin alas. Por favor, no me digáis que son ángeles.

—No tengo ni idea de qué son, pero son impresionantes —logró decir Rebeka.

—Nosotras sí… —empezó Muriel.

—Son metamórficos… —completó Magali.

—Brujos que pueden hacer surgir de su cuerpo partes de otros seres o transformarse en animales por su propia voluntad…

—No en todos, claro. Cada metamórfico tiene su especialidad. Los hay jaguar, serpiente, o ave como éstos…

—En Perú, en México y en Colombia hay muchos como ellos —terminó Muriel—. Los llaman *nahual.*

—No —las interrumpió Rebeka —, os aseguro que como ellos no.

Hernández y Fernández no parecían ángeles, a pesar de las enormes alas de águila que brotaban de sus espaldas, pues también tenían una cola de plumas a juego que asomaba bajo sus faldas, lo que explicaba su indumentaria y probablemente los equilibraba en vuelo. La profesora Expósito les llegaba apenas a la cintura, por eso fue tan extraño cuando dijo:

—Os presento a Mads y Lars, mis hijos. No pongáis esa cara, su padre es noruego.

—No estamos poniendo esta cara por eso —susurró Rebeka, incapaz de volver a cerrar la boca sin ayuda de Casandra.

—¿Mads y Lars? —repitió Circe—. Parece que Rosa no se equivocó tanto con lo de Hernández y Fernández.

Mientras sus hijos hacían desaparecer las alas y la cola, y se ponían unas camisetas y jerséis de lana que llevaban en un zurrón de cuero atado a la cintura, la profesora aclaró que ambos eran de la Luna Azul y habían acudido al examen para supervisarlo y contener la magia descontrolada que pudiera causar accidentes.

—No es común que pasen cosas extrañas —dijo con una sonrisa que dejó al descubierto su aguda dentadura—, pero siempre hay excepciones.

Laveau le entregó una lista y la profesora Expósito empezó a nombrar a los alumnos para que pasasen a hacer la prueba. Para sorpresa de Circe, no estaban por orden alfabético.

—¿Qué orden siguen? No entiendo lo que hacen, no parece lógico —señaló.

—Creo que es por orden cronológico. —Las gemelas parecían saberlo todo.

—Sin duda, por fecha de nacimiento —secundó Magali a Muriel.

—Tiene sentido —dijo Casandra—, si tenemos en cuenta que aquí estamos los que hemos cumplido los dieciocho el año pasado, y los Blackwell, claro.

—El paquete completo con extras —rio Rebeka.

Sin embargo, ninguno de los Blackwell, ni siquiera los mayores, pasaron el examen de los primeros. Juana Expósito los dejaba para el final, porque estaban allí con motivo del cumplimiento de un castigo y todo el mundo lo sabía, aunque no parecía importarle a nadie salvo a Jacinta, que aferraba la empuñadura con la cabeza de lobo como si quisiera partirla por la mitad.

Juana Expósito pidió uno por uno a los chicos que hicieran algo que hubiesen aprendido desde que consiguieron sus poderes. Circe se preguntó si lo que debía hacer era convertir a alguien en serpiente, pues era lo único que de verdad había aprendido. Tampoco estaba segura de que «aprender» fuera la palabra adecuada: se había parecido más al instinto de poner las manos cuando uno se cae por una escalera. Una vez más se arrepintió de no haber ensayado nada durante las vacaciones, pero nadie la había avisado tampoco de que se tuviera que examinar. La invadió el pánico: todo el mundo parecía dar por hecho que su abuela le había enseñado muchas cosas, pero en realidad no había sido así. Durante años se le había ocultado su condición, y una vez que por fin supo lo que era, su abuela no le proporcionó ningún tipo de entrenamiento. Se suponía que venía de una larga tradición de brujas brillantes y poderosas, ¿y si era la primera a la que mandaban a casa sin más?

Una chica hizo una bola de fuego y los gemelos Mads y Lars se prepararon para contenerla si se desmandaba, pero la compañera que iba inmediatamente después hizo llover sobre ella y la apagó. Esteban, frenético, tomaba notas junto a dos muchachos que, sentados en los escalones bajo la puerta, también debían de ser optimistas.

—Es probable que esas dos estén destinadas al mismo conventículo —les susurró a las chicas—, porque sus poderes se compensan o se fortalecen los unos a los otros. Observad cómo se miran; han debido de sentir la conexión.

—¿Cuántas brujas puede haber en un conventículo? —preguntó Circe—. ¿Cinco?

La abuela le aseguró que había localizado más de cinco brujas que podrían haber formado parte del suyo, pero que había descartado a varias de ellas.

—No necesariamente. —Esteban se puso de pie y adoptó un tono didáctico—. Existen una serie de números en los que se basa la magia: cinco movimientos de manos para componer un conjuro, sumar un hechizo a un conjuro para aumentar su potencia, tres dibujos que suman un sortilegio... El más poderoso es el cinco, pero hay otros, y de hecho coinciden con los primeros números primos del dos al trece: dos, tres, cinco, siete, once y trece. Y coinciden también con el número de brujas que pueden componer un conventículo. De qué depende eso es un misterio. Se dice que todos los conventículos podrían estar compuestos por trece brujas y, de hecho, en algunos lugares es tradición que así sea siempre. —Circe recordó lo que su abuela le había señalado acerca de la Orden de la Jarretera—, pero un conventículo de trece brujas no es más eficaz que uno de cinco o de tres. Con lo que a las brujas les gusta la anarquía, en la mayor parte del mundo componen sus conventículos como les viene en gana, siempre que se trate de un número mágico. Al contrario de lo que se cree, no existen las brujas solitarias: todo chamán de tribu está al menos apoyado por una o dos brujas más, a veces ocultas dentro del conjunto de su pueblo. Si hay una bruja que está sola y actúa sola, suele ser por alguna de estas tres razones: porque no ha encajado en ningún conventículo, porque ha sido expulsada de él o porque ha abandonado a sus compañeras. Y cualquiera de esas razones nos debe hacer desconfiar.

«O porque sus compañeras han muerto», pensó Circe, aunque casi de inmediato supo que aquél no era un pensamiento propio, sino unas palabras que se habían formado en su cabeza desde otro lugar. Buscó a *Morgana* con la mirada y la encontró en uno de los bancos del patio. El ave la miraba con sus ojos vacíos de expresión.

Delante de Juana Expósito pasaron brujas voladoras, brujas que podían hacer brotar leche de la piedra, brujas que podían cercenar sin dolor una parte del cuerpo de alguien —la que lo hizo le quitó la nariz a Margarita Blackwell— y después devolvérsela como si no hubiese ocurrido nada, y todo tipo de brujas y brujos más o menos brillantes. Las primeras de su conventículo en hacer el examen fueron las gemelas: Magali, que utilizó sus hierbas con encantamiento para la invisibilidad despertando una gran ovación, y Muriel, que se situó en el centro del patio con la mano en la frente, como si tuviera un terrible dolor de cabeza. Durante un par de segundos no ocurrió nada y empezó a evidenciarse la decepción en muchos rostros. Algunos se sentaron en el césped con cara de fastidio. Incluso Magali compuso una mueca de ansiedad que duró unos instantes antes de darse cuenta de que la tierra se movía.

Los estudiantes sentados se pusieron en pie con una expresión de pánico en el rostro y Magali sonrió a su hermana que, con la fuerza de su mente, realizó un embrujo de ingravidez y arrancó el tótem de los cinco halcones de su posición en el centro del patio trasero. La gigantesca escultura remontó el vuelo con un gracejo que jamás se le supondría al granito y giró un par de veces en el aire antes de volver a plantarse en su sitio, como si su libertad nunca hubiera acontecido. Juana Expósito tomó unos rápidos apuntes en su libreta de cuero rojo con una sonrisa en los labios. El resto de los asistentes tardó un poco en aplaudir, pero al final todos lo hicieron.

Casandra reverdeció e hizo aparecer naranjas en el manzano desnudo y medio congelado que sobrevivía a duras penas en un rincón del patio mediante un sencillo hechizo de tres palabras. Rebeka escribió un encantamiento en un papel de fumar, lo pegó a la patilla de sus gafas verdes y se las tendió a la profesora. Juana Expósito se las puso y se echó a reír observando al resto de los alumnos. Después se las devolvió y la felicitó por su sentido del humor.

—¿Qué has hecho? ¿Que nos vea a todos desnudos? —le preguntó Circe dándole un pellizco en el brazo.

—¡Ay! —se quejó ella—. Pues no se me había ocurrido, pero también habría sido una buena idea. Es un truquito que aprendí de mi madre, que fue profe, así que sabía que a Juana le iba a gustar.

—¡No! ¿Has hecho el encantamiento del autoconcepto? ¡Me encanta! —exclamó Casandra—. Me lo tienes que enseñar algún día.

—Con el encantamiento pegado a las gafas, ves cómo se ven a ellos mismos los alumnos —le explicó Rebeka a Circe—. Por cierto, tienes que mejorar tu autoestima, que te he visto feísima.

Para su sorpresa, a Circe no la llamaron con los de septiembre, mes de su cumpleaños, sino que la dejaron para el final, después de los Blackwell. El primero de ellos fue el mayor, Bromelio, que dijo poder modificar su código genético y pidió disculpas por su torpeza, ya que no había tenido mucho tiempo para controlarlo. Acto seguido, giró uno de los anillos marmóreos que llenaban sus dedos, uno que representaba la cabeza de un oso, cerró los ojos y, delante de todos, empezó a crecer hasta adquirir el tamaño de un oso pardo. Las zarpas le brotaron de las manos, así como un llamativo hocico del que salió el sonido gutural más terrorífico que uno pudiera imaginar. Circe miró a Casandra, que compuso una mueca angustiada. Pensaría en Lope, porque a Circe también le había venido a la cabeza la desdicha del bibliotecario. Mads y Lars se cogieron de las manos y compusieron un conjuro que desarrolló una burbuja casi invisible alrededor del hombre oso.

—Eso es magia de la Luna Azul, contención mágica, un campo de fuerza —dijo Casandra—. Mi hermana me está enseñando.

—No se fía de Lope, ¿verdad? —inquirió Circe.

Casandra se sorprendió por la pregunta porque desconocía que Circe estuviera tan al día de la maldición del bibliotecario, pero asintió.

—No os preocupéis —los tranquilizó Bromelio—, sé perfectamente lo que hago, sólo cambia mi aspecto y algunas características.

Dicho esto, regresó la imponente figura del mayor de los Blackwell, con el cabello largo, la piel oscura y los ojos como rubíes brillantes.

—Interesante —dijo la profesora instando a sus hijos para que eliminasen el campo de fuerza con un gesto.

—Mi padre me ha hablado de los metamórficos —siguió Bromelio—, y no creo que yo sea nada de eso. Puedo hacerlo con casi cualquier cosa que tenga ADN: tomar de ese ser las características que deseo y apropiármelas sin perder mi entidad. Tiene efectos secundarios, claro, cuando hago lo del oso me apetece mucho comer salmón, pero nada más.

Margarita dijo poder atraer a las abejas y a otros animales, pero sobre todo a las abejas, modificando su olor corporal y la información hormonal que emitía. Dicho esto, hizo que cientos de abejas la cubrieran por completo y que después volasen a su alrededor componiendo lo que parecía un extraño vestido. Caléndula hizo que la chica de la bola de fuego la lanzase contra ella y que la de la lluvia hiciera llover sobre su cabeza para demostrar que era ignífuga e impermeable.

—Caléndula debería ser del conventículo de esas dos, por lo que veo —dijo Esteban sonriendo.

—Dudo mucho que a los Blackwell les haga gracia que sus hijos se separen —repuso Rebeka.

Jacinta sacó el puñal del cincho y se abrió dos heridas de tamaño preocupante en las muñecas. Circe pudo ver cómo la expresión del rostro de Luisa cambiaba, como si buscara en su memoria de médico el modo de contener aquella hemorragia antes de que fuese tarde. Sin embargo, la sangre no fluía como era habitual y en sus ojos se dibujó pronto la curiosidad. De hecho, el flujo se solidificaba, poco a poco, como dos enormes estalactitas rojas que Jacinta arrancó de sus muñecas y lanzó a los pies de Juana Expósito. Las heridas se cerraron de inmediato y la menor de los Blackwell regresó junto a sus hermanos con indolencia. La profesora tomó una de las agujas rojas y la soltó acto seguido: estalló contra el suelo como si fuera de cristal.

—¡Está congelada! —exclamó con evidente admiración.

Luisa Laveau, por su parte, hizo desaparecer las estalactitas de sangre mágica y sus fragmentos con un hechizo.

Por fin le tocó el turno a Narciso. El corazón de Circe se aceleró de nuevo al tenerlo delante. También sentía curiosidad por lo que pudiera hacer. Estaba segura de que su misteriosa máscara y sus talentos naturales estaban relacionados de forma íntima. No podía eperar a ver lo que Narciso ocultaba con tanto celo.

—Mis hermanos han revelado lo que sin duda es un talento natural en todos ellos, empleando su propio cuerpo como lienzo para la demostración. Yo no puedo hacer eso —se oyeron suspiros de las brujas más cercanas—, pero he perfeccionado algunos hechizos sencillos y alguno más complicado, mi favorito.

Narciso abrió los brazos y empezó a hablar en una lengua extraña que Circe no reconoció.

—Es gótico —apuntó Esteban—, una lengua germánica que ya no se habla. Ha debido de ponerse al día en la biblioteca familiar.

—Ya salió el filólogo que llevas dentro —lo chinchó Rebeka.

—Y de clásicas —completó Esteban haciendo el signo de la victoria con los dedos índice y corazón.

Narciso repitió el hechizo por tercera vez, y un segundo Narciso apareció junto a Circe, provocándole un susto mortal. Tuvo que mirar dos veces a uno y a otro, al original y al reflejo, para asegurarse de que en verdad había dos. El aparecido la cogió de la mano y le entregó un pedazo de papel. Sus dedos estaban calientes, no había ninguna diferencia con el Narciso original. Circe se quedó atónita. Fueron unos segundos preciosos en los que el doble y ella se miraron. Este último compuso una sonrisa y Circe se la devolvió casi sin querer. Por primera vez desde que lo conociera no sintió ese ardor y esa necesidad, ni tampoco la tristeza del desenlace. Podía verlo como era: un chico de piel oscura, ojos grandes de pestañas pobladas —el que ocultaba tras la máscara de color cereza y castaño oscuro el otro—, los labios bien dibujados, el cabello rizado y negro sólo en la mitad de su cabeza, níveo en la otra mitad. Guapo como todos en su familia.

Después desapareció y sólo quedó el original, que le dedicó media mirada cómplice. Circe miró la nota encerrada en su mano, que no había desaparecido con el mensajero: «El sábado a las ocho de la tarde en mi casa, si quieres ver el retrato de Lowell Blackwell y has perdonado mi comportamiento errático. Espero que sea así».

Bajo las palabras, el familiar dibujo de la cabeza de un lobo que figuraba a modo de firma.

—Bilocación, otro truco del que después se apropió la Iglesia —dijo Juana Expósito poniendo los ojos en blanco—. Muy interesante. Circe Darcal, tu turno. Te he dejado para la última porque, al fin y al cabo, sigues teniendo atados casi todos tus poderes. Aunque creo que podrás hacernos alguna demostración si tenemos en cuenta lo que le pasó al señor serpiente.

Circe se guardó el papel en el bolsillo de la trenca y avanzó hasta el centro del patio, donde los demás habían realizado sus exámenes. Lo había pensado mucho y sólo se le ocurría algo que pudiera funcionar; aun así, no las tenía todas consigo. Cerró los ojos y pensó en la mujer de los tres rostros, en aquel sueño en el que ella, de alguna manera, la bautizaba: Lilith, Isis, diosa infernal y fértil. Bestia y hembra. Primera bruja.

No se dio cuenta, pero venían a su mente todas las palabras del hechizo. «Llévame contigo al mundo de los muertos y dame una prueba de mi viaje, Hécate.» No llegó a pronunciarlo.

Abrió los ojos sin ver. Sus manos buscaron el cuarzo que la mantenía sujeta al mundo y lo arrancaron de su cuello. Se sintió arrastrar hacia atrás y no estuvo segura de que había funcionado hasta que vislumbró el mundo neblinoso que la primera bruja habitaba, un mundo donde no sentía que sus pies se posaran en el suelo.

Lo que vieron los demás fue cómo una grieta se abría en la realidad y Circe era arrastrada por ella. Un cuervo se lanzó por la herida en pos de la estudiante desaparecida y, antes de que Mads y Lars hubieran logrado reaccionar, la abertura se cerró.

—¡Necesitamos un gato que la traiga de regreso! —gritó Laveau.

Pero apenas lo dijo, la grieta se abrió de nuevo y Circe salió aferrada a la pata del cuervo, como si el animal la hubiera arrastrado.

—He estado en el Quinto Mundo, pero no puedo mostraros una prueba —dijo antes de desmayarse.

—No importa, querida. —Juana Expósito estaba pálida como la cera—. Te creemos.

Cuando despertó en la enfermería, Luisa Laveau la informó de que se quedaba en el curso, que había pasado la prueba y que debía ensayar más el tránsito entre mundos o se perdería para siempre. A Circe le hubiera gustado preguntarle muchas cosas, sobre todo acerca de sus padres, si eran ellos su conventículo y si estaba sola desde su muerte, pero Casandra, Rebeka y las gemelas estaban allí y querían saberlo todo de su viaje. Circe se llevó la mano primero al ancla, que volvía a colgar de su cuello, y después a la estrella de mar. No les contó que al llegar al Quinto Mundo y ver a la primera bruja ésta la había llamado «hija», le había dado un beso y sacado algunos de sus cabellos del peine de huesos.

—Sabía que regresarías a mí, pequeña —le dijo.

Después había abierto el guardapelo y guardado los cabellos en él sin sacar las hierbas que contenía. No le supuso un inconveniente que el cierre estuviera roto. De hecho, el guardapelo seguía cerrado.

—He visto a mi madre a lo lejos —mintió a sus amigas en la enfermería—. Era como una estrella de cine.

7

Un beso también puede ser un conjuro

Circe apenas tardó en recuperarse, y ni siquiera necesitó dormir. Comió un bollo que le trajo Magali que, a pesar de su aspecto artificial —era de color rosa— tenía buen sabor, y se levantó de la camilla con tanto ímpetu que apenas se reconocía. Incluso hizo aquello tan estúpido, que tanto se veía en las películas, de mirarse las manos de un lado y de otro para comprobar si seguía siendo ella. Y cuando se dio cuenta, se echó a reír.

Las chicas le contaron que habían quedado treinta brujas en la selección de aquella mañana y que todas las demás tendrían que volver al año siguiente. Las cinco estarían en las clases de la profesora Expósito, y eso era una buena noticia porque podrían aprender juntas.

—A protegerme —dijo Circe, y su tono no sonó amistoso.

—Bueno, y a que tú nos protejas a nosotras, borde —le replicó Rebeka—. Para eso están los conventículos, para que las brujas nos protejamos las unas a las otras, no para que tú seas el ombligo del mundo y el resto te hagamos los coros.

—Bueno, eso díselo a todos, que se empeñan en que lleve vida de abuela o de minusválida. ¡O de monstruo! Me he pasado toda la vida escondiéndome y desde que estoy aquí tengo guardaespaldas. —Las gemelas hicieron un mohín con los labios al oír eso—. Estoy harta.

Cuando salió de la enfermería y cogió la bicicleta, no sabía por qué estaba tan enfadada, pero sin duda lo estaba. Llevaba unos meses sabiendo que podía hacer cosas increíbles y apenas le permitían usar sus poderes. Era casi como en el colegio, cuando todos la miraban con prevención por el episodio del charco de sangre y la muerte de sus padres. Además había otra cuestión que la irritaba profundamente: ¿Qué derecho tenía el Conventículo de las Cinco Lunas para prohibirle a su abuela vengarse? ¿Tenían ellas acaso un comportamiento ejemplar? Una vida entera consagrada a la justicia y, en el momento que hacían falta, ¿qué habían hecho con la pobre Glinda? Todo resultaba muy terrible e injusto.

Cuanto más pedaleaba, más enfadada se sentía. Cruzó el puente y llegó al campus cegada, rabiosa, tanto que a punto estuvo de atropellar a un peatón. Vio el obstáculo, giró el manillar y perdió el equilibrio yéndose contra un banco. Terminó en el suelo, pero no se hizo daño. Una cara conocida, al principio enfadada y luego divertida, asomó detrás del árbol donde se había protegido del accidente.

—Vaya, la señorita Ce del pelo bonito es una loca del volante —dijo Arturo sonriendo—. ¿Sabes que te ha faltado muy poco para matarme?

Arturo, como le había dicho Esteban, estaba en el campus, a tiempo para que Circe, enfadada no sabía muy bien por qué, hubiera estado a punto de llevárselo por delante. En cuanto se puso de pie, se olvidó del motivo que tanto le había molestado en la enfermería. Acababa de comportarse como una niña estúpida con una rabieta. Por suerte, a la bicicleta alquilada no le había pasado nada.

Circe dejó la bici en un punto de anclaje muy cerca de allí y dio un paseo con Arturo. Atardecía, el cielo estaba ensangrentado y eso le hizo pensar en Jacinta. Por alguna sorprendente razón, pues no creía que Arturo supiese nada acerca de la magia, también él pensó en ella.

—Jacinta me ha dejado, ¿sabes?

Circe sintió que el corazón se le paraba.

—¿En serio? ¿Cuándo? ¿Qué ha pasado? —Le resultaba difícil parecer consternada.

—¿Te digo la verdad? No tengo ni idea. —El chico se encogió de hombros—. Fue antes de Navidad. Estaba muy arisca, no contestaba al teléfono ni a mis mensajes desde la fiesta, así que insistí en verla dejándole recados por todos los medios que se me ocurrieron. Hasta hablé con el bicho raro de su hermano, aunque sé que no le gusto a nadie de su familia. Ella dijo que sí, que podríamos vernos, y se presentó con un aspecto muy extraño, no sé, sin arreglar, desmejorada. Nunca la había visto de esa manera.

—Es raro —le confirmó Circe.

Era muy raro, sí. Si había algo que destacaba en la forma de ser de Jacinta era su elegante pulcritud, como si la suciedad, las arrugas, las manchas y los pelos desprendidos resbalasen por ella como el agua y el fuego habían sido repelidos por su hermana Caléndula. Eso la llevó a pensar que el fuego debería haber quemado la ropa de Caléndula, si es que ella era la ignífuga y no la tela que la cubría. Aunque la de Bromelio tampoco se había destrozado al aumentar él de tamaño. Era como si los Blackwell pudieran hacer extensivo su poder a todo lo que los rozase, como las hierbas de invisibilidad volvían invisible a todo lo que tocase a Magali mientras las tuviera en la mano. Este pensamiento le despertó una sonrisa de la que no se percató hasta que Arturo se lo hizo notar.

—Tienes razón al sonreír —dijo él—, supongo que es cómico imaginarla despeinada y con la ropa arrugada porque Jacinta representa todo lo contrario. No sé, siempre parecía que tuviese un aparato de vapor en todas las puertas que le planchara la ropa al pasar por ellas.

—Perdona, no pretendía reírme, es que lo de Jacinta me ha hecho pensar en otras cosas, y no sé… —Circe se sonrojó—. No sé qué me ha pasado. Hoy estoy especialmente maleducada, como si me hubiese picado un bicho de la agresividad.

Arturo la miró y levantó las cejas, pero se dio cuenta de que Circe no bromeaba y decidió no preguntarle más.

—Me dijo que ya no podía seguir conmigo —continuó—, que había descubierto algo de su familia que tenía que asumir y que, hasta que lo consiguiera, quería estar sola. Que si estaba conmigo no podría guardar ciertos secretos y que debía guardarlos. Que yo no entendería que su mundo había cambiado por completo. Le brillaban los ojos, como si tuviese fiebre o se fuera a echar a llorar. Se quedó unos segundos quieta, no sé si esperaba que yo le dijese algo, pero la verdad es que no sabía qué decir. No me esperaba aquella ruptura y además no entendía nada. Intenté cogerle la mano, pero ella me soltó un bufido, se dio media vuelta y se fue.

—Vaya, cómo lo siento. —Circe se esforzó en parecer sincera—. ¿La has vuelto a ver?

—No. ¿Y tú?

—¿Yo? —Circe abrió mucho sus ojos de rapaz nocturna.

—Sí, creo que vais a coincidir en dos clases.

—¿Dos clases? —Circe no sabía si Arturo se refería a las clases universitarias de la profesora Expósito o a sus lecciones mágicas.

—Deja de repetir todo lo que digo como un papagayo —se rio Arturo—. ¿No te has matriculado en una asignatura que se llama Iconografía y Mitología?

—Sí —dijo Circe un poco más tranquila.

—Ya decía yo. Me sonaba haberte visto en la lista cuando Jacinta miró qué clase le correspondía. Coincidís también en esa asignatura.

—No empieza hasta el viernes.

—La da un profesor que se llama Apolonio Criado. Mi tío Sebastián habla maravillas de él, de cuando era estudiante. Debe de ser un anciano a estas alturas, pero según mi tío es una especie de sabio.

—¿Tienes un tío?

—Y un padre maravilloso. Eso es todo lo que tengo. Somos una familia pequeña, pero estamos muy unidos.

Circe recordó la fotografía que había visto en Navidad y cómo pensó que su familia debía de ser más extensa. Lamentó de nuevo haber olvidado imprimir las fotografías para saber más de ella. Habían pasado demasiadas cosas entretanto.

—¿Y tu madre? ¿Están divorciados tus padres? —Si él se lo contaba no sería necesario espiarlo.

—Mi madre nos abandonó.

—Vaya, lo siento. —Circe lo lamentó de veras.

—No importa. Fue hace muchos años. Casi no me acuerdo de ella. —Arturo miró la luna que ya se había definido en el cielo—. Pero me acuerdo de cómo olía. ¿Crees que es una locura?

—No. Se supone que el olor es lo que más activa nuestros recuerdos. Ya me gustaría a mí acordarme de cómo olía mi madre. A veces, si me esfuerzo mucho, creo recordar que olía a jazmines blancos, pero no puedo estar segura.

—¿Tampoco tienes madre? —preguntó Arturo con cierta tristeza.

—No.

—Vaya, querida Ce, ya decía yo que estábamos unidos por el destino, como dice Esteban.

Circe casi cayó en la tentación de preguntarle si le había dicho a Esteban que estaría en el campus, pero no fue capaz de articular palabra. Arturo le pasaba la mano por la cara con esa mirada que parecía decir que ella era lo más bonito que había visto nunca. Él, que ni siquiera sabía su nombre completo. Aunque si lo pensaba bien, casi tenía más gracia así: que sólo la llamase Ce y sin embargo la mirara de aquella manera.

El primer beso en los labios de toda su vida fue como si la hubiera atravesado un rayo, le hubiese caído toda la tormenta encima y después se hubiera secado al sol en un lugar calmo y apacible, todo en menos de un minuto. En menos de un minuto cabían los once mundos y toda la eternidad, Circe lo supo entonces. El tiempo era una bonita invención.

Sintió las manos de Arturo rodeándola y no pudo hacer más que rendirse. Los párpados se le volvieron pesados, la boca se le entreabrió para recibirlo.

—No debería haber hecho eso —dijo él después mirando a los ojos cerrados de Circe, que apenas si podía abrirlos—, pero no me arrepiento.

—Yo tampoco. —Le pareció que había respondido con demasiada premura.

—¿Sabes? A menudo me preguntaba, desde que te conocí, si alguien podría tener sentimientos por dos personas. Veía a Jacinta y la quería, pero luego me encontraba contigo y… no sé, tienes algo en esos ojos que me hace desear verlos cada día.

Circe se miró la punta de los zapatos y las chocó entre sí. Sus dedos atraparon la nota de Narciso, que seguía en el bolsillo de la trenca.

—Claro que es posible sentir algo por dos personas —le respondió—. Pero tarde o temprano hay que elegir.

Caminaron hasta la estación en silencio, cogidos de la mano. Arturo no quería entrar en detalles sobre la obligación de elegir y Circe no deseaba romper el encanto de aquel beso que a ella le había parecido mágico. Temía que, a una sola palabra suya, los Blackwell volviesen a caer sobre sus pensamientos, separando sus dedos entrelazados.

Él tomó el último tren, y antes de pasar el torniquete le rozó los labios con los suyos, con suavidad, un beso que parecía un aleteo y que a Circe casi le gustó tanto como el primero.

—Es la primera vez que te beso en una estación —dijo él, y sonrió.

Circe no dijo nada, pero le devolvió la sonrisa.

Alquiló otra bicicleta y volvió pedaleando y cantando a la Residencia de la Salud. Se había portado de una forma tosca y grosera con sus amigas y lo primero que quería hacer era disculparse con Rebeka, que ya estaría en la cama con su pijama de tréboles, su protector dental y el abrazo de *Katu*. A buen seguro que leía algún libro protagonizado por un perro: era su afición más reciente. La inundó una oleada de cariño por su compañera de cuarto. Merecía ser la primera en saber que ella, Circe, había besado a un chico. «Sí, ya iba siendo hora», replicaría Rebeka con una sonrisa. Y Circe protestaría diciendo que los chicos no eran algo que antes de llegar a Ochoa le llamase mucho la atención. Charlarían hasta tarde y al día siguiente estarían hechas una pena para ir a clase: un pequeño placer cotidiano. Eso iba pensando mientras subía los escalones de dos en dos y canturreaba bajito, por si alguien dormía ya en su pasillo largo y decorado con flores y pájaros. Y entonces, cuando fue a coger el pomo de la puerta de su habitación, una enorme fuerza la lanzó contra la pared del fondo y su cabeza chocó contra un plafón con forma de nenúfar. Sin comprender, dolorida, miró el *eguzkilore* y sintió un inexplicable temor, como si su sola visión le resultase insufrible.

Las puertas del pasillo se abrieron una por una y por ellas asomaron estudiantes curiosas en pijama. Rebeka salió la primera y observó cómo su compañera miraba el cardo. Antes de que nadie se diera cuenta, lo descolgó. Circe oyó cómo abría el cajón de la mesita para guardarlo antes de prestarle ayuda.

—Vale, se acabó el espectáculo —dijo ahuyentando a sus compañeras con la mano—. ¿Nunca habéis visto una bruja novata borracha? ¿Qué tenéis? ¿Tres años? Venga, a dormir, la próxima vez venderé entradas.

Rebeka ayudó a Circe a entrar en la habitación y la dejó sentarse en la cama antes de preguntarle.

—¿En serio? ¿Una bruja mala? —Su tono estaba cargado de ácido.

—No soy una bruja mala, Rebeka. De hecho, en lo que venía pensando era en disculparme por haberme comportado como una imbécil. —Hizo un breve silencio—. Y en contarte que he besado a un chico.

Le contó a su compañera todo lo que le había pasado desde que las abandonó en la enfermería, y Rebeka movía de vez en cuando la nariz muy deprisa, como si estuviera tremendamente nerviosa.

—Te han podido embrujar para que parezcas oscura —decidió de repente—. Si hubieras sido malintencionada no habrías pasado de la escalera. Un beso también puede ser un conjuro.

—Pero Arturo no sabe nada de magia. No ha podido ser él —protestó Circe—. Flotó con toda la gente que carecía de poderes mágicos el día de la fiesta.

—Ya, pero alguien pudo poner una maldición en sus labios para contagiarte cuando te besara. —La pelirroja se rascó la cabeza—. O ni siquiera era una maldición destinada a ti, ¿quién sabe? A lo mejor alguien esperaba que besase a Jacinta y, al romper, sus planes han ido en la dirección equivocada.

—No sé si es una gran teoría —suspiró Circe.

—El cardo del sol no se equivoca: deja fuera toda magia oscura. Se quedará en el cajón, fuera de tu vista, hasta que averigüemos qué pasa. Pero créeme, un beso también puede ser un conjuro. Así envenenaron los labios de mi padre.

Rebeka le contó la maldición de su familia sin que Circe tuviera que preguntarle. Hacía muchos años, cuando su madre era profesora, una de sus alumnas había hechizado los labios de su marido, el padre de su amiga, como venganza por una mala nota. Cuando él besó a su esposa, los labios compusieron el conjuro exacto que cerraría una maldición generacional: cualquiera que amase a una mujer de su familia enloquecería. Primero fue su padre, que perdió la cabeza hasta suicidarse. Después el padre de sus hermanas, que corrió una suerte semejante. Entonces abandonaron Ochoa. Sí, Rebeka había pasado gran parte de su infancia en Ochoa, en eso la había engañado. La familia cambió de aires y su madre de oficio, pero eso no sirvió de mucho cuando Rebeka tuvo edad para enamorar a los chicos y también volverlos locos. Era cierto que aquel muchacho se había arrancado la lengua por ella.

—Por eso intentas mantener alejado a Esteban —dijo Circe, que de repente comprendió el motivo de su rechazo.

Rebeka asintió.

—La madre de Casandra le echó las cartas a mi madre y dijo que la maldición se rompería el día que un hombre amase a una mujer de mi familia lo bastante como para sacrificarse antes de volverse loco. Y que lo haría para protegerla de una muerte segura.

—Podría ocurrirte a ti —apuntó Circe.

—Claro, eso sería un golpe de suerte que no tendré —respondió la pelirroja—. Pero gracias por los ánimos. Por el momento tenemos que solucionar lo tuyo. En cuanto a mí, lo más probable es que acabe viviendo con veinte gatos que me devorarán cuando me muera.

—Todos nuestros amores son desgraciados, ¿eh? —manifestó Circe recordando una frase que había dicho la misma Rebeka con respecto a Lope y Casandra.

—Veo que aprendes deprisa —respondió su amiga con cierta tristeza.

8

La mujer degollada del cazador

Un procurador de la Suprema en Galicia recordaba un suceso sobrecogedor relacionado con una niña a la que le había caído un rayo dejándola ciega para siempre. No tenía ni idea de por qué la Suprema se había interesado en el incidente, pero lo cierto era que las páginas del diario que correspondían a aquellos días estaban vacías. El procurador jamás dejaba una página sin rellenar, y cuando oyó que unos cazadores buscaban eventos extraños no registrados como tales de los últimos veinte o veinticinco años cerca de allí, enseguida se puso en contacto con los Herrero.

Mateo le dijo a su hijo Arturo que pasaría fuera una semana buscando materiales en un aserradero del norte. Sebastián pidió unos días en su trabajo como conservador del museo de Artes Plásticas de Ochoa y se los concedieron. En aquellos momentos estaba a punto de cerrar una exposición temporal sobre Judit y Holofernes y no podía ocultar su satisfacción por un acuerdo con la Galería de los Uffizi para el préstamo de un díptico de Botticelli sobre ese tema. De alguna manera, se sentía como Judit, aunque la proximidad de las fechas entre el evento que iban a investigar y su propio triunfo sobre el mal lo hacían sospechar que aquello que con tanto empeño había ocultado podía volver con fuerza. Los cazadores casi nunca tenían un buen final, porque lo que le hacían a una bruja siempre les venía devuelto. Sin embargo, su trabajo era necesario porque ellas eran viles, representaban todo lo malo del ser humano. Retaban a Dios.

Recordaba lo que había deseado a Veia, la mujer de su hermano, desde el primer día que la vio. Era un deseo tan sórdido, tan espeso, tan irremediable, que algo debió de sospechar. Estaba embrujado por ella, no cabía duda. A él, Sebastián Herrero, criado para alejarse todo lo posible del pecado, una mujer como aquélla no debía tentarlo. A pesar de ello, todavía a día de hoy recordaba la tibieza de sus tobillos cuando corría descalza en verano sobre el césped recién cortado y la angostura de sus «muñecas de pájaro», como las llamaba Mateo después de besarlas con verdadera adoración. Si hacía un esfuerzo, podía evocar el perfume de su largo cabello castaño y el brillo de sus ojos moteados de verde cuando decidió asesinarla.

Cualquiera no versado en los asuntos de la Suprema habría dicho que lo hizo por celos, por necesidad de poseerla, pero no había sido así: Sebastián había empezado a sospechar que Veia podía ser una bruja cuando comenzó a percibir aquellos sentimientos atroces por ella. Una noche, mientras Mateo y Gaspar estaban fuera, se presentó a cenar y la galanteó. Veia lo rechazó con educación y prometió no decirle nada a Mateo. Una esposa virtuosa lo hubiera delatado. Se fue a casa temiendo que tendría que salvar del encantamiento a su hermano y al niño, sobre todo al niño, que debía ser educado en las artes de la caza y no de la magia. Regresó aquella noche con el cuchillo de hierro de sus antepasados y simplemente cumplió con su deber.

Pensó muchas veces en decírselo a Mateo. Al fin y al cabo él debería entenderlo, se habían criado bajo las mismas circunstancias y habían estudiado los mismos métodos. Pero luego llegó el entierro fuera de tierra consagrada, bajo aquel árbol, y sucedió lo del accidente en el que Gaspar perdió la vida. Unos sucesos vinieron tras otros y el tiempo devoró al tiempo. Un buen día, Sebastián se dio cuenta de que el recuerdo de Veia era más fuerte que cualquier cosa que hubiera sucedido, más fuerte que la realidad. Los relatos que Mateo hacía a su hijo sobre su madre estaban tan llenos de ternura y de belleza que no podía empañarlos con la verdad: que era una sucia y provocadora bruja. Así que no dijo nada. Y, por alguna extraña razón, todas las pistas que tenían sobre la profecía que empezaba a dibujarse conducían a aquellos días.

Las maestras recordaban a Sibila Loureiro Carballal, una buena estudiante, lista, aunque un poco masculina —la que apostilló esto último hizo una mueca de reproche o de asco—, y no se refería a que vistiera como un chico o llevara la cabeza rapada, sino a que le gustasen los deportes, subirse a los árboles y otras actividades violentas que no son propias de niña. Iba siempre con sus vestiditos monísimos y ese pelo tan bonito, pero sólo quería hacer el gamberro. Después del rayo, eso sí, las gamberradas se acabaron.

No tuvieron ninguna dificultad en conseguir sus datos, la dirección de su madre —estaba fichada como bruja de baja peligrosidad— y, más tarde, su expediente académico como ingeniera aeronáutica en la Universidad de Ochoa, para lo que su ceguera no parecía haber sido un impedimento, pues había sido la primera de su promoción y la única en hacer un curso cada año. Habían deseado contratarla en otros países, pero rechazó todas las ofertas, hasta las más suculentas. Poco más de ella se sabía. No había rastro de cuentas en ningún banco, ni tarjetas de crédito, ni hipotecas a su nombre, ni nada que dejase una huella en la red.

—Es una Luna Azul, no cabe duda —aseveró Mateo—, a los Luna Azul los hacen desaparecer, los borran.

—Ya, pero eso no es un impedimento para nosotros si tenemos su nombre —respondió Sebastián limpiándose las gafas.

Empezarían su búsqueda de nuevo en las cercanías de Ochoa, que había sido el último lugar en el que el rastro estaba fresco, pero esta vez con ventaja.

El buscador de brujas funcionaba con magia de nombre y

era fácil de usar: una mesita portátil con tres patas y un tablero con tapa abatible donde se introducía, escrito en un papelito, el nombre de la persona objeto de la búsqueda. Luego se colocaba encima de la mesa un mapa de la zona sospechosa y, con ayuda de un péndulo de cuarzo rosa, comenzaba la indagación. Cuando el péndulo se quedaba rígido, inamovible sobre un punto, significaba que la bruja estaba allí. Había funcionado desde que un cazador lo inventara en el siglo XV. Era infalible: si tenías un nombre, tenías a la bruja.

El péndulo se había detenido en las afueras de Ochoa, en una zona en la que, según los mapas, no había nada. Era tan ostentoso el vacío en el lugar que estaba muy claro que era cosa de magia. Los Herrero prepararon los palosantos y algunas armas y subieron al coche. Al llegar pudieron comprobar que el mapa no mentía. Allí no había nada, sólo un descampado. Un descampado que parecía trazado con escuadra y cartabón.

—Se supone que nuestra bruja es ingeniera, habrá diseñado ella el refugio —dedujo Mateo.

La vigilancia fue larga y aburrida. Sólo si alguien salía o entraba en la zona protegida podrían ver cómo era en realidad aquel espacio. Y si lo veían una vez, ya no podría ocultarse a sus ojos, así que no debían despistarse. El localizador de brujas nunca mentía.

Por la mañana, una bruja apareció en la zona y con ella, al salir por la puerta de la casa, mientras sujetaba el pomo en la mano, se hicieron visibles las paredes, el tejado a dos aguas, los balcones y hasta un pequeño huerto en la entrada. La bruja no era Sibila Loureiro, sino una mujer alta y muy guapa, con abundante cabello cobrizo y una encantadora sonrisa que se dibujó en su rostro cuando una segunda bruja abrió la puerta que ella acababa de cerrar y la besó. Sebastián compuso una mueca de asco. Ésa sí era la bruja que estaban buscando: flaca, de corta estatura, con el pelo blanco y un llamativo bastón en la mano que, supuso, la ayudaría en su ceguera. Tenía algo encantador que hizo que Sebastián no pudiera dejar de mirarla, una mueca triste, un movimiento de su cuello, algo que no lograba identificar.

—Esperemos a que la bruja más alta se marche. No sabemos qué podrían hacer las dos juntas —se obligó a decir, aunque la urgencia por verla de cerca empezaba a ser imperiosa.

Mateo estuvo de acuerdo y ambos aguardaron con paciencia a que la bruja del pelo cobrizo sacase del garaje un coche pequeño, de un color muy semejante a su cabello, y se marchara. Su compañera había vuelto a entrar, y al cabo de un rato salió al exterior. Estaba arrodillada en el huerto, ajena a que los dos cazadores podían verla.

El agua del mar hacía que las brujas no pudiesen usar sus poderes. Tradicionalmente se había creído que era la sal, pero era el agua marina lo que las dejaba indefensas. Empapar a una bruja con ella la convertía en un objetivo fácil, y ése era el primer paso para atrapar a una: mantenerla mojada. Resultaba paradójico que hubieran sido brujas las que hubiesen dejado tan claro aquello a la Suprema: las suicidas. Algunos cazadores observaron que a menudo las brujas se suicidaban entrando en el mar. Se sumergían y ya no volvían a salir. Poco a poco se dieron cuenta de que lo hacían para no caer en la tentación de usar sus poderes para emerger. No podían utilizarlos. Una bruja empapada por el mar apenas era nada. Sólo tenían que acercarse lo bastante como para mojarla antes de que ella se diera cuenta.

Sibila Carballal sintió el agua y quiso protegerse con una campana de energía, pero ya era tarde. Los cazadores llevaban palosantos, varas de un árbol del Nuevo Mundo con runas talladas. A menudo los usaban para atraer a las brujas o para ocultar a las videntes fragmentos de un futuro inmediato. Sibila lo veía todo muchísimo más claro desde que había perdido la vista, porque era capaz de captar lo que iba a suceder unas fracciones de segundo después. Su don no descansaba. Pero cuando percibió a los cazadores ya estaban mojándola, como Sebastián Herrero había planeado, y no pudo defenderse. La interferencia del palosanto la había dejado, por una vez, ciega por completo.

Sintió el golpe en la cabeza. Supo que el objeto con el que la golpeaban era de hierro. El hierro debilitaba a las brujas, lo sabía todo el mundo. No las mataba, no las dejaba sin poder, pero las debilitaba. Una herida hecha con hierro tardaba más en cicatrizar. Les resultaba más difícil zafarse de unos grilletes de hierro. La Suprema usaba el hierro de forma sucia desde hacía siglos. Una bruja podía tocar el hierro y hacer cosas con él; en la antigüedad, muchos brujos se habían dedicado a la herrería tratando de dominarlo, pero el hierro jamás absorbió bien la magia. No era como el acero. Ah, cómo hubiese deseado Sibila que esas cadenas que la inmovilizaban fuesen de acero. El acero siempre había sido utilizado por las brujas y era bueno con ellas. Era el material mágico que había venido del cielo, como decían los antiguos, convertido por las brujas en espadas ligeras como el viento y terribles como el rayo.

Su mente divagaba mientras sentía cómo la sangre le recorría la cara. No perdió el sentido del todo, pero oía a los cazadores a su alrededor, multiplicados y lejanos, y apenas tenía fuerzas para intentar defenderse. Agradeció llevar sujeto el bastón con una correa, lo hacía cuando salía a trabajar al huerto: se ataba el bastón a la mano para tenerlo cerca siempre. Cuando empezaron a arrastrarla hasta el coche, percibió a su carnero, su familiar, su querido *Oz*, y lo instó con sus últimas fuerzas a que no la siguiera. Debía decirle a Venezia lo que había pasado, como fuera, daba igual el método: debía avisar a Venezia para que permaneciera a salvo. El animal la miró por última vez y corrió a esconderse. Sibila supo que había entendido su gesto mudo, sin verlo, y se desmayó.

—¿Tú la has visto bien? —preguntó Mateo al entrar en el coche—. Parecía tan inocente.

—¿Te extraña? Siempre lo parecen.

—Ya lo sé, pero había algo distinto en ésta. Creo que me recuerda a Veia.

Sebastián se santiguó y trató de que su rostro no expresase emoción alguna.

—¿Tú crees? No me lo ha parecido —respondió con brusquedad.

—No es que se parezcan… es el aspecto, no sé, la estructura ósea, el peso…

Sí, era eso: huesos de pájaro. La bruja ciega que llevaban encadenada con hierro en el maletero tenía huesos de pájaro como Veia, la bellísima y deseable Veia, la asesinada Veia. Sebastián apretó los labios y puso el coche en marcha.

—Todas las malditas brujas se parecen. Ya sabes lo que decía papá.

—Sí, ya lo sé —respondió Mateo con un suspiro—: «Si pueden, os engañarán y os llevarán a la perdición con todo tipo de artes». Pero no sé hasta qué punto una chica ciega puede hacernos daño, Sebas, no lo sé.

—Ten fe, hermano —le contestó el otro—. Ten fe.

9

La bruja en la rueda catalina

SIBILA SE DESPERTÓ en un cuarto sombrío que olía a quemado. Tardó en localizar la estufa de leña, los atizadores y toda la utillería de cazador extendida en la mesa; era capaz de percibir los objetos por su tintineo. Alguien los toqueteaba y cambiaba de sitio, como si les sacara brillo. La estufa estaba lo bastante lejos como para sentir el frío en el cuerpo empapado de agua de mar, y no poder ni siquiera intuir con el ojo de su mente revelaba que la habían encadenado con hierro. Se preguntó si la matarían, si era eso lo que querían hacer. Pero ¿por qué no lo habían hecho en la casa? ¿Para no romper la frágil paz entre las brujas y la Suprema?

Eran dos. Podía sentir el calor de sus cuerpos y las diferentes emanaciones de su sudor. También percibía la energía que irradiaban: una, llena de dolor; la otra, de ira. Supo que habían dejado su bastón con todos los objetos que los cazadores usaban para torturar y matar brujas, podía sentirlo vibrar al estar alejado de su mano. Ojalá pudiera llamarlo, pero tenía los dedos demasiado entumecidos como para hacer el conjuro pertinente, y mientras estuviera mojada no funcionaría. Maldita sea.

—Deja eso. El Sacerdote no quiere que la torturemos —dijo la voz llena de dolor—, sólo quiere la información.

—¿Y cómo quieres que le arranquemos lo que debemos saber? ¿O crees que nos la va a dar por las buenas? —respondió la ira.

—¿Las pinturas de tu museo te han podrido el cerebro? ¿No recuerdas cómo se hace para que una bruja repita una profecía, hermano?

La ira hizo un gesto que, por cómo se movía el aire a su alrededor, podía ser el de quitarse las gafas y limpiarlas.

—Pues no, no me acuerdo. Nunca he tenido que hacer que una bruja repitiera una profecía, la verdad. He hecho muchas cosas, pero creo que eso nunca —respondió.

La profecía. Sibila había temido ese momento desde los siete años, cuando se borró en la memoria de todos y sólo ella la recordaba. Al principio había pensado que se volvería loca, porque ni su madre creía que se hubiera quedado ciega al profetizar algo. La profecía se le había grabado en los huesos y únicamente se borraría cuando la sacara al exterior. Pero tenía miedo a repetir las palabras: si la primera vez había perdido la vista y el rubio de su cabello, ¿qué podría pasarle si volvía a reproducirlas? Así que guardó la profecía en su interior, sólo repitió el nombre.

Su madre le echó las cartas y terminó por creerla. Había una profecía borrada. Una profecía que debía de ser peligrosa porque se había sellado con dos muertes. Habló con la mayor experta que conocía, Encina Valente, y ésta le dijo que era cierto, que ella había visto los restos de esa profecía en el crimen que había acabado con su hija y su yerno, pero que desconocía su contenido. Sólo tenía claro que hablaba sobre su nieta.

—Estoy tomando medidas —dijo.

Al poco, Sibila dejó de recordar el nombre mencionado en la profecía, aunque siempre supo que se refería a la nieta de aquella mujer. A menudo, desde que era Luna Azul, la visitaba en sueños para conocer cómo era. En los sueños podía verla como si sus ojos fueran los de antaño, así que observó a aquella adolescente dormida durante mucho tiempo, hasta que llegó a Ochoa. No le gustó que su hermana Casandra estuviera destinada a su conventículo, pues siempre la había considerado peligrosa, pero llevó su contrariedad en silencio, esforzándose en no nombrarla nunca, para que el nombre siguiera oculto y nadie la encontrara si alguna vez la profecía volvía a revelarse. Si esa chica estaba a salvo, Casandra lo estaría también.

Y ahora estaban allí los cazadores, queriendo oír de labios de Sibila la profecía. Pero si la primera vez perdió la vista, sólo podía temer lo que le ocurriese como consecuencia de una segunda pronunciación.

—Electricidad, es la electricidad —dijo Mateo con aire aleccionador—. Tenemos que hacer pasar corriente por su cuerpo y así provocaremos la profecía, con una descarga. ¿No recuerdas que las maestras creían que le había caído un rayo?

—Eso podría matarla —reflexionó su hermano.

—Sí, y la profecía también, mira cómo se quedó la primera vez que la pronunció. Pero es nuestro deber intentarlo.

Sebastián la miró y pensó que le gustaría divertirse con ella como no había podido con Veia. Todavía sentía debilidad por las brujas de huesos pequeños. Pero su hermano tenía razón: no estaban allí para eso. Además, la bruja podría percatarse de su debilidad y descubrirlo ante su hermano. Eso era algo que no podía permitir. Así que le darían una descarga con una batería de coche, no muy larga, a ver qué sucedía. En el mejor de los casos, después, si sobrevivía, todavía le quedase un tiempo a solas con ella que pudiera disfrutar. Sí, se contentaría con esa posibilidad.

Sibila no dijo ni una sola palabra. A ninguno de los dos se les había ocurrido que el agua de mar y la electricidad fueran poco compatibles, pero no se lo dijo. Prefería morir si tenía que hacerlo. Eso sería mejor que pronunciar la profecía completa otra vez.

Sin embargo, no murió. Al principio de la descarga, la sintió como un cosquilleo, después como una convulsión y más tarde como si un terremoto interno se hubiera desatado. Su boca se abrió y las palabras, sin que ella las empujase, salieron de nuevo con esa voz ajena, monstruosa, llena de matices que no reconocía y que, desde que en la infancia le sucediera aquello, no había vuelto a oír.

—*Singularitas C. offeretur. Singularitas C. offeretur. Singularitas C. offeretur.*

Sibila sintió crujir sus huesos, la espalda, una pierna, sobre todo la pierna, como si el interior se le estuviera fragmentando en trozos muy pequeños. El cuerpo no resistía tanta magia. Ojalá hubiera podido chasquear los dedos tres veces para conjurar su bastón. Qué tarde era ya.

Ante los ojos de los cazadores, las palabras se fueron dibujando en la pared, abriendo grietas en ella, haciendo saltar el hormigón con precisión milimétrica hasta que el mensaje quedó tan claro como en la voz que había salido de la bruja. Cuando esto sucedió, ella se quedó en silencio, su cabeza se descolgó entre los hombros y la batería dejó de funcionar.

—Ha sido increíble —dijo Mateo haciendo una fotografía con el móvil—. Tenemos que enseñárselo al Sacerdote.

—Ya, ha dado bastante miedo —respondió su hermano, todavía aterrorizado.

—Sebas, comprueba si está viva, debemos preguntarle también qué hacer con ella.

Sebastián levantó la cabeza de Sibila por el pelo y le tomó el pulso en el cuello. Vivía. Sin embargo, antes de soltarla, el rostro de la bruja mutó, sus rasgos se convirtieron en un rostro temido y familiar, y su voz salió de unos labios que no se movían.

—Él sabrá lo que hiciste —dijo la voz de Veia.

Mateo se sobresaltó al ver cómo su hermano soltaba la cabeza de la bruja y daba un paso atrás con tanta torpeza que tiró varios objetos de hierro de la mesa y el bastón con los dos carneros.

—¿Qué haces? ¿Qué te pasa? —preguntó.

—Nada, nada —mintió Sebastián—. Ha tenido un espasmo involuntario y me ha asustado, nada más.

—Anda, déjala encadenada por si se seca mientras volvemos. ¿Qué crees que significará esa letra?

—No lo sé. ¿No tiene una hermana que se llama Casandra?

Mientras hacía esta pregunta, Sebastián dibujó con el palosanto los símbolos de un sortilegio de contención alrededor de la rueda catalina de molino donde habían encadenado a Sibila. Tan nervioso estaba, que no se dio cuenta de que debería haber utilizado un encantamiento.

—Sí —apuntó Mateo antes de que ambos se marcharan—, tendría sentido que fuera el nombre de su hermanita lo que intentaba proteger.

10

Oz

ANTES DE LLEGAR a clase de iconografía y mitología, Circe se encontró con el profesor Apolonio Criado charlando con Julio Gayo en el pasillo de la facultad. Era un hombre alto, flaco, con una media melena que parecía sucia y unos pronunciados dientes incisivos que sobresalían por encima de su labio inferior. Sobre la punta de una nariz curva y estrecha, que subrayaba su aspecto de dibujo animado, llevaba unas pequeñas gafas que no parecía necesitar. Tenía la cara picada de viruelas y una edad que nadie hubiera podido adivinar por su aspecto. La inusual longitud de sus brazos y sus piernas hacía que el pantalón de rayas acampanado y la camisa le quedasen cortos a la altura de las muñecas y los tobillos; el resto, sin embargo, le iba holgado por la falta de carnes. Circe pensó que tenía pinta de seminarista adolescente, de un seminarista adolescente de más de sesenta años que jamás hubiera logrado ser sacerdote.

—Espero que haya encontrado de utilidad lo que le comenté —decía el profesor Criado—, no estoy seguro de que haya algo más al respecto.

—Sabe que estoy en deuda con usted —respondía Gayo con su habitual tono pomposo—, algunos textos latinos son tan rebuscados…

—Si se tiene el contexto correcto es todo más fácil, y usted estaba errando la diosa a la que se referían —afirmó Criado con tono aleccionador—. Bien es cierto que no la nombraban, sino que enumeraban sus atributos. Pero si el texto es de la época que usted dice, no cabe duda.

—Vaya, es usted un milagro.

—Sí, soy cosa de brujas.

El señor Criado sonrió con su cara de roedor e hizo un gesto que pretendía ser simpático, pero que resultaba un tanto ridículo. El profesor Gayo debió de pensar lo mismo, porque forzó una media sonrisa y se despidió.

Jacinta estaba sentada en primera fila, lo que empujó a Circe a hacerlo lo más lejos posible de ella. No podría decir si por lo que había sucedido en el patio de los cinco halcones o por lo que había pasado con Arturo, pero prefería no tenerla cerca. En realidad, había sido ella la que había alejado a Arturo, pero ¿qué más daba? ¿No se había alejado también Narciso de Circe y el corazón le palpitaba sólo de pensar en verlo el sábado? Era todo tan confuso y complicado. Apenas había hecho nada todavía y se sentía culpable, muy culpable, como si estuviera engañando a todo el mundo.

El profesor Criado empezó la clase comparando una Virgen de la Leche con una Isis dando de mamar a Horus. Cuando Circe vio la imagen de Isis, se llevó la mano al colgante en forma de estrella de mar por instinto y empezó a encontrarse bien, tan bien que apenas escuchaba al profesor.

—Aunque el mito de la diosa nutricia no es en origen egipcio, ni suyo es el patrimonio único de la madre que alimenta al dios —decía el profesor—, sí podemos afirmar que la imagen de la Virgen María dando el pecho a su hijo procede únicamente del cuento o mito original egipcio, ya que fue aceptado por los romanos por completo. —En este punto toqueteó el portátil para hacer aparecer una escultura romana en la pantalla a través del proyector—. Y existen pruebas concluyentes de que todas las basílicas de procedencia romana con María lactante fueron antes templos a Isis.

Los remordimientos desaparecían por completo. Circe sólo podía pensar en la bruja originaria peinando su cabello con el peine de hueso y llamándola hija. Qué ardor se le despertaba en el cuerpo al pensarlo: hija. Qué hubiera dado por mamar ella de ese pecho blanco que se le ofrecía.

—Es curioso cómo el mito tiene un componente recurrente en el que pocos reparan —siguió Criado—: la diosa siempre amamanta a un niño cuyo padre o padres están ausentes o muertos. Incluso Isis concibe a Horus de un cadáver, como si de la muerte surgiera la vida. No es de extrañar que a los cristianos les viniera a la cabeza la vida eterna ofrecida por el Salvador al escuchar esta historia, ni que adoptasen su iconografía para hacer más aceptable su mensaje.

Circe imaginaba el pecho blanco de la mujer del Quinto Mundo, ofrecido a sus labios como quien ofrece la salud. La imagen de la madre era atractiva, no era raro que se hubiese usado para todo tipo de fines, sobre todo para ella que no tenía. Nunca hasta ese año había echado tanto de menos tener una madre.

Al final de la clase, a pesar de haber salido lo más deprisa posible, Jacinta la vio y la detuvo en el pasillo.

—Tú, cadáver, ¿podemos hablar?

—Sí, claro —respondió Circe sin muchas ganas.

—¿Sales afuera?

—Sí.

—Te acompaño. —Jacinta guardó silencio un minuto, camino las dos de la puerta de entrada—. ¿Sabes que tienes un aspecto horrible? Pero no me extraña después del numerito de la brecha y del cuervo. —Otro segundo de silencio—. Pero fue una pasada, la verdad.

—Vaya —se sorprendió Circe—, gracias.

—Es decir, yo creía que tenía problemas, pero la verdad es que lo tuyo debe de ser peor. Lo he comentado con mi hermano Narciso y me ha explicado qué es ser un cuervo. Él lee mucho, como estudia en casa... Me ha insistido para que te pida disculpas.

—¿De verdad?

—Pero lo cierto es que no me ha tenido que insistir mucho. Me he portado como una egoísta.

La punzada de culpabilidad volvió a manifestarse y Circe no encontró el consuelo esperado al sujetar el colgante en forma de estrella con el cabello de Hécate.

—No pasa nada. —Bajó los ojos—. Todo esto ha sido muy raro para las dos. Ninguna de nosotras era consciente.

—Supongo que mi vida anterior me gustaba demasiado y tengo que asumir que ya no podré volver a ella. Soy una bruja roja, soy peligrosa.

—¿Por eso has dejado a Arturo? ¿Para protegerlo?

—¿Cómo sabes lo de Arturo? —Jacinta abrió mucho los ojos.

Habían llegado a la puerta y la imagen que se encontraron evitó que Circe tuviera que contestar a esa pregunta: Venezia Corvo permanecía de pie en el jardín junto a un enorme carnero negro con los cuernos enroscados más amenazantes que nadie hubiese visto en un ser parecido. El animal estaba unido a la mano de la ilusionista por un cordel rojo, lo que hizo que Circe pensase en *Mary tenía un corderito,* y puede que Jacinta también, porque dijo:

—Mira, nos ha venido a buscar Little Bo Beep.

—¿Conoces a Venezia?

—Bueno, creo que en el *after party* del solsticio tuvimos el gusto de conocernos todos —rezongó la Blackwell.

Venezia, sin soltar al carnero, se lanzó hacia Circe como un tornado. De cerca era todavía más guapa y parecía muy asustada. Les preguntó si sabían dónde podía estar Casandra y, por casualidad, Circe lo sabía.

—Tiene unas prácticas de neurobiología con Rebeka, quedamos en vernos después. ¿Ha pasado algo?

—No lo sé. —Su voz sonaba angustiada—. Pero creo que sí.

—Bueno, yo iba para allá —dijo Circe sin saber cómo calmarla.

—Y yo me apunto —añadió Jacinta con una sonrisa a la que ni Circe se hubiera podido resistir.

Caminaron por el campus las tres y el carnero, que con aire displicente masticaba algo regurgitado. Todos las miraban con sorpresa al pasar, pero la mayoría resolvía que aquello podía ser parte de algún espectáculo cuando reconocían a Venezia.

—¿El bicho tiene que venir con nosotras? —preguntó Jacinta por fin.

—Es *Oz*, el familiar de Sibila, como tu loba es tu familiar para ti. Y sí, tiene que venir —respondió Venezia en tono hosco.

—Vale —concedió Jacinta poniendo los ojos en blanco.

Al llegar a la zona de laboratorios del campus, Casandra y Rebeka estaban charlando con las gemelas. La rubia salió corriendo hacia ellas en cuanto reconoció al carnero.

—¿Qué hace *Oz* aquí? ¿Ha pasado algo? ¿Mi hermana está bien? —se atropelló.

—No lo sé, no lo sé. —Venezia se llevó las manos a la boca rompiendo por fin en todas las emociones que había tratado de contener.

Explicó que había salido para un espectáculo fuera de Ochoa, no muy lejos, pero lo bastante como para tener que dormir allí. Aquella mañana, al llegar a su casa, Sibila no estaba. Cuando iba a alguna misión de la Luna Azul le dejaba una nota, o un mensaje en el buzón de voz del móvil, críptico y poco explícito, pero algo. Eso fue lo primero que la preocupó, y lo segundo fue que *Oz* estaba allí. Lo más lejos que Sibila salía sin *Oz* era a Ochoa, eso dijo, y Circe pensó que le hubiera gustado ver lo discreta que iría Sibila Carballal por el mundo con un carnero al que casi podría usar como montura.

En el huerto había quedado un cesto con hortalizas recolectadas y todas las herramientas que Sibila solía usar para ese menester. Había marcas como si hubieran arrastrado algo hasta el camino, y allí encontró huellas de las ruedas de un coche. Sibila no conducía por razones obvias.

—Fue entonces cuando *Oz* se volvió loco. Pateaba las maderas del establo, coceaba, daba vueltas a mi alrededor, y cuando se calmó, dibujó algo en el suelo.

Venezia soltó al carnero y le pidió, por favor, que se lo enseñase a Casandra. El animal, para sorpresa de Circe y también de Jacinta, comprobó con la pata que el suelo era lo bastante arenoso y empezó a bailar sobre él. Trazó las líneas más básicas de lo que parecía un escudo y detuvo su danza.

—Yo conozco eso… —murmuró Circe.

—Es el escudo de la Inquisición —exclamó Casandra.

Y aunque era difícil descifrar los trazos que el carnero había hecho en el suelo, al decir Casandra aquello, Circe recordó dónde lo había visto: el primer día en Ochoa, en el grabado del castillo del despacho de Matilda Nubla.

—Pero no puede ser… —empezó a decir Circe.

—¡La Suprema tiene a mi hermana! —Casandra cogió la mano de Rebeka y la apretó—. ¡Tenemos que hacer algo!

—Pero ¿qué? —preguntó Magali.

—Si lleva desaparecida un día es posible que ya esté quemada —apostilló Muriel.

—O ahogada.

—O decapitada.

—O vivita y coleando esperando a que la rescatemos —interrumpió Rebeka a las gemelas.

El carnero había borrado el escudo y trazado otro dibujo, más complicado de descifrar y que estaba compuesto de líneas tangentes y cuadrados. Cuando acabó, marcó con una equis un punto y llamó la atención de las chicas golpeando un árbol del paseo con los cuernos. Todas se quedaron calladas, confusas, tratando de averiguar el significado que aquello podría tener.

—Un momento. Yo sé qué es eso —dijo Jacinta, y su voz sonó a música celestial—. ¿Creéis que nos está mostrando dónde se encuentra?

Ante las miradas de urgencia de las demás, Jacinta superó su propia sorpresa para explicarles que lo que *Oz* había dibujado en el suelo se parecía mucho a una antigua entrada de las minas de wolframio y a la vieja estación de tren en la salida norte. Aquellas líneas cruzadas eran muy semejantes a las vías que no se usaban desde los sesenta, y los edificios abandonados de la zona podían ser sin duda los cuadrados: la antigua intendencia de las minas, la estación, incluso las casitas de los trabajadores.

—Mi padre me llevó un día a verlo en helicóptero. —Las miradas atónitas de las chicas hicieron que continuara en un tono un tanto despectivo—: ¿Qué? No puedo evitar que mi padre sea rico y tenga un helipuerto, ¿verdad? Lo que me fascina es que la cabra ha dibujado una vista aérea, como si supiera que yo lo podría reconocer.

—No es una cabra, es un carnero —la rectificó Casandra, aunque a Jacinta no pareció importarle.

—Lo que sea. Mi padre me dijo que se había dejado de usar esta entrada porque era peligrosa, el suelo no era adecuado, y en cuanto hubo un par de desprendimientos la cerraron. El tren dejó de parar en ese lugar y los trabajadores fueron trasladados con sus familias, así que es una especie de ciudad fantasma. Y aquí, donde ha marcado la equis, está la vieja casa del administrador.

El carnero se irguió sobre dos patas en señal de triunfo y movió la cabeza en un gesto que parecía una afirmación.

—Pues vamos a buscarla —dijo Casandra.

11

Una situación preocupante

LA REDONDA Y gigantesca silueta de la directora se proyectaba en todas las paredes así como su voz, potenciada con magia para que todos pudiesen oírla, sonaba rotunda y tenebrosa.

—Nos enfrentamos a una situación extraordinaria —empezó Matilda Nubla—. Hacía años que sospechábamos que la Suprema podía tender sus sucios tentáculos de nuevo en Ochoa, pero los últimos acontecimientos nos empujan a pensar que alguien quiere hacernos volver a una guerra sangrienta y terrible que, por desgracia, no hemos terminado de olvidar. El reciente ataque por parte de dos cazadores a una insigne miembro de la Luna Azul ha sido la gota que ha colmado el vaso.

Una mano surgió de la oscuridad pidiendo la palabra en la sala de reuniones de la planta baja de la Residencia de la Salud. La voz que la acompañaba, sombría, era la de Lowell Blackwell.

—A mí lo que me gustaría saber —dijo cuando la palabra le fue concedida— es qué demonios hacía mi hija pequeña en su partida de rescate, amada directora.

—Sospecho que eso es algo que nos gustaría saber a todos. —La mirada severa de Matilda Nubla se dirigió al rincón donde Jacinta y Circe estaban sentadas—. Nos encantaría, de hecho.

Cuando supieron dónde podía hallarse Sibila, Venezia les insistió en que se quedaran, pero su propuesta no tuvo éxito. Las gemelas aseguraron que llevaban preparándose para algo así desde niñas, que soñaban con pertenecer a la Luna Azul y que eran muy hábiles, que no la defraudarían. Casandra y Rebeka podían probar que habían practicado magia desde pequeñas, y Jacinta y Circe se negaron a quedarse solas en el campus con el carnero, así que Venezia suspiró con resignación y les indicó a las seis el camino al coche.

Circe se dio cuenta de que la ilusionista estaba nerviosa, así que intentó relajar el ambiente.

—Vi tu espectáculo —le dijo.

—Sí, te recuerdo entre el público.

—Era muy bueno. Pero hay que tener valor para usar magia de verdad con gente normal.

—¿Quién te ha dicho que fuera de verdad? —Venezia la miró divertida, olvidando por un segundo su preocupación—. No tienes ni idea de lo que se puede conseguir con hilos, espejos y humo.

—Bueno, y con un caballo disfrazado de unicornio.

—¿Y quién te ha dicho que fuera disfrazado?

Los ojos de Venezia brillaron ante el desconcierto de Circe. Las chicas, que iban detrás, se encogieron de hombros como respuesta a su mirada interrogante.

El coche era un Mini británico de los sesenta pintado del color del pelo de Venezia cuyo tamaño parecía ridículo al lado de su dueña, un carnero y seis estudiantes.

—No cabemos todas ahí —dijo Circe creyendo que mencionaba lo obvio.

Al comprobar que no se movían, Venezia las alentó:

—Venga, no tenemos todo el día. Iréis cómodas. ¿Cómo creéis que llevo todas mis cosas a las giras? ¿Atadas al techo? Es más grande por dentro.

Casandra fue la primera en pasar y tiró del cordel de *Oz*. Ante los ojos de Circe, las gemelas, Rebeka y Jacinta fueron entrando y acomodándose sin estrecheces. Por dentro, en efecto, era como un pequeño autobús.

El camino fue silencioso. Cada una iba pensando alguna cosa horrible que le podría haber pasado a Sibila. Venezia se mordía el labio inferior con ansiedad. Ni siquiera Jacinta, que se había visto envuelta en todo aquello por accidente, decía nada, sólo parecía distraída mientras acariciaba la cabeza de *Oz*. Circe se preguntó si desde fuera el coche parecería vacío. Sería un buen encantamiento, o hechizo, o lo que fuera.

Salieron de Ochoa por la carretera del norte y se desviaron antes de cruzar los puentes que devolvían el camino a la costa para entrar en el pueblo fantasmal que se levantaba junto a las antiguas minas. Estaba muy cerca, pero a la vez aislado. Sólo desde el monte donde vivían los Blackwell se podría haber divisado. Las vías parecían largas culebras negras y los barracones, sin luz eléctrica, formaban extrañas sombras siniestras en el suelo provocadas por el atardecer rojo que bañaba el cielo. Venezia aparcó detrás de una caseta de mantenimiento de la estación y las hizo bajar. Incluso ella parecía estremecida por el ambiente desolado de las ruinas, como dinosaurios moribundos pidiendo socorro.

—Nos dividiremos —anunció—. Casandra y yo iremos a la casa que señaló *Oz*. Las gemelas iréis con Rebeka al otro lado de las vías, por allí, a pedir refuerzos a la Luna Azul.

—Yo no sé hacer eso —contestó Rebeka disgustada.

—Pero nosotras sí —replicó Magali.

—Desde aquí no se puede hacer porque están bloqueadas las comunicaciones —siguió Muriel.

—Y Venezia se ha dado cuenta —completó Magali.

Para ilustrar sus palabras, las dos gemelas entrechocaron las palmas, pronunciaron unas palabras en lo que parecía japonés, y una esfera de luz azul iluminó la pared tras la que se escondían. Como si se tratase de un árbol de Navidad, en todos los muros se encendieron una serie de símbolos y dibujos con el mismo resplandor azul de la bola que las gemelas habían hecho aparecer. A Circe le recordó la iluminación con el luminol de los restos invisibles de sangre en las películas de crímenes.

—Vaya, es impresionante —dijo Rebeka.

—Es magia negra muy avanzada —afirmó Venezia—. No sé a qué nos enfrentamos, pero no me gusta. Todos estos símbolos evitan, específicamente, que una bruja pueda enviar una señal desde aquí y pedir ayuda. Las señales de ayuda son como las bengalas, hay que dispararlas en el punto desde el que se solicitan. No contaba con esto. Pero los símbolos acaban en las vías.

—¿Y se puede saber por qué no hemos usado un móvil como la gente normal? —inquirió Jacinta, y aunque su tono resultó irritante, también Circe se lo había preguntado.

—¿Sabes quiénes son los Luna Azul más cercanos aparte de Sibila? —replicó Venezia de mal humor—. Mads y Lars, creo que los conocéis, y ya sabéis que son mudos. Eso quiere decir que no usan teléfonos.

—Vale, está bien. ¿Y Circe y yo qué hacemos? —concedió Jacinta.

—Nada. Vosotras os quedáis aquí.

Las dos protestaron airadamente, pero Venezia insistió en que eran novatas en eso de la magia y que a ambas se les había ocultado su condición hasta hacía poco. Si ocurría algo terrible, y tenía pinta de que así podía ser, supondrían un inconveniente más que una ayuda. Circe observó cómo Jacinta se llevaba la mano a la empuñadura con cabeza de lobo, para hacer una demostración quizá, y la aplacó con un gesto.

—De acuerdo, aquí nos quedamos. Pero no tardéis. Me quedo tranquila, Jacinta es una gran luchadora y me protegerá si nos descubren.

Ésta la miró con sorpresa y Circe sonrió ante la eficacia de su psicología parda.

—No os descubrirán —les aseguró Venezia.

Sacó un papelito del bolso y lo puso en el parabrisas del coche, que desapareció al punto.

—¿Un encantamiento para hacerlo invisible? —preguntó Circe.

—Sólo lo oculta a los ojos de los que no lo han visto antes ocupando ese espacio, como un camuflaje. Cuando os acostumbréis, podréis volver a verlo. Deberíais venir a mi casa. Bueno —su rostro se entristeció de golpe—, aunque creo que tendré que adoptar nuevas medidas de seguridad.

Magali les repartió trenzas de hierbas de la invisibilidad a todas ellas y Rebeka se extrañó de que llevase todo aquello en el bolso con forma de casita de cuento que llevaba colgado. Venezia les dijo que dentro del recinto formado por las vías de hierro no podrían hacer demasiada magia sin ser descubiertas por los posibles cazadores que estuvieran allí. Quienesquiera que fuesen, habían asegurado bastante bien el terreno con los sortilegios allí dibujados. Luego repartió linternas que llevaba en el maletero y se separaron.

12

En la oscura noche del rescate

CASANDRA Y VENEZIA llegaron enseguida al edificio que había marcado *Oz* en el dibujo. Era grande, alargado y con aspecto de oficina, aunque según Jacinta era la antigua casa del administrador. Casandra sacó a *Runa*, su ratón, del bolsillo, y le encomendó que buscase cazadores dentro. El animalillo se coló al interior, y mientras recorría la casa cumpliendo su recado, Casandra y Venezia se miraron con consternación e impaciencia. Venezia apenas podía pensar en otra cosa que no fueran los latidos de su propio corazón.

—Estará bien —dijo Casandra, y lamentó lo poco convincente que había sonado su propia voz—. Mi hermana es la bruja más fuerte que conozco.

—Eso no es verdad —respondió Venezia—. Pero al menos es muy lista. La más lista.

Runa regresó y Casandra informó a Venezia de que podían entrar.

Dentro, el espacio daba la sensación de haber sido abandonado a toda prisa. Quedaban todavía algunos muebles poblados de insectos y arácnidos, un par de archivadores llenos de papeles, un televisor viejo y un baño maloliente cubierto de moho, pero ni rastro de los cazadores. Tampoco de Sibila.

Encontraron una puerta entreabierta en el pasillo. Casandra la empujó pensando que se trataba de un armario, pero tras ella una escalera cochambrosa descendía al sótano. Venezia y Casandra las bajaron tratando de no hacer ruido. Taparon con la mano el fulgor de las linternas para no ser descubiertas. No estaban muy seguras de que *Runa* hubiese llegado hasta allí en su recorrido.

El sótano era siniestro, pero no oscuro, ni tampoco estaba sucio. Quedaba claro que allí había habido actividad humana hacía poco. El mobiliario estaba limpio aunque era escaso: unos jergones, unos armarios y un viejo frigorífico que hacía un ruido infernal pero que permanecía en funcionamiento. Ése era el primer signo de corriente eléctrica en toda la zona y debía de provenir de un generador instalado en alguna parte. En el baño incluso había una botella de lejía, y en la zona del cubículo principal que hacía las veces de cocina, un hornillo de gas y un plato con migas de pan. Había otra sala, al fondo, en la que Casandra entró sin ninguna precaución, haciendo que Venezia ahogase un grito de advertencia y la siguiera con cautela.

Había una mesa con instrumentos de tortura de hierro, dos sillas de madera, un cubo de agua y una enorme rueda catalina cubierta de cadenas de hierro en la que alguien había estado encadenado pero que en esos momentos permanecía vacía. Venezia se llevó la mano a la boca y a punto estuvo de echarse a llorar cuando iluminó las cadenas y vio que había sangre en ellas. Fue a dar un paso para tocarlas, pero Casandra la detuvo.

—Si entras ahí no podrás salir —le dijo iluminando el suelo con su linterna—. Es un sortilegio atrapabrujas.

En el suelo, trazados de forma tosca, estaban los trece símbolos que lo componían, pero también una marca de arrastre entre dos de ellos, como si alguien hubiera caído al suelo en ese punto y hubiese reptado hasta la sala anterior. La marca tenía sangre, como las cadenas.

—Sibila cayó aquí, Casandra. Parece que la dejaron escapar para divertirse y perseguirla después. Tenemos que encontrarla.

Pero Casandra no escuchaba a Venezia. Había encontrado

la profecía inscrita en la pared y eso captaba toda su atención de manera irremediable.

—Madre mía, esto es peor de lo que habíamos imaginado —susurraba—. Mucho peor.

No muy lejos de allí, las gemelas y Rebeka habían llegado al otro lado de las vías, hasta un rincón semioculto entre las rocas.

—Hay muchas formas de lanzar una llamada de ayuda —dijo Magali.

—Todas muy divertidas —aseveró su hermana.

—Pero creo que ésta es nuestra favorita.

—Sí, es nuestra favorita.

—No cabe duda de que lo es, porque combina todo lo que nos gusta.

—A las dos. Todo lo que nos gusta a las dos.

—¿Sabéis que es un poco molesto cuando hacéis eso? —dijo Rebeka señalándolas con el dedo.

—¿El qué? —preguntaron ambas gemelas a la vez.

—Exactamente eso, hablar una a continuación de la otra y muy deprisa, con la misma cara pero… duplicada. —Rebeka se dio por vencida—. Vale, no importa. ¿Qué tengo que hacer?

Magali sacó del bolso un trozo de tela semejante a la de las faldas de los hermanos Luna Azul y la colocó entre las tres.

—¿Sabes algún hechizo de fuego? —le preguntó a Rebeka.

—Alguno muy elemental —respondió—. ¿Eso es de las faldas de Mads y Lars?

—De Mads, creo. No me ha quedado muy claro quién es quién —reflexionó Magali.

—¿Y cómo demonios…?

—Cuando hizo la demostración de invisibilidad en el patio de los cinco halcones —aclaró Muriel—, yo me di cuenta y creo que Mads también, pero no creo que le importara.

—Pensé que nos haría falta alguna vez —repuso su hermana—. Para esta convocatoria hace falta algo del convocado.

Dicho esto, siguió sacando cosas del bolso. Huesos de pájaro y de conejo, sobre todo. Alguna pluma y unas hierbas que restregó por encima de los otros objetos como si estuviera condimentando un puchero a fuego lento. Cuando sacó una libreta y un bolígrafo para escribir el encantamiento, Rebeka se volvió a maravillar de que todo aquello cupiese en un bolso tan pequeño. Aunque podría ser más grande por dentro que por fuera, como algunos pasillos de la Residencia de la Salud o el coche de Venezia. Miró con preocupación hacia los barracones. Los símbolos habían dejado de brillar y ahora se veían poco más que sombras. La noche había caído definitivamente sobre la hondonada y, a la luz de la luna, los perfiles siniestros de los edificios resultaban todavía más sombríos. ¿Cómo les iría a las demás? ¿Habrían encontrado a Sibila?

—Es una combinación de encantamiento, embrujo y hechizo —le dijo Muriel intentando llamar su atención—. Cuando Magali acabe con eso, yo lo alzaré en el aire con un embrujo y tú lo calcinarás. Es importante que las cenizas nos caigan por encima.

—Pero intenta no quemarnos, por favor —completó Magali asegurando el hatillo con un hilo rojo.

No era ninguna tontería. Hacía años, intentando ese mismo hechizo en euskera, le había quemado las cejas a su hermana pequeña y su madre la había castigado un mes por jugar con fuego. Esperaba tener mejor puntería en esta ocasión.

En cuanto el atado estuvo hecho, Muriel las instó a sentarse en triángulo, con las palmas de las manos hacia arriba, y miró fijo el paquetito. Como la vez que lo hiciera en el patio de los cinco halcones, al principio, durante unos larguísimos segundos preciosos, parecía que no fuese a pasar nada. Sin embargo, en un momento dado, el aire se detuvo y dejó de correr aquella helada brisa que hasta hacía unos segundos le había resultado tan molesta a Rebeka. El pequeño bulto salió entonces disparado hacia arriba, lo cierto es que no esperaban que tan deprisa y a tanta altura. Tres pares de ojos siguieron el objeto y entonces la pelirroja pronunció las palabras mágicas.

Fue como si una pequeña estrella fugaz hubiera decidido ir en dirección contraria: el paquetito, ardiendo en un fuego tan verde como el abrigo de Rebeka, subió más, iluminando el cielo. Luego, tras un tiempo corto pero angustioso, la ceniza empezó a caer sobre ellas como nieve negra y gris. Las tres jóvenes brujas se miraron y se echaron a reír como si aquello fuera de verdad nieve y acabara de anunciarse la llegada de unas segundas fiestas del solsticio. El alivio las confortó lo suficiente como para darse cuenta de que no podrían moverse de allí hasta que Mads y Lars llegaran. Era tarde y hacía frío y no sabían dónde se hallaban las demás ni si estaban a salvo. No sabían si estaban a salvo ellas mismas, sólo protegidas por un lado por la pendiente de rocas y vestidas con colores demasiado llamativos para la ocasión.

—No temáis —dijo Magali—, siempre nos podemos hacer invisibles si es necesario.

—¿Adónde crees que vas? —le dijo Jacinta a Circe cuando la vio abrir la puerta.

—¿No te parece que tardan mucho? Voy a salir a buscarlas —respondió esta última.

—Estás loca si crees que me vas a dejar aquí sola con la cabra.

—Es un carnero.

—Me da igual, como si es la reencarnación de Frank Sinatra. Tú no sales de aquí sin mí.

Circe se encogió de hombros y permitió que Jacinta se bajase del coche con ella. No tardó en necesitar su asistencia de todas formas, porque su linterna no funcionaba, así que se tuvieron que pegar la una a la otra para ver más allá de las puntas de sus pies con la deficiente luz que emitía la de Jacinta. Sin embargo, no fueron muy lejos. No habían caminado ni cinco minutos cuando oyeron una voz masculina que provenía del otro lado del barracón.

—Nos alegramos de que haya decidido venir a verla con sus propios ojos —decía la voz.

Circe tiró de Jacinta y la obligó a sentarse detrás de una de las paredes semiderruidas de una casa demolida.

—No podía perderme esto. Estamos al borde de algo grande, sin duda. En cuanto lo supe quise venir, pero no podía renunciar a mis obligaciones así como así —dijo una segunda voz de hombre.

—Lo comprendemos, señor —respondió la primera.

—¿Lo comprendemos? —susurró Jacinta—. ¿Cuántos hay?

Circe se inclinó sobre un trozo de ladrillo y deseó con todas sus fuerzas que aquellos hombres llevasen sus propias linternas o no los vería lo suficiente como para poder contarlos. Escondió la cabeza tras unos matojos y los buscó con la mirada. Eran tres, dos hombres que parecían musculosos y otro alto, ataviado con una capa con capucha. A pesar de que llevaban unas antorchas de luz química, apenas los distinguió desde aquella distancia y en las sombras. Le hizo el símbolo del tres con los dedos a Jacinta y ésta intentó asomarse también, pero no tenía ángulo.

—¿Crees que deberíamos avisar a las otras? —la oyó preguntar en voz muy baja.

—¿Cómo? —Circe ya lo había pensado, pero no se le había ocurrido la forma.

Jacinta sacó el teléfono móvil del bolsillo e, incluso a oscuras, Circe distinguió su característica expresión de sentirse rodeada de ineptos.

—Nada de móviles, Jacinta. ¿Y si no los han silenciado y los alertamos? No podemos avisarlas. Pero podemos distraerlos.

—¿Distraerlos? Tú has visto muchas películas, ¿no te parece? ¿Qué piensas hacer? ¿Tirar una lata en dirección contraria para que corran a ver qué es?

—No. Creo que tengo una idea mejor.

Circe sacó el grimorio de la bandolera en la que llevaba los apuntes de la facultad.

—¿Llevas siempre eso encima? —preguntó Jacinta sorprendida.

—No, siempre no, pero lo suelo llevar a la facultad en el bolso y leo algunos hechizos entre clase y clase. No me mires así.

—Pero si no me ves.

—Te intuyo.

Recordaba que había leído un hechizo para provocar explosiones. Por lo visto, su padre lo usaba para hacer bromas cuando era un adolescente. Las explosiones no eran peligrosas pero hacían mucho ruido, lo que provocó que más de una clase se suspendiera y que algún profesor estuviese a punto de infartar en las escaleras. Circe lo sabía porque los comentarios al respecto habían aparecido junto al hechizo en el grimorio, como si su padre quisiese que estuviera al tanto de sus experiencias. No sólo había comentarios como ése en aquella página, sino en todas, hasta el punto de haberse sorprendido al encontrar su propia letra junto al hechizo que había convertido al marido de la señorita Galvani en serpiente rezando: «Sólo mi propia voluntad podrá devolverle la forma humana».

Jacinta iluminaba inquieta a Circe mientras ésta buscaba la página correcta. No tardó mucho, el propio libro pareció indicarle el camino hasta el hechizo, que sólo tenía dos palabras: *voce magna*, pero había que combinarlas con un conjuro en el que los dedos parecían disparar al objeto que se deseaba explosionar y después indicaban el número de minutos tras los cuales el gran ruido se desencadenaría. Circe buscó con la mirada qué marcar y encontró una señal metálica, probablemente del paso a nivel, que resultó perfecta para sus fines porque estaba bastante alejada del barracón y del lugar al otro lado de las vías al que se habían dirigido Rebeka y las gemelas.

—Ten en cuenta que haremos magia, así que la alarma se iluminará y esto puede convertirse en un infierno —le advirtió a Jacinta—. En cuanto eso explote, aprieta las hierbas de invisibilidad y corre hacia el coche. Espero que a todas las demás se les ocurra la misma idea.

—Vale, vale, lo que sea —respondió ella sacándolas del bolsillo.

—Voy a darle un minuto. Ah, y apaga la linterna, tendremos que correr a oscuras.

—Sí. ¿Quieres darle ya? Que van a entrar en la casa donde están Casandra y Venezia como no espabiles.

Jacinta tenía razón, así que Circe marcó, fijó en un minuto el conjuro y pronunció el hechizo en voz muy baja, pero sin apartar la vista. Fue el minuto más largo de toda su vida, pero valió la pena. La señal hizo el sonido que habría hecho una bomba y, fracciones de segundo después, todos los símbolos de las ruinas en las que se apoyaban se iluminaron de rojo, delatando su presencia. Cuando Circe se quiso dar cuenta, estaba corriendo. No lo pensó, no oía nada, ni su corazón, aunque lo sentía arder en el pecho, como si quisiera escapar. Tenía la sensación de ser perseguida, pero no quería volverse a mirar. Sentía a Jacinta correr a su lado a gran velocidad, también vio el remolino que formó al tropezar y caer al suelo polvoriento. Circe se detuvo y palpó a ciegas, invisible, hasta que dio con la mano de la Blackwell, la ayudó a levantarse y corrieron juntas, sin soltarse, hasta donde sabían que habían dejado el coche, aunque gracias al encantamiento de Venezia tuvieron que palmear el aire de forma ridícula varios segundos hasta que dieron con una puerta y pudieron lanzarse dentro. No tenían tiempo para esperar a que sus ojos pudieran verlo de nuevo.

—¿Crees que nos habrán visto? —preguntó Jacinta.

—Sólo espero que no se hayan ido iluminando todos los símbolos a nuestro paso, porque entonces estaremos bajo un enorme letrero luminoso.

—¿Qué? ¿No podrías haber pensado en eso antes?

—No sabía cómo iba a ser la alarma mágica. —Circe se encogió de hombros—. He improvisado.

Jacinta alargó la mano y puso el seguro como si eso fuera a servir de algo. Justo entonces alguien golpeó la ventanilla y ambas saltaron hacia atrás con un grito. Jacinta echó mano al puñal.

—¿Queréis abrir la maldita puerta? —dijo una voz femenina del otro lado.

Con desconfianza, Circe cogió la manilla y obedeció.

—¡Sibila!

Nunca creyó que se fuera a alegrar tanto de ver a la hermana de Casandra.

—Deja las expresiones de amor para más tarde y ayúdame a subir —dijo ella.

Circe obedeció, pero no pudo evitar preguntarle cómo las había encontrado.

—¿En serio? —respondió—. ¿Invisibilidad? ¿Contra una ciega? No os veo normalmente, pero sé que estáis ahí.

Sibila se movía con dificultad y parecía tener una pierna rota y también algunas costillas.

—¿Eso te lo han hecho ellos? —dijo Jacinta.

—En cierto modo. Me han hecho pronunciar de nuevo la maldita profecía y no tenía mi bastón para controlarme —levantó el bastón con esfuerzo—. Sólo espero que ninguna costilla me haya perforado un pulmón o algo así, o no llegaré muy lejos.

—No lo entiendo. ¿Cómo te has escapado? —Circe la sostenía con ambos brazos.

—Sortilegios. Sortilegios. Esos cazadores imbéciles han puesto sortilegios por todas partes contra una ciega. Los sortilegios no me hacen nada. Me solté en cuanto se secó el agua de mar con la que me bañaron.

Aquella hosquedad y los malos modos de Sibila, sin embargo, llenaron a Circe de una felicidad desconocida, como si acabase de poner a salvo a una hermana. En cierto modo así era: las brujas debían ser como una gran familia.

Entre Jacinta y ella la ayudaron a acomodarse. Sibila no dejaba de protestar. Sabía que Venezia estaba allí fuera, y cuando se enteró de que Casandra también las había acompañado, les costó mucho devolverla a una posición horizontal. Circe se dio cuenta enseguida de que no movía la pierna izquierda en absoluto y que el pie, descalzo, oscilaba a un lado y a otro como un pájaro muerto. Aunque no podía verla, Sibila se percató del horror que asomó a los ojos de Circe cuando un goterón de sangre negra se deslizó desde los bajos del vestido lleno de barro hasta la punta del pie, donde bailó antes de caer. Finalmente permitió que la colocasen junto al carnero. A pesar de su preocupación por Venezia y Casandra, era evidente que no podía moverse.

Del otro lado de la ventanilla se distinguían unas luces suaves que se movían de un lado a otro y que no parecían proceder de linternas. Las tres contuvieron el aliento cuando pasaron muy cerca, pero enseguida se alejaron: no podían ver el coche.

Venezia y Casandra llegaron acto seguido. Con las hierbas de invisibilidad habían logrado aproximarse mucho, pero uno de los cazadores estaba junto al coche y tuvieron que esperar escondidas a que se marchase. Las hierbas dejaron de hacer su efecto y tuvieron que arrastrarse a oscuras para permanecer ocultas y no encender las linternas. Cuando Venezia vio a Sibila se echó a llorar y no supo si tocarla, a lo que ésta respondió abriéndole los brazos y diciendo que no pasaba nada, que todo se arreglaría. Casandra le dio un abrazo a Circe para no lanzarse contra su hermana e interrumpir su momento con Venezia. Jacinta les preguntó por Rebeka y las gemelas.

—No las hemos visto. No sé si habrán logrado pedir ayuda —dijo Casandra, y su tono no pudo disimular la preocupación.

Entonces fue que sintieron el temblor, el ruido que llegaba desde el cielo haciendo que la tierra vibrase, la luz que lo inundaba todo.

Era más luminoso que el sol o al menos lo parecía, e invadía el pueblo fantasma arrasando las sombras, los escondites, lo siniestro. Pronto no quedó nada a oscuras, incluso desde el coche, con la poca visibilidad que ofrecían sus pequeñas ventanas delanteras, se percibía que la noche se había tornado en día, como en la leyenda del cardo del sol que Rebeka le había contado a Circe a principios del curso. A pesar de lo violenta y peligrosa que era la situación, ninguna pudo evitar que una sonrisa asomase a sus caras cuando la sombra de Mads y Lars se proyectó en el suelo, el único lugar en el que las malas hierbas no se quemaron. Circe pensó que su dibujo quedaría allí para siempre, alrededor de un círculo en el que no volvería a crecer nada, y sintió que eso la tranquilizaba como nada la había tranquilizado en su vida. Los cazadores, si es que seguían por allí, habrían huido.

La puerta del coche se abrió una última vez y Rebeka y las gemelas entraron protegidas por capas con capucha que Magali había encontrado en su bolso sin fondo. Circe se fijó entonces en que Jacinta llevaba un buen rato protegida por su abrigo, pero que observaba la luz del exterior con sus brillantes ojos color rubí como si nunca hubiese visto nada iluminarse. No le extrañó que Arturo se hubiese fijado en ella: era como de porcelana.

La punzada que sintió en el pecho pudo ser de celos, de envidia o de culpabilidad, o simplemente se sintió muy inferior a aquella chica rica, guapa y lista que parecía hacerlo todo bien. Gracias a ella, en el fondo había sido así y tenía que reconocerlo, habían rescatado a Sibila: sólo ella habría podido interpretar la vista aérea en el dibujo de *Oz*. Por un segundo se le ennegreció el corazón con todo tipo de pensamientos oscuros y sus dedos distraídos rozaron la estrella de mar. Pero entonces Jacinta se volvió a mirarla y le dedicó una sonrisa, y Venezia dijo que era hora de marcharse de allí limpiándose las lágrimas con el dorso de la mano. Circe recordó cómo el cardo le había impedido entrar en su habitación y se dio cuenta de que estaba acariciando el guardapelo. En un instante, tuvo pánico y se sintió invencible a la vez.

13

Sospechas

LA ABUELA ENCINA había llegado hasta Ochoa para la reunión de la Asociación de Madres de Alumnas y Residentes convocada por Matilda Nubla en la Residencia de la Salud y, a pesar de la ilusión que a Circe le hizo verla, parecía muy enfadada o trastornada por algo que no había querido revelarle.

En la sala de reuniones había una mesa presidencial rodeada por una pequeña grada en la que Jacinta y Circe se sentaban como representación de las rescatadoras de Sibila, junto a los padres y, sobre todo, madres de residentes y algunas otras brujas cuyos hijos también estudiaban en la Universidad de Ochoa. Era el caso de los padres de Jacinta, que no parecían nada satisfechos con la nueva faceta aventurera de su hija menor. Pero cuando la vieron levantarse y contar la historia tal y como había sucedido, sintieron una oleada de orgullo. Al término del acto, Lowell incluso se ufanó de lo buena bruja que era su hija delante de otras madres.

Circe se estuvo preguntando durante toda la reunión qué le habría sucedido a su abuela para no querer sentarse cerca de ella. Al otro lado de la sala podía verla junto a la madre de Casandra, la de Rebeka y una mujer pequeña y morena que debía ser la de las gemelas. Pero cuando Matilda mencionó la misteriosa profecía encontrada en la pared junto a la rueda catalina, notó cómo Encina le dedicaba una mirada significativa y comprendió.

Aquella profecía hablaba de ella, y al pronunciarla Sibila de nuevo, todos habían recordado que existía previamente. De hecho, se preguntaban cómo habrían podido olvidar algo tan relevante y peligroso como una profecía de esas características, ya que varios estudiosos optimistas afirmaban que la citada Singularidad podía terminar con la guerra contra la Suprema y decantar la balanza tanto de un lado como de otro.

—Pero ¿qué significa esa ce? —preguntaba una bruja gorda y guapa que se sentaba en primera fila y no dejaba de fumar unos largos cigarrillos que apestaban a vainilla.

—No lo sabemos —confesó Matilda con verdadera consternación.

Murmullos, cacareos, movimiento de cabezas.

—Creemos que lo supimos —dijo Juana Expósito—. Es fácil darse cuenta de que en esa profecía hubo un nombre, pero que alguien decidió borrarlo como protección.

La bancada donde se sentaban las madres de sus compañeras de conventículo y su abuela se llenó de miradas cómplices y de culpabilidad.

—Deberíamos pedirle a la profeta que nos diga quién es. —La bruja que dijo eso era una anciana encorvada con una gran verruga en la nariz que exaltó los ánimos de los presentes—. Si la Suprema va a empezar nuevos ataques, necesitaremos un arma. Y esa Singularidad es nuestra mejor oportunidad. Tenemos que conseguirla antes que ellos.

—¡Eso! ¡Eso! —gritaron algunos brujos y brujas más jóvenes.

Cómo se nota que ellos no han vivido la guerra y no saben a qué se enfrentarían, oyó Circe como un eco dentro de su cabeza. *Morgana* estaba en el ventanuco sobre la mesa presidencial y negaba con la cabeza.

—Seamos sensatos —interrumpió el griterío Matilda Nubla—, ¿no os parece que si Sibila hubiera sido capaz de pronunciar su nombre, éste habría aparecido en la profecía con todo lo demás? Y por otro lado, intentar obligarla a hacer cualquier cosa en contra de su voluntad, ¿no nos reduciría a lo que son aquellos hombres que se la llevaron? Además, existe la posibilidad no tan disparatada de que el mismo hecho de poseer la Singularidad provocase un repunte en el enfrentamiento. ¿No creéis que ya se ha derramado suficiente sangre?

El murmullo que siguió a aquellas palabras se extendió como un virus. Después, el silencio. Una bruja que había junto a Circe y Jacinta dijo a la mujer que tenía al lado:

—Creo que se deberían investigar todos los hechos extraordinarios que acontecieron más o menos cuando la profecía fue pronunciada por primera vez, para saber quién es esa Ce. ¿Tú crees que la Suprema se quedó de brazos cruzados? No, chica, no, estoy segura de que hicieron algo y que por eso alguien se vio obligado a borrar la profecía y luego el nombre. ¡Un borrado doble! ¿Habías visto alguna vez algo semejante?

—Tienes mucha razón —asintió la otra.

—Sangre, hay que buscar una matanza. Allá donde hubiera habido un derramamiento de sangre es donde hay que buscar. La Suprema echó a la calle a sus cazadores y a punto estuvieron de lograr algo, estoy segura.

La bruja que escuchaba asintió de nuevo y Circe ensordeció de miedo y de ira. No se había dado cuenta hasta ese momento: sus padres. Quienquiera que hubiese secuestrado a Sibila fue quien atacó o mandó atacar también a sus padres. Tenía mucho sentido. Aquella Navidad había decidido investigar su muerte, y sin que hubiera hecho nada, la investigación empezaba a tomar cuerpo. Jacinta le señaló que estaba pálida. En realidad tenía tanto frío como si la sangre hubiese huido de su cuerpo.

Las demás acompañaban a Sibila mientras se reponía junto a Laveau, por eso no estaban en aquella sala en la que lo único que se sacó en claro fue que debían tomarse medidas de seguridad extraordinarias para proteger a los estudiantes, en lo que Nubla estuvo de acuerdo, no sin apuntar que nadie estaba en realidad a salvo. Si una Luna Azul había sido secuestrada, el siguiente paso podría ser cualquiera.

—Pensáis en vuestros hijos, y lo comprendo —dirigió una furtiva mirada a Glinda, que permanecía entre las sombras—, pero tened en cuenta que vuestros hijos no estarán a salvo si algo os sucede a vosotros. Al salir, antes del vino cordial que tomaremos en el patio de los siete manzanos, os entregaremos llamadores de la Luna Azul. Llevadlos siempre encima y quemadlos si los necesitáis. Con que os manchéis con la ceniza es suficiente. Mads y Lars acudirán con su conjuro de sol ardiente a rescataros de cualquier mal que os aceche en once minutos. Dependiendo de la zona donde viváis, puede reducirse a siete, o incluso a tres. En realidad no es un conjuro que rompa el acuerdo de paz entre la Suprema y nosotros, ya que sólo causa quemaduras solares, pero espanta con eficacia a los cazadores.

Poco a poco todos los presentes, unos más convencidos que otros, fueron saliendo al pasillo donde los dos hermanos de la Luna Azul les entregaron un pequeño hatillo sujeto con hilo rojo, bastante más pequeño que el que las gemelas le contaron a Circe que hicieron, pero bastante semejante: éste podía colgarse al cuello. Algunos lo miraban con aprensión, otros con desconfianza, pero los más se lo colgaban o se lo metían en el bolsillo con el temblor lógico que precede a las tragedias. Una nueva fase de la guerra parecía aproximarse y en todas las anteriores el número de bajas había sido muy elevado. No había que tomarse a broma el incidente. Cuando todos se dirigían al patio, Circe manifestó su deseo de ir a la enfermería, y Glinda dijo que la acompañaba.

—Casi se me olvida —dijo Jacinta sacando un sobre lacrado con el perfil del lobo del bolso—. Mi hermano me ha dado esto para ti.

Después le dirigió una sonrisa cómplice y siguió a sus padres. Glinda no dijo nada cuando Circe abrió la carta, pero sonrió también cuando observó el brillo de sus ojos. Y no era para menos: había olvidado por completo su cita con Narciso en la mansión de los Blackwell. En realidad, era una cita que jamás había confirmado pero que deseaba, y la excitación de leer lo que Narciso había escrito se mezclaba con la impaciencia.

Querida Circe:

Gracias a mi hermana y el revuelo que se ha formado en casa con el asunto del secuestro y vuestro improvisado rescate, estoy al tanto de que nuestra cita, o mis disculpas, ha sido difícil de recordar. Sin embargo, no cejaré en mi empeño por que perdones todo lo que no te he dicho y sigo queriendo confesarte. Ven a casa el miércoles después de tu última clase y te mostraré todos los porqués.

Te lo ruego,

NARCISO B.

La enfermería era un sitio que, por desgracia, Circe conocía bien, así que Glinda y ella tomaron el camino más corto por la laberíntica planta baja de la Salud hasta sus puertas decoradas con pájaros. La anciana Glinda respetó que Circe caminase en silencio después de leer la carta, pero antes de que abriese la puerta le habló:

—Te noto cambiada, he querido decírtelo durante toda la reunión. Estás distinta.

Circe la miró y una ola de furia injustificada la llenó de arriba abajo. Le resultó muy difícil controlarla. Primero Jacinta con «qué mala cara tienes» y «qué pálida estás», luego Rebeka con lo del cardo y ahora esto. ¿Qué era lo que pretendían? ¿Qué querían decirle? ¿Que corría el riesgo de convertirse en un monstruo? ¿Que era peligrosa? ¿Que lo que le había ocurrido a Sibila era culpa suya?

Ellas no podían saber que esa ce la representaba sólo a ella. No podían saber que era la razón por la que su propia abuela la evitaba. No podían saber; Rebeka sí, pero ni Glinda ni Jacinta. Puede que fuese su propio sentido de la responsabilidad lo que la hizo contenerse al final.

—No sé de qué me hablas —respondió tratando de ser amable, pero su tono sonó arrogante y despectivo.

Glinda no respondió, y sus enormes ojos avellanados se entristecieron tras la máscara de arrugas y piel flácida que los rodeaba. Aquellos ojos seguían siendo los de una adolescente, a pesar de las cataratas.

En la enfermería, Sibila dormía en una camilla como las que Circe había frecuentado anteriormente. Venezia estaba sentada junto a ella y no la perdía de vista. En una banca de madera antigua que no parecía cómoda, Rebeka y las gemelas charlaban animadamente con Laveau, pero todas callaron cuando las vieron entrar. Circe no pudo evitar sospechar que hablaban de ella, y la ira la cruzó de nuevo como un rayo.

—¿Cómo ha ido la reunión? —quiso saber Magali.

—¿Lo habéis contado todo? —preguntó Muriel.

—¿Están los padres de Jacinta muy enfadados con ella? —volvió a preguntar la primera gemela.

Circe les contó los pormenores de la reunión respondiendo al gesto de Luisa Laveau para que bajase la voz. Se dio cuenta de que la doctora dirigía una mirada breve a otra parte de la enfermería, tras un biombo, y la curiosidad estuvo a punto de imponerse mientras hablaba de la profecía y de sus consecuencias como si se tratase de algo que no fuera con ella. Al fin y al cabo, tanto la doctora como Glinda podían no saberlo. Las gemelas y Rebeka participaron cómplices del teatro, y Circe hasta olvidó su curiosidad y su enfado y los sustituyó por una renovada simpatía por sus compañeras. La abuela Encina debió de haber llamado a sus casas para contarles lo que había sucedido hacía muchos años, cuando ellas todavía eran pequeñas, y tanto sus padres como aquellas niñas de ojos despiertos se habían comprometido a guardar el secreto y a su protagonista con sus vidas. Cuando la abuela pudo elegir quién formaría parte de aquel conventículo, lo había hecho bien.

—¿Cómo está la enferma? —se interesó.

A su pregunta siguió un silencio tenebroso y Circe temió lo peor. Por fin Laveau se decidió a responder:

—El hueso de su pierna izquierda ha desaparecido desde la rodilla hasta el tobillo. —La doctora intentó mantener un tono profesional y frío—. Tiene varias vértebras astilladas, pero por suerte la médula está íntegra, y además hay unas costillas rotas y un golpe en la cabeza muy feo; no sé cómo pudo soportar el dolor y llegar hasta el coche. El fémur de su pierna izquierda se había partido de tal manera que atravesaba la carne. No sé qué decirte, es como si la hubieran metido en una trituradora.

—¿Habéis podido hacer algo?

—Bueno, sí y no. —Laveau miró con aprensión a la cama donde Sibila dormía y después se dirigió de nuevo a Circe—. La magia está haciendo crecer el hueso y necesita cirugía. Pero va a quedar coja para siempre. Es posible que tenga que llevar alguna ortopedia aparatosa. Por no hablar de que ni la magia más evolucionada puede devolver un hueso desaparecido tal y como se fue. Los huesos nuevos de Sibila no serán tan duros ni resistentes como los antiguos, y si no los cuida y los protege, es probable que tenga fuertes dolores toda la vida.

Las gemelas e incluso Rebeka miraron al suelo. Circe estaba atónita. Ni la magia más poderosa era capaz de devolver a Sibila todas sus capacidades y estaba así por su culpa. La odiaría al levantarse de aquella cama.

Casandra entró por la puerta llevando unas bebidas de la máquina expendedora, así que no retomaron la conversación. Habían informado a la hermana pequeña de todo el asunto, pero no querían insistir en algo tan doloroso.

—Creo que deberíais iros —dijo Laveau—, aquí ya no podéis hacer más y tenéis que descansar. Pasaos mañana un rato.

—Yo me quedo —se apresuró a decir Venezia.

—Tú puedes hacer lo que quieras, querida —le respondió la doctora—, sabes que no puedo negártelo.

Sin embargo, sí que empujó con suavidad al resto hacia el pasillo, también a Casandra, que de vez en cuando dedicaba una mirada lastimera a su hermana.

—¿Quién está detrás del biombo? —preguntó Circe señalando en la dirección en la que éste, de tan blanco, casi brillaba.

La doctora pareció dudar antes de responder, y hasta suspiró al abrir la boca.

—Apolonio Criado, un profesor de la Universidad de Ochoa.

Lo encontré ayer, de noche, en el campus, desorientado y con la cara y las manos llenas de quemaduras, y me lo traje. No ha dicho nada desde que lo curé, sólo incoherencias. Creo que lleva durmiendo unas diez horas.

—¿Quemado? —Circe no podía creer lo que oía.

—Sí, ya sé que no debería estar aquí, es la enfermería de la residencia, pero no podía dejarlo allí tirado, y además se me dan bien las quemaduras, mejor que a la mayoría de los hospitales. Será un accidente de laboratorio.

—¡Pero si es profesor de simbología! —A Circe le escandalizaba que nadie más viese la relación.

—Bueno, da igual, en cualquier caso ahí está y se está curando. Ya le preguntaremos cómo se lo hizo.

Laveau no dijo ni una palabra más y cerró la puerta con suavidad, dejándolas fuera. Circe no daba crédito: quemaduras en la cara y en las manos, ¿es que nadie más se daba cuenta de que era la marca del conjuro solar de los hermanos Mads y Lars?

Si su profesor tenía quemaduras era porque había estado allí. Y si había estado allí, pertenecía a la Suprema o era un cazador. Podía saber algo de la muerte de sus padres, podía ser el responsable. El odio y el ansia de venganza la llenaron por dentro. Ojalá pudiera compartirlo con su abuela, pero si Encina lo veía, no sería capaz de percibir más que a un hombre inocente gracias al tatuaje que la obligaba a contenerse. ¿Aprobarían sus compañeras de conventículo que se vengase?

No tuvo tiempo de comentarlo o de planear cómo sacar a Glinda de allí porque Casandra se quedó quieta, se envaró, sus ojos se convirtieron en niebla como los de su hermana y murmuró unas palabras con la voz de Sibila:

—No permitas que el lobo deje de serlo, ha averiguado cómo. De ello depende tu vida.

14

El lobo

CASANDRA SACUDIÓ LA cabeza desorientada.

—¿Qué ha sido eso? —preguntó Rebeka con cara de espanto.

Casandra explicó que Sibila no dejaba de tener visiones jamás. Su don, la clarividencia, era caprichoso, y si no lo contenía con el bastón podía volverse demasiado intenso. No descansaba ni de día ni de noche y sus sueños premonitorios eran en ocasiones tan vívidos que le resultaba difícil distinguir la realidad del sueño, lo que ya había pasado de lo que sucedía en el presente o lo que aún quedaba por ocurrir. Tenía que recurrir a todo tipo de trucos, y era capaz de redirigir algunas visiones o mensajes a ciertas personas, cuanto más próximas a ella mejor, hasta sin recuperar el conocimiento si estaba dormida. En este sentido, siempre había demostrado tener una conexión muy fuerte con la propia Casandra.

—¿Y qué crees que quería decir con ese mensaje? —Circe se moría de curiosidad, y aunque era obvio que con «el lobo» se refería a Lope, el resto no tenía mucho sentido para ella.

Casandra se encogió de hombros por toda respuesta y siguió caminando. Habría querido componer una hipótesis sobre la marcha, aunque estuviera construida con meras suposiciones, pero no tuvo tiempo de pensarlo: en el pasillo en penumbra podía distinguirse, iluminado por un cigarrillo, el rostro de una bruja que fumaba en un pequeño patio acristalado. Junto a ella, de pie, el rostro de Lope parecía haber envejecido más de lo habitual. Casandra descompuso el gesto y Circe entendió enseguida por qué: aquella mujer se parecía a la retratada en el cuadro que Lope había destrozado en la casa de los Blackwell.

—¿Y qué quieres que te diga? —decía ella con una risa sarcástica—. ¿Pobrecito perrito? No sé de qué me estás hablando.

Lope parecía contener las ganas de atacarla y dirigía todo su empeño a retorcer el borde de la chaqueta cruzada de lana que solía llevar.

—No puede decirme que no me recuerda, que no recuerda a mi padre, que no sabe de qué le hablo. ¿No entiende que hizo de mi vida un infierno?

—No, no lo entiendo —dijo ella provocativa, lanzando el humo a los ojos del bibliotecario.

La mujer era guapa, con cierto aire misterioso, casi como si estuviera allí y a la vez no. Sus labios, gruesos y pintados de un color oscuro casi negro, le recordaron a Circe a Elsa Lanchester en su papel de novia de la criatura, y no le costó nada reconocer dónde había visto antes ese porte de persona carente de peso, liviana: en Azalea Gules, la madre de Jacinta. Aquélla debía de ser Amaranta, la tía de la que había oído hablar. ¿También había estado en la reunión? Lo cierto era que tanta gente respondió a la convocatoria de Matilda Nubla que resultaba difícil encontrar a alguien si no sabías a quién estabas buscando. Sin duda era la mujer del cuadro rasgado, con un vestido largo de terciopelo y unos mitones como los que solía llevar su sobrina, pero más engalanados y largos casi hasta los hombros.

—¿En serio me está diciendo que no sabe que me convirtió en un lobo y que asesiné a toda mi familia? —insistía él—. Necesito que me devuelva a mi estado normal. Sé que fue usted. Reconocí su vara en el cuadro en casa de los Blackwell, es lo único que sé de aquel día: que me hechizaron con esa vara.

La mujer se miró la mano con la que sostenía el objeto al

que Lope se refería y de repente una carcajada le nació de lo más profundo del estómago, con tanta fuerza que tuvo que doblarse. Casi se ahogó con el humo. Rebeka sujetó a Casandra para que no interrumpiese todavía.

—Sí que lo sé, hijo, claro que lo sé —respondió cuando consiguió calmarse y enjugar las lágrimas causadas por la violenta risa—. ¡Pero es que me hace mucha gracia que me pidas que lo revierta!

—Puedo obligarla —la amenazó Lope.

—¿Cómo? ¿Llamando a la Luna Azul? ¿Denunciándome por hacer magia negra para vengarme del cerdo de tu padre? Lo siento por tu madre y tus hermanos, la verdad, pero él… él se merecía todo lo malo que le pasase, y si miras en lo más profundo de tu corazón, sabrás que es verdad. —Lope guardó silencio y Amaranta Gules le acarició la cara con descaro—. Yo te di un don, querido. Te hice más fuerte.

—Pero puedo matar gente… ¡he matado gente! Y si no los mato, se convierten en bestias malditas como yo. —El tono de su voz sonaba tan desesperado que era evidente que estaba cediendo.

—Pues aprende a controlarlo, pedazo de llorón.

Casandra oyó aquella última frase y no pudo más. Se soltó del brazo de Rebeka y entró como un torbellino en el patio acristalado. Se abrazó a Lope decidida a sacarlo de allí. El bibliotecario tenía los ojos brillantes y una notable cantidad de pelo había empezado a cubrirle las manos. Las uñas se le habían ennegrecido y los dedos se le alargaron y engarfiaron. La presencia de Casandra lo calmó un tanto y se dejó llevar por ella de nuevo al interior. Ésta no le dijo nada a Amaranta, que se había echado a reír de nuevo, pero le dirigió una mirada tan helada que cortó el aire.

—Piensa en esto, perrito —dijo la tía de Jacinta—, ¿de verdad quieres ser como el resto? ¿Crees que la brujita te seguirá queriendo si eres un vulgar humano? O puede que te borren la memoria para que no nos odies y te dediques a entrenarte como cazador. ¿De verdad querrías eso? Yo te hice especial, recuérdalo. Si no eres capaz de apreciarlo y controlarlo, no es culpa mía.

Lope se dio la vuelta furibundo, pero Casandra lo empujó con suavidad hacia fuera y Glinda, acudiendo de inmediato, lo condujo a la parte de abajo de la escalera por si se transformaba.

—No me cuentes tu vida y tus problemas —seguía diciendo Amaranta Gules con cierta tristeza y a pesar de haberse quedado sola—. Todos tenemos problemas graves, traumas familiares y otras desgracias por el estilo. Sólo tenemos que decidir qué hacer con ellos.

—No sé qué habrá estado soñando Sibila —dijo Casandra cuando se alejaron de allí—, pero me duele decir que siempre he pensado algo parecido a lo que ha dicho esa mujer.

—¿Que dejarías de quererlo si no fuera un lobo? —aunque Circe preguntó con inocencia, a Casandra casi le asomó una lágrima.

—No, por supuesto que no. Pero es cierto que no nos hubiésemos conocido sin el lobo. Y, por supuesto, también pienso que la maldición se convertiría en un don si pudiera controlarla. Y él podría, pero está tan enfadado, pone tanto empeño en contenerlo, que un día se va a matar. —Casandra suspiró con una tristeza infinita—. Y resulta que mi vida depende de que lo logre. En ese caso moriré sin remisión, porque no creo que, de repente, ocurra un milagro y sea capaz de hacerlo.

Circe se dio cuenta de que aquellas palabras provocaron un escalofrío en Magali, que fue la única que no dijo nada para consolar a Casandra. Mientras caminaban hacia el patio central, donde todavía se podía oír el jaleo de la reunión, le preguntó la razón.

—No hay que bromear con los augurios de muerte —respondió la gemela—. No suelen fallar.

15

La utilidad del lobo

A PESAR DE QUE en los libros que tanto leía Sebastián se consignaba que los lobos eran tradicionales protectores de las brujas, Mateo estaba lejos de imaginarlo, y por eso dijo que iría él solo a por la hermana de la profeta, y que podría pillarla por sorpresa porque tenía su nombre. Había estado tallando en el palosanto el nombre de Casandra para tocarla con él y atraparla.

Aquella noche, cuando regresaron con el Sacerdote a su escondrijo en la antigua entrada a la mina, no encontraron más que la profecía escrita en las paredes reventadas, un susto de muerte y quemaduras solares tan intensas que terminaron en ampollas. Algo o alguien, lo que quiera que fuese esa luz cegadora que arrasó a su paso con todo lo que iluminaba, se llevó a la bruja que había pronunciado la profecía, no cabía duda. Poco importaba, porque tenían las palabras grabadas en aquella pared. Eso lo consolaba: tenían la profecía y la hermana de la profetisa se llamaba Casandra. Era perfecto.

Los primeros días tuvo todos los síntomas de una insolación: se mareaba y vomitó un par de veces a escondidas de su hermano, que no había recibido la luz de manera tan directa. Sebastián tenía marcada la silueta de Mateo como una mancha dibujada en el rostro, pero gracias a que estaba situado detrás de él cuando aquello ocurrió, no se encontraba tan mal. Del Sacerdote tampoco había ni rastro, pero ninguno de los dos creía que aquel ente luminoso se lo hubiese llevado. El Sacerdote era muy fuerte y avezado, habría conseguido escapar.

Cuando llegó a casa se inventó una historia para explicar el enrojecimiento de su cara y el dejarse los guantes puestos. Debía regresar antes de que Arturo sospechase algo malo, y aunque las quemaduras no habían remitido del todo, al menos había dejado de sentir mareos y la piel muerta comenzaba a caerse. Se puso tan nervioso al mentirle otra vez a su hijo, que éste debió de creer a buen seguro que su padre habría conocido a una mujer y que juntos se habrían tostado en alguna playa tropical que explicase el exceso de sol, inaudito en pleno mes de enero. Arturo torció el gesto, sacó sus apuntes de latín y le dijo que no tenía que darle explicaciones, que todos eran adultos. Adulto él, qué gracioso. Mateo lo miraba y sólo veía al niño de tres años abrazado a su madre muerta que encontró aquella horrible noche. Si Veia pudiera levantarse de la tumba no vería otra cosa tampoco. O quizá no reconocería al joven alegre y guapo que tenía los ojos azules de los Herrero pero la mirada de su madre. Además, había logrado mantenerlo alejado de las normas, los entrenamientos, el agua de mar o el hierro; lo había mantenido inocente y quería que así permaneciese, a pesar de las protestas de Sebastián, que sólo veía en él a un perfecto recluta.

Así que talló a escondidas el nombre de Casandra en el palosanto y le dijo a su hermano que volviese a su exposición temporal y a sus largos paseos por el museo, que él traería a la bruja que podría hacer que se manifestase la Singularidad, que era un trabajito de nada: había visto a la bruja y era joven e inexperta, con una vida llena de rutinas que colaborarían en su propósito. Podría con ella sin esfuerzo. Sebastián estuvo a punto de negarse, pero reconoció que estaba descuidando su trabajo y agradeció su entrega.

Casandra quedaba cada miércoles a la misma hora en el mismo punto del parque Tayasal con el bibliotecario de la Residencia de la Salud. Sin embargo, ella llegaba siempre una hora antes, y en lo más profundo de la floresta encontraba el lugar perfecto para sumergirse en la lectura de complicados libros sobre biología, antropología y, en ocasiones, mitos y cuentos que contenían maldiciones sobre hombres transformados. Entonces estaría a merced de Mateo.

Ella, por su parte, lamentaba que Lope estuviese tan raro desde que había dado con la mujer que lo había maldecido. La había visto por casualidad, ya que Matilda lo había advertido de que la reunión era sólo para gente mágica y él no podía asistir. Lope dedicó aquel tiempo a alimentar a los imps y a cuidar del jardín oscuro. Normalmente era una tarea que le correspondía a Glinda, pero le apetecía hacerlo. Aquel bosque en las sombras lo serenaba. No calculó cuánto tiempo llevaba allí y el tránsito de personas lo sorprendió cuando caminaba por el pasillo principal. Entre el gentío, mirando distraída las arcadas decoradas con motivos florales, estaba ella. Lo supo nada más verla, como había sabido nada más verla en el cuadro que aquélla era la vara que recordaba. Se quedó paralizado, aterrorizado: después de tanto tiempo ensayando qué le diría si la encontrase, ella había venido a él sin saberlo.

Cuando lo vio, pálido y de pie, aquella mujer se echó a reír. Ella misma se acercó al joven al que había maldecido y le preguntó, como si no tuviera nada que ver con ella, qué tal le había ido aquellos años. Coqueteó con él, con toda probabilidad midió cuánto de su padre había en Lope, le preguntó si quería salir con ella, lejos de todo aquel jaleo, a fumarse un cigarrillo. Lope no fumaba, pero la había seguido como un cachorro a donde esa mujer quiso. Por supuesto, con cada paso y le costaba más controlar su ira, controlar a la bestia interna que se removía con el oscilar del cabello de aquella siniestra y hermosa dama. Cuando llegaron al patio donde luego los encontraron Circe, Casandra, Rebeka, Glinda y las gemelas, estaba anciano, agotado, y ella le dijo que se parecía a su padre, pero que era más guapo, más interesante. Se presentó como Amaranta Gules y le dijo que su padre siempre pretendía saber más que nadie de todo, que no soportaba esa manía suya de ser paternalista y tratarla a ella, ¡a ella!, como a una estúpida. Ella, Amaranta, que podría haberlo convertido en un rey o en un mendigo con sólo chasquear los dedos. Y que él, Lope, el bibliotecario, parecía más inocente.

—A menudo me pregunto qué vi en semejante estúpido —concluyó.

Casandra sabía que Lope, en alguna parte profunda y oscura de su ser, lamentaba no haberla agarrado por el cuello. Lamentaba no haberla estrangulado y recuperado su humanidad por completo. Por otro lado, lo que Amaranta Gules había dicho al despedirse le parecía tan cierto que ahora lo horrorizaba la idea de matarla. ¿Y si lo hubiese hecho y su relación con Casandra se hubiera evaporado para siempre? ¿Qué hace la gente mágica con los que no tienen magia?

En cualquier caso, había prometido aparecer en el bosque, y allí lo esperaba Casandra, como todos los miércoles en los que ensayaban cómo controlar su transformación y permanecer consciente dentro de ella.

Casandra oyó un crujido inesperado. Sabía muy bien que poca gente se aventuraba hasta aquella parte del parque y por eso era un lugar ideal para sus entrenamientos. De hecho, la profesora Expósito la había felicitado en la segunda clase por eso mismo: su capacidad para encontrar espacios ideales para la magia y protegerlos de miradas extrañas. Le había enseñado a la profesora los encantamientos con los que se podía ocultar un área determinada de los humanos no iniciados, y ella los había aplaudido. De hecho, eran bastante semejantes a los diseñados por Expósito para los cinco halcones. Casandra también le había dibujado el amuleto con el que Lope se protegía de ellos, aunque terminó confesando que se trataba de un recurso de su madre. La profesora la felicitó entonces por haber sido honesta y no haberse apropiado la idea. Circe las sorprendió a todas con algunos hechizos que había aprendido en su grimorio, como hacer llover, encender un fuego, hacer que el aire se sometiese a su voluntad o cambiar la longitud y el color de su pelo. Se pasó las manos por la cabeza recitando unas palabras en latín y su cabello le creció hasta los hombros. Después lo volvió a acortar y sus colores castaños, blancos y rosa se hicieron más intensos y vibrantes. En aquella sesión estuvo presente su abuela, que torció el gesto sin rastro de orgullo, que era probablemente lo que Circe esperaba despertar en ella. En cambio, sólo le despertó preocupación. Incluso la doctora Laveau parecía un poco consternada después de lo que le había pasado a Sibila.

El ruido se repitió un poco más cerca y Casandra se puso en pie, nerviosa. Quedaba una hora para que Lope llegase y nunca se había sentido tan desprotegida. Comprendió los sentimientos de aquellos que eran asaltados por desconocidos en su propia casa. Aquel lugar, que era como su refugio, se había convertido por un simple ruido en un territorio hostil. Poco a poco reculó hacia atrás, hacia los árboles. Las hojas que contenían su teoría de que el cuento de *La caperucita roja* estaba basado en hechos reales escaparon del libro que leía, y cuando unos ojos azules se hicieron visibles entre las sombras, también el libro cayó al suelo. Después Casandra hizo algo estúpido: gritó. A sabiendas de que nadie más que ese hombre podría oírla, gritó antes de huir.

Echó a correr hacia la parte más frondosa. Sólo había visto la silueta de un hombre y sus ojos azules, fríos como el acero, vibrando en la sombra. Es probable que también vislumbrara otros rasgos, pero aquellos ojos captaron toda su atención y no habría sido capaz de describir ninguna otra característica de su cara.

Es curioso lo deprisa que discurre el pensamiento mientras uno huye. A Casandra le dio tiempo a plantearse que debía llegar hasta uno de los caminos principales, pero el hombre de los ojos azules la acorralaba hacia el borde exterior del parque, donde no había nada ni nadie porque ni salía en los mapas. Después pensó que a lo peor todo aquello no era por la profecía, sino por las Carballal: primero había sido su hermana y en esta ocasión le tocaba a ella. ¿Por qué las perseguían? ¿Y si la repetición de la profecía no fuera más que un accidente? Cuando rememoró a su hermana postrada en aquella cama, le vino a la mente el dolor y se preguntó si ella sería capaz de resistir algo así. Intuía que no. De repente, sin que ningún pensamiento previo la llevase a ello, se dio cuenta con horror de que su propio nombre empezaba por ce.

Se quitó el abrigo con la intuición de que aligeraría su peso. Recordó todas esas veces que le había dicho a su madre que soñaba que nadaba en el aire, y que su madre le respondía que con el tiempo y con la práctica lo conseguiría. En qué condenada hora había dejado de practicar.

Después las ramas empezaron a caer y maldijo todas sus malas decisiones una por una, empezando por la de ir al parque sola con sus lecturas y siguiendo por no haber intensificado los ensayos de las campanas protectoras de Luna Azul que le estaba enseñando Sibila antes del incidente. Por último, pensó en qué momento se le habría ocurrido la idea de que entre los árboles podría estar más segura. Alguien le había contado que aquellos árboles tenían vida propia, y ella estaba dispuesta a jurar que era así, porque las ramas no dejaban de caer a su alrededor. Esta vez había estado cerca: uno de los enormes magnolios, cuyas raíces tenía que saltar y esquivar si no quería tropezar con ellas, perdió una gruesa rama que cayó aparatosamente a su espalda. El ruido que hizo fue atronador.

Presintió que el perseguidor estaba acercándose, y antes de reiniciar la carrera perdió un segundo volviendo la mirada atrás, pero no vio nada. Supo que el cazador acechaba a su presa en silencio, sigiloso, esperando. Echó a correr de nuevo. El pelo se le pegaba a la cara, sentía el pecho agitado, el sudor empapándole la camisa. Sus pies saltaban raíces y esquivaban ramas que, de nuevo, le cerraban el paso y caían a su alrededor. Pero ella era más rápida. Había sido campeona de vallas en el club de atletismo del instituto a pesar de la oposición de su familia, que le decía que jugaba con una ventaja natural. Tenía un don del que carecían sus compañeros y debía asumirlo como una responsabilidad, no como algo que utilizar en beneficio propio.

Esta situación parecía equilibrar todas las veces que había ganado sin merecerlo. El universo tenía sus métodos para compensar, eso lo sabía bien, era lo primero que había aprendido. Su propia familia era un buen ejemplo.

De repente se le ocurrió. No supo cómo llegó a esa conclusión, porque a veces las ideas danzaban a su alrededor hasta que las atrapaba; sí, la idea estaba ahí, pero había sido más rápida y no permitió que le diera alcance. Trepar, claro, ¿cómo no se le había ocurrido antes? Si el perseguidor era capaz de trepar, le podía estar cerrando el paso con las ramas desde arriba.

Una posición superior siempre resulta ventajosa. Si era verdad que estaba ahí, lo único que podía hacer era protegerse. Por primera vez sintió miedo real. Hasta entonces le había parecido que controlaba la situación, pero ahora era diferente. No lograba verlo y podía estar en lo alto de uno de los árboles, en cualquier parte. Se detuvo en seco a los pies de uno de los recios magnolios que daban a todo el paraje una sensación de irrealidad más propia de los cuentos a los que ella y la gente como ella debían pertenecer. Pegó la espalda al tronco y cerró los ojos con fuerza. Aún a riesgo de que una de las ramas cayese y le rompiera los brazos, los extendió hacia delante. Debía tener fe. Conectar. Sólo así estaría a salvo.

Poco a poco sintió que la energía la envolvía. Manaba de ella y volvía hacia ella, cubriéndola, formando a su alrededor un escudo. Recordó las palabras que antes había oído de su madre y ésta de su abuela, las mismas que su hermana le repetía de mal humor cuando no lograba concentrarse: «Todo en la naturaleza te obedece si tú la obedeces a ella, si la proteges, te protegerá». Miró a su alrededor: el escudo de energía se formaba, invisible, siguiendo el contorno de su cuerpo, pero ella lo veía. Era capaz de verlo con unos ojos que no eran los de su rostro, sino una mirada instintiva y más antigua que ya tenían las primeras brujas que dejaron las marcas de sus cinco dedos en las cuevas.

Justo cuando el campo de fuerza estuvo formado por completo, una rama del magnolio cayó sobre él, pero al tocarlo se evaporó. Fue como si nunca hubiera existido. Miró hacia arriba, esperando más ramas como aquélla. Si la seguían atacando, pronto no tendría ninguna oportunidad. La resistencia del campo era limitada. Siempre había gozado de grandes capacidades, pero todavía era joven y el miedo podía influir en lo que hacía. Si la lluvia de ramas seguía atemorizándola, no sería capaz de mantener el escudo por mucho tiempo.

Sin embargo, lo que vio desprenderse no fue una rama, sino un bulto convulso, retorcido, vivo. No pudo evitar taparse la cabeza con las manos, aunque era evidente que no le caería encima.

Cayó justo delante de ella. Lo vio entre los dedos con los que se cubría la cara, lo vio incorporarse sobre aquellas dos patas como columnas velludas, sobre aquellas zarpas terminadas en garras, lo vio en toda su magnitud, cubierto de un pelo oscuro como el mismo tronco del magnolio en el que estaba apoyada.

La bestia negra dejó escapar un gruñido que helaba la sangre antes de volverse hacia ella y olfatear el aire que la separaba del campo de fuerza. La miró con aquellos ojos amarillos infernales y enseñó los dientes, entre los que destacaban unos colmillos afilados y curvos manchados de sangre.

—No, Lope, no —gimió ella en un susurro.

Y su voz se deshizo en la noche, entre el viento que agitaba los árboles y unas pisadas que resonaban con tanta fuerza que era difícil saber si se acercaban o se alejaban.

Pronto lo supo. Tras Lope transformado en bestia, cayó al suelo el hombre de los ojos azules. Casandra no vio más de él que la herida sangrante que le cruzaba el pecho: la mancha roja le cubría el torso por completo. Lo vio desplomarse ante la bestia, de rodillas, y sintió pena por él, tanta, que olvidó el campo de fuerza. Su instinto fue ayudarlo.

Unos brazos velludos se lo impidieron, la rodearon y la apretaron contra un cuerpo animal que la arrancó de allí y la llevó de regreso a la Residencia de la Salud. Ninguno de los dos se preocupó de que alguien pudiera ver a una chica rubia sobre una bestia, correteando por las afueras del casco antiguo de la ciudad en dirección al campus.

16

La bestia

MATEO RECUPERÓ EL conocimiento cuando ya era de noche. Estaba en un lugar apartado, tenía frío y había perdido mucha sangre. ¿Qué demonios había sido aquello que lo había derribado? Apenas consiguió verlo.

Todo iba bien, la chica no aguantaría mucho, tenía controlada la valla trasera para acorralarla y apenas había delatado su presencia. Pero entonces sintió algo tras él y vio un monstruo, como un demonio de ojos amarillos y cuerpo cubierto de pelo que lo había sacudido, mordido y arañado sin que él pudiera hacer nada por defenderse. Era un milagro que no lo hubiese matado. O que tras perder el equilibrio desde una de las ramas altas no le hubiera pasado nada grave al estrellarse contra el suelo.

Una vez despierto, a pesar del dolor de huesos y del pecho lleno de cortes que parecían profundos, no se sentía mal, ni débil. Tenía unas heridas que podrían haberlo matado y sin embargo podía moverse e incluso distinguir en la oscuridad del jardín por dónde regresar al punto donde saltaría la valla.

Lope, por su parte, estaba en la biblioteca cuando sintió el grito de Casandra. Sabía que las brujas ratón tenían una conexión especial con las bestias mágicas o embrujadas y que podían pedir ayuda a alguna de ellas en caso de necesidad. Casandra no había pretendido pedirle ayuda, pero él la oyó gritar a pesar de la distancia que los separaba. El libro que estaba leyendo se le cayó de las manos, provocando un cierto revuelo y risas contenidas entre las estudiantes que estaban próximas a él en la biblioteca. Aquel grito de terror resonó como si la tuviese dentro.

Nunca creyó que llegaría tan rápido a Tayasal. Apenas reparó en que, por el camino, se había transformado y podía correr al triple de su velocidad humana. Pero aun teniendo en cuenta eso, volaba. Podía oír en su interior el golpeteo de las zancadas de Casandra y su respiración. Supo cuándo se detuvo y dónde. Su olor le llegaba desde el claro donde se reunían y que estaba lleno de papeles y libros desencuadernados. Sabía en qué punto del parque había parado y, conforme se acercaba a ella, el olor del hombre que la perseguía destacaba entre los ricos aromas de los magnolios y los animales que los habitaban. Hubiera podido matarlo, habría sido sencillo hundirle la mano en el pecho y arrancarle el corazón. Tenía fuerza suficiente como para atravesar el débil esternón y las costillas de un humano sin esfuerzo; por primera vez era consciente de su vigor. Pero por eso, porque era consciente, se decidió por el control que hasta ese día no había conseguido ejercer. Por el control y por un castigo más permanente y adecuado.

Nadie los vio regresar a la Salud por algún extraño milagro. Casandra sólo recordó usar las hierbas de invisibilidad de Magali una vez en el campus. Sin embargo, lo habían visto a él hacer su espectacular transformación en el camino de ida. Alguien lo había grabado con el móvil y el vídeo se estaba convirtiendo en viral. Matilda Nubla comentó que, por suerte, la mayor parte de los comentarios aseguraban que era falso y que, con ayuda de Glinda, lanzó la idea en las redes de que era la publicidad de la última película de una saga de hombres lobo que luchaban contra vampiros.

—Hay mucha más gente dispuesta a ir al cine a verla de la que los productores esperaban —completó con una sonrisa.

Lope conocía a la directora, había sido como una madre

para él todos esos años, y pudo leer en esa sonrisa la preocupación que intentaba esconder. Si no los había reprendido por llamar la atención de aquella manera, sin duda era porque estaba tan asustada como ellos mismos. No agudizó ese miedo confesando que había castigado al cazador convirtiéndolo en otro lobo.

Cuando Mateo llegó a casa y se vio en el espejo, se asustó. Era muy tarde, Arturo dormía, con toda probabilidad convencido de que había pasado aquel tiempo en compañía de su inexistente novia; él fue directo al baño. Tenía la cara pálida y los ojos inyectados en sangre. El borde del iris azul empezaba a mostrarse amarillo. Se lavó la cara y se quitó lo que quedaba de la camisa con grandes dificultades, porque la sangre seca se le había pegado al cuerpo. Se sorprendió de cómo su pecho estaba cicatrizando. A pesar de las dimensiones y profundidad de las heridas, parecían estar cerrándose. Se preparó un baño y abrió una botella de vino tinto mientras intentaba no pensar en el suceso. Pero cuando se metió en el agua fue inevitable. ¿Qué era aquello? ¿Qué clase de bestia podía ser? No había un solo registro de hombres lobo conocido. Eran un invento de la ficción, pero podía estar basado en algo. ¿En qué? En lo que fuera que fuese aquello, sin lugar a dudas. ¿Un hombre convertido en bestia por una bruja? Metió la cabeza dentro del agua. Si eso era así, se trataba de una maldición contagiosa y él, el cazador, se convertiría en lo que más detestaba, lo que le habían enseñado a odiar y a perseguir: el guardián de la pureza convertido en monstruo.

Cuando Casandra les contó su aventura a las chicas en la enfermería, Sibila sonrió pálida desde su camilla y dijo que se había equivocado con el lobo. Lope bajó los ojos sonrojado.

—Creo que tu amor por ella te ha hecho controlarlo —afirmó—, así que es tu obligación cuidarla ya que yo no puedo hacerlo.

—Oh, desde luego que podrás —la rebatió Laveau—. Cuando acabe contigo parecerás una mujer biónica pero podrás caminar perfectamente. Y proteger a tu hermana o a quien te dé la gana.

Para hacer más resistentes los débiles huesos nuevos de Sibila utilizarían titanio, y para que pudiera mantener mejor el equilibrio y ajustar sus movimientos, una bota con refuerzos de acero que podría ponerse y quitarse a voluntad. Sibila sonrió con tristeza y miró a Venezia, que le hizo un gesto de asentimiento y de ánimo, como si tuviera que convencerla de que en verdad eso sería así.

Después, como buena Luna Azul, le pidió a su hermana que describiera al hombre que la persiguió por el bosque, y Casandra contó lo que recordaba. Dijo que parecía tener la cara encendida y roja. Circe dirigió una mirada furtiva al biombo tras el que se ocultaba el profesor Criado recuperándose de sus propias quemaduras, y empezó a planear cómo acercarse a él para interrogarlo. Para ella, que el perseguidor de Casandra estuviera también quemado era la prueba definitiva de que el profesor estaba en la entrada abandonada de la mina la noche del rescate.

—Tu profesor se ha marchado esta mañana —le dijo la doctora cuando la vio mirando el rincón—. Sí, me ha dicho que estás en su asignatura y por lo visto Jacinta también. Qué casualidad, ¿no?

—Sí, una tremenda casualidad —replicó Circe fastidiada.

—Ya está mejor y volverá esta semana a las clases, no te preocupes.

—Está claro que necesitamos aprender a defendernos —dijo Magali.

—¿Podremos aprender a hacer lo de la luz solar? —preguntó Muriel con entusiasmo.

—Por favor, dejad de hacer eso. —Rebeka se llevó la mano a la frente.

—No lo creo —les respondió Laveau como si hablaran de recetas de cocina—. Es un invento de Mads y Lars y sólo ellos saben cuál es la fórmula. Pero hay otros muchos hechizos y conjuros defensivos, como los que hacen que el objetivo vomite alfileres o sus propios dientes. Ésos son un clásico. —La doctora les dedicó una sonrisa divertida.

El Sacerdote llamó por teléfono a Mateo a la mañana siguiente. Se había dormido sin coserse los cortes y la luz del sol le hizo cerrar los ojos cuando la música del móvil lo despertó. El Sacerdote nunca lo llamaba al móvil.

Tuvo que confesar que había fallado, pero le ocultó que había resultado herido. De hecho, no sentía las laceraciones y, mientras conversaba con el Sacerdote, se miró en el espejo del cuarto de Arturo, que se había marchado temprano a clase. La cama estaba revuelta, la mesa llena de apuntes y el armario entreabierto de tal forma que el espejo lo reflejaba todo. En el centro de la imagen, Mateo, boquiabierto, observaba cómo las heridas, cerradas por completo, se habían cubierto por un tupido y espeso pelo negro. Lo rozó con los dedos sin soltar el teléfono.

—Herrero, Herrero, ¿está usted ahí?

—Sí, señor, aquí estoy —respondió con voz ausente.

—¿Entonces me dice que la chica está protegida por una especie de bestia? ¿Qué era? ¿Una bruja transformada?

—Nada que hubiéramos visto antes —confesó—. Nada que yo haya visto antes, me temo.

17

El amor

TODOS HABÍAN PUESTO mucho empeño en que los alumnos siguieran el ritmo normal del curso, a pesar de que las medidas de seguridad, en especial con Casandra, eran grotescas. Circe se preguntaba qué pensarían los habitantes de Ochoa de Mads y Lars, por ejemplo, con sus llamativas faldas y sus chaquetones de lana paseando por el campus como militares. Observó que ya sabía cuál era cuál y, desde el mismo momento en que aprendió a distinguirlos, pensó en cómo había sido posible que antes los confundiera. Lars era un poco más alto y el tono de su cabello rubio tendía al castaño. Tenía las cejas más espesas y dibujadas que Mads y los labios finos en una cara siempre bien afeitada. Mads, por el contrario, a veces aparecía con una barba brillante y dorada de varios días. Tenía los labios más llenos, el cabello rubio se insinuaba pelirrojo y, los dos o tres centímetros que lo sobrepasaba Lars en altura, él los compensaba en anchura de espaldas y fortaleza de piernas. Hermanos muy semejantes, pero no idénticos. Algunas de las estudiantes se hacían fotografías con ellos para subirlas a las redes sociales, y en más de una ocasión había pillado a la profesora Galvani mirando a Lars con curiosidad o melancolía. Incluso en clase comentó lo interesante que resultaba que un nombre nórdico como Lars viniese del etrusco.

Las brujas jóvenes paseaban con sus familiares y las que tenían gatos o perros se mezclaban con las que lo hacían con una cabra, un sapo o un águila. Circe se preguntó qué explicaciones darían a sus amigos al respecto o si, poco a poco y a causa del incidente, brujas integradas y con una vida perfectamente convencional se verían obligadas a apartarse de sus compañeros, novios, fiestas, tardes de cervezas junto a la ría o noches de cine. Eso la entristeció mucho. Ella podía salir con Arturo gracias a que *Morgana* los seguía desde el aire. No tenía más problemas que la culpabilidad que le atenazaba el pecho cuando veía a Jacinta, sobre todo ahora que se llevaban bien y que hasta Mai y May estaban extrañadas de que su admirada amiga se presentase en la facultad con su loba *Freya*. A escondidas comentaban entre ellas que la menor de los Blackwell debería ir a terapia. Con Narciso, además, no se estaba portando bien. Después de la primera vez que olvidó su cita con él, la pospuso hasta en tres ocasiones más, en el jardín de los cinco halcones o a través de notas que su hermana le llevaba cuando se encontraban en historia medieval o iconografía. En esta última asignatura, el profesor Criado aparecía como si no hubiera pasado nada después de las dos semanas en las que no se había presentado. No dio explicaciones ni sobre su ausencia ni sobre sus gafas de sol, con las que impartía las lecciones, ni sobre su piel pelada. Circe deseaba arrinconarlo al salir del aula, pero cuando llegaba al pasillo tras él, por lo general no tardaba en perderlo, como si se volatilizase. Y a menudo, en su lugar, como si ambos hechos estuvieran relacionados —o era que todas las clases con Criado eran a última hora y coincidía con las suyas—, aparecía Arturo con una sonrisa irresistible y algún plan en la ciudad, como tomar los mejores batidos de helado del mundo o ir a ver cómo montaban de nuevo la vieja noria del puerto. Circe solía consolarse de su mal comportamiento con Narciso pensando que sus sospechas sobre el profesor Criado la tenían muy ocupada, pero quien realmente la mantenía ocupada era Arturo.

—Tienen la intención de instalar una especie de feria permanente aquí, para rehabilitar esta parte de la ría —le explicó él en uno de sus paseos por el puerto—. Durante muchos años fue la peor zona de Ochoa. Bueno, ya sabes, la única zona mala de Ochoa. Uno de esos sitios en los que uno no puede entrar de noche sin encontrarse con problemas. Ya no es así, pero tampoco es otra cosa. Es como un barrio bombardeado, no hay nada. Así que van a construir un parque de atracciones. Por lo visto ya hubo una feria permanente antes de la guerra y la noria es la misma, pintada y restaurada para que cumpla el reglamento, pero la misma vieja noria. Creo que la intención es devolverle al lugar una vida nocturna aceptable. O que los turistas puedan contemplar de noche una vista de la ciudad.

—Eso es romántico —a Circe se le escapó ese comentario y Arturo le cogió la mano y sonrió.

Los operarios se movían de un lado a otro de los radios de la enorme rueda, apretando tornillos y soldando piezas.

—Sí, supongo. Me resulta curioso pensar que esto pueda ser romántico. —Arturo suspiró—. Mi padre me tenía prohibido venir. Mi tío Sebastián decía que perteneció a mi familia y que lo perdieron, y que por eso no les gustaba que anduviese por aquí. Aunque yo creo que tenían miedo de la fama del barrio.

—¿Lo perdieron jugando a las cartas? —Circe se echó a reír.

—Bueno, supongo que si hubiera sido así lo habrían aceptado. El caso es que en mi casa nunca se ha llevado bien que una vez fuéramos ricos y nos arruinásemos, aunque no sé por qué. —Arturo se encogió de hombros—. Ni ellos, ni mucho menos yo, hemos llegado siquiera a oler la fortuna de mi bisabuelo. Mi tío Sebastián, de hecho, es el único que consiguió estudiar de toda la familia, y se lo pudo permitir porque sus hermanos mayores trabajaban y tenían un buen sueldo. Mi tío el mayor murió en un accidente de coche y yo apenas lo recuerdo, pero trabajaba aquí, en el puerto. Mi padre decía que era irónico que los descendientes de los dueños de tanta riqueza terminaran dedicándose a la carga y descarga en este sitio. Se esforzó mucho para que yo no tuviera que hacerlo desde antes de que yo naciera. Que mi padre se convirtiera en ebanista empezando como vulgar carpintero no es gratuito: quería que si alguna vez tenía familia, sus hijos tuvieran la oportunidad de alejarse del puerto.

—Eso es bonito.

—Bueno, creo que yo no les gustaba a los padres de Jacinta precisamente porque mi padre había hecho trabajos de ebanistería en su mansión. Era como si tuvieran que rebajarse a estar con un sirviente o algo parecido. Me despreciaron desde el primer minuto.

A Circe le hubiera gustado decirle que no creía que tuviese nada que ver con su clase social, sino con que no fuera un lobo, ni un brujo, sino un vulgar humano que mancharía su exquisito árbol genealógico. Pero no dijo nada, se limitó a besarlo y a dejar que él la apretase contra su cuerpo con urgencia, durante unos minutos tan largos que varios operarios les silbaron entre bromas.

—Es la primera vez que te beso en el puerto —le dijo ella, y Arturo sonrió.

—¿Sabes? Desde el momento en que te vi supe que eras especial. O que eras como yo. Supongo que eso es lo importante, que la persona que te guste sea como tú y no de otra manera... Jacinta siempre fue de otra manera. —Arturo se rascó la cabeza buscando las palabras adecuadas—. Cuando estaba con ella no tenía libertad para ser como soy en realidad.

Circe decidió que no quería oír nada más al respecto. Si lo hacía, volvería a sentirse culpable por Jacinta y porque, en el fondo, estaba engañando a Arturo: ella tampoco era como él. De hecho, Jacinta y ella eran mucho más semejantes entre sí.

Lo arrastró calle abajo, en dirección contraria al mar, a una zona que conocía bien y que parecía estar siempre en obras de mejora. Los callejones y recovecos que llevaban al centro desde allí estaban llenos de portales oscuros donde la urgencia de sus besos y sus manos encontraban su espacio. Esos pasajes, que sólo eran capaces de encontrar los que habitaban la zona y los amantes furtivos, eran su refugio. Desde que se besaran aquella vez en la estación, los avances de sus cuerpos se habían acelerado hasta el desasosiego, hasta el punto en el que resultaba de necesidad inmediata encontrar un lugar reservado en el que poder estar a solas, esta vez sí, aunque los avergonzaba hablar de ello y no lo decían en voz alta ni cuando sus labios se rozaban o sus dedos se introducían entre la ropa. No decían que ella lamentaba vivir en una residencia y él sufría por compartir la casa con su padre y residir en el pueblo, siempre pendiente del último tren.

Solían separarse en el torniquete de la estación, presurosos y sofocados, y Arturo tenía que correr con el chaquetón medio abierto para llegar al andén a tiempo. Circe deseaba que se diera la vuelta una última vez y la mirase para recordar el color exacto de sus ojos azules hasta la siguiente mañana, pero él nunca lo hacía. Así que lo que le quedaba en el corazón un día tras otro, al finalizar la jornada, era la forma de una nuca que ya se había aprendido de memoria: el hueco perfecto del cabello negro, cómo el peluquero le dibujaba la parte baja del nacimiento en forma de uve, el casi imperceptible lunar justo en el centro, completando su terrible simetría.

Una vez, Circe estaba tan entregada que le había llegado a contar a Arturo que allí cerca la habían encontrado el día que mataron a sus padres. Aunque él ya sabía que su madre estaba muerta, desconocía por completo los detalles y trató de hacer un comentario bastante torpe sobre lo mal que debía de haberlo pasado.

—No importa, no me acuerdo —zanjó ella el asunto.

Sin embargo, Arturo la acompañó a ver el lugar, casi al lado de la estación, en un paseo que Circe había logrado eludir desde su llegada a Ochoa. Y allí, donde hacía quince años que la sangre había ennegrecido el suelo, le confesó a Arturo que pensaba encontrar a los responsables del crimen. Tenía los ojos llenos de lágrimas de rabia y él no supo muy bien cómo reaccionar.

—Si puedo ayudarte en algo, lo haré —le dijo.

—Es todo lo que quería oír —respondió ella.

Aquel día se demoraron tanto besándose que fue un milagro que él no perdiese el tren. Circe se agarraba el guardapelo con ambas manos cuando lo vio subirse al vagón desde el otro lado del torniquete. Deseó tanto que se volviera que le dolió tras los ojos. Arturo, como tirado por un resorte invisible, se dio la vuelta por primera vez y se despidió con la mano. Sus ojos eran azules como una tormenta.

Circe no tardó en contarle a sus amigas todas aquellas novedades sobre su vida sentimental; primero a Rosa, y más tarde y con cierta vergüenza, a Rebeka. Rosa abordó sin tapujos la espinosa cuestión de la primera cita íntima y le dio todo tipo de consejos sobre dónde hacerlo y cómo hacerlo cuando uno carece de un lugar apropiado, materia en la que debía de ser una experta, ya que tanto ella como el carnicero vivían con sus padres. Por lo demás, no hizo demasiadas preguntas acerca de los detalles. Por primera vez en su vida y respecto a cualquier tema, Rosa parecía no sentir curiosidad. O sabía lo difícil que le resultaría a su amiga ser demasiado explícita y por eso callaba.

—He estado haciendo cábalas sobre lo nuestro —le dijo, eso sí, al final de aquella conversación por ordenador—, y creo que soy una bruja. El martes pasado oí con toda claridad a mi tórtola llamarme por mi nombre, y eso es muy raro. O puedo hablar con los animales o estoy teniendo un brote psicótico.

—Bueno —se vio forzada a admitir Circe—, si tengo que elegir, me quedo con la primera opción.

—Y aquí, en el pueblo, pasan cosas muy extrañas. Hasta mi carnicero tiene comportamientos estrambóticos. El otro día lo pillé hurgando en un montón de higaditos de pollo.

—Tú lo has dicho… es carnicero.

—Pero parecía que estuviera leyendo, ¡eso es lo raro! —Rosa abrió mucho los ojos al señalar esto último y se asemejó a un mochuelo.

Circe sabía muy bien qué estaba haciendo el carnicero, porque acto seguido la abuela le contó que volvería a abrir su apartamento en Ochoa para ir por la ciudad de vez en cuando.

En la reunión convocada por Matilda Nubla en la Residencia de la Salud había dejado bastante claro que se alejaría para que nadie pudiera relacionar su tragedia personal, que todos conocían, con esa letra que anunciaba la profecía. Sin embargo, esa misma semana la había llamado por teléfono, hecho extraordinario aunque sólo fuera porque Encina nunca la llamaba. Le explicó que quería tener su casa lista para primavera y que pasaría en Ochoa alguna que otra temporada.

—¿Y ese cambio de opinión es por algo en especial? —preguntó Circe.

—Porque un nigromante me ha dicho que encontrarás a quien mandó matar a mi hija. —Su voz reflejó un punto de emoción—. Y aunque me esté vedado reconocerlo, quiero estar allí cuando suceda.

El novio de Rosa había hablado con los muertos a través de los despojos de los pollos, estaba claro, no había más que unir las piezas.

—¿Te dijo algo más? —le preguntó a la abuela.

—Si me preguntas cómo lo encontrarás, eso no me lo dijo —confesó Encina—. Tampoco si te vengarás, si necesitarás ayuda o si estás en peligro. Sólo que lo encontrarías. ¿Es que lo estás buscando?

—No, abuela, qué va.

Circe sintió que le crecería la nariz o que Encina vería el rostro quemado del profesor Apolonio en su mente. A menudo tenía la sensación de que si una imagen se formaba rotunda en su imaginación, ella podría verla. Pero nada de eso sucedió porque la abuela se dio por satisfecha con esa respuesta y no hablaron más de aquel asunto. En cambio, su conversación con Rosa sobre los higaditos de pollo se alargó más de lo que Circe hubiera deseado. Obligada por su promesa a reconocer si su amiga lo había averiguado todo o no, se sentía ansiosa porque Rosa considerase alguna hipótesis, cosa que no hizo.

—Todavía me quedan cuestiones por resolver para que pueda decirte algo —dijo al final—. Pero ya lo averiguaré, te lo prometo.

Circe estaba segura de eso. Rosa transitaba tan cerca de la verdad que le resultaba increíble que no la agarrase y la sacudiera delante de sus ojos en medio de la videoconferencia. Le parecería todo un disparate tan inmenso que no sería capaz de verbalizarlo sin pruebas.

Rebeka, por su parte, con *Katu* enroscado sobre la tripa, le dio todo tipo de consejos sobre métodos anticonceptivos y le hizo pasar más vergüenza de la que se creía capaz. Por otro lado, había descartado que los labios de Arturo fueran víctimas de una maldición.

—A estas alturas te habría salido pelo en las manos, te habrías quedado calva o algo así —dijo—. Así que hay que buscar en otro sitio el motivo de que el cardo te mantuviera alejada de la habitación aquel día. He pensado que fue tu viaje al Quinto Mundo durante la clase de magia.

Morgana graznó como respuesta asustando a *Katu*.

—¿Mi viaje? —preguntó Circe desorientada—. ¿Es magia negra un viaje entre mundos?

—No, pero todo lo oscuro hace que el cardo reaccione —respondió su compañera—. No es que tu magia sea negra, es que has podido traer algo contigo sin darte cuenta. Algo siniestro.

Circe sintió de repente una aversión inexplicable por su amiga, que no pareció percatarse y comenzó a colocar sus apuntes en una carpeta con separadores. Una aversión tan extraña que parecía pertenecer a otro. Un otro que la hubiera asesinado por decir algo así: por llamar siniestro a lo que hubiera traído consigo.

18

El deseo y la serpiente

LA PROFESORA GALVANI había estado hablando aquella mañana de las diferentes teorías sobre el significado de la sonrisa que solían lucir los protagonistas de los sarcófagos etruscos, y trataba con poco éxito de no decantarse por ninguna de ellas.

—Cuando no tenemos pruebas concluyentes acerca de algo, no deberíamos apostar a priori por una teoría u otra. Para un observador contemporáneo, acostumbrado a esculturas más realistas, la sonrisa de un difunto resulta artificial y forzada. Se ha dicho que este rasgo revelaría la falta de pericia de los artistas, incapaces de representar los músculos faciales; también se ha atribuido este gesto al deseo de reflejar que el protagonista del sarcófago habría disfrutado de la vida y testimoniaría el hedonismo de la sociedad etrusca. Por último, hay quienes han querido ver en esta sonrisa un testimonio de su bienestar en la otra vida y su deseo de complacer a los dioses. En cualquier caso, nuestra obligación como historiadores es valorar las diferentes opciones de una forma objetiva.

Cuando Circe miraba a la profesora Galvani sólo podía pensar en lo guapa y radiante que se la veía en los últimos tiempos, así que en cierto modo estaba orgullosa de haber convertido al monstruo de su marido en una serpiente de ojos azules.

Glinda le había asegurado que los imps la guardaban bajo la escalera y que estaba bien cuidada, así que le parecía que un tiempo de vacaciones de humanidad no le vendría mal como lección. Siempre habría tiempo de devolverlo a su forma original, muy lejos de allí, en algún lugar donde no lograse encontrar a la encantadora Pietra Galvani.

Sin embargo, aquella mañana la profesora parecía bastante abatida, y ni siquiera el tema de la lección, sin duda uno de sus favoritos, conseguía animarla. Tanto era así que no podía disimular, a pesar de su amor por los datos objetivos, que en el caso de la sonrisa etrusca se decantaba por una representación de la felicidad del difunto ante el más allá, y les puso como ejemplo una escultura griega: el guerrero moribundo del templo de Afaia, que sonreía al espectador en medio de su agonía.

Al final de la clase Circe decidió que debía preguntarle si se encontraba bien. Siguiendo los pasos de su madre y de su abuela, había intentado aprender algunos hechizos curativos y, aunque no eran lo suyo, se sentía capacitada para acabar con un mal resfriado o una gripe en un paciente sin problemas respiratorios previos.

—¿Está enferma, señorita Galvani? —le dijo al interceptarla en el pasillo.

—Por favor, Circe, llámame Pietra —respondió la profesora algo azorada dirigiéndose hacia la puerta de salida—. ¿Me has notado despistada o algo así? No me extraña.

—No, parece que tiene mal aspecto, nada más —mintió.

Pietra Galvani frenó de pronto y dejó sus carpetas sobre uno de los bancos de piedra del paseo.

—La verdad es que no pierdo nada por contártelo. —La profesora suspiró y se dejó caer en el banco—. Siempre me he caracterizado por tener un espantoso gusto con los hombres, la verdad, pero con el que me casé, a lo mejor porque me casé con él, fue el peor de todos.

Aunque Circe ya disponía de esta información, incluso de alguna más que la profesora no expresó en voz alta, le impactó escuchar de sus labios el proceso al que se vio sometida: el miedo, la desolación, la soledad.

—Me aisló de todo aquello que podría salvarme, de todo aquello que yo amaba, menos de las excavaciones. Y no lo hizo por cariño o respeto, sino porque me necesitaba en ellas. —La profesora trataba de reprimir el llanto—. Me costó mucho reunir valor para abandonarlo. Lo decidí después de haber sufrido un aborto por una paliza, en el hospital, cuando me culpó de haber perdido a su hijo delante de mis padres. Fueron ellos los que me ayudaron a huir.

La profesora le narró cómo el hombre de ojos azules había logrado hallarla en todos y cada uno de los lugares de Italia donde se había refugiado, y cómo ella siempre lograba escapar en el último momento porque recibía una carta de amenaza unos días antes de que apareciera, demostrándole que sabía dónde vivía y que podría encontrarla en el último rincón del mundo si así lo deseaba. Aquella persecución también era una forma de tortura. Pietra vivía esperando el día en que su marido dejara de avisarla. Y cada vez que se marchaba de un sitio que había sido su hogar por un breve espacio de tiempo, dejaba atrás todo lo que allí había conseguido. Poco a poco la iba despojando de la esperanza de empezar de nuevo.

Acabó en Ochoa por casualidad, pues solicitó plaza en todas las universidades de media Europa en las que su currículum encajaba. La llamaron como profesora adjunta de la cátedra de arqueología por un sueldo miserable, pero no tenía alternativa: acababa de recibir la última carta de amenaza en aquella excavación en Chiara. Así que se presentó con una mochila en el aeropuerto, rezando por haber borrado bien sus huellas y no dejar ningún cabo suelto. Y parecía haberlo logrado. De hecho, fue muy feliz. La cátedra quedó vacante muy pronto porque el profesor que la ostentaba se jubiló enseguida y adoraba a la profesora Galvani, por lo que intercedió por ella delante de todo el que quisiera poner pegas. Poco después falleció de un infarto, y Pietra era consciente de que muchos alumnos propagaban el rumor de que ella había tenido algo que ver. La profesora sonrió como si le resultase simpático que alguien pudiera pensar algo así de ella.

Gracias a su nuevo sueldo, hasta pudo pedir un préstamo para comprarse una casa, un lujo que le había parecido inalcanzable. Echaba de menos las excavaciones, pero nada se conseguía sin un sacrificio. Aunque dijo eso con inequívoca convicción, suspiró de melancolía.

Pocos meses antes había recibido una carta de amenaza con la letra de su marido, las mismas palabras terribles y la misma conclusión: la encontraría y la mataría. A punto estuvo de hacer la maleta y de huir también de una ciudad que se lo había dado todo, pero de repente se echó a llorar de rabia al darse cuenta de que no había derecho a que ella, la víctima, fuera siempre la que tuviese que vivir con miedo, y tomó la determinación de no darle ese placer de nuevo. Así que lo denunció a la policía y durmió a partir de esa noche con un cuchillo de cocina en la mesita. Cambiaba cada día su ruta para ir a la universidad, no creaba rutinas, si tenía que comer fuera no repetía jamás restaurante. Así habían pasado las semanas y después los meses sin que nada ocurriera hasta el día previo, en el que la policía la localizó para hacerle unas preguntas. Habían denunciado a los *carabinieri* la desaparición de su esposo Paolo y la habían localizado a través de la Interpol. La interrogaron sobre él y sobre su relación. Le pidieron explicaciones de por qué había huido de Italia, de cuánto tiempo llevaba trabajando y le mostraron una copia de la denuncia por la carta.

—Les extrañó que si había denunciado que siempre mandaba una carta antes de aparecer, esta vez no hubiese aparecido. —La profesora miró al cielo con resignación—. Después me dijeron que no era sospechosa, pero que no saliera del país, lo que dicen habitualmente cuando sí eres sospechosa de algo. Han registrado mi casa de arriba abajo y hasta han pasado unos aparatos por el jardín para ver si había un cuerpo enterrado. Aunque ellos lo negaron, soy arqueóloga y reconozco su utilidad. No soy estúpida. Si hubiese querido asesinar a Paolo no lo hubiera enterrado en el jardín de mi casa, sobre todo porque es compartido con otras tres familias. No sé qué hacer. Soy inocente, pero me siento casi culpable.

Circe palideció y sintió ganas de abrazar a la señorita Galvani como si fuera una madre o una tía muy querida involucrada en una situación terrible. Ella sí que se sabía culpable de los problemas que tenía su querida profesora, pero por suerte podría ponerle remedio de una forma discreta. Bajaría al sótano, devolvería a Paolo a su forma humana y amenazaría con transformarlo en reptil para siempre si no regresaba a Italia y dejaba en paz a Pietra Galvani de una vez por todas.

—No se preocupe, señorita, estoy segura de que todo se va a arreglar —dijo con un tono que trataba de no sonar a triunfo.

—No lo he matado. Y si no lo ha matado alguna otra persona, yo también estoy segura de que esto acabará y terminará por aparecer. Pero ¿es que este hombre no va a parar de darme disgustos jamás?

Mads y Lars pasaron en una de sus habituales rondas por delante del banco donde estaban sentadas y saludaron a Circe con la mano.

—¿Sabes quiénes son esos dos hombres misteriosos que se pasean por aquí a todas horas? —preguntó la señorita Galvani muy interesada.

—Sí, claro, se los puedo presentar alguna vez si quiere. —Circe se animó al ver que a su querida profesora se le encendían de nuevo las mejillas—. Además, el alto tiene un nombre que viene del etrusco según usted: Lars.

La señorita Galvani decidió que no le diría a su alumna que ya lo sabía y que, justo por esa razón, había decidido contarlo un día en clase.

Circe calculó que disponía de un rato antes de ver a Arturo para devolverle su forma humana al hombre serpiente, así que cogió una bicicleta de alquiler y pedaleó hasta la Residencia de la Salud. Era bastante probable que a esas alturas la policía, o la Interpol, o quien fuera, ya le hubiese seguido la pista hasta Ochoa: pasajes de barco o avión, tarjetas de crédito, cosas que siempre dejaban un rastro en las películas y que con toda probabilidad también lo harían en la realidad. No podía permitir que pensasen que ese hombre era la víctima y la señorita Galvani el verdugo, cuando en realidad era todo lo contrario.

Glinda estaba tomando un té y leyendo *Jane Eyre* en su lugar habitual, y al ver pasar a Circe como un torbellino hacia el bajo de la escalera, la siguió con la mirada.

—¿Vas a alguna parte? —Asomó la cabeza por el ventanuco.

—Tengo que devolverle su forma humana a la serpiente.

Circe toqueteaba la pared para encontrar el resorte, pero tardó tanto que a Glinda, incluso con su cojera, le dio tiempo a alcanzarla.

—Pero tú eres consciente de que sólo tu voluntad o tu muerte puede deshacer ese hechizo, ¿verdad? —dijo en cuanto llegó a su altura.

—Sí, soy muy consciente de ello.

La puerta del pasadizo se abrió con un sonido ronco.

—Lo intentamos todo —explicó Glinda mientras pasaba delante—. Normalmente el hechizo transformador de alguien de tu edad sería fácil de romper para mi madre, pero en este caso… lo reforzaste con un conjuro y no hemos conseguido deshacerlo. Aunque tu abuela opina que es ahora cuando ese hombre tiene el aspecto que se corresponde con su espíritu.

Circe sonrió ante las palabras de Encina, que se identificaban punto por punto con lo que ella misma pensaba, y mientras descendían le contó a la falsa anciana todo lo que le había narrado la señorita Galvani.

—Bueno, sería una pena que la metieran en la cárcel por hacer desaparecer a su marido, la verdad. No sólo porque es inocente, sino porque ella se merece que su marido desaparezca.

Glinda respondió con una mueca extraña que Circe no supo interpretar.

Los imps no atacaban a Glinda, sino que bailoteaban a su alrededor contentos de tener a su amiga cerca. Al observarlos bien, no eran todos iguales: los había con patas de animal o con hocicos desconcertantes, con cuernos, con rabo o con afiladísimos colmillos, pero todos distintos, diminutos y luminosos. Glinda los reconvino por intentar tirar del pelo a Circe o robarle del bolso pequeños objetos como un imperdible o un par de gomas.

—Les gusta robar cosas que a nosotros nos sobran o que tenemos en abundancia, y construyen sus casas con ellas —le explicó Glinda cuando Circe señaló a un imp cargado con una chincheta enorme para su tamaño.

La serpiente se retorcía y siseaba entre las hojas, en el punto exacto donde Glinda indicó. Si no hubiera bajado con ella, jamás habría sido capaz de encontrarla. Las mariposas azules revoloteaban a su alrededor sin tocarla, pero el color de sus alas luminosas hacía juego con los ojos del ofidio. En realidad, aquel parecía su sitio de una forma tan intensa, tan plástica, que a Circe le resultó imposible no pensar que Paolo era mucho mejor serpiente que hombre.

—Deseo que vuelvas a tu forma humana —dijo en voz alta a pesar de lo que pensaba.

Había esperado un chasquido, humo, chispas de colores, pero nada de eso sucedió. La serpiente sacó la lengua bífida como si se burlase. Lo intentó unas cuantas veces más, pero el hombre siguió siendo un reptil.

—Creo que debí advertirte —dijo de repente Glinda.

—¿Advertirme de qué?

—Pues de que no basta con que lo digas o lo pienses: tienes que desearlo. Si la bruja que ha lanzado una maldición no desea de veras que ésta cese, no cesa. Tiene que tener el corazón puesto en ello, ¿entiendes?

—Pero Lope me dijo que hay una especie de fórmula que doblega la voluntad de las brujas. Por lo visto se encuentra en la edición completa del *Malleus Maleficarum.* —Circe no podía disimular su decepción.

—Es cierto, pero lo perverso de esa fórmula es que hace que la bruja desee obedecer al que la pronuncia. Obliga de una forma dulce a ser esclava. El deseo de sometimiento absoluto: el sueño infame de algunos miembros de la Suprema que empezaron a jugar con magia negra para combatirnos. Nunca se dieron cuenta de en qué se convertían al usar esa magia. Lo que en nosotras era horrible, en ellos era santo.

—¿Quieres decir que si alguien me dijese esa fórmula y me pidiera que desease que este hombre volviese a su forma original, yo lo desearía?

—Lo que es evidente es que no lo deseas —apuntó Glinda.

—Qué retorcido.

—No creas. Los que siempre están acostumbrados a vencer tienen sus propios métodos para conservar su estatus. Ni siquiera se dan cuenta. Los miembros de la Suprema siempre creyeron hacer lo correcto al usar magia negra.

Circe tardó muy poco tiempo en desanimarse y cogió la bicicleta para regresar. Tan poco tiempo, que apenas se percató de que llegaba al campus una hora antes de la cita que tenía con Arturo. Iba pensando en que ya no podría hacer nada por la señorita Galvani y en que el mundo era injusto si le daba un don que no podía utilizar a voluntad. O mejor dicho, si no podía engañar a su voluntad con él. Poco a poco se iba poniendo furiosa. ¿De qué servía la magia si no podía arreglar nada con ella?

Pedaleaba con fuerza en dirección a la Facultad de Letras cuando los vio sentados en un banco. Arturo le sostenía las manos a Jacinta, que permanecía quieta, casi paralizada, con su loba tumbada a los pies. El rostro de la menor de los Blackwell era el de alguien que se veía rechazado por primera vez. Cuando pasó por delante y los miró, ellos le devolvieron la mirada. Arturo sonreía. Jacinta tenía la boca abierta en una mueca de sorpresa tan evidente que Circe no fue capaz de soportarla, porque en ese momento lo supo: Arturo acababa de contárselo.

Podría haber dejado la bicicleta, intentar dar alguna explicación o disculparse. Podía haber hecho muchas cosas, pero no hizo ninguna, salvo seguir pedaleando y pasar de largo. Los ojos como cerezas de Jacinta la siguieron cuando cogió el camino hacia la ladera del monte. Arturo se puso en pie y la llamó por ese nombre por el que sólo él y su abuela la llamaban.

—¡Ce! ¡Ce! ¡Vuelve! ¿Adónde vas?

Pero ella no volvió la cabeza, de la misma manera que él tampoco lo hacía cuando corría hacia el tren. Siguió pedaleando más rápido que sus sentimientos, en dirección al único sitio que la alejaría de allí, al único lugar donde quería estar. Y lloró como una estúpida sin saber por qué, hasta que empezó a subir el paseo de los robles y la mansión Blackwell se dibujó en el horizonte.

19

Lo que había tras la máscara

CIRCE SE FROTABA enérgicamente la cara para borrar las lágrimas cuando le abrió la puerta principal una criada con un delantal muy blanco que llevaba una cabeza de lobo bordada en el centro. Había tenido que identificarse por el interfono para que le abrieran la verja de entrada, por lo que la mujer sabía a quién había ido a ver.

—El señor Narciso Blackwell bajará enseguida. Me ha pedido que la acomode —dijo la criada del delantal impoluto—. ¿Le cuelgo el abrigo? ¿Desea algo de beber?

Como siempre que se encontraba con Narciso, Circe sintió cierta vergüenza de su aspecto. Le tendió la trenca a la mujer, se miró los zapatos llenos de barro y rechazó la bebida con las mejillas encendidas. La criada no pareció notarlo y colgó su raído abrigo en el armario bajo la escalera.

—Si me acompaña al salón…

Circe miró hacia el arco donde la conducía y negó con la cabeza. Aquella sala enorme donde había asistido a la fiesta de cumpleaños tenía el aspecto desolador de cualquier hogar rico, con la chimenea encendida, los jarrones con flores y, en el lugar donde habían montado un escenario para la música en directo, un gran sofá con un enorme cuadro abstracto encima. No podía soportarlo. Sólo quería ver a Narciso. Deseaba ver a Narciso con una urgencia que le resultaba desconocida.

La criada se quedó desorientada como si jamás le hubieran rechazado el ofrecimiento de pasar al salón y preguntó si podía retirarse. Circe asintió y se quedó sola en el vestíbulo, al pie de la escalera, donde poco después apareció Narciso. Fue todavía más consciente de su aspecto desvalido porque él, que no era demasiado efusivo, lo primero que hizo fue abrazarla, y lo hizo tan fuerte que casi podía sentir su corazón latiendo contra el de ella.

—Me alegra tanto que hayas decidido venir —lo oyó decir con la voz ahuecada.

Parecía honesto, y por primera vez desde que se habían conocido, aquel deseo extraño e impulsivo permanecía ausente, contenido. Antes no hubiera podido abrazarlo sin querer arrancarle la máscara de la cara.

Narciso la cogió de la mano y la condujo escaleras arriba, a una parte de la mansión que ella nunca había visto y que era, si cabía, más ostentosa que la planta baja. Los pasillos se sucedían cubiertos de carísimas alfombras persas y con las paredes plagadas de cuadros de todo tipo, algunos de pintores que Circe podía reconocer de un solo golpe de vista. Había un ala dedicada sólo a artistas románticos británicos, y tropezó allí con algún Füssli y algún Blake. Narciso tiraba de ella por esa ala hasta la puerta del fondo, una de madera negra con una cabeza de lobo en la parte más alta que a Circe la hizo pensar en el padre ebanista de Arturo.

La habitación parecía un despacho, presidido por dos columnas salomónicas negras que ejercían de centinelas a ambos lados de la mesa de escritorio. La chimenea se encendió asustando a Circe.

—Lo siento —se disculpó Narciso—, suelo hacerlo cuando estoy solo.

Luego empezó a explicarle cómo hacía el embrujo para prender la madera, pero Circe ya no lo escuchaba, más atenta al único cuadro que decoraba la sala. Era Leonard Blackwell, y con él llegó un olor a pólvora que impregnaba el ambiente y apenas la permitía ver. Vislumbró un grupo de negros con los ojos en blanco que cantaban salmos alrededor de un hombre rubio: el hombre que había venido desde las tierras sin sol para romper sus cadenas. También había un joven de piel más oscura que la noche que llevaba el cuerpo desnudo pintado y escupía fuego. Las mujeres que se pintaban la cara con la sangre de las aves sacrificadas chillaban de rodillas. El hombre que escupía fuego mostraba la dentadura y dos enormes cuernos que salían de su frente. Los guerreros danzaban cantos de batalla y los muertos se levantaban de las tumbas con los dientes rotos y podridos: cuerpos sin voluntad, unos y otros.

El hombre de las dos astas, que reía como una hiena, los dirigía junto a un enorme perro que observaba con su mirada impávida el desfile del nigromante y su ejército de cuerpos en descomposición. Leonard Blackwell sonreía como drogado y se pintaba con la sangre de una gallina. Los muertos revividos extendían la enfermedad y la fiebre entre las tropas francesas, de vez en cuando mataban a algunos soldados, pero la mayor parte de ellos fallecía por la enfermedad. Luego comían su carne y regresaban a las tumbas saciados.

El hombre de los cuernos tomó un cuchillo y se hizo un corte en la mano. A continuación realizó el mismo corte en la mano de Leonard Blackwell y se la estrechó con fuerza. Sangre con sangre. Sería su discípulo blanco. Él, que los había ayudado, se convertiría en un brujo blanco. Las mujeres, borrachas o drogadas, reían por aquella idea: «Un brujo blanco, qué locura».

Circe sintió que le fallaban las piernas y se quedó sentada en el suelo, junto a Narciso, que se interpuso entre ella y el cuadro para sacarla de él.

—Madre mía, ¿qué ha sido eso? —murmuró cuando fue capaz de abrir la boca.

—Eso ha sido mi antepasado, Leonard Blackwell —respondió Narciso—. ¿Comprendes ya por qué lo tenemos aquí encerrado?

—No, la verdad es que no he entendido nada. ¿Aquel brujo enseñó a tu abuelo?

Narciso asintió con lentitud y le dijo que, por lo que había podido averiguar, los Blackwell ocultaban su historia por vergüenza ya que, al contrario que la mayoría de las familias más antiguas de brujas, ellos habían alcanzado su poder recientemente y no provenían de hechiceras prehistóricas.

—De alguna manera somos nuevos ricos y nuevos brujos, todo a la vez —concluyó.

Su abuelo, Winter Blackwell, se había empeñado en demostrar la pureza de su origen y la antigüedad de sus poderes comprando o falsificando todo tipo de certificados y acabando con los retratos y documentos que probasen que el primero en adquirir conocimientos mágicos fue Leonard, y que su mentor no fue ningún brujo de rancia estirpe europea sino un hechicero negro descendiente de esclavos, cosa que el mismo Leonard parecía haber llevado con orgullo para indignación de su descendiente. Aquellos precedentes explicaban lo difícil que le había resultado a Circe encontrar información sobre sus antepasados en los archivos y en la biblioteca, a pesar de ser la familia más poderosa de la ciudad. De aquel retrato misterioso se habían llegado incluso a destruir las fotografías que algún periodista mal informado había hecho, aunque su descripción trataba la imagen con justicia. Circe trató de mirar al orgulloso y rubicundo hombre del retrato sólo de reojo, para no sentirse de nuevo absorbida por su influjo.

A continuación iniciaron una animada conversación en la que Narciso omitió mencionar las veces que Circe había suspendido la cita. Charlaron acerca de los cazadores, de las sospechas que ella tenía de que el profesor Criado estaba con ellos, de las clases de magia de la señorita Expósito donde se limitaban a probar encantamientos y conjuros que habían visto hacer o leído en libros, pero siempre en un entorno controlado por Mads y Lars. De vez en cuando la profesora les impartía algo de teoría y los estudiosos y optimistas tomaban apuntes, mientras los brujos jóvenes ponían cara de aburrimiento y esperaban con ansiedad su turno para intentar hacer explotar algo o prender fuego a alguna cosa. Expósito les daba indicaciones para pulir su técnica o controlar su ímpetu, y así pasaban los días. Circe había pensado muchas veces que ojalá la magia tuviera una fórmula única para todo. Pero las fórmulas y costumbres cambiaban por países, culturas e incluso por familias, como le había advertido su abuela. Había tantas formas distintas de aparecerse y desaparecer, cambiar el clima o detener en el aire un objeto, como alumnos que sabían hacerlo. Lo más enriquecedor era aprender los trucos de los demás o ensayar nuevas variantes. Circe era torpe en especial para recordar mezclas de hierbas y sus nombres y cualidades, aunque solían repetirse las mismas especies en combinaciones infinitas.

—Supongo que es como escribir una novela o componer una sinfonía —le dijo a Narciso—. Hay tantas formas como escritores o músicos. El mismo escritor no escribiría la misma novela de la misma manera en dos ocasiones diferentes. Sin embargo, seguiría siendo una novela y contaría la misma historia. La magia es infinita y a veces resulta desolador porque siempre queda algo por aprender.

—Desolador o maravilloso —respondió él—. Si no puedes aprenderlo todo, jamás te aburrirás. El límite estará en tu imaginación: puedes crear cualquier cosa, hacer lo que quieras. Si hubiera un único método, sólo tendrías que memorizarlo. Un buen día ya lo tendrías todo hecho y serías una vieja aburrida y gruñona.

Circe se echó a reír. En realidad ya se sentía un poco gruñona y aburrida, aunque no de la magia. Desde la primera clase con la señorita Expósito había notado que, de vez en cuando, la ira la invadía sin razón o reaccionaba con violencia a cuestiones sin importancia, como que Arturo le contase a Jacinta sus escarceos con ella. Y ella misma se lo estaba contando a Narciso de una forma egoísta y fría, sin tener en cuenta la mueca de tristeza que se dibujaba en su media cara. En ocasiones no se reconocía en sus propios actos.

—Creo que me estoy convirtiendo en un monstruo, te lo confieso —le dijo por fin, y al manifestarlo se quitó un gran peso de encima—. Hace unos meses hubiera dado cualquier cosa por arrancarte el antifaz de la cara y besarte, y ahora te cuento como si nada cuánto me molesta que el exnovio de tu hermana le haya contado que estamos enrollados. No soy capaz de desear de corazón que la serpiente vuelva a ser un hombre, ni por el bien de la señorita Galvani, y hay algo más que no puedo contarte. Sólo te diré que, de alguna manera, soy la responsable de que los cazadores persiguieran a las hermanas Carballal.

—También aquellas chicas del instituto se suicidaron por mi culpa —murmuró Narciso—, y hasta que te conocí, pensé que yo mismo era un monstruo, pero tú me trataste con tanta naturalidad que hiciste aparecer la duda. Es cierto que supe mucho antes que mi hermana que éramos brujos y se lo oculté. Cuando estaba en casa, siempre leyendo, siempre solo, mis padres a menudo se olvidaban de que podía oírlos y hablaban en voz muy alta. Lo supe todo, también que había matado a mis compañeras al mostrarles mi rostro.

Circe sintió que el corazón le dio un vuelco, y a un tiempo volvió a sentir el deseo morboso de saber qué se ocultaba tras la máscara. En aquella primera clase con la señorita Expósito, él había dicho que no podía mostrar su talento natural. ¿Tendría eso algo que ver con su cara? ¿Sería su ojo como el de las gorgonas, que convertían en piedra a quien las miraba?

—No comprendo. ¿Cómo pudo matarlas tu cara? —preguntó.

—Bueno, la vigilancia sobre la magia familiar se relajó en los últimos años, pero yo nací con un poder incontrolable a mi cargo, como una maldición parecida a la que sufre Sibila con las profecías, según me has contado. Ella lo controla con su bastón y yo con esto. —Narciso se tocó la máscara.

Le contó que desde su nacimiento su madre supo que era distinto. El amor que causaba mirarlo no era natural, ni en una madre. Pero aún menos en las niñeras, que se sucedían una tras otra porque las pillaba de pie como estatuas por la noche, mirando al bebé mientras dormía o despertándolo para poder seguir cautivadas por su sonrisa o, lo que resultaba peor, para sentirse llamadas por su llanto. Cuando cumplió cuatro años, una de ellas se ahorcó en el almendro del jardín gritando su nombre, y Azalea obligó a su marido, reacio a cambiar cualquier detalle de su vida por la histérica de su mujer, a buscar una solución. Herófila Carballal les leyó en las cartas que la magia congénita de su hijo era hormonal: la parte albina de su rostro desprendía unas hormonas que enloquecían de amor a quien las oliese, en especial a las mujeres, pero también a algunos hombres. Su proximidad causaba euforia, y verse separado de él, depresión y tendencias suicidas. Circe no se habría creído una palabra de no ser porque reconocía el agujero que se le abría en el pecho cada vez que Narciso se alejaba de ella lo suficiente.

La primera máscara se la hicieron en el mismísimo Conventículo de las Cinco Lunas, cuando Azalea Gules rogó que la ayudaran con su inocente hijo. La gitana francesa que acababa de tomar el poder en nombre de las brujas europeas, Jezabel Baliardo, la fabricó ex profeso para él. Era una máscara pequeña, para un niño de apenas cuatro años, que debía contener la magia que él todavía no sabía que poseía. Esa mujer también enseñó a su madre a hacer moldes para el rostro, de tal forma que Azalea, dos veces al año, le enviaba a la bruja europea el nuevo tamaño para la máscara y recibía, a las pocas semanas, un paquete con medio rostro de contención mágica.

—¿Las conservas todas? —preguntó Circe.

—Aquí mismo. Como este despacho apenas se utiliza, me dejaron espacio para guardarlas.

Narciso se puso en pie y abrió el armario del fondo, una monstruosidad de madera verde empotrada en una pared forrada con papel de juncos y zancudas. Por dentro parecía un libro cuyas hojas fueran delicadas paredes unidas con bisagras de las que colgaban todos los medios rostros que Narciso había tenido alguna vez en su vida. En los últimos años su cara no había cambiado demasiado, sin embargo seguía recibiendo una nueva máscara cada seis meses.

—Es fascinante. Pero aquí las hay muy pequeñas. Si las tienes desde los cuatro años, ¿qué pasó con esas chicas? —En aquella historia había algo que seguía sin encajar.

—Que les enseñé mi rostro —respondió Narciso sin mirarla.

En el instituto, la mayor parte de la gente pensaba que era un bicho raro, y él desconocía lo que podía suceder si se quitaba la máscara en presencia de alguien. Su madre le había pedido que no lo hiciera y Narciso obedecía sin más. Sin embargo, las burlas que más le escocían eran las de las chicas, sobre todo si eran guapas y altivas como aquellas tres presumidas, inalcanzables amigas de Jacinta, mujeres con una capacidad innata para moverse por cualquier sitio y ser el alma de las conversaciones. Que no sólo hablaban de peinados y tiendas, pero que cuando hablaban de eso sonaban interesantes, fascinadoras, como si cobrase de pronto sentido que su cabello fuese tan único y su gusto al vestir tan exquisito.

Narciso las odiaba y las deseaba al mismo tiempo, así que no pudo remediarlo: las oyó decir que probablemente era un monstruo deforme, o que ocultaba una horrible quemadura o algo así. También oyó sus risas y cuchicheos, y entonces se puso frente a ellas en aquel pasillo y se levantó la máscara gritando que no era ningún monstruo. Aquellas tres chicas, que segundos antes lo habían despreciado, se lanzaron hacia él como una manada hambrienta. Quisieron besarlo, abrazarlo, morderlo, pero sobre todo evitar que se pusiera la máscara de nuevo. Rodaron por el suelo y, tras mucho pelear, lleno de arañazos y mordiscos, logró quitárselas de encima y taparse de nuevo la cara. Muchos habían asistido a la pelea y la mayor parte de los presentes tuvo una infernal resaca de amor que duró varios días. Pero ellas, que lo habían mirado de frente, lo habían besado y tocado, ya no podían vivir sin ese rostro y sin esa sensación. Entrelazaron sus manos y saltaron desde lo más alto del edificio de cuatro plantas sobre las vallas que cerraban el recinto. Dos de ellas quedaron ensartadas en los barrotes y una tercera se reventó contra el asfalto delante de su madre, que había ido a buscarla. Habían dejado una nota acusándolo a él. Hasta Jacinta dejó de hablarle porque no sabía qué les había hecho a sus amigas. Fue un infierno.

De repente, Circe sintió que ella podría resistir la visión de su cara y deseó verlo. Desde que se habían conocido, nunca había podido controlar ese deseo ni la desazón que posteriormente le sobrevenía, pero en ese momento se encontraba serena y vigorosa, como si no pudiera afectarla. Así se lo pidió y Narciso bajó la mirada.

—Desde que me biloco, el poder de mi rostro se reparte y es menos intenso —le dijo—, pero a pesar de eso, tendrás que pasar aquí la noche y confiar mucho en mí.

Circe no puso objeción alguna a ninguna de las dos condiciones de Narciso. Sólo le escribió un mensaje a Rebeka, para que no se preocupase, en el que le decía que pasaría la noche en la mansión Blackwell. Y Rebeka pensó que se refería a que estaba con Jacinta, porque su respuesta fue: «Si sigues haciéndote amiga de la princesa, muy pronto te volverás presumida e insoportable. Mañana te veo a la hora de la comida. Te quiero».

Narciso salió por la puerta y volvió a los pocos minutos cargado con una gruesa soga y dos enormes cojines de plumas. Le preguntó si conocía la parte de la *Odisea* en la que Ulises se empeñaba en escuchar el canto de las sirenas.

—Entonces les ordenó a sus marineros que se taparan con cera los oídos y les pidió que a él mismo lo ataran al mástil del barco —dijo—. Deberás permitir que te ate a una de las columnas y pasar aquí la noche.

A Circe le pareció una exageración, una especie de juego, y le resultó divertido que a Narciso le preocupase tanto que se sintiera cómoda —ése era el objeto de los cojines— y que preguntara una y otra vez si estaba a gusto en esa postura porque pasaría así muchas horas. Hasta le puso los pies en alto. Ella reía y decía que así sí, que así no, coqueteando con la aprensión que él demostraba al tocarla. Al final, Narciso se sentó frente a ella y le preguntó si estaba lista.

—Siempre —respondió Circe.

Aunque no lo estaba. De haberlo sabido habría gritado que no lo estaría nunca, pues cuando Narciso Blackwell alzó aquel trozo de cuero pintado de rojo que le cubría medio rostro, lo que vio le encogió el alma, el corazón y los sentidos: era lo más hermoso que una mente humana hubiera podido concebir. La mitad oculta era blanca, carente de pigmento y perfecta. No había otra forma de describirla en su conjunto, pues era tan hermosa que Circe no se veía capaz de analizarla rasgo por rasgo sin captarla como un todo: la belleza más pura y arrebatadora, más brutal y desmedida al mismo tiempo, semejante a un ángel que hubiese aterrizado ante sus ojos. Mirarlo dolía. Mirarlo era como mirar el infinito.

Sintió que le faltaba el aire al ver su ojo de color rubí brillante, de un rojo tan vistoso que deslucía las llamas de la chimenea. Se había quedado sorda, muda, apenas recordaba cómo se respiraba o si parpadear era necesario para la supervivencia. Ojalá no pudiera volver a hacerlo, pues no miraría otra cosa que ese rostro que la llenaba de un amor y de un deseo desconocidos. Ojalá se quedase ciega en ese mismo instante para que Narciso Blackwell sin su máscara fuera lo último que vieran sus ojos. Quería guardar ese rostro y todos sus detalles en lo más profundo de su mente, para siempre, sin que posteriores imágenes lo emborronasen o pervirtiesen.

Amaba a Narciso, lo sabía. Su historia con Arturo era un capricho absurdo y pasajero, incomparable. A Narciso lo amaba como se ama al propio corazón y al propio hígado. Aún más. Si Narciso le pidiera su hígado, gustosa buscaría unas tijeras y se lo daría, aunque muriese al hacerlo. Aunque no quisiera hacer más que tirarlo a las llamas de la chimenea por diversión, sería feliz porque él lo habría tocado. Pero ¿cómo no amarlo si en sus rasgos se escondían todas las claves que hacían la vida maravillosa?

Estaban en él contenidos el leve recuerdo de su madre, los paseos en bicicleta, la tarta de chocolate con cerezas, la biblioteca y las manos de la abuela, sí, esas manos que Circe no sabría que amaba tanto de no ser por los perfectos rasgos del rostro oculto de Narciso. Y estaban también Ochoa y sus calles, los paseos por sus jardines, y la magia que le había dado un sentido a su existencia. Estaba la extraña belleza de las mariposas de la memoria y la simpatía que sentía por Glinda. Estaban las brujas de su conventículo e incluso Jacinta, a la que amaba a través de su hermano de todo corazón.

Sintió el deseo arder en su cuerpo, en su pecho, en sus ojos, estaba llorando de deseo y sentía que gritaba, que su garganta se abría porque tenía que ser suyo. El cuerpo se arqueaba contra las cuerdas, quería destrozarlo de tan hermoso que le parecía, comérselo, tenerlo en su interior como una madre tiene a su hijo, que formase parte de sus entrañas y de su sangre para siempre: Narciso Blackwell, el inhumano, suyo, tan suyo y tan perfecto. Notó que apretaba tanto los dientes que la boca le sabía a hierro. Sabía que haría cualquier cosa por él, cualquier cosa, porque él era la perfección, era la belleza, el amor, el deseo, los nuevos cuatro jinetes del Apocalipsis, los verdaderos. Siempre fueron ellos, Narciso y todo lo bueno.

La misma criada que le había abierto la puerta a Circe al llegar entró en el despacho con un refrigerio. De inmediato, Narciso se cubrió el rostro. La mujer casi dejó caer la bandeja cuando vio a Circe atada, con los ojos muy abiertos, la boca llena de espumarajos y convulsionando.

—Deje eso en la mesa, lo tomaremos más tarde —dijo él con tono autoritario.

—¿No va a necesitarme para nada más? —preguntó la criada atónita y sin despegar los ojos de la columna.

—No, así está bien, gracias. Nuestra invitada se marchará por la mañana.

La criada, de forma mecánica, colocó la bandeja que traía sobre una mesa y cerró la puerta.

—Estos ricos están locos —la oyó decir Narciso desde el pasillo.

La mujer del Quinto Mundo, Hécate, apareció en los sueños de Circe. Iba dirigiendo un séquito de muertos que seguían sus órdenes y la adoraban como a una diosa. Se había aparecido en un cruce de caminos a unos campesinos, probablemente hacía mucho tiempo. Sujetaba tres cuerdas con tres perros infernales de ardientes ojos, y cada uno de los canes tenía una cabeza más que el anterior. Hécate los señaló con el dedo y los campesinos pudieron ver el séquito invisible de los muertos. Después cayeron de rodillas y murieron ellos mismos para engrosar sus filas. Algunos de los fallecidos se dejaban devorar de forma parcial por los perros y sonreían al ver a su señora sonreír.

Circe estuvo inconsciente hasta la mañana siguiente, pero Narciso no se movió de su lado. Le dolían todos los huesos y sentía la cabeza como si fuese ajena. Narciso le hizo algunas preguntas simples para saber si estaba del todo recuperada y comprobó que así era. La depresión posterior, algo así como el síndrome de abstinencia, fue tan fuerte que se desmayó, pero ahora se encontraba bien dentro de lo que cabía: no quería matarse, ni matarlo y comérselo. Lo de los canes infernales había sido una pesadilla, aunque le parecía recordar que la noche anterior ella misma era una perra del infierno.

Al pensar en todo lo que había sentido, Circe se dejó llevar por un escalofrío angustioso. Había sido algo perfecto y horrible. Se negó a desayunar. Cogería su bicicleta a tiempo para la segunda hora de clase.

Narciso la acompañó en silencio hasta la puerta, pero cuando llegó hasta allí no pudo contenerse.

—Sabía que si te lo enseñaba te perdería —le dijo.

—Nunca me tuviste —respondió Circe en un ataque de rabia que hizo que le saltaran lágrimas de los ojos.

—No me refería a eso, yo… Sólo me gustaba estar a tu lado.

—Pues ya no puedo. —Circe tuvo que contenerse para no gritar—. No puedo fiarme de nada de lo que haya sentido contigo. He estado narcotizada todo este tiempo. Lo siento, pero a partir de este momento quiero verte lo menos posible.

No esperó a que él asintiera, que lo hizo, sino que se subió a su bicicleta y, llorando como ya lo hiciera al subir, bajó la ladera del monte hasta Ochoa.

20

La vidente

ENCINA VALENTE HIZO muchas cosas aquellos últimos días de febrero que anunciaban con sus lluvias la primavera. Distribuyó las últimas botellas de vino de la temporada entre sus clientes selectos y habituales, fabricó un pequeño amuleto protector para Casandra Carballal que hacía que su nombre se convirtiese en otro cuando un cazador tratase de escribirlo y volvió a abrir su antiguo apartamento de Ochoa.

Matilda Nubla lo había cerrado cuando huyó a Valdaya, quince años atrás, y todo estaba tal y como lo dejó. Todo seguía exactamente igual. Ni se veía polvo gracias a un encantamiento de Matilda que Encina encontró en el marco de la puerta. Nadie había tocado los muebles ni las fotografías. Sin tener que fingir delante de su nieta, se derrumbó en aquel sofá desde el que vio por última vez a su hija y a su yerno en aquel fatídico equinoccio de primavera. Llovía como cuando se marcharon y el sol, burlón y casquivano, decidió salir cuando los asesinaron. Aquello fue un pequeño respiro, porque la niña estaba en la calle cuando la encontraron, en medio de un charco de sangre. Pero Encina no pudo evitar el deseo de que el clima hubiera sido un poco más respetuoso.

Poco a poco fue redecorando aquel apartamento al que estaba decidida a volver siempre que fuera necesario. Quitó las fotografías y se las llevó al pueblo, cambió las cortinas, retapizó el sofá y las sillas, pintó los marcos de las puertas. Febrero fue un mes atareado y febril. Encina evitaba pensar en lo cerca que había estado su nieta de aquellos hombres al rescatar a Sibila. Al elegir, hacía años, quiénes compondrían el conventículo de Circe, había hecho bien en rechazarla a ella, la profetisa, y escoger a su hermana pequeña. Sibila atraía los problemas de forma natural, como todos los videntes. Su tatuaje le impedía pensar con claridad en aquellos hombres que habían secuestrado a la mayor de las Carballal, lo que la llevaba a deducir que eran aquellos de los que no podría vengarse; es decir, los que habían matado a su hija.

Cuando la vieja bruja europea atacó a Glinda Nubla, el puesto quedó vacante un tiempo. Nadie se atrevía a elegir a otra bruja como sucesora y los problemas internos del Conventículo de las Cinco Lunas llevaron a tener demasiadas discusiones absurdas. Años antes, la visionaria bruja africana había decretado que la sucesora de la bruja europea saldría del conventículo de Encina, donde Matilda y ella destacaban sobre las demás. Descartadas una y otra por diferentes razones —Encina había rechazado el escabel de las Cinco Lunas para ocuparse de Circe—, terminó ocupándolo Jezabel Baliardo, digna alternativa a las otras dos. Jezabel era una gitana francesa de piel oscura y ojos verdes que tenía fama de devorar hombres indefensos que caían hipnotizados por su mirada, pero para Encina y Matilda era como una hermana, o más que una hermana, desde que la encontraran, por casualidad, vagando por Montpellier. El motivo de que los hombres que se enamoraban de ella quedasen destrozados no era nada derivado de su propia naturaleza, pues su libertad, esa dejadez elegante, ese restar importancia a las cosas que parecían tenerla, los cautivaba hasta el punto de que querían poseerla, hacer suyo su espíritu salvaje y voluble. Y ése era el día en que Jezabel los abandonaba.

Ella afirmaba leer la buenaventura y las hojas de té, pero lo cierto es que jamás tuvo poderes adivinatorios. Sus dones residían, sobre todo, en el embrujo o encantamiento de objetos cotidianos. Era capaz de confeccionar una capa voladora o hacer, como hizo luego y muy a menudo, objetos de contención para brujos que no podían dominar por completo su magia: bastones, varitas, máscaras, ortopedias, guantes. Jezabel Baliardo, entre otros logros, había importado y mejorado los tatuajes de las brujas maoríes, otorgándole una nueva fuerza y significado a los elementos grabados con tinta en la piel. Cuando Jezabel Baliardo tatuaba un sortilegio, lo sellaba y lo hacía irreversible. Encina la había ayudado a perfeccionar la fórmula; el destino era juguetón, y ella misma, gran cocinera de pociones y caldos, había mejorado la técnica que luego perpetuaría su desgracia. Encina jamás le perdonaría a Jezabel que decretara que la tatuasen para que no pudiera vengarse de los asesinos de su hija. Aquélla fue la primera decisión que su compañera y ahijada tomó como miembro europeo del Conventículo de las Cinco Lunas, y ella tuvo que acatarla. Pero jamás volvió a dirigirle la palabra.

—Yo sé que no lo entiendes —intentó explicarle Jezabel—, pero lo hago porque te quiero.

Por mucho amor que hubiese en ese gesto, lo cierto es que Encina temía que la imposibilidad de ver a los causantes de su desgracia pudiera repercutir en la seguridad de su nieta. De alguna forma le estaban impidiendo salvarla si aquellos cazadores también deseaban hacerle daño.

—Tranquila, Encina —se dijo—, para eso buscaste a las cuatro miembros de su conventículo ideal, para que la protegiesen por ti.

Eligió a cada una de ellas por diferentes razones, pero siempre relacionadas con la manera en que habían sido criadas y educadas y con su capacidad de sacrificio. No descartaba que alguna tuviera que morir para que su nieta no se convirtiera en la causante o el instrumento de una guerra, si en efecto la profecía abordaba esa cuestión, como ella pensaba. Todas parecieron dispuestas a hacerlo y sus familias a aceptarlo. Nadie mencionó que aquella petición pudiera sonar egoísta de los labios de la abuela. Sabían que aunque el afecto de Encina por lo que quedaba de su familia jugaba un papel importante, el amor por su nieta carecía de relevancia ante las posibles consecuencias de una nueva guerra, o lo que era peor, una victoria de la Suprema, ya que nadie conocía el contenido exacto de la profecía.

Los padres de las gemelas se habían dedicado siempre a la fertilidad y a los nacimientos, por lo que no tuvieron ningún problema en volar desde Perú hasta el Viejo Continente.

—El de los nacimientos y el de los entierros son negocios que siempre tienen un brillante futuro en cualquier parte del mundo, así que no perdemos nada —dijeron.

Era curioso ver cómo aquel matrimonio hablaba igual que luego hablarían sus hijas, muy deprisa, con voz muy enérgica y completándose la información el uno al otro como si compartiesen un solo cerebro.

Ni la madre de Rebeka, demasiado triste por su doble viudedad, ni Herófila, de la que era complicado extraer conclusiones sobre sus sentimientos, objetaron nada. Sin embargo, Encina siempre tuvo el pálpito de que no pusieron condiciones por su acendrado sentido del deber, pero que cualquiera de las dos caería en una profunda depresión si le ocurriera algo a alguna de sus hijas. Aquella sensación se agudizó el día en que secuestraron a Sibila, y cuando al poco tiempo Casandra se vio perseguida por un cazador a causa de la profecía. Herófila la había llamado con la voz tenue de las visionarias.

—No me atrevía a echarme las cartas para ver qué sucedería por el miedo que estoy pasando —le confesó—, pero esta noche he soñado que debía hacerlo y apenas he visto nada. Mucha confusión, sí, pero es como si una fuerza poderosa me impidiera concentrarme en los detalles. Sólo sé, querida Encina, que dentro de poco la Suprema hará algo terrible, pero no sé el qué. Y que uno de los miembros del conventículo de tu nieta morirá. Por favor, que no sea Casandra.

Herófila parecía estar lanzando un deseo al aire, y sin embargo no era así: le estaba pidiendo a ella que hiciera algo, que no se quedase con los brazos cruzados mientras los cazadores cercaban a su hija pequeña, que sólo contaba con la ayuda de un lobo hechizado que no controlaba muy bien su transformación. Además, Sibila saldría esa misma semana de la enfermería de Laveau con profundas secuelas. Aquella familia ya había sufrido bastante, así que Encina se guardó su orgullo y llamó a Jezabel.

La gitana seguía teniendo el mismo encanto de siempre, los mismos ojos verdes transparentes y la piel oscura cuyo brillo invitaba a tocarla. Había envejecido, sí, pero no demasiado, como si el tiempo la rehuyera. Sin embargo, su costumbre de restar importancia a las cosas permanecía incólume y Encina tuvo que esforzarse en no encontrarla irritante. No abordó la cuestión del tatuaje, ni permitió que ella lo mencionara. Sólo hablaron de lo que tenían que hablar, en aquel salón recién decorado y tomando un té. Jezabel se quitó los zapatos, porque siempre parecía que sus pies los repudiaran, y aceptó el encargo: ella haría la base de madera trenzada que después Encina trataría con pociones especiales. El amuleto transformaría en «Sarcanda» el nombre de Casandra cada vez que un cazador quisiera escribirlo para encontrar a la hija de Herófila. Tardaron muy poco en completarlo. Jezabel y Encina, a pesar de todo, seguían formando un equipo impecable.

Una vez que Casandra estuvo protegida, Encina decidió visitar a Herófila en su pueblo. Qué menos que proporcionarle algo de tranquilidad. Se conocían desde hacía muchísimos años y le parecía descortés no asegurarle en persona que sus hijas estarían bien, al menos por el momento, mientras solucionaban el sucio asunto de los cazadores.

La casa en el acantilado parecía la misma de siempre, con ese aire frágil que la propia Herófila tenía y que parecía haber transmitido a todo lo que la rodeaba, salvo a su alta y atlética hija pequeña. Estaba al final de un camino, apartada, sobre la roca viva donde estallaban las olas, rodeándola y protegiéndola al mismo tiempo. Herófila siempre había asegurado que escogió ese lugar porque el salitre atenuaba sus poderes adivinatorios, de la misma manera que el agua del mar los anulaba, y que de este modo podía vivir más tranquila: sin saberlo todo. Herófila vio cómo a su madre se le había roto el corazón por ser conocedora de lo que iba a acontecer y no quería vivir en sus propias carnes aquella experiencia. Muchas videntes y agoreras duraban poco o tenían un triste final por culpa del conocimiento. Con un vaso de orujo casero en la mano, Herófila solía reírse de los que decían que el saber no ocupaba lugar.

Dentro de la casa del acantilado las estancias parecían siempre húmedas. Allí todo olía a mar. Incluso la misma Herófila, con su delicadeza de bailarina y su cabello rubio decorado con conchas y piedrecitas moldeadas por el oleaje, también olía a mar. Hiciera frío o calor, ella siempre llevaba ropa ligera arrugada, y se limitaba a superponer capas y capas en función del clima. Nunca llevaba maquillaje y su piel estaba reseca por la sal, pero era bonita como un gorrión o un pez. Sus ojos eran casi del mismo color que el cielo gris que siempre anunciaba tormenta sobre su casa pero que casi nunca terminaba de cumplir su amenaza. Iban a buscarla desde todas partes para pedirle consejo o conocer el futuro, pero jamás pidió dinero a cambio de sus servicios, salvo lo que de buen grado quisieran darle. Y lo que querían darle en ocasiones era mucho, pues acertaba con la precisión de un cirujano. Podía oler, con su estrecha nariz ganchuda, las enfermedades que aún no habían mostrado sus síntomas en sus selectos clientes. La gente la adoraba y la temía. También Encina. Las videntes tenían esa particularidad.

También Herófila tenía un carnero como su hija mayor, sólo que éste era blanco y esponjoso, como el animal que pintaría un niño al que se le pidiera dibujar una oveja, y en ocasiones lo acariciaba distraída mientras observaba las cartas hasta que las figuras de los naipes le hablaban. El anillo con el pentáculo que llevaban todas las Carballal brillaba dorado entre la lana del carnero, recorriéndola como si tuviera vida propia.

—No sabes cómo me alegra que Jezabel y tú hayáis trabajado juntas de nuevo para poner a salvo a mi hijita —le dijo de repente a Encina, y la abuela sintió un pequeño escalofrío—. Nunca te lo agradeceré bastante. Las cartas dicen que no será Casandra la que morirá, pero aun así te lo agradezco.

Señaló con el dedo una carta tras otra, como si Encina también fuera capaz de leerlas, y le fue diciendo lo que veía: los hombres que habían atacado a sus hijas eran los mismos responsables de la muerte de Nona, confirmando las sospechas de la abuela, y muy pronto sabrían que Circe era la bruja que estaban buscando. Ésta, por su parte, estaba enamorada de un chico que provenía de una larga estirpe de cazadores, pero ella lo ignoraba.

—Usarán al muchacho para atraer a Circe. La Singularidad se manifestará entre los idus de marzo y el equinoccio de primavera porque la capturarán. Usarán como cebo al chico, Encina, y eso no puede remediarse. Si tratases de avisarla, ella se uniría más a él en el camino a la perdición. Debes callar. La respuesta es otra.

Encina se quedó sentada, fría y tiesa, con las manos clavadas en el tapete sobre el que Herófila había extendido las cartas y servido el orujo. Miró de reojo el vaso y lo apuró sin mediar palabra, pensando en lo que Herófila le había dicho y sopesando las posibilidades de su nieta. Sabía que Herófila jamás se guardaba nada para ella y que lo que decía se cumplía siempre según lo previsto. Así que los cazadores y la Suprema encontrarían a Circe y la utilizarían para manifestar la Singularidad. Se llevó las manos a la cabeza. ¿Y si no era capaz de defenderse porque ella, su propia abuela, le había atado los poderes y borrado su nombre? ¿Qué posibilidades tenía su nieta de salir airosa si sólo poseía una parte diminuta, poco concluyente, de lo que podría salvarla? Por enamorarse de un cazador no podía culparla: la atracción mutua entre cazadores y brujas era legendaria y se remontaba a mucho antes de que ella misma naciese. Pero el chico la perdería, puede que para siempre.

Encina tomó la decisión y, muy despacio, se incorporó apoyándose en la mesa, sabiendo que el ritual que iba a llevar a cabo necesitaba su plena consciencia. Y, poco a poco, desatando lo atado, pronunció su nombre:

—Te deseo suerte, mi Circe —dijo.

21

Las dudas del cazador

Mateo se despertó muy temprano aquella mañana. Tan temprano que cualquier otro día para él habría sido la mitad de la noche. No dormía muy bien desde que la chica se le escapara y a menudo lo asaltaban pesadillas de todo tipo. De las heridas del pecho no quedaba el menor rastro, salvo el pelo duro y tieso que las cubría, y ésa era la principal causa de sus preocupaciones: lo mejor habría sido que se desangrara en aquel parque.

Durante el día se sentía pesado y le costaba sacar el trabajo adelante. Por la noche estaba despejado como una lechuza. En sus sueños, cuando lograba soñar unos minutos, recorría la ciudad de Ochoa matando a la gente con unas terroríficas garras que hacían que se le curvaran los dedos. A veces, su hermano lo perseguía con un cuchillo de plata y él trataba de convencerlo:

—Soy yo, Mateo, ¿no me reconoces? Soy tu hermano.

Pero Sebastián lo degollaba sin contemplaciones.

No habían renunciado a su búsqueda de Casandra Carballal, pero les resultaba en extremo difícil encontrarla o darle caza después de la ocasión perdida en Tayasal. Puso al corriente de la presencia de la bestia al Sacerdote, pero no le mencionó que resultó herido en el enfrentamiento. Él, que era un hombre poco dado a mentir, ahora lo hacía a todas horas. Su mal aspecto: una gripe que se alargaba. El insomnio: el abuso de la cafeína. La chica a la que no lograban atrapar: una mala jugada de la brujería.

Aunque en esto último no estaba seguro de mentir. Por un lado, cada vez que trataba de escribir Casandra en cualquier parte, lo que luego leía era Sarcanda, por lo que la magia del nombre no funcionaba. Pero por otro dudaba de si no lo estaría haciendo él mismo sin darse cuenta. Desde que sus heridas cerraron había perdido por completo el deseo de cazar brujas, pero sobre todo a esa bruja en particular, como si algo misterioso lo conectase con ella. Esa posibilidad lo aterraba. Había oído de brujas que tenían facilidad en el trato con bestias mágicas, y a Casandra la defendió un ser que parecía surgido del mismísimo infierno. Puede que ya no deseara darle caza porque también él se estaba convirtiendo en un monstruo.

Creía sentirla corriendo por sus venas, tóxica, agazapada, esperando para manifestarse. O era su imaginación. Ojalá pudiera afirmarlo con seguridad: su imaginación.

No eran sus únicos sueños. Otras veces regresaba a la época en que vivía con Veia y bailaban por las noches música de salón. Su mujer lo había arrastrado a aquellas clases a pesar de que él las odiaba, pero se daba cuenta de que lo hacía bien y eso lo llenaba de una satisfacción infantil que iluminaba la sonrisa de su esposa, que vestía de esplendor las habitaciones de su casa como si fuera lo único importante en el mundo. Después Veia se convertía en Sibila Carballal y le rogaba que no la atase a la catalina, pero él no la obedecía a pesar de que su impulso primero fuese liberarla porque en realidad era su mujer con el rostro de otra. Por último estaba de nuevo en el parque y Veia se convertía en Casandra, pero en esta ocasión le daba caza y la degollaba.

Cuando hubo informado al Sacerdote del suceso ocurrido en el parque, éste aprovechó para disculparse por haber desaparecido en el pueblo fantasma, y para ordenarle que limpiase lo que pudiera quedar allí, que aquel lugar no estaba a salvo de las brujas.

—El otro escondite al menos será seguro hasta agosto. Y con eso bastará —afirmó—. Los papeles de los antiguos hablan como fechas ideales para la manifestación de la Singularidad del quince al veintiuno de marzo. No tenemos mucho tiempo, pero sí el suficiente.

Mateo le preguntó si sabía qué era la famosa Singularidad, y el Sacerdote dejó que un largo silencio llenase la línea telefónica. Cuando por fin respondió que aún no lo había averiguado, Mateo supo que le mentía. Hasta entonces nunca había cuestionado la autoridad de la Suprema, pero lo hizo porque tenía la certeza de que el Sacerdote ocultaba algo. Fue la primera semilla.

Después de soñar con persecuciones y puñales de plata, Mateo se acercó a la tumba de su mujer, en el frío de la noche del primero de marzo, para contárselo. No pudo evitar que todas sus dudas aflorasen al mismo tiempo: ¿Estarían haciendo bien? Se daba cuenta de que las brujas eran monstruos, su padre se lo había dejado bien claro durante toda su vida, pero a la hora de perseguirlas y hacerles daño no parecían otra cosa que mujeres. ¿En qué los convertía eso a ellos? ¿No serían ellos los monstruos? Cuando especulaba con la posibilidad de convertirse en lo que siempre había temido, sentía que conectaba con lo que experimentarían al verse asediadas.

—Me aterra estar seguro de que si el Sacerdote me hubiera ordenado matar a Sibila Carballal —le dijo a la tumba—, yo lo habría hecho sin dudarlo. Pero eso no me convertiría en alguien mejor que el que te degolló a ti.

A él le arrebataron a su mujer y a su hijo lo privaron de una madre. Pero si hubiese matado a Sibila o a Casandra, habría dejado a alguien sin una novia, una hija, una hermana. No, no era mejor que aquel asesino que había dejado sin sangre a su querida Veia, aunque fuera una bruja quien la había asesinado. Los enfrentamientos y las guerras, cuanto más ancestrales, cuanto más se alargaban en el tiempo, más absurdos se volvían.

El móvil sonó cuando las primeras luces del día arrastraban la niebla que cubría el pueblo. Se cruzó con algunos corredores matutinos y los dueños de perros madrugadores. Atendió la llamada antes de entrar en su casa.

—El Sacerdote dice que la profecía se ha completado, que recuerda el nombre que empezaba por Ce, y no se trataba de Casandra Carballal. —Sebastián ni le dio los buenos días.

Mateo no pudo evitar que cierto alivio le recorriera el cuerpo.

—Bueno, me alegro entonces de que escapara —confesó.

—Pero ¿qué dices, idiota? Era una sucia bruja, como todas las demás. Habríamos hecho bien en degollarla. Lo que pasa es que ya no es una prioridad.

El tono despectivo de Sebastián era manifiesto.

—¿Y qué quiere el Sacerdote que hagamos?

—Quiere que comprobemos si la profecía escrita en la pared también muestra el nombre completo. Debería leerse «Circe». No es un nombre muy común.

—No, no lo es. Será fácil de encontrar.

—Eso mismo he dicho yo, ¿y sabes lo que me ha contestado el Sacerdote?

—No. —Mateo odiaba que Sebastián jugase a las adivinanzas.

—Que no tenemos ni idea de cuánto.

El Sacerdote dejó de escuchar la conversación entre los dos hermanos y guardó la bola de cristal oscuro en la que los espiaba dentro de su caja. Ya tenía todas las piezas y estaba satisfecho. ¿Quién le hubiera dicho que después de tantos años iba a ganar la guerra? Cuando sostuvo en los conciliábulos de la Suprema que la única forma de combatir la magia era con magia, se rieron de él. Lo dieron de lado en los principales consejos por su inclinación a sentenciar que si los cazadores, muchos de ellos hijos de bruja o con conocimientos mágicos, habían sido un instrumento útil, ¿por qué no iban a servirse de semejantes argucias para ganar batallas? ¿No estaba permitido todo en la guerra? Sin embargo, el tribunal de la Suprema sostenía que en la guerra se podía sacrificar todo excepto la propia alma. Se podían sacrificar a los cazadores, que como bien decía no eran más que instrumentos de justicia, y en muchas ocasiones bastardos de bruja, pero no a los sacerdotes, que debían permanecer puros para hacer la obra de Dios.

Paparruchas, estupideces, falacias… ¡cómo les gustaba al resto de los sacerdotes hacerse los resabiados como si supieran más que nadie de la voluntad de Dios! Había oído historias sobre una edición completa del *Malleus Maleficarum* que incluía un ritual de magia negra para someter la voluntad de una bruja. Si el mismísimo Heinrich Kramer había recurrido a esas prácticas, ¿por qué no ellos? ¿Es que se creían mejores? Las guerras habían comenzado por el control del mundo mágico, lo que quería decir que los anteriores sacerdotes, no muy alejados en el tiempo, también se sirvieron de la magia. La guerra comenzó para alejar el poder de las manos de las mujeres y acabar con el orden matriarcal. Era eso lo que se había perseguido, no la magia en sí. La magia era un instrumento, y como tal debía ser usada.

Lo aprendió todo en solitario y con mucho esfuerzo, pero sin duda hizo grandes avances, en especial desde que robó la bola de cristal negro en un viejo castillo alemán que había pertenecido a una integrante del Conventículo de las Cinco Lunas. Cuando aprendió a utilizarla, descubrió que podía espiar a los cazadores sin esfuerzo, también a los que estaban destinados a serlo y no lo sabían. Tenía cada vez más claro que las leyendas, los cuentos y las historias transmitidas de boca en boca se apoyaban en una base real. La bola había sido inicialmente una leyenda, pero ahora lo ayudaba a ver el mundo con mayor claridad. Los cuentos sobre anomalías y brujas resucitadas, e incluso diosas capaces de traer desde la muerte su propio cuerpo o el ajeno, conducían a la misma palabra: Singularidad. Algunos textos paganos la llamaban Hécate. En la Biblia le daban el nombre de Lilith y las leyendas rabínicas la ponían a la altura del mismísimo Adán. Si esto era así, dominar a esa bruja que se negó a ser dominada por el hombre era todo un reto, y podría hacerlo a través del hechizo contenido en el *Malleus Maleficarum,* que le había robado con gran habilidad al estúpido bibliotecario de la Residencia de la Salud.

«¿No sería irónico y maravilloso que fuera una bruja la que destruyese a todas las brujas?», se preguntaba. La magia se podía combatir con magia, como él siempre había dicho. El Sacerdote soñaba con la humillación a la que sometería a todos aquellos que lo habían tomado por un trastornado. Quince años antes había ordenado asesinar a los padres de una niña pequeña por aquella profecía, porque su propósito era hacerse con la niña, ya lo recordaba. Cualquier otro miembro de la Suprema, al oírla habría mandado matar a la criatura para evitar que la Singularidad se manifestase y el enemigo pudiera utilizarla. Pero él no era cualquiera. Él era el visionario que la Suprema necesitaba. Él quería secuestrar a la niña, educarla en el amor de Dios y que, por su propia voluntad, llegado el día, hiciera manifestarse la Singularidad para los fines adecuados. Todo salió mal entonces, pero no ocurriría dos veces. ¿Qué importaba si Mateo Herrero le ocultaba que se estaba transformando en un monstruo? Su hijo era la clave de todo el asunto, el pequeño e injustamente ignorado Arturo Herrero, de cuya madre Sebastián sospechó que era una bruja. Era la clave, sin duda, pues el destino quiso que se enamorase de él la que hasta entonces había permanecido oculta a los ojos de la Suprema: Circe Darcal. Escurridiza brujita Circe Darcal Valente.

22

Sin lugar para el arrepentimiento

CIRCE HABÍA CONSEGUIDO que su abuela le dejase las llaves del apartamento de Ochoa mientras estaba visitando a Herófila Carballal con la excusa de que tenía mucho que estudiar y Rebeka roncaba por las noches.

—Sabes que eso no es verdad —dijo Rebeka ligeramente ofendida—. Lo que pasa es que ya no sabes qué hacer para quedarte cinco minutos más con tu novio de los ojos azules.

Era cierto, no tenía necesidad de negarlo: había buscado la forma de quedarse a solas en algún lugar con Arturo desde hacía tiempo, y que su abuela decidiera volver a abrir la casa de Ochoa le sonó a conjunción estelar. Había pasado unos días enfadada con él por haberle contado a Jacinta su relación, pero después sintió que no había nada que no le pudiera perdonar, incluso teniendo en cuenta los desplantes que le hacía la Blackwell, de nuevo aferrada a Mai y May.

—Pensaba que eras distinta, Darcal —le espetó un día al salir de iconografía—, pero eres tal y como yo te había imaginado: una de esas mosquitas muertas que luego resultan ser víboras.

—Pero Jacinta —trató de excusarse—, tú ya no estabas con Arturo cuando nosotros…

—¿Crees de verdad que sólo estoy enfadada por lo de Arturo? —Sus ojos centellearon—. ¿Y qué pasa con mi hermano? El pobre estaba colado por ti y lo has tratado como a una colilla, como si fuera basura. Y óyeme bien, Circe, ningún Blackwell lo es.

A Circe le avergonzó el recuerdo de cómo había huido de Narciso. Con sólo evocar lo que le había pasado por la cabeza al ver su rostro completo se sentía mal consigo misma. Él le gustaba como amigo, quizá como algo más, no estaba muy segura, pero todos aquellos sentimientos podían ser provocados por la magia que irradiaba su rostro. No había forma de saberlo. Era un monstruo de lo hermoso. Causaba avidez sin desearlo, y eso a ella le daba miedo. Nunca quiso hacerle daño, pero tampoco deseaba tenerlo cerca.

En las clases de magia de la señorita Expósito, Circe trataba de colocarse lo más apartada posible de los Blackwell, para que ninguno de ellos le tocase como pareja en los ensayos. A pesar de sus precauciones, como ellas eran cinco y los Blackwell también, a menudo quedaba algún miembro de cada grupo sin pareja y la señorita Expósito tendía a emparejarlos. A veces Rebeka, y sobre todo Casandra, terminaban haciendo de pareja en una u otra ocasión de Bromelio para que Circe no se viese obligada a relacionarse con ellos. Hasta Rebeka regresaba diciendo que el mayor de los Blackwell era delicado y exquisito a pesar de su aspecto agigantado, y que no hablaba mucho, pero acariciaba a su lobo *Sereno* como si entre ellos se entendieran en silencio.

Desde el secuestro de Sibila, les habían enseñado hechizos defensivos —que practicaban de dos en dos— y algunos sortilegios muy eficaces para dejar a los cazadores fuera de combate. Los dibujos de esos sortilegios, llenos de formas geométricas, representaban lo que la profesora Expósito llamó «centinelas».

Los más sencillos eran centinelas de vigilancia: un dibujo circular con algunos radios dirigidos hacia el centro que podrían formar el esquema infantil de una casa o una estrella incompleta. Daban la voz de alarma si un cazador se acercaba.

Algunos hacían un ruido insoportable y otros funcionaban como una alarma silenciosa que sólo podía oír la bruja que lo hubiese dibujado. Si se les añadían líneas hasta completar la estrella, se convertían en centinelas de segunda clase o de detención: atrapaban al cazador. Era necesario dibujarlos en el techo o en el suelo, y si el cazador ponía un pie encima o quedaba debajo, no podía moverse. También cabía la posibilidad de dibujar tres centinelas en diferentes puntos de un espacio, y todo cazador que quedase dentro del triángulo que formaban quedaría paralizado. Los centinelas de tercer tipo castigaban al cazador de las formas más imaginativas, por lo general con una ceguera temporal, depresión profunda o vómitos de alfileres o algún otro tipo de elementos cortantes. Estos últimos se realizaban añadiendo un nuevo círculo exterior al de segundo tipo y trazando pequeños dibujos esquemáticos de lo que se pretendía en el espacio entre ambos: cuchillas, alfileres, ojos…

Los efectos quedaban limitados a unos pocos minutos, los suficientes para huir. Circe se había fijado en que nunca se hablaba de encarcelarlos o matarlos, sino de huir, a pesar de que un cazador sometido de esa manera sería un blanco fácil. Ella los mataría sin dudar por haber hecho sufrir a su familia, o al menos eso pensaba.

Acabó por enfadarla que no los enseñasen a hacer daño real. Los hechizos defensivos eran más parecidos al ilusionismo o a la hipnosis que a los recursos que habían dado fama a las brujas a lo largo de la historia: nada de convertir a hombres en burro o arrancarles los genitales y mantenerlos en un corral como gallinas. Afectado por ellos, el cazador creía que vomitaba dientes, que era perseguido por monstruos, que se enfrentaba a lo que más temía o que sus huesos se volvían de goma. Eran tan inocuos que los practicaban en la residencia por parejas, y tan pronto Circe estaba doblada sobre un charco de sangre que sólo era real en su mente, como Rebeka vomitaba conejos blancos o Casandra se veía a sí misma en un espejo con la cara cruzada por un zarpazo de Lope. Eran los minutos más horribles del mundo, pero cuando terminaban, el universo era el mismo de antes. Circe podía ponerse en pie, no había ningún conejo en el patio y Casandra seguía de una pieza. Su ansia de venganza se veía frustrada con todos aquellos juegos de manos y absurdos engaños. Con toda probabilidad, los acuerdos de paz habían convertido a las brujas en una panda de moralistas sin sentido del humor. En blancos fáciles, en definitiva. Por eso su madre estaba muerta.

El suyo era el único conventículo ya formado de las clases de primero, así que la profesora Expósito había decidido que Mads y Lars les enseñasen a hacer campanas de contención, como las que hacía la Luna Azul y que habían salvado la vida de Casandra. Probaron de una en una y en grupo. Cada día resultaba más evidente que juntas eran más fuertes. Cuando consiguieron fijar una campana de energía las cinco a la vez, ni el conjuro solar de los hermanos pudo atravesarla. Ese día se sintió muy orgullosa, no sólo de ella, sino también de sus compañeras. Comenzó a experimentar cierta sensación de seguridad, como si de verdad empezase a saber lo que era la magia.

Circe lamentaba no poder compartir con Arturo aquellos sentimientos, pero sobre todo la rabia con la que, cada vez más a menudo, se levantaba por las mañanas. El profesor Criado se había curado por completo de sus quemaduras y se le seguía escapando, en especial cuando Jacinta le cortaba el paso para meterse con ella, cosa que hacía siempre que coincidían y que sólo refrenaba cuando Arturo aparecía por el pasillo.

Era injusto. El mundo era injusto. Por primera vez en toda su vida se interesaba de verdad por un chico y ni podía contarle la verdad: que era una bruja, que habían matado a sus padres por su culpa, que su abuela le había atado los poderes, que había una guerra a lo largo de la historia entre las que eran como ella y los que las odiaban por ser así.

Pero podían compartir otras cosas. La abuela le había dejado las llaves a regañadientes antes de marcharse y Circe apenas podía esperar a aquella tarde para verse con Arturo a solas, por fin, en un lugar cerrado e íntimo. No podía concentrarse en los estudios, y a mitad de la clase de latín se descubrió mirándole esa nuca tan simétrica con cara de bobalicona.

—Querida señorita Darcal —dijo el profesor Gayo—, si nos hace usted el honor de bajar al planeta Tierra con el resto de los mortales, podremos seguir con la traducción de este poema de Ovidio que, a buen seguro, no es tan interesante como sus imaginativos pensamientos, pero que le puedo garantizar que no tiene un carácter tan efímero. Y supongo que le gustará saber que estoy convencido de que lo que nuestro querido poeta nos quería decir en el *Ars amandi* no dista tanto de lo que a usted le pasa por la cabeza.

Los alumnos se rieron y Arturo se volvió hacia ella sonrojado. Para su sorpresa, el profesor Gayo le hizo un guiño antes de seguir con la clase.

Peor fue lo que sucedió en historia medieval de la señorita Expósito, cuando una alumna de un curso superior a la que a menudo se veía pasear con un zorro interrumpió a la profesora y se la llevó unos minutos. Juana Expósito regresó con el rostro descompuesto y, por primera vez desde que la conoció, su escasa estatura para una mujer adulta resultó del todo evidente.

—Circe Darcal, por favor, la quiero ver después de clase.

Mai y May se rieron, pero Jacinta la miró muy seria. Era difícil saber si aquellos ojos rojos encerraban preocupación o alguna clase de reproche.

Las noticias no podían ser más desalentadoras: su nombre había completado la profecía, y a partir de ese momento todo el que hubiera conocido la profecía también recordaría el nombre de Circe.

—Debes ir directa a la Residencia de la Salud y no salir de tu cuarto hasta que sepamos qué hacer y qué medidas tomar, ¿entendido? No podemos perderte. —La profesora había abandonado su aspecto lozano de duende y tenía los ojos encendidos—. No tenemos ni idea de qué ha podido pasar.

Circe asintió y salió por la puerta pensando en el cuello de Arturo, en las manos de Arturo, en los labios de Arturo. En que acababa de perder una oportunidad de oro y que tendría que avisarlo, decirle que no podían aprovechar esta ocasión, que más adelante. Y él se preguntaría por qué y ella tendría que mentir. Odiaba mentirle. Una oleada de rabia la inundó y tres papeleras metálicas se desenroscaron de sus respectivos pies y salieron volando a su alrededor. Varios alumnos la miraron asustados, pero no supieron qué pensar. En realidad, Circe tampoco lo sabía.

El inesperado despegue de las papeleras había interrumpido sus pensamientos y volcado su percepción en el mundo exterior. En realidad, podía oír todo lo que ocurría: sabía que a Elena, con la que coincidía en arqueología, le había venido la regla a pesar de que estaba en el baño del último piso. Que la profesora Galvani le explicaba a Lars de dónde venía su nombre mientras paseaban por el jardín. También oía el corazón de Lars y sabía que le estaba gustando aquella explicación que escuchaba con tanta atención. La chica del zorro le decía a las otras brujas de su conventículo que los cazadores irían a por Circe Darcal y que por fin las dejarían a todas las demás en paz. Una de ellas le llamó la atención por egoísta. Su familiar, una urraca, aleteó con aprobación a su lado. Podía saber que, en reprografía, una chica se había cortado con un folio y estaba maldiciendo, y que en la sala común del departamento de historia moderna había dos personas que fumaban aunque estuviera prohibido. En realidad había mucho ruido, porque todo ocurría al mismo tiempo, pero si se concentraba, podía pasar de una persona a otra, y averiguar que una chica de segundo se había quedado embarazada y que había una fiesta en la Escuela de Aeronáutica el próximo viernes.

Pero lo definitivo fue escuchar a Arturo hablando con Esteban en el patio:

—Tú no lo entiendes, creo que me he enamorado.

—Sí, lo entiendo, pero tu problema es que te enamoras cada día de una —objetaba el pelirrojo—. ¿No te parece que es un poco pronto para haber olvidado a la perfecta y preciosa Jacinta Blackwell? ¿Cuánto llevabas con ella? ¿Seis meses? ¿Cinco? ¿Es tu récord? Pareces Romeo Montesco, llorando de amor por Rosalía, o Rosaura, o como se llamase, y conociendo a Julieta esa misma noche.

—Pero recuerda que por Julieta él sí estuvo dispuesto a morir.

—Picaflor.

—¡Pero si ni la he tocado!

—Ah, ahora eres un santo.

—Mira cómo te fue a ti con Rebeka después de tocarla.

—Eso es asunto mío y ya lo resolveré. No, no me mires así, Arturo, lo resolveré. Soy un tipo con suerte. —Permaneció callado durante unos instantes—. Además, ¿tú no habías quedado con ella hoy precisamente para… hacerlo?

—Sólo espero que no me dé plantón, podría arrepentirse —Arturo bajó la voz.

—Pues si te da plantón deberías respetarlo.

—Dijo la voz de la experiencia.

Circe no quiso escuchar más. Si plantaba a Arturo, ¿qué excusa le daría? ¿Que se arrepentía? No habría mentira más grande que ésa. Debía acudir a su cita. Sus pasos no se encaminaron a la Residencia de la Salud, como le había ordenado la señorita Expósito, sino en dirección contraria, a la casa de la abuela. Un camino lleno de monstruos, pero era el camino que quería tomar.

23

Una cita demasiado concurrida

Cuando Mateo entró en casa aquella mañana tras haber hablado con Sebastián por teléfono, se tropezó en el pasillo con su hijo Arturo, que aún llevaba puesto el pijama.

—¿No es muy temprano para que estés despierto? —le preguntó.

—¿No es muy temprano para que estés paseando por ahí? —le respondió su hijo con una sonrisa.

Tenía la sonrisa de su madre.

—Sí. Ya sabes que últimamente no duermo muy bien, así que he salido a dar una vuelta.

Arturo se encogió de hombros y fue a la cocina a prepararse el desayuno. En realidad se había levantado a estudiar y no era tan temprano como su padre suponía. Incluso se sorprendió al encontrar la puerta de su cuarto abierta y la cama deshecha cuando fue a preguntarle si quería un café. Al entrar en la habitación vio que la sábana bajera mostraba una mancha de sudor, como si su padre hubiera tenido fiebre toda la noche. Sin embargo, salvo por las ojeras y el ligero enrojecimiento de los ojos, no parecía enfermo, así que tampoco le dio más importancia.

Sí le preocupó verlo en el campus a mediodía, en la puerta de la facultad, con las manos en los bolsillos y ese aire siniestro que le había dejado el accidente en forma de cicatriz. Lo cierto es que Arturo temió que hubiera pasado algo que lo alejase de Ce y de su cita de esa tarde.

—Hola, papá. ¿Qué haces aquí? ¿Ha pasado algo? ¿El tío está bien?

La cara de consternación de su padre no hizo más que agudizar la preocupación de Arturo. Pero las palabras que oyó como explicación distaban tanto de lo que esperaba que apenas pudo reaccionar.

—No, no ha pasado nada. Ya sé que tienes una cita importante hoy con una chica, pero no vengo a fastidiártela. A lo que vengo es a hablarte de ella.

Mateo reparó en Esteban, que permanecía aferrado a sus apuntes detrás de su hijo.

—Hola, señor Herrero —lo saludó éste con la mano.

—Hola, Esteban. ¿Te importa que tenga esta conversación a solas con Arturo? —Y volviéndose a su hijo, añadió—: Esto es importante. Te va a parecer raro que sepa que has cambiado de novia y con quién sales, porque no me cuentas nada de lo que haces aquí. Pero lo sé, y también sé que mataron a sus padres. Con respecto a eso hay algo que debes saber. ¿Vamos a comer juntos?

Esteban le puso la mano en el hombro a Arturo y le dijo que no se preocupara, que se marchara con su padre. Pero en cuanto dio la vuelta a la esquina, le mandó un mensaje a Rebeka que decía: «El padre de Arturo es un tipo muy raro que sabe algo de la muerte de los padres de Circe y se lo quiere contar hoy a su hijo. Puede ser importante, es un pálpito».

Rebeka intentó hablar con Circe, pero tenía el teléfono apagado y no apareció en la residencia a la hora de la comida. Alrededor de las cuatro estaba muy preocupada, por lo que recurrió a algo que no le hubiese gustado hacer en ningún caso, y a lo que se hubiera opuesto con la misma firmeza que se opusieron Casandra y las gemelas de no haber recibido aquel mensaje: habló con Matilda Nubla.

Arturo comió con su padre, pero la comida no tardó en atragantársele. Mateo Herrero acababa de confesarle que pertenecía a una sociedad religiosa secreta muy importante.

—Papá, no me digas que te has metido en una especie de secta. Y yo que pensaba que te habías echado una novia...

—No hijo, no es una secta, es... como un trabajo de Dios, Eso es, soy una especie de soldado de Dios.

—Me estás dando miedo.

—Hijo, creo que el asesinato de los padres de tu novia y la desaparición de tu madre están relacionados.

—¿Qué desaparición? Pero si mamá se marchó. Es lo que siempre me has contado...

Arturo siempre creyó que su madre, la hermosa mujer que sonreía en las fotografías del salón, los dejó para iniciar una nueva vida en otro sitio, con otra familia. Hasta entonces aquella posibilidad le había resultado consoladora. Pero acababa de descubrir que su desaparición no fue una huida libre y, lo que resultaba más inquietante, de alguna manera tenía que ver con la muerte de los padres de Ce.

Mateo lo miró taciturno y admitió haberle mentido para que no sufriera. Su madre, Veia, había desaparecido misteriosamente unos días antes de que murieran los padres de la chica con la que salía. Él siempre sospechó que ambos sucesos guardaban alguna relación, pero jamás dispuso de pruebas que lo confirmaran. Ahora que se había enterado de que la niña superviviente de aquella matanza era su novia, parecía como si la Providencia quisiera decirle algo. ¿No opinaba Arturo lo mismo? Así que había investigado un poco y resultaba que la clave de todo la tenía el líder de la asociación religiosa a la que pertenecía. Un secreto de quince años que él había guardado con celo para los descendientes de aquellos muertos y que a ellos, y sólo a ellos, les desvelaría.

Desde que era un niño, Arturo había soñado con hacerse mayor y seguir los pasos de su madre, aunque no sabía dónde empezar a buscarla ni qué le diría si la encontraba. Su sueño podía convertirse en realidad gracias al sacerdote de aquella secta que tanto había encandilado a su padre, pero no le hacía ninguna gracia que la desaparición de su madre estuviera relacionada con la muerte de los padres de su novia. ¿Y si también la habían matado a ella? Se sintió más unido que nunca a Ce, porque compartió su rabia.

A juzgar por el aspecto de su padre, estaba claro que contarle aquella historia no le había resultado fácil: parecía que la recia barba le creciese en la cara por segundos, los ojos se le hinchaban y se movía de una forma nerviosa y compulsiva. Atribuyó el extraño comportamiento de Mateo en los días precedentes a que desde entonces venía rumiando la mejor manera de contarle la verdad.

—¿Y cómo quedamos con ese hombre para que nos diga todo lo que sabe? —preguntó al fin, sin ganas de torturarlo más.

—Dentro de quince días, pero no puedes contárselo a nadie. La chica y tú iréis al viejo almacén del puerto, donde están instalando una noria para los turistas, y él os lo dirá. Dentro de quince días, a las cinco y media de la tarde.

—¿Y por qué tanto misterio? ¿Por qué no hoy? ¿Por qué no tomando un café? ¿Por qué en un sitio al que nunca me has dejado ir? —Arturo se impacientó—. No me digas que no suena raro.

—Hijo, ya lo entenderás. Ese hombre cree que está en peligro, y que vosotros también lo estáis. Sólo quiere protegeros.

Arturo sintió un calor que le recorría la espalda. No lo había pensado: el asesino o asesinos seguían sueltos. Si fuera una película, del primero que sospecharía sería del sacerdote misterioso que los emplazaba quince días después en un almacén abandonado. Pero no era una película y el recado venía a través de una persona que jamás le haría daño: su padre. Cierto que ya le había mentido antes, sobre su propia madre sin ir más lejos, pero si de algo estaba seguro es de que nunca trataría de perjudicarlo.

Llegó a casa de la abuela de Ce a las tres de la tarde, después de aquella comida, y subió la escalera con más abatimiento del que hubiera imaginado. Por el camino no pudo dejar de pensar en el destino de esa madre a la que nunca había conocido y en la posibilidad de que ella también pudiera estar muerta. Esa eventualidad le provocaba un doloroso vacío interior, pero sorprendentemente no sentía tristeza. Más bien se sentía confuso y rabioso, porque la esperanza y la resignación ocupaban el mismo espacio en su cabeza. Hasta entonces había alimentado sus sentimientos con la fantasía de un reencuentro que borrara los años de separación. Y de repente estaba más cerca que nunca de volver a verla o de tener la certeza de que había desaparecido para siempre. A fin de cuentas, que estuviera muerta no cambiaba en absoluto su vida, y era probable que jamás hubiera llegado a encontrar a esa madre que no había tenido aunque ella siguiera con vida.

Así que cuando Ce le abrió la puerta del apartamento sintió que volvía al mundo real. La muchacha que lo invitaba a pasar no era una fantasía ni su encuentro una hipótesis. Arturo la tomó en brazos y la besó con tanto ímpetu que acabaron cayendo sobre el sofá. Ya habría tiempo más tarde para saludos, para fijarse en que ella había dispuesto velas y música, para contarle todo lo que acababa de saber por Mateo.

A pesar del primer impulso arrebatado, se quitaron la ropa con parsimonia, y a Arturo le pareció encantador que ella temblase un poco por los nervios o el frío. Él mismo se sentía la nariz helada por la impaciencia, pero no podía permitirse un paso en falso. Sí, quería que ella fuera su Julieta por la que morir, su amor eterno. Debió de sospecharlo desde aquella vez que se vieron en el tren, cuando el destino quiso que se sentasen juntos. Desde ese mismo instante se había fijado en ella aunque lo negara. Esteban diría que estaban unidos por el destino, y según su padre así era. Si el mismo asesino cometió todos los crímenes era casi como si estuviera escrito: compartirían aquel día de marzo piel contra piel en la alfombra de un apartamento de Ochoa diciéndose que era la primera de un millón de veces.

Ce estaba sonrojada y él tenía ganas de preguntarle si le había gustado, pero no lo hizo porque le pareció un cliché de película de segunda. Así que le deslizó al oído unas palabras tiernas y se ofreció a traerle algo de beber. Ella no quiso nada y escondió la cara en su pecho.

—Me quedaría a vivir aquí —dijo.

Y no mentía. Circe se habría quedado en ese momento para siempre, y por un segundo se creyó con fuerza para detener el tiempo con sólo desearlo. La reaparición de su nombre en la profecía le había devuelto por completo su poder. Por primera vez se sentía completa, todo tenía sentido y la energía la llenaba por dentro como si tuviese un manantial en lugar de corazón. ¿Sería eso lo que sentía Rebeka, por ejemplo? ¿O Casandra? ¿O cualquiera a quien no se le hubiese negado su verdadero potencial? Enseguida había dejado de oírlo todo a su alrededor de forma simultánea, le era necesario escuchar con cuidado o buscar un ruido concreto, como la sintonización de un aparato de radio. Pero lo conseguía sin esfuerzo en cuanto prestaba atención a su entorno cercano. Había oído llegar a Arturo unos minutos antes de que llamase al timbre, pero ahora no oía nada más que su propio corazón.

El muchacho fue a por agua y regresó diciendo que había averiguado cosas sobre la muerte de sus padres. Circe se sentó en el suelo con los ojos muy abiertos.

—Parece que hay un hombre que sospecha que el asesino también estuvo implicado en la desaparición de mi madre. Hasta hoy ni sabía que no se hubiera marchado por su propio pie.

Mientras tanto, Circe repasaba las constantes vitales de Arturo para saber si mentía. Oía los latidos de su corazón, el ritmo de sus pulmones, e incluso percibía la dilatación de sus pupilas, y sabía que le estaba diciendo la verdad.

—¿Me lo dices en serio? —exclamó con una voz tan aguda que no parecía suya.

—Es posible que puedas meter a esa gente en la cárcel antes de lo que pensabas, querida Ce. Tenemos una cita con él dentro de quince días, pero no puedes contárselo a nadie.

—¿Por qué?

—Bueno, cree que está en peligro y que puede pasarle algo si averiguan que nos lo va a decir.

—Entiendo.

A Circe le hubiese gustado consolarlo, pero no pudo. Al coger el vaso de agua de la mano de Arturo percibió algo más, un rumor, el sonido de una voz conocida.

—¡Vístete enseguida! —le gritó.

Él, que no entendía nada porque no podía oír las voces, hizo lo peor que podía hacer: quedarse quieto. En cualquier caso ya era tarde. Una llave en la puerta anunció que alguien entraba en el piso y a ninguno de los dos, si Circe no quería usar la magia delante de Arturo, les daba tiempo a vestirse.

Matilda Nubla, que tenía una llave del piso de Encina desde hacía años, Rebeka, Juana Expósito y Esteban entraron casi en tropel en el salón. Arturo estaba desnudo y de pie, con un vaso en la mano. Circe, desnuda también, al menos había tenido tiempo de echarse la trenca por encima. Nadie habló durante los primeros dos o tres segundos, hasta que la señorita Expósito se adelantó, evitando mirar a Arturo de frente —cosa que Rebeka sí hacía—, y exclamó:

—Señorita Darcal, recuerdo haberle dicho que se dirigiera directamente a la Residencia de la Salud.

24

Quince largos días

Las cinco amigas estaban sentadas alrededor de una de las mesas del comedor de la Salud, pero Circe apenas había abierto la boca en todo el desayuno.

—Le dijimos que no hablara con Matilda Nubla —le aseguró Magali.

—Le dijimos que estabas con Arturo —dijo Muriel a continuación.

—Pero por alguna extraña razón…

—… eso le pareció más preocupante todavía.

—Por favor, dejad de hablar así. —Rebeka enterró los dedos de ambas manos en su pelo rizado y se dejó caer hacia atrás.

Ya había experimentado esa misma sensación con anterioridad: tomar una decisión, que en ese momento parecía razonable y justificada, y sentirse ridícula después. Al principio se había resistido a decirle nada a nadie, pero el mensaje del optimista —para ese tipo de cosas estaban los optimistas precisamente—, sumado al hecho de que no fuera a comer y tuviera el móvil apagado, resultaba demasiado sospechoso. Muy sospechoso, sospechosísimo. Aquel día, tenía que entenderlo, había aparecido su nombre en la profecía y todo el mundo se había enterado de que era la que haría que se manifestase la Singularidad. Las brujas le tenían miedo y los de la Suprema la querían para no se sabía qué. Tener una cita con un chico no era una prioridad, o al menos Rebeka no lo creyó así.

—Si hubiera sido un cazador oculto dispuesto a rebanarte el cuello —concluyó— habría tenido todo más sentido.

—Por cierto —intervino Casandra poniendo los ojos en blanco—, ¿qué te dijo sobre el asesinato de tus padres? ¿Qué le dijo su padre?

—Que la desaparición de su madre también tenía que ver con su muerte.

Circe se lo contó omitiendo, por supuesto, el detalle de que había un hombre que decía saber quién había sido. Repuso que no iba a investigar porque quería centrarse en estudiar, en la magia y en Arturo. Las chicas se miraron entre sí como si hubiera dicho una insensatez. Entonces Circe les contó que desde que su nombre se había vuelto a inscribir en la profecía, creía ser capaz de todo. Tenía energía como para levantar los cimientos de la Salud con la mente.

—Eso es porque tus poderes, con tu nombre, están desatados —dijo Magali.

—¿No habrá sido por…? —preguntó Rebeka.

—¿Por el sexo? No, fue justo antes —respondió Circe con frialdad—. Cuando la profesora Expósito me mandó volver a la Salud, algo me estalló por dentro.

—Mucho cuidado con eso —le advirtió la pelirroja—. Es como si te hubieras drogado de repente con todo lo que se te pusiera por delante. Te crees invencible pero luego no es así.

Circe se sintió fastidiada una vez más por su compañera de cuarto, como si su amiga se hubiera convertido en la aguafiestas oficial de su vida. A cada cosa buena que le pasaba ponía una pega o una nota de desconfianza. ¿Sabía ella algo de todo lo que le estaba ocurriendo? Ya tenía experiencia previa con la magia y con los novios a los que había ido enloqueciendo. Para Circe era la primera vez en todo y no tenía por qué venir Rebeka con su tono maternal a darle lecciones. Tenía derecho a cometer sus propios errores.

Sin embargo, unos días más tarde, en la clase de magia de

la señorita Expósito, quedó claro que algo de razón tenía. A pesar de que Circe notase la creciente desconfianza en su amiga desde que la *eguzkilore* le bloqueara la entrada a la habitación y de que no le gustase su actitud, tuvo que admitir que en algo estaba en lo cierto: no era invencible.

—¿No creéis que la Suprema está muy calladita? —preguntó la pelirroja antes de empezar.

—La verdad es que sí. Es raro. —Casandra se tocaba el colgante protector que le habían hecho Jezabel y Encina con nerviosismo.

—No sé qué le veis de raro —murmuró Circe—, tampoco es que estén siempre persiguiendo brujas. Hay un acuerdo de paz si no recuerdo mal.

—Precisamente tú deberías estar más nerviosa que nadie —le recordó su compañera de cuarto cogiendo a *Katu* del suelo—, porque es a ti a quien quieren.

—Pues que vengan —respondió Circe, que quería que todo el mundo dejase de una vez de tratarla como si se fuera a romper.

—No creo que hables en serio. Esto es como la calma que precede a la tormenta, la noche antes de una batalla, cuando los ejércitos se reagrupan.

—Creí que estudiabas biología y no historia —se burló Circe.

—Pero veo películas y leo libros, antipática —se defendió Rebeka moviendo con rapidez la nariz.

—No discutáis —terció Magali.

—Últimamente estáis muy irascibles —completó Muriel.

Casandra sonrió a las gemelas por haber dicho lo que estaba en el pensamiento de todas.

Había estado lloviendo mucho aquellos días de marzo y la primavera se anunciaba nublada y lluviosa, pero en el jardín de los cinco halcones la climatología no afectaba a las clases a pesar de estar al aire libre. Siempre, antes de empezar, la señorita Expósito despejaba el trozo de cielo que quedaba sobre el patio con un hechizo de lluvia pronunciado al revés, y Mads y Lars secaban el suelo con un conjuro de luz que evaporaba las gotas de agua sobre la hierba. Incluso aquella tarde hacía cierto calor húmedo y sofocante que a Circe le recordaba sus citas con Arturo. Para evitar que Expósito y Nubla la encerrasen bajo llave, había accedido de nuevo a que las hermanas la vigilasen, por lo que sus paseos habían vuelto a ser para todos los públicos y el chico estaba bastante desorientado. Es cierto que él no se atrevía a hacer preguntas y que ni se había percatado de la presencia de Magali y Muriel, que los seguían allá adonde fueran, pero Circe sentía en el frío y húmedo mes de marzo el mismo calor que se podía reproducir en aquel patio gracias a las artes de Mads y Lars.

Pero todo se acabaría en quince días a partir de aquel primero; ya quedaban menos, pero tenía por delante unos larguísimos días.

La señorita Expósito había insistido bastante en que Rebeka y ella debían ensayar sus poderes específicos de cuervo y gato en un entorno controlado, por lo que las dos últimas clases Rebeka había intentado abrir una grieta entre mundos o traer algo de alguno de ellos, hacer que un muerto se manifestase en *Katu*, por ejemplo, pero sin demasiado éxito. Intentaba contactar con su padre, que había enloquecido de amor tantos años atrás y del que ella apenas recordaba que cantaba en la ducha —muy mal— canciones de Dean Martin cuyas letras inventaba pues no hablaba inglés. Sólo consiguió que *Katu* bufase ofendido y se subiera a un árbol del que luego no fue capaz de bajar. Circe se burló un poco de ella.

—Qué mal repartido está el mundo. Yo tengo que llevar esto para contenerme —le mostró el cuarzo con el ancla— y tú ni puedes hacer que tu padre se manifieste en un gato.

—¿Sabes que eres un encanto?

—Creo que no estás enfocándolo bien —le dijo Circe conciliadora—, me parece que no quieres hablar con tu padre y ésa es la razón por la que no eres capaz de hacerlo.

—No sé qué quieres decir.

—Según voy aprendiendo, las emociones y la voluntad de la bruja influyen en todo lo que hacemos. Y aunque para ti sea importante hablar con tu padre, en el fondo no lo deseas.

Rebeka odió a su compañera por decirle algo así, pero también se dio cuenta de que no la estaría odiando tanto si no hubiese en sus palabras algo de verdad. La aterrorizaba hablar con él. Sabía cómo había enloquecido y que en los últimos tiempos estaba tan desquiciado y tan triste que se arrancaba la piel de los brazos con las uñas, rascándose de forma compulsiva, y lloraba y llamaba a su madre sin ser capaz de parar. Eso lo sabía porque recordaba cómo le había impactado oírlo cuando su madre y su abuela hablaban por teléfono sin querer que ella se enterase. Pero en ocasiones los adultos olvidan que los niños no son ni sordos ni tontos, y Rebeka lo supo. Cuán horrible había sido imaginarlo entonces, hubiera sido más consolador presenciarlo, y cómo se había reproducido la pesadilla después, muy a menudo, cada vez que estaba nerviosa o que las cosas no salían como ella quería: el hombre que cantaba a Dean Martin y se reía en la ducha, el hombre de los labios hechizados que cerraban un conjuro teniendo que ser maniatado para que no se hiciera más daño. Pero se lo hizo de todas formas.

Desde que supo que era una bruja gato se había estado preguntando cómo sería hablar con él. ¿Sería un loco también en el mundo de los muertos? ¿Estaría condenado hasta que se rompiese la maldición? Rebeka deseaba saberlo y no saberlo con el mismo ardor así que Circe, por muy desconocida que estuviera en los últimos días, tenía razón: no podría hablar con su padre.

—He decidido que voy a intentar hablar con tu madre —le dijo esa tarde a su compañera de cuarto—. Estás en lo cierto, creo que deseo más que hables con ella y te llame al orden por cómo te estás comportando, que saber si mi padre está bien o mal en «muertolandia».

Circe se quedó un segundo o dos pálida, mirándola, y después la abrazó en silencio, con tanta fuerza que Rebeka tardó un rato en cerrar los brazos a su alrededor.

—Que seas tan altruista sólo hace que me gustes más —le dijo Esteban.

—Cállate —le respondió ella sintiendo que Circe le partiría la columna si la seguía apretando.

Juana Expósito estuvo satisfecha con la propuesta, y mientras Jacinta hacía espadas con su propia sangre y trataba de pinchar a la bilocación de su hermano, que aparecía y desaparecía delante de sus narices, la doctora Laveau abrió su cartera y le tendió una fotografía.

—Toma, creo que esto te puede ayudar.

Rebeka la cogió y Circe la miró por encima de su hombro. En ella, Luisa Laveau y su madre aparecían muy jóvenes, en ese mismo patio, abrazadas. Circe caminó con ellas por los cinco halcones y fue como si de nuevo estuvieran allí; era extraño ver a su madre con su misma edad. La desoló pensar que algún día ella sería mayor de lo que nunca llegó a ser su madre. Juana Expósito también estaba y no había cambiado nada. Mads y Lars no tendrían más de once o doce años y apenas eran capaces de sostenerse en el aire con unas alas bien formadas pero demasiado pequeñas. Todavía no sabían utilizar la cola, por lo que tropezaban y caían una y otra vez y se reían sin emitir sonido alguno. Su madre le decía a Laveau que siempre serían amigas, para siempre, y que nada podría separarlas. Que eran parte del mismo conventículo, estaba segura de eso, lo sentía en su interior, y que no había sentido nada así antes por nadie. Laveau la abrazaba y se dirigía a un hombre flaco y alto que hacía fotos a la gente, de espaldas a ellas. Le dijo que por favor les hiciera una fotografía de recuerdo de ese día tan especial. El hombre se volvió y Circe se vio arrastrada de nuevo fuera de la imagen por Rebeka, que la sacudió un poco, antes de que pudiera saber si la impresión que había tenido era correcta. Si lo era, ¿qué hacía el profesor Criado en el patio de los cinco halcones?

La profesora Expósito les pidió a Jacinta y a Narciso que, si iban a seguir jugando a aquello, lo hicieran un poco más lejos, porque hacían mucho ruido y Rebeka necesitaría concentración para el siguiente ejercicio. La Blackwell guardó las espadas de sangre en sus muñecas con un gesto de desagrado manifiesto. Rebeka toqueteaba la instantánea como si quisiera sacarle información que no tenía, por lo que Circe pensó que ojalá pudiera prestarle su don: ella había visto a su madre joven y alegre, la había visto con su mejor amiga, en un momento perfecto, uno muy parecido al que ella había creído vivir cuando todo empezó.

La pelirroja, tras un arduo silencio, puso a *Katu* en el primer escalón de la escultura de los cinco halcones, y el animal, muy quieto, empezó a lamerse una pata con desidia o aburrimiento. Rebeka tuvo ganas de echarle en cara su falta de apoyo, pero no lo hizo; tenía que focalizar. Respiró hondo, se quitó las gafas y se centró en la escultura, en la imagen de Nona, tan bonita y sonriente en esa fotografía. Se frotó las manos, las unió como si rezase y pronunció la palabra *atea*.

—Significa «puerta» en euskera —les dijo Esteban a las gemelas, y Circe le chistó de inmediato para que se callara.

Rebeka separó las manos hacia arriba y hacia abajo con los dedos muy rectos. Daba la impresión de que fuera a empezar algún tipo de baile. Abrió los brazos, los cerró y abrió los ojos.

—*Atea irekizaitez!*

—Y eso es «ábrete puerta» —les tradujo Esteban en voz más baja.

—Algo así como el «ábrete sésamo» intermundial —respondió Circe sin apartar la atención de la escultura.

Todo el mundo contuvo el aliento porque esta vez Rebeka sí había sonado convincente. Así que cuando un punto de luz brotó en la estatua, muchos se taparon la boca para no emitir ningún sonido de emoción. El punto fue dibujando el recorrido que haría una gota de lluvia por el cristal de una ventana, pero sin respetar los recovecos, formas y esquinas del halcón, sino siguiendo su propio recorrido natural, que era del todo antinatural por otro lado, unas veces apoyado en un pico o en un ala, otras veces en el aire: una ruptura de la realidad del mundo en toda regla. Rebeka no pudo disimular su sorpresa cuando vio que lo había conseguido. Había hecho una herida entre los mundos y, si todo salía como debía, Nona entraría en *Katu* y hablaría con su querida hija.

Circe estaba conmocionada. En todo aquel tiempo, al ir al Quinto Mundo sólo había visto a Lilith, a Hécate, a la que podía llamar madre por ser la primera bruja, pero que en verdad no era su madre. No se atrevía a caminar sola por un mundo desconocido y no había podido buscarla. En realidad no habría sabido cómo hacerlo. El Quinto Mundo debía de ser tan grande como los once mundos si podían habitarlo todos los muertos. ¿Por dónde empezar? Sin embargo, Rebeka era un gato, ella sabría convocarla. Podría decirle cuánto le hubiera gustado que las cosas ocurrieran de otra forma, cómo deseaba recordar más cosas de ella, cuánto la seguía necesitando todavía.

Pero *Katu* miró indolente la brecha y siguió limpiándose la pata. No habló. No ocurrió nada durante el primer minuto y Rebeka a punto estuvo de darse por vencida y cerrarla. La próxima vez; sólo era una cuestión de practicar. Se preparaba ya para hacerlo cuando de la grieta empezó a brotar humo. Era un humo negro, espeso, denso, sin olor, que caracoleaba en el aire alrededor de las jóvenes brujas que miraban atónitas. Un humo como una nube de tormenta se arremolinó a los pies de Circe y fue subiendo. Describió una espiral por su cuerpo, como si la observara.

—Eso no me gusta. ¡Mads! ¡Lars! —los llamó la señorita Expósito.

Pero no tuvo tiempo de completar su orden. Un relámpago iluminó el patio, que se cubrió de nubes oscuras, y el humo levantó a Circe en el aire. Las gemelas empezaron a buscar en sus bolsos con forma de osito de peluche algo con lo que combatir aquella energía inesperada. Casandra se quitó el amuleto del cuello para ponérselo a Circe, pero al intentar acercarse chocó contra una pared invisible. Se quedó sentada en el suelo, aturdida y con la nariz ensangrentada. Luisa Laveau corrió en su ayuda.

—Tengo que cerrar la grieta —exclamó Rebeka.

Pero Expósito la detuvo con la mano.

—No puedes dejar eso aquí.

Circe cayó en una especie de trance. Su boca se abrió y empezó a hablar en un idioma extraño, que sonaba prehistórico, lleno de sonidos que apenas podían reproducirse. Cualquiera que hubiese oído a Sibila pronunciar la profecía habría reconocido la voz, aunque entonces hablara en latín para hacerse entender. En cualquier caso, nadie que hubiera oído la profecía de labios de su profeta estaba en aquel patio. Empezó a llover en los cinco halcones como nadie había visto llover nunca. La voz trajo la tormenta.

—¿Qué es eso? ¿En qué lengua habla? ¿Qué dice? —Rebeka cogió a Esteban por el brazo y lo sacudió.

—No lo sé… aunque tengo una idea —titubeó él—. Pero es imposible.

—¡¿Qué?!

—Si no fuera una locura juraría que es adánico.

—¿Adaqué?

—Adánico, o enoquiano, el idioma de Adán y Eva, la lengua primigenia con la que dieron los nombres a las cosas por orden de Dios según la fe judeocristiana. ¡Pero es un mito del siglo XVI!

Esteban se puso a revolver en su mochila mientras todo el mundo buscaba refugio. Circe, tumbada boca arriba en el aire, suspendida, seguía con lo que parecía una letanía en una lengua monstruosa. *Katu* no se había movido de donde estaba, y entonces Rebeka observó que llovía en todo el patio menos en el lugar que ocupaban Circe, la estatua y ellos.

—Joder, esto da mucho miedo —murmuró.

—Bueno, es más que eso. Es más que miedo lo que deberíamos tener… quiero decir. —Esteban encasquetó dos libros a Rebeka, que seguía mirando a su compañera de cuarto con la boca abierta—. No podemos saber qué dice, qué la posee, de dónde viene, porque los expertos han especulado durante años con que esa lengua, de existir, sería anterior al indoeuropeo, anterior a todo lo que conocemos. Es de la época en la que Dios tenía relación directa con el hombre, antes de separar las lenguas en la torre de Babel, por lo que sería la lengua del mismo Dios.

—¿Qué estás intentando decirme?

—Que no tenemos que descartar que tenga una base real. Y si eso es así… ¿qué clase de ser hablaría esa lengua que muchos creyeron que era la lengua de Dios?

Antes de que Rebeka pudiera recuperarse de la impresión, mientras Circe seguía pronunciando sonidos en apariencia inconexos y los truenos hacían retumbar el suelo, *Katu* habló:

—Soy Nona, hija de Encina, de la familia de los Valente, y he venido a advertiros de que estáis equivocados. La amenaza que se cierne sobre vosotros está muy cerca. —Rebeka se volvió para mirar a su gato, y al hacerlo, Circe quedó en el campo de visión del animal—. ¡Oh, madre mía!

El gato pareció asustado, con la mirada desesperada de una madre que ve a su hija en peligro, pero sin embargo no se movió. Acto seguido pareció sonreír.

—No importa, no es lo bastante fuerte, no es el día —dijo.

Entonces el humo negro se retorció alrededor de Circe, convulsionó y ésta empezó a tartamudear. La voz se hizo cada vez más débil, y al segundo el cielo se despejó y dejó de llover. Los alumnos se acercaron temblorosos al ver que el humo se apartaba de su compañera que, inconsciente, permanecía en el suelo como dormida.

—No tenemos mucho tiempo —dijo *Katu* con la voz de Nona—. El día perfecto será entre los idus de marzo y el equinoccio, y entonces nada podrá pararlo. Estaremos perdidos y mi pobre hija...

El humo, en su retroceso hacia la grieta, atravesó a *Katu*, que se erizó en el aire, y le arrancó, todos pudieron verlo, la silueta translúcida de una mujer con unos guantes rojos. Mujer y humo desaparecieron por la brecha. Entonces Rebeka dejó caer los libros al suelo y en un gesto que, esta vez sí, fue como el primer paso de una danza, hizo desaparecer la ruptura por completo.

—Creo que esto es mucho más grave de lo que habíamos creído —dijo Juana Expósito.

Luisa Laveau atendía a Circe y a Casandra, pero sus ojos se dirigieron sin querer a *Katu* y a la fotografía que había quedado mojada y en el suelo, en el mismo lugar del que aquella horrenda cosa había brotado.

25

Un engaño inocente

CIRCE NO HABÍA podido hablar con su madre, y eso era lo que más le dolía. Incluso en esas circunstancias, cuando Rebeka había conseguido contactar con Nona, todos habían oído su voz menos ella. Con rabia se aferraba a las imágenes que había podido extraer de la fotografía de Laveau, pero no bastaban para satisfacerla.

Esta vez no tuvo que permanecer en la enfermería, y de aquel evento sólo le quedaron unos cuantos mechones blancos más en el pelo y un dolor sordo de cabeza que duró toda la tarde, por lo que se excusó de su cita diaria con Arturo. No quedaba mucho para que fueran juntos a ver a aquel hombre que sabía quién había matado a sus padres, y algo le decía que todo sería distinto después. Aunque no estaba segura de en qué sentido.

En cualquier caso, no podía dejar de pensar en el tipo alto y flaco de la cámara de fotos que se parecía punto por punto a Apolonio Criado. Aquel hombre había hecho la fotografía que Laveau llevaba en la cartera. Si sus sospechas eran ciertas y él era el que había mandado matar a sus padres, puede que la Suprema no tuviese nada que ver ya que, de otro modo, ¿se les habría escapado a Expósito o a Nubla algo tan obvio y peligroso?

Su imaginación se disparó. Pensó que aquel hombre sería un acosador que perseguía a su madre y que, por las razones que fueran, acabó enfrentándose con su padre y asesinando a la pareja. Puede que la Suprema los persiguiera, sí, pero que no lograse darles alcance. ¿Quién iba a contar con la posibilidad de que hubiera un loco suelto por ahí? ¿No estaba la vida llena de coincidencias absurdas de ese tipo?

Lo mejor habría sido ir a la enfermería y preguntárselo a Laveau, pero nada le garantizaba que fuese a ser sincera o que estuviera dispuesta a aceptar que la muerte de sus amigos pudiera atribuirse a algo tan vulgar. Todo el mundo daba por hecho que con aquel asesinato la Suprema había querido romper la tregua y adquirir ventaja en una futura guerra. ¿Y si no era así? ¿Dejarían de comportarse de una vez con ella como si estuviera enferma o se fuese a romper?

Observó al profesor Criado con detenimiento en la siguiente clase y se fijó en la forma extraña en que se movía, como si sus articulaciones se descoyuntaran a cada paso. Era lo mismo que había pensado cuando vio al hombre de la cámara al entrar en la fotografía: el curioso efecto óptico que provocaba la falta de sincronía entre sus piernas y sus brazos, tan largos y delgados. Sin embargo, no podía asegurar que fuesen la misma persona; no le había visto el rostro. Tampoco ayudó que, al decidirse por fin a visitar la enfermería, las gemelas la siguieran como la seguían a todas partes. Fue entonces que se le ocurrió cómo engañarlas para acudir a su cita con Arturo y el hombre misterioso sin ellas, pero no pudo preguntarle a Laveau por Criado y lo que había visto en la imagen.

La enfermería tenía todas las camas vacías porque Sibila ya había regresado a casa y la doctora estaba sentada leyendo un libro cuando llegaron las tres. En la estantería había una balda repleta de pequeños botecitos de cristal llenos de un humo verde que se retorcía y se movía sin parar.

—¿Eso es para la siguiente clase de magia? —preguntó Circe.

—Es para aparecer y desaparecer. Quiero enseñaros a usar la poción antes de daros la receta —respondió Laveau.

—Estoy segura de que a Magali le hará mucha ilusión.

Circe señaló a una de las gemelas, que palmoteaba emocionada detrás de ella.

—Veo que te tomas bastante bien lo de tus guardaespaldas —bromeó la doctora.

—Una se acostumbra.

—Estás aquí porque te sorprendió verme con tu madre en la fotografía.

—No, no me sorprendió, qué va. Ya me lo había contado mi abuela. Sólo quería que me hablase de ella. Yo apenas la recuerdo.

Luisa Laveau reprodujo la misma expresión que dibujaba Encina en su rostro cuando pensaba en Nona, y las invitó a sentarse.

—Por favor, llámame Luisa. Todos en tu familia lo hacían.

Laveau le explicó que no podía contarle muchas cosas sobre Nona que Circe no supiera ya: que era una mujer encantadora, decidida, con mucho carácter, bastante parecida a Encina. «Todo el carácter que a mí me falta», pensó Circe.

—En realidad no siempre fue así. Cuando llegó a la universidad era tímida, un poco desconfiada —afirmó la doctora, y Circe sonrió—. Llevaba siempre esa ropa tan oscura y decía que su padre estaba de viaje. Aunque luego supimos que siempre era el mismo viaje, ya que de uno de ellos, hacía muchos años, no regresó.

»Nona era de esas personas que llevan el peso del mundo sobre sus hombros, que creen que la justicia es lo primero y que no soportan ver a nadie solo o relegado. Decía que las brujas habían sido siempre las relegadas y las solitarias, que la sociedad las había convertido primero en monstruos y después las había ridiculizado, convirtiéndolas en artículos de carnaval barato que sobrevolaban el mundo en escobas y llevaban sombreros picudos en la cabeza. Y que por eso la primera responsabilidad de una bruja era no dar de lado al que era distinto.

»Ella había luchado mucho, desde muy pronto, por los derechos de los optimistas, a los que no siempre se tuvo en la misma consideración que se los tenía en la actualidad. Fue ella la que peleó porque se los incluyera como estudiosos en las clases de magia del patio de los cinco halcones. Lo hacía todo desde una encantadora timidez, que fue perdiendo en favor de su personalidad resolutiva. No podía ser tímida y batallar por todo aquello al mismo tiempo, así que eligió, y en lo primero que se notó fue en su atuendo. Empezó a ponerse detalles en la ropa de colores vivos o de estampados que imitaban la piel de animales que admiraba.

Aquellos guantes rojos se los había regalado la misma Luisa por un cumpleaños, y todavía no había logrado superar el impacto que le causó ver cómo los llevaba, en su forma del Quinto Mundo, cuando el humo negro la arrastró.

—Tú me recuerdas un poco a ella —le dijo a Circe—. Aunque estás más asustada, para ti todo es nuevo. Ella se crio como bruja y ya conocía Ochoa porque su madre pasaba aquí largas temporadas en su piso de la ciudad, pero tienes algo de Nona sin duda.

—Es la primera vez que alguien me dice algo así —reconoció ésta.

Circe volvió un poco la cabeza y vio que las gemelas estaban entretenidas con un cubo de Rubik que no conseguían resolver. Hubiese jurado que, cada una con el suyo, tenían los cuadrados de colores en la misma posición exacta.

—No veo por qué —dijo Laveau—. Las brujas, por lo general, nos hemos distinguido siempre por ser inteligentes, buenas estudiantes, con buena memoria, características necesarias para poder poner en práctica todas nuestras habilidades. Pero hay cosas que distinguen a unas de otras y no sólo por el animal que las acompaña. Tu madre era una rana, de acuerdo, y tú un cuervo, pero lo que hace a una bruja semejante a otra es el corazón, y en eso os parecéis. No necesitas ser una rana o parecer una estrella de cine para ser semejante a tu madre: en lo fundamental ya lo eres. Creo que en ti hay un sentido de la justicia fuera de lo común y que, algún día, será lo único que importe.

Circe pensó que importaba ya. Desde luego que importaba, por eso había ideado el inocente engaño que le permitiría escapar de la vigilancia de las gemelas cuando, dentro de dos días, Arturo y ella fuesen a ver al hombre que sabía quién era el asesino de sus padres y el porqué de todo aquello. Debía hacer justicia. Sólo ella podría hacerla. Luisa Laveau la miraba como en ocasiones lo hacía su abuela Encina, y eso la inquietaba. Era como si todos la temieran y sintiesen pena por ella al mismo tiempo.

—¿Sabes si me dejé aquí un libro cuando vinimos a ver a Sibila? —lo preguntó tan de repente, tan sin tener nada que ver con la anterior conversación, que la doctora tardó un poco en contestar.

—No lo sé. ¿Recuerdas el título?

—Era un libro pequeño sobre arquitectura románica, más o menos así. —Circe hizo un gesto mostrando las medidas del libro que estaba en la mesita de noche de su cuarto—. No lo encuentro por ninguna parte y creo que en el único sitio que no he buscado ha sido aquí.

—Si no está, luego le pediremos a Glinda que les pregunte a los imps —dijo Magali sin levantar los ojos de su cubo.

—Por si lo han cogido para sus construcciones, aunque rara vez cogen libros —siguió Muriel en idéntica postura que su hermana.

Luisa dijo que iba al armario de mantenimiento, donde había una caja con cosas que la gente se dejaba en la enfermería. Sin embargo, miró a las tres chicas con desconfianza antes de salir. Circe contuvo el aliento, pero se dio cuenta de cómo su expresión se relajaba al contemplar a las gemelas ensimismadas con su juego.

—Vuelvo enseguida.

Cuando Luisa Laveau salió por la puerta, Circe se puso en pie y paseó de un lado a otro de la estancia para disimular.

—¿Estás nerviosa? —le preguntó Magali como si sospechara algo.

—El libro es importante, me estaba ayudando mucho con historia medieval. Y mi abuela me arrancará la cabeza si lo pierdo.

—Si perdieses un libro que yo te hubiera prestado también te la arrancaría —dijo Muriel.

—Muy tranquilizador, gracias.

Ante la respuesta de Circe, las gemelas se echaron a reír y regresaron con interés renovado a sus cubos, que parecían en sus manos la novedad del siglo. «Si ya estaba pasado de moda cuando nacieron», pensó Circe acercándose a la estantería donde los libros, principalmente tratados sobre enfermedades y epidemias causadas por maldiciones y anatomía, compartían espacio con los frascos de humo verde embotellado. Con sumo cuidado, abrió el bolso. Contuvo el aliento y acarició con la mano izquierda un libro cuyo lomo rezaba *Pócimas y brujería contra la peste bubónica*, mientras que con la derecha cogía uno de los frascos. La puerta se abrió para dejar pasar a Laveau en el instante en que lo deslizaba dentro del bolsillo interior del bolso.

—¡Vaya! —exclamó Circe sacando un libro de la estantería y dirigiéndose a las gemelas como si no hubiera reparado en que Luisa había vuelto—. Este libro de historia de la magia tiene que ser una pasada.

—Si no lo pierdes como el otro, puedes llevártelo —dijo la doctora sin sospechar nada en apariencia—. El que buscas, no sé dónde lo habrás dejado, pero aquí no.

Más tarde diría que lo había escondido *Morgana* debajo de la cama y las gemelas se contentarían con la explicación. Eran de buen conformar para tener que vigilarla todo el tiempo. Mientras, el pequeño plan para escapar con Arturo y comenzar a tejer su venganza empezaba a desarrollarse según lo previsto.

26

La desaparición de Circe

El día acordado, Circe quedó con Arturo mediante una nota manuscrita que le hizo llegar en clase de latín en la que le decía dónde y a qué hora esperarla, que bajo ningún concepto lo repitiese en voz alta o usase el móvil y que se despidiera de ella a la salida como si no fuera a volverla a ver en todo el día. Arturo no dijo nada, guardó la nota y, cuando atravesaron la puerta que daba al pasillo, la besó en los labios. Con cierta ironía en el tono, soltó lo primero que se le ocurrió.

—Esta tarde no nos veremos porque tengo que acompañar a mi padre. Pero mañana iremos a dar un paseo hasta el centro, si te parece, y nos tomamos uno de esos batidos asquerosos que tanto te gustan.

Circe se echó a reír porque Arturo era un desastre como actor y porque había sido él quien al descubrir aquellos batidos casi se desmaya de placer en la heladería. Pero Magali, apoyada con indolencia en el pasamano de la escalera, no pareció notar nada.

Por su parte, Arturo había quedado con su padre en la parte del campus más alejada de la Salud a las cinco y cuarto para que los acercase en el coche al lugar donde tenían que reunirse con el hombre misterioso. Le había preguntado aquella mañana si estaba nervioso, pero su padre no le respondió. Lo cierto era que en los últimos días Mateo actuaba de forma errática, inquieta, y que su higiene empezaba a dejar bastante que desear, como si ya no se ocupase en absoluto de sí mismo. Su tío Sebastián le contó que después de la desaparición de su madre también se había comportado así. Pero ahora Arturo sabía que su madre no se fue a ningún sitio por su propia voluntad, sino que su desaparición estaba relacionada con la muerte de los padres de Ce. Era lógico que su padre estuviese nervioso.

La lección de magia era a las cinco, la misma hora de siempre, pero Circe, por una vez, había estado practicando entre clase y clase. Puede que «practicando» no fuera la palabra exacta, ya que no realizó ningún hechizo ni nada semejante, pero sí que durante los últimos dos días había estado leyendo en el grimorio cómo usar el humo verde para aparecer y desaparecer.

Al principio había cogido el frasco en un impulso, con la esperanza de encontrar qué efectos tenía y cómo actuaba en algún libro antes de tener que utilizarlo, pero fue una grata sorpresa descubrir que la receta era conjunta de Luisa y Nona, por lo que las reglas para proceder figuraban en su grimorio.

En teoría era sencillo una vez la poción estaba hecha, pues para su correcta elaboración hacía falta un mes de cocción, y se recomendaba, con la letra picuda y extravagante de Nona, hacer grandes cantidades para emergencias. En realidad, Luisa parecía haber hecho caso del consejo, pues en la estantería había muchos más frascos que alumnas en los cinco halcones y era difícil que se percatase de que faltaba uno. De todas formas, no pegó ojo aquellas noches pensando en que lo que más probabilidades tenía de fallar era eso, y de vez en cuando miraba de reojo con envidia a Rebeka y a *Katu*, que dormían enroscados en la cama de enfrente. Llegó a la conclusión de que leer las instrucciones una y otra vez era el mejor método para que el conocimiento, si es que de veras estaba en alguna parte de su interior, despertase y no diera lugar a errores.

Para usar el humo verde de aparecer y desaparecer había que tener en cuenta que sólo funcionaba en un radio de una milla desde el punto en que se llevaba a cabo la desaparición, es decir, que sólo podía uno aparecerse en un radio de una milla desde allí. En ningún sitio decía qué clase de milla. ¿Una milla romana, una milla náutica, una milla inglesa? Circe decidió que, por si acaso, consideraría la distancia de un kilómetro. Se recomendaba realizar traslados siempre dentro del mismo recinto o edificio para no dar lugar a errores, y hacer la aparición en un lugar que se conociera bien y discreto, para no atraer miradas extrañas. Se dejaba caer el frasco, era importante que se rompiera, y se pensaba en el sitio al que uno quería ir cerrando los ojos con fuerza durante tres segundos. El humo verde envolvía a la bruja y la absorbía a ella y a los cristales del frasco, con los que aparecía en el lugar elegido. Nona comentaba debajo que era un fastidio no haber resuelto lo de los cristales, pero que por suerte Luisa era capaz de hacerlos aparecer en una papelera mediante un conjuro. A continuación, Nona alababa la capacidad de su amiga para limpiar todo tipo de restos y desastres mágicos. Circe había buscado el conjuro en el grimorio, pero no lo encontró, lo que quería decir que Nona no había aprendido a hacerlo.

Lo que más molesto le resultaba a Circe era aquello de envolverse en el humo, como si no hubiera tenido bastante con la experiencia del humo negro de aquel día, pero no había más remedio. No tenía claro si la abuela estaría orgullosa u horrorizada ante la perspectiva de que su nieta hiciera aquello, si se atreviese a contárselo. Prefería pensar que, en secreto, Encina deseaba que Circe vengase lo que ella no podría nunca vengar. La última vez que se habían visto, hacía sólo un día, la abuela le había parecido preocupada y como ausente, y Circe incluso sospechaba que podría haber descubierto sus planes, pero en cualquier caso no dijo nada al respecto. Se limitó a pasear con ella por los jardines de la Salud y a contarle que no había podido averiguar qué era aquella niebla negra que la había atacado en la clase de magia.

—En realidad es mucho lo que desconocemos de los otros diez mundos, incluido el Quinto —le dijo Encina—. Hay criaturas que habitan sus espacios que jamás ha visto un cuervo, o que, de verlas, no han sido registradas. Podría ser cualquier cosa.

—Pero aquella cosa me hacía hablar en un idioma extraño.

—Puede ser un emisario, una bruja que quería dar un mensaje y equivocó la lengua. O sólo estaba allí para evitar que tu madre hablase contigo.

Circe también había valorado esa posibilidad y no le gustó.

—Ya. Me entristece no haber conseguido hablar con ella —admitió.

—Será algo que harás tarde o temprano, querida, no te preocupes.

Sin embargo, el tono de la abuela no sonó nada convincente.

Como siempre, llegaban temprano a la clase de magia el día señalado, pero esta vez Circe se había empleado a fondo en que así fuera, arrastrando de un lado para otro a Casandra, Rebeka y las gemelas durante el tiempo que medió entre la comida y la hora estipulada para que no les quedase nada pendiente que pudieran decidir hacer en el último momento. Tomaron prestados libros de la biblioteca, hablaron con Lope de lo bien que llevaba lo del autocontrol últimamente, recogieron los apuntes de física computacional de Muriel y hasta acompañaron a Rebeka a comprar las pastillas antiparasitarias de *Katu*. A las cinco menos veinte ya estaban frente a la puerta doble que conducía a los cinco halcones desde la biblioteca.

—Maldita sea —exclamó Circe rebuscando en el bolso.

—¿Qué? —le preguntó Rebeka.

—Mi grimorio, me lo he dejado en el cuarto.

—No lo necesitas —replicó Rebeka dejando a *Katu* en el suelo.

—Sí que lo necesito. Hoy Luisa Laveau nos va a enseñar a aparecer y desaparecer con su pócima y mi grimorio tenía apuntes de mi madre al respecto. ¡Es muy importante!

Estaba tan nerviosa que parecía de verdad disgustada. Rebeka tardó un poco más de lo habitual en responder y Circe temió que su amiga le dijera que era raro que olvidara el grimorio cuando jamás se separaba de él.

—Bueno, no te preocupes, vamos a por él —dijo sin embargo.

—No, no, subo en un segundo y bajo, Rebeka, vamos con tiempo. Id pasando.

La pelirroja miró de reojo al cuervo que estaba subido a la escalera de la biblioteca y esperó en vano un movimiento por su parte.

—¿No te llevas a una de las gemelas? —preguntó.

—Rebeka, no seas ridícula. ¿Qué me va a pasar dentro de la residencia?

Su amiga siguió mirando al cuervo, que se había empezado a arreglar las alas con el pico con aire displicente, y asintió.

—Vale, pero no tardes.

—Cinco minutos —prometió Circe con la sonrisa más amplia que pudo fingir.

Las chicas desaparecieron por la puerta doble y, en cuanto lo hicieron, el cuervo echó a volar y alcanzó el ventanuco más próximo al techo, que estaba entornado. Terminó de abrirlo con el pico y se dejó caer al otro lado del muro, planeando hasta el rincón más alejado de la puerta principal, ese rincón en el que Circe se había fijado en su paseo con la abuela por ser el más recóndito de la residencia: no había más que lo que parecía un viejo puesto de guardia de piedra de las escasas ruinas del castillo inquisitorial que se habían conservado en la primera reforma, un parterre con rosales salvajes y un punto de bicicletas de alquiler que rara vez se usaba porque nadie pasaba nunca por allí. *Morgana* se posó con suavidad en el manillar de una de las bicicletas y esperó.

Circe, por su parte, una vez fuera de la biblioteca, corrió al baño más próximo y se encerró dentro. Muy nerviosa, pero segura, estrelló el frasco de humo verde contra el suelo y focalizó toda su atención en recordar los detalles del puesto de guardia, con el rosal salvaje trepando por el muro y colándose entre los huecos de la mampostería. Contó tres con los párpados apretados. Esperó un segundo más porque le parecía que no sucedía nada, pero el graznido de *Morgana* la sacó de su error. Lo había logrado. Apenas podía creérselo. Sólo quedaba cruzar el puente hasta el campus antes de que nadie se diera cuenta. Y puede que eso, con la desconfianza de Rebeka siguiéndola como una sombra, no fuera tan sencillo.

Cogió la bicicleta en la que *Morgana* estaba posada y empezó a pedalear. Alcanzó en puente enseguida, casi sin esfuerzo y sin cruzarse con nadie que pudiera comprometerla. Debajo, en el barranco, la niebla impedía ver el fondo.

Alcanzó el campus temprano y tuvo que hacer casi una pirueta para no encontrarse de frente con Mads y Lars, que paseaban con la señorita Galvani, uno más interesado que el otro en lo que ella tenía que decir. Logró desviarse hacia una zona arbolada y llena de setos del paseo principal y abandonó la bicicleta para esconderse. No estaba siendo precisamente cívica en esta ocasión, pero por una vez podría justificar los medios con el fin.

La señorita Galvani y Lars se pararon justo a su lado, a escasos centímetros. Mads permaneció alejado, junto al puente, para dejarles algo de intimidad.

—Oh, Lars, la verdad es que nunca pensé que sería tan ameno alguien que no puede responderme a preguntas simples. ¿Me quieres explicar cómo nos entendemos tú y yo? Porque nos entendemos, no me cabe duda, pero me resulta inexplicable el cómo.

Lars cogió a la profesora por la cintura por toda respuesta y la besó en los labios. Pietra Galvani se dejó hacer como se dejaría una marioneta o una muñeca de trapo, las gafas torcidas y los miembros laxos por el desmayo, la pasión o la sorpresa. A Circe casi se le escapó una risa que sí dibujó Mads a lo lejos sin producir sonido alguno. Después, despeinada y arrebolada, la profesora de arqueología los despidió con la mano desde el final del puente mientras ellos se dirigían hacia la Salud.

—Circe Darcal, ya puedes salir de los matojos —dijo después, sin volverse todavía.

Circe se incorporó con cierta vergüenza.

—¿Sabía que estaba ahí?

—Con el numerito que has montado, lo que no sé es cómo Lars no se ha dado cuenta también.

—Estaba muy ocupado —se rio Circe.

—Niña, no digas tonterías. Mi atractivo personal no da para tanto. ¿Por qué te escondías?

—Bueno, no quería que esos dos me viesen.

—Algún día me tendrás que contar tus secretos, porque no creo que Lars lo haga por ti.

—Prometido. Pero hoy no.

—Ya, ni mañana —replicó la profesora con sorna.

Circe, mientras se alejaba hacia el punto donde había quedado con Arturo, se alegró más que nunca de no haber devuelto su forma humana a la serpiente.

Rebeka miró su reloj de plástico verde por cuarta vez desde que atravesaran la puerta. Ya habían llegado todos, Expósito y Laveau incluidas, pero Circe no aparecía.

—Voy a ir a buscarla —murmuró.

—¿No te parece que estás exagerando? —dijo Casandra—. Está en la Salud, ¿qué podría pasarle?

Entonces la puerta se abrió con violencia y Sibila apareció en el umbral, con su bota metálica sujeta a un armazón que le llegaba hasta la cintura y que obligaba a que su bastón, esta vez sí, fuera necesario.

—¿Dónde está Circe Darcal? —preguntó con urgencia.

—¿Exagerando? —le replicó Rebeka a Casandra señalándole a su hermana.

Sibila explicó que había tenido una visión. Circe estaba en una habitación sombría, que olía a mar, con cuatro cazadores, un chico joven y un Sacerdote de la Suprema. La habían atrapado con un centinela de tipo dos modificado.

—Una mezcla del sortilegio con el que intentaron atraparme a mí y un centinela para atrapar cazadores —dijo—. Sea lo que sea esto y signifique lo que signifique, va a pasar hoy.

Sibila lamentaba que la primera vez que pronunciaba el nombre de esa chica *motu proprio* fuera para dar malas noticias, pero no había tenido más remedio. Había pasado la mañana en su casa, saboreando los días que le quedaban antes de su reincorporación a la Luna Azul. Venezia tenía que hacer un trabajo en Viena, y antes de marcharse le dejó el hogar blindado con nuevas protecciones y un té en la mesita, le dio un beso de despedida y, cuando el sonido del coche dejó de oírse y el silencio lo invadió todo, Sibila conectó con otra cosa.

No recordaba cuánto tiempo estuvo en trance, pero el sol había cambiado su posición en el cielo, el té estaba helado y ella hambrienta. Se trataba sólo de una imagen, repetida una y otra vez, la de aquellos hombres con Circe atrapada, pero había durado horas. Ya empezaba a atardecer.

Se apresuró para llegar lo antes posible esperando encontrarla todavía en la Salud, pero el bibliotecario le aseguró que no la había visto volver al patio. Lope, con timidez, saludó desde detrás de Sibila sin entrar.

—Si no está aquí, puede que ya esté con ellos —dijo angustiada—. Sea lo que sea lo que quieren hacer con ella, debemos evitarlo.

—El humo negro —dijo Rebeka.

—¿Perdona? —Sibila ni se había percatado de que todos los alumnos estaban escuchando cuando le explicaba la situación a Expósito.

—Mi gato, bueno, la madre de Circe, Nona, dijo que el humo negro sería más fuerte entre los idus de marzo y el equinoccio. Los romanos creían que el quince de marzo, los idus, eran un día de suerte. El equinoccio será el veintiuno, estamos justo en medio.

El silencio se apoderó del lugar unos segundos.

—Nadie sabe qué era ese humo negro, Rebeka —dijo la profesora Expósito.

—Ya, pero creo que pretendía que Circe cumpliera su cometido como parte de la profecía: manifestar la Singularidad —respondió la pelirroja—. No podemos permitir que lo haga delante de la Suprema. Me da igual lo que sea ese humo, si se hace más fuerte quizá no me necesite para entrar.

—La verdad es que cuando pronuncié la profecía sentí

como si otra voz hablara por mí —dijo Sibila—, y esta vez no me ha parecido que estuviera teniendo una simple visión, sino que era como si alguien quisiera mostrarme eso.

—Sospecho qué, o quién, podría ser ese humo negro —carraspeó Esteban—. El otro día me quedé pensando que la lengua extraña que habíamos oído era adánico, la lengua hablada en el paraíso terrenal. Esa lengua sirvió para dar nombre a toda la creación y, según piensan muchos, también permitiría conversar con los ángeles, con los demonios o con el propio Dios. Pasó al olvido hace milenios, y el último ser humano que la habló fue el patriarca bíblico Enoch. Por eso también se lo llama enoquiano, aunque recibe muchos nombres: lengua divina o celestial, angélico, lenguaje de los pájaros... Todos esos términos remiten a la misma lengua primigenia.

—Espera —lo interrumpió Rebeka, aburrida de las concreciones filológicas—. Si nadie la habla desde hace milenios, ¿cómo puedes saber que se trataba de esa lengua?

—Nadie la habla, pero muchos la han investigado, desde Cornelio Agripa hasta Joseph Smith, el fundador de los mormones. El ocultista isabelino John Dee escribió un tratado sobre ella, reproduciendo palabras que le habían susurrado los propios ángeles. Creí identificar algunos de esos términos, así que me pregunté quién podría dirigirse a nosotros en ese idioma.

»Adán y Eva habrían hablado con Dios en esa misma lengua. Pero algunos exégetas bíblicos creen que existió otra mujer antes que Eva la que surgió de la costilla de Adán. Esta otra mujer fue creada al mismo tiempo que Adán, de barro y soplo divino. Se llamaba Lilith. Como no quiso someterse a quien consideraba su igual y su semejante, abandonó a Adán y huyó del paraíso. Las leyendas hebreas cuentan que se marchó al mar Rojo, donde se unió al demonio Samael y engendró millones de pequeños demonios.

»En idioma acadio, la lengua de Asiria y Babilonia, *lili* significa "espíritu", "aire". —Rebeka rezongó impaciente—. Y ésa fue la forma que escogió para hacerse presente. Pero ¿quién es en realidad esa Lilith? También se la conoce por otros nombres:

Ereshkigal en Mespotamia, Hécate entre griegos y romanos, o Freya en la mitología nórdica. Es una especie de diosa de la creación y la destrucción que va por ahí con tres perros a los que concedió la inmortalidad, uno con una cabeza, otro con dos y otro con tres, y que regresan a la Tierra cada vez que ella vuelve de la tumba. Se le han ofrecido todo tipo de sacrificios para tenerla contenta, desde cachorros hasta personas, pero es ávida, inteligente y despiadada. Yo la describiría como una bruja prehistórica muy cabreada, perteneciente a una época en que la vida humana no valía nada.

»Pero lo peor viene a continuación: se supone que cuando llegue el fin del mundo, todos volveremos a hablar en adánico.

—¿Quieres decir que una bruja prehistórica, a la que las brujas han adorado como una diosa durante generaciones, quiere que Circe manifieste la Singularidad? —repuso Expósito sorprendida.

—En absoluto. Creo que ella es la Singularidad: la única mujer, por ser la primera, que no necesita de nadie. Según la mayor parte de los mitos, reina en el mundo de los muertos, dirige sus procesiones de malditos y emerge de la tierra en los cruces de caminos para conceder deseos a los desdichados y llevarse después sus almas. O para llevarse sus almas sin concederles los deseos, según qué libros consultes. —Esteban le tendió un montón de papeles que la profesora tomó con cierta aprensión—. Mi teoría es que debió perder su capacidad para regresar y se quedó atrapada en el Quinto Mundo. Y que necesita un cuervo o un gato para manifestarse. Por lo que sea, ha elegido a Circe.

—¿Y cómo esperan desde la Suprema controlar el poder de una bruja ancestral para ganar la guerra? —Sibila estaba desorientada.

—Creo que yo tengo una idea, y puede que un poco la culpa también —intervino Lope acordándose del *Malleus Maleficarum* que le robaron.

—Pues estamos buenos —se lamentó Expósito cuando el bibliotecario terminó su relato—. Hay que encontrarla enseguida. Nos dividiremos. Que nadie vaya sin un adulto.

Por primera vez, Mads y Lars se separaron para ir en distintos grupos. Expósito avisó a Nubla para que fuese con algunos alumnos a comenzar la búsqueda. Laveau llevaba a las chicas que lanzaban fuego y hacían llover, Caléndula y Margarita, y también a Bromelio. Narciso se acercó al conventículo de Circe seguido por su hermana.

—Yo quiero ir con vosotras —dijo.

—A mí no es que me importe —intervino a su vez Jacinta—, pero iré donde vaya mi hermano.

El grupo liderado por Sibila, en el que iban los dos pequeños de los Blackwell, las gemelas, Casandra, Rebeka y Esteban, no tardó en encontrar los cristales en la parte de atrás de la Salud, junto a unos rosales.

—Esto es de la poción de aparecer y desaparecer de Laveau —dijo Magali.

—Ha debido de coger una bicicleta —señaló Muriel.

—Por favor, no seas tan tonta de haber liado todo esto para ver a solas a tu novio —rogó Rebeka.

—No te preocupes, la encontraremos —la consoló Esteban.

—¿Cómo estás tan seguro?

—Rebeka, soy un optimista, la suerte está de mi parte.

Mientras tanto, el coche en el que Mateo llevaba a su hijo y a Circe se dirigía al puerto, donde los operarios seguían levantando la noria y algunos otros elementos de la feria, como la casa del terror.

—Me encanta este lugar —dijo ella pegando la nariz al cristal, soñadora.

Arturo le sonrió confiado. Mateo se rascaba el brazo por encima de la camisa con nerviosismo, justo donde aquella misma mañana le había salido una nueva mata de pelo negro.

27

Singularitas Circe offeretur

ARTURO Y CIRCE entraron en un oscuro almacén portuario que olía a pescado, brea y sal. Mateo los había precedido, golpeando con saña el portón del tinglado antes de abrirlo. Algunos operarios los observaron con curiosidad mientras seguían apretando enormes tuercas en la noria. El espacio estaba inusualmente vacío, salvo tres personas sentadas al fondo hacia las que se dirigieron sus pasos. A Arturo lo sorprendió que uno de ellos fuera su tío Sebastián, pero a Circe la dejó tan boquiabierta quién era el que se sentaba en el medio, en una silla alta de cuero antiguo remachado, que fue la única que habló.

—¿Usted? —preguntó—. ¿Qué hace usted aquí?

Quiso seguir avanzando hacia el hombre, que se ponía en pie y se quitaba la capucha, pero se dio cuenta de que no podía. Miró al suelo y se percató de que estaba atrapada en un centinela. Arturo dejó escapar un sonido asustado, como un gemido, cuando su profesor de latín, Julio Gayo, dejó caer la capa sobre el brazo del tercer hombre, el desconocido de su derecha.

—He venido a hablarte de la muerte de tus padres, querida Circe, como prometí hace días. Siempre y cuando tú hagas algo por nosotros.

—¿Qué sabe usted de la desaparición de mi madre? —preguntó Arturo, todavía perturbado por la aparición de su profesor.

—De eso nada, o todo. —Miró a Sebastián de soslayo, que pareció incomodado pero no abrió la boca—. Pero te garantizo que no tuve nada que ver. En cambio los Darcal, ésos sí fueron cosa mía, aunque no fuese mi mano la ejecutora.

Circe peleaba por salir del centinela, pero pronto se dio cuenta de que tendría que buscar un plan alternativo, alguna manera de huir sin tener que separar los pies del suelo. Había prestado atención en clase y sabía que no podría escapar de un sortilegio tan efectivo, al menos no de una forma convencional.

Entraron entonces dos hombres de aspecto recio. El profesor Gayo le pidió a uno que se quedase allí.

—Tú —le dijo al otro—, diles a los de fuera que si ven un cuervo por aquí le peguen un tiro.

—Sí, señor.

En cuanto el hombre salió por la puerta, Circe dejó de pelear. Arturo la miraba asustado, pero no decía nada. No era capaz de comprender por qué Ce no podía moverse.

—Deja que Arturo y su familia se marchen —le dijo ella al Sacerdote—, no tienen nada que ver con esto. Esto es entre tú y yo. Ya los has utilizado para traerme hasta aquí, puedes dejarlos ir.

Sebastián, sin abandonar su posición, soltó una carcajada que el Sacerdote atajó con un gesto. Mateo, sin embargo, estaba en un rincón rascándose el brazo, parecía tener fiebre y no atendía a la conversación.

—Circe, Circe, Circe —dijo el Sacerdote—, ¿quién te ha dicho que no tengan nada que ver con esto? Vuestras dos familias están unidas desde hace muchísimos años. Mateo Herrero, por ejemplo, junto a su difunto hermano Gaspar, mató a tus padres por orden mía.

Circe no respondió, pero miró a Arturo enrabietada. Él estaba mudo, con los ojos llenos de lágrimas y negando con la cabeza. Intentaba hacerle ver que eso no podía ser cierto, no podía ser, era imposible.

Mateo sintió de repente una enorme empatía por la chica. Le daba pena. Recordaba a Nona Valente tirada en su charco de sangre como una muñeca rota. La muñeca rota de una actriz famosa y bella. ¿Había tenido sentido aquello? ¿Había tenido sentido matar entonces? ¿Tenía sentido haber usado a su propio hijo para atraer a esa adolescente a una muerte segura? Cuando el sacerdote dejase de necesitarla la mandaría asesinar. ¿Sería él el elegido como mano ejecutora de nuevo? ¿O sería Sebastián? ¿Qué habría querido decir el hombre santo al mirarlo de aquella forma cuando hablaron de la muerte de Veia? ¿Qué sabían ellos que él no supiera?

Cuando llevaban cosa de quince minutos siguiendo a Esteban sin rumbo por Ochoa, Rebeka perdió la paciencia. Habían seguido las huellas de la bicicleta hasta el campus universitario, donde Circe la había abandonado tras un matorral. Allí se encontraron con la profesora de arqueología y Esteban, muy educado, le preguntó si se había cruzado con una alumna suya. La profesora Galvani les señaló la dirección que Circe había tomado, pero confesó que no tenía ni idea de cuál era su destino. Después de eso, a Esteban se le ocurrió que si iba delante caminando sin un destino fijo llegarían a encontrarla por pura y simple suerte, ya que ésta siempre estaba de su lado.

—¿Tú estás seguro de que no eres un optimista roto? —preguntó Rebeka.

—Llegaremos. Y lo haremos a tiempo. Soy vuestro optimista, confiad en mí.

—La verdad es que a mí el rollo de los optimistas me parece un timo —señaló Jacinta.

—Venga, Jacinta… —dijo Narciso con tono reprobador.

—¿Qué? ¿Es que los hemos visto alguna vez hacer algo extraordinario y yo no me he enterado? Una cosa es creer en la magia, de la que puedes ver sus resultados evidentes, y otra muy distinta creer en la suerte que, según yo lo veo, no se puede probar.

—Chicos... —Magali intentó interrumpirlos, pero como no lo consiguió, Muriel les dio un pequeño empujón que hizo que prestaran atención—, yo creo que estamos en el sitio adecuado.

La zona vieja del puerto, donde se levantaba el esqueleto de la noria, se alzaba ante ellos como un monstruo de madera y metal. Los operarios iban y venían, algunos de ellos mirando hacia arriba de forma sospechosa.

—¿Qué te hace creer eso? —preguntó Casandra.

—Que ésos no son operarios —respondió Muriel, que se había fijado en lo mismo que su hermana.

Esas palabras hicieron que todos, de forma maquinal, se escondieran tras un contenedor de escombros para observarlos sin ser vistos. Era cierto, aquellos hombres llevaban palosantos, cuchillos de hierro y otras herramientas de cazador de brujas entre las llaves inglesas y los martillos.

—¡Dijiste cuatro cazadores! —le recriminó Casandra a Sibila.

Ésta se encogió de hombros.

—Yo sólo vi lo que había «en la habitación», y esto es «fuera de la habitación», ¿qué quieres que te diga?

Rebeka suspiró y apoyó la cabeza contra el contenedor.

—Tenemos problemas graves. Son muchísimos más.

—La Suprema ha debido de estarlos entrenando para este momento —Esteban parecía más excitado que temeroso—, lo que me hace pensar que éste es el instante definitivo: Circe va a hacer que la Singularidad se manifieste.

—Ya, y tú estás deseando ver a la bruja de las pesadillas de los niños, ¿no?

—Rebeka, es la bruja primigenia, no me digáis que vosotros no la queréis ver.

Jacinta, Narciso, las gemelas, Sibila y Casandra dijeron que no con la cabeza a la vez.

—No tenemos el menor interés. —Rebeka le dio unas palmaditas en el hombro a Esteban al decir esto.

De repente, alguien chistó desde su izquierda, y todos menos Sibila se volvieron a mirar, pero sólo había unas enormes cajas de madera y contenedores metálicos.

—Son el grupo de Laveau —dijo la profeta, que podía percibirlos aunque no los viera—, creo que deberíamos acercarnos.

Agachados, se aproximaron por detrás de los contenedores hasta las cajas, que contenían algunas de las cabinas de la noria. Jacinta y Narciso abrazaron a sus hermanos. Ígnea, la chica del fuego, y Lluvia, la del agua, se presentaron formalmente.

—¿Cómo habéis llegado hasta aquí? —preguntó Esteban sorprendido.

—Tenemos a nuestro propio optimista —respondió la doctora Laveau.

Apolonio Criado sonrió con la mano en alto y los saludó de forma bastante efusiva.

—Estoy encantado de volver a la acción —dijo frotándose las manos.

Julio Gayo se lo contó todo a Circe y Arturo se quedó sentado en el suelo, horrorizado de lo que oía. Mateo sintió pena por su hijo. En cualquier otro momento, en cualquier otro lugar, habría pensado que aquello lo haría más fuerte, pero lo cierto era que nunca había querido esa vida para él. La sangre de cazador corría por sus venas, sí, pero ¿era necesario que la utilizara? Hubiera desado alejarlo de esa chica en vez de tener que usarlo para atraparla. Pero las cosas, de una manera sorprendente, terminaban llevando el barco de cada uno a su destino primordial, como bien decía el Sacerdote. El destino de esa chica era estar allí y que el Sacerdote le contase cómo había mandado matar a sus padres para conseguir la Singularidad. El destino de su hijo había sido engañarla sin querer, llevarla hasta allí y descubrir que su padre era un asesino. ¿Quién era más monstruo? ¿El lobo que empezaba a asomar a su cuerpo o el asesino que ya era antes? No podía dejar de pensar que entre el cuello cortado de Veia, la madre de Circe Darcal en su charco de sangre y la profeta en la rueda catalina existía un extraño paralelismo.

—¿Se hizo pasar por profesor para encontrarme? —le preguntaba Circe al Sacerdote.

—Por favor, querida, no eres el ombligo del universo. Yo ya era profesor, siempre lo he sido. Es de lo que como. En la Suprema todos tenemos un oficio que nos da de comer y un culto al que rendir cuentas.

—¿Y qué es lo que queréis de mí?

Pobre Arturo, condenado a tener que escuchar que su novia era una bruja y que en su sangre estaba el cazarlas. Pobre niño. Mateo se miró las manos y vio que sus uñas estaban ennegrecidas y empezaban a curvarse. Total, ¿qué más daba ya?

—Tú traerás a Hécate para mí —dijo el Sacerdote—, y yo dirigiré su fuerza destructora contra las brujas. Mateo, quítale los amuletos.

Mateo tuvo la sensación de salir de una ensoñación cuando oyó su nombre y se irguió como pudo. Su hermano lo miraba desde el fondo de la estancia como se mira algo que no se comprende.

Bromelio estaba en lo alto de la grúa, con el aspecto de un oso bien vestido, trepando y saltando de un lado a otro tras los cazadores, que huían desorientados hacia la trampa que las demás habían preparado. Pequeños centinelas en triángulo dibujados en el suelo en sitios estratégicos atrapaban como a ratones a aquellos hombres, cuyo entrenamiento a buen seguro no habría concluido. Sibila, que no podía dibujar sortilegios, convocó con un conjuro un viento tan fuerte que algunos desgraciados salieron volando hacia las trampas sin posibilidad de escapar. Margarita Blackwell había llamado a sus abejas y les había ordenado que persiguieran y martirizasen a todos aquellos que hubieran logrado escabullirse. Lo dijo con una voz tan encantadora, tan carente de maldad, que en verdad parecía una abeja reina.

Luisa Laveau, protegida por las hierbas de invisibilidad de Magali, se había ocupado antes de aislar el viejo almacén con unos sortilegios de silencio, símbolos que pintó en las paredes. Aquél había sido el primer paso, y hasta que no estuvo segura de que nada de lo que ocurría fuera se oiría dentro, no le dio la señal a Bromelio para que se transformase: dos silbidos cortos y uno largo. La sorpresa era fundamental para el triunfo.

Mateo se acercó a Circe para quitarle del cuello el colgante con las hierbas y el péndulo. Después, todo sucedió muy deprisa. Arturo consiguió salir de su sorpresa y se dirigió hacia la puerta con intención de marcharse, pero el cazador que la guardaba se lo impidió. Mateo le quitó el cuarzo a Circe antes que el guardapelo y, de repente, un sonido terrible llenó la estancia, un silbido inhumano que hizo que todos los presentes se tapasen los oídos. Circe, por su parte, al verse desprovista de su ancla, dejó de estar allí.

Entre los mundos, en el breve espacio que los separaba, volvió a ver al hombre barbudo, pero esta vez estaba junto a una mujer de pelo negro y grandes ojos: Hécate, que con la boca abierta emitía aquel sonido tan desgarrador.

—Niña, vete de aquí, desaparece, haz caso a tu abuelo —dijo el anciano—. Entra en un mundo, en el que sea, por favor, no te quedes atrapado como yo.

Hécate se rio a carcajadas y Circe se centró en encontrar el camino al Quinto Mundo a pesar de que, justo antes de entrar en él, se percató de que había llegado allí sin su cuerpo.

En efecto, el cuerpo de Circe seguía atrapado por el centinela, junto a Mateo que, ensordecido por el chillido, no se había retirado. De repente, el envase vacío tomó entidad, movimiento, la mano de Circe se alargó y cogió por el cuello al padre de Arturo. La expresión de su rostro se había transformado tanto que, aunque sus rasgos eran los mismos, nadie hubiera asegurado que se tratara de la misma persona.

—¡No! —gritó Arturo—. ¡Ce, suéltalo!

Una voz terrible resonó en el almacén. Nadie entendió aquellas palabras en adánico, pero Arturo y todos los presentes pudieron imaginarlas. Algo similar a: «No soy Circe, imbécil. Soy la Singularidad. Dadme la bienvenida».

28

La Singularidad en el cuerpo del cuervo

CIRCE SE PERCATÓ enseguida de que estaba en el Quinto Mundo. Desde su posición podía ver, como si la pared de la realidad fuese transparente pero impenetrable, cómo su cuerpo sostenía a Mateo Herrero en el aire, cogido por el cuello. La sensación era extraña, como si el reflejo que veía cada mañana en el espejo hubiera decidido hacer una cosa completamente diferente a la que debía. La abuela había dicho muchas veces que los muertos los observaban desde el Quinto Mundo y, en ocasiones, se comunicaban. ¿Era eso lo que había sucedido? ¿Estaba muerta? ¿Por qué su cuerpo entonces hacía lo que quería? En realidad se encontraba bien, muy bien, en paz, sin preocupaciones. Sólo como una espectadora más de esas noches de verano en el cine improvisado del pueblo viendo, rodeada de olor a churros, algún clásico con Carole Lombard.

Pero ella no se parecía a Carole Lombard, así que la mujer que sostenía con su cuerpo a Mateo tampoco.

Los otros tres cazadores habían preparado sus armas para defender al padre de Arturo, pero el Sacerdote los detuvo. En el rostro del profesor de latín se dibujó una mueca sádica, como si le encantase la idea de verlo morir. Sin embargo, la otra Circe, la que se había quedado allí, miró con curiosidad a Mateo y lo bajó, como si hubiera comprendido algo en él. O tal vez sólo pretendía divertirse.

Entonces, una vez lo depositó en el suelo, le tocó la frente y Mateo vio cómo Sebastián había galanteado a Veia, cómo la deseó en silencio, cómo se justificó a sí mismo diciéndose que era una bruja el día que la degolló en presencia de su hijo. Y sí, tenía razón, lo era. Veia tenía ciertos poderes escuetos, delicados, apenas perceptibles. Podía devolverle el vuelo a una paloma con un ala rota. Podía hacer que una sopa insípida supiera bien. Podía multiplicar por tres las monedas que un sin techo hubiera conseguido mendigando. Pero poco más, apenas nada, unos trucos sin importancia. Nada peligroso. La Suprema jamás hubiera ido a por ella de no ser por los deseos terribles de su hermano. Era bruja, por eso la tumba fuera de tierra consagrada, por eso guardaba los huesecillos de los pollos después de comerlos, por eso el conejo blanco que tenía en el patio desapareció el día que ella murió. Era una bruja y Mateo la amaba. En cambio, había estado matando y torturando a otras brujas en vez de vengar su muerte injusta. Las garras asomaron a sus manos.

Cuando Luisa Laveau y Sibila Carballal traspasaron la puerta seguidas por todos los demás, el Sacerdote ya había hecho que uno de sus cazadores le acercase el *Malleus Maleficarum* y buscaba las páginas secretas que hablaban de magia negra y cómo usarla en contra de la voluntad de una bruja. Esteban y Apolonio cogieron a Arturo y le preguntaron si estaba bien. Éste asintió, después negó y después asintió otra vez. En realidad no lo sabía. Su padre miraba a su tío Sebastián como mira un lobo a su presa.

—Tú, tú, ¡fuiste tú! —bramó de repente, y su voz sonó como un aullido.

A la mente de Sebastián Herrero acudieron las palabras que Veia había dicho desde el cuerpo de Sibila Carballal, que su hermano lo sabría, y se llevó la mano al cuchillo de plata. La mujer, en el centro del centinela, se reía a carcajadas.

—Está en el cuerpo de Circe —dijo Rebeka—. Por eso estaba tan rara: le estaba abriendo camino.

—Tenemos que detenerla, sacarla de ahí de alguna manera —exclamó Narciso con una urgencia que hizo que Jacinta pusiera los ojos en blanco.

La menor de los Blackwell se cortó en las muñecas y, al punto, su sangre se endureció formando espadas de un vibrante rojo. Arturo, que al verla había suspirado por algo normal, estuvo a punto de desmayarse.

—Ya te lo explicaremos todo más adelante, no te preocupes —le dijo Esteban, que en realidad pensaba en las bonitas mariposas azules que borraban la memoria.

Jacinta se lanzó contra Hécate mucho antes de que Narciso pudiera detenerla, pero al igual que ya le sucediera a Casandra cuando trató en los cinco halcones de ponerle el colgante protector a Circe, fue como si chocase contra una pared. Aunque esta vez la colisión fue más violenta. Jacinta sintió cómo algo se le rompía por dentro, pero el dolor duró poco. Laveau fue a atenderla, pero se percató de que las heridas de Jacinta cerraban solas y con rapidez.

—No sé qué podemos hacer para pararla —dijo Jacinta sacudiéndose la tierra de su chaqueta gris.

—Tenemos que traer a Circe de vuelta —respondió Magali.

—Cueste lo que cueste —apuntó Muriel.

—Vale, soy un gato, puedo hacerlo —pronunció decidida Rebeka.

Mientras, el Sacerdote recitaba las palabras en latín del hechizo de magia negra que podía someter la voluntad de cualquier bruja. Con una sonrisa de triunfo en el rostro, fue diciendo palabra tras palabra hasta que Hécate prorrumpió en un sonido aterrador. No era ningún sonido de una lengua primitiva: era una carcajada espantosa y despiadada. Eso lo hizo dudar.

Su voz tembló un segundo y una ceja en el rostro de Circe se arqueó, como si la hechicera infernal hubiera descubierto algo o tenido una idea. Julio Gayo siguió leyendo, pero Hécate aprovechó su flaqueza momentánea para recitar también lo que parecía un canto desafinado. Luego hizo un movimiento con los dedos —Circe llegó a preguntarse si sus dedos serían tan rápidos cuando era ella la que los manejaba— y el Sacerdote enmudeció. Fue tan categórico su silencio que Mateo incluso dejó de mirar a su hermano calculando cómo atacarlo. Julio Gayo dejó de emitir sonido alguno y sus ojos, por primera vez desde que Circe lo conociera, pasaron del orgullo y la seguridad al pánico. El canto de Hécate se intensificó y el profesor de latín se llevó las manos a la garganta como si se asfixiara. Tuvo una especie de arcada y por su boca salió un hueso ensangrentado que rodó hasta los pies de la bruja primigenia. Circe, desde el Quinto Mundo, sintió asco cuando la vio cogerlo y chuparlo.

—Es un hechizo que ni siquiera sabía que se podía hacer —exclamó Esteban, sacando de su bandolera un pequeño libro con cierres de metal y buscando en él con rapidez—. No existe registro de ninguna bruja que sea capaz de hacerte vomitar todos los huesos de tu cuerpo. Es fascinante.

Arturo miró a su amigo, murmuró la palabra «brujas» y vomitó en el suelo.

—Por no hablar de que ese cazador tiene todos los síntomas de un lobo hechizado —apuntó Casandra, aunque nadie la escuchó.

—Yo me largo —dijo el hombre que estaba más próximo a la puerta.

Pero en ese instante, Hécate cerró el puño y con él la salida del almacén, que quedó tan sellada que ni con la fuerza de todos juntos habrían logrado abrirla. Debió de pensar que sus perros tendrían hambre cuando aparecieran.

—Vale, éste es el momento en el que hacemos algo genial —dijo Rebeka.

—Pero ¿qué? —quiso saber Laveau—. ¿Contenerla? ¿Hasta cuándo?

—Es posible que no haga falta —dijo Esteban—. Si hubiéramos sabido desde el principio que Hécate pensaba utilizar el cuerpo de una cuervo para manifestarse, habríamos tenido más tiempo para estudiar el fenómeno y... aun así la suerte nos sonríe.

Rebeka miró al Sacerdote, que vomitaba un nuevo hueso, y se ahorró el análisis de lo que Esteban llamaba suerte.

—Necesita convertirse por completo para que la transformación sea permanente —aclaró el optimista—, lo he leído en algún sitio. Cuando una bruja ocupa el cuerpo de alguien para vivir otra vida, es necesario que el cuerpo invadido mute y se transforme en el original que tuviera la bruja antes de morir la última vez.

Mateo había querido matar a su hermano allí mismo, sin embargo tenían un enemigo común más peligroso y debían aliarse. El Sacerdote, aquel hombre que habían considerado todopoderoso, yacía en el suelo retorciéndose y vomitando sus propios huesos por haber tenido la escasa humildad de enfrentarse a algo que no comprendía. ¿Acaso pensó que podría dominar a aquella fuerza de la naturaleza que no llamaba más que a la veneración?

—Hermano —le dijo a Sebastián—, he visto lo que le hiciste a mi mujer, pero debemos estar unidos. Y si es necesario, morir unidos.

—Tú te estás convirtiendo en un monstruo —le replicó Sebastián sin dejar de mirar sus garras.

—Pero este monstruo quiere luchar a tu lado para que ambos salgamos con vida.

Sebastián, con la cara retorcida por un sentimiento de desasosiego, estrechó la mano de Mateo. Supo que sería la última vez y que, si triunfaban, uno de los dos terminaría asesinando al otro.

Circe se preguntaba si es que no veían lo que estaba sucediendo fuera. A través de las ventanas se vislumbraba una tormenta eléctrica que lanzaba sus rayos por todas partes, aterrorizando a los cazadores que permanecían atrapados por los centinelas. Pero no, claro, dentro no se oía nada, los sortilegios de Laveau habían sido tremendamente eficaces.

Hécate no había permanecido inactiva. Esperó, paciente, a que la sangre del Sacerdote empapase al centinela que la tenía presa y, cuando esto sucedió, pudo liberarse. Los brujos y brujas presentes se pegaron a las paredes cuando la vieron caminar con libertad, quitándose el guardapelo que todavía llevaba puesto. Con dedos como patas de insecto, abrió el colgante en forma de estrella y sacó de dentro su propio cabello. Después se arrancó algunos de la cabeza, los mezcló y, entonando un canto adánico, los hizo arder en el aire.

Luego miró al cazador que le había dado el libro al Sacerdote. Hécate movió las manos con rapidez y giró sobre sí misma. Todo el cabello del cuerpo del cazador le fue arrancado de raíz y voló hasta sus pies. Ella, riendo, empezó a comérselo.

—Vale, tenemos que contenerla antes de que nos deje a cada uno sin una parte del cuerpo para completar su magia transformadora —dijo Rebeka.

—¿Y después qué? —preguntó Casandra.

—Después ya veremos —respondió la pelirroja.

Como Mads y Lars les habían enseñado, las gemelas, Casandra y Rebeka se situaron alrededor de Hécate y extendieron las manos para hacer una campana de energía. A la primitiva bruja, entretenida en comerse el pelo del cazador, no pareció importarle.

—De acuerdo, deberíamos distraerla lo bastante como para que no siga transformándose —dijo Laveau.

—Pues ataquémosla —propuso Jacinta—, todos a la vez. La campana de energía no es lo bastante fuerte como para resistir el ataque de todos nosotros juntos, pero sí para contenerla a ella… creo.

Hécate se llevó las manos a la cabeza con las palmas hacia la frente y pronunció otra parte de su hechizo. Después desplazó las manos hacia abajo y el pelo multicolor de Circe fue creciendo hasta los hombros, la longitud que había tenido el pelo de Hécate en el Quinto Mundo: la transformación había empezado.

29

La batalla por el mundo

Esteban había encontrado un capítulo en su pequeño libro en el que se hablaba del regreso de la bruja primordial. En él se decía que Hécate volvería con sus tres perros infernales y desataría el hambre, la enfermedad, la guerra y la muerte a su paso, acabando con todos aquellos que considerase inferiores. Su ejército de almas en pena lucharía por dominar la Tierra y los once mundos se fundirían en uno solo. Las bestias cabalgarían a su antojo y los seres de luz se verían obligados a pelear por la supervivencia. Para la primera bruja, ni el bien ni el mal estaban establecidos como tales. Ella era anterior a eso.

Apolonio Criado sospechaba que la suerte lo había abandonado. Era la única explicación posible para que se quemase con la luz de Mads y Lars cuando trataba de darles un recado para su madre.

—Eso, en mis mejores tiempos no me hubiera sucedido —murmuraba—. El rumor de que a los optimistas no se nos acaba la suerte es una falacia. Yo creo que es una cuestión de práctica, como el tenis.

Se había asomado por la ventana intentando encontrar una vía de escape alternativa a la puerta y vio cómo un perro con tres cabezas se comía a uno de los cazadores atrapados. Tras ellos, el esqueleto de la noria tenía un aspecto siniestro, iluminado por unos relámpagos aterradores.

El ataque conjunto no había tenido demasiado éxito y eso tampoco lo animaba. Hécate había repelido a Laveau, Sibila, Ígnea, Lluvia y los seis Blackwell —incluyendo la bilocación de Narciso— sin mayor problema, y la campana de energía de las cuatro brujas parecía resquebrajarse. Mateo había atacado con sus ya formadas garras por delante, y Hécate pareció amenazarle con hacerse un abrigo con él. Después lo lanzó contra Casandra, que rebotó con la pared y rompió la cúpula de energía. Las gemelas y Rebeka no pudieron mantenerla solas.

—Lo siento —dijo el cazador, retorcido de dolor en el suelo.

—No es culpa tuya —respondió Casandra.

Mateo tuvo la sensación de que aquella chica era como un ángel. Algo tan bonito no podía ser malvado. Supo que toda su vida había estado en un error. Aquella joven de ojos azules que lo ayudaba a levantarse como si sus garras no importasen, como si ni el Mateo cazador ni el Mateo bestia fueran monstruos, había sufrido algunas heridas con el golpe, pero se comportaba como si nada tuviese importancia. La sangre roja empapaba su pelo rubio y ella sonreía. Quizá eso y no otra cosa era ser bruja: estar en paz con el universo. Cómo había equivocado el bando en esa batalla… Se preguntó si sería ya demasiado tarde.

Jacinta le pegó un puntapié a Esteban, que leía absorto en un rincón.

—¿Encuentras algo? —le preguntó.

La bruja primigenia seguía salmodiando sus cánticos en aquella extraña lengua. Daba escalofríos.

—Un montón de predicciones horrorosas —respondió el optimista.

—Creo que vamos a morir todos —suspiró Apolonio Criado señalando por la ventana.

Jacinta había sido la primera en ponerse en pie después del fracasado ataque. Observó cómo un rayo caía a un lado de la noria y el grito mudo de los cazadores atrapados por los centinelas, cuyo sonido no podía atravesar aquellos muros. Un enorme perro negro con tres cabezas arrancaba carne de lo que parecía un cadáver humano. Cerró los ojos y se dirigió de nuevo a Esteban.

—Algo para acabar con ella —especificó.

—Todavía no.

—Todavía no —repitió Jacinta.

Calculó que desde esa distancia podría lanzarle el puñal al corazón y matarla sin demasiados problemas. Siempre había tenido puntería. Cuando sus padres los mandaban a campamentos de verano, odiaba el río porque no quería ponerse un bañador que dejase ver las manchas blancas de su piel, pero le encantaba el tiro con arco porque era sin duda la mejor. Ahora oía el corazón de aquella monstruosa bruja como si estuviera dentro de su cabeza, era capaz de seguir el recorrido de la sangre en su interior y, sin duda, podría acertar lanzando el cuchillo. Le encantaría ver salir el fluido rojo de su cuerpo. Sed de sangre, sí. Sólo había una cosa que retenía su mano: ¿Estaría Circe ahí en algún lugar? No podía saber si había muerto en el mismo instante en que Hécate entró en escena, o si estaría asesinándolas a las dos si la mataba. Jacinta se dio cuenta con sorpresa de que, en el fondo, le importaba. Decidió que ése sería el último recurso. Se preguntó si sabría reconocer el momento preciso en el que no quedase otra alternativa.

Cuando Hécate rompió el cuello del cazador al que había arrebatado el pelo, Sibila se quitó la bota metálica y murmuró un «basta ya» que hizo sonreír a la bruja primigenia. La vidente clavó el bastón en el suelo y entonó un breve canto. Como respuesta, sus pies se alzaron del suelo y la electricidad estática la rodeó como una burbuja. El cabello de todos los presentes comenzó a elevarse en dirección a la bruja de la Luna Azul que, incluso convaleciente todavía, ostentaba un poder aterrador. Pequeños rayos blancos salían de sus dedos y de sus ojos nublados, y a una orden se reagruparon en uno solo, rápido, fugaz y fatídico. Hécate tuvo el tiempo justo para cubrirse con una campana de energía, pero el rayo blanco, al menos una porción ínfima de él, logró traspasarlo y quemó una de las manos de

Circe. Ésta, desde el Quinto Mundo, se sobresaltó y miró una de sus manos espirituales, de la que salía un leve humo.

Sibila no tuvo tiempo de saborear su triunfo. Al reunir un nuevo rayo, la bruja originaria se lo devolvió con un chillido y la vidente cayó al suelo convulsionando. La electricidad hizo que pronunciase de nuevo la profecía en contra de su voluntad y Laveau corrió en su ayuda para que la magia de lo que decía no le hiciera más daño. Fue un segundo angustioso el que tardó en frotarse las manos e imponérselas sobre el pecho, pero dio un resultado inmediato. Sibila guardó silencio con el único efecto secundario de varios vasos sanguíneos rotos que la doctora se apresuró a curar. Mientras, Casandra, las gemelas y Rebeka intentaban sin fortuna encerrar de nuevo a la bruja originaria en una campana de energía.

Hécate resquebrajó el intento de campana sin esfuerzo y atrajo hacia sí al cazador que había tratado de escapar. Antes de que nadie comprendiese nada, sus palabras en adánico —si es que se las podía considerar palabras— arrancaron la piel del pobre desgraciado de una sola pieza. La bruja dejó caer el cuerpo muerto junto a la puerta donde se encontraba, lo que obligó a los optimistas y a Arturo a alejarse de allí. Pero no había ningún otro rincón donde esconderse. El almacén era un espacio diáfano, despejado, carente de escondrijos. La piel vacía flotó por el aire hasta los pies de la bruja, que la acarició como si se tratase de algo muy querido.

Sebastián lanzó un alarido al ver el cadáver de aquel cazador, que había sido su alumno y que se había transformado en un ensangrentado despojo con el aspecto de un enorme conejo desollado. Ciego de rabia, sacó su cuchillo de hierro y sus dos cuchillos de plata y los fue lanzando hacia la bruja con la boca abierta en un grito terrible. Jacinta contuvo la respiración. Tres cuchillos. Hécate desvió el primero en dirección a Rebeka, el segundo en dirección a Casandra y el tercero hacia las gemelas. Esteban se interpuso entre el primero y Rebeka. Mateo entre el segundo y Casandra. Magali entre el tercero y Muriel. El resto ni tuvo tiempo de reaccionar.

Una extraña conmoción sacudió al grupo. Incluso Sebastián se quedó mudo, mirando el cuerpo quieto de su hermano, cuyas manos volvían a ser manos. Había una extraña sonrisa en su rostro, como si hubiera encontrado la paz. Arturo gritó y juró que mataría a Circe, o a lo que fuera que él había creído que era su novia. Su tío lo interceptó y lo tiró al suelo para que no intentase cumplir su amenaza. Atrapado por los fuertes brazos de Sebastián, Arturo se retorcía con los ojos llenos de lágrimas de rabia y miraba a su padre, el cuerpo grande, plácido y muerto de su padre: lo único que le quedaba. Hécate se echó a reír en el silencio que se había apoderado del almacén, pero su risa se truncó de golpe, se atascó como una vieja máquina y la voz de Circe salió entonces de sus labios.

—¡No! —chilló.

Desde el Quinto Mundo, Circe pateaba iracunda el aire y gritaba. Ojalá pudiera atravesar los muros de los mundos y sacar a patadas de su cuerpo a aquella bruja. Su deseo era tan intenso y sus gritos tan fuertes que, brevemente, tomaron el control. Hécate se llevó las manos a la garganta y Circe reprodujo el gesto, sorprendida también de oír su voz en sus labios, de nuevo en su cuerpo. Entonces, Magali apareció junto a ella en el Quinto Mundo. Su pequeño cadáver seguía tumbado en el almacén.

—Hola, Circe, no te sorprendas tanto —dijo la pequeña gemela, a la que no parecía haber afectado abandonar su cuerpo—. Y no te preocupes. Sabía que moriría hoy. He sido feliz, he tenido una buena vida. Estoy contenta. Sólo lo siento por mi hermana.

—Pero tú… ellos…

Circe sentía unas ganas terribles de abrazarla, pero no sabía si podría hacerlo carente de cuerpo, desconocía las características del Quinto Mundo. Asumir, además, que su amiga había fallecido, aunque la tuviese delante, no facilitaba las cosas.

—No sé adónde habrá ido Mateo Herrero, pero Rebeka y Esteban están bien, no te preocupes.

Rebeka sacudía a Esteban, que había caído aparatosamente

sobre ella. Trataba sin éxito de darle la vuelta o de salir de debajo para comprobar si seguía vivo. Los ojos se le llenaron de lágrimas.

—Tonto, estúpido, ¿por qué has tenido que hacer eso? ¿Por qué? ¿Por qué? —repetía.

—Porque… soy… un… optimista —respondió la voz de Esteban con dificultad.

El pelirrojo se volvió como pudo, porque se había dislocado un hombro al caer, pero el cuchillo de hierro de Sebastián se había clavado en el libro pequeño pero grueso que llevaba en la mano. La punta, al atravesarlo de parte a parte, le había hecho un leve arañazo justo encima del corazón. Rebeka, sorprendida y emocionada, lo apretó contra ella y lo besó en los labios.

—Ha roto la maldición de su familia. —A Circe ni siquiera le sorprendió saber eso; era evidente.

—Sí —asintió Magali—. Saldrán otras cosas buenas de esto, ya lo verás. Pero tienes que volver.

Se abrió un silencio entre las dos tan rotundo como el que había quedado en el almacén desde que Hécate dejó de recitar su complicado hechizo. Arturo permanecía quieto y sólo gimoteaba bajo el peso de su tío. Rebeka abrazaba a Esteban. Los Blackwell se habían reagrupado junto a Ígnea y Lluvia. Laveau, Sibila y Apolonio vigilaban a la bruja primigenia mientras Muriel permanecía inconsciente y Casandra acariciaba el rostro de Mateo.

—Todo está perdido —dijo Circe—, todo está perdido por mi culpa.

—La autocompasión no va a llevarte a ningún sitio —respondió Magali—. Aprovecha las ventajas que tienes desde aquí. Debes volver antes de que la bruja se coma la piel de ese hombre y empiece a transformar su rostro. Ahora está débil porque has conseguido volver a coger los mandos. Pero se recuperará. Regresa, no te detengas y, sobre todo, no te pierdas por el camino.

—Antes has dicho que sabías que ibas a morir hoy.

Magali asintió.

—Lo supe aquel día en el parque de Tayasal, aunque entonces no sabía cuándo, pero sí que sería pronto. *Tzimin-chac.*

—¿Cómo dices?

—*Tzimin-chac*, el caballo del rayo, el mensajero del trueno, el caballo de fuego de Hernán Cortés —aclaró la gemela—. En mi cultura es un augurio de muerte. Los seres en tránsito, como las brujas gato, perro o cuervo pueden verlo, pero es invisible a los ojos del resto hasta que se acerca el día de su muerte. Al principio tuve miedo. No fue fácil ocultarlo, pero me alegra que fuera él. Sólo se le aparece a quien lo merece, a quien muere con una misión. Y mi misión es ésta, Circe Darcal: puedes regresar al mundo de los vivos porque eres una cuervo, un viajero de mundos. Nada te lo impide salvo tú misma.

Magali se quedó callada al ver que Muriel se recuperaba del golpe en la cabeza y descubría su cadáver. A pesar de la decisión con la que había llegado hasta allí, compuso un gesto de desconsuelo.

—¿No se lo dijiste a ella siquiera? —le preguntó Circe.

—No. —Magali suspiró y se volvió de nuevo hacia su amiga—. Como te iba diciendo, en tu corazón sabes qué hacer. No hagas que mi muerte sea inútil. He muerto para poder darte este mensaje: tú eres lo único que te impide volver.

Circe asintió aunque no estuviera segura de lo que hacía, pero la posibilidad de decepcionar a su compañera le parecía peor. Antes habían sido sus emociones las que hicieron que funcionase. Cuando Arturo juraba que la mataría, cuando vio a sus amigos en peligro real, había tomado el control. Sólo tenía que repetirlo y después conservar el timón. Era más fácil pensarlo que hacerlo. Toda su vida había sido insegura, y cuando se sintió invencible fue porque la bruja primigenia la estaba manipulando. Todo aquello era su culpa. Y era esa culpa lo que la tenía atrapada en el Quinto Mundo.

Hécate se recuperaba junto a la ventana. Miraba cómo sus tres perros se daban un festín con los cazadores atrapados. Circe agradeció no poder oír los gritos cuando la bruja original pronunció sus nombres despacio.

—*Sköll*, *Cadejo*, *Cerbero*.

Circe supo que Hécate los amaba tanto que les había concedido la vida eterna y que ellos la buscaban siempre, en todos los lugares donde podría estar en el futuro. Ella misma había visto a *Cadejo* entre los robles camino de casa de los Blackwell, y a *Sköll* en Tayasal. Se sorprendió al darse cuenta de que «sabía» todo eso. Hécate había tomado su cuerpo y algunos de sus poderes, pero al mismo tiempo Circe se había quedado algo de ella: información.

Hécate necesitaba una cuervo en sus plenas facultades, con todos sus poderes, para poder regresar. De hecho llevaba vigilando a Circe toda la vida, pues creía que estaba destinada a ello, estaba dispuesta a esperar a que madurase. Pero cuando se anunció por boca de Sibila, en vez de la bienvenida y la adoración que esperaba, no encontró más que miedo. Hécate, acostumbrada a fastos, celebraciones y sacrificios en su nombre, observó atónita cómo ataban los poderes de la niña y la hacían desaparecer. Y se mantuvo oculta para todos menos para ella, que desde el mundo de los muertos había hecho que sus dones brotasen poco a poco.

En cualquier caso, si no hubiera sido por el miedo de la abuela, que terminó de desatarla por completo pronunciando su nombre, Hécate jamás hubiera podido acceder al cuerpo de Circe a tiempo ese año y habría tenido que esperar otra ocasión propicia. Por eso había permitido las visiones de Herófila, a manera de un anzuelo de angustia que precipitara los acontecimientos. Después, a través de Sibila, atrajo a todos aquellos poderosos brujos hasta allí con el fin de sacrificarlos y después absorber su magia. Cuando Hécate se hacía con el poder de un brujo, no sólo se quedaba con lo que era, sino con lo que habría podido ser. En aquel vetusto almacén había mucho potencial, el más nutritivo alimento. De los humanos cazadores sólo tomaría el pelo, los huesos, la piel y la sangre necesarios para completar su transformación. Así crecería y haría del mundo su campo particular de servidores. Circe lo supo, y eso le dio una idea.

—Desde el Quinto Mundo puedo comunicarme con las videntes, ¿verdad? —Magali asintió a su pregunta—. Estupendo, sólo falta que esto que no he hecho nunca salga bien. No te lo vas a creer, pero tengo un plan.

Sibila se agarró a la solapa de la chaqueta que llevaba Ígnea. Sus ojos nubosos brillaron un segundo y su boca se abrió, aunque tardó unos segundos en pronunciar palabra.

—Vale, es increíble, pero vale —dijo por fin.

Laveau dibujaba un sortilegio en el hombro de Esteban para devolverlo a su sitio y la interrogó con la mirada. Todos se habían retirado al mismo rincón menos el profesor Criado, Sebastián y su sobrino. Casandra casi había tenido que arrastrar a Muriel para que abandonase el cadáver de Magali.

—¿Qué has visto? —le preguntó a su hermana en cuanto la tuvo al lado.

—Haced todos lo que yo os diga, ¿de acuerdo? Aunque os parezca una locura —dijo Sibila por toda respuesta—. Es importante. Creo que ha sido Circe la que me lo ha dicho.

Muriel se limpió las lágrimas y asintió a su parte. Ígnea y Lluvia también. Caléndula sonrió. Luisa suspiró y Narciso negó con la cabeza, pero Sibila y Jacinta lo agarraron tan fuerte por los brazos que no le quedaron opciones. Hécate, creyéndose invencible, se disponía en esos momentos a comerse la piel del desdichado cazador.

—¡Cerrad los ojos! —les gritó la vidente a los hombres que estaban del otro lado de la bruja primitiva.

Arturo le dedicó una mirada desafiante, pero Sebastián lo empujó a un rincón, junto a Apolonio Criado, de espaldas a ellas. Fuese lo que fuese lo que hubieran decidido hacer esas brujas, era evidente que sería mejor no verlo. Su sobrino no estaba en condiciones de tomar decisiones, así que lo obligaría a acatar las que tomase él.

Entonces Lluvia atacó con agua, lo que hizo reír a Hécate, pero la distrajo lo suficiente como para que pasase ese largo segundo que Muriel tardaba en hacer funcionar su poder. Con un embrujo de los que era especialista, la gemela superviviente arrancó la piel del cazador de las manos de la bruja original antes de que ésta reaccionase. De inmediato, Ígnea le lanzó una lluvia de fuego tan ardiente y poderosa que habría matado a cualquiera. Sin embargo, Hécate, con un sonido rabioso, la desvió en dirección a Margarita Blackwell, que rápidamente fue protegida por Caléndula, su hermana ignífuga. Hécate las miró como mira un gato a la presa con la que está jugando. Entonces, Sibila Carballal ordenó a Jacinta Blackwell que arrancase la máscara del rostro de Narciso.

Todas las brujas, todos los optimistas y cazadores se taparon los ojos, todos menos Sibila y Hécate. El hermoso rostro de Narciso quedó al descubierto y la bruja primitiva sintió que algo se le rompía por dentro. ¿Qué era aquello? El corazón le latía deprisa, las manos le sudaban, los ojos se le llenaban de lágrimas, el estómago se le cerraba, pero al mismo tiempo, cómo deseaba besar, morder, devorar ese rostro. No había magia más primitiva que la suya, pero estaba siendo descontrolada por el perfecto medio rostro de un niño. Perdía el dominio sobre ese traje de carne que con tanta paciencia había preparado, pero no podía detenerlo: lo amaba. Amaba a ese chico que tenía media cara pálida y perfecta como nada era perfecto en la naturaleza. Esa belleza sobrenatural hacía morir de amor al origen de todo lo mágico.

En el Quinto Mundo, Magali observó que Circe empezaba a desaparecer y no pudo sino preguntarle:

—¿Cómo sabías que funcionaría?

—Es mi cuerpo —respondió ella—, conozco cómo reacciona.

Mientras regresaba, se encontró de nuevo con su abuelo, un hombre tan anciano como ella siempre lo había soñado, muchísimo más viejo que lo que la abuela aparentaba. Esta vez él no le dijo nada, pero le sonrió y se señaló el cuello. Circe asintió. Sabía qué quería decir.

Hécate se lanzó hacia Sibila y los mellizos Blackwell con los brazos abiertos, la mirada enamorada de una adolescente. El muchacho trató de apartarse, pero su hermana lo sostenía con fuerza ajena al peligro. Jacinta se había tapado los ojos con la capucha pero no dudó de que debía sujetarlo pasase lo que pasase. «No dejes que escape y se tape la cara pase lo que pase», fueron las palabras de la ciega. La bruja primigenia, a unos centímetros de ellos, frenó en seco y cerró los ojos.

—¡Tápalo! ¡Tápalo! —gritó con la voz de Circe.

Sibila respondió colocándole la máscara a Narciso. El menor de los Blackwell dio un paso adelante queriendo asegurarse de que lo que creía que había ocurrido era cierto.

—Circe… —empezó a decir.

Sin embargo, ésta saltó hacia atrás apartándose de la mano que trataba de tocarla.

—No sé cuánto voy a poder contenerla —dijo.

Sin decir nada más, Circe se lanzó al suelo a buscar el colgante de cuarzo con el ancla que se le había caído a Mateo. Estaba junto al charco de sangre del profesor Gayo que había propiciado que Hécate saliese del centinela. Fueron unos segundos angustiosos hasta que se lo ajustó al cuello, pero cuando lo hizo, un humo espeso y negro empezó a brotarle de los ojos, como extrañas lágrimas que chirriaban con ese sonido tan desagradable que ya oyeron cuando la bruja primitiva apareció, pero más débil. Rebeka se puso en guardia y abrió una grieta. Laveau creó un viento mágico que arrastró el humo a su interior y la pelirroja, en un último paso de baile, la cerró para siempre.

Siguieron unos instantes confusos en los que todo el mundo se abrazaba y se besaba. Sebastián se acercó al Sacerdote, que había dejado de vomitar huesos pero ya no estaba vivo, y después cargó con el cadáver de su hermano sobre los hombros.

—Tendrá el entierro que se merece —le dijo a su sobrino—. Ya va siendo hora de que sepas dónde está tu madre…

Sin embargo, se prometió que Arturo jamás sabría cómo

había muerto Veia o que su padre a punto había estado de convertirse en un monstruo.

—Y me dirás cómo matar brujas —dijo Arturo por lo bajo.

Su tío lo miró con sorpresa y asintió. Juntos se dirigieron a la puerta. Circe los buscó con la mirada, pero sólo encontró odio en los ojos azules. Nadie, ni siquiera ella, les dijo nada cuando se marcharon. Apolonio Criado vio por la ventana cómo los tres perros infernales se alejaban con la tormenta y sonrió. Sebastián y Arturo abrían los centinelas para que los cazadores supervivientes escapasen. El profesor dudó, y finalmente no dio la voz de alarma.

—Siento haber pensado que eras el asesino de mis padres —le dijo Circe.

—¿Habías pensado eso? Desde luego he perdido mi suerte —respondió el hombre.

Bromelio Blackwell cogió el cuerpo de Magali y salió con él a la calle. Muriel lo siguió. Luisa Laveau hizo un sortilegio para que los muertos en aquel lugar no lo convirtiesen en maldito, e hizo desaparecer los cuerpos con el mismo conjuro que, sospechó Circe, hacía desaparecer los cristales de la poción de aparecerse. Después quemó el colgante que llamaba a Mads y Lars, para que los Luna Azul revisasen que no quedaran cabos sueltos ni testigos. A estos últimos, si es que había habido alguno en el puerto, se los sometería al poder de las mariposas azules.

Poco a poco, todos fueron saliendo a un mundo ignorante de la catástrofe que acababa de sortear. Resultaba extraño ver que el sol todavía brillaba en el cielo y que no había podido pasar tanto tiempo desde que Circe cometiera la estupidez de escaparse. Rebeka le quitó importancia al hecho sin soltar la mano de Esteban. Jacinta, que no había dicho nada todavía, abrazó a Circe con todas sus fuerzas. Había estado a punto de intentar matarla, pero ella, con un poco de suerte, no lo sabría jamás.

—Nunca creí que me alegraría tanto de verte —exclamó.

—Ni yo de veros a vosotros —confesó Circe.

Nadie se fijó en que Casandra se retrasaba dentro del almacén, ni en que se guardaba en el bolso el ejemplar del *Malleus maleficarum* que había quedado en el suelo, abierto y manchado de sangre. Ninguno de ellos se atrevió tampoco a decir nada sobre el precio que Circe había tenido que pagar por su esfuerzo en contener a Hécate. De regreso a la Residencia de la Salud, Rebeka le dio un espejo para que observara su ojo herido por las lágrimas: estaba completamente blanco, como si hubiera perdido el iris y la pupila.

—Podría ser peor —respondió sin más—. Podríamos haber acabado con el mundo.

Después, se dirigió al escritorio de su compañera, sacó la flor del sol del cajón y la colgó en la puerta.

30

Un final

IMPS Y MARIPOSAS de la memoria bailaban en el aire en el bosque bajo la escalera. Glinda les daba de comer y rellenaba los bebederos. Casandra, Lope, Esteban, Rebeka, Jacinta, Narciso, Muriel y Circe observaban su danza. Matilda Nubla había hecho aparecer grandes bancos de roca en el centro cuando su hija le manifestó que le gustaba gozar de compañía cuando hacía sus tareas en el jardín oscuro. No hizo preguntas. Le gustaba que Glinda tuviese amigos por una vez.

—Entonces, ¿estás segura de que el año que viene volverá a intentarlo? —le preguntó la joven Nubla con su aspecto de anciana a Circe.

—Parece que en esos días del año es cuando es más fuerte, así que tendré que ser más fuerte yo también —respondió ésta recolocándose el parche en el ojo.

Lo cierto es que Circe apenas había notado cambios en su vida diaria, salvo que la gente la miraba como si de repente se hubiera convertido en otra persona. Si bien sus rasgos parecían algo más curtidos y uno de sus ojos se había quedado tan ciego y neblinoso como los de Sibila, por no hablar de su nuevo pelo, que crecía durante la noche cuando lo cortaba hasta regresar a la longitud del de Hécate, no le parecía que hubiera sido para tanto. Sólo lamentaba no haber podido salvar a Magali, pero Muriel decía que le hablaba todo el rato desde el Quinto Mundo y que estaba bien. El universo había estado a punto de colapsar y lo habían salvado. Un ojo era un precio justo.

En ocasiones pensaba en Arturo y eso la entristecía. No había vuelto por clase desde aquella tarde y hasta Jacinta la había consolado al respecto.

—Un cazador de brujas y una bruja, niña. Hemos engañado al destino —le solía decir.

Saber eso, sin embargo, sólo hacía que todo fuese un poco más triste. Lo había querido mucho. La legendaria atracción entre los cazadores y las brujas, claro. Un ojo, una amiga y un novio: el precio a pagar seguía aumentando cada vez que pensaba en el episodio, aunque seguía pareciéndole poco. Desde que Sebastián y su sobrino se alejaron con los cazadores supervivientes no habían tenido noticias de la Suprema. Parecía como si el profesor Gayo fuese un verso suelto que los mismos enemigos de las brujas se hubiesen empeñado mucho en borrar. La paz se había instalado de nuevo en el ánimo de los estudiantes de la Residencia de la Salud, que habían dejado de pasear con sus familiares por todas partes. Arturo había desaparecido, pero Circe sabía que no debía buscarlo. Con él regresarían las amenazas y el miedo, puede que se quebrasen los acuerdos de paz: había visto el odio en sus ojos.

Muchas de las brujas estaban avergonzadas por su comportamiento durante la crisis. Se habían sugerido muchas barbaridades después de la desaparición de Sibila, y ahora que la directora Nubla había hecho un boletín informando de la nueva situación, la mayoría se recriminaba haber sido tan poco sensible. El boletín mágico llevaba una fotografía de Circe con su ojo nuboso —Expósito había insistido en ello— y eso ponía un rostro a la Singularidad y a la joven que la había sufrido. Los nombres de aquellos que habían salvado la situación vibraban con tinta mágica en el papel que cada bruja en el mundo recibió como noticia y como aviso.

También Encina estaba avergonzada por cómo se había dejado manejar por los engaños de Hécate y prometió compensar a todo el mundo con una fiesta de primavera en su piso de Ochoa. Venezia Corvo se comprometió a ayudarla haciendo el espacio más grande por dentro, para que cupiesen todos. Circe estaba deseando hacer pasteles para esa fiesta. Nunca antes había deseado tanto algo tan sencillo.

Esteban y Rebeka salían juntos y estaban todavía más empalagosos de lo que nunca estuvieron Casandra y Lope. Parecía que sus amores empezaban a no ser desgraciados, y había que agarrarse a ello como una esperanza. Rebeka ni rezongaba cuando el optimista se lanzaba a una de sus cháchara filológicas:

—Todo estuvo muy claro desde el principio, y no deja de resultar irónico que fuera un profesor de latín quien se equivocara con el sentido del complemento agente: *Singularitas Circe offeretur* no significaba que la Singularidad sería revelada a través de Circe, sino que la Singularidad se manifestaría en Circe.

Lope había guardado el *Malleus maleficarum* que le había llevado Casandra en la Cripta Bruna, donde nadie podría encontrarlo. Ninguno de los dos les habían dicho a sus amigos que lo tenían. Quizá tuviesen que usarlo contra Amaranta Gules, pero todavía no. Por ahora, Lope se había mostrado capaz de controlar sus transformaciones, de mantenerse consciente dentro del monstruo. Y así quería que siguiese siendo. Puede que antes tan sólo fuera incapaz de encontrar la forma de mantenerse vivo en la bestia, y una vez supo cómo, ya no pudo desaprender lo aprendido. Que Circe hubiera echado a Hécate de su cuerpo le daba también nuevas esperanzas. La voluntad era muy poderosa en la magia.

—Estás muy guapa con ese parche —le dijo Narciso a Circe—. Hasta nos parecemos un poco.

Circe le rozó los dedos con su mano en un signo inequívoco de complicidad. El pequeño de los Blackwell bajó los ojos y sonrió.

—No me importa parecerme a alguien que es capaz de enloquecer a brujas infernales —dijo ella.

—¿Cómo supiste que funcionaría? —le preguntó Rebeka.

—Hécate habitaba mi cuerpo. Yo tenía recuerdos, información sobre ella, y ella ocupaba mi cuerpo. Sólo tenía que usar lo que sabía sobre mí misma.

Todos se sorprendieron de que Circe no enrojeciera al decir eso. Fue Narciso el que se sonrojó. La timidez de su amiga parecía desaparecer poco a poco e incluso admitía sin reparos lo que el mellizo de Jacinta le hacía sentir.

—¿Y el ancla? —preguntó Glinda.

Circe apartó a un imp para toquetear el colgante con el dedo:

—Me di cuenta de que no entró en mí hasta que el cazador me la quitó. Si yo tenía el control y me anclaba dentro de mi cuerpo, no podría echarme, tendría que salir ella.

—Vamos, que fue suerte —dijo Jacinta.

—Intuición —rio Circe como respuesta—. Pero ¿no se supone que la magia es eso?

—La magia es una forma de intuición, sí —afirmó Muriel—. Vas a ser una gran bruja.

Lo dijo la gemela que quedaba viva, pero a Circe le pareció que lo expresaba como si fuesen las dos, de la misma forma que antes se completaban las frases ambas hermanas y que tanto irritaba a Rebeka. No fue la única que se dio cuenta; su compañera de cuarto bajó los ojos y Casandra miró a Lope de manera significativa. Estaba claro que no era la primera vez que sucedía y que lo habían comentado entre ellos. Era como si Muriel, desde que no estaba su hermana, fuese Muriel y Magali al mismo tiempo. Resultaba significativo que ya no sólo vistiese de azules y malvas, sino que los rosas y cremas de su hermana se habían incorporado a las faldas y zapatos de charol que solía llevar.

—No me puedo creer que tomases a Apolonio Criado por un miembro de la Suprema —comentó Glinda con la regadera en la mano—. ¿Nadie te había dicho que era el hermano de la señora Ratón? ¡Pero si tienen los mismos dientes! Sólo que ella es bruja y él optimista.

—No, nadie me lo había dicho —confesó Circe—, ni que mi madre luchó por sus derechos como optimista, ni que fue de los primeros optimistas en asistir a las clases de magia de la Salud. Ni lo sospeché cuando lo vi en aquella foto de mi madre. Pensé que era un acosador.

—Pues no, aunque a veces se nos confunda —bromeó Esteban con el brazo en cabestrillo.

Pasaban mucho tiempo en la Cripta Bruna desde la aparición de Hécate en el almacén del puerto. Aunque no quisieran admitirlo, algo había cambiado en ellos: habían mirado a la muerte a los ojos. La oscuridad del jardín les proporcionaba cierta paz. Se habían convertido en adultos o habían aceptado a sus monstruos. En realidad eran casi como una familia, la familia que Circe siempre había deseado tener.

Cada vez que quedaban allí les costaba más marcharse. Jacinta sospechaba que los imps poseían algún efecto hipnótico en sus luces, aunque nadie había encontrado pruebas de ello. Ninguno quería admitir que aquel lugar bajo la escalinata principal era un refugio contra las pesadillas que los acosaban desde hacía semanas. Un refugio contra un mundo que les había enseñado los dientes. Laveau les dijo que todo pasaría, que el miedo desaparecería poco a poco. Ninguno admitió que tenía miedo.

—Es natural tenerlo —les aseguró la doctora—. Yo lo tengo.

Circe miraba de vez en cuando a la serpiente que lo había iniciado todo y seguía convencida de que no deseaba devolverle su forma humana. Sí, el marido de la señorita Galvani era un buen reptil y ella no lo echaba de menos. La profesora de arqueología a menudo salía con Lars —que había abandonado junto a Mads las largas vigilancias por el campus— y hasta se había comprado ropa más moderna. La policía seguía pidiéndole que informase si tenía intención de salir de la ciudad o del país, pero a Pietra Galvani cada vez le importaba menos, y a ellos, eso creía Circe, también. No lo habían encontrado ni vivo ni muerto y estaba denunciado por malos tratos. Casi era mejor que no apareciera. Casi era mejor que siguiera siendo una buena serpiente.

El teléfono móvil de Circe sonó rompiendo la magia del jardín. Algunos imps, enfadados, detuvieron sus bailes y trataron de quitárselo de la mano. Era Rosa, que ni saludó cuando escuchó la voz de su amiga.

—Tía, en serio, he hablado con mis padres de que soy bruja y tengo poderes y eso. ¿Y sabes qué me han dicho? —Rosa sonaba muy excitada.

—No logro adivinarlo.

—Pues que somos todos brujos, ¿te lo puedes creer? —resultaba evidente que no había captado la ironía en el tono de Circe—. ¡Todos en el pueblo! Tú, tu abuela, la vecina esa que ronca tanto, Nuño… Luego se lo he contado a Nuño y no me ha llamado loca. Es más, me ha dicho que habla con los muertos a través de sus pollos. ¿Es época de bromas y yo no me he enterado?

—No.

—Y tampoco creo que se hayan puesto de acuerdo para reírse de mí, sería muy raro.

—Bastante raro, sí.

—Lo que sólo me deja la posibilidad, muy remota, de que me hayan dicho la verdad. En serio, ¿tú sabías algo de todo esto?

Circe miró a un lado y a otro, vio a sus amigos brujos, al chico con media máscara mágica en el que deseaba confiar de nuevo, al optimista, a la anciana que no era anciana, a la serpiente que no era serpiente, a los imps, a las mariposas de la memoria y al lobo hechizado. Suspiró.

—Prometí decirte la verdad y lo cumpliré —dijo—. ¿Estás bien sentada?